UM DIA DE CÉU NOTURNO – VOLUME II

UM DIA DE CÉU NOTURNO

VOLUME DOIS

SAMANTHA SHANNON

Tradução
Alexandre Boide

PLATAFORMA21

TÍTULO ORIGINAL *A Day of Fallen Night*

Publicado originalmente em inglês por Bloomsbury, Londres, sob o título *A Day of Fallen Night* (páginas 464-868).

Plataforma21 é o selo jovem da VR Editora

DIREÇÃO EDITORIAL Marco Garcia
EDIÇÃO Thaíse Costa Macêdo
ASSISTÊNCIA EDITORIAL Andréia Fernandes
PREPARAÇÃO Marina Constantino
REVISÃO João Rodrigues
DIAGRAMAÇÃO Gabrielly Alice da Silva e Pamella Destefi
ILUSTRAÇÕES E MAPAS © 2023 Emily Faccini
ARTE DE CAPA Ivan Belikov com adaptação de Isabelle Hirtz, Inkcraft
DESIGN DE CAPA David Mann
ADAPTAÇÃO DE CAPA Pamella Destefi

Dados Internacionais de Catalogação na Publicação (CIP)
(Câmara Brasileira do Livro, SP, Brasil)

Shannon, Samantha
Um dia de céu noturno : volume 2 / Samantha Shannon ;
tradução Alexandre Boide. – Cotia, SP : Plataforma21, 2023.

Título original: A day of fallen night.
ISBN 978-65-88343-52-4

1. Ficção de fantasia 2. Literatura inglesa I. Título.

23-147964 CDD-823

Índices para catálogo sistemático:
1. Ficção de fantasia: Literatura inglesa 823
Tábata Alves da Silva - Bibliotecária - CRB-8/9253-0

VR EDITORA S.A.
Via das Magnólias, 327 – Sala 01 | Jardim Colibri
CEP 06713-270 | Cotia | SP
Tel.| Fax: (+55 11) 4702-9148
plataforma21.com.br | plataforma21@vreditoras.com.br

Para minha mãe, Amanda

Sumário

RAINHADO DE INYS
REINO DE YSCALIN
DOMÍNIO DA LÁSSIA
REPÚBLICA SERENA DE CARMENTUM
Nurtha
Morwe
MAR CINÉREO
Suth
Ascalun
Porto Estival
Offsay
Poleiro
ROTA DO SANTO
Sadyrr
RIO HUNDRAT
Brygstad
Perunta
Samana
Garazna
Serra Fumegante
PLANÍCIE DE VETALDA
Dáura
RIO ARMATA
Montanhas Saurga
Monte Temível
Gulthag
Svartal
Monte Niunda
Bosque do Cervo
BAÍA DAS MEDUSAS
GRANDE PLANÍCIE YSCALINA
Vazuva
RIO GÁURIA
Kárkaro
Monte Fruma
Kóvuga
Espigões
Jotenya
MAR DE HALASSA
Espadas dos Deuses
Bosque de Pedra
RIO URUDU
Nzene
Dimabu
Monte Dinduru
LAGO JODIGO
Jrhanyam
RIO MINARA
Deserto Escarlate
Priorado
Isriq
Yikala
Monte Enunsa
Majigu
Bacia Lássia
RIO GEDUNYU
Rumelabar
Bujato
Deserto de Suttu
Garganta Eriana
Monte Kiri
Kumenga
Montanhas Uluma
Carmentum

Eldyng
Vattengard
Skelsturm
REINO DE HRÓTH
Floresta de Aptan
RIO RINNA
MENTENDON
Spilda
O ABISMO
GOLFO DE EDIN
Fratāma
Padāviya
Drayasta
VALE DE WAREDA
Deserto do Sonho Intranquilo
Deserto das Rainhas
N
O
L
S
Montes Baixos
Bardant
O BURLAH
ERMOS BRANCOS
O ERSYR
Apata
Montanhas Sarras

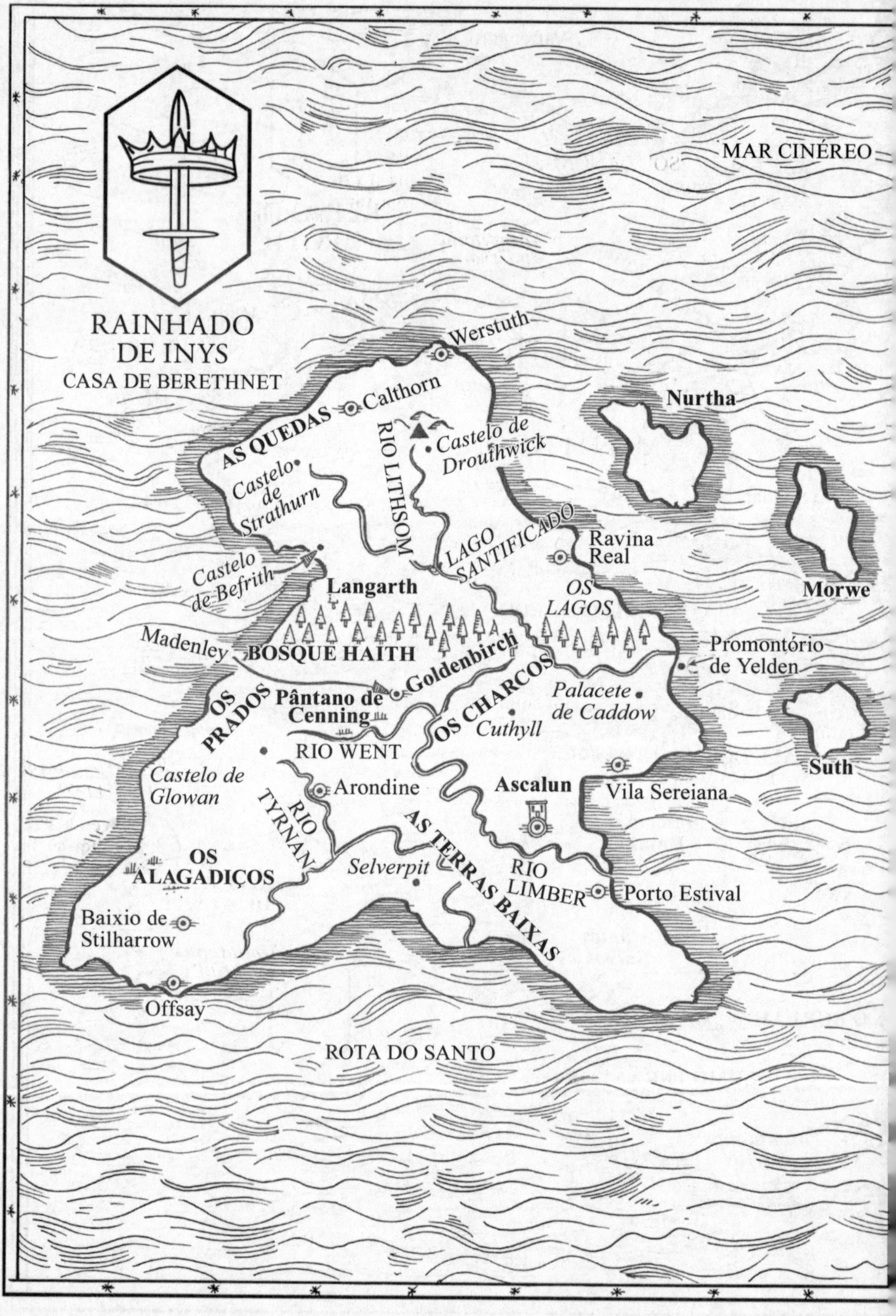

RAINHADO
DE INYS
CASA DE BERETHNET
MAR CINÉREO
Werstuth
Calthorn
AS QUEDAS
RIO LITHSOM
Castelo de
Drouthwick
Castelo
de
Strathurn
Nurtha
LAGO
SANTIFICADO
Ravina
Real
Castelo
de Befrith
Langarth
OS
LAGOS
Morwe
Madenley
BOSQUE HAITH
Goldenbirch
Promontório
de Yelden
OS
PRADOS
Pântano de
Cenning
OS CHARCOS
Palacete
de Caddow
Cuthyll
RIO WENT
Suth
Castelo de
Glowan
Arondine
Ascalun
Vila Sereiana
RIO
TYRNAN
AS TERRAS BAIXAS
OS
ALAGADIÇOS
Selverpit
RIO
LIMBER
Porto Estival
Baixio de
Stilharrow
Offsay
ROTA DO SANTO

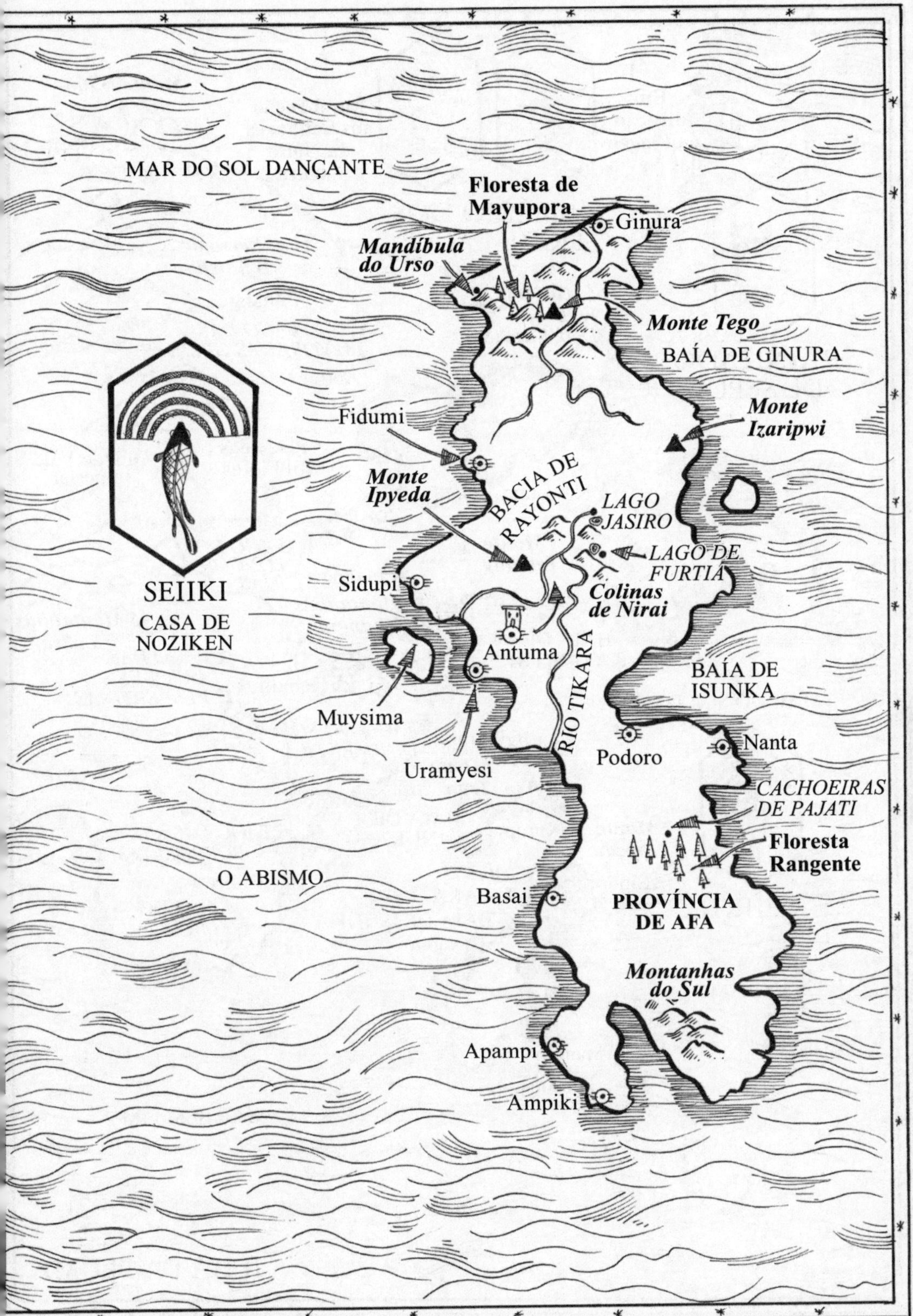
MAR DO SOL DANÇANTE
Floresta de Mayupora
Ginura
Mandíbula do Urso
Monte Tego
BAÍA DE GINURA
Monte Izaripwi
Fidumi
Monte Ipyeda
BACIA DE RAYONTI
LAGO JASIRO
LAGO DE FURTIA
Colinas de Nirai
Sidupi
SEIIKI
CASA DE NOZIKEN
Antuma
Muysima
Uramyesi
RIO TIKARA
BAÍA DE ISUNKA
Podoro
Nanta
CACHOEIRAS DE PAJATI
Floresta Rangente
O ABISMO
Basai
PROVÍNCIA DE AFA
Montanhas do Sul
Apampi
Ampiki

Em direção ao Flagelo dos Navios
IMPÉRIO DOS DOZE LAGOS
Em direção aos Senhores da Noite Escura
Monte Whin
RIO DAPRANG
Serra de Whinshan
RAINHADO DE SEPUL
LAGO DAS FOLHAS DOURADAS
Pithang
LAGO DAS ALVORADAS GÉLIDAS
Xothu
Cidade das Mil Flores
Grande Vale Imperial
Kawontay
RIO SHIM
Monte Yeltalay
LAGO DOS LONGOS DIAS
Mozom Alph
Kanxang
Montanhas Nhangto
Montanhas Lakra
BAÍA DE KAMORTHI
Kenglim
LAGO DAS ÁRVORES VESPERTINAS
MAR DO SOL DANÇANTE
RIO DAS SOMBRAS
LAGO DO SOL DORMENTE
Ginura
Monte Tego
BAÍA DE GINURA
Monte Ipyeda
Antuma
LAGO DAS MUITAS BORBOLETAS
Sidupi
RIO TIKARA
Brakwa
SEIIKI
BAÍA DE ISUNKA
LAGO DO MAR DO SUL
Nanta
O ABISMO
Basai
Apampi
Ampiki
MAR SEM FIM
ILHA DA PLUMA

PARTE III

A Era de Fogo

511 EC

Wulf is on īege, ic on ōþerre.
Fæst is þæt ēglond, fenne biworpen.
[...]
Ungelīce is ūs.

— Autor desconhecido, *Wulf and Eadwacer**

(CONTINUAÇÃO)

* Versos originais, em inglês arcaico. Uma tradução para o português, a partir de uma versão em inglês moderno, seria: "Wulf está em uma ilha, eu em outra./ Essa ilha, cercada de pântanos, é segura./ [...] É diferente para nós." (N. T.)

54
Oeste

Na última vez que Wulf viajara para Inys, o Martelo do Norte ainda governava Hróth. Regny estava ao seu lado, Eydag bebia cerveja de urze, e risos ecoavam pelo convés do *Passolargo*. Agora, ele não conseguia tirar da cabeça aquele cheiro maligno do navio branco, nem do fundo da boca o gosto da morte.

No terceiro dia, um cadáver passara pelo *Corcel das Ondas*. Inchado e carbonizado, boiava com os braços abertos, fedendo a fumaça e podridão. Sauma e Thrit observaram o corpo em silêncio enquanto a neblina o envolvia. O capitão — um ex-saqueador velho e ranzinza — tinha desenhado no mastro o sinal da espada.

Houve poucas conversas durante a viagem. Às vezes Wulf pegava Sauma o observando e se perguntava no que ela estaria pensando. *Você deveria estar morto*, Karlsten murmurava em seu ouvido. Ele bebia cerveja para abafar aquela voz, mantendo-se perto do mastro e longe das ondas.

Na sexta à noite, ele se deitou sob o abrigo contra chuva montado no meio do convés. Estava atento a cada movimento: os rangidos dos cabos e das velas, as ondas golpeando o casco.

Na madrugada, Thrit apareceu no abrigo e se acomodou nas peles ao lado dele.

— Você os encontrou, Thrit? — Wulf perguntou.

Thrit o encarou, e seus olhos escuros refletiram a luz do lampião.

— Seus familiares. — Wulf ainda não conseguia falar sem sentir dor. Tinha sorvido muita fumaça e água salgada. — Bardholt mandou você levar sua família para Eldyng. Você fez isso?

— Fiz. Eles estão a salvo da peste, por enquanto.

— Isso veio de baixo. Dos wyrms. — Wulf tossiu, e sentiu seu peito vibrar. — Assim como o Santo falou.

— A Maldição de Yikala. — Thrit parecia desanimado. — O Santo derrotou o Inominado, mas ele tinha uma lâmina encantada. Se a magia algum dia existiu, já sumiu deste mundo. Desapareceu há séculos.

— No Leste também?

— Acho que sim. Os dragões, ou seja, os deuses, supostamente eram mágicos. Tinham uma força divina que permitia que se transformassem em animais, e até em humanos, e lhes dava poder sobre as águas.

— Como é que eles são, esses dragões?

— Cobras gigantes com escamas de peixe. Voavam sem asas, nadando como baleias. — Ele tirou algo de dentro da camisa. — Meu avô me deu isso quando eu o visitei, para me proteger.

Ele passou para Wulf o amuleto entalhado em uma pedra clara. Mostrava uma criatura sinuosa com uma crina, retorcida como uma cobra, com quatro dedos em cada pé.

— Parece um knucker, um wyrm da água — Wulf murmurou. — Sempre pensei que fosse só uma história. — Ele devolveu a peça. — Não pode deixar ninguém ver isso, Thrit.

— Você não é qualquer um. — Thrit pendurou o amuleto de volta no pescoço. — Meus avós não são devotos, na verdade. Dizem que os deuses só dormiram durante a guerra e a seca, e por isso não lhes devem nada.

— Eles se converteram às Seis Virtudes?

— Claro. Bardholt exigiu. Mas, na prática, acho que eles só creditam no que podem ver. — Thrit apoiou a cabeça no braço dobrado atrás da nuca. — Eu os mandei para Skelsturm. Achei que fossem estar mais seguros em uma ilha quando a praga avançasse para o sul, o que acho que vai acontecer.

Wulf olhou para cima, para a lona acima de suas cabeças. Aquela lona o mantinha seguro, escondido.

— Não vou nem perguntar se você está bem — disse Thrit. — Só vou perguntar se posso fazer alguma coisa para ajudar.

— Não. — Wulf engoliu em seco, sentindo os olhos se encherem de lágrimas. — Karl tem razão. Todos os que morreram estavam próximos de mim.

— Bem, eu não morri, pelo que sei, nem Sauma. E Karl também não, infelizmente, mas acho que ele adoraria morrer por causa de algum toque de bruxaria, só para provar que estava certo. — Thrit fez uma pausa. — Não precisa nem perguntar, Wulf. Eu nunca vou ter medo de você. Regny não tinha. E eu não tenho.

Ele estendeu a mão. Wulf sentiu o cheiro de sua palma: alcatrão e madeira, o óleo adocicado com que penteava os cabelos, o anel no polegar, que acariciou Wulf da bochecha à ponta do queixo.

— Durma um pouco — Thrit falou. — Só o Santo sabe o que vamos encarar em Inys.

Wulf teve que conter o impulso de segurar a mão dele. Se limitou a assentir e se aninhar sob as peles, ciente de que não haveria abelhas atormentando seus sonhos. Não sonhava desde que o wyrm aparecera.

Acordou com um rugido nos ouvidos e com um vento gelado atravessando o navio. Com a garganta fechada de medo, sacou a sax, já esperando que o fogo o cegasse e o devorasse. Seu coração estava apertado dentro do peito.

Pouco a pouco, foi sentindo o vento, a chuva. A cobertura havia sido arrancada. Por cima do ranger dos cabos da vela e dos estalos da madeira, conseguiu ouvir Sauma gritando para o capitão. A neblina tinha se dissipado o bastante para permitir a passagem do luar e, a uma distância não tão grande, estavam os penhascos, castigados por ondas escuras e monstruosas.

Inys.

— Wulf — Sauma o chamou enquanto ele se levantava —, a tempestade vai ser feia. Vamos ter que atracar onde der.

— Onde estamos? — Ele tentou dizer. Ela se inclinou para perto para ouvir. — Que lugar é este?

— Não sei ao certo. — Os cachos dela estavam colados à testa. — Podemos só nos abrigar e voltar a içar velas depois que passar.

Em outra vida, Wulf teria se deliciado com o trajeto até a costa. Teria saboreado o vento úmido do mar no rosto e o sal nos lábios, e dado risada ao ouvir as trovoadas. Agora só o que conseguia fazer era se agarrar ao mastro, torcendo para não expelir ali mesmo sua mais recente refeição.

Quando estavam perto o bastante para sentir o cheiro da terra firme, o vento uivou, e o Mar Cinéreo castigou o navio. Sauma e Thrit remavam com os comerciantes, enquanto o capitão trabalhava no cordame, e Wulf permaneceu sentado, inutilmente olhando a distância, com as mãos enfaixadas e enluvadas no colo. Os pés estavam cicatrizadas o bastante para permitir que andasse sem muletas, mas os outros se recusavam a deixá-lo ajudar nas manobras com os remos enquanto seus dedos ainda não estivessem curados.

Em pouco tempo estavam saltando nas águas rasas para rebocar o navio até a praia. Wulf desembarcou e imediatamente vomitou na areia. Limpou a boca com o punho trêmulo, com o suor escorrendo dos cabelos.

— Veja ali — Thrit gritou por cima do vento, apontando para um ponto mais adiante na praia. — É uma caverna?

Wulf estreitou os olhos em meio à chuva, na direção do local onde o penhasco abria a boca.

— Sim — um dos comerciantes de couro confirmou. — É mesmo.

Eles dormiram lá dentro ao redor de uma fogueira, depois de espalhar as roupas e as provisões molhadas sobre as pedras. Pela manhã, a tempestade já tinha passado, deixando uma luz do dia cansada e bruxuleante em seu rastro.

Sauma encontrou Wulf na praia, amarrando as botas.

— Estamos prontos para voltar ao mar — falou.

— Não.

— Quê?

— Eu dou um jeito de chegar a Ascalun. — Wulf a encarou. — Sauma, eu não consigo voltar para esse mar.

Ela olhou para o sul, para o longo trecho de areia e seixos molhados.

— Eu no seu lugar não faria isso, mas se você insiste — ela respondeu, soltando névoa pela boca. — Thrit pode fazer companhia para você. Vou seguir viagem com os mercadores e encontrar um lugar para ficar na capital. Nós nos encontramos lá.

— Obrigado.

— Regny lhe diria para encontrar o ferro que existe dentro de você. — Ela soltou um suspiro pelo nariz. — Mas eu não sou Regny.

Ela tomou a direção do navio. Thrit saiu da caverna com sua bolsa de vime jogada sobre o ombro.

Por causa da chuva e da maré, a praia estava escorregadia. Enquanto a luz clareava as nuvens, Wulf via o *Corcel das Ondas* lutar para atravessar as águas nervosas da arrebentação. Ele e Thrit seguiram no rastro do navio, caminhando rumo ao sul em um passo lento. Embora adorasse a neve, Thrit nunca gostou do frio úmido de Inys, e mantinha no rosto uma expressão de determinação dolorosa, com o rosto contraído contra a garoa.

Eles caminharam sem conversar, cansados demais para emitir uma palavra que fosse. Quando Wulf voltou a olhar para cima, a neblina já voltara a tomar conta da costa. Em meio à névoa, ele conseguiu distinguir uma elevação escura na água.

— Eu sei onde estamos — falou. — É nos Charcos.

— Como sabe?

— Aquela ilhota ali. É o Promontório de Yelden. — Wulf fez uma pausa para tossir. — É o que marca a fronteira entre os Prados e os Charcos. Minha tia me explicou isso uma vez.

— Ela mora aqui perto, essa sua tia?

— A alguns quilômetros da costa. Alguém deve saber nos mostrar o caminho até a residência dela.

— Se encontrarmos alguém. — Thrit bufou uma nuvem de névoa cinza. — Ela nos ajudaria a chegar a Ascalun?

— Então, acho que sim.

— Ótimo. Estou precisando de um banho e um caldo inysiano sem gosto. — Thrit removeu os cabelos molhados do rosto. — Vá na frente.

Eles seguiram adiante, castigados pelo vento. Alguma coisa fazia Wulf querer ficar perto do mar, apesar de não ter o menor desejo de navegar. Pararam para se abastecer de água fresca antes de continuar a viagem, observados pelas gaivotas pretas que caçavam caranguejos e peixes encalhados na praia.

Wulf já havia se encontrado com a Baronesa Shore nas diversas ocasiões em que ela visitava Langarth. Pelo que se lembrava, era uma mulher escandalosa, rica e que sempre o tratou com gentileza. Era uma sulina, criada nos Charcos, longe da sombra do bosque Haith. Deviam ser as luzes bruxuleantes e os cães dos pântanos que a assombravam quando criança, não uma bruxa em um bosque.

As botas deixavam marcas profundas na areia. Wulf caminhava com a cabeça abaixada contra o vento e os punhos cruzados sobre o peito. Depois de horas andando, Thrit tocou seu ombro e quando ergueu os olhos ele viu um drácar hrótio na praia, tombado de lado. O vento castigava a vela esfarrapada, que era dividida em quatro partes, com dois quartos brancos e dois vermelhos.

Wulf conhecia aquela vela. Assim como todo mundo. O Clã Vatten era virtuoso agora, mas todos ainda sentiam um certo temor ao ver aquelas cores de sangue e ossos.

— Não é muito típico dos lobos do mar atracarem desse jeito — Thrit comentou. Sob seu capuz de pele de cordeiro, seu nariz estava rosado pelo frio. — Será que foram pegos pela tempestade?

— Pois é.

Havia barris espalhados pelas águas rasas. Wulf examinou as pegadas pela enseada, que serpenteavam de um lado para o outro até desaparecerem além dos penhascos.

— Passos de bêbados — Thrit observou. — Os tolos deviam estar entornando copos e não viram a praia.

Wulf fez outra leitura da situação. A pele calejada de suas palmas começou a coçar. Ele subiu em uma escada de corda coberta de sal, tentando não usar os dedos congelados das mãos, e subiu no casco do navio, fazendo uma careta por causa da dor nos braços e nas escápulas.

Quando apoiou o cotovelo na amurada, sentiu seu sangue gelar.

O drácar levava uma carga de lã, intacta, arrumada em fardos. Mas agora também transportava cadáveres — vermelhos até os cotovelos, com a língua inchada e os olhos revirados, braços cobertos de cortes profundos e sujos de sangue sob as unhas quebradas. Até mesmo mortos, continuavam com o rosto contorcidos de agonia.

— Thrit — Wulf falou —, mantenha distância.

— O que foi? — Thrit levou a mão ao cabo do machado. — Wulf, o que tem aí?

Wulf olhou para Thrit, que franziu a testa.

— Pelo Santo — Thrit murmurou. — Chegou aqui.

****

Glorian estava sentada na janela de sua alcova na Torre da Rainha. O cheiro estava impregnado em seus cabelos, em suas cobertas, em tudo o que tocava, e, apesar de todo o calor, ela não conseguia parar de tremer. Ficou observando a escuridão revelar as chamas espalhadas pela cidade.

Sir Bramel a havia tirado de lá. Ela acordara na cama, tossindo tanto que temeu que suas costelas pudessem quebrar, com a Doutora Forthard ao seu lado. Estava tossindo enquanto o fogo se espalhava por ambos os lados do rio e vira-o saltar de uma construção a outra e atacar o Santuário da Donzela Sagrada. Doze mulheres correram lá para dentro para salvar seus restos mortais, mas acabaram sendo repelidas pelo calor insuportável. O chumbo derretido pingou do teto bem no olho de uma delas.

A Rainha Cleolind estava a salvo. Sepultada em pedra, e morta.

No segundo dia, Glorian caiu em um sonho febril, acordando com gritos quando a Ponte de Rosarian desabou, levando consigo cinquenta pessoas. No Porto Cerealista, havia diversos barcos virados, depois que centenas de pessoas tentaram embarcar, muitas se afogando, pois o Rio Limber tinha uma correnteza forte e fria, principalmente naquela época do ano.

No terceiro dia, o fogo chegou aos estaleiros na margem sul, e depois ao distrito do Portão Austral.

No quarto dia, Helisent voltou ao castelo. Estava procurando, em vão, pelo crânio perdido quando foi pega pela correria que tomou conta da cidade e não conseguiu chegar ao Palácio da Rainha. Encurralada pelo fogo, pela fumaça e pelos obstáculos nas ruas — pessoas apavoradas, carroças abandonadas, animais de rebanho correndo soltos —, enfim conseguira encontrar o Limber. Com o fogo em seu encalço, se arriscou a atravessar nadando de um distrito a outro, se agarrando às argolas dos atracadouros, e naquele momento estava sendo atendida por Kell Bourn, afligida pela dor nos pés ensanguentados, um resfriado e uma tosse feroz.

O crânio se perdera. Só o que restara de Bardholt Hraustr era o fêmur que Glorian estava segurando — mas Helisent estava viva, assim como Adela e Julain. Isso era o que importava.

No sexto dia, o incêndio se espalhou ainda mais, forçando muita gente a fugir para o norte pela Ponte das Súplicas, que ainda devia parecer firme e forte até que um vendaval soprou sobre o rio uma nuvem de brasas, que deixavam em chamas tudo aquilo que tocavam.

Depois disso, ela perdeu a noção do dia e da noite. O incêndio era como um sol da meia-noite, e a cidade era o Ventre de Fogo. Florell tentava mantê-la informada, mas Glorian podia seguir o rastro das chamas através das luzes, dos gritos, do cheiro. *Você deveria ser a proteção dessas pessoas*, lembrava a si mesma quando passava diante da janela. *A defensora delas, seu escudo.*

A névoa que pairava sobre a cidade — pálida durante o dia, avermelhada à noite — envolvera o castelo. Até mesmo o fogo em sua lareira parecia profano e, por fim, ordenou a um criado que o apagasse, com medo de fazer isso pessoalmente. O menino trabalhava com gestos atabalhoados e Glorian não conseguia entender a expressão no rosto dele quando ele a olhava. Depois que ele se retirou, ela trancou a porta.

A família dele devia estar lá fora, enquanto Glorian se mantinha em sua fortaleza de pedra. O Castelo de Ascalun era tão distanciado das demais construções da cidade que até mesmo seus jardins provavelmente estariam a salvo. Além de suas muralhas, o que havia era madeira, quincha, palha, feno e lã — uma cidade inflamável.

O Santo nunca prometera que nada mais apareceria. Apenas que o Inominado não voltaria. A população de Inys nunca havia se preparado, porque se julgava protegida por suas rainhas.

Mãe, pai, por favor, eu imploro, me ajudem. Santo, me ajuda. Donzela, me ajuda. Darei qualquer coisa em troca. Glorian entrelaçou as mãos. *Minha irmã, você tinha razão. Manda-me uma mensagem…*

Uma batida na porta interrompeu sua oração.

— Majestade?

Glorian tateou em busca do trinco e deixou Florell entrar.

— O que está acontecendo? — perguntou, sacudindo-a. — Me diga, Florell.

— Dez distritos estão em chamas, e a cada hora que passa a ameaça cresce para vários outros — Florell contou, com os olhos injetados. Glorian a soltou e se virou, levando o punho ao coração. — A estiagem deixou a palha muito seca. O fogo não para de se espalhar. Sem dúvida a violência também, como consequência. As pessoas estão se voltando umas contra as outras, culpando tanto aliados como inimigos pela aparição dos wyrms.

— E o que podemos fazer?

— Lady Gladwin propôs demolir as construções mais próximas do fogo para interromper sua disseminação. Lorde Robart aprovou a ideia, e vai indenizar os proprietários com dinheiro de seus próprios cofres. Estão se deslocando para a extremidade sul do incêndio neste exato momento.

— Você disse para eu me impor — disse Glorian. — Em vez disso, Lorde Robart é quem vai encerrar a violência que teve início com as minhas palavras duras. Eu deveria cavalgar ao seu lado.

— Glorian, não. Você é a herdeira. — Florell a agarrou pelos ombros. — E fez tudo o que podia. Desafiou esse Fýredel, assim como como seu pai teria feito. Lorde Robart tem razão: você precisa permanecer a salvo e escondida.

— Eu não estaria mais escondida nem se ele me fechasse em uma caixa de madeira e me jogasse no mar.

— É perigoso demais sair no meio desse incêndio. Precisamos confiar no Santo.

— Por que ele não impediu isso? — Glorian questionou, com a voz embargada. — Por que ele não fez nada?

— Só você tem como saber disso. Você é sua sucessora.

— Se a sucessora fosse você, o que pensaria?

Florell deu uma boa olhada na cidade.

— Um teste — respondeu. — Eu acharia que era um teste de fé.

— Talvez seja um alerta. — Glorian se afastou e começou a andar de um lado para o outro do quarto. — Nós o envergonhamos durante o Século do Descontentamento. Talvez nem mesmo minha mãe conseguiu nos salvar de sua ira.

— Sua mãe fez o suficiente para compensar suas três predecessoras e muito mais. Foi a *maior* rainha da sua linhagem — Florell falou, determinada. — A herdeira e encarnação dele. Você tem o mesmo coração e a mesma fibra que ela, Glorian. Vi isso quando se levantou para enfrentar o wyrm.

— Eu o provoquei, e ele reagiu.

— Se você tivesse abaixado a cabeça, teria cuspido na cara de seu ancestral. Ele não se ajoelhou diante do Inominado.

Glorian ficou pensativa. Poderia ter suplicado para seu povo ser poupado; poderia ter pedido misericórdia à fera.

— O Príncipe Therico — Glorian falou. — Ele está vindo para Inys?

— Estava. Mas agora, com esse perigo…

— Ele precisa vir. Florell, eu não posso sair daqui por uma razão, e só uma. É porque não tenho uma filha. Se tivesse, vocês me deixariam circular pela cidade toda.

— Glorian…

— Diga ao Lorde Protetor para trazer o Príncipe Therico para cá, nem que seja arrastado. Isso precisa ser feito.

Florell fechou os olhos por um instante.

— Vou expressar seus desejos para Lorde Robart — ela falou. — Majestade.

Depois que Florell se retirou, Glorian se jogou no chão ao lado da lareira fria, agarrada a um travesseiro. Estava se sentindo como uma criança pequena de novo, que precisava sentir o calor e o peso de outro corpo para confortá-la.

Eu me casarei. Farei tudo o que mandares. Eu me casarei com o Príncipe Therico ou com qualquer outro que coloquem diante de mim. E gerarei o fruto, serei a vinha infindável, e então lutarei até o fim. Glorian fechou os olhos com todas as forças, em busca daquele interstício, onde uma correnteza fluía como lágrimas. *Que isso chegue ao fim. Por favor, permite que chegue ao fim. Santo, mensageiro, irmã, socorro. Manda-me uma chuva.*

****

Talvez tenham-se passado horas até que ela acordou no chão, com o rosto apoiado sobre a pedra do piso, com um estrondo que a fez ter medo de que as paredes tivessem desmoronado. Chegou à janela bem a tempo de ver o clarão do relâmpago e o céu se fechando.

Então ela sentiu a ajuda vindo dele: o inconfundível e misericordioso cheiro da chuva.

Estou ouvindo.

55
Leste

Dumai acordou sobressaltada. Sua pele estava encharcada, como se tivesse sido arrancada do mar e colocada na cama, uma umidade que vinha de águas profundas. Ela demorou alguns instantes para se lembrar de onde estava.

Seu coração rugia como uma onda. Ela se sentou e apoiou a testa nos joelhos; suor escorria de seus cabelos.

O raiar do dia atravessava as janelas. Ali ela acordava no horário errado, em meio ao silêncio e à tranquilidade do amanhecer. A cada manhã, caminhava pelas passarelas, tentando se cansar antes do meio-dia. Às vezes dormia pouco antes do anoitecer, mas acabava despertada pela música e pelas conversas da corte lacustre, que a mantinham acordada a noite inteira.

Fazia um bom tempo que não falava com a figura em seus sonhos. Estava cansada e inquieta demais para submergir àquele lugar intermediário. Mesmo assim, uma voz apareceu. *Que isso chegue ao fim*, foi o que disse. *Socorro. Manda-me uma chuva*.

De alguma forma, Dumai percebeu que poderia fazer isso. Acordou com o ruído de um trovão, sentiu o cheiro da chuva, mas não ouviu nada no telhado. *Tu me mandaste tantos sinais. Ajuda-me a entender*, ela rogou ao grande Kwiriki. *Explica-me quem é essa mulher, e o que ela quer.*

Ela encontrou Kanifa em um balanço no pátio, bebendo de um copo fumegante.

— Você deveria experimentar isso — ele falou, diminuindo a velocidade do balanço para ela.

Dumai se sentou ao lado dele e pegou o copo. A bebida era vermelha e um pouco amarga, mas cumpriu a função de aquecê-la.

— Nikeya está dormindo? — ela perguntou, puxando para mais perto a pele que usava para cobrir o corpo.

— Pelo que sei.

— Como sempre, a Dama de Muitas Faces consegue se adaptar a qualquer lugar, menos ao céu. — Teve notícias do alquimista?

— Não. O Conselho Noturno deve estar discutindo o que aconteceu com o tal rei do Norte.

— Certamente isso não diz respeito ao Mestre Kiprun.

— Pode ser que sim. E se o Rei de Hróth foi morto pela mesma criatura que vimos? — Kanifa questionou. — E se houver outras dessas criaturas em lugares assim tão distantes?

— Se aparecerem mais, estamos todos arruinados. — Dumai olhou para o amigo. — Quanto tempo você acha que devemos esperar por ele?

— O tempo que for necessário. Ainda podemos ter alguma paciência, Mai — ele falou, estudando o rosto dela. — Você despertou os deuses para proteger Seiiki. O Conselho Noturno vai discutir se deve fazer o mesmo por aqui.

Por que Nayimathun das Neves Profundas estava desperta, ninguém tinha explicado. Ela era uma dragoa lacustre antiquíssima do norte — segundo as lendas, sempre em movimento e com um caráter peculiar e brincalhão.

Os andarilhos e as pessoas que se perdiam rezavam a Nayimathun.

Ela era amada por pregadores de peças, ladrões, órfãos e viajantes. Até mesmo os Hüran, que atravessaram as montanhas trazendo seus próprios deuses, respeitavam a Irmã Verde, pois seu povo também já havia sido nômade.

Eles estavam beliscando uma refeição quando uma serviçal apareceu correndo no pátio, um pouco ofegante.

— Princesa Dumai — falou. — Trago notícias de Mestre Kiprun. Ele está pronto para recebê-la… agora mesmo, se assim desejar.

Dumai ficou de pé.

— Obrigada.

O Palácio do Lago Negro guardava muitos segredos. Embora ela e Kanifa tivessem explorado seus pátios e jardins, sua arquitetura permanecia sendo confusa tanto de dia quanto à noite. Os caminhos descobertos serpenteavam entre os vários edifícios, com muralhas tão altas que só era possível ver o céu lá no alto. Era difícil mapear um trajeto sem o auxílio de um ponto de observação privilegiado ou de um guia.

A serviçal se aproximou de uma das colossais arcadas que dividiam esses caminhos internos, e eles subiram os degraus entalhados na estrutura. Isso os levou à torre do portão, que formava a base do observatório, uma obra-prima em mármore preto. Mais acima, o globo celeste capturava a luz do amanhecer enquanto girava, movido por um moinho d'água.

Do lado de dentro, subiram mais centenas de degraus, sentindo cheiros adocicados e embolorados invadirem as narinas. Por fim, a serviçal parou diante de uma porta.

— Esta é a câmara da vida — anunciou. — Por favor, entrem.

As velas confinavam a escuridão aos cantos. Uma bancada de pedra dominava um lado do recinto, iluminado por fornalhas sem grades. A luz do fogo dançava por um gabinete repleto de recipientes de cerâmica esmaltada, todos rotulados com palavras em lacustre.

Uma pequena figura em vermelho estava diante da bancada, com as mangas dobradas até os cotovelos, murmurando qualquer coisa. Dumai limpou a garganta.

— Mestre Kiprun?

O alquimista se virou. Presos ao nariz e diante dos olhos, usava vidros cor de âmbar, redondos, enormes e embaçados de umidade.

— Eu pedi plumas de patos — ele falou, com um tom indisfarçável de irritação.

Dumai só conseguiu piscar os olhos, confusa. O rosto dele estava vermelho, havia mechas de cabelos grudadas na testa, e ele brandia uma pena cinzenta.

— Você me trouxe plumas de ganso. Ganso — rugiu, provocando um sobressalto nela. — Você sabe a diferença entre um pato e um ganso, não? Um grasna e o outro gracita, isso sem falar no pescoço. Só o pescoço…

— Mestre Kiprun — interrompeu Kanifa —, esta é Noziken pa Dumai, Princesa da Coroa de Seiiki.

O alquimista limpou a névoa dos óculos.

— Ah. Sim. — Ele entrelaçou os dedos. Cada um ostentava um anel de um metal diferente: ouro, prata, ferro, cobre. — Princesa Dumai, sou Mestre Kiprun, que serve, ou pelo menos tenta, à Imperatriz Magnânima. E quanto a você? — perguntou para Kanifa. — Quem é, o Príncipe de Seiiki?

— Não. — Kanifa limpou a garganta. — Sou um simples guarda, um amigo da Princesa Dumai. Não sou nobre.

— Não é nobre ser um guarda? — Mestre Kiprun soprou uma das mãos marrons, marcada com cicatrizes de queimaduras graves, assim como os braços. — Não importa. Eu nunca entendi essas coisas. Sim, sua mensagem chamou minha atenção, Princesa Dumai da Ilha Distante. Você não se parece muito com uma princesa — falou, inclinando a cabeça. — Não deveria usar uma coroa ou coisa do tipo?

Dumai conseguiu recuperar a voz.

— Bem — disse, indicando o adereço de cabeça. — Isto é…

— Minha cara dama, isso é um peixe.

Passado um instante, Dumai decidiu não nadar contra a corrente.

— Sim, é um peixe — concordou, dando um passo na direção dele. — Meu peixe e eu viemos até aqui para pedir sua ajuda, Mestre Kiprun.

— Sim, era o que eu temia. Da última vez, foi um rei que interrompeu meu trabalho. Ele me encontrou nas montanhas, só para me irritar. — O alquimista bufou. — Antes eram os pobres que buscavam meus serviços, me pedindo para transformar capim em ouro. Pelo menos eram educados, apesar de absurdamente otimistas. Agora sou convocado para tudo quanto é lugar, incomodado por todo mundo de Golümtan a Ginura.

Ele observou um recipiente, farejou seu conteúdo e jogou o que ali havia por cima do ombro, em um caldeirão de lodo. Dumai trocou um olhar desconcertado com Kanifa.

— O silêncio foi um convite para que se explicasse, Princesa — Mestre Kiprun falou, distraído. — O tempo é longo, mas também curto.

— Claro. — Dumai foi até ele. — O Rei Padar deve ter lhe contado o que vimos no Vale Fraturado.

— Você não vai fazer as mesmas perguntas que ele, vai? — reclamou Mestre Kiprun. — Não aguento mais ficar me repetindo.

— Posso mostrar uma coisa para você em vez disso?

Mestre Kiprun franziu os lábios e tirou os óculos empoeirados, revelando um nariz sardento e rugas ao redor dos olhos, que o faziam parecer uma década mais velho. Ele limpou a mão em um pano antes de pegar o que Dumai lhe ofereceu.

— São bem antigas — comentou, desenrolando as páginas encontradas por Unora. — Ah, sim, o Inominado. Ouvi essa história de uma arrumadeira, descendente de comerciantes ersyrios. Ela disse que era uma narrativa para assustar criancinhas.

— Claramente não é — Dumai retrucou, impaciente. — Nós vimos um wyrm igual a esse. O Rei Padar deve tê-lo descrito para você. Quero saber de onde eles vêm, e por que isso está acontecendo.

— Não quer, não.

— Eu garanto a você que…

— Você não vai querer saber por que eles apareceram, Princesa Dumai. Imagino que essas complicações iriam deixá-la entediada ou confusa — interrompeu Mestre Kiprun. — O que você quer saber é como derrotá-los.

— Sim.

— Segundo a lenda, a primeira criatura emergiu de uma montanha de fogo. E uma montanha de fogo não pode ser selada. E mesmo se fosse possível, agora seria tão útil como fechar a gaiola semanas depois que o pássaro fugiu. — Ele lhe devolveu as páginas. — Como eu disse ao Rei de Sepul, não há muito a fazer, a não ser torcer para que os dragões possam nos defender.

— Deve haver outra maneira. O Inominado foi derrotado por um ser humano.

— Sim, com uma espada mágica, ao que parece. Você tem uma?

— Não, mas…

— Eu trabalho com a verdade, Princesa, não com magia.

— E se *magia* for só uma palavra para um poder que está além da nossa compreensão, como o dos deuses? — insistiu Dumai. — Eu não tenho uma espada, mas tenho pistas, Mestre Kiprun. E acredito que você possa decifrá-las. Você estudou as camadas e os conteúdos da terra. Me ajude a entender o que vi, e o que Furtia Tempestuosa me falou.

Mestre Kiprun coçou a cabeça raspada.

— A dragoa preta?

— Ela conversa comigo.

— Como?

— Telepatia. Ela diz que existe um equilíbrio no mundo, um que foi perturbado; que o fogo mais abaixo ficou quente demais, depressa demais… e que a estrela não voltou para esfriá-lo.

Até esse momento, o alquimista parecia apenas tolerar sua presença. Agora olhava fixamente para ela.

— A estrela — ele falou, segurando a manga da roupa dela. — Espere. A dragoa disse que uma *estrela* não voltou?

Dumai assentiu.

— Ela diz que apenas o *céu noturno* pode conter o que está por vir.

— Ele levou a mão à boca e a deixou escorregar pelo queixo liso, com o olhar voltado para o nada. — O que quer dizer, Mestre Kiprun?

— Os céus noturnos. — Ele soltou uma risada aguda. — Eu deveria ter pensado nisso. Não saiam daqui.

Ele disparou da sala e subiu outro lance de escadas, deixando Dumai com seus papéis na mão. Nikeya escolheu justamente esse momento para entrar na câmara da vida, examinando os instrumentos com interesse.

— Princesa — ela falou, quando Dumai lançou um olhar contrariado em sua direção. — Vejo que encontrou o alquimista.

— E eu vejo que você veio atrás de mim. — Dumai guardou os papéis. — Há quanto tempo está aí?

— Não muito. Eu detestaria perder o resto de uma conversa tão fascinante.

— E eu detestaria que o Senhor dos Rios perdesse um instante que fosse das minhas conversas pessoais.

Antes que Nikeya pudesse responder, Mestre Kiprun passou por ela às pressas, com os braços carregados de pergaminhos. Segundos depois, voltou e levantou um dedo, estreitando os olhos. — Você não estava aqui antes.

— Não mesmo. — Nikeya sorriu. — Por favor, prossiga com seu trabalho, eminente alquimista. Me ignore.

— Com prazer — ele falou, colocando os pergaminhos sobre uma bancada. — Princesa Dumai, você tem o raro privilégio de estimular minha mente. O que me disse fez com que eu me lembrasse de algo.

— E o que é, Mestre Kiprun?

— Este é um mundo de muitos contrastes. Noite e dia. Fogo e água. Céu e terra, ou seja, o que está acima e o que está abaixo. O que está abaixo são rochas e fogo derretido. Nós, alquimistas, sempre tivemos conhecimento do poder que arde sob nossos pés. Metais e pedras preciosas são formados ali, na fornalha do mundo. — Ele exibiu os anéis para ilustrar o que dizia. — Tentamos imitar esse processo na alquimia. Cozinhamos os metais em fogos mais brandos, na esperança de alterá-los, como transformar ferro em ouro, por exemplo, ou de entender sua natureza, como descobrir o motivo por que as pedras são mais duradouras que a carne.

— E o que isso tem a ver com o que Furtia falou?

— Os alquimistas estudam a terra. Os astrônomos olham para o céu. Como cada um dedica a vida a um mestre, apenas alguns poucos tentaram aliar as artes do ouro e da prata. — Ele desenrolou um pergaminho volumoso. — Li esta teoria há muito tempo. A teoria das balanças.

Ele saiu da frente para que todos pudessem ver o desenho — claro, uma balança, como as usadas para pesar ervas — e indicou seus dois pratos, cada um com uma palavra gravada.

— Dois lados em perfeito equilíbrio — explicou. — *Acima* reina o prato do frio, da água e da noite. *Abaixo* reina o fogo, o calor e o dia. Sempre estamos em uma dessas duas eras. Por exemplo, em uma época dominada pelas forças celestiais, os dias podem ser mais frios, e a água pode fluir em maior abundância. O princípio básico é que o mundo todo funciona de acordo com essa dualidade. Quando um ascende, o outro se retrai, em um eterno equilíbrio. Também vi a mesma ideia ilustrada na forma de uma roda ou de uma ampulheta, por pessoas interessadas nesse tipo de pensamento.

— Dizem que os dragões vêm das estrelas — Dumai comentou, começando a entender. — De cima.

— Exato, e este não é o tempo deles. É por isso que estão adormecidos. Por extensão, alguma coisa deve se originar *de baixo* também, igual, mas de natureza oposta. Das montanhas de fogo, talvez.

— Mas as montanhas de fogo entram em erupção, ou pelo menos entravam, antes que os deuses se instalassem em nossas terras — Kanifa argumentou. — Em geral isso não traz criaturas perigosas à tona.

— Não mesmo — concordou Mestre Kiprun, aproximando o nariz um pouco mais do gráfico. — Talvez as erupções mantenham o fogo sob controle, como o vapor que se desprende quando a água ferve na panela. Mas se alguma coisa tiver alterado o equilíbrio e houver fogo demais... talvez o excesso se acumule nesse tal Monte Temível.

— Você sabe onde fica? — Dumai perguntou.

— Do outro lado do Abismo, o mar que nem mesmo nossos melhores navios são capazes de atravessar. Mas as coisas distantes também podem nos afetar. Uma folha cai em Brakwa e causa um tremor de terra em Jarhat.

— Isso é possível?

— É provável. Já percebi que a maior parte das coisas que digo se revelam verdadeiras.

Nikeya se aproximou, com uma expressão pensativa. Ela ficou ao lado de Dumai para observar o gráfico.

— O que acha que pode ter causado esse desequilíbrio de forças, Mestre Kiprun? — Os cabelos dela escorriam pelos ombros enquanto examinava o pergaminho. — Deve ter sido um acontecimento notável, para tirar o mundo do prumo.

Dessa vez não havia aquele tom malicioso de costume.

— Não faço ideia. O que fica claro é que estamos em uma Era de Fogo — disse Mestre Kiprun —, mas uma em que o fogo ficou forte demais. O chão está seco, rachado por causa da estiagem, o nível dos rios está baixo. Até o gelo do Norte está derretendo. Mas se esses extremos são a causa ou a consequência…

Ele começou a murmurar consigo mesmo, baixo demais para ser ouvido.

— Se esses wyrms forem mesmo frutos de um desequilíbrio, isso significa que eles não têm nenhum propósito, nenhuma razão de ser? — Dumai perguntou.

— Desconfio que não. Podem ter algum nível de inteligência, mas não o suficiente para ignorar sua própria natureza.

— Que é… o mal?

— Não, não. Um incêndio florestal destrói tudo a esmo, mas você diria que ele é maligno?

— Mas os dragões são bons — Kanifa falou, em um tom de afirmação e, ao mesmo tempo, dúvida.

— Mais uma vez, não. A Consorte Jekhen mandaria me executar no ato por dizer isso, mas é um pensamento simplista descrever um dragão como *bom*. Eles estão em harmonia com a natureza. Isso é o mesmo que bondade?

Dumai ficou olhando para o alquimista, à espera de seu veredito. O Mestre Kiprun analisava o gráfico.

— Uma Era de Fogo precisa ser encerrada por algo de cima. — Ele bateu com a mão espalmada na mesa. — Um *astrônomo*. Nunca pensei que fosse dizer isso, mas nós precisamos de um.

— Esperem. — Nikeya estava olhando para a janela. — Vocês ouviram isso?

Eles ficaram em silêncio. Na muralha mais abaixo, os guardas gritavam uns com os outros, mas o vento carregava para longe suas palavras. Quando se aproximou da janela, Dumai viu colunas de fumaça, escuras e cada vez mais espessas.

Sem nem parar para respirar, deixou às pressas a câmara, desceu as escadas e saiu porta afora, rumo à muralha. Na cidade, os gritos se elevavam, mas a fumaça os suplantava.

— Esse cheiro. — Kanifa já estava ao seu lado. — É o mesmo de Sepul.

— Fique aqui com Nikeya — Dumai lhe disse. — As muralhas são de pedra. Vocês devem ficar bem.

— Dumai, aonde você vai? — Nikeya gritou, mas a essa altura Dumai já tinha saído em disparada.

****

O Lago Oculto ficava bem no meio do palácio. Dumai passou às pressas pelos cortesãos recém-despertos, seguindo o Shim Interior, até chegar a um terraço de mármore com vista para uma massa de água de um azul bem escuro. Furtia e Nayimathun estavam no lago, olhando na direção da cidade.

Nayimathun era maior, mais velha. Poderia engolir Furtia inteira e mesmo assim sobraria espaço. Em um momento de menor urgência, Dumai poderia ter parado para admirar suas escamas, que pareciam vidro opaco, e sua crina contrastante, que era como o bronze transformado em seda. Os chifres eram compridos e brancos.

Dumai tirou os sapatos e entrou nas águas rasas, caminhando na direção das duas.

— Furtia — gritou.

A dragoa virou a cabeça em sua direção. *Filha da terra.* Ela alargou as narinas. *Eles vieram.*

Eu sei, grandiosa. Nós precisamos ver o que estamos encarando.

Somente o céu noturno é capaz de detê-lo.

— Mas podemos ganhar tempo. — Dumai começou a gesticular enquanto falava. — Por favor. Precisamos tentar expulsá-lo.

Soltando um ruído de concordância, Furtia abaixou a cabeça, e Dumai subiu em seu pescoço como se fosse uma escada. Não havia tempo para pegar a sela, nem suas botas de montaria, mas seus pés estavam mais seguros a essa altura, acostumados à instabilidade do lombo da dragoa — ela sabia por instinto onde colocá-los. Quando se firmou, soltou um suspiro de susto ao ver Nayimathun das Neves Profundas a observando do alto de toda sua estatura.

Quem é você, filha da ilha?

Uma nova voz em sua mente. Nayimathun aproximou sua enorme cabeça, e Dumai estendeu uma das mãos para tocar o focinho dela.

— Meu nome é Dumai — falou, com clareza, em lacustre. — Noziken pa Dumai.

Eu vejo as águas de sua mente. Nayimathun cheirava a rios verdes e musgo. *Como é possível que seja portadora da luz?*

Antes que Dumai pudesse responder, Furtia já havia iluminado a coroa e começado a nadar pelo céu, por cima das muralhas do palácio.

Furtia foi na direção em que a fumaça era mais espessa. Dumai tossiu até sua garganta arder. Tinha um gosto podre, rascante. Confiando na força de seus joelhos, ela rasgou um pedaço da túnica e enfiou na crina que a cercava, molhando-a com água salgada. Quando estava ensopada, amarrou-o sobre o nariz e a boca.

A Cidade das Mil Flores estava sendo incendiada.

Embarcações fugiam dos atracadouros. Mais abaixo, uma rua de lojas e casas explodiu em chamas de um vermelho-vivo como o pôr do sol. Dezenas de milhares de pessoas corriam na direção do Rio Shim, algumas com crianças pequenas ou pertences nos braços.

Furtia rosnou. As gotas brotavam como pedras preciosas em sua carapaça, encharcando Dumai até os ossos. Ela batia os dentes. Sentia os músculos gelados se movendo, notando o cheiro doce de uma tempestade, à medida que sua dragoa se inflava, absorvendo as nuvens mais próximas. Voando baixo sobre os telhados, ela se sacudiu, molhando as ruas, apagando as chamas por onde passava.

Dumai ergueu a cabeça bem a tempo de ver uma criatura alada vindo na direção delas. Na fração de segundo que teve para compreender o que estava vendo, fez três observações, como se presenciasse tudo com grande distanciamento:

É como o que vi no vale, só que menor.

Tem só duas pernas, em vez de quatro.

Isso não o torna menos mortal, se pode cuspir fogo.

Quando aconteceu, a colisão quase a derrubou. Seu grito se perdeu em meio à explosão de barulhos — Furtia rugindo, garras raspando, o uivo do vento. O cheiro de tempestade se foi, substituído por algo quente e sufocante. A cabeça dela pareceu dobrar de peso. Seu estômago foi parar na boca quando Furtia deu uma guinada para a esquerda. Em meio à cortina formada por seus cabelos escuros, Dumai viu dentes que eram como lâminas de ferro, se fechando com um clangor agudo, antes de a fera desaparecer.

Grandiosa, você está ferida?

Furtia se sacudiu. *Essa é uma criatura inferior…*

Dumai estava começando a se arrepender da decisão de não pegar a sela. Suas mãos doíam por se agarrar com tanta força às crinas; sentia câimbras nas coxas por causa do esforço de se manter firme na carapaça escorregadia. Ela viu a criatura alada, com escamas de um marrom queimado e espinhos bronze que desciam pelo dorso, se contorcer no ar e posicionar as asas parecidas com couro para mergulhar de novo.

Nayimathun o atingiu com a cabeça. Enquanto o wyrm girava no ar, uma das asas se enroscou em um templo, quebrando três pilares e arrancando um pedaço de um beiral. Assim que se virou para mais uma investida, a dragoa lacustre fechou os maxilares, destroçando suas asas, e arremessou seu corpo no rio.

Pronto.

Dumai olhou para trás em meio ao vento e perdeu o fôlego.

De início, teve certeza de que era o wyrm do Vale Fraturado. Dois chifres e quatro pernas, separadas pelas asas. Então viu a maneira como a luz batia nas escamas — não com um brilho, como o do sol no mel, mas com o reluzir de uma superfície polida. Do focinho à cauda, a criatura era recoberta de um dourado intenso o bastante para refletir os incêndios, um ouro roubado das profundezas do mundo. Seria magnífica, se não fosse pela ausência absoluta de misericórdia em seus olhos.

Seu tamanho era assustador, assim como o ruído que veio de baixo quando as pessoas viram o wyrm. Dumai nunca tinha visto uma criatura viva tão grande — suas asas eram capazes de tocar ambas as margens do rio. Nem mesmo Nayimathun se comparava, e Furtia, bem mais nova, parecia mirrada em comparação. Como todos os dragões seiikineses, ela era longa e esguia, feita para mergulhos no mar.

Ela voou na direção da criatura sem nenhum vestígio de medo. Dumai ficou paralisada. Conseguia sentir o cheiro da fera — seu caráter de aberração, de equívoco — e, quanto mais perto chegava, mais rápido seu coração batia.

Os olhos do wyrm a encaravam.

— Grandiosa, pare! — Seus calcanhares escorregaram conforme mais água salgada começava a borbulhar sob seu corpo. — Furtia…

Pare, ele é forte demais!

Furtia abriu a boca soltando um rugido. Então uma onda de ar a atingiu, assim como um terrível chifre de ferro, arranhando seu flanco. A luz branca em sua coroa sibilou.

O som que se seguiu era diferente de tudo o que Dumai já tinha escutado — o uivo do vento, que ameaçava estourar seus tímpanos. Furtia pareceu se contrair antes de entrar em queda livre, com o sangue prateado espirrando de seu flanco como chuva.

O mundo todo girava. Com os olhos lacrimejando e os dentes cerrados, Dumai se agarrou com força. Sob ela, Furtia estremecia. Sua coroa se acendeu de novo, e ela se afastou dos telhados que se aproximavam — mas a arremetida para cima foi forte e repentina demais, e Dumai perdeu o equilíbrio.

Durante os anos que passou escalando o pico do meio, ela nunca tinha caído por tempo suficiente para soltar um suspiro de susto. Não tendo Kanifa por perto para segurá-la. Mas, dessa vez, não havia corda amarrada em sua cintura.

Ela sabia como aterrissar: de pé, com os joelhos relaxados, para quebrar as pernas, e não a cabeça. Havia tempo suficiente para se preparar.

Alguma coisa bateu em seu ombro. Depois de uma dor ofuscante, ela aterrissou em um macio acúmulo de neve na base da torre do relógio, que amorteceu sua queda, sem evitar, porém, a explosão de dor em seu ombro e em seu quadril.

A princípio, ela ficou com medo de se mover, de ver quanto estava ferida. Ao seu redor, as pessoas corriam em todas as direções — algumas delas saindo da torre do relógio, outras entrando. Viu comerciantes e soldados, pais e filhos. Em meio à loucura e à fumaça preta, ouviu cachorros latindo, gritos e o som de cascos.

Mantenha a calma. A mãe conversava com ela em uma memória distante. *Se cair, sempre mantenha a calma*.

Dumai mexeu os dedos dos pés primeiro. Conseguia sentir ambas as pernas. Com cuidado, se sentou, grunhindo ao sentir o latejar no ombro. Seu casaco se abrira onde a quina de um telhado a acertara. O sangue já encharcava sua manga.

Uma sombra mais acima. O wyrm dourado, que soltou um grito reverberante — destinado a inspirar medo — antes que o fogo vermelho se projetasse de sua bocarra, uma parede de chamas larga como o Caminho da Florada Branca.

Dumai protegeu os olhos do calor. Tossindo, foi se afastando pela neve derretida, sob um manto de sombras. Furtia jamais a encontraria agora, em meio à confusão de pessoas e cavalos que percorriam aqueles becos. Sua melhor opção era voltar ao palácio.

Seguiu se mantendo abaixada, com medo de respirar os vapores rançosos. Suas costelas ardiam a cada movimento. Com uma das mãos na lateral do corpo, continuou avançando em meio a pegadas molhadas, sujeira e sangue, até que seus dedos roçaram uma carcaça chamuscada. *Não olhe*, pensou consigo mesma, sentindo ânsia de vômito. *Não olhe.* Dumai endireitou a postura e saiu cambaleando do beco para uma rua que o wyrm destruíra, onde uma construção tombou e desabou diante de seus olhos, deixando tudo cinza ao seu redor.

Os cabelos de sua nuca se arrepiaram. Olhando para a direita, viu o que a princípio pensou ser um cavalo. Se sentindo zonza, se perguntou se estaria mesmo de barda, e por isso que parecia tão estranho — até que uma rajada de vento tornou menos espessa a nuvem de fuligem e fumaça.

Em algum momento, devia ter sido um cervo. Agora estava coberto de escamas, que protegiam seu pescoço e seus flancos — o corpo todo menos as patas traseiras, encompridadas por um segundo joelho, que tornava sua estatura maior do que deveria. O sangue vazava de feridas abertas onde asas se erguiam dos flancos. Os dentes eram afiados e metalizados, assim como a maior parte das galhadas, seus ossos revestidos de ferro. Havia um homem morto logo atrás, com o crânio esmagado sob seus cascos.

Dumai estremeceu. Quando os olhos da criatura a encontraram, o som que soltou foi uma mistura de relincho e berro.

Ela esqueceu que estava descalça e ferida. A agonia na lateral de seu corpo desapareceu, superada pela necessidade de sobreviver. Lutando para respirar, correu até uma cerca baixa, passou por baixo dela e contornou uma parede. Escorregando no gelo, torceu o pé, bateu em um muro, mas continuou fugindo, sem se deixar abalar pela dor.

Em todos os seus anos na montanha, aprendera sobre os perigos do frio. No tempo que passou na corte, entendera os perigos das fofocas e da manipulação. Aquilo não era nada em comparação a ser uma humana entre criaturas expelidas pelas entranhas desconhecidas da terra.

Outra monstruosidade cruzou seu caminho, quase com o dobro de sua altura e pelagem misturada às escamas. O urso deformado perseguia uma multidão, com os olhos em chamas, soltando faíscas pelas narinas. Dumai mudou de direção, mas deu de cara com um lobo terrível, com a mandíbula inferior deslocada do restante da boca. Quando ele latiu para ela, Dumai disparou para outra rua, sentindo a poeira queimar a garganta.

Dessa vez, cruzara o limiar errado — não o do mundo dos sonhos, e sim o dos pesadelos.

Alguma coisa a jogou no chão. Ela rolou de lado, protegendo a cabeça com os braços, até cair nas águas rasas e geladas de um canal. Encharcada, ela se ergueu para a ponte mais acima, impulsionada pela força do medo.

O canal devolveu seu senso de direção. Seguindo na direção do curso d'água, passou por baixo de uma carroça com sua carga de tecidos arruinada, colidiu com outra mulher e foi parar aos tropeções no Caminho da Florada Branca, onde todas as carroças e lojas à vista estavam em chamas. Dumai cambaleou, sentindo a exaustão dominar o corpo.

Filha da ilha.

Ela olhou para cima. Nayimathun vinha em sua direção. Juntando todas as suas forças, ela correu na direção da dragoa, sentindo uma dor no ombro que parecia provocada por uma lâmina incandescente.

Nayimathun voava baixo o bastante para a parte inferior de seu corpo roçar a rua. Outras pessoas se agarravam às suas escamas, da parte dianteira até a cauda. Ela apanhou Dumai e se ergueu do meio da fumaça, segurando-a com cuidado entre as garras afiadas.

Dumai sentiu seu corpo amolecer enquanto Nayimathun a carregou por cima da cidade sob cerco, por fim a deitando sobre a neve. Tossindo descontroladamente, Dumai viu a dragoa verde arrebentar o gelo do Lago dos Longos Dias.

E, quando Nayimathun voltou à tona, não estava mais sozinha.

56
Oeste

A chuva durou três dias inteiros. Assim que foi apagado o último foco de incêndio em Ascalun, Lorde Robart enviou emissários para as províncias. Eles reportaram que uma revoada de wyrms destruiu inúmeras plantações e pomares nos Prados — o celeiro de Inys — e deixou os pastos encharcados de sangue antes de rumar para o sul, atravessando a Rota do Santo em direção a Yscalin.

Glorian viu seu povo se empurrando e gritando na porta do palácio. Era mais um tumulto que estourava em poucos dias. Tudo o que ela queria era sair para oferecer um consolo às pessoas, mas em vez disso estava confinada na Torre da Rainha, guardada como um barril de vinho em uma adega, à espera do Príncipe Therico.

Florell apareceu ao meio-dia.

— Majestade, o Lorde Protetor requisita sua presença — avisou. — Uma mensageira real chegou.

Glorian ficou de pé imediatamente

— É sobre meu casamento?

— Eu não sei.

— Ele deve chegar em breve — Glorian disse, mais para si mesma do que para Florell, andando de um lado para o outro na alcova. — Preciso ir para o campo de batalha o quanto antes.

— Glorian, sua vida não vai valer menos depois que tiver uma filha. Deixaria sua recém-nascida órfã? — protestou Florell. — Lembre-se da temperança. Você tem sangue hrótio, mas também é inysiana. Nem tudo pode ser resolvido com a espada.

Eu preciso acreditar que pode, sim, Glorian pensou, *ou vou acabar enlouquecendo.*

Suas damas a vestiram com uma túnica e saia de um cinza não muito escuro. Julain fez tranças em seus cabelos, enquanto Adela e Helisent escovavam seu manto e suas mangas. Helisent ainda estava com uma tosse persistente.

— Florell, você pode pegar um casaco acolchoado para mim? — pediu Glorian.

Florell parou o que estava fazendo.

— Para proteção?

— Sim.

Um perponte sem mangas e gola alta que combinava com o restante de seu traje foi trazido, de lã acolchoada e ferro embutido no forro. Era mais pesado do que Glorian esperava, mas ela se sentiu reconfortada mesmo assim. Florell ajustou todos os fechos antes de colocar a coroa.

Glorian ainda se sentia uma impostora brincando de rainha. Tudo o que ela usava era como um aprisionamento, sem nenhum poder de verdade por trás.

Lorde Robart a esperava ao pé da Torre da Rainha, com uma espada na cintura.

— Majestade — falou, analisando seu traje enquanto fazia uma mesura. — Obrigado por me atender tão prontamente.

— Eu ficaria contente em acompanhá-lo mais vezes, milorde, para me manter informada sobre os acontecimentos em Inys. — Glorian foi caminhando com ele pelo jardim. — Na Torre da Rainha, não tenho muita utilidade.

Ela falou com uma determinação que a deixou surpresa. Desde que afrontou Fýredel, sentia que algo tinha mudado dentro de si. Depois de encarar o mal de peito aberto, tinha menos medo de todo o resto.

— Vossa Majestade será informada de tudo o que é preciso saber — respondeu Lorde Robart, sucinto. — Obviamente, pode deixar a Torre da Rainha quando desejar, mas é o lugar mais seguro para Vossa Majestade. Não podemos nos esquecer do ataque no Castelo de Glowan.

Eles passaram por um grupo de cortesãos, que abriram caminho. Todos usavam um tom de cinza como o do céu.

— Quanto a sua afirmação de que não tem muita utilidade por lá, sou obrigado a discordar — disse Lorde Robart, passando por seu ancestral, o Cavaleiro da Generosidade, que segurava um feixe de trigo. — Vossa Majestade continua sã e salva, se preparando para o maior serviço que pode prestar ao rainhado. Agora mais do que nunca, seu povo precisa do conforto de saber que a rainha tem uma herdeira.

— Por falar nisso, essa mensageira é do Príncipe Therico?

— Sei tanto quanto Vossa Majestade. Não posso receber uma mensageira real sem a presença da Rainha de Inys.

Eles entraram na sala do trono, gigantesca e entalhada em pedra clara, feita para evocar a entrada de Halgalant. Glorian observou o teto em arcada, as janelas altíssimas e o piso polido.

— O que anda acontecendo na cidade? — indagou.

— Estamos lidando com as necessidades mais urgentes das pessoas. Alimentos serão trazidos dos Alagadiços e das Terras Baixas. Os que perderam suas casas terão que se abrigar nos santuários até a reconstrução.

Seja lá quando isso acontecer, Glorian pensou. De que adiantava começar a reconstrução, se o wyrm prometera voltar?

— Você é o Duque da Generosidade — ela falou. — E quanto às casas dos pobres?

Glorian estava quebrando uma regra de sua mãe: *nunca fazer perguntas*. Mas não via mal nenhum nisso. Ela não tinha nenhum poder. O conhecimento poderia ser um.

— Sobrecarregadas. Tratarei que recebam a maior quantidade possível de donativos — falou Lorde Robart quando os dois se aproximavam das escadas. — Enquanto consideramos nossas opções.

— E nossas defesas?

— Não temos nenhuma, além dos arqueiros e da esquadra. Já avaliei o estado da cidade, Majestade. Estou convencido de que não existe escudo ou arma capaz de impedir que os wyrms promovam o mesmo tipo de violência de novo.

— Eu poderia tê-lo acompanhado pelas ruas.

— Claro.

Glorian desejou ser capaz de entender aquele homem.

— Qual é o seu plano, Lorde Robart? — questionou. — Mesmo se não for possível derrotar Fýredel, os wyrms menores podem ser derrotados nos campos. Certamente devemos convocar nosso povo a pegar em armas.

Sua frustração deve ter ficado evidente. Lorde Robart deteve o passo para encará-la.

— Rainha Glorian, não sou um homem dado a arroubos passionais. Às vezes chego a achar que deveria ser descendente do Cavaleiro da Temperança — falou, com um tom um tanto ríspido. — Sempre preferi avaliar cada situação com um certo distanciamento, sem me deixar levar pela tristeza ou pelo medo. Isso me permite pensar de forma clara, racional… mas não confunda meu comedimento com desinteresse. Eu me importo demais com o destino do rainhado, e farei o que for preciso para salvá-lo.

Glorian assentiu, se sentindo mais tranquila.

— Eu compreendo. — Eles seguiram andando. — Minha mãe também não era dada a arroubos passionais.

— Mas a senhora, sim. Como seu pai — Lorde Robart falou, abrindo um raro sorriso. — É muito parecida com ele.

— Obrigada.

— Sua homenagem a ele no sepultamento foi uma maravilha.

— É uma tradição de longa data dos funerais em Hróth. Chamam isso de *sithamál*, a última história. É como as coisas eram antes do santo, com a diferença de que costumavam queimar os mortos — Glorian explicou.

— Eles cantam para que a terra em si se recorde de quem partiu — Lorde Robart comentou. Ela o encarou com curiosidade. — Tenho interesse no assunto, Majestade. Por mais que enterremos o passado, ele sempre vem à tona. Prefiro entendê-lo, em vez de temê-lo.

No alto dos seis degraus estreitos, bastante íngremes, pois seriam percorridos por uma dinastia de rainhas de estatura elevada, Glorian se deteve. Diante dela estava o trono do Rainhado de Inys, esculpido em um mármore morguês cor de creme, de uma simplicidade elegante. Um faldistório havia sido posicionado logo ao lado. Mais acima havia uma cobertura vinosa, adornada com a Espada da Verdade, que pairava sobre o trono.

Glorian se virou e se sentou. Apesar do estofado sob seu corpo, era um trono duro e frio.

— Majestade. — Lorde Robart se colocou ao seu lado. — Creio que sou eu que devo me sentar no trono — disse, baixinho —, pois ele representa a autoridade real em Inys, que no momento está em meu poder. — Em seguida, apontou com o queixo para o faldistório. — Me desculpe.

Ela sentiu o rosto queimar.

— Eu entendo.

Lorde Robart aguardou educadamente que ela passasse para o faldistório antes de se acomodar no trono, não parecendo se sentir nem um pouco feliz com aquilo. Ele fez um gesto para as cerimonialistas, que reabriram as portas.

Uma mulher entrou na sala do trono. Seus cabelos castanhos desciam até a cintura. As roupas estavam úmidas e desalinhadas; e o rosto, vermelho e suado.

— Aproxime-se — chamou Lorde Robart. — Quem se apresenta diante da Rainha de Inys?

— Majestade. Lorde Protetor. — Ela fez uma mesura para ambos. — Meu nome é Mara Glenn. Meu pai é Lorde Edrick, o Barão Glenn de Langarth.

— A irmã de Wulf — Glorian comentou, ao se dar conta de quem se tratava.

— Sim, Majestade.

— Eu sinto muito.

— Obrigada. — Mara fez uma pausa para tossir na mão enluvada. — Perdão. É a fumaça. — A cidade ainda estava encoberta por uma espécie de capuz escuro. — Majestade, minhas mais sinceras condolências. A Rainha Sabran foi…

— Se não se importa, Mestra Glenn — interrompeu Lorde Robart. — Fui informado de que está de posse de uma mensagem real.

— Sim, de Lady Marian Berethnet. — Mara juntou as mãos. — Lorde Robart, minha senhora e sua criadagem foram enviadas para Cuthyll, mas a umidade dos Charcos não lhe faz bem, e o castelo está em más condições, um lugar frio e com infiltrações de água. Eu suplico que a receba de volta aqui, na corte. Ela já está com o coração partido por não ter podido comparecer ao sepultamento da própria filha.

Glorian lançou um olhar de canto para seu regente, que permaneceu impassível.

— Com a ameaça enfrentada por Inys, Lady Marian quer estar com sua última familiar restante, a Rainha Glorian, para apoiá-la e aconselhá-la, além de compartilhar com ela o fardo do luto. — Mara se voltou para Glorian. — Por favor, Majestade, um pouco de generosidade. Tudo o que ela deseja é estar ao seu lado.

Lorde Robart se recostou um pouco.

— Lorde Edrick está ciente de sua viagem, Mestra Glenn?

— Não, milorde. Vim direto de Cuthyll.

— Então creio que posso perdoar sua ignorância a esse respeito. Lorde Edrick já era vivo durante o governo da Rainha Marian — Lorde Robart a lembrou — e se lembraria de quanto Inys se aproximou da ruína naquela época. Creio que seus pais biológicos estão ambos mortos. Se ela acha que pode voltar apenas porque a Rainha Sabran não está aqui, acredito que esteja enganada.

— Não é a intenção de Lady Marian cometer nenhum ato de desrespeito, Lorde Robart — Mara rebateu, em um tom firme —, mas certamente ela não tem como causar mais nenhum prejuízo, estando alijada do poder. É uma mulher idosa, de saúde frágil. Se pudesse ter...

— Isso é o suficiente, Mestra Glenn. Tenho muito o que fazer para garantir a proteção do rainhado nas próximas semanas. — Ele se recostou. — Mandarei um pedreiro consertar os problemas estruturais em Cuthyll. Tenha um bom dia.

Mara franziu os lábios.

— Milorde, eu transmitirei sua mensagem — falou, fazendo menção de sair.

Mas, antes que pudesse se virar, Glorian a chamou:

— Mestra Glenn. — Mara se virou de imediato. — Por favor, mande lembranças à minha avó, e minhas condolências.

— Farei isso, Majestade. — Mara abriu um sorriso aliviado. — Obrigada.

Enquanto ela caminhava para a porta, Lorde Robart comentou:

— Isso pode não ter sido uma boa ideia, Majestade.

— Então não posso reconfortar minha avó, carne da minha carne, e que tem o sangue do Santo? — Glorian perguntou, franzindo a testa. — Por que a mandou para um castelo em mau estado, Lorde Robart?

— Cuthyll é uma fortaleza segura e remota. Lady Marian está a salvo por lá. Só peço para não lhe dar falsas esperanças. Não podemos permitir seu retorno em um momento de tanta fragilidade para Inys.

De repente, as portas se abriram de novo. Um escudeiro entrou correndo, com o rosto vermelho, quase tropeçando nas próprias botas. Mara abriu passagem, surpresa.

— Rainha Glorian — o escudeiro gritou. — Um sobrevivente! Do *Convicção*… dos navios, dos navios perdidos!

Glorian se levantou imediatamente. Um instante depois, Lorde Robart fez o mesmo, embora seu rosto continuasse sendo o retrato da tranquilidade.

— Acredito que tenha alguma forma de provar isso — ele comentou. — Então, o que me diz?

— Ele estava entre os passageiros, milorde. Sou capaz de provar — garantiu o escudeiro. — Eu me lembro bem dele.

— Faça-o entrar. Depressa, rapaz.

Do lado de fora, houve uma grande comoção antes de várias pessoas entrarem na sala do trono, seguidas por uma multidão de cortesãos. Com um grito, Mara se jogou sobre um homem alto e maltratado pelas intempéries. Quando ela enfim o soltou, Glorian pôde ver seu rosto barbado. As mãos estavam envolvidas em tecido, ele estava ensopado e emaciado, e a exaustão deixara manchas profundas sob seus olhos.

Mas lá estava ele, vivo.

— Wulf — ela murmurou.

****

Wulf se aproximou do trono de mármore. Ele e Thrit vieram cavalgando sem parar do Palacete de Caddow, pela estrada que serpenteava entre a neblina e a turfa negra dos Prados até a capital enfumaçada, perseguidos o tempo todo pelo medo da peste.

— Lorde Robart — ele anunciou —, sou Wulfert Glenn de Langarth, filho mais novo dos Barões Glenn.

— Dois Glenns. — Lorde Robart olhou bem para ele. — Você era um atendente do Rei Bardholt.

— Até seu último suspiro. Venho agora, a mando do Einlek, Rei de Hróth, para relatar o que testemunhei no Mar Cinéreo, a bordo do *Convicção*. E para trazer um terrível alerta.

— Tenho minhas dúvidas sobre a possibilidade de você ser quem diz que é, Mestre Glenn. — Lorde Robart estreitou os olhos. — Ninguém sobrevive ao Mar Cinéreo em pleno inverno.

— Me perdoe por contradizê-lo, milorde, mas eu sobrevivi.

Embora as cerimonialistas tentassem manter as pessoas à distância, cada vez mais gente se aproximava para ver.

— Esse é *mesmo* Wulfert Glenn, Lorde Robart — Glorian falou quando recuperou a voz. — Sou capaz de garantir. — Ela deu um passo à frente. — Por favor, Wulf, nos conte o que viu.

— Majestade, preciso fazer outra coisa primeiro.

Estava tão dolorido pelos dias passados em cima da sela que pensou que fosse cair de costas, mas conseguiu se ajoelhar diante dos degraus.

— Rainha Glorian, eu lhe ofereço minha espada e meu machado, assim como fiz ao senhor seu pai, e depois a seu primo, Einlek, o Rei — disse. — Embora esteja a serviço dele agora, também estou a seu dispor, pois os dois têm o mesmo sangue, o sangue do homem que por uma década foi meu senhor e caudilho. Mais uma vez, juro lealdade à Casa de Hraustr. E à senhora. Caso me aceite.

Glorian estendeu a mão que ostentava um anel hrótio.

— Sim — ela respondeu. — E ordeno que se levante, Wulfert Glenn, como um cavaleiro-eleito do Rainhado de Inys.

— Majestade.

Quando ele ficou de pé, Mara se colocou ao seu lado, e Thrit permaneceu do outro. Sua irmã o segurou pelo braço, como se estivesse com medo de soltá-lo.

— Vou contar o que aconteceu a bordo do *Convicção* — ele falou, com a maior clareza que sua garganta ferida permitia. — Mas primeiro me permita falar de outra ameaça, uma que está a poucos quilômetros ao sul do Promontório de Yelden. Existe uma peste, Majestade, uma doença que surgiu no vilarejo de Ófandauth, e que está se espalhando rapidamente por Hróth. E está em Inys, em algum lugar dos Charcos.

Os murmúrios se espalharam entre os cortesãos. Entre eles estava Kell Bourn, quiropraxista da Companhia dos Ossos, com uma expressão séria no rosto.

— Aconselho que feche os portos. Descubra onde a peste se instalou e não permita que se espalhe mais. — Wulf soltou um suspiro forte. — Agora posso contar. Vou contar tudo o que vi.

****

Sozinha em seu solário, Glorian chorava amarga e furiosamente, puxando os próprios cabelos. Wulf não poupara nenhum detalhe. Contou que, em seus últimos momentos, seus pais enfrentaram Fýredel com coragem.

Se eles tinham feito isso, ela poderia admitir um príncipe em sua cama. Poderia dar a Inys uma herdeira.

Ela também poderia ser coroada formalmente. Wulf testemunhara a morte da soberana. Atravessara o fogo, a neve e o pântano, depois de ter estado à beira da morte, para avisá-la sobre o que estava a caminho.

Algumas poucas luzes brilhavam na cidade. Sob a chama de sua vela, ela rompeu o lacre da carta de seu primo, com o brasão da Casa de Hraustr, que Einlek entregara a Wulf.

> *Prima, serei conciso em minhas palavras, pois o tempo é curto, e o fogo certamente está a caminho. Acordo toda manhã ainda incapaz de acreditar que isso aconteceu — que vivi para ver a queda de um rei lendário e a ascensão de um mal tão terrível, capaz de eclipsar tão completamente a guerra de minha infância.*
>
> *Minha mãe e eu lhe mandamos nossas mais entristecidas condolências. Transmito-lhe minha gratidão pelo reino que, por direito, era seu. Acima de tudo, afirmo, com a maior ênfase possível, minha lealdade a você, que agora se encontra com um fardo tão pesado em tão tenra idade. É injusto, e cruel, mas todos os testes impostos pelo Santo são assim. Ele também passou por provações e sofreu para banir o mal deste mundo. Agora você deve assumir seu lugar, com metade da idade que ele tinha quando enfrentou o Inominado. Você precisa ser a espada e o escudo.*
>
> *Não sou muito mais velho que você, Glorian, mas, se me permite, tenho um conselho, como alguém que foi envolvido em uma guerra com tão pouca idade. Em todo campo de batalha, existem guerreiros e corvos: os guerreiros na neve, os corvos aguardando nas árvores. Olhe para aqueles que a cercam e entenda quem é quem. Descubra quem vai lutar e quem vai se banquetear com sua carne. Quem vai estar ao seu lado e quem vai estar à espera de sua queda. Saber disso pode salvar sua vida.*

Ela passou o dedo sobre a asa preta que ele havia feito com tinta.

Nos meses ou anos que estão por vir, precisamos proteger nossas próprias praias, nossa própria gente. Estou agora no comando de uma casa muito jovem, como sucessor de um rei que fez um país se ajoelhar e, por essa razão, preciso manter os olhos voltados para o Norte. Mas tenha certeza, prima, que Hróth sempre estará ao seu lado. Nossos reinos do mar lutarão sob o estandarte do Santo, para se erguerem do fogo, iluminados por sua luz, mais fortes do que nunca.

Pode não haver um vitorioso nesta guerra. Os inimigos são muitos. Não acredito que o intento do Santo seja nosso triunfo. Ele deseja a destruição total do mundo, para poder trazer um novo à existência. Nossa provação é a sobrevivência, bem como a manutenção da união de nossos reinos. Portanto, juntos, preservemos a Cota de Malha da Virtandade.

Lembre-se, Glorian, de que o mal é mundano, mas você, não. Todos os grandes governantes buscam aconselhamento, mas você só deve satisfações ao Santo, que vive dentro de seu corpo, como a voz do divino. Recorra a ele primeiro, e a si mesma.

Glorian guardou aquelas palavras na memória. Antes de jogar a carta no fogo, beijou de leve o papel.

Durante vários dias, ficou inquieta à espera — do Príncipe Therico, de mais notícias. Tentou contato com seu eu espelhado, mas o Santo se silenciou de novo. Fora do palácio, o povo clamava por pão.

Por fim, depois do que pareceu uma pequena eternidade, alguma coisa mudou. Uma mão a despertou.

— Glorian. — Florell estava ao lado de sua cama, segurando uma vela. — O Conselho das Virtudes quer vê-la.

Glorian se sentou. O sol tinha acabado de nascer.

— Por que estão me convocando tão cedo?

— Eu não sei.

A Câmara do Conselho estava fria, com um fogo recém-aceso na lareira. Quando entrou, Glorian encontrou apenas três dos Duques Espirituais à sua espera.

— Majestade — Lady Brangain disse, baixinho. Todos abaixaram a cabeça. — Perdão por incomodá-la a esta hora. Consideramos que o correto era que a senhora soubesse assim que possível.

— Onde está o Lorde Protetor? — indagou Glorian.

— Viajou com Lorde Damud e Lady Gladwin antes do amanhecer. Estão indo instruir os condes e barões das províncias nortenhas a reunir a população para defender o rainhado. Ele deve voltar em breve.

— E o que vocês precisam me contar?

— Não existe um jeito fácil de dizer isso — Lade Edith disse, baixinho. — O Príncipe Therico de Yscalin está morto.

As palavras a sobressaltaram como uma queda no gelo.

— Como?

— Acredito que a senhora tenha sido informada de que os wyrms voaram rumo ao sul depois do ataque aos Prados. Pelo que soubemos, entraram em Yscalin pelo porto de Tagrida, que queimaram até não restar quase nada. O Príncipe Therico estava a bordo de um dos navios atracados por lá.

Glorian demorou alguns instantes para digerir a notícia. Ele estava a poucos dias de viagem de Inys.

— Que ele encontre a paz na Grande Távola. — Ela desabou em uma cadeira. — Dezesseis anos não é idade para morrer.

— Não mesmo, Majestade.

— O que fazer, então? — Glorian perguntou por fim. — Todos concordaram que eu deveria ter uma herdeira o quanto antes.

— Existe uma forma de remediar a situação rapidamente — Lorde Randroth falou, limpando o nariz. — Uma proposta que Lorde Robart gostaria que submetêssemos a sua consideração.

— Sim?

— Sua falecida mãe arranjou seu casamento com o Príncipe Therico, mas o contrato inclui outra cláusula. No caso da morte dele, a herdeira de Inys pode se casar com outro parente da Rainha Rozaria de Yscalin, de primeiro ou segundo grau, especificamente, dentro de um mês.

— Geralmente essa cláusula é incluída quando uma das partes tem alguma doença ou está envolvida em atividades perigosas — explicou Lade Edith.

— É uma precaução sensata. O Príncipe Therico era um jovem de constituição frágil. — Lorde Randroth abriu o documento em questão sobre a mesa. — Os dois membros da Casa de Vetalda que cumpriam esse critério, infelizmente, morreram junto com ele. Mas há outro, e desimpedido para se casar. Caso o aceite, poderíamos seguir conforme o planejado. Não precisaríamos buscar outros candidatos nem negociar termos favoráveis, o que seria impossível em tempos de guerra. Assim preservaríamos nossa aliança histórica com a Rainha Rozaria.

— Pensei que todos os outros netos dela estivessem casados — Glorian comentou.

— Tem razão, Rainha Glorian. — Lade Edith soltou seu colar, demonstrando um certo mal-estar. — Perdão. Eu realmente não acredito que vamos discutir isso, mas o Lorde Protetor…

— … ele é a favor — complementou Lorde Randroth. — Conhece bem o homem, e deu um testemunho favorável a respeito de sua conduta.

Glorian assentiu.

— E quem é?

— O Príncipe Guma Vetalda.

Florell, que estava esperando do lado de fora da Câmara do Conselho, se arriscou a entrar.

— O Príncipe Guma — ela repetiu. — Lorde Randroth, não é possível que esteja falando do Duque de Kóvuga.

— Sua presença não é permitida na Câmara do Conselho, Lady Florell.

— Quem é o Príncipe Guma? — Glorian questionou. — Ele é o que da Rainha Rozaria?

Florell olhou para os três conselheiros e soltou uma risada aguda e estranha que deixou Glorian desconfiada.

— O Príncipe Guma é o irmão gêmeo dela — Florell explicou.

— A Rainha Rozaria tem… no mínimo setenta anos de idade.

Lade Edith virou todo seu cálice de vinho.

— Faz setenta e quatro em algumas semanas.

Na lareira, o fogo estalava e sibilava.

— Em nome do Santo, que loucura é essa? — murmurou Florell.

— O Lorde Protetor deixou bem claro que a escolha é sua, Rainha Glorian — Lady Brangain falou, ainda que com o rosto franzido. — Ele nos disse para sermos bem sinceros, e que acreditava que a senhora saberia tomar a decisão mais sábia. — Ela deslizou um envelope sobre a mesa. — Ele deixou uma carta.

Estava lacrada com cera verde, com um selo em formato de um feixe de trigo coroado. Quando Glorian o rompeu, encontrou as linhas da caligrafia caprichada dele.

Majestade, preciso me ausentar para instruir os Condes Provinciais, portanto escrevo às pressas. Acredito que a senhora foi informada da cláusula de tragédia prevista em seu contrato de matrimônio.

O Príncipe Guma é um homem bom e astucioso, que passou boa parte da juventude defendendo Yscalin de saqueadores e outras ameaças. Eu o encontrei diversas vezes durante minhas visitas ao continente, e minha impressão foi a de alguém amigável, honrado e gentil.

Seu castelo é localizado nas Montanhas Saurga, o que lhe garante o controle de Ufarassus, a maior mina de ouro do Oeste. Recebi informações de fonte segura de que essa mina não está nem perto de se exaurir. Serei franco aqui: depois do Século do Descontentamento, nossos cofres ficaram quase vazios, em razão da má administração e da ganância. Não estamos em condições de enfrentar uma guerra, nem de realizar a reconstrução depois do fogo.

Eu compreenderia caso recusasse a união. Geralmente eu não endossaria um matrimônio entre pessoas com idades tão díspares, mas não temo por sua segurança nem por seu conforto ao lado do Príncipe Guma, cuja virtude atesto. Ele seria um trunfo para Inys. Seria uma falha minha, como regente, não informar minha soberana sobre a existência dessa opção. A escolha é sua.

Seu criado,

Robart Eller, Duque da Generosidade, Lorde Protetor de Inys

— O tempo urge — avisou Lorde Randroth. — Em caso de recusa, perderíamos meses à procura de um consorte apropriado.

— Pelo amor do Santo, ele tem idade para ser o avô dela! É melhor casá-la com um nobre yscalino, ou um caudilho hrótio — explodiu Florell. — Vocês estão sedentos por ouro, e isso nublou seu…

— Lady Florell, você não é uma duquesa — ele esbravejou. — A Rainha Glorian tem sangue hrótio. Nosso vínculo com o Norte já está garantido. Por outro lado, nosso último príncipe consorte yscalino foi agrilhoado pela Rainha Felina e morreu em circunstâncias misteriosas. Os Vetalda não se esqueceram disso. E nós não devemos nos esquecer de que eles aplacaram os Vatten para…

— Nada disso, nada *mesmo*, é justificativa!

As vozes foram se tornando distantes, se perdendo em meio a um rugido em seus ouvidos. Glorian agarrou a borda da mesa.

— E em troca?

Todos pararam de falar para encará-la.

— Glorian. — Florell foi até o lado dela. — Nada neste mundo valeria…

— O que Inys receberia em troca?

Lorde Randroth olhou feio para Florell, que se recompôs.

— O Príncipe Guma traria um dote bem mais polpudo que o Príncipe Therico, uma soma imensa — explicou. — Os yscalinos têm relações comerciais com o Sul, que seriam inestimáveis nos meses que teremos pela frente, em termos de abastecimento de sal e assim por diante. E, acima de tudo, ele traria uma companhia numerosa de soldados treinados, inclusive arqueiros.

— A Rainha Sabran está chorando em Halgalant. — Florell estava furiosa. — Quanto ao Rei Bardholt, ele teria matado todos vocês com as próprias mãos se tivessem a audácia de fazer uma proposta como essa em sua presença.

Lorde Randroth se levantou, furioso.

— Lady Florell, trate de moderar sua língua, ou será retirada da Câmara do Conselho!

— Parem com isso — Glorian falou, silenciando todas as vozes. — Em quanto tempo o Príncipe Guma pode chegar?

O Duque da Confraternidade retomou seu assento, com o rosto vermelho.

— Ele pode viajar para cá assim que providenciar uma embarcação segura.

— Pois bem. Eu me caso com ele — Glorian disse, baixinho. — Pelo ouro dele, e pelo meu povo.

— Glorian, não — Florell falou, com a voz embargada. — Existem outras soluções.

— Não conheço nenhuma que traria a riqueza de Ufarassus.

Lade Edith parecia incapaz de encará-la.

— Se é isso mesmo o que deseja, Majestade — respondeu —, convocaremos o Príncipe Guma para Ascalun. Como ele já concordou com a união, consentiu com um matrimônio por procuração. O casamento pode ser feito amanhã mesmo.

— Amanhã, então. Que assim seja.

Florell levou a mão à boca. Glorian saiu andando da Câmara do Conselho como uma sonâmbula, afastando os pensamentos do corpo o máximo possível, imaginando-se naquele reino dos sonhos, com sua versão secreta.

57
Leste

Depois de séculos adormecida, a Dragoa Imperial despertou. Junto com Nayimathun e Furtia, foi capaz de expulsar o wyrm dourado, que a realeza lacustre batizou como Taugran — *morte esplêndida*. Dias depois, os soldados continuavam a patrulhar as ruas, combatendo as criaturas deixadas para trás na capital. O céu parecia tingido de ferro, vermelho-terroso e preto.

A fumaça caíra sobre o palácio, onde dois telhados foram incendiados pelas brasas sopradas pelo vento. Dumai seguia mancando atrás de um serviçal, que usava um pano sobre a boca. Estava com o tornozelo fraturado, o ombro esquerdo escurecido por hematomas, mas com a ferida já suturada. Ao seu lado, Kanifa mantinha a mão na espada, como se esperasse que algo fosse acontecer a qualquer momento.

A Consorte Jekhen a recebeu em uma varanda coberta, fazendo o desjejum com mingau e frutas. A Princesa Irebül estava sentada ao lado de um queimador, com os cabelos penteados no estilo lacustre, com um aro dourado preso à testa.

— Princesa Dumai — disse a Consorte Jekhen. Seus olhos denunciavam as poucas horas de sono, mas de resto sua aparência estava impecável, com uma pérola enfeitando cada bochecha. — Junte-se a nós. Mestre Kiprun estava prestes a fazer uma breve demonstração que pode instigar seu interesse pela alquimia.

— Seria um prazer me juntar a vocês, Consorte Jekhen.

Elas olharam para o pátio, onde Mestre Kiprun segurava uma espécie de cuia de ferro, com um longo pedaço de fio preso no bocal. Ele colocou o recipiente no pavimento de pedra e solicitou que seu assistente lhe trouxesse uma vela.

— Foi por isso que o contratei — a Consorte Jekhen falou para Dumai, em um tom conspiratório. — É o que faz valer a pena suportar seus chiliques.

O Mestre Kiprun acendeu o barbante. Uma língua branca foi se aproximando do recipiente. Juntos, ele e o assistente se esconderam atrás de colunas de pedra, e uma fileira de guardas ergueu os escudos.

Uma explosão destruidora ocorreu dentro do recipiente, uma erupção ofuscante que sacudiu as telhas dos telhados e deixou apitando todos os ouvidos nos arredores. Dumai protegeu os olhos com a mão ao sentir o calor atingi-los e, quando criou coragem para voltar a olhar, viu que metade do pátio estava chamuscado e arrebentado.

— Pelo sopro de Kwiriki — Kanifa murmurou.

Dumai estava sem fôlego. Ao seu lado, Nikeya parecia fascinada.

— Pólvora negra. É extraída das profundezas da terra, e tem seu poder liberado pela arte áurea. Faz tudo saltar e estremecer — o Mestre Kiprun explicou. — Durante anos, me debrucei sobre a obra de outros alquimistas, à procura dessa substância que eles criaram, um segredo que ficou perdido por séculos. Nas Montanhas Nhangto, encontrei o ingrediente que faltava e refinei a receita. — Ele se aproximou para observar as ruínas. — Estou certo de que pode ajudar a derrotar essas criaturas do Oeste. O fogo e o calor podem não lhes fazer mal, mas a força da explosão, sim.

— Uma descoberta significativa — comentou a Consorte Jekhen. — Fico satisfeita quando você se mostra útil, Kiprun.

— Posso ganhar um aumento de salário?

— Talvez, se conseguir produzir isso em quantidade suficiente, e for capaz de não ser inconveniente por alguns dias.

Mestre Kiprun fez uma mesura, movendo os braços sob as mangas vermelhas. Dumai avaliou o estrago, com o coração na boca. Sentiu o gosto de enxofre e carvão animal, e algo parecido com aço.

Tem o cheiro dos wyrms.

— Me diga uma coisa, Princesa Dumai — falou a Consorte Jekhen. — Quando Seiiki foi à guerra pela última vez?

— Séculos atrás.

— Hum. Até nossa recente trégua com os Hüran do Leste, nós lutamos contra eles por quase um ano.

A Princesa Irebül continuava avaliando os danos no pátio, aparentemente ignorando o lembrete.

— Felizmente isso significa que estamos preparados, pois agora parece que precisamos lutar de novo, e por mais de uma cidade — continuou a Consorte Jekhen. — Pela sobrevivência contra algo bem mais poderoso que a humanidade. Que tal me apresentar a seus companheiros?

Com os ouvidos ainda tapados por causa da explosão, Dumai falou:

— Meu guarda pessoal, Kanifa de Ipyeda, e a Dama Nikeya, filha do Senhor dos Rios de Seiiki.

Os dois fizeram mais uma saudação.

A Consorte Jekhen olhou de relance para Kanifa, mas observou Nikeya com mais atenção.

— Você tem uma beleza bastante incomum — comentou. — Imagino que isso torne sua existência bem mais fácil.

— É muita gentileza sua, Consorte Jekhen. — Nikeya inclinou a cabeça. — Sua beleza ofusca, e muito, a minha, e é abrilhantada por uma mente arguta.

— Ah, veja só você. Que belos modos. É uma flor cultivada para a corte. — A Consorte Jekhen olhou bem para ela. — Estou curiosa para saber quem é esse Senhor dos Rios.

— Meu amado pai é um leal conselheiro e servidor do Imperador Jorodu — recitou Nikeya.

— É um cargo muito antigo — explicou Dumai. — Seu detentor tem a obrigação de nutrir a terra e unir as pessoas, como fazem os rios.

— Para mim parece ser um papel que o imperador deveria desempenhar. Em vez disso, sua dinastia se compara com um arco-íris: frágil, distante, fugaz. Os rios são mais úteis que os arco-íris, Princesa, e duram muito mais. Transmita essa mensagem para o Imperador Jorodu por mim.

Dumai sentiu vontade de sumir. Até aquela mulher que ela mal conhecia era capaz de enxergar como sua família estava enfraquecida.

Nikeya não disse mais nada. Seu sorriso educado se retesou, mas ela o manteve no rosto. Sorria da mesma forma que um pássaro domesticado cantava. A Princesa Irebül girava sua bebida no copo, observando tudo sem disfarçar o interesse.

— Furtia Tempestuosa. — Foi a Consorte Jekhen quem quebrou o silêncio. — Ouvi dizer que ela saiu ferida.

— Ela foi para o Mar Insone com Nayimathun para recuperar as forças — Dumai contou. — Agora que a Dragoa Imperial despertou, me pergunto se ela pretende acordar os demais.

— Felizmente sim, caso contrário temo que a humanidade seria reduzida a cinzas em uma semana. — Em algum lugar do palácio, uma das torres incendiadas desmoronou, provocando gritos de frustração. — O que ainda pode acontecer. Ela pode acordar seus seguidores, mas eles se recolheram para o Grande Sono por um motivo. Alguns podem decidir não se levantar.

— Você sabe qual é esse motivo?

— Tenho apenas uma pista. Antes de dormir, a Dragoa Imperial disse que o crepúsculo dos deuses estava próximo, mas que depois da noite viria o amanhecer. Uma afirmação bastante enigmática. Por falar em enigmas, ouvi dizer que você conversou com Mestre Kiprun antes do ataque.

— Sim.

— Eu me reuni com ele também. Ele parece acreditar que os wyrms têm alguma coisa a ver com a secura generalizada dos tempos recentes. O que me diz, ginete de dragões? Ele está delirando?

— Não tenho nenhum conhecimento da arte dele, mas suas palavras fizeram sentido para mim.

— Que bom. Eu não devo ter cabeça para essas coisas de alquimia. Agora ele está insistindo em consultar um astrônomo, apesar de a princípio ter rejeitado meu convite para vir à corte *justamente* por causa do número de astrônomos que aqui vivem. Tive que pagar o dobro do que eles ganham para convencê-lo. — A Consorte Jekhen comeu uma fatia de toranja. — Mandei o mais talentoso do Gabinete de Cerimonial. Kiprun o ameaçou com uma vassoura e disse que queria um observador das estrelas, não um bajulador. Uma pessoa menos tolerante poderia já tê-lo banido daqui, mas eu fui ficando mais maleável com a idade.

— O que vai ser feito, então?

— Você deve estar se perguntando por que a Princesa Irebül está aqui hoje. Mestre Kiprun só aceita ver *uma* astrônoma… e ela mora em um pico imenso chamado Brhazat.

Kanifa soltou um som de incredulidade.

— Brhazat está acima do teto do mundo — ele falou, em um lacustre arrastado, quando a Consorte Jekhen levantou as sobrancelhas. — Consorte, me perdoe, mas ninguém conseguiria viver naquela altitude.

— Pelo jeito, essa astrônoma consegue. Para poupar tempo, que hoje é mais precioso do que nunca, faria sentido alguém levar o Mestre Kiprun até lá em cima no lombo de um dragão.

Dumai franziu a testa devagar.

— Está me pedindo para ir, Consorte Jekhen?

— Você foi criada em uma montanha desde que nasceu. Pode ser capaz de sobreviver a Brhazat. Poderia visitar a astrônoma para tentar descobrir algo. A Princesa Irebül pode ir na frente para avisar os Hüran do Leste sobre a sua chegada.

Dumai tentou ouvir o que seu instinto lhe dizia. Não parecia prudente ficar ainda mais tempo longe de seu pai.

— Se precisa de uma motivação, eu posso ajudar — disse a Consorte Jekhen.

Ela acenou. Quatro guardas apareceram no pátio com uma carriola que carregava uma balesta enorme, munida de uma lança da mesma proporção, com uma ponta de ferro quase do comprimento de um braço. A balesta era mais larga que a altura de dois homens, e tinha três arcos: dois lado a lado e um terceiro na traseira, apontado na direção oposta. Havia duas maçanetas para puxar a lança até a posição correta.

— A balesta montada. Uma máquina de guerra projetada para arremessar lanças a uma grande distância — explicou a Consorte Jekhen. — Eu adoraria presenteá-la com uma, para que possam construir as suas também.

Dumai observou os soldados girarem a plataforma em que a arma estava fixada, para que a lança pudesse ser disparada em qualquer direção.

— E só o que pede em retribuição é conhecimento? — questionou.

— O bem mais precioso do mundo — a Consorte Jekhen confirmou.

— A viagem vai valer a pena. A astrônoma com quem quero conversar foi quem criou a teoria das balanças — Mestre Kiprun explicou. — Ela tem as respostas que procuramos. — Ele deu um tapinha na balesta. — Decidi que quero observar as estrelas lá do Brhazat.

Um dos soldados afastou a mão dele, fechando a cara.

— Pois bem, Filha do Arco-Íris — disse a Consorte Jekhen. — Está todo mundo disposto. Só precisamos de uma ginete de dragões. O que me diz?

Dumai ficou olhando para a balesta por um tempão. *Furtia*, ela pensou, sentindo a dragoa se pôr em alerta, *se eu pedisse para me levar para o norte, para procurar uma forma de acabar com isso, você iria, quando se recuperasse?*

O fogo foi forte, filha da terra.

As montanhas ficam ao norte, interferiu Nayimathun das Neves Profundas, provocando um sobressalto em Dumai. *Ela vai se recuperar no fundo das águas. Depois vamos para o norte.*

Uma dor de cabeça se instalou em suas têmporas. *Você nos honraria com sua presença também, grandiosa?*

A habitante do mar não sabe nada sobre a terra dos muitos lagos…

— Esta cidade claramente não é mais segura. A imperatriz e eu pretendemos mover a corte para a Serra de Whinshan, onde as montanhas devem nos manter escondidos — continuou a Consorte Jekhen, sem saber da conversa que se desenrolava. — Depois que falarem com a astrônoma, você pode mandar o Mestre Kiprun e a Princesa Irebül de volta para nós e retornar para Seiiki. Vou permitir que você compartilhe desse conhecimento também, Princesa. Só o que preciso é que você o traga do alto da montanha para mim.

— E se for tudo em vão? — Dumai questionou. — E se a astrônoma estiver louca ou morta, ou não for de nenhuma ajuda?

— Nesse caso, pelo menos você vai ter essa arma, um lembrete da minha amizade, e eu vou poder descartar a astrônoma como uma resposta para esse caos. Só isso já seria bem útil.

Dumai olhou para Kanifa, que mordia a bochecha dentro da boca.

— Antes Furtia precisa de um tempo para se recuperar — falou. — Está sem forças para uma viagem tão longa.

— Então espere. Isso vai dar mais tempo para a Princesa Irebül avisar seu povo, que assim não vai tentar nada contra a Tempestuosa. Eles não reverenciam os dragões como nós. — A Consorte Jekhen a olhou bem nos olhos. — O fogo emerge da terra, Princesa. Vamos descobrir o que pode mandá-lo de volta para lá?

****

Em seus aposentos, Dumai bebia de uma tigela de caldo quente. Kanifa estava sentado ao seu lado, junto à lareira.

— Nós precisamos mesmo de armas de cerco? — ela questionou. — Vale a pena fazer uma jornada tão perigosa para conseguir uma, mesmo se a astrônoma não der nenhuma informação útil?

— Sim. — Nikeya estava encostada na parede. — Confie em mim, Princesa. Nós não temos nada parecido em Seiiki.

— Detesto ter que concordar — disse Kanifa —, mas concordo. Mai, nossos dragões despertaram, mas ainda estão fracos. Precisamos apoiá-los. Vale a pena tentar, para entender o que poderia acabar com isso.

— E, nesse meio-tempo, Seiiki estaria a salvo — Nikeya acrescentou. — Graças a você.

— Seja bem franca comigo — Dumai disse a ela. — Seu pai pretende usurpar o trono do meu enquanto estou fora?

— Não que eu saiba.

— Que tranquilizador.

— Durante séculos nós resguardamos a Casa de Noziken e a servimos. Talvez tenhamos passado dos limites, por preocupação com Seiiki, mas nunca atacamos o peixe dourado. Vocês são favorecidos pelos deuses, portanto não temos como derrubá-los. Você ainda não entendeu como as coisas funcionam?

Era como seu pai pensava. Os Kuposa temiam que os deuses só responderiam à Casa de Noziken.

Nikeya foi se sentar ao outro lado dela.

— Você me pediu para ser franca. Como uma Kuposa, aconselho que volte para Antuma, onde podemos protegê-la. — O sorriso no rosto dela era afetuoso, e o fogo conferia a seus olhos um tom de mel escuro. — Como uma Nadama, por parte de mãe, eu lhe digo para ir às montanhas.

Você vai ser a primeira imperatriz a começar a vida como uma cantante-aos-deuses. A primeira a montar um dragão em séculos. A primeira a sair de Seiiki, Osipa dissera. Dumai fechou os olhos. — *Você está aqui para quebrar os moldes pré-estabelecidos.*

— Me arrume uma caixa de implementos de escritas — falou. — Preciso avisar meus pais de que ainda vou demorar algum tempo para voltar para casa.

58

Oeste

Wulf dormiu durante dias, com as costas voltadas para a lareira. Depois do galope enlouquecido pelos Prados, seu corpo, levado duas vezes ao limiar da morte, se recusava a dar mais um passo que fosse. Assim que sua cabeça se deitou no travesseiro, ele caiu em um sono misericordiosamente sem sonhos, profundo demais para ser acossado pelos pesadelos.

Quando criança, ele sonhava com abelhas. Acordava achando que estavam revoando sua cama, que tinha os dedos melados de mel. A princípio, Lorde Edrick tentara lhe explicar que as abelhas só ferroavam quando estavam com medo. *As abelhas trabalham muito para nós, Wulfert. Sem elas, as lavouras não prosperariam.*

Aos poucos, todos entenderam que esse medo era um resquício de um tempo anterior, inacessível à memória de Wulf. Sem saber o que o causava, só o que seus pais podiam fazer era desmanchar todas as colmeias e os apiários da propriedade e esconder o mel.

Ele sabia que não voltaria a sonhar com abelhas de novo. Pelo resto de sua vida, seus pesadelos seriam com wyrms, e depois com a água gelada e escura.

****

Mara o despertava de tempos em tempos para lhe dar algumas colheradas de caldo. Quando percebeu que conseguia manter os olhos abertos, a luz que atravessava as janelas tinha um tom acobreado, e sua irmã reabastecia o fogo com mais lenha.

— Mara, não precisa se incomodar — ele murmurou. — As criadas cuidam disso.

— Ora, pare com isso. Eu não cuido de você desde que era pequenino. — Ela se aproximou da cama e tocou sua testa. — Bem, você está maltratado e queimado, mas pelo menos não pegou a febre dos pântanos.

Ele se sentou, todo dolorido.

— Thrit está bem?

— Cansado e com frio, como você. É o que acontece quando se atravessa um terreno alagado à noite. — Ela verificou a bandagem refeita nas mãos dele. — A Doutora Forthard disse que suas queimaduras de gelo estão cicatrizando bem.

Wulf olhou ao redor pela primeira vez. Estava em uma cama com dossel, em um cômodo de paredes claras.

— Estava com saudade de Inys. — Sua voz estava voltando ao normal. — E de você. Pensei que nunca mais fosse vê-la.

— Eu estava com Marian quando chegou a notícia dos navios, então ouvi em primeira mão. Precisei viajar para casa para avisar todo mundo. Nunca tinha visto o pai daquele jeito. Ele simplesmente… desabou.

— Acho que ele deve estar ocupado com a convocação da população dos Lagos.

— Sim, Lorde Robart já deve ter chegado por lá. Pedi que não contasse ao pai que você está vivo — ela acrescentou, baixinho. — Gostaria de mostrar isso a ele em pessoa.

Wulf assentiu.

— Lorde Robart deveria estar fora da capital neste momento? — questionou. — O regente precisa ficar ao lado da rainha.

— Ele ainda tem seus deveres provinciais. Todos nós precisamos nos adaptar diante da ameaça dos wyrms. — Mara deu um tapinha em seu braço — Quer comer?

— Aceito.

A luz do dia se foi enquanto ela estava fora. Quando voltou, trouxe fatias de pão fresco e queijo condimentado, um cálice de vinho quente e coxas de faisão ensopadas em um molho de tomate apimentado. Wulf comeu e bebeu devagar, mastigando cada bocado como se fosse o último.

A caminho do castelo, ele vira a escassez de comida nas ruas carbonizadas de Ascalun: pessoas se empurrando diante das padarias que restavam, brigando em meio às redes de pesca do rio. Pelos fragmentos de conversa que escutou, teve a certeza de que foi o wyrm que viu no mar que liderou o ataque à cidade. Um wyrm que tinha nome.

— O que estava fazendo em Ascalun? — Wulf perguntou à irmã. — Você estava aqui durante o incêndio.

— Não. Eu cheguei no mesmo dia que você. — Ela acendeu as velas. — Vim porque Lorde Robart enviou Marian para Cuthyll. É claro que ele tem suas razões, mas…

— Cuthyll. — Wulf quase derrubou sua comida. — É nos Prados que a peste está. Lady Marian não pode ficar por lá.

Uma leve batida na porta impediu que Mara respondesse. Ela apanhou a vela antes de entreabrir a porta.

— Lady Helisent — ela falou, surpresa.

— Mara, eu sei que já faz algum tempo que não conversamos. Posso entrar? — pediu uma voz com sotaque nortenho. — Acabei de ficar sabendo que você estava na corte, e queria poder desabafar.

— Claro.

Mara deu um passo para o lado. Helisent Beck entrou no aposento, usando um vestido simples de lã cinza coberto com uma manta, parecendo tão cansada quanto Wulf se sentia. Ao notar a presença dele, falou:

— Ouvi dizer que estava vivo.

Wulf não se levantou da cama.

— E agora está vendo.

— Quer conversar comigo a sós, Helisent? — Mara perguntou. — Podemos ir a outro lugar.

Helisent cravou os olhos em Wulf.

— Não — disse. — Vocês dois podem ouvir. — Ela se sentou ao lado do fogo. — Mara, quando minha mãe morreu, você me convidou para ir a Langarth. Eu estava dominada pela tristeza, mas você me estendeu a mão, para me ajudar a me orientar naquela escuridão da perda. Sua bondade me ajudou demais. Sinto muito por incomodá-la agora.

— Você jamais me incomodaria, Helisent. Nós duas perdemos nossas mães, e nem o tempo é capaz de quebrar esse vínculo. — Mara se sentou em uma cadeira ao lado dela. — Me diga, como posso ajudar?

— São pensamentos esparsos. Não sei se consigo juntá-los de uma forma coerente.

— Não precisa ter pressa.

Helisent ficou pensativa por um momento antes de começar:

— A Rainha Glorian iria se casar com o Príncipe Therico de Yscalin. Alguns dias atrás, descobrimos que ele foi morto pelos wyrms. Glorian aceitou se casar com o tio-avô dele em seu lugar. O Duque de Kóvuga tem mais de setenta anos de idade.

Mara trocou um olhar de preocupação com Wulf.

— Ela não tem nem dezessete anos — Wulf comentou, com a voz rouca. — Por que concordaria com uma coisa dessas?

— Para fortalecer Inys. Para honrar o último contrato que sua mãe firmou. Porque acha que é a melhor maneira de cumprir seu dever. Eu não sei. — Helisent esfregou as têmporas. — Ela disse que Lorde Robart lhe deu a escolha de seguir em frente ou não, que ele não forçou o enlace... mas que deu sua aprovação tácita. Me diga, que tipo de homem seria capaz de pensar em algo assim?

— É algo comum na realeza?

— Pelo Santo, não. Existem diferenças de idade de vez em quando, mas nunca tão grandes assim. — Helisent estremeceu. — E tem outro pensamento rondando minha cabeça também. Garanto que tem alguma relevância para o primeiro.

Wulf tentou parar de cerrar o maxilar, que estava tão contraído que seus dentes doíam.

— Aconteceram visitas irregulares ao bosque Haith — Helisent contou. — Seis anos atrás, meu pai viu um grupo com lampiões indo naquela direção no meio da noite. Ele voltou a ver aquilo no ano seguinte, na época do Festim do Início da Primavera.

— Pagãos? — perguntou Mara.

— Eu diria que sim. Uma espécie de procissão. Quando meu pai teve a certeza de que era um evento anual, relatou a Lorde Robart, que garantiu que a questão seria resolvida. Nenhuma outra luz voltou a aparecer por lá por algum tempo depois disso. Escrevi para meu pai para falar sobre a Rainha Glorian e o Príncipe Guma. Recebi a resposta hoje à tarde. — Helisent engoliu em seco. — Meu pai contou que seus guardas florestais lhe fizeram uma confissão poucos dias atrás. Mesmo depois de ter feito a denúncia a Lorde Robart, ele continuou mandando seus homens ao bosque Haith na véspera do Festim do Início da Primavera, para se certificar de que estava tudo em ordem. No ano passado, eles decidiram cruzar para o outro lado, o lado de vocês, e viram os lampiões de novo. Os invasores devem ter começado a entrar pelos Lagos.

— Nossos pais nunca tiveram conhecimento disso — Wulf murmurou. — Nós também não.

— Eles não precisariam passar por Langarth. — Helisent olhou para a porta. — O motivo de meu temor é o seguinte: os guardas florestais contaram para o meu pai que Lorde Robart estava entre eles.

Um longo silêncio se seguiu.

— Pode ser franca conosco — incentivou Wulf.

— Meu medo é que Lorde Robart Eller seja um pagão, e que esteja ajudando outras pessoas a seguir os antigos costumes.

— Você também pensou que eu fosse um pagão. Todo mundo acha — argumentou Wulf. — Não acha que a Rainha Sabran teria descoberto se seu conselheiro de maior confiança não fosse um homem de fé?

— Não —Helisent respondeu, com convicção —, porque o escolheu pelas mesmas qualidades que ele poderia usar para encobrir esse fato: o zelo, a sagacidade e a paciência. Um regente que não acredita no Santo não reconheceria a autoridade da Casa de Berethnet. Isso representa um grande perigo para Glorian.

— Por que pressioná-la a ter uma herdeira, então, se ele está tentando enfraquecer a linhagem dela?

— Eu não sei. Estou sentindo o cheiro de podridão, mas não consigo ver tudo com clareza. Só o que sei é que, se Robart Eller for um pagão, ele pode usar sua autoridade como regente para minar as Seis Virtudes. Pode revivificar os antigos costumes. Como esse casamento se encaixa no esquema, não tenho certeza, mas tenho um mau pressentimento, e aprendi que preciso seguir meus instintos. É por isso que preciso de ajuda.

— Seu pai — disse Mara. — Ele não denunciou Lorde Robart?

Helisent sacudiu negativamente a cabeça.

— Ele não tinha nenhuma prova a não ser a palavra dos guardas florestais, e não quis pôr a mão no fogo. Mas agora Lorde Robart tem o poder de um rei. Nós podemos mesmo ignorar isso?

Wulf ficou em silêncio. Sabia o que era ser temido por meros boatos.

— Eu posso estar errada. Talvez os guardas florestais estivessem mentindo — Helisent admitiu. — Mas e se estiver certa? — Ela entrelaçou as mãos no colo. — Meu pai está fora de casa, avaliando os estragos causados nos Prados. Não tenho permissão para sair da corte. Mas vocês, sim.

— E o que poderíamos fazer? — Mara questionou.

— O Festim do Início da Primavera está próximo. Se vocês os surpreendessem participando de um ritual pagão, teríamos uma base para removê-lo do posto de regente.

Wulf estreitou os olhos.

— E depois?

— Lady Marian. — Helisent olhou para Mara. — Não foi uma boa rainha, claro, mas ela não poderia assumir?

— Sim — Mara respondeu, convicta. — Ela se fortaleceu muito em seus últimos anos de vida, e ama Glorian.

— Pois é. Só estou pedindo para investigarem a verdade — Helisent falou, concentrando-se em Wulf. — É tarde demais para desfazer o casamento, mas podemos proteger o rainhado das ameaças internas.

Mara refletiu a respeito.

— Acho que Marian poderia ficar sem mim por algumas semanas. Ela ainda conta com servidoras leais. Wulf, o que você acha?

— Eu vou, nem que seja só para provar de uma vez por toda que não existe nada de perturbador naquele maldito bosque. Einlek me incumbiu de garantir a segurança de Glorian em Inys. — Ele exalou com força pelo nariz. — Eu posso ir vê-la, Helisent?

— Ela deve estar vindo para cá. — Helisent se levantou. — Não conte nada disso para ela, Wulf. Não quero que desconfie de seu regente sem motivo. Diga apenas que você vai visitar sua família.

— Espere… — Wulf tossiu algumas vezes. — Como assim, ela está vindo para cá?

— Ela me pediu para marcar um encontro com você à meia-noite. Eu só decidi vir mais cedo.

Quando ela se retirou, Mara voltou a se sentar ao seu lado.

— Wulf — ela disse. — Tem certeza de que consegue encarar o bosque Haith?

— Já passou da hora. Preciso enfrentar isso de uma vez por todas. Ver com os meus próprios olhos que é apenas um bosque.

Mara suspirou.

— Preciso escrever para Marian, então. Acha que aguenta uma viagem de um ou dois dias a cavalo?

Ele assentiu com a cabeça.

— Vamos para Langarth primeiro. Não podemos fazer nada contra Lorde Robart sem antes conversar com o pai.

— Eu concordo — disse Wulf. — Preciso que você encontre Sauma para mim... minha irmã de falangeta. Ela disse que viria para Ascalun. Diga para ela voltar para junto de Einlek. Thrit e eu vamos também, quando pudermos.

— Vou tentar.

Sem a presença de Mara, não havia nada além do crepitar do fogo para quebrar o silêncio. Wulf ficou olhando para a lareira por tempo demais, e acabou vendo as chamas que dançavam sobre o *Convicção*.

À meia-noite, a porta se abriu de novo, e a Rainha de Inys entrou em seu quarto, usando uma roupa de dormir sobre a bata, e fechou a porta atrás de si. Os cabelos dela estavam soltos até a cintura, molhados do banho.

— Majestade. — Com esforço, Wulf se levantou da cama, apoiando-se em uma das colunas. — Glorian.

— Pensei que nunca mais fosse voltar a vê-lo. — A luz do fogo dançava sobre ela à medida que se aproximava. — Eu sofri com a sua perda, Wulf.

— O Santo não me quer ao lado dele ainda.

— Queria agradecer a você em particular. Depois de tanto sofrimento, ainda voltou para me ajudar.

— Glorian — Wulf falou, com um tom de voz baixo e suave —, por que aceitou se casar com Guma Vetalda?

O rosto dela assumiu uma expressão calculadamente neutra.

— Ele vai trazer um dote polpudo para Inys, entre outras coisas.

— Ele não poderia se casar com a sua avó, então? — Wulf perguntou, frustrado. — Você não poderia...

— As rainhas não podem voltar a se casar, a não ser que sejam viúvas que não tenham tido uma filha. Além disso, foi a herdeira de Inys que a minha mãe ofereceu aos yscalinos. Inys pode estar no comando da Virtandade, mas temos um exército reduzido, não dispomos de máquinas de guerra, e nossas finanças estão arruinadas. Não estamos em condições de suportar um ataque prolongado. — Ela deu as costas para ele. — E eu preciso ter uma filha. Tenho que... resolver isso logo, Wulf. Essa é a forma mais rápida de garantir que vou engravidar.

— Quando você vai se casar com ele?

— Já estou casada, por procuração. Um cortesão yscalino o representou, e eu usei cinza. — Glorian parecia ausente e distante. — Ele está a caminho de Inys, ou deve vir em breve.

— Pelas costelas do Santo. Ele sabe que você tem dezesseis anos?

— Não tenho certeza.

— Se souber, então ele é um monstro. — Ele olhou para o rosto franzido dela. — Você nem sabe o que aceitou fazer.

— Eu sei perfeitamente o que acontece em uma alcova — Glorian falou secamente. — Mas Fýredel prometeu voltar no verão, e Wulf... eu preciso estar grávida até lá.

— Por que não esperar por um momento em que haja mais segurança?

— Porque se eu morrer sem uma herdeira o Inominado também vai ser libertado. É preciso que o Conselho das Virtudes pare de me encarar como um mero ventre… como um recipiente feito para ser preenchido. Não vão me deixar lutar ao lado do povo a não ser que eu frutifique. Isso precisa ser feito, ou eu nunca vou ser livre. Não vou poder escolher meu próprio destino. Consegue imaginar o que é isso? Ser levada em conta só pela vida que posso gerar, em vez da vida que já tenho?

— Não. Eu jamais saberia como é essa sensação. — Wulf se colocou diante dela. — Mas sei uma coisa ou outra sobre as expectativas das pessoas, e sobre nem sempre ser capaz de corresponder.

— Não é a mesma coisa. Eu sou uma rainha, uma Berethnet. Meu corpo nunca foi meu, e nunca vai ser, enquanto não pagar seu tributo divino a Inys. Só então vou poder ser uma rainha guerreira.

Wulf não aguentava mais ouvir aquilo. Ele a segurou pelas mãos e disse:

— Venha se deitar comigo.

A expressão dela mudou.

— O quê?

Assim que pronunciou a oferta, ele sabia que tinha sido um equívoco.

— Venha se deitar comigo — repetiu, com mais firmeza. — Que seja eu, então. Faça essa escolha por si mesma. Você pode tentar engravidar antes que o velho príncipe chegue a Inys.

— Não posso. — Glorian o encarou. — Seria adultério. Você seria executado se fosse descoberto.

— Pois é. E a criança seria uma bastarda, a filha de um proscrito, de um ninguém.

— Wulf, você não é…

— Sou, sim, Glorian. Pelas leis do país, eu era um órfão abandonado antes que Lorde Edrick me desse seu nome — Wulf a lembrou. — E duvido que eu seja um príncipe de uma terra desconhecida. — Ele a olhou bem nos olhos. — Mas, se descobrissem, acho que ninguém ligaria muito, em tempos como estes.

— O Príncipe Guma teria que saber.

— Se ele for um homem decente, vai incentivar a ideia. Se não for, no mínimo vai fazer vista grossa, porque ainda vai ser o príncipe consorte de Inys, uma posição formidável para seus últimos anos de vida, e mais do que ele merece. Só o que ele precisa dizer é que o casamento foi consumado.

Glorian olhou bem para ele.

— Você realmente arriscaria sua vida por isso, Wulf?

— Sim.

— Por quê?

Ao vê-la presa em uma armadilha como aquela, não havia outra coisa que pudesse fazer. Ele não deixaria sua amiga sem nenhuma escolha a não ser o Príncipe de Yscalin.

E alguma coisa dentro dele sempre era atraída por algo que havia nela.

— Você disse que a questão não tem nada a ver com o amor. Podemos não ter um romance para ficar na história — Wulf falou —, mas eu gosto de você, Glorian. Você foi minha primeira amiga de verdade, enquanto eu me ambientava em Hróth. Tornou minha situação mais suportável, e eu gostaria de retribuir o favor, se você me permitir. — Ele a tocou sob o queixo. — Prometi ao seu primo que manteria você a salvo.

— Eu sinceramente duvido que ele estivesse se referindo a isso.

— Não. — Ele abriu um leve sorriso, que ela retribuiu. — Mas também duvido que ele quisesse que você se deitasse com esse tal Príncipe Guma. Duvido até que o próprio Santo esperasse que você se submetesse a isso.

Ele colou a testa à dela. Ela fechou os olhos e estendeu os braços para mantê-lo ali, segurando o rosto dele com as mãos frias. Isso despertou a lembrança de um certo verão.

Acho que nunca vou conhecer alguém de quem eu goste mais do que você, Wulf. Vamos ser sempre amigos, enquanto estivermos vivos.

O primeiro juramento que ela fez para alguém que não fosse seu falecido pai. No roseiral, eles espetaram o dedo no mesmo espinho e os colaram um ao outro, sangue com sangue.

— Preciso pensar — Glorian disse, baixinho.

— Tudo bem. — Ele se afastou. — Vou viajar para ver minha família. Volto depois do Festim do Início da Primavera. Se você concordar, fico em Inys por mais algum tempo, e podemos tentar. Caso contrário, volto para o Rei Einlek.

Glorian assentiu.

— Mande lembranças a sua família, e o meu agradecimento, por tudo o que eles vão precisar fazer nos dias que virão.

— Pode deixar.

— Antes de ir, tenho uma pergunta. Minha mãe — disse Glorian. — O que ela estava usando quando morreu?

Aquela pergunta o pegou de surpresa. Ele se viu de volta no *Convicção*, em meio à névoa cinzenta.

— Estava de vermelho — Wulf respondeu, baixinho. — O vermelho mais bonito que você pode imaginar, vivo e vigoroso, como uma rosa inyscana.

— Obrigada. Que o Santo o guarde, Wulf.

— E você também, Glorian, a Defensora.

Ela ficou imóvel.

— Foi disso que o wyrm me chamou.

— Pois é, ouvi dizer. E acho que combina com você.

Glorian o encarou, e ele viu Hróth despertar dentro dela, com todo seu ferro e gelo.

59
Sul

Jrhanyam, a Rosa do Sul, estava de pé havia doze séculos. Brotara nas areias de uma grande planície, fazendo desabrochar pétalas de música e comércio, nutrida por túneis subterrâneos ancestrais que traziam água dos Espigões. Tunuva percorria suas ruas rumo a leste montada em Ninuru, passando por tropas de soldados com elmos mascarados, atravessando as arcadas de um portão para acessar o interior da cidade.

Os cadáveres se espalhavam pelo chão — carbonizados, mutilados, ou as duas coisas. Aqui e ali, aberturas nas paredes revelavam a entrada dos túneis de água. Alguns ersyrios desciam aquelas escadas com crianças, enquanto outros lutavam na superfície com o que quer que conseguissem encontrar.

Tunuva respirou fundo sob sua capara. Mesmo através do tecido, sentiu o cheiro de carne e cabelos queimados. Se o ataque durasse mais do que algumas semanas — se persistisse por mais de um ano —, seria o fim da humanidade. Nem mesmo o Priorado seria capaz de detê-lo.

Canthe estava certa. *Não será uma guerra, e sim um massacre.*

Os wyrms tinham criado um exército de feras. Enquanto atravessava a Lássia, Tunuva viu criaturas que um dia foram bois e cervos, mas que ganharam novas vidas. Viu wyrms menores devorando carcaças, voando em bando sobre as cidades e as areias. De repente, estavam por toda parte.

Mas o que Canthe lhe dissera ocupava a maior parte de seus pensamentos e, por mais que ela tentasse, apesar de todo o tumulto ao seu redor, não conseguia afastar aquilo da mente. Sua respiração se tornou ofegante e quente.

E se for ele?

Ela ficara de luto por ele. Vivera vinte anos com aquela ferida, que agora estava aberta de novo, sangrando.

E se ele estiver vivo?

Abafando o pensamento, ela seguiu rumo à fortaleza de Jrhanyam, no alto de um morro. As cinzas caíam como uma neve escura em uma cidade do deserto onde nunca antes nevara.

À sua esquerda, um wyrm destruía uma torre de vento, que desmoronou sobre as casas mais abaixo, levantando uma nuvem espessa de pó de tijolo. Soldados a cavalo se deslocavam em sua direção brandindo lanças, enquanto os desarmados saíam do caminho. Ninuru adentrou na colunata de um mercado em formato circular, onde diversas pessoas se protegiam do fogo, algumas gravemente feridas.

Os gritos e rugidos competiam uns contra os outros. Tunuva direcionou Ninuru para a direita. Quando estavam de novo a céu aberto, uma rocha desmoronou sobre a cobertura abobadada de uma cisterna, rachando-a como um crânio.

A maioria das casas ersyrias era de pedra ou de barro. Em sua maior parte, resistiram ao fogo, mas havia muitas outras coisas inflamáveis na cidade, e pouca água para impedir que o incêndio se espalhasse. As chamas provocavam seu próprio vento, devorando tudo o que tocavam — palha e tecido e carne.

E se ele morrer no fogo desta guerra, pensando que sua mãe o abandonou em um bosque escuro?

Quando Ninuru chegou à casa da guarda, Tunuva desceu da sela. A ichneumon apanhou um wyrm menor, que voava baixo, e o sacudia pela cauda enquanto Tunuva subia o caminho que levava ao alto do morro. Ao verem seu manto, os guardas abriram passagem sem questionamento, fazendo suas armaduras douradas tilintar. Ela subiu os degraus para a fortaleza e adentrou em seus corredores cavernosos, passando por varandas e jardins com fontes. Os serventes estavam aglomerados nas janelas.

À luz do dia, a sala do trono brilhava com prataria e espelhos, e o teto era uma explosão solar de simetria. Agora o piso estava lavado de sangue, e uma serpente alada, grossa como uma palmeira, jazia ao lado de uma janela quebrada, com a cabeça separada do corpo. Uma substância escura como alcatrão vertia de ambas as metades.

O trono em si era uma construção impressionante. Feito em ouro maciço, tinha a parte de trás esculpida como as asas de um pombo, o antiquíssimo emblema da Casa de Taumāgan.

Era ocupado pela rainha Daraniya, cujo rosto era iluminado pela chama prateada que bruxuleava no centro do recinto. Era o fogo mais suave que uma maga poderia evocar — sem nenhuma utilidade, mas bonito, e queimava apenas onde tinha sido conjurado. Apaya uq-Nāra estava ao lado da rainha, com o manto branco manchado de vermelho.

— Majestade — disse Tunuva.

— Tunuva — respondeu a Rainha Daraniya. Sua coroa era uma miniatura do trono, seus cabelos brancos escorriam em ondas pelos ombros e ela usava o colar de espelhos da Fé de Dwyn. — Obrigada por ter vindo.

Apesar da conduta tranquila, ela apertava com força os braços do trono com as mãos finas e marrons.

— Estou aqui em nome da Mãe — Tunuva respondeu. — Prometo que defenderei suas muralhas.

— Eu agradeceria. Apaya me disse que eu deveria ir para a tumba de meus ancestrais, mas isso pareceria uma provocação ao destino, não?

Quatro moças jovens, todas com cachos escuros caindo como cascatas da cabeça — as netas dela — guardavam cada um dos cantos do recinto. Suas protetoras deviam estar espalhadas pela cidade. Apaya passou por cima da serpente e deu um beijo no rosto de Tunuva.

— Tuva — ela falou. — Pensei que não viesse. Esbar falou que sua ichneumon precisava de descanso.

— Ela se recuperou. Eu precisava vir. Quanto tempo faz?

— É o quarto dia. — Apaya parecia abatida. — Os soldados ersyrios não vão conseguir resistir por muito mais tempo.

— O que precisa ser feito? — Tunuva a acompanhou pela sala. — O que *foi* feito?

— Os soldados que estão exaustos demais para lutar estão levando os feridos e os mais vulneráveis para as tumbas e os túneis de água. Esbar está liderando nossas irmãs, detendo as feras sem asas que não são capazes de passar por cima das muralhas. Você pode encontrá-la a leste, diante do Portão da Alvorada.

— Algum dos grandes wyrms está aqui?

— Só um. Desconfio que esteja comandando o ataque em Isriq também, voando entre uma cidade e outra, se mantendo à distância. Até conseguirmos atingi-lo ou capitularmos, o cerco deve continuar.

— Quando ele aparece?

— Quando o céu escurece. Siyu veio com você?

— Ela está a caminho, mas a cavalo.

— Sim, Esbar me contou sobre Lalhar… uma coisa terrível. E a mulher do Oeste?

— Canthe ainda está fraca demais.

Enquanto ela falava, ouviu-se um estrondo ruidoso do alto, derrubando uma cortina de poeira do teto. Apaya desembainhou a espada.

— Vá procurar Esbar — falou. — Faça por merecer seu manto vermelho, Tunuva Melim.

— Usem nossas catapultas — falou uma mulher de túnica branca. — Elas são capazes de derrubar os wyrms em pleno voo.

Com um aceno, Tunuva deu meia-volta e saiu de novo para a cidade, sacando sua lança. O tempo pareceu diminuir de velocidade quando ela se virou para encarar uma fera e atingi-la na cabeça com toda a força.

No Priorado, a batalha sempre tinha sido uma dança. A guerra, como ela logo descobriria, era bem diferente. Não havia alegria naquela brutalidade, nenhuma emoção a cada golpe desferido. Era só suor e esforço, o que a exauriu mais depressa do que ela considerava possível.

Tunuva cravou a ponta da lança em uma criatura, puxou a arma de volta em meio a um jorro de sangue e a enfiou com força e rapidez na criatura seguinte. Seus inimigos não tinham nome, só sabiam guinchar; só falavam a língua do ódio. Em meio à refrega, ela pensou ter visto um wyrm com um rosto metade humano.

A siden em seu sangue brilhava com força, aquecendo sua musculatura. Ainda assim, seus movimentos não foram nada elegantes a princípio. O corpo que treinara durante décadas de repente parecia pesado e letárgico, como se ela tivesse virado de uma vez um cálice cheio de vinho. Foram necessários seis abates antes que ela conseguisse entender por quê.

As irmãs do Priorado eram treinadas para matar, mas nunca para controlar o próprio medo, pois não existia uma ameaça real em meio ao esplendor do Salão de Guerra. Manter as emoções sob controle era exaustivo.

Coberta de cinzas, ela abriu caminho pela cidade. Sua arma era como uma extensão de seu braço. Enquanto subia correndo por uma escadaria íngreme, algo aterrissou à sua frente. Ela bloqueou suas presas com o cabo da lança, se equilibrando no degrau abaixo, e antes que pudesse se desvencilhar Hidat apareceu saltando de cima e golpeou o pescoço da fera com sua lâmina. A cabeça saiu rolando.

— Tunuva. — Hidat a pegou pelo braço e a puxou para cima. — Graças à Mãe que você está aqui. — Os olhos dela refletiam os incêndios. — Tuva, isso está além do nosso controle. Como vamos defender o Sul inteiro?

— Da melhor maneira que pudermos. — Tunuva limpou o suor do lábio superior na manga. — Vou ajudar Esbar.

— Encontro você daqui a pouco.

Hidat voltou para os telhados. Tunuva seguiu correndo. Ela viu Yeleni protegendo duas crianças, Butnu defendendo as entradas dos túneis de água, os homens correndo para recuperar as flechas encravadas nos cadáveres.

Ninuru a alcançou enquanto seguia para o sul, enfim chegando à muralha externa da cidade, que ela escalou, usando como apoio tijolos soltos e rachaduras, aterrissando do outro lado perto de uma das casas de guarda fortificadas. Uma horda de criaturas avançava sobre a entrada de tijolo envernizado, mantida à distância por vinte mulheres do Priorado.

Sob a luz das tochas no portão, ela viu Esbar no meio da refrega. Seus protetores de braço refletiam a luminosidade do fogo enquanto sua arma cortava com precisão, como em todos os duelos de que participou desde a infância. Ela decepou a cabeça de um cervo que uivava e perfurou o coração de outro.

Havia se livrado do manto, para se movimentar melhor sem aquele peso. Sua túnica tinha um rasgo no ombro. Perto dela, Jeda atacava as criaturas como uma sombra, mostrando sangue e entranhas nas presas.

— Ez — Tunuva gritou.

Esbar ergueu os olhos, e Tunuva viu imediatamente o quanto ela estava cansada, o quanto aquela luta estava sendo longa e desgastante.

— Tuva. — Ela soltou um riso de alívio. — Pensei que você não fosse conseguir chegar.

— Washtu estava olhando por mim.

As duas lutaram juntas, espada e lança. A cada vez que uma criatura avançava sobre o portão, elas a refutavam. A cada vez que tentavam escalar as muralhas, ichneumons as derrubavam e matavam. Toda vez que um wyrm menor sobrevoava o local, Tunuva usava uma égide para proteger suas irmãs do fogo, se valendo de sua reserva mais abundante de magia.

Elas lutaram sem parar enquanto o sol se punha e o céu virava uma mistura de vermelho e cinza sobre preto. As arqueiras faziam chover flechas das muralhas. Mesmo assim, não havia um fim à vista para a carnificina. Por fim, ouviram um som familiar e de gelar o sangue, que ecoou por toda Jrhanyam.

— O grande wyrm — Esbar falou. Sua lâmina pingava sangue. — Nenhuma flecha ou lança conseguiu romper sua carapaça.

— As catapultas. Para arrebentar os ossos dele — Izi falou enquanto tossia. Sua túnica estava escura da cintura para cima. — Essa é nossa única chance.

— Sim, vá. Diga para mirarem para acertar.

Pendurando o arco nas costas, Izi flanqueou a horda de criaturas e foi para os penhascos, onde as catapultas estavam sendo municiadas. Tunuva assobiou para Ninuru, que voltou correndo, suja de sangue do focinho até a cauda.

— Esbar — ela falou, levando a mão às argolas da sela. — Tente isso.

Esbar apanhou o que ela lhe jogou. A lança brilhou em suas mãos.

— Tuva, isso é uma relíquia — ela berrou, em meio à balbúrdia.

— Não. — Tunuva também levou a mão à arma. — Suttu, a Sonhadora, banhou Mulsub com a luz das estrelas. Eu nunca tinha entendido o que isso queria dizer. E se ela tiver usado o mesmo tipo de magia de Canthe?

Esbar olhou para a arma, com uma expressão mais resoluta.

— Protejam o portão — ordenou às irmãs. — Preciso ir para um lugar mais alto.

Tunuva correu na direção dos penhascos com ela. As sepulturas da realeza eram escavadas na face oeste. Atrás delas, os portões se entreabriram para permitir a passagem de um regimento de soldados ersyrios, que urravam como se a caminho da última luta de sua vida.

Os operadores das catapultas subiam e desciam pelo penhasco por uma plataforma de madeira, puxada por correntes. Esbar e Tunuva subiram nela. Ao sentirem seu peso, alguém lá em cima começou a erguê-las e, enquanto a plataforma oscilava entre as tumbas, elas conseguiram ver a cidade toda, incendiada de uma extremidade à outra. Lá embaixo, as irmãs iam ficando cada vez menores, confrontando as hordas que se aglomeravam nos portões.

— Estão vindo do norte — Esbar comentou, enquanto observava.

Tunuva assentiu. Ela olhou para baixo e viu seu manto, antes branco, encharcado de sangue.

Uma vez no alto, elas desceram da plataforma e viram a guarda da cidade puxando a alavanca da maior das catapultas, sob a supervisão de Izi. De lá, era possível entrever a luz das estrelas em meio à fumaça.

— Izi, vá para as tumbas se recuperar — Esbar lhe disse. — Você já lutou o bastante por hoje.

— Eu estou bem, Prioresa…

— Isso foi uma ordem, não um conselho.

Admitindo a derrota com um aceno, Izi se dirigiu à plataforma, com a mão nas costelas. Tunuva levantou a cabeça para ver as catapultas, que eram altas como as antigas torres de ossos. Nesse momento, alguma coisa atraiu seu olhar para o norte.

— Veja — anunciou ao ver o vulto à distância. — Está chegando.

— Disparem ao meu comando — Esbar gritou para os combatentes. — Nem um momento antes nem depois.

Tunuva se agachou na beirada do penhasco. Quando o grande wyrm surgiu sobre a cidade incendiada, ela falou:

— Foi esse mesmo que matou Lalhar. O que liderou a carnificina em Carmentum.

— Dedalugun — Esbar falou, enquanto o wyrm se aproximava cada vez mais do palácio. — Foi esse o nome que os ersyrios deram.

Procriador de cinzas.

— Ele está próximo demais do Forte Real — um dos soldados avisou. — Precisamos disparar agora, ou…

— Esperem. — Dedalugun se elevou com um bater de asas, e nesse momento Esbar berrou: — Agora!

Os soldados puxaram uma corda, liberando o contrapeso, que se lançou para baixo, e o longo braço do mecanismo subiu, arremessando a pedra por sobre Jrhanyam. O projétil foi voando até acertá-lo bem no flanco, com força suficiente para obliterar uma construção por inteiro.

Os soldados soltaram gritos triunfais. Dedalugun se afastou do Forte Real, emitindo um som que fez os penhascos estremecerem. Mais abaixo, os wyrms menores e as feras ecoavam seu grito.

— Eles têm um vínculo — Tunuva murmurou. — Todos eles. Dedalugun é o mestre, aquele que os gerou.

— Ótimo. — Esbar agarrou a lança. — Vamos torcer para que morram todos juntos.

Dedalugun percebeu a ameaça. Seus olhos reluziram como um par de sóis vermelhos.

— Não fiquem aí parados — Tunuva gritou para os soldados, que correram para se salvar quando o wyrm lançou um jato de fogo sobre as catapultas, engolfando todos com uma explosão de luz. Esbar foi atrás dele, com Tunuva em seu encalço, até que desaparecesse na escuridão sem luar além da cidade.

Elas pararam na beirada do penhasco. Esbar empunhou Mulsub.

— É nossa última chance de mudar de ideia — falou. — Nós vamos mesmo jogar longe um dos nossos artefatos mais preciosos?

— Ez, é uma arma. Foi feita para ser arremessada.

— Eu sei. — Esbar lançou para ela um olhar de lamento. — É que… é uma lança tão linda.

— Então trate de honrá-la com um belo arremesso.

Esbar franziu os lábios. Suas feições se endureceram, e ela jogou o braço com a lança para trás, mirando no deserto.

Dedalugun reapareceu das sobras, de asas abertas com a envergadura de uma tempestade, e escancarou a boca, fazendo arder o fogo na garganta. Enquanto Tunuva preparava uma égide para proteger as duas, Esbar lançou Mulsub, que acertou a criatura no peito, penetrando sua carapaça grossa.

O grito que se seguiu foi como o de mil espadas se chocando, tão alto que parecia abalar a própria essência do ar. Tunuva se jogou sobre Esbar, e as duas foram ao chão no momento em que Dedalugun dava um rasante, passando perto o bastante para que uma de suas escamas arranhasse Tunuva. Rugindo de raiva, o wyrm saiu voando noite adentro, voltando à direção norte, de onde tinha vindo.

Elas rastejaram até a beirada do penhasco para observar sua partida.

— Bem — Esbar suspirou. — Pelo menos pude apreciar o breve momento em que empunhei a lança.

Mais abaixo, Jrhanyam queimava e fumegava.

****

Aquele último rugido pôs um fim ao cerco. Tudo o que havia sido expelido pelo Monte Temível recuou, permitindo que os sobreviventes saíssem dos túneis de água, encontrassem seus mortos e se deitassem para dormir onde fosse possível. Em pouco tempo precisariam se mudar para outro lugar, em busca de alimento e refúgio.

Em uma das câmaras mortuárias, doze guerreiras do Priorado se recuperavam dos dias de luta. A maior parte dos ichneumons tinham feridas de garras e dentes pestilentos. Comiam o pouco de carne que conseguiam encontrar, enquanto as irmãs limpavam e suturavam suas feridas, trabalhando à luz de velas.

Tunuva cochilava encostada em um esquife de pedra, junto com Esbar. Jeda e Ninuru, que já haviam sido devidamente cuidadas, dormiam ao lado delas. Depois de quase uma semana sem descanso, Esbar dormia como o rei há muito morto às suas costas, com a cabeça encostada em Tunuva.

Ela havia se provado uma líder firme e destemida. Saghul fizera uma ótima escolha.

Foi difícil distinguir quando a noite se tornou dia, pois a fumaça continuava espessa sobre a planície. Em um determinado momento, Tunuva se mexeu e constatou que Esbar não estava mais lá. Hidat se agachou ao seu lado.

— Quer comer alguma coisa, irmã?

— Obrigada. — Tunuva aceitou o pão ázimo e a carne-seca de cordeiro. — Quanto resta de comida na cidade?

— Bem menos que o suficiente. Os wyrms queimaram metade dos silos e levaram boa parte dos rebanhos. As pessoas precisaram usar a água potável das cisternas para apagar os focos de incêndio.

— Pelo amor da Mãe.

— O Conselho Real quer usar os túneis de água para mover as pessoas para os Espigões, onde existem mais abrigos. A Rainha Daraniya vai se refugiar em um antigo castelo que existe por lá. — Hidat olhou para a entrada da tumba. — Por sorte, Dedalugun ainda não encontrou o Vale de Wareda, mas, quando isso acontecer, temo pelo destino do Ersyr. Esta não é uma terra capaz de aguentar muito mais calor.

O Vale de Wareda era sua região mais fértil, uma faixa de terra verdejante entre as areias e o Golfo de Edin.

— Eu só passei uma noite no campo de batalha. Existe outro lugar onde possa ser útil?

— Acho que Ez está dando conta de tudo. Pode descansar mais um pouco, Tuva.

Tunuva assentiu com gestos pesados. Ela teria voltado imediatamente à luta quando tinha seus trinta anos, mas seu corpo ansiava por mais sono.

Tinham salvado a cidade da destruição por muito pouco. Agora Esbar precisaria decidir se mandaria todas as suas guerreiras a um local por vez, ou se as espalharia entre várias cidades.

As ichneumons chegaram mais perto. Ela se encostou em Ninuru, sentindo o cheiro de sangue e pelagem molhada, e voltou a cochilar.

De repente sentiu o sol em seu rosto, quente e de coloração âmbar. Quando olhou para trás, viu seu filho amarrado a seu peito, parecendo adormecido. O amor a inundou, passando pelas comportas que continham sua tristeza, tão insuportavelmente poderoso que ela pensou que seria esmagada por aquele sentimento. Tunuva não ousou respirar enquanto olhava para seu bebê, tão pequeno e perfeito, ainda enrugado depois de sair de seu ventre.

Durma, ela desejou. *Durma, meu afortunado, meu amor. Continue sendo exatamente como é.*

Sua mão se moveu para segurar a cabeça dele. Mas só o que conseguiu tocar foi o tecido manchado de sangue e infestado de abelhas.

Ela soltou um suspiro de susto e descrença e, ao fazer isso, despertou, gelada como o esquife às suas costas. Dessa vez, era Canthe quem estava ao seu lado, com os cabelos cobertos de cinzas.

— Tuva — ela falou, parecendo abalada. — Tuva, você está bem?

Tunuva olhou para os braços vazios e a túnica manchada, se sentindo paralisada. Não sonhava com ele fazia muito tempo.

— Canthe — respondeu, com a voz fraca. — Foi só um sonho. — Uma lágrima escorreu por seu rosto. — Quando você chegou?

— Agora mesmo. Vim com um dos homens que estava trazendo mais comida e suprimentos. — Canthe examinou o corte no braço de Tunuva, que estava demorando para cicatrizar. — Isso foi feito por um wyrm?

— Sim. O mesmo de Carmentum.

— Ele se recuperou mais depressa do que eu esperava. Você usou a lança?

— Esbar usou. — Tunuva se desencostou do esquive, sentindo o pescoço dolorido. — Mulsub não matou o wyrm, mas o feriu... o suficiente para encerrar o cerco. Você deve estar certa sobre Suttu, a Sonhadora.

— Estou aliviada por ter funcionado. — Canthe se sentou ao seu lado. — Desconfio que Ascalun fosse outra arma com toque de sterren, e que foi por isso que derrotou o Inominado.

— Existem outras?

— Talvez. — Canthe a encarou. — Tunuva, vim até aqui pedir permissão para voltar ao Oeste. Sabemos que os wyrms estão por lá. Eu posso descobrir o que eles e as criaturas que geraram estão fazendo, e o que pode ser feito para detê-los. Mas, como sou alguém de fora, não poderia me ausentar do Priorado sozinha. Pensei que você poderia vir comigo.

Tunuva sacudiu a cabeça.

— Canthe, eu não posso abandonar minhas irmãs agora.

— Mesmo se isso for ajudá-las? — Canthe disse, baixinho. — Se nós fôssemos a Inys... talvez conseguíssemos encontrar Wulfert Glenn.

Tunuva a encarou. Uma expedição além do Sul ajudaria Esbar, mas também lhe daria uma chance de ir à terra do Impostor, atrás do bosque sombrio e do garoto que foi abandonado em suas proximidades. Era quase possível sentir o peso de seu filho em seus braços de novo, da forma como tinha sonhado.

Ela sentiu um nó na garganta e um aperto no peito e no estômago. A dor profunda da perda, e a necessidade de desfazê-la.

— Tuva?

Esbar estava de volta, parada na entrada da câmara mortuária, coberta de cinzas, com as mãos ensanguentadas.

— Canthe — ela falou. — Você veio.

— Prioresa. — Canthe abaixou a cabeça. — Sinto muito por ter demorado tanto a chegar. Estava mais fraca do que imaginava.

— Sua magia poderia ter sido útil. Magia que deve ser a mesma de Mulsub. — Esbar cruzou os braços. — Dedalugun fugiu com a lança, então não podemos usar de novo esse recurso... a não ser que você saiba como inserir esse seu poder misterioso em outra arma.

— Eu bem que gostaria, mas não tenho nem perto do suficiente dessa magia para isso. Mas tenho outra forma de ser útil — Canthe comentou. — Inclusive, estava sugerindo isso para Tunuva.

— Ah, sim?

Tunuva esfregou as mãos e entrelaçou os dedos, inquieta. O corte na lateral de seu corpo ardia.

— Canthe, pode nos deixar a sós por um momento?

Quando Tunuva abriu os olhos, Canthe não estava mais lá. Ela se levantou para falar com Esbar, que arqueou as sobrancelhas em uma expressão interrogativa.

— Canthe quer voltar para o Oeste — Tunuva explicou. — Disse que pode fazer uma incursão exploratória para nós, para avaliar a situação além do Sul. — Esbar assentiu com um gesto lento. — Mas, por ser uma forasteira, não poderia ir sozinha.

— É uma boa ideia — admitiu Esbar. — Seria útil saber onde os wyrms estão concentrando suas forças, e quantas criaturas geraram em outras partes, para nos anteciparmos a seus movimentos. — Ela franziu a testa, pensativa. — Posso mandar um dos homens acompanhá-la.

— Acho que deve ser alguém com siden.

Esbar concordou com um grunhido.

— Uma das postulantes, então. Siyu, talvez, já que não tem ichneumon.

— Eu poderia ir.

O silêncio que se instalou foi pesado, e durou tempo demais.

— Você acabou de voltar de Carmentum — Esbar falou, com um tom frio e cauteloso. — Está tão ansiosa assim para se afastar de nós de novo, Tuva?

Tunuva se esforçou para manter a compostura.

— Eu posso avaliar melhor a situação. Você precisa de alguém de confiança para fazer isso.

— Tuva, conheço você há mais de meio século. Sei muito bem quando está me escondendo alguma coisa. — Esbar chegou perto o suficiente para conseguir tocá-la. — O que Canthe lhe disse?

— Ela disse que… — Tunuva desistiu, sabendo que seria um esforço inútil. — Ela falou que ele pode estar vivo, em Inys.

— Quem?

— Meu filho de nascimento.

Esbar ficou imóvel como uma escultura.

— Tuva, como isso poderia ser possível? — questionou.

— Um garoto vindo de um bosque apareceu por lá, com dons estranhos e olhos como os meus. Um menino com medo de abelhas. A época coincide. — Tunuva falava em um murmúrio tenso. — Ez, eu sei que parece impossível. Mas e se ela estiver certa?

— Tunuva. — Esbar a tomou nos braços. — Meu amor, isso é

loucura. Suas irmãs estão aqui, eu estou aqui, e precisamos de você mais do que nunca. Você já nos deixou para ir atrás de Siyu, e agora…

— Foi você que deu a ela o meu nome no dia em que nasceu. Sabia que isso criaria um vínculo eterno entre nós, para me confortar pela minha perda. E agora desconfio que pode não ter sido uma perda, e sim um roubo.

— Não, não. Me escute. Eu sei que você quer se livrar dessa dor. Eu *sei* que nunca deixou de senti-la. E sei que você quer muito que isso seja verdade… mas como seria? Como o menino poderia ter chegado até Inys?

— Eu não sei.

— Porque não faz sentido. Canthe jamais deveria ter reaberto essa ferida. — Esbar a segurou pela nuca. — Tuva, por favor. Você superou tanta coisa. Não se afunde nisso de novo. Ele está morto, meu amor. Já faz anos. Não foi culpa sua. Aceite sua perda.

— Eu não consigo. — A voz dela tremia como um braço que segurava um fardo pesado. — Não consigo, Esbar. Nunca consegui.

Era a primeira vez que confessava isso. As defesas que construiu — tijolo por tijolo, dia após dia, por mais de dezoito anos — viraram pó. A tristeza a invadiu até os recônditos mais profundos, e agora só havia um jeito de ela voltar à tona. Canthe havia estendido a mão para ajudá-la a fazer isso.

Tunuva conseguia senti-lo nos braços, com os dedinhos todos ao redor de um único seu. Ele era quentinho e macio, e estava em um sono profundo, rindo — estava rindo em seus sonhos…

— Tuva. — A essa altura Esbar parecia incomodada, temerosa, ao se dar conta de que ela estava falando sério. — Mesmo que, por alguma sorte mais que improvável, esse garoto seja seu filho de nascimento, ele seria como um forasteiro. Inys deve tê-lo transformado em um adorador do Impostor. E se ele a rejeitar, vê-la como uma pagã, uma bruxa?

— Então que seja. Eu saberia onde ele está. Canthe me disse que ele era tratado de uma forma bastante cruel, que vivia chorando. Você se lembra de como ele era feliz conosco. — O rosto dela estava molhado de lágrimas. — Eu tentei. Durante todos esses anos, eu tentei. E você também, tentando me consolar. Mas uma irmã não deve se apegar à carne. Deve ser como pedra. Foi muito difícil para mim, e por tempo demais, ser como pedra, agir como se a tristeza tivesse passado, quando só o que fiz foi cercar o vazio que aquele dia deixou dentro de mim.

Esbar a observou em um silêncio doloroso, com os olhos cheios de raiva e piedade, com amor.

— Deve ter sido uma traição — Tunuva murmurou. — Você não quer saber quem roubou uma criança de nós?

— Não, Tunuva. Quero que você viva este momento aqui comigo. Você sabe que não vou poder ceder desta vez. — Esbar a apertou com mais força. — Nosso destino é encarar esta guerra juntas, assim como demos juntas nossos primeiros passos neste mundo. Não me abandone outra vez. Por favor.

Esbar só havia feito uma súplica como essa uma vez antes, quando Tunuva chegou ao fundo do poço da tristeza, em uma noite que nunca terminou. Só o que ela queria era que por fim acabasse.

Por favor, Tuva, reaja. Esbar se ajoelhara diante dela e agarrara seu rosto, com lágrimas nos olhos. *Reaja e volte para mim, meu amor, ou vou mergulhar com você nas trevas. Eu não vou deixar você sozinha nessa escuridão…*

— Eu preciso fazer isso — Tunuva falou. As lágrimas escorriam por seu rosto. — Sinto muito. Não posso deixar que ele escape por entre os meus dedos.

Esbar nunca parecera tão vazia, tão desolada, quanto naquele momento.

— Estou vendo que não tenho como impedir você. Seu coração está voltado para isso, assim como o meu está voltado a lutar pelo Priorado. — Ela deu as costas para Tunuva — Então, que a forasteira leve você para uma busca inútil. Eu fiz a minha parte, que era avisar. Quando se der conta de que foi tudo em vão, e isso destroçar seu coração mais uma vez, vou estar aqui à sua espera, com a sua família, para lembrar você de tudo o que tinha, mas concluiu que não bastava.

60
Oeste

A aproximação da primavera já derretia o gelo. Em outros tempos, mais amenos, Wulf teria apreciado poder ver isso em Inys. Teria parado para ver o verde voltar a cobrir as árvores e os jacintos se abrindo no bosque Haith. Teria colhido salsa e alho com Mara enquanto os pássaros teciam seus ninhos. Ele poderia se juntado a seu pai para acompanhar o parto de um cordeirinho, como fazia quando era criança.

Mas naquele ano, não. Estava tudo silencioso nos Lagos, como se até mesmo os pássaros pressentissem o perigo, o que era bastante provável. Pelo que tinham visto até então, não parecia haver nenhum sinal da peste.

Porto Estival estava fechada por ordem do Lorde Protetor. Para não correrem o risco de terem que atravessar a estrada de novo, eles cavalgaram primeiro para a Vila Sereiana, onde algumas embarcações ainda tinham permissão para a pesca e a navegação de cabotagem em águas inysianas, mas não para ir além. Um karve os levou até além dos Charcos, até o porto de Ravina Real. Agora estavam se aproximando do bosque Haith, bem como da propriedade que ficava em seus arredores.

Aquele bosque sempre provocara uma inquietação em Wulf. Naquele dia, só reforçou sua motivação.

— Bastante pitoresco — observou Thrit quando os três chegaram a Langarth. — Tem fumaça saindo pela chaminé, pelo menos.

— Isso não significa que meu pai esteja em casa. — Wulf desceu da sela. — A criadagem sempre mantém as lareiras acesas.

— Não deve ter sido fácil a vida entre os camponeses broncos de Hróth para quem estava acostumado com a *criadagem*, Lorde Wulfert.

— Ah, pare com isso.

— Por falar nisso, como devo me referir ao seu pai? — Thrit perguntou, parecendo sincero.

— Lorde Edrick, ou Barão Glenn — disse Mara. — E papai é Lorde Mansell.

— E seu irmão, o herdeiro?

— Roland. Mestre Roland, se quiser ser cortês, mas Rollo não é dado a cerimônias.

— Então ele não é um lorde, mas Helisent Beck, a herdeira de Goldenbirch, é uma lady. Por quê?

— Lady Helisent é a única filha de um conde. Nosso pai é um barão, que é uma posição inferior. Nenhum de seus filhos herda títulos.

Thrit assentiu, parecendo entender.

— Em Hróth é bem mais simples. Ou se é um caudilho ou não é.

Como não encontraram nenhum cavalariço, eles mesmos levaram as montarias para os estábulos.

— Então estamos aqui para contar para seu pai que queremos espionar o homem mais poderoso de Inys, com o objetivo de descobrir se ele é um pagão — Thrit comentou.

Wulf deu um tapinha carinhoso em seu rocim.

— Basicamente.

— Faz diferença se um homem respeita alguns dos antigos costumes, se isso não atrapalhar seu trabalho?

— Não estou muito preocupado com as crenças dele. Bardholt

também foi pagão um dia — Wulf respondeu. — O que me interessa é meu juramento para Einlek. Se eu quiser garantir a segurança da Rainha Glorian antes de voltarmos, preciso saber que tipo de homem é o regente dela.

— Por mim, tudo bem. — Thrit tirou o chapéu e ajeitou os cabelos. — Aqui é bem melhor do que aquela capital desoladora.

— Pois é — respondeu Mara. — As coisas vão ficar feias por lá em pouco tempo, com tanta coisa em ruínas. — Eles atravessaram o fosso, e ela usou sua chave para abrir a porta principal. — Pai, Rollo, estão em casa?

Ninguém respondeu. Eles se separaram para procurar nos cômodos do andar inferior, e se reencontraram no Salão Principal.

— Não encontrei vivalma — disse Wulf, perplexo.

— Sanny está aqui. Nossa cozinheira — Mara acrescentou, para explicar a Thrit, que sacudiu a cabeça. — Ela disse que o pai está com a Condessa de Deorn, mas que deve voltar ainda esta noite. Rollo e papai estão juntando o povo no chamado às armas. — Ela esfregou os olhos. — Vou garantir que haja comida suficiente para todos. Vocês dois podem ir descansar. Você providencia um quarto para Thrit, Wulf?

Wulf conduziu Thrit até o andar de cima, até o aposento de hóspedes de que gostava mais, que se projetava sobre o fosso.

— Então foi aqui que você passou a infância — Thrit comentou, olhando ao redor com interesse. — É um belo lugar. — Ele largou a bagagem e as armas e alongou os ombros. — Quando você falou sobre o bosque Haith, não imaginei que fosse quase o quintal da sua casa.

— Às vezes eu me pergunto por que o meu pai me manteve sempre tão perto do bosque. O Santuário de Rathdun acolhe crianças de tempos em tempos. Ele poderia ter me deixado na roda dos abandonados e ponto-final.

— Roda dos abandonados?

— É uma portinhola em um santuário, para crianças abandonadas. Um lugar para elas não morrerem de frio antes que o santário as encontre. — Wulf abasteceu a lareira de lenha. — Nossos pais nunca permitiram que nos embrenhássemos no meio das árvores. Roland fazia isso, porque era o mais velho e queria provar que era corajoso. Quando meu pai viu, ficou tão furioso que pensei que fosse escalpelar Rollo.

— Não deve ter nada lá, Wulf. Assim como não tem nada nos lagos congelados de Hróth.

— Não é exatamente nada. Há lobos, tocas de ursos, essas coisas. — Ele sacou sua pederneira e seu aço de fazer fogo. — É daí que vem meu nome. Quando meu pai me encontrou, havia uma loba por perto. Ele a espantou, só que, mais tarde, ficou se perguntando se ela não estava só me protegendo. Meu nome significa *coração de lobo* em inysiano antigo.

Ele acendeu os gravetos. Assim que as chamas apareceram, largou o aço de fazer fogo, vendo o fogo no navio, e nela.

— Wulf?

— Estou bem. — Sua testa estava coberta de suor. — Obrigado, Thrit, por ter me acompanhado. — Ele recolheu o aço e a pederneira e se levantou, guardando tudo de volta no cinto. — Você poderia ter seguido viagem com Sauma.

— E perdido uma grande aventura na floresta? — Thrit deu uma risadinha. — Sem chance. — Wulf abriu um leve sorriso. — Não tenho a menor intenção de sair do seu lado. Você guarda as coisas para si, Wulf Glenn, sempre fez isso, mas, não importa o quanto enterre o que viu no *Convicção* nas profundezas da sua mente, aquilo vai vir à tona de novo. E você não pode estar sozinho quando isso acontecer. Até mesmo Bardholt precisava ter com quem conversar sobre a guerra.

— Eu sei. — Wulf respirou fundo. — Ainda não consigo acreditar que ele se foi.

— Pois é. — Thrit se apoiou na coluna da cama, com os braços cruzados. — Como está a Rainha Glorian?

Wulf ficou observando o fogo se espalhar na lareira.

— Eu me ofereci para me deitar com ela.

— O quê?

— Eu disse que me deitaria com ela — repetiu, quase baixo demais para ser ouvido. — Que a ajudaria a engravidar.

Thrit soltou uma risadinha incrédula. Wulf o encarou, e o sorriso desapareceu do rosto dele.

— Wulf… — Ele esfregou o nariz na altura dos olhos. — Eu sei o que aconteceu entre você e Regny. — Wulf ficou tenso. — Você é bem menos discreto do que imagina. Conseguiu se safar só com uma reprimenda daquela vez, mas Glorian é a Rainha de Inys, tem o sangue do Santo. Você seria executado. Tenha juízo.

— Inys é que precisa ter mais juízo. Ela está sendo pressionada pelo Conselho das Virtudes a ter uma herdeira imediatamente.

— Uma herdeira legítima, provavelmente; concebida dentro do matrimônio.

— Sim, e Lorde Robart a fez se casar com um príncipe quase sessenta anos mais velho que ela.

Thrit o encarou.

— Pelo Santo. — Ele se agachou, se sentando sobre os calcanhares. — É daí que vem sua desconfiança em relação a Lorde Robart.

Wulf assentiu com um gesto tenso.

— Einlek me encarregou de mantê-la a salvo, e é isso o que vou fazer.

— Pelo Santo, Wulf, acho que ele não quis dizer para você levar a moça *para a cama*.

— Não é essa a questão — Wulf disse, baixinho. Thrit ergueu uma sobrancelha. — Ela é formosa, eu sei. Não estou dizendo que seria um grande sacrifício. Mas as coisas não são assim entre nós dois. Quando crianças, nós fizemos um juramento de que sempre seríamos amigos. Que tipo de amigo eu seria se permitisse que ela fosse emprenhada por um velhote qualquer?

Thrit fez uma careta.

— É um bom argumento — falou. — Mas, pelo amor do Santo, Wulf, tome cuidado. Um adultério com ela seria um crime de alta traição. Sua cabeça é bonita demais para ir parar em uma estaca.

— Vou tomar cuidado. Ela pode até não me escolher, inclusive.

— Acho que nós dois sabemos que isso não é verdade. — Thrit abriu um sorrisinho. — Ela seria uma tola se o recusasse.

Wulf franziu a testa e olhou bem naqueles olhos escuros. Thrit limpou a garganta e se virou.

— Acho melhor descansarmos um pouco — falou. — Nos vemos à noite.

— Sim.

No corredor, Wulf ficou se perguntando se não havia deixado passar alguma coisa naquela conversa.

Pensou em ir para seu quarto e dormir para se recuperar da longa viagem. Em vez disso, voltou para o andar de baixo e encontrou Mara sentada perto da lareira, como tantas vezes antes no passado, com um livro nas mãos.

Ele se deu conta de que aquela poderia ser sua última visita a Langarth. Quando Fýredel voltasse com seu bando, não haveria misericórdia, e a destruição seria total.

Ele se sentou ao lado da irmã e a envolveu nos braços, dando um beijo em sua cabeça.

— Por que isso? — ela questionou, levantando a cabeça para olhá-lo.

— Por nada.

Mara estendeu a mão e o acariciou no rosto.

— Eu também amo você — disse. — Queria dizer isso porque...

nunca falei antes, e me arrependi amargamente disso quando pensei que você estava morto... o dia em que o pai trouxe uma criança do meio daquelas árvores foi o mais feliz da minha vida.

Wulf engoliu em seco, sentindo os olhos arderem. Mara se recostou nele e dormiu.

****

De início, ele pensou que tinham sido as pedras de granizo na janela que o despertaram. Mara se mexeu ao seu lado, abrindo os olhos. Os dois ficaram imóveis quando ouviram passos e vozes no hall de entrada.

— Deixe que eu fale com ele primeiro — murmurou Mara. — Ele vai ter um choque nervoso se der de cara com você.

Ela se retirou para receber o pai.

— Mara — disse Lorde Edrick, surpreso. — Pensei que estivesse com Lady Marian. Há quanto tempo está aqui?

— Não muito. Prometo que explico depois — respondeu Mara. Wulf se aproximou devagar do local de onde vinha a voz dos dois. — Pai, tenho uma notícia maravilhosa, mas queria que ouvisse sentado.

Wulf conseguia ver Lorde Edrick de onde estava. Parecia ainda mais envelhecido, todo encharcado do temporal.

— Não consigo nem imaginar o que pode ser uma boa notícia a esta altura. — Depois de entregar o manto a uma criada, ele se deixou conduzir por Mara até um setial. — Mas é sempre reconfortante ver você. O que a traz aqui para o norte?

Mara olhou por cima do ombro para Wulf, que se mostrou. Lorde Edrick o viu e se encolheu, ficando pálido.

— Mara — falou, com a voz rouca, segurando a mão dela. — Estou vendo uma aparição. Pelo Santo, vem de Halgalant.

— Não, pai. Sou eu mesmo — Wulf anunciou, com medo de que fosse matá-lo de susto. — Eu sobrevivi.

Lorde Edrick estava paralisado. Quando enfim conseguiu abrir a boca, murmurou:

— É você mesmo? — Quando se levantou, estava ofegante. — Wulfert. Meu filho.

Ele o abraçou com força, e Wulf retribuiu o gesto, tentando não chorar de novo. Depois de todas as provações por que passou, era um alívio inexprimível estar de volta aos braços do pai.

Foi necessário algum tempo para Lorde Edrick se recompor. Mara e Wulf o levaram para o calor do Salão Principal e lhe serviram um cálice de vinho de cevada, para aplacar a tremedeira. Wulf se sentou ao seu lado e contou tudo.

— Foi o Santo que interveio — Lorde Edrick falou, com a voz embargada quando terminou de ouvir o relato. — É a única explicação. É verdade que você nunca sentia frio quando era mais novo, mas o Mar Cinéreo… — Ele virou o cálice. — Vou mandar chamarem Roland e Mansell de volta.

— Ainda não. — Mara lhe serviu mais vinho. — Pai, Wulf e eu precisamos da sua ajuda.

— Pois disponham.

Alternando-se, ela e Wulf contaram sobre a conversa com Lady Helisent Beck e sobre os temores dela em relação a Lorde Robart. O pai se manteve em silêncio enquanto os ouvia, claramente ponderando os fatos.

— Sabem de uma coisa? — falou, pensativo. — Lorde Ordan me falou sobre esses lampiões, anos atrás. Eu nunca vi nada, mas nós dois achamos que isso fosse um assunto já encerrado. É estranho ouvir de Helisent que não é esse o caso. — Ele deu mais um gole no vinho. — Nosso príncipe consorte. Vocês sabem o nome dele?

— Guma Vetalda?

— O Eremita do Bosque do Cervo? — exclamou, surpreso. — Pelo

Santo, nem me dei conta de que ele já passou dos setenta. Jamais pensei que fosse se casar tão tarde na vida. É um homem rico, em uma situação confortável com aquelas minas. Dizem que passou décadas almejando ter mais poder. Se não tivesse nascido alguns suspiros depois da irmã, teria sido o Rei de Yscalin.

Wulf observava enquanto seu pai refletia. Lorde Edrick sempre teve gosto por mistérios.

— Tudo isso está me trazendo algumas coisas à mente — ele murmurou. — Imaginei que Lorde Robart tivesse voltado a Ascalun uma vez que transmitiu as instruções que veio dar aqui. Se ainda estiver no Castelo de Parr... — Ele franziu a testa. — Acho que não faria mal nenhum vocês ficarem de olho em tudo, para ver o que ele está fazendo, ou se vai entrar no bosque Haith no Festim do Início da Primavera.

— Nós podemos segui-lo — disse Wulf. — Quem sabe até pegá-lo no ato.

— Para acusá-lo, vocês precisariam de uma testemunha irrefutável. Alguém do Conselho das Virtudes.

— E existe essa chance?

— Talvez. — Lorde Edrick olhou bem para os dois. — Fico feliz que tenham vindo falar comigo, em vez de fazerem isso sozinhos, mas vocês sabem que Lorde Robart é um homem muito mais poderoso que eu.

Nesse momento, Thrit apareceu à porta, vestido com roupas limpas. Wulf fez um gesto para que se aproximasse.

— Pai, este é Thrit de Isborg.

— Ah, o famoso Thrit. — Lorde Edrick o recebeu calorosamente. — Que haja fogo em sua lareira.

— E alegria em sua casa, milorde. — Thrit levou o punho ao peito. — Fico feliz em por fim poder conhecê-lo.

— Eu digo o mesmo, filho. Wulf sempre falou bem de você durante todos esses anos.

Thrit olhou para Wulf com um sorriso, levantando uma sobrancelha.

— Falou mesmo?

— Sim, claro. Eu sinto muito pelas perdas de vocês, do rei e de sua falangeta. Um destino cruel. Mas talvez nós possamos ajudar a Rainha Glorian. — Lorde Edrick se levantou, dando o braço para Mara. — Venha jantar conosco, Thrit. Pelo que ouvi enquanto viajava, a fartura em nossas mesas está com os dias contados.

****

Glorian estava fechada na Chancelaria Real quando Kell Bourn foi vê-la. Durante todo o dia, ela ficara examinando os antigos registros da tesouraria, na tentativa de compreendê-los.

Um dos gatos que controlavam a população de camundongos do palácio roçou em sua saia, miando. Ela o pegou no colo e o acariciou enquanto fazia uma pausa. O sol tinha se posto, e as velas queimavam nos candelabros, já chegando ao fim.

Ela nunca fora boa com números, mas Helisent e Julain, sim. Pelo que puderam ver, Lorde Robart dissera a verdade. A Rainha Sabran tinha sido econômica nos gastos, o que ajudou a amenizar a ruína do Século do Descontentamento, mas seu casamento se deu em nome da paz, e não da riqueza. O Rei Bardholt não oferecera nenhum dote. Era um rapaz de família pobre quando pegou em armas por Skiri Passolargo.

Glorian sabia que a situação devia ser grave, mas aquilo era pior do que temia. Suas ancestrais provocaram rombos nos cofres e deixaram o ouro escoar. Havia evidências de antigos desvios de fundos também, ignorados de propósito ou desconhecidos pelas três piores rainhas da história inysiana.

O Príncipe Guma era a solução. Diziam que era tão rico que suas refeições eram servidas em bandejas cravejadas de esmeraldas. Glorian olhou para o anel em seu dedo, feito do ouro amarelo das Montanhas Saurga.

Ela dissera para Wulf que sabia o que acontecia na alcova nupcial. Era verdade até certo ponto, mas ninguém nunca lhe explicara os detalhes. No fim, Julain deixou de lado a sutileza e perguntou para sua mãe.

Agora Glorian entendia por que Wulf parecia tão empenhado em impedir a consumação. Havia pensado na oferta dele durante dias, avaliando os riscos.

Ele era seu amigo, uma pessoa de confiança. A ideia de fazer aquilo com ele, algo que soava tão embaraçoso e intrusivo — isso a deixou tímida, mas não enojada a ponto de preferir não estar na própria pele. Com ele, achava que conseguiria suportar.

O adultério era a maior das afrontas possíveis à Cavaleira da Confraternidade. Ia contra tudo o que sua mãe lhe ensinara — que era preciso ser perfeita e virtuosa, sempre.

O perigo que Wulf correria a perturbava. Uma rainha não podia ser punida por um caso extraconjugal, mas seu amante, sim.

— Rainha Glorian.

Ela levantou os olhos.

— Sim, Sir Bramel?

Seu guarda pessoal usava a armadura completa.

— Mestrie Bourn deseja falar com a senhora.

— Pois que entre.

Quase que de imediato, Kell Bourn apareceu, trazendo o que Glorian a princípio pensou que fosse uma raposa morta.

— Majestade. — Em contraste com sua compostura habitual, Bourn exalava uma raiva reprimida. — Me perdoe, mas já procurei o Conselho da Regência, e não quiseram me ouvir.

— Eu me disponho a ajudar no que puder, Mestrie Bourn.

— Inys deve tomar medidas mais enérgicas contra essa doença nos

Charcos. Estamos sendo lenientes demais. Acabei de passar nas lavanderias, e estão espargindo vinho branco nas roupas com a boca.

— Para quê?

— É assim que as peças molhadas de pele recuperam o frescor — Florell explicou do canto onde estava. — Isso é um problema, Mestrie Bourn?

— Sim, milady, e muito grave — argumentou. — A doença pode ser disseminada pelas emanações corporais, seja a respiração, o sangue ou o leite de peito. Essas práticas devem ser interrompidas imediatamente.

— Então as peles não podem ser tratadas depois de um dia de chuva ou neve?

— Não com… — Bourn respirou fundo. — Basta escová-las, Lady Florell. E aquecê-las no fogo.

— Sua especialidade é a quiropraxia, não a medicina — Florell retrucou, na defensiva. — O que a Doutora Forthard diz a respeito?

— Forthard ainda trabalha com conceitos como vermes dentais e bufonita, como a maioria dos médicos inysianos. Eu, não. — Bourn largou a pele que segurava. — Majestade, fui aprendiz de diversos curandeiros do mundo todo, alguns até do Leste. Lorde Robart tomou uma boa medida inicial fechando os portos, mas, enquanto está fora, os demais Duques Espirituais não estão levando a questão a sério. As pessoas precisam usar tecidos para cobrir a boca e o nariz.

— Espere. Você já esteve no Leste? — Glorian fechou o livro-razão que estava lendo. — Isso é sério?

Bourn ficou hesitante.

— Eu nasci lá — respondeu por fim. — Minha mãe era inysiana e meu pai, um paneleiro ersyrio. Ele queria vender suas mercadorias no Leste, então viajou para lá a fim de se juntar a um pequeno enclave sulino. Vim a Inys apenas aos dezesseis anos, quando minha mãe voltou para casa.

— Em que lugar do Leste?

— Mozom Alph, no Rainhado de Sepul.

— Pensei que embarcação nenhuma poderia atravessar o Abismo — Glorian exclamou. — Como seus pais chegaram tão longe?

— Só existe uma rota marítima… o Flagelo dos Navios. É preciso atravessar a Planície do Norte de oeste a leste para chegar ao porto. A jornada é longa e árdua, e a maioria das embarcações afunda no Flagelo, mas é a única forma de chegar a esse continente. Minha mãe teve a sorte de conseguir sobreviver duas vezes.

Um outro rainhado, em um lugar distante. Pela primeira vez, um pensamento ocorreu a Glorian.

— Me diga, Mestrie Bourn, no Leste existe alguma arte que esteja além de nossa compreensão aqui no Oeste? — indagou.

— Não sei ao certo se entendi a pergunta, Majestade. Perdão.

— Ascalun era uma lâmina encantada. Deve existir magia no mundo. Você viu algo assim no Leste?

Bourn lançou um olhar para as damas dela, que pareciam inseguras em tratar daquele assunto.

— Não, Majestade. A população do Leste é composta de pessoas comuns como nós — explicou. — Não vi nenhuma evidência de poderes extraordinários.

— Eles têm deuses?

— A maioria dos sepulinos cultuava deuses do céu e da água, que segundo eles voavam junto com os ventos.

— Eles são capazes de conversar com as pessoas através dos sonhos?

— Glorian, isso é heresia — Adela interveio, apreensiva. — Você não deveria…

— Silêncio, Adela.

— Eu não sei. Minha mãe me criou para seguir as Seis Virtudes. Só sei que os sepulinos diziam que os deuses costumavam viver entre eles, mas que se recolheram para um sono profundo. — Bourn voltou a erguer a pele que tinha em mãos. — Por favor, Majestade. Precisamos de medidas mais rígidas. As pessoas devem ficar em casa o máximo possível, lavar as mãos com vinagre ou vinho e cobrir a boca e o nariz com retalhos.

Florell franziu a testa.

— E qual é o motivo para isso?

— Até compreendermos como a peste se espalha, precisamos tomar todas as precauções, Lady Florell.

— Não posso fazer nada sem o meu regente — lembrou Glorian. — Não tenho nenhuma autoridade, Mestrie Bourn. Apenas Lorde Robart. Mas vou tentar convencer o restante do Conselho da Regência.

Bourn era a imagem da desolação. Retirou-se com uma mesura, deixando Glorian no silêncio que se instalou entre ela e suas damas.

— Que pessoa mais peculiar. — Florell sacudiu a cabeça, irritada. — Cobrir a boca e o nariz com retalhos… como vamos respirar?

— Glorian, precisamos sair da capital. — Adela retorcia as mãos. — Antes que o wyrm volte e a praga chegue até aqui.

— Não podemos — lembrou Glorian. — O Conselho da Regência não vai se reinstalar em outro lugar sem uma ordem de Lorde Robart.

— Então vamos ficar aqui paradas como espantalhos à espera de Fýredel? — Julain protestou, frustrada. — A corte precisa de seu regente. Por que Lorde Robart ainda não voltou?

— Ele me mandou uma carta. Pretende permanecer em sua província até o Festim do Início da Primavera.

Helisent se virou para ela com gestos lentos.

— Por quê?

— Para inspecionar o bosque Haith. Ele quer avaliar quanta madeira pode ser extraída de lá para fabricar armas.

— Mas os barões podem fazer isso.

— Eles estão ocupados organizando a população, armando todos para a guerra. — Glorian olhou para a amiga com uma expressão de surpresa. — Pelo Santo, Helly, parece até que você viu um espírito do gelo. Está tudo bem?

— Sim. — Helisent engoliu em seco. — Desculpe, estou… um pouco fraca. Posso me retirar?

— Claro.

Enquanto ela saía, Glorian torceu para que o regente voltasse logo; assim saberia quais eram os planos dele. Ela esperava que ele tivesse um.

Seu pai travara uma guerra contra seus compatriotas hrótios. Ela vira algumas de suas cicatrizes de batalhas, ouvira suas histórias sobre a crueldade humana — mas os inimigos eram *sempre* humanos. Ele sempre soube que era possível vencer, combater de igual para igual no campo de batalha. Glorian não tinha essa garantia.

Papai, o que eu faço?

Ela teve um sobressalto quando os gritos começaram a se elevar pela cidade. O gato pulou de seu colo com um sibilado. Em questão de instantes, Glorian estava na janela, mas a escuridão não lhe permitia ver nada além das tochas. Então escancarou a porta e saiu para o corredor.

— Sir Bramel? — chamou. — Sir Bramel!

Ele demorou alguns instantes para chegar de seu posto. Apareceu seguido de sua nova parceira, Dama Rose Suddow, que Lorde Robart deslocara de sua própria casa para substituir Dama Erda Lindley.

— Majestade, acabo de ser avisado de que há criaturas rondando os arredores da cidade — Sir Bramel informou. — Os portões foram trancados, mas ao que parece os monstros têm asas.

— Wyrms?

— Algo parecido, sem dúvida.

Fýredel estava mentindo. Ela deveria saber que não era sábio confiar em uma língua bifurcada.

— O que pode ser feito? — Florell perguntou a Sir Bramel. — Lorde Robart deixou algum plano de defesa?

— Só me mandaram proteger a Rainha Glorian, e mantê-la em segurança aqui dentro.

Se aquelas criaturas trouxessem consigo a peste, Ascalun logo cairia. Antes de se dar conta do que estava dizendo, Glorian falou:

— Traga minha armadura.

— Majestade?

— Pedi para trazer minha armadura, Sir Bramel. — Ao ver que nenhum dos guardas se moveu, Glorian se aproximou dos dois. — Posso ainda não ter sido coroada, mas sou a Rainha de Inys e, quando me sentar no trono, vou me lembrar daqueles que respeitaram minha posição.

Dama Rose franziu a testa, enquanto Sir Bramel parecia pensativo.

— Muito bem — ele falou. — Vou mandar meu escudeiro até a armaria.

— Pode mandar entregar na Torre da Rainha. Serei escoltada até lá.

Glorian o observou sair da sala. Sem dizer palavra, Dama Rose a escoltou para fora da Chancelaria Real.

Deviam pensar que ela era só uma criança tola, querendo brincar de guerra. Isso era justificável. Na primeira vez que encarou um wyrm, borrou as saias. Daquela vez, porém, iria para a batalha montada em um cavalo, com uma espada em punho. Mostraria que amava seu povo tanto quanto sua mãe e seu pai. Que não era Glorian, a Menor.

Sir Bramel levou a armadura até sua alcova.

— Sua mãe não chegou a mandar revestir, mas meu escudeiro encontrou uma cota de malha que deve servir. — Ele fez uma pausa. — A senhora pretende mesmo sair, não é mesmo? — Glorian ficou em silêncio. — Majestade, eu repensaria a decisão.

— Porque não tenho uma herdeira?

— Porque a senhora é a Rainha de Inys.

— Também sou a filha de Bardholt, o Ousado. Não vou fugir de uma luta — Glorian respondeu. — E preciso de uma companhia de cavaleiros dispostos a desobedecer ao Lorde Protetor.

— Isso seria um crime de traição.

— Acredito que ele seja um homem razoável. Ele vai compreender quando eu lhe explicar por que tomei essa atitude.

Sir Bramel olhou por cima do ombro.

— Podemos sair pelo portão dos fundos e atravessar o rio até Fiswich — falou. — Os guardas dele não vão tentar nos deter.

— O Cavaleiro da Coragem vai recompensá-lo por isso, Sir Bramel, assim como o Santo em Halgalant.

Uma determinação renovada tornou mais graves as feições de Sir Bramel, que fez uma mesura profunda antes de se afastar.

Quando suas damas chegaram, Florell olhou primeiro para a armadura e só depois para Glorian.

— Glorian, o que é isso? — perguntou.

— Vou cavalgar até lá. Lorde Robart deixou suas ordens, mas ele não está aqui, e o inimigo, sim.

— Glorian, você não pode fazer isso — pediu Adela, agarrando-a pela manga. — Não pode sair às ruas.

— Por que o meu povo iria arriscar a vida por uma rainha acovardada? — Glorian questionou. — Lorde Robart percorreu a cidade inteira quando tudo estava em chamas. Dessa vez, sou eu que devo ir. Preciso mostrar presença.

— E se você acabar morta, ou contaminada pela peste? — Adela questionou, temerosa. — Glorian, por favor, não faça isso. Você não tem uma herdeira!

— Mesmo assim, não vou ficar trancada em um castelo. — A voz dela estremeceu. — Vou encorajar meu povo. Posso fazer esse pequeno gesto antes de…

Ninguém era obrigado a obedecer. Ela ainda não tinha poder para comandar. Só o que podia era pedir. Julain deu um passo à frente e segurou sua mão.

Elas removeram sua bata e a vestiram com uma túnica fina de lã, uma calça e um perponte, mais leve do que aquele que ela usara na sala do trono. Por cima, veio uma cota de malha sem mangas. Ela pensou que aquilo tudo seria um fardo difícil de carregar, mas ser capaz de sustentar o peso só a fez se sentir mais forte. Florell cobriu sua cabeça com um toucado de malha metálica. Por último veio o diadema.

— Fiquem aqui e separem seus pertences mais preciosos — Glorian disse para suas damas. — Se as criaturas vieram, essa doença pode já estar em Ascalun. — Ela fez uma pausa. — Onde está Helisent?

— Foi caminhar um pouco no pomar — Julain falou. — Não estava se sentindo bem.

— Tratem de encontrá-la. Precisamos partir o quanto antes.

— Para onde?

Glorian não precisou pensar por muito tempo.

— Arondine — anunciou. — Meu pai sempre disse que era uma boa fortaleza. Fica a uma distância considerável dos Charcos, está próxima de várias muralhas e de um rio, além das cavernas na Montanha de Stathalstan. Vamos levar o povo conosco.

— Você quer que *todo mundo* vá?

— Arondine não tem como abrigar toda a população de Ascalun, mas, se cada cidade e cada caverna abrigarem uma porção das pessoas, vamos conseguir proteger todos. Fomos abençoados com uma terra capaz de nos proporcionar refúgios.

Ela falou com confiança, e se deu conta de que isso a deixava de fato mais confiante. Seu pai lhe contara sobre as táticas que usou na guerra. Ele não lhe ensinara tudo o que podia, mas fornecera os fundamentos principais.

Primeiro encontre sua fortaleza.

— Preparem a corte para a viagem — ela falou. — Comuniquem minhas ordens ao Conselho da Regência, e avisem que nada vai me impedir. — Glorian empunhou a espada que seu pai lhe dera. — Todos nós precisamos ser guerreiros agora.

61
Oeste

O Castelo de Parr era uma construção austera, alta e robusta, que se tornava ainda mais severa sob o clima invernal. Uma fortaleza sobre a água.

Na mesma medida em que Wulf vigiava o castelo, também se sentia vigiado por ele. Era uma impressão estranhíssima, considerando que a edificação em si tinha tão poucos olhos. Havia inclusive um torreão na face leste sem janela alguma.

Ele afastou aqueles pensamentos da cabeça. Muralhas não tinham olhos. Não, ele estava cansado e entediado, sem contar o frio de gelar os ossos, e isso o estava fazendo imaginar coisas.

Thrit, que naquele momento dormia, se mexeu ao seu lado. Wulf o cobriu com mais um cobertor, tomando cuidado para não o acordar.

Fazia dias que estavam lá, nos escombros de um santuário em uma colina que pairava sobre o Castelo de Parr. As ruínas permaneceram intocadas por décadas, proporcionando uma boa vista do lago e das duas ilhas ocupadas pela fortaleza. De suas muralhas ainda pendia o estandarte do Duque da Generosidade — um feixe de trigo sobre um campo verdejante — e no torreão mais alto revoava a Espada da Verdade, símbolo da autoridade da realeza. Juntos, os estandartes eram uma proclamação de que o Lorde Protetor estava na residência.

O vento soprava forte. Wulf tossiu sobre a mão enluvada. Inys não chegava nem perto de ser um lugar gelado como Hróth no fim do inverno, mas o esconderijo era úmido e frio, e eles não podiam se arriscar a acender uma fogueira.

Quando o sol já se erguia, Mara voltou de sua incursão de reconhecimento a pé pelas colinas. Wulf ficou olhando em sua direção quando viu quem a acompanhava. Sem acordar Thrit, ele abriu espaço para deixá-los entrar.

Lorde Mansell imediatamente jogou os braços sobre ele.

— Wulf — murmurou. — Pelo Santo, eu não acredito. Você não parece sequer estar ferido.

— Estava com saudade, papai.

Quando Lorde Mansell enfim deu um passo atrás, foi possível ver a determinação em seus olhos.

— Estou vindo de Langarth — explicou para ambos. — Seu pai me colocou a par de suas dúvidas. — Ele pôs um cesto no chão. — Ontem à noite, chegou um mensageiro enviado por Lady Helisent, que pagou um valor a mais a ele pela urgência. A Rainha Glorian foi informada de que Lorde Robart pretende ficar aqui até o Festim do Início da Primavera.

— Como ele justificou isso? — Wulf cruzou os braços. — O regente deve ficar ao lado da rainha.

— Ele diz que está contabilizando as árvores do bosque Haith. Para avaliar quanta madeira pode ser extraída para construir armas para Inys.

Wulf esfregou o queixo com a barba por fazer.

— Pelo Santo.

— O Santo não tem nada a ver com isso, filho. — Lorde Mansell foi até a janela. — Nós já recebemos nossas ordens no norte. Não existe motivo para ele não voltar para junto da Rainha Glorian.

— A peste já chegou a esta província?

— A um vilarejo, pelo menos. Os habitantes se trancaram em casa, então Roland e eu estamos deixando suprimentos na pedra perimetral.

— Vão todos morrer lá?

— Se for preciso. — Lorde Mansell apontou com o queixo para o cesto. — Trouxe mais comida para vocês.

Mara passou para Wulf um pedaço de pão com grãos. Por ora, ainda podia ser feito na província, mas, quando os wyrms voltassem, os moinhos parassem e a farinha acabasse, certamente haveria fome. As pessoas já estavam passando necessidade por conta da colheita fraca.

— Se Lorde Robart entrar no bosque Haith na noite do Festim, vamos precisar de um membro do Conselho das Virtudes para servir de testemunha — Lorde Mansell continuou. — O Conde Viúvo de Goldenbirch concordou em falar em nome de seus guardas florestais, mas um dos Duques Espirituais precisa ajudar nas investigações, alguém com uma posição equivalente à de Lorde Robart. Preciso ir até Lady Gladwin. — Ele deu um beijo no rosto de Wulf. — Tomem cuidado, todos vocês. Tratem de não ser vistos.

Quando ele se foi, Mara pegou uma pera.

— Tive uma ideia — ela anunciou. — Se Lorde Robart partir de fato na noite do Festim do Início da Primavera, eu estava pensando em ficar aqui e dar uma boa olhada no Castelo de Parr.

— Invadir a casa do regente? — Wulf se sentou diante dela. — Por que você faria isso?

— Para ver o que consigo encontrar. — Ela jogou a pera para ele. — Foi você mesmo que me falou para encontrar uma ocupação que me agradasse.

— Mara, eu quis dizer algo como a falcoaria, não invasão de propriedades.

— E, entre essas duas opções, sei muito bem qual é a mais útil.

****

Na véspera do Festim do Início da Primavera, Roland veio cavalgando de Langarth, bem-vestido como se estivesse indo para seu próprio casamento, como sempre, além de ter feito uma tentativa digna de deixar crescer a barba.

— Wulfy — ele falou quando Wulf o abraçou. — Nunca pensei que fosse ver eu rosto de novo. Como vai você?

— Sempre pior depois de ver você.

— Cretino. — Seu irmão deu um tapinha em suas costas. — Eu mato você mais tarde. Se Lorde Robart pegar vocês, vai sobrar para o pai. O que achamos que ele vai querer fazer no meio de uma mata fechada e escura?

— Qualquer coisa menos o trabalho dele — sugeriu Thrit.

Roland pareceu pensar a respeito.

— Bem lembrado, homem do Norte. — Ele estendeu a mão. — Roland.

— Thrit.

— Satisfação por enfim conhecer você. O pai está a meio dia daqui — acrescentou para Wulf e Mara. — Papai vai cuidar de tudo em Langarth. — Ele entregou um saco com comida. — Se alguém precisar dormir, que seja agora. Ainda espero ser o Barão Glenn, mas talvez a vigília noturna seja minha verdadeira vocação.

Lorde Edrick chegou ao anoitecer. Ele puxou os filhos para junto de si e pôs a mão sobre o ombro de Thrit.

— Esta é a hora da verdade — falou. — Acabei de receber notícias de Ascalun. Uma horda de criaturas se dirigiu para lá, feras que podem muito bem ser portadoras da peste. Só o Santo sabe o que são. Ao que parece, a Rainha Glorian saiu do castelo e convocou a cidade para o combate.

— Glorian saiu para lutar? — Wulf perguntou, surpreso. — Como foi que ela conseguiu fazer isso sem seus guardas perceberem?

— Não faço ideia, mas isso prejudica a imagem de Lorde Robart. Ele deveria levantar velas imediatamente, mas vejo que o estandarte dele ainda está aqui. — Lorde Edrick respirou fundo. — Eu gosto do sujeito. Não quero que isso seja verdade.

— Acho que temos razão, pai. Precisamos detê-lo esta noite.

— Pois é. Thrit, Mara, podem dormir. Talvez a noite seja longa. Roland, fique com o primeiro turno de vigília, se puder. Preciso conversar com seu irmão.

— Vou ficar de olho o tempo todo — Roland falou, observando as janelas.

— Bom garoto.

Wulf seguiu o pai. Eles desceram um pouco a colina, para ficarem longe das vistas do Castelo de Parr.

— Wulfert. — Lorde Edrick o abraçou, e Wulf retribuiu o gesto. — Como você está, filho?

Wulf o encarou.

— Com frio — falou. — Eu ainda o vejo, às vezes. O navio branco.

— Pode ser que continue vendo esse dia pelo resto da vida — Lorde Edrick disse, baixinho. — Vai continuar aí, vai continuar doendo, mas a cada ano vai parecer cada vez mais fazer parte de você. — Ele segurou Wulf pela nuca. — Tenho uma tarefa para você. Lady Gladwin está a caminho para nos ajudar nessa questão. Se precisarmos seguir o Lorde Protetor pelo bosque Haith adentro, quero que fique à espera na entrada da mata, pronto para escoltá-la de volta ao navio em segurança. Um animal encurralado inevitavelmente vai morder, e se o regente perceber que temos uma testemunha de sangue sagrado, pode tentar se livrar da ameaça. Você precisa protegê-la.

— Não, pai. Eu quero entrar no bosque.

Foi só quando as palavras vieram que ele constatou que aquilo era verdade. Seu estômago se revirou de leve.

Passara toda a vida temendo aquele lugar. Se afastou dele até chegar às neves eternas. Mas o bosque Haith tinha visto quem Wulf realmente era quando criança. E estava na hora de Wulf fazer o mesmo.

— Wulf, como seu pai, não é esse o meu desejo — Lorde Edrick respondeu.

— Está com medo de que isso vá afetar minha situação? — Wulf perguntou, incomodado. — Isso já aconteceu. Durante toda a minha vida. Preciso ver esse lugar com os meus próprios olhos.

Ele parou de falar, respirando fundo. De repente, seu pai pareceu cansado, desolado e muito envelhecido.

— Wulfert, você se lembra daqueles entalhes de Langarth. — Wulf assentiu. — São chamados de marcas de bruxaria. Foram nossos ancestrais que os fizeram, para afastar a Dama do Bosque.

— Você sempre disse que era só uma história.

— Eu dizia isso mais para mim mesmo do que para vocês. Durante toda sua vida, disse a mim mesmo que você era uma criança abandonada, como tantas outras, porque seus pais não tinham condições de alimentá-lo — continuou Lorde Edrick. — Mas você veio daquele bosque e, durante todos esses anos, vivi com medo de que aquele lugar pudesse querer tomá-lo de volta. Foi por isso que solicitei ao Rei Bardholt que o aceitasse a serviço da casa dele. Mandei você para Hróth com o coração apertado. As marcas de bruxaria estão lá há séculos. Minha avó as achava horrendas e mandou que fossem apagadas, mas, dois dias depois que o encontrei, eu refiz os contornos e aprofundei os entalhes de novo. Até fiz algumas delas por contra própria, ao lado da sua porta, sob sua janela, nas colunas da sua cama. Porque uma pequena parte de mim temia que a bruxa fosse real, e que fosse querê-lo de volta.

Wulf reencontrou sua voz:

— Nós nunca conversamos sobre aquela noite — disse. — Me conte o que aconteceu.

Lorde Edrick voltou os olhos para o sul.

— Eu acordei quando ainda estava escuro — ele contou. — Um dos meus guardas florestais estava batendo à porta. Eles são durões, esses homens. Precisam ser, para encarar os caçadores e pagãos, para passar horas patrulhando no escuro. Mas aquele parecia ter visto a própria morte. Disse que havia vozes e fogueiras espalhadas pelo bosque, e que até as árvores estavam se contorcendo. Mara ainda estava acordada. Ela implorou para não ser deixada para trás e, como estávamos com os guardas florestais, eu a levei comigo. A primeira coisa que vi foi um brilho no céu… uma luz branca que subia das profundezas do bosque. De início, não ouvi nenhuma voz. Pensei que o guarda florestal tivesse perdido o juízo, de tanto medo. Então Mara me puxou pela manga e falou que estava ouvindo uma criança. Quando escutei, fui correndo para as árvores, na direção dos seus gritos, mesmo com os guardas florestais me dizendo para não ir. Eles estavam com medo. E você estava lá, um garotinho, ao lado de um carvalho. Havia uma loba cinzenta por perto, mas isso eu já contei. — Lorde Edrick falou, e Wulf assentiu. — Disparei uma flecha, e ela fugiu. Quando o peguei no colo, você esperneou e chorou, gritando em uma língua que nunca tinha ouvido antes e jamais voltei a ouvir.

— Você se lembra do que eu falei?

— Não mais. Saí com você do bosque, e vi que estava bem, a não ser por um pequeno ferimento.

— Provocado pela loba?

— Pois é, talvez. Só um arranhão. Pela manhã, o bosque Haith estava tranquilo e silencioso, assim como você.

Wulf fez de tudo para não imaginar a cena. Seu pai o segurou pelo rosto.

— Você não é maligno — falou. — Toda noite, eu agradeço ao Santo por tê-lo trazido para nossa família. Ele o salvou do Mar Cinéreo. Mas é possível que alguma coisa terrível tenha feito você de refém, Wulfert. Nada de mágico, eu não acredito nisso. Mas em pagãos, sim.

— Como isso explicaria a luz?

— Cogumelos luminosos, talvez. São conhecidos por brilhar no escuro.

— Quero ver com os meus próprios olhos — Wulf insistiu. — Pai, é uma coisa que vem pesando sobre mim durante todos esses anos. Quero ser capaz de relembrar o caminho.

— Você tinha menos de dois anos quando eu o encontrei. Não vai conseguir se lembrar.

— Talvez. Me deixe ver se são apenas árvores. Eu preciso disso — Wulf explicou. — Preciso.

Lorde Edrick observou bem o rosto do filho. Wulf conseguia ver o conflito por trás dos olhos dele, os instintos paternos conflitantes que pareciam dividi-lo.

— Você não deve sair do meu lado. — Ele usou o mesmo tom de voz que usava com eles quando eram crianças. — Quero que me prometa, Wulfert. Você não deve se afastar mais do que alguns passos de mim.

— Sim, pai.

— Muito bem. — Lorde Edrick o beijou na testa. — Agora vá. Descanse um pouco.

Em meio às ruínas, Wulf se deitou ao lado de Thrit, que ainda dormia. Por mais que ele tentasse, sua mente não se desligava.

Durante toda a vida, ele ouviu abelhas, atormentando todos os seus sonhos. Quando amanhecesse, poderia saber o motivo, ou talvez, não. Lorde Robart poderia estar só contabilizando árvores. Lorde Robart poderia mandar matar todos eles.

Algum tempo depois, foi despertado por um sacolejão.

— Lady Gladwin chegou — murmurou Lorde Edrick. — Você fica de vigília, filho?

Com um aceno de cabeça, Wulf esfregou os olhos e assumiu seu lugar na janela.

No meio da noite, não era possível ver nada no Castelo de Parr além das tochas que queimavam nos portões. Atrás de Wulf, Lorde Edrick entrou com Lady Gladwin, e os dois começaram a conversar baixinho.

— Há um navio à minha espera em Ravina Real. — Wulf ouviu a Duquesa da Temperança dizer. — No caso improvável de suas alegações serem verdadeiras, procurarei imediatamente a Rainha Glorian. Se nada acontecer esta noite, não terei escolha a não ser informar ao Lorde Protetor de sua acusação.

— Eu compreendo.

— Pai — Wulf murmurou.

Ele tinha olhos mais aguçados que a maioria das pessoas. Quando os forçou um pouco, lutando contra a escuridão, conseguiu ver uma luz avermelhada no Castelo de Par. Com seu pai e a duquesa ao seu lado, Wulf acompanhou sua descida.

— Ele está mesmo saindo — seu pai murmurou. Lady Gladwin foi olhar também. — Depressa.

Wulf acordou os demais. Juntos, eles saíram em silêncio das ruínas e montaram nos cavalos. Lady Gladwin tinha trazido um pequeno destacamento de atendentes armados.

— Mara, pode fazer o que quiser — Lorde Edrick falou —, mas…

— Eu vou tomar cuidado — ela garantiu. — Que o Santo acompanhe vocês.

****

Eles não podiam se arriscar a acender nenhuma luz na estrada. Mas o chão estava seco, e chegaram à margem do lago sem demora. Doze lampiões tinham saído do castelo.

— Agora é a hora — Lorde Edrick murmurou. — Precisamos manter distância.

— E espero que ele não esteja com cães de caça. — Lady Gladwin parecia aflita. — Pelo dente do Santo, o que ele está fazendo?

Eles cavalgavam seguindo as luzes. Depois de um tempo, a água ficou para trás, e começaram a percorrer o terreno inclinado da encosta de uma colina. A grama escorregadia se embrenhava nos cascos das montarias.

As luzes começaram a subir quando os cavaleiros chegaram ao caminho das procissões fúnebres. Wulf esporeou sua montaria para ir atrás delas, com as batidas dos cascos sincronizadas com as de seu coração. Ele pensou na cavalgada pela estrada, imaginando que uma bruxa poderia derrubá-lo na turfa. Ali, pelo menos, havia chão de todos os lados.

Devia fazer horas que estavam seguindo o regente por aquela zona rural, sob o cinturão leitoso de estrelas que os inysianos chamavam de Contorno de Ascalun.

Por fim, os lampiões estacaram, e eles também. Mais adiante, o cinturão de estrelas desaparecia em um paredão de puro breu, onde as luzes se aproximavam do chão.

— Estão desmontando — Roland falou, baixinho. — Se perdemos o rastro das luzes…

— Isso não pode acontecer. — Lorde Edrick olhou para a lua fina no céu. — Roland, você fica aqui com os cavalos.

Os lampiões já estavam de novo em movimento. Wulf esporeou seu cavalo até um meio-galope até chegaram à pedra perimetral, onde amarraram as montarias e acenderam três lamparinas.

Uma rajada de vento soprou do leste. Os galhos estalavam como vigas antigas, e os cavalos mexiam as orelhas e bufavam.

Wulf conseguia sentir o cheiro àquela altura, do chão do bosque. Da matéria podre na terra, túmulo de animais e árvores, toda a vida que brotava daquela decomposição. Olhou para cima, na direção dos galhos, respirou fundo e saiu andando atrás do pai.

À distância, a luz do fogo oscilava entre os troncos. Lorde Edrick entregou a Wulf sua lamparina.

— Mantenha a mão na frente da chama, Wulf — murmurou. — Não queremos que eles vejam a luz.

Lady Gladwin levava sua própria lamparina. Wulf olhou por cima do ombro e viu que Roland já não estava lá. Era como se o bosque Haith tivesse isolado o mundo atrás deles. No alto, as copas das árvores estrangulavam o luar, deixando-os apenas com as pequenas chamas lutando contra o breu total.

Uma escuridão absoluta. Quase sólida. As chamas mais adiante flutuavam em um abismo, como olhos desprovidos de corpos.

Havia teixos e carvalhos tão largos que poderiam abrigar famílias inteiras dentro deles. Alguns já não tinham casca. As bétulas se curvavam como costelas, com brotos escuros e avermelhados espalhados por toda parte, alguns sem nenhuma sustentação aparente. Era um lugar terrível, selvagem e tranquilo.

Não exatamente tranquilo, mas silencioso, a não ser pela passada deles em meio às folhas. Também não era um silêncio mórbido, mas cheio de vida, como se as árvores simplesmente tivessem tido sua paz perturbada por um momento. Como se estivessem à escuta também.

O bosque Haith só tinha um caminho: uma velha trilha equestre que o atravessava de norte a sul, interligando os Lagos aos Prados. Era uma mata fechada e não mapeada. Um córrego ancestral — o Wickerwath — corria em algum lugar no meio daquela escuridão, mas não havia nenhum sinal dele, nem sonoro nem visual.

Parecia antinatural, aquela imobilidade toda.

Por fim, as luzes capturaram algo com um leve brilho. Wulf ergueu sua lamparina e viu um par de maxilares de ferro entre as folhas, ao lado de um abrunheiro — uma armadilha para ursos, ainda montada. A árvore já estava florindo.

— Cuidado onde pisam — murmurou.

Durante centenas de milhares de anos, ninguém tentou domar o ambiente do bosque Haith, a não ser para caçar seus lobos quando começavam a atacar animais de rebanho. O chão da floresta era um emaranhado de raízes grossas e troncos podres, além de arbustos espinhosos que ameaçavam se enroscar no manto de Wulf. Como o musgo cobria tudo, as gotas d'água que pingavam do alto não produziam nenhum som. Várias vezes, precisaram passar por cima de carvalhos caídos, ou por baixo de algum galho tombado.

Aquele lugar era um retrato de Inys antes do tempo do Santo. E nem ele conseguiu se apossar do local. Diziam que, muito tempo atrás, um cavaleiro tinha tentado incendiar o bosque Haith, mas as árvores absorveram as chamas e não queimaram, e começaram a verter água para apagar as brasas no solo.

É só um bosque. Wulf tentou se concentrar só nos próprios passos. *Só um bosque...*

Perto dali, um lobo uivou, e outros responderam.

— Ai, Santo. — Um dos atendentes fez o sinal da espada. — Santo, tenha misericórdia de nós.

— Controle sua língua — Lady Gladwin retrucou, irritada —, e talvez isso não seja necessário.

Os lobos continuaram com seus chamados, sofridos e melancólicos. Wulf sentiu os pelos de sua nuca se arrepiarem. E, do nada, uma lembrança surgiu, uma sensação de estar sendo vigiado. Ele tateou em busca de uma árvore para se apoiar, mas a casca acabou se desmanchando sob sua mão, provocando uma agitação dos insetos sobre ela. Ele se afastou e esbarrou em Thrit, que o segurou pelo cotovelo.

Mais adiante, as luzes continuavam se movendo.

Enquanto seguia, Wulf deixou de sentir firmeza nas pernas. Aquela lembrança — um terror repentino e arrebatador — afetou seu equilíbrio. Ele escorregou na lama, quase caindo em uma poça. O bosque Haith protestava contra a presença deles, fazendo parecer que cada passo que davam quebrava um graveto. Wulf mordeu o interior da bochecha quando um galho afiado acertou sua testa. Durante todo esse tempo, as luzes continuavam prosseguindo mais à frente.

Um lobo cinzento saiu do meio das árvores e parou na frente de Lorde Edrick, que deteve o passo e ergueu seu punhal.

Wulf só tinha visto lobos à distância. Apesar de alto, aquele era bem magro, como um saco de ossos feito de pelagem. As presas compridas refletiam a luz da lamparina, que brilhava no dourado-claro dos olhos do animal.

— Calma — Lorde Edrick falou, mantendo um tom de voz baixo. — Só tem esse…

— Tem mais — interrompeu Thrit.

Havia outros à espreita na escuridão. Wulf sacou sua sax quando eles apareceram — oito no total, arreganhando os dentes. O maior da alcateia passou a língua sobre as presas.

Uma das primeiras coisas que Eydag ensinara a Wulf foi como reagir diante dos lobos de Hróth. *Sempre com calma*, ela avisara. *Sempre imóvel.* Ele apertou com ainda mais força o cabo da sax enquanto o maior da alcateia os ameaçava com os dentes.

Aqueles lobos não eram do tipo que deixariam de devorar uma criança. O primeiro avançou sobre Lorde Edrick, que jogou sua lamparina no chão à sua frente, fazendo a vegetação rasteira pegar fogo.

O resto da alcateia avançou. Antes que Wulf conseguisse se mover, um deles o mordeu, fazendo uma dor fortíssima se espalhar por seu antebraço. Ele golpeou com a lâmina da sax, forçando o bicho a recuar, e correu para defender o pai, que estava no chão. Imobilizado por uma fera rosnadora, Thrit usava o cabo do machado para proteger o rosto, enquanto metade dos atendentes faziam uma corajosa tentativa de resguardar Lady Gladwin do perigo. Os demais fugiram noite adentro.

— Seus tolos, vão se perder — ela esbravejou para eles.

Lorde Edrick agarrou Wulf e o puxou mais para perto.

— Wulfert — falou, ofegante. — Vá atrás de Lorde Robart. — O colarinho da roupa dele estava manchado de sangue. — Depressa. Encontramos você mais tarde.

Wulf apanhou uma lamparina e correu. Assim poderia atrair os lobos para longe dos demais.

Os galhos se enroscavam nele e o puxavam. O chão sumiu sob seus pés, e ele desceu rolando uma encosta, com raízes e pedras ferindo suas costas, e caiu em uma vala. De alguma forma, a lamparina se manteve acesa. O susto fez seu coração disparar, e o suor escorrer por suas costas. Ele estendeu o braço para se agarrar a uma raiz.

A alcateia veio deslizando em seu encalço. Levantando-se, ele continuou correndo, com o medo apertando seu peito e as memórias o invadindo em ondas de calafrios. Era como se, ao mesmo tempo, fosse e não fosse si mesmo, como se estivesse simultaneamente no bosque e em outro lugar.

Em seus sonhos, estava sempre procurando alguém e, pela primeira vez, surgiu em sua mente uma impressão nítida: de bondade, de uma voz cantando baixinho, de um amor que o deixava sem fôlego. Então um outro rosto, pálido e assustado. As memórias eram distantes, tanto que não assumiam uma forma clara, fluíam como água. Mas ele sabia que já havia estado naquela parte do bosque antes.

Como tinha escapado da primeira vez?

Ele estava rindo, e o sol estava forte, e o gosto do mel era como uma prece em seus olhos.

Quem é você?

Ele parou, sentindo um ponto se romper em seu flanco. Sua mão tremia tanto que a chama da lamparina quase se apagou.

A luz brilhava entre as árvores. Ele caminhou naquela direção, em tamanho transe que o medo abandonou por completo seu corpo. Acima dele, havia uma longa marca desenhada em um carvalho, prateada e desbotada, que lançava um brilho fraco sobre os demais troncos. Embora lhe fosse desconhecida, lhe parecia familiar.

Nesse momento, ele soube que era preciso se virar para o norte. Alguns passos adiante, em direção a outra árvore. Conforme se aproximava, mais marcas ganhavam vida nos troncos, mostrando um caminho por entre a escuridão.

No final, havia luz, branca e dourada.

Wulf olhou por cima do ombro. Pensou que Lorde Robart tivesse ouvido a comoção causada pelos lobos, mas o bosque era tão denso e fechado que não havia sinal de ninguém.

Então lhe ocorreu que talvez não conseguisse voltar a encontrar mais nenhum deles. Devia haver milhares de esqueletos naquela mata.

Mantendo-se abaixado, ele se locomoveu pela vegetação rasteira. Afastando um galho, de repente estava lá, no lugar que procurava — uma clareira cercada por enormes carvalhos e faias. Diante dessas havia árvores menores, com os galhos carregados de flores brancas.

Espinheiros. Seu cultivo era proibido desde a época do Santo, que ordenara que todos fossem arrancados. Instintivamente, Wulf soube que aquele era o coração do bosque Haith. Sua parte mais antiga, seu nascedouro.

Duas camadas de memórias se sobrepunham, ambas tão distantes que eram quase inalcançáveis. As abelhas e o bosque escuro. Dois rostos e duas vozes. A luz quente e a fria.

Ele afastou esses pensamentos e continuou observando. Lorde Robart usava uma túnica verde, como um santário, e a pele parda de um urso sobre os ombros largos. Estava coroado de flores, embora também houvesse entre elas gravetos, galhadas e bolotas de carvalho. Estava diante de um teixo que parecia tão antigo quanto Inys — com vinte braças de largura, no mínimo. Galhos corpulentos avançavam sobre a clareira, com centenas de figuras de palha penduradas — algumas com formas humanas toscas, e outras trançadas em guirlandas ou em laços e nós intricados.

Sob ele, o Lorde Protetor de Inys entoava algo em uma língua que Wulf conhecia. Essa percepção foi um tremendo desgosto. Embora não conseguisse entender que canção era aquela, sem dúvida tinha um apelo para seu coração.

Ele já a havia escutado antes.

Por toda a clareira, dançarinos descalços rodavam entre as árvores floridas, se movendo da esquerda para a direita à batida de um tambor, cantando naquele mesmo idioma, com os lampiões dependurados nos galhos mais baixos dos carvalhos. Todos usavam guirlandas de flores brancas e máscaras de casca de árvore, com aberturas improvisadas para os olhos.

A cada vez que passavam pelo teixo, aproximavam um cálice da árvore, que molhavam com um líquido escuro como sangue. Uma figura de vermelho caminhava entre os dançarinos para reabastecer o cálice com o conteúdo de um caldeirão enorme.

— Ondoth — Lorde Robart gritou para a árvore, como se ela fosse capaz de ouvi-lo. — Ondoth und astīgath!

Wulf se aproximou um pouco mais. Nesse momento, no carvalho mais próximo, a estranha runa se iluminou e a dança se interrompeu, assim como as batidas.

— Ela está aqui. — Um dos dançarinos quebrou o silêncio. — Corifeu, finalmente! A Mãe do Espinheiro está de novo entre nós!

Gritos de alegria e alívio se elevaram no bosque. Os dançarinos se abraçaram em uma grande família. Apenas Lorde Robart se manteve alheio aos demais. Ficou observando os arredores, espremendo os olhos.

— Não — disse a seus seguidores. — Não é quem esperamos, mas alguém que recebeu o chamado da árvore, no primeiro dia da primavera. — Diante do silêncio generalizado, ele ergueu o queixo. — Pode se aproximar, Mestre Glenn.

Wulf se retesou.

Lorde Robart continuou esperando. Enquanto Wulf saía lentamente de seu esconderijo, as marcas brilhavam cada vez mais. Alguns dos dançarinos se esconderam entre as árvores com suspiros de susto, mas a maioria ficou onde estava, ainda segurando seu cálice sangrento.

— O Filho do Bosque — alguém disse, em um sussurro reverente.

— Pois é. Sempre me perguntei se você algum dia viria, Wulfert. Se iria sentir o chamado — Lorde Robart falou ao vê-lo se aproximar. — Pensei até em convidá-lo pessoalmente em algumas ocasiões.

— Isso é uma violação da lei inysiana, Lorde Robart — Wulf falou. — Ao que parece, você é um pagão.

— Imagino que não esteja aqui sozinho — Lorde Robart comentou. — É melhor torcer para os outros virem nossas luzes. O bosque Haith cresce sobre os ossos daqueles que se perderam nele. Ele só se abre para aqueles que, como você, conhecem o caminho. — Ele abriu um sorriso. — Ela me contou sobre você.

Wulf engoliu em seco.

— Quem?

As árvores farfalharam, como se compartilhassem um segredo.

— Não. A bruxa não existe. — O medo deixou sua garganta seca. — Somente pagãos, que praticam o mal em seu nome.

— O mal? — Lorde Robart olhou para a árvore, para o brilho de sua casca, e soltou um suspiro. — Isso é vinho, Wulf. O líquido que sai das vinhas, não das veias. Nossos ancestrais faziam essas oferendas desde a aurora dos tempos.

— Você acha que o *seu* ancestral faria isso?

— O meu?

— O Cavaleiro da Generosidade.

Lorde Robart sorriu, mas seus olhos azuis permaneceram impassíveis.

— O nome da minha ancestral maior era Sethrid Eller, e ela conhecia os antigos costumes tão bem quanto eu. — Ele pareceu admirar a marca mais reluzente, a mais próxima de Wulf. — Você sabe melhor do que ninguém o que acontece quando negligenciamos a terra.

— Como assim?

— Os wyrms. O que achou que aconteceria, quando abandonamos as árvores e interrompemos os rituais de colheita para cultuar um único homem e sua mentira? — questionou Lorde Robart. — Não é à toa que a terra agora grita para atrair nossa atenção. Não é à toa que seu tormento produziu uma retribuição como essa. — Ele deu um passo na direção de Wulf. — Me diga, Filho do Bosque. Você acha mesmo que uma dança é pior do que forçar rainha após rainha a conceber seus frutos, só para manter uma narrativa?

— Quem está forçando Glorian é você.

— Ah, não. Eu jamais a forçaria. Minha intenção era moldá-la como uma Rainha de Inysca, uma que honrasse a verdade sagrada desta ilha. A verdade que o pai dela conhecia.

— Com uma ajuda do Príncipe Guma, presumo.

— Se espera que eu traia algum outro crédulo, é melhor aguardar sentado, Mestre Glenn.

Lorde Robart não soava como Wulf esperava que fossem os pagãos. Parecia absolutamente racional.

— Como essas árvores podem brilhar desse jeito? — Wulf perguntou, com a voz rouca. — O que fez com elas?

— Não fui eu, Wulfert. É a você que elas respondem. — Lorde Robart passou por ele. — Eu o invejo. Queria muito chamar a atenção dela, mas você... durante um tempo, você foi dela. E estava destinado a ser seu sucessor.

— Você acha que ela vai aparecer agora? — Wulf soltou uma risadinha. — Que foi ela que me trouxe até aqui?

Lorde Robart continuou observando as marcas.

— Por um instante, sim — ele admitiu. — Pensei que ela tivesse ouvido o chamado. Sabe, a primavera é a estação dela, quando os espinheiros costumam florir... ou costumavam, quando faziam parte da paisagem natural de Inysca. Consegui plantar alguns aqui, depois de anos à procura de sementes. Veja como florescem cedo. — Ele apontou para as pétalas brancas. — Todos os anos venho tentando trazê-la de volta, mas ela nunca aparece, pois nós a expulsamos. Ela saberia o que fazer.

Wulf levou a mão ao cabo de machado.

— Lady Gladwin está entre as pessoas que vieram comigo — ele falou. — Depois que ela vir isso, vai depor contra você.

— Não se você vier comigo, Mestre Glenn. Eu posso lhe contar muito mais. — Lorde Robart o encarou. — Você vai assumir seu lugar de direito como herdeiro do bosque Haith ou voltar para o Santo impostor?

Uma parte de Wulf — uma parcela ínfima, enterrada no fundo de seu ser — quis acompanhá-lo. Ainda que fosse só para entender.

Mas não foi para essa parte que ele deu voz.

— Você já sabe a resposta. — Isso foi tudo o que disse.

Lorde Robart de repente pareceu cansado.

— Então não me resta escolha — ele falou. — Sinto muito, Wulf, mas não posso deixar que testemunhe isso.

— Você pretende enfrentar um huscarlo. — Wulf não se moveu. — Eu não faria isso se fosse você, milorde.

— Sozinho, eu certamente seria derrotado — admitiu Lorde Robart, conforme os dançarinos mascarados se aproximavam. — Mas não estou sozinho.

— Nem ele.

Wulf se virou na direção daquela voz firme, sentindo seu coração disparar. Era Thrit, coberto de sangue e entranhas, com os dois machados em punho. Atrás dele vinham Lady Gladwin e um ensanguentado Lorde Edrick.

— Robart — Lady Gladwin falou, perplexa. — Em nome do Santo, o que está fazendo?

Em conjunto, os dançarinos dispararam para o outro lado da clareira, desaparecendo em meio às árvores.

— Corifeu, depressa — gritou um deles, mas Lorde Robart sacudiu a cabeça, gesticulando para que fossem embora.

— Não estou fazendo nada em nome do Santo. Tudo isso é para a Dama do Bosque — ele falou para Lady Gladwin, com a frieza de sempre. — Já mantive minha fé em segredo por tempo demais. Mas não me envergonho dela, Gladwin. Seu Santo não fez nada para deter a destruição. Ele está morto e enterrado.

Ela o encarou com algo que se assemelhava a pena, para aquele homem adornado com pétalas e a pele de um urso morto, parecendo que havia brotado da terra.

— Muitas coisas passaram por minha cabeça, mas não os delírios de um pagão — ela falou. — Estou decepcionada com você, Robart. Pensei que fosse ser o mais nobre dos regentes.

— E tentei ser. Me deixe continuar meu trabalho, Gladwin, às escondidas. É importante.

— Você sabe muito bem que não posso. — Ela fez um gesto com a cabeça para os atendentes que restavam. — Detenham o Lorde Protetor.

Eles avançaram na direção de Lorde Robart, que ficou imóvel enquanto era amarrado pelos pulsos, sem esboçar reação.

— Guarde na lembrança o que viu aqui hoje, Mestre Glenn. Dê continuidade ao meu trabalho — ele falou. — Sei que ela escuta quando o bosque chama.

A mata ao redor deles continuava imóvel, mas as marcas ainda brilhavam. Como olhos entre as árvores.

62

Leste

Você está aí?

Ela abriu os olhos imediatamente, e se viu diante da correnteza. *Sim.* Suas pálpebras estremeceram. *Estou aqui.*

Dumai. Que estranho podermos dizer seu nome, mas não o meu.

Meu nome remete a um sonho, então faz parte deste reino. Eu gostaria de saber o seu, e onde você está.

Vim agradecer pela tempestade. Foi você que fez o céu se abrir, disse a voz que vinha da escuridão. *Acho que sei onde você está. Venho tentando entender há muito tempo. Pensei que fosse uma mensageira, um aspecto de mim mesma, e talvez seja… mas também acho que você pode estar do outro lado do mar escuro.*

Os contornos do sonho tremeram em um sinal de alerta. Dumai fechou os olhos de novo, mas ainda conseguia ver sua irmã. *Acredito que isso seja real*, falou, com firmeza. *Acho que estamos destinadas a nos encontrar.*

Eu não sou livre para deixar minhas terras. Dumai conseguia sentir a frustração dela. *Não me sinto livre em meu próprio corpo.*

Eu ainda tenho liberdade para deixar meu país. Os mares escuros eu não consigo atravessar, mas as neves, sim.

Agora sentia uma incerteza vinda do outro lado. *Você tem asas?*

Asas, não. Tenho o vento e a chuva para me carregar. Ela se agarrou ao travesseiro para se manter consciente. *Fique à vontade para falar comigo aqui, irmã. Existem momentos em que desejo abandonar meu próprio corpo também. Ocasiões em que ele me parece uma fraqueza.*

Você falou sobre deuses antes. Pensei que fosse divina, e não de carne e osso. Mas ainda assim parece ter um lugar no mundo. Eu sinto sua presença, de alguma forma, tão forte quanto a minha. Isto é um sonho ou não é?

O que é o mundo, senão um sonho fugaz, do qual todos nós um dia temos que acordar?, Dumai questionou.

Acho que nunca pensei nisso nesses termos. Dumai abriu um leve sorriso ao detectar o sentimento que surgiu do outro lado: confiança, compreensão. *Sua mente parece atribulada*, a outra mulher lhe disse. *É medo, isso que estou percebendo?*

Talvez não medo, e sim dúvida. Estou em uma jornada para descobrir por que a terra está tremendo, mas deixei meus entes queridos para trás, e temo pelo destino deles. E, quando reencontrá-los, estou destinada a usar uma coroa que receio ser fraca demais para ter sobre a cabeça.

Eu invejo sua longa jornada. Em breve vou ser isolada, meu corpo vai deixar de ser meu. O vulto na escuridão começou a desvanecer. *A coroa pesa sobre a cabeça, e também sobre o corpo. Carregue-a se não tiver outra escolha, mas não se deixe aprisionar por ela, irmã. Mantenha o vento em suas velas. Não se condene a ser como eu — atada ao próprio sangue, aprisionada.*

****

Dumai acordou com o sol invadindo sua barraca, e nem Nikeya nem Kanifa estavam por perto. Dessa vez, estava com tanto frio que sua mão direita doía só de se lembrar, e o sonho já estava se dissolvendo.

Ela procurou a caixa com seus implementos de escrita e anotou os fragmentos do sonho de que se lembrava. A Grã-Imperatriz lhe ensinara a registrá-los, sempre que possível. Havia sonhos que se comunicavam com o futuro. E sonhos falsos, tecidos pelo medo. Aquele a estava abandonando mais rápido do que ela era capaz de se recordar.

Eu invejo sua longa jornada. Ela escrevia com pinceladas apressadas, tentando traduzir a linguagem do sonho para o seiikinês. *Mantenha o vento em suas velas...*

Tinha sido a escolha certa viajar para o norte, para as montanhas. Seu sonho confirmara isso.

— Mai.

Ela ergueu os olhos para Kanifa. Quando viu o pincel, ele perguntou:

— Os sonhos de novo?

— Sim. — Dumai voltou ao papel, mas então se deu conta de que não restava mais nada do sonho em sua cabeça. Ela colocou a página de lado, frustrada. — Precisamos chegar a Brhazat, mas Furtia parou de me responder.

— Taugran lhe causou um ferimento grave.

— Se alguma coisa aconteceu com ela, como vamos chegar àquela montanha?

— Podemos chegar aos sopés de cavalo, mas demoraria semanas — ponderou Kanifa. — Ou podemos acompanhar a corte lacustre, já que a Consorte Jekhen aprecia nossa presença. Estamos na direção certa. — Dumai assentiu. — Encontrei uma fonte, se estiver com sede.

Ela vestiu um casaco e o seguiu para fora da barraca.

Depois do ataque, cerca de metade da corte lacustre deixou a capital pelo Rio Shim. O restante tinha voltado para suas terras de origem em busca de abrigo. Por toda a Cidade das Mil Flores, os barcos de pesca e as embarcações com rodas de pás partiam dos atracadouros, a maioria a caminho de Kenglim e Xothu. Pelo menos metade dos armazéns e silos foi destruída pelo fogo, e havia rumores sobre uma doença espalhada pelo wyrm dourado, mas milhares de pessoas decidiram ficar, talvez por considerarem um segundo ataque improvável.

A frota enveredara para o norte na altura do Lago dos Longos Dias e seguiu por um tributário profundo do Shim, contornando a enorme extensão do Grande Vale Imperial, que separava as Montanhas Lakra da mais alta Serra de Whinshan. Os wyrms deixaram uma mancha preta na paisagem, matando a maior parte das árvores sazonais, que conferiam uma cor diferente a cada estação. As poucas que restavam tinham folhas cor-de-rosa, cercadas pelas folhagens brancas do inverno.

As embarcações seguiram até o sopé da face sul da Serra de Whinshan — um conjunto de montanhas estreitas e íngremes, com rochas de um marrom-claro castigado pelas intempéries, tão distintas do Monte Ipyeda quanto um dedo pode ser da ponta de uma flecha. Agora a corte seguia a pé e a cavalo pela Estrada da Neve, que serpenteava desde o Rainhado de Sepul e seguia até a extremidade do Leste, onde os navios poderiam tentar fazer a travessia de um estreito tempestuoso no Abismo. Dumai se perguntou se alguém se arriscaria a fazer isso nas semanas e nos meses que viriam.

O Monte Ipyeda tinha sido toda sua vida por muito tempo. Agora o mundo parecia inacreditavelmente grande.

Furtia, onde está você?

Dumai seguiu Kanifa em meio aos raios de sol que atravessavam as nuvens. Não via Nikeya desde a noite anterior. Provavelmente estava em uma das barracas — ela havia feito amizade com os membros da corte lacustre. Mesmo depois de tudo o que tinha visto, Nikeya ainda encontrava disposição para rir e flertar.

Eles saíram para a Estrada da Neve. Tinha pelo menos um quilômetro e meio de largura em seu trecho mais amplo, pavimentada por uma pedra clara e lisa que já havia sido pisada por incontáveis pés. Aquele trecho era mais estreito. Havia uma floresta densa de pinheiros de ambos os lados, que escondia os cavalos e as barracas, além dos palanquins que transportavam os nobres para as montanhas. Na maior parte do tempo, a corte viajava à noite, para que fosse possível apagar as lanternas e desaparecer em meio à paisagem caso os wyrms fossem vistos no céu — o que tinha acontecido diversas vezes.

O sol estava a pino. Dumai e Kanifa atravessaram uma fileira de guardas e começaram a cruzar a estrada. Ao contrário dos cortesãos, a maioria dos lacustres parecia acordar com o nascer do sol, e a rota comercial estava cheia de viajantes — muitos deles desalinhados pela longa caminhada, cobertos de sujeira e ferimentos. Cada vez mais, Dumai via sepulinos e pessoas do povo Hüran entre eles.

— São tantos — ela comentou. — Até onde será que Taugran já foi?

Kanifa não disse nada, só franziu o cenho.

Três dragões lacustres sobrevoavam mais acima. Moviam-se como se estivessem na água, ainda letárgicos por causa do longo sono. Dumai ficou atentíssima, mas não conseguia ouvir os pensamentos deles, como ocorria com os de Nayimathun e Furtia. Pensou que deveria se sentir grata por isso. Esse excesso de estímulos tinha sido terrível em Seiiki.

— O que os deuses estão esperando? — ela se perguntou. — Quando vão se fortalecer de novo?

Kanifa sacudiu a cabeça.

— Vamos torcer para que a astrônoma saiba.

Ele a conduziu para fora da estrada, até uma descida íngreme que levava a uma pequena lagoa alimentada por uma fonte. Dumai se ajoelhou e bebeu com as mãos em concha, enquanto Kanifa sacava a faca para ajeitar a barba por fazer do queixo.

— Então — ele falou, lavando a lâmina —, vamos levar a Dama Nikeya conosco para o território dos Hüran do Leste ou deixá-la na corte? — Ele sacudiu a faca para tirar o excesso de água. — Ela parece estar se divertindo aqui.

— Não sei se admiro essa capacidade ou não. — Dumai lavou o rosto. — Estamos longe de Seiiki há tanto tempo.

— É verdade. Ainda temo que o Senhor dos Rios tenha algum plano maligno contra seu pai.

— Eu acredito que eles não vão nos fazer mal, como Nikeya disse. — Ela enxugou o rosto com a manga da roupa. — Não precisam fazer isso, se nos têm sob controle.

— E ela por acaso controla você? — Kanifa questionou. — Já conseguiu entrar na sua cabeça, Mai?

Dumai queria negar, mas os dois se conheciam bem demais.

— É assim tão óbvio? — ela perguntou.

As feições dele se suavizaram, mas a inquietação nos olhos ainda era visível.

— É compreensível — ele falou. — Você nunca teve esse tipo de intimidade, nenhuma vez na vida. E, agora que aparece assim de uma forma tão ousada, é claro que...

— Isso é uma fraqueza.

— Não. — Ele tocou o rosto dela. — Eu sei melhor que ninguém que não escolhemos quem desejamos.

Dumai se acomodou ao lado dele, que a cobriu com uma parte de sua pele de urso. Às vezes ela desejava amá-lo da mesma forma que ele a amava — mas, apesar de ser diferente, seu amor por Kanifa sempre foi profundo como as raízes da montanha de onde vinham.

— Mai — ele a chamou. — Estamos muito próximos de descobrir a verdade e voltar para casa. Quando estivermos de volta ao Palácio de Antuma, você pode se distanciar dela, como fez antes. — Ele apoiou o queixo no alto da cabeça dela. — Vai haver outras mulheres. Com tantas pessoas para amar, não escolha aquela que está só a usando. Você merece mais que isso.

Filha da terra.

Um vento forte soprou no céu. Eles levantaram e correram de volta para a estrada, da qual se aproximavam Nayimathun das Neves Profundas e Furtia Tempestuosa, fazendo os viajantes se espalharem para todos os lados enquanto pousavam.

— Furtia. — Dumai pressionou a testa contra aquelas escamas geladas. Furtia rugiu. — Você está bem?

— O fogo era forte.

Pela primeira vez, a dragoa estava falando em voz alta. O ferimento em seu flanco havia se fechado, deixando um rastro de escamas derretidas.

— Vai cicatrizar? — Dumai perguntou.

— Ainda não. Esta não é nossa época.

— O que quer dizer com isso, grandiosa?

Vamos para o norte agora, filha da ilha, Nayimathun lhe disse. *O sol está ficando mais quente, assim como o fogo deles.*

Por fim, estavam mais perto de solucionar o mistério. Dumai mandou Kanifa acordar Mestre Kiprun, enquanto ela procurava Nikeya.

Dumai a encontrou em uma clareira, apenas de roupa de baixo, no processo de vestir um traje limpo. Ela deteve o passo, sentindo o rosto queimar. Nikeya a olhou por cima do ombro.

— Bom dia — falou. — O que eu ouvi foi a voz sábia da Tempestuosa?

— Sim — respondeu Dumai. — Precisamos partir agora mesmo. — Nikeya assentiu e vestiu uma camisa e, em seguida, seu casaco de caça. — Preciso lhe dizer umas verdades duras, Dama Nikeya.

— Eis uma perspectiva interessante.

— Estou falando sério — Dumai se limitou a falar. — Ipyeda é uma montanha alta, mas, pelo que ouvi dizer, não passa de um montinho em comparação com Brhazat. Vamos encarar o pico mais alto do mundo, e não temos tempo de nos habituar à altitude.

— Muito bem. Esclareça tudo para mim.

Dumai aguardou um instante, para ver se ela faria alguma outra gracinha. Nikeya se limitou a sorrir enquanto vestia a calça plissada.

— A uma determinada altitude, o corpo começa a entrar em sofrimento — explicou. — Estamos falando do teto do mundo, onde só os dragões conseguem sobreviver. O ar é frio demais para nós, o coração não consegue bater direito e, com o tempo, não conseguimos mais respirar. O segundo e o terceiro pico do Monte Ipyeda chegam perto desse teto. Brhazat o ultrapassa. — Ela cruzou os braços. — Você está determinada a me seguir para todo lugar. Imagino que queira conhecer essa astrônoma, mas, se começar a passar mal no Brhazat, vai precisar ser sincera e voltar, ou sua ambição será seu fim.

— Ah, mas eu sou um incômodo tão grande, Princesa. Você se incomodaria se eu morresse?

— Seu pai ficaria furioso.

— É mesmo esse o motivo para você se importar?

O tom de voz dela era leve, mas aquela nova face que estava mostrando era a mais perigosa. Parecia quase frágil.

— Me prometa — Dumai disse, baixinho. — Você não pode tentar ir além do que consegue suportar.

— Eu não pretendo dar meus últimos suspiros em uma montanha isolada no meio do nada. Vou fazer essa promessa que me pede — Nikeya falou —, mas só se responder à minha pergunta. Se vou decepcionar meu pai, pelo menos mereço ouvir a verdade. — Ela amarrou o cordão da calça antes de se virar para Dumai. — Então me diga. Você sentiria falta da minha companhia se eu morresse no Brhazat?

Dumai cerrou os dentes. Nikeya a encarava com aquela expressão estranha, que não demonstrava nenhum sinal de malícia ou trapaça.

Quando estivermos de volta ao Palácio de Antuma, você pode se distanciar dela, como fez antes.

Se Nikeya queria fazer joguinhos, Dumai poderia ser uma oponente formidável.

— Sim — falou, fazendo a voz soar embargada de propósito. — Eu sentiria sua falta.

Nikeya abriu outro sorriso, desta vez ainda mais largo.

— Então prometo — concordou. — Se eu estiver mentindo, que morra seca e definhada.

— Isso eu veria de bom grado.

Dumai se afastou, deixando que a outra terminasse de se vestir, quase com a certeza de que ouvira uma risada rouca. Quanto antes apurassem a verdade com a astrônoma, tanto melhor — não só por Seiiki, mas também para seu próprio bem.

63

Oeste

Glorian acordou sobressaltada em um mundo banhado em mel. O dia estava ameno, e o sol já assumia um tom mais próximo do bronze conforme descia, mas ela estava com tanto frio que seu hálito se condensava em vapor na frente da boca.

Não estavam mais na estrada isolada que serpenteava pela Floresta de Bernshaw. Agora estavam em caminhos mais largos, que atravessavam campinas verdejantes e floridas, e Arondine estava à vista, um castelo que parecia um leme branco sobre o morro.

Seu aniversário de dezessete anos aconteceu na estrada, no Festim do Início de Primavera. Pelo menos, agora podia legalmente conceber a herdeira de Inys.

Os mares escuros eu não consigo atravessar, mas as neves, sim. As palavras já estavam se desvanecendo. Ultimamente, sempre que sonhava, tinha um vislumbre da mensageira, da mulher, embora nem sempre conversasse com ela. *Tenho o vento e a chuva para me carregar.*

Cerca de metade da população de Ascalun vinha seguindo sua corte. A procissão de milhares se espalhava por quilômetros mais atrás, contendo carroças de grãos e lã e outras provisões da capital.

A Guarda Real cavalgava em formação cerrada ao redor de Glorian. Apenas uma pessoa atraíra a atenção deles — um homem que a chamou de mentirosa e farsante, assim como o agressor no Castelo de Glowan. Embora suas mãos tremessem dentro das manoplas, Glorian não olhou para trás, e os guardas o removeram dali, depois de se certificarem de que estava desarmado.

Arondine era uma tradicionalíssima cidade comercial. Posicionada entre o norte e o sul da ilha, servia como um ponto de travessia e encontro do rainhado, frequentado por mercadores de todas as seis províncias. Seria lá que Glorian teria sua coroação — a primeira rainha inysiana em muitos séculos a ser coroada fora do Santuário da Donzela Sagrada.

Seu regente ainda não voltara. Em seu lugar, Lady Brangain e Lorde Damud viajavam ao seu lado, enquanto Lade Edith conduzia milhares de pessoas para Stathalstan a fim de preparar as cavernas, expulsando morcegos e ursos. Glorian pretendia estocar a produção das propriedades do entorno por lá, inclusive animais de rebanho, para que as pessoas pudessem ter acesso a carne, leite e queijo.

Na estrada, sem nada além de seus pensamentos e do terreno calcinado que a rodeava para distraí-la, ela se resignou à ideia de que não poderia enfrentar Fýredel em campo aberto. Seu lado nortenho abominava a ideia de se esconder, mas possivelmente era sua melhor maneira de se defender. Inys era cheia de cavernas. Por mais covarde que a tática pudesse parecer, a única forma de triunfar era se espalhar e sumir das vistas, pelo menos até descobrir uma forma de derrotar um wyrm.

Ainda faltava uma estação inteira para Fýredel voltar. Quando isso acontecesse, ela não poderia pedir para seu povo lutar contra o fogo. Por outro lado, não havia como esconder as pessoas para sempre. O suprimento de comida já não era dos maiores.

Estavam perto do Rio Tyrnan quando passaram por um cadáver,

estendido sob um carvalho antigo, com as pernas decepadas na altura dos joelhos e um braço roído até o osso.

— Pelo Santo — disse Lady Brangain. Seu cavalo relinchou enquanto ela gesticulava para os guardas. — Tirem-no das vistas, agora.

— Esperem — Glorian falou, com um tom firme, e os guardas pararam no ato. — Verifiquem a mão em busca da mancha vermelha.

Eles fizeram isso, com cautela.

— Tudo certo com ele, Majestade — disse um guarda.

— Isso é bastante questionável — rebateu Lorde Damud, olhando para o cadáver. — Vamos logo. Precisamos atravessar o rio antes do anoitecer.

Já era fim do dia quando cruzaram o Tyrnan em um trecho de águas rasas e começaram a percorrer o último trecho até Arondine. Uma trilha íngreme e estreita os levava até a primeira casa de guarda — um passo em falso faria seu cavalo cair no fosso profundo que cercava a cidade. Glorian manteve os olhos voltados para as muralhas de cor clara.

Uma cidade como aquela, construída nas alturas, ofereceria uma boa proteção das criaturas que Fýredel deixara para trás. Mesmo assim, ela pretendia sair de lá quando ele voltasse. Arondine era vulnerável demais pelo alto.

No verão, ela e sua corte se mudariam de novo. Glorian tinha em mente Stilharrow — uma fortaleza encravada no fundo de uma ravina nos Alagadiços, cercada de pântanos. Se não fosse possível, teria que fugir para a costa, para o santuário encravado nos penhascos de Offsay. Ela não se limitaria a uma única residência.

Gostaria de poder contar com Ascalun, a Espada da Verdade, que derrotara o Inominado, pois também funcionaria contra Fýredel. Mas a arma estava perdida. Glorian imaginou seu pai cavalgando ao seu lado.

Pense, disse a aparição. *Pense em outras soluções, dróterning.*

Arondine se espalhava do sopé do morro até o cume. À distância, na direção sul, ficava a Montanha de Stathalstan, uma imensa formação rochosa que escondia centenas de cavernas.

— Abram caminho para a Rainha Glorian — gritou uma cerimonialista para as pessoas enquanto a comitiva entrava. Os aplausos e murmúrios de curiosidade preencheram o ar. — Abram caminho para o Duque da Coragem e a Duquesa da Justiça, descendentes do Séquito Sagrado!

Ninguém estava esperando uma visita da realeza. Glorian tentou manter uma expressão calma e impassível. Estava suja e desalinhada por causa da viagem, mas mantinha a postura de uma cavaleira, com o queixo erguido. No rosto das pessoas, via todos os tipos de expressão, desde alegria e curiosidade até medo. A maioria parecia em choque.

Estão vendo como sou jovem, ela pensou. *Estão vendo que vão ser liderados na guerra por uma menina.*

— Lorde Damud — ela falou, e ele se inclinou para a frente. — Os wyrms não vieram para cá. Deixo em suas mãos a tarefa de fazer essas pessoas entenderem o tamanho da ameaça. Todos devem se armar. Todos os ferreiros devem trabalhar para esse fim, assim como todos os fabricantes de arcos e flechas. Quando os portões da cidade se fecharem, quem quiser entrar deve pedir permissão aos guardas. Os portões precisam ficar trancados, e todos os que chegarem precisam ter as mãos examinadas antes de entrar.

— Assim será feito, Majestade.

Glorian seguiu cavalgando, cercada por sua guarda pessoal, por suas damas e pelo restante da corte. Sentia todos os olhares da cidade sobre si — a jovem rainha de armadura, sem seu regente.

O Castelo de Arondine ficava no alto do moro. Tinha três muralhas externas, uma mais alta que a outra. Depois que passaram por elas, eles atravessaram uma ponte e entraram em um grande pátio. Glorian entregou sua montaria a um cavalariço e foi falar com o castelão, Sir Granham Dale.

— Rainha Glorian — ele falou, com uma mesura. — Majestade, sua presença é uma honra para Arondine.

— Peço desculpas por chegar de modo tão repentino, Sir Granham. — Glorian removeu suas manoplas. — Preciso me valer de Arondine como minha fortaleza por algumas semanas. Inys está em guerra.

— Ouvi rumores de que Ascalun está em chamas.

— São rumores verdadeiros. O Inominado não voltou, mas o Santo nos enviou uma grande provação. Um wyrm espalhou uma peste por nosso país e ordenou que suas feras atacassem nosso povo. É um wyrm preto que diz se chamar Fýredel. Eu lhe peço para se reunir com o Conselho da Regência para receber mais informações.

Sir Granham parecia atordoado.

— O Monte Temível — falou. — Realmente pariu mais criaturas?

— Como eu disse.

O velho cavaleiro pareceu recuperar a compostura, e suas feições se endureceram.

— Perdão, Majestade, mas onde está o Lorde Protetor?

— Deve chegar em uma semana. Enquanto isso, solicito que providencie sebo, e em grande quantidade. Seu povo vai se mudar para Stathalstan, onde as pessoas poderão ficar em segurança, mas vão precisar de luz naquela escuridão.

— Sim, Majestade. Será providenciado.

— Obrigada.

A alcova dela ficava na torre mais alta. As damas a ajudaram a remover a armadura, e ela se jogou na cama de túnica, sentindo a dor provocada pelo contato prolongado com a sela.

— Este lugar tem salas de banho? — perguntou a Florell. — Estou com frio.

— Vou verificar.

— Helly, fique comigo esta noite.

Quando as demais se retiraram, Glorian observou a cidade enquanto o sol se punha. As pessoas se dirigiam ao santuário para a prece noturna.

Florell não precisou de muito esforço para convencer os Duques Espirituais a deixarem Ascalun. Lady Brangain e Lade Edith concordaram que a ameaça da peste era suficiente para reavaliar as ordens deixadas por Lorde Robart. Eles saíram da cidade enquanto as criaturas ainda acossavam os portões, abrindo caminho à lança e espada.

— Não acredito que isso esteja acontecendo — disse Helisent, enquanto envolvia seus cabelos em seda para passar a noite. — Glorian, há cavernas suficientes para todos?

— Mandei batedores verificarem.

— De onde veio essa ideia das cavernas?

— Do meu pai. Perto do fim da guerra, ele começou a usar apenas uma parte de suas forças nas batalhas, mantendo o resto do contingente em cavernas próximas. Imaginando que ele estivesse desfalcado, Verthing Sanguinário foi atraído a atacar seu acampamento de campanha no Nurthernold. Esse foi seu último e mais fatídico erro.

— Então alguns hrótios sabem que se esconder tem suas vantagens.

— Sim. E preciso lembrar Einlek disso. — Ela encarou sua amiga. — Helisent, você é dois anos mais velha que eu. No dia da minha aclamação, disse que esperava se sentir mais centrada à medida que o tempo passasse. Isso aconteceu?

Helisent ficou pensativa por um tempo.

— Parece que isso foi há tantos anos… — comentou. — Minha mãe diz que nós somos como rosas. Sempre pensei que isso significa que abrimos nossas pétalas, assumimos nossa verdadeira forma e então vamos murchando pouco a pouco. Mas talvez nunca deixemos de crescer. Se as mulheres são flores, não são rosas, e sim margaridas, que não se abrem só uma vez, mas várias e várias, sempre que somos tocadas pela luz.

Glorian sentiu uma lágrima descer por sua bochecha, que secou com a manga, mas Helisent percebeu e a puxou para mais perto.

— Vai ficar tudo bem — ela murmurou. — Eu tenho certeza.

— Do que exatamente você está falando?

Uma leve batida na porta as interrompeu, e Florell entrou.

— Seu banho está pronto — ela disse para Glorian. — Até as rainhas precisam descansar.

****

Ao amanhecer, Glorian desceu de novo para a cidade superlotada, mais uma vez usando sua armadura. O Conselho da Regência reprovava suas excursões, mas, enquanto Lorde Robart não chegasse, e ela fosse trancada e isolada do mundo, ela pretendia continuar fazendo o que queria.

Encontrou Lorde Damud Stillwater sobre a muralha externa, observando enquanto os guardas construíam barreiras e cavavam uma trincheira mais abaixo. Por trás dessas linhas de defesa, barracas e abrigos rudimentares se amontoavam junto à cidade, para abrigar aqueles que não encontraram lugar lá dentro.

— Majestade — Lorde Damud a saudou. — Um bom dia. Como vê, seu povo está fortificando Arondine. Haverá estacas dentro das trincheiras, que podem ser incendiadas.

— Mais fogo. Isso vai ajudar em alguma coisa?

— As criaturas que atacaram Ascalun não eram exatamente como os wyrms. Eram de carne e osso, e tinham até pelagem e penas. Elas devem queimar.

— Muito bem.

— Estamos cortando madeira da Floresta de Bernshaw para a construção de catapultas e espringales — Lorde Damud continuou. — Enquanto isso as Baronesas de Pintrow e Suthrey vão supervisionar a retirada para as cavernas. — Eles começaram a caminhar sobre a muralha. — Há um velho túnel inyscano que vai da câmara subterrânea do Santuário da Colina até Stathalstan, que mandei ser reforçado por um grupo de mineradores de sílex. Há espaço nas cavernas para cerca de catorze mil pessoas, além de armazenar os suprimentos necessários para alimentá-las.

— A população combinada das duas cidades é muito maior. E quanto às minas de prata do oeste?

— É verdade. Elas podem ser tornadas habitáveis para abrigar a nobreza.

— A nobreza?

— São minas da realeza, Majestade.

— Os nobres não vão se esconder. As pessoas que trabalham nas minas têm prioridade para ficar lá.

— Como queira.

Glorian se afastou, deixando-o na muralha. Ao descer os degraus, se viu cercada de pessoas, e ficou tensa quando sua guarda sacou as espadas. Havia muitos pares de olhos sobre ela. Pareciam capazes de despir sua armadura e fazê-la se sentir jovem demais e sozinha demais outra vez.

Nesse momento, porém, uma menina por volta dos dez anos se aproximou e lhe ofereceu uma rosa inyscana.

— Para a senhora, Rainha Glorian — falou, com uma mesura educada. — Estamos muito felizes com sua vinda a Arondine.

Glorian pegou a flor vermelha, que tivera seus espinhos cortados.

— Estou feliz por estar com vocês — ela falou, e se deu conta de que era quase verdade. — Juro que serei seu escudo, sua defensora.

****

Nos dias que se seguiram, ela acompanhou os preparativos em Arondine. Andou entre as pessoas, aplacando seus medos, e a população local pareceu se acostumar com sua presença. A melhor costureira da cidade veio tirar suas medidas, enquanto Florell supervisionava os preparativos para a coroação no Santuário de Hill, onde outras três rainhas, inclusive aquela cujo nome carregava, também foram coroadas.

A mensagem chegou no meio da noite. Glorian estava em sua alcova, insone, escrevendo para o primo, lembrando-o de não abandonar a temperança no enfrentamento dos wyrms. Einlek precisava provar a força da Casa de Hraustr, mas ceder ao apetite dos hrótios pela guerra e pela glória só provocaria a morte de um enorme número de seus compatriotas.

Estava mergulhando o cálamo na tinta quando Florell apareceu.

— Glorian, um mensageiro de Lady Gladwin acabou de chegar. Ela solicita sua presença no castelo de Glowan.

Glorian baixou o cálamo.

— Por quê?

— Isso ela não falou, mas não podemos aceitar. Você não pode viajar a céu aberto, é perigoso demais.

— Lady Gladwin sabe disso, o que significa que deve haver um bom motivo. Avise ao Conselho da Regência para cuidar da cidade em minha ausência — Glorian falou, ficando de pé. — Avise minha guarda pessoal, e Mestrie Bourn, caso seja preciso algum atendimento médico no caminho. Partimos ao amanhecer.

A comitiva saiu quando muita gente ainda dormia. Glorian usava um manto cinza simples sobre as roupas, e manteve a cabeça coberta pelo capuz.

Enquanto cavalgavam para noroeste, Glorian viu o que Fýredel deixara para trás, seu presente de despedida para Inys. Campos e mais campos transformados em terra arrasada, com os ossos dos agricultores espalhados entre as lavouras arruinadas e o que restou de arados e outras ferramentas. Alguns quilômetros adiante, um pomar de macieiras com centenas de árvores tivera o mesmo destino.

— Estamos condenados — um dos guardas comentou. — Tudo isso aconteceu em semanas. O que não são capazes de fazer em anos?

— Tenha fé no Santo — Florell rebateu. — E em sua rainha. Isso não vai durar para sempre.

Glorian não disse nada. Apenas esporeou sua montaria para longe das árvores destruídas.

Quando a tarde chegou, a comitiva já estava no terreno selvagem além das Colinas Galopantes. Quanto mais avançavam, maior era a tensão no ar.

— Está tudo silencioso demais — Helisent comentou, observando os galhos das árvores. — Existem almas descarnadas por perto.

— Que absurdo — Adela murmurou.

— O que acontece com as pessoas que não conseguem entrar em Halgalant? — rebateu Helisent. — Para onde elas vão, hein?

— Como eu vou saber?

— Pois bem, eu lhe digo, Adela. Elas ficam vagando pelas pontes de pedra e pelos caminhos fúnebres.

— Mestrie Bourn — Glorian chamou e esperou que se aproximasse. — Onde em Inys você morou, antes de vir para a corte?

— Merstall, nas Quedas.

— O que os agricultores de Merstall devem estar fazendo agora?

— Trabalhando a terra, preparando os campos para a semeadura. A primavera é uma época de muito trabalho. — Bourn a encarou. — Sua mãe era uma mulher cautelosa, Majestade. Deve haver grãos suficientes para pelo menos um ano.

— E se isso não durar um ano, e sim uma década, ou um século?

Glorian disparou à frente, sem esperar pela resposta. Não haveria nada no mundo capaz de reconfortá-la se pensasse demais nisso.

****

Wulf viu a Rainha de Inys despontar no horizonte ao pôr do sol. Ficou esperando por ela nos portões do Castelo de Glowan.

Toda vez que fechava os olhos, ele via aquelas marcas nas árvores.

O bosque Haith só se abre para aqueles que, como você, conhecem o caminho. Wulf não conseguia tirar aquelas palavras da cabeça. *Ela me contou sobre você.*

Glorian o viu na entrada e tirou o capuz.

— Wulf — disse, surpresa. — Esperava encontrar apenas Lady Gladwin. Por que está aqui?

— Eu não vim para o norte apenas para visitar minha família. — Ele a conduziu para dentro. — Venha se aquecer. Lady Gladwin vai lhe contar tudo.

Eles se dirigiram ao Velho Salão, onde o pai dele e Lady Gladwin aguardavam na ponta de uma mesa comprida. Sob a camisa, era possível ver as bandagens de Lorde Edrick. Wulf ficou contente em ver que Mestrie Bourn também viera.

— Majestade. — Lady Gladwin fez uma mesura. — Peço perdão por tirá-la de Arondine. Graças a vários membros da nobreza, a começar por Lady Helisent Beck, fizemos uma descoberta lamentável.

— A esta altura, descobertas lamentáveis são a última coisa que queremos, Lady Gladwin. O que houve?

— Creio que Robart Eller não está mais em condições de continuar servindo como Lorde Protetor de Inys. Ele é um pagão.

Glorian ficou paralisada.

— Um pagão.

— Sim, por mais absurdo que pareça. Ele foi visto no bosque Haith realizando um ritual, vestido como uma espécie de santário. Seus seguidores, que fugiram antes de serem capturados, pareciam estar jogando sangue em um teixo. Em um arvoredo de espinheiros, Majestade.

— Há quanto tempo isso vem acontecendo?

— Parece que vem levando uma vida secreta como pagão há décadas.

— Eu lamento muito saber disso — Glorian falou. — Minha mãe tinha Lorde Robart em alta conta.

— Assim como muitos outros. Eu mesma o considerei um bom amigo durante anos, sem nunca notar suas verdadeiras inclinações.

— O que pode ser feito em uma situação como essa?

— Não existem precedentes. Eu recomendaria a execução dele, mas as pessoas precisam de esperança e união em um momento como este. A última coisa de que precisam é saber que seu Lorde Protetor renega o Santo.

— Cadeia, então.

— Sim. Por ora. — Lady Gladwin fez uma pausa. — Ele pediu para falar com a senhora, Majestade. Eu não aconselharia isso.

— Não tenho nada a dizer a ele — foi sua resposta, carregada de exaustão. — Eu agradeço a todos pelos riscos que correram para fazer essa descoberta. Se puderem se juntar a mim em Arondine, eu gostaria muito de contar com seu aconselhamento.

— A senhora precisa de outro regente, Majestade — disse Lorde Edrick. — Por lei, a regência deve durar mais um ano.

Wulf observou Glorian, que parecia pensativa.

— Minha avó deveria ter essa chance — falou. — Sei que não é uma mulher de pulso firme, mas é uma Berethnet.

— Lady Marian contaria com nosso total apoio, Majestade. — Lady Gladwin concordou. — Vou mandar convocá-la em Cuthyll.

— Só mais uma coisa, Rainha Glorian, antes que possa ir descansar — disse Lorde Edrick. — Enquanto estávamos no bosque Haith, minha filha tomou a decisão de fazer uma busca no Castelo de Parr.

— Ou seja, uma invasão de propriedade.

Wulf teve que segurar o riso.

— Sim, Majestade. Pelo bem de todos — o pai dele falou, limpando a garganta. — Em um armário secreto, ela encontrou evidências de que o Príncipe Guma de Yscalin, companheiro de Vossa Majestade, compartilha da mesma religião do Lorde Protetor. — Ele colocou uma pequena pilha de cartas sobre a mesa. — Essa correspondência é suficiente para invalidar seu recente casamento. A senhora poderia tirar seu anel sem maiores consequências.

Glorian apanhou as folhas.

— Isto aqui diz que ele é um pagão? — indagou. — Que os dois armaram um complô?

Lorde Edrick confirmou com um aceno de cabeça.

— Um complô para fazer Inys restaurar os antigos costumes, exercendo um controle sobre a senhora.

Glorian foi folheando as páginas lentamente, passando os olhos por todas as cartas. Quando terminou, disse:

— Não. Ele pode vir.

Wulf franziu a testa.

— Rainha Glorian, a senhora não pode ter um consorte pagão — Lady Gladwin argumentou, parecendo perplexa.

— No meu entender, nós ainda precisamos de ouro e soldados tanto quanto antes. Inys ainda precisa de uma herdeira. Não precisa ter medo, Lady Gladwin — Glorian falou. — Tenho um plano para fazer esse casamento funcionar a nosso favor. Espero que confie em mim.

Ela se retirou, levando as cartas. Wulf abriu caminho para deixá-la passar. Lady Gladwin continuou bebendo de seu cálice de vinho.

— Um príncipe consorte pagão — ela comentou — e uma menina como rainha, em uma época em que precisamos mais do que nunca de liderança. Pelo Santo, Edrick, o que será de Inys?

— O Rei Bardholt sempre tinha uma tática em mente. Talvez sua filha também. — Essa foi sua resposta, moderada.

Wulf se retirou para que os dois conversassem. Fez uma visita a Mestrie Bourn, que limpou as feridas de mordida em seu braço e fez uma nova bandagem de linho. Assim que ele saiu, Helisent Beck o interceptou ao pé da escada.

— Helisent — Wulf falou, com um aceno de cabeça. — Ao que parece, seus pensamentos esparsos jogaram luz sobre uma tremenda sujeira quando se juntaram.

— Foi um belo trabalho o que vocês fizeram, vigiando-o esse tempo todo, Wulf. Me desculpe por ter duvidado de você — Helisent falou, com toda a sinceridade. — Não havia nada mesmo no bosque Haith, além de Lorde Robart?

— Não, só alguns dançarinos e uma alcateia de lobos.

— Isso é um alívio. Eu também passei a infância inteira com medo daquele lugar. — Helisent se aproximou o suficiente para que ele visse uma pequena pinta no branco do olho dela. — Glorian mandou perguntar se você iria à alcova dela hoje à noite. Existem menos línguas soltas neste castelo do que em Arondine.

Wulf olhou para o teto.

— Sim — falou. — Eu vou.

****

Glorian ficou à espera na semipenumbra. Sua respiração estava ofegante, e suas mãos suavam. Ela as entrelaçou no colo. Embora o leito real ficasse perto do fogo, sentia a pele fina e fria.

As cartas do Príncipe Guma revelaram toda a conspiração. A dupla improvável não pretendia usurpar seu trono, e sim atraí-la para sua religião para fazê-la renegar o Santo. Seria bem mais fácil moldar uma monarca do que forçar o povo a aceitar uma nova dinastia. Ela passou os dedos por aquelas palavras, lendo as últimas linhas mais uma vez.

Pelo que você me contou, acho que será fácil fazê-la ouvir a voz da razão. Bardholt era um traidor libertino antes de adotar a Espada da Falsidade, assim como Isalarico foi antes dele — mas deve haver uma admiração pelo mundo dele dentro dela, e não existe lugar na

Virtandade mais pagão do que Hróth. Se regarmos essa semente, eu diria que Glorian III florescerá a nosso favor. Caso contrário, nós a deixamos de lado e moldamos discretamente a herdeira. Certamente cinco séculos disso já bastam.

Quando sua vela de junco e sebo já havia queimado pela metade, Helisent chegou acompanhada de Wulf.

— Jules e eu vamos ficar de guarda no pé da escada — ela avisou, fechando a porta.

Wulf a trancou atrás dela, e houve um breve silêncio.

— Você está bem, Wulf? — Glorian perguntou. Ele assentiu. — Me conte sobre o bosque Haith.

— Era um lugar sinistro. Tudo escuro e imóvel. — Ele sentiu uma contração em seu maxilar. — E eu me lembrei de lá, Glorian. Não de muita coisa. Foi só uma sensação. Mas senti na alma que já tinha estado lá antes.

— Você não está lá agora. Não existe nada entre aquelas árvores. Era tudo obra de Lorde Robart.

— Pois é. Provavelmente sou filho de seguidores dele.

— Eu também sou filha de alguém que era pagão. — Ela suspirou. — Ao que parece, era por isso que o Príncipe Guma queria se casar comigo, para nós dois, juntos, fazermos Inys regredir.

— Você não vai desfazer o casamento?

— Não. Sua irmã me proporcionou uma forma de fazer a coisa funcionar. — Glorian apontou com a cabeça para as cartas. — Isso prova as intenções dele. Sabendo disso, posso manter o contrato, mas ao mesmo tempo garantir que ele não vai fazer nenhum estrago.

— Quer ir em frente com isso, então — Wulf falou. — Isso de nós dois.

Eles se olharam.

— O Príncipe Guma vai saber que sou adúltera, mas eu já sei que ele é um pagão — ela argumentou. — Ele vai ser obrigado a aceitar tudo.

A expressão dele era difícil de decifrar.

— Então começamos agora mesmo?

— Se ainda estiver disposto.

Wulf assentiu, mas permaneceu onde estava, esperando o convite para uma aproximação. Quando Glorian pôs a mão sobre a cama, ele se sentou ao seu lado e tirou o manto, que tinha o cheiro da lenha de macieira que queimava no salão. Ela o observou com mais atenção do que nunca — a clavícula, a protuberância na garganta, as concavidades profundas logo abaixo.

Havia uma bandagem que ia do pulso ao cotovelo.

— O que aconteceu? — Glorian perguntou.

— Ah, foi só uma mordida. Logo vai sarar. — Ele abriu um sorriso cansado. — Tive uma ideia. Nós selamos um compromisso. — Ela sacudiu a cabeça, sem entender. — É um costume antigo. Nós nos casamos em privado, sem nenhum santário como testemunha, por um ano e um dia. Você não faria amor fora do casamento, e ao final do prazo o vínculo desapareceria.

Ela sorriu também.

— Você pensou mesmo nisso.

— Pois é, um pouco. Para tranquilizar a sua mente.

— E nós vamos querer de fato adotar um costume pagão, enquanto Lorde Robart apodrece na cadeia por fazer o mesmo?

— Os santários de Hróth às vezes permitem. Dizem que cria vínculos mais fortes.

— Como podemos fazer isso?

— São só algumas palavras. — Wulf a segurou pelo pulso, e ela fez o mesmo. — Glorian Hraustr Berethnet, eu aceito você como companheira. Osso com osso, sangue com sangue, membro com membro, que estejamos unidos. Esta noite, e durante todo o próximo ano, eu serei só seu.

— Wulfert Glenn, eu aceito você como companheiro. Osso com osso, sangue com sangue, membro com membro, que estejamos unidos. Esta noite, e durante todo o próximo ano, eu serei só sua. — Glorian conseguia sentir a pulsação dele. — É só isso?

— Sim.

Glorian se levantou. Ela tirou o anel de ouro e o guardou, pois o queria longe das vistas. Em seguida, levou as mãos à trança grossa nos cabelos, mas notou que seus dedos estavam rígidos e sem forças. Wulf se colocou atrás dela.

— Pode deixar.

Ele passou as mãos calejadas por seu couro cabeludo e começou a desmanchar a trança sem dificuldade. A cada parte desfeita, ela se sentia mais tranquila e desperta.

— Imagino que já tenha feito tranças para sua falangeta — ela falou.

— Algumas vezes. Vell sempre fazia questão de ostentar a dele, então às vezes eu ajudava. — Wulf separou algumas mechas de cabelo. — Mas foi o trabalho com cordas que me ensinou de verdade a trançar. É uma coisa que se faz muito nos navios.

Glorian ficou à espera. Quando ele terminou, seus cabelos escorreram até a cintura.

Um pedaço de lenha se rompeu na lareira, e os dois se viraram para olhar. Wulf ficou observando o fogo por um bom tempo, e Glorian se deu conta do que ele devia estar pensando. Ele havia tirado as ataduras das mãos, e foi possível ver as cicatrizes das queimaduras.

— Nós podemos apagar — ela falou, depois de um instante de silêncio.

Wulf sacudiu a cabeça.

— É do frio que eu me lembro mais, não do fogo.

— Então vamos aquecer um ao outro. — Glorian pôs a mão o ombro dele. — Vamos tentar esquecer, só por uma noite.

— Tem certeza?

— Quero que seja você.

As feições dele se amenizaram. Ele estendeu os braços e tirou a camisa pela cabeça. Por baixo da roupa, havia músculos forjados por anos levando uma arma e um escudo na mão. Os pelos do peito eram curtos e enrolados.

Wulf não teve pressa para se despir. Os hrótios costumavam entrar nus em fontes termais e suadouros, mas os inysianos não tinham esse costume. Wulf estendeu a mão esquerda, com a palma para cima, e Glorian lhe ofereceu a própria mão, sentindo que aquilo a deixou mais tranquila.

— Você já fez isso antes?

Wulf assentiu com a cabeça.

— Só com uma pessoa.

— Pelo menos alguém aqui sabe o que está fazendo.

Ele abriu um sorrisinho.

— Não é assim tão complicado.

Glorian afastou uma mecha de cabelo da frente dos olhos dele. Wulf tinha um redemoinho. Nunca havia reparado nisso antes, pois nunca pôde olhá-lo por muito tempo. Wulf estendeu o braço para pegar sua mão.

Mesmo aquela coisa ínfima, aquele pequeno gesto de intimidade, era uma coisa proibida com ele. Uma Berethnet, mais que qualquer outra mulher, deveria permanecer intocada até a noite de núpcias. Era a única forma de provar que a criança concebida era de seu companheiro.

Wulf passou o polegar pelo dorso dos dedos dela, como se tivesse ouvido seus pensamentos. Glorian sentiu um arrepio nos braços. As mãos dele eram salpicadas de pequenas cicatrizes adquiridas nos treinos de arco e esgrima.

— Queria que as minhas mãos fossem assim — ela falou, com sinceridade. — As mãos de uma aventureira. Uma guerreira. Queria ter vivido a sua vida, com meu pai. Inys é meu dever, mas Hróth é meu coração.

— O meu também. — Wulf prendeu uma mecha de cabelos atrás da orelha dela. — Podemos fingir que estamos lá esta noite. Com as luzes do céu acima do nós, e a neve ao redor.

Glorian imaginou o cenário. Na primeira vez que viu as luzes, descobriu que era capaz de se apaixonar — não por uma pessoa, mas por um lugar.

Ela sentiu uma estranha tensão dentro de si, lá embaixo, despertada por aquela proximidade. Isso a fez se lembrar de suas regras, só que não havia dor, era só um um leve aperto agradável. Quando abriu os olhos, deu de cara com os dele, escuros e sérios, sob a luz do fogo. E agora continham também um questionamento.

Quando ela assentiu, ele desamarrou a bata dela e deixou que caísse por seus ombros. Glorian se encolheu a princípio, mas ele levantou seu queixo, para que se olhassem, e ela assentiu de novo. Ele foi baixando ainda mais a bata, passando pelos quadris, até cair ao chão.

Wulf a olhou, fazendo Glorian estremecer. Quando se deu conta, estava com ele no chão, agarrando-o pela nuca. Ele passava as mãos por sua cintura e a beijava.

A sensação daquela boca foi estranha a princípio. Ela não sabia quanto beijar, nem por quanto tempo, nem como. Os lábios de Wulf separaram os dela, e ela sentiu o gosto dele, de gatária e vinho e alguma erva, talvez alecrim. Sentiu uma tristeza súbita e repentina, e o abraçou em meio a um tremor, segurando-o com força pelo pescoço.

Wulf a acolheu junto ao peito, e só então ela entendeu como queria aquele abraço, depois de todo o sofrimento por que tinham passado. O queixo dele repousou no topo de sua cabeça, e ele a beijou ali, murmurando palavras reconfortantes em hrótio. Ela sentia o coração dele bater junto ao seu.

Eles representavam o passado um para o outro. Uma lembrança de uma época diferente, quando podiam rir em meio às ameixeiras, quando não havia nada a temer no mundo. Glorian desejou proporcionar a Wulf a mesma proteção que ele tentava lhe oferecer.

Sem soltá-la, ele se sentou e a pôs no colo. Isso a deixou tímida de novo, mas ele segurou seu rosto entre as mãos e a obrigou a encará-lo.

— Sou só eu — falou, baixinho.

— Eu sei.

— Se quiser parar, é só me dizer. — O fogo emoldurava o rosto dele. — Você me promete?

— Prometo.

Wulf levou as mãos à base das costas dela.

— Estamos nas neves eternas, e o teto do salão é aberto para a estrelas — disse.

Glorian fechou os olhos e de repente estava lá, conseguia até ver.

****

Eles continuaram no chão, com as peles servindo de leito para seus corpos, como se estivessem de fato em um salão hrótio. Depois que tudo terminou, Glorian ficou olhando para o teto, enquanto Wulf cochilava com um braço ao redor dela.

Ele tinha feito tudo devagar e com carinho, aquecendo-a com seu toque. Os dois conseguiram até rir um pouco, abafando o som com os próprios lábios. Havia sido uma experiência um tanto atrapalhada e desajeitada, mas estava feita, e sem nenhum peso na consciência. Só uma sensação de estranheza que com o tempo foi passando.

O que a incomodava era que o pecado lhe parecia a escolha certa. O Santo a fizera passar por uma provação curiosa.

Wulf se mexeu. Glorian o observou piscar os olhos pesadamente, esperando que ele se lembrasse de onde estava. Quando isso aconteceu, ele a beijou na testa.

— Tudo bem com você?

Ela assentiu.

— E com você?

— Sim. — Ele levou a mão ao queixo dela. — Pode ser preciso fazer isso de novo, sabe. Mais de uma vez.

— Ah, não. Como nós vamos conseguir suportar isso?

Ele sorriu e se virou para ficar de frente para ela. Um tempo depois, dormiu de novo, com a mão apoiada em sua cintura. Glorian estava aninhada no peito dele, ouvindo aquele coração que continuou batendo mesmo no mar gelado. Se tivesse liberdade para escolher, não teria se deitado com ninguém; e sabia que nunca mais faria aquilo depois que engravidasse — mas com um amigo pelo menos havia o conforto proporcionado pela proximidade.

Helisent e Julain o tirariam ao amanhecer. Elas esconderiam o segredo de Adela, que não suportaria carregar aquele peso, mas Glorian sabia que precisaria contar para Florell.

Não conseguiu adormecer — pela preocupação e pela sensação dolorida deixada no lugar onde Wulf a preenchera. Julain a aconselhara a dormir de barriga para cima, mas ela nunca se sentia à vontade assim. No meio da noite, vestiu um traje de dormir pesado e saiu descalça da alcova.

Seu antigo regente estava trancafiado na casa de guarda, onde os prisioneiros de extração nobre aguardavam seus julgamentos. Quando chegou à porta da cela, encontrou Lorde Robart Eller ainda acordado, olhando para a lua cheia, com os cabelos desalinhados, usando uma túnica e uma calça simples, o que o fazia se parecer bem menor do que quando estava com seus trajes elegantes.

— Lorde Robart — ela falou. — Como você está?

Ele a olhou.

— Rainha Glorian — disse, baixinho. — Estou surpreso que tenha vindo me ver.

— Eu gostaria de entender. Soube que realizou algum tipo de ritual na mata. E que, por isso, vai perder tudo. Por que correr tamanho risco?

Lorde Robart se levantou e se aproximou das grades. Glorian tomou a precaução de se manter fora de seu alcance.

— Pela Dama do Bosque — ele respondeu. — Eu estava tentando chamá-la de volta a Inysca, Majestade. Para nos ajudar. Os wyrms vieram para eliminar destas terras o triunfalismo vão de Galian. Vieram porque o equilíbrio entre duas forças foi perturbado.

— Pensei que você fosse um homem que apreciasse muito Inys.

— E aprecio — ele falou, com a voz ligeiramente embargada. — Mais do que qualquer um. Eu precisava tentar trazer os costumes antigos de volta para esta ilha.

— Os costumes de cultuar bruxas e travar guerras mesquinhas?

— Não as guerras. Eu precisava dar às árvores seu devido valor, já que ninguém mais faria isso.

— Árvores são só árvores — Glorian rebateu, irritada.

— E um homem é só um homem, mas é idolatrado mesmo assim. Mesmo depois da morte, mantém reinos presos a seu falso legado.

— O Santo realizou um ato de heroísmo. O que há de especial em um teixo, e por que ele exigiria sangue?

— Não era sangue, Majestade. Eu juro por tudo o que me é caro. Vá até o bosque Haith e prove por si mesma. Era vinho — ele garantiu. — Uma libação por mais fertilidade e crescimento, e pela decomposição. Galian Berethnet fez estas terras sangrarem arrancando todos os espinheiros. Essas árvores eram sagradas para a Dama do Bosque.

— Eu não acredito na sua bruxa. Acredito no Santo — Glorian

respondeu. — E certamente você não me considera estúpida a ponto de renegar meu próprio trono.

— Rainha Glorian, suplico que me ouça.

— É isso o que o Príncipe Guma vai dizer? — ela questionou. — Vai implorar para que eu o escute também?

— A senhora ainda pretende se casar com ele?

— Sim, pelo ouro, e por tudo mais que ele trouxer. Mas não vou me deixar moldar por ele, como vocês dois claramente pretendiam.

— Eu admito — Lorde Robart falou. — Ter pessoas que realmente creem ocupando as posições de príncipe consorte e regente era uma chance preciosa de promover a mudança, influenciando a senhora e sua herdeira.

— Eu não teria mudado, milorde.

— Acho que teria, quando eu contasse a verdade, o que vou fazer agora. Seu ancestral não era um herói. Você não precisa conceber o fruto de sua vinha eterna. Isso é uma mentira, criada para perpetuar o legado dele, nada mais. Certamente, depois de tudo o que aconteceu, a senhora constatou que não tem nenhum controle sobre o Monte Temível.

— O Inominado não voltou. — A voz dela estremeceu. — Além disso, seus ritos primaveris não impediram nada disso.

— Meus ritos são para que isso não aconteça de novo. Nossa vida humana não depende só de nós mesmos, e precisamos nos lembrar disso cultuando o mundo em que vivemos — ele falou. — A senhora é uma filha do Norte pagão. Inclusive nasceu no Festim do Início da Primavera, nosso dia mais sagrado. Todos acreditávamos que poderia ser a rainha Berethnet que enxergaria a verdade de nossa causa.

— E o que isso me levaria a fazer?

— Chamá-la de volta. A Dama do Bosque. Sei que ela pode nos salvar, sua magia é profunda como os oceanos. Wulfert Glenn foi marcado por ela. — Glorian ficou tensa. — Pode não ter o mesmo poder, mas foi tocado por ela, e mostra vestígios disso. Ele é mais do que parece ser.

— Wulf não tem nada a ver com a sua bruxa.

— A Mãe do Espinheiro não é uma bruxa. Era uma guardiã destas ilhas, antes que a expulsássemos daqui. — Lorde Robart recuou dentro da cela. — Rainha Glorian, eu prometo, o meu caminho é o correto, mas pode já ser tarde demais. Temo que a sua passagem pelo trono termine em fogo.

— Disso não podemos ter certeza. — Glorian falava baixo, em um tom triste. — Mas posso garantir que a sua termina aqui.

64

Leste

A mudança aconteceu com a velocidade de um relâmpago. Num dia, paz e tranquilidade; no seguinte, fogo. A Estrada da Neve proporcionara um último vislumbre de segurança — um intervalo entre a mudança de pedras de calçamento soltas para deslizamentos de neve. Agora os wyrms revoavam ao vento, e criaturas brotavam das rochas, e nem mesmo os deuses eram capazes de impedir.

Assim que sentiram o cheiro da fumaça maculada, Furtia e Nayimathun pararam de voar durante o dia. Em vez disso, esperavam pelo anoitecer para se deslocarem sob as nuvens sem que os wyrms percebessem.

Eles precisam do sol para enxergar, Nayimathun explicou para Dumai. *Não são feitos para a noite, como nós somos.*

Em uma determinada noite, passaram por uma floresta sendo devorada por chamas com um brilho sinistro, antinatural, que distorcia tudo o que tocava. Observando o incêndio se espalhar, Mestre Kiprun murmurava consigo mesmo, brincando com os anéis em seus dedos. O alquimista estava suportando bem o voo, embora claramente tivesse pouquíssima paciência para ficar sentado por longos períodos. Com quatro pessoas, a sela estava lotada, mas a proximidade os mantinha aquecidos.

Toda a viagem a norte foi assim, lenta e cansativa, seguindo rumo à Serra de Whinshan. Ao amanhecer, as dragoas encontravam abrigo nas montanhas, e os humanos se mantinham sempre juntos enquanto tentavam dormir. Dumai e Kanifa dividiam as mesmas peles. Eles ouviam os gritos de wyrms e feras transformadas e atormentadas, respondidos por eventuais explosões de pólvora negra.

Em uma ocasião, precisaram se manter escondidos por mais de um dia, enquanto um bando de lagartos alados circundava as montanhas. Furtia afiava as garras e arreganhava os dentes, enquanto Nayimathun permanecia imóvel, com a cauda enrolada ao redor dos humanos. Se sua missão não fosse tão importante, Dumai desconfiava que as duas teriam levantado voo para lutar até a morte.

Aquela noite foi longa e terrível. Eles não se arriscaram a acender o fogo, tampouco a fazer nenhum ruído. Na primeira vez que Nikeya pegou na sua mão, Dumai fingiu não perceber. Na segunda, elas entrelaçaram os dedos.

Deixe que ela acredite que você está totalmente envolvida. Dumai manteve a mão firme e forte. *Deixe que ela acredite que a ganhou.*

Quando voltou a ser seguro, as dragoas seguiram adiante, passando pelo Lago das Alvoradas Gélidas e pelo porto de água doce de Pithang, onde em outros tempos se minerava carvão. Agora o fogo revelava os veios da cidade, enchendo de fumaça até suas montanhas. Alguma coisa havia ateado fogo aos filões de carvão.

Dumai se perguntou se a população havia tido tempo de se embrenhar nas montanhas, ou de se arriscar a pegar a estrada para outro lugar. O Império dos Doze Lagos era um território vasto — enorme demais para os mensageiros de Jekhen terem conseguido avisar a todos sobre o que estava a caminho.

Nayimathun apagou mais três incêndios. Pela primeira vez desde a partida da capital, Dumai rezou, apoiando a mão nua em Furtia. *Grande Kwiriki, por favor, ouve uma filha do arco-íris.* Ela fechou os olhos. *Peço que concedas tua proteção a todos os territórios, e tornes o mundo um espelho de sua morada pacífica.*

Ele não é capaz de ouvi-la, filha da terra, Furtia explicou. *Kwiriki está do outro lado da ponte.*

Nayimathun falou sobre uma estrela, sobre as águas escuras da criação. O que isso significa, grandiosa?

Somente o céu noturno é capaz de detê-lo.

Dumai não conseguiria convencê-la a dizer mais. Como cantante--aos-deuses, sabia que os dragões eram misteriosos por natureza, porque não eram parte daquele mundo — mas, como humana, acharia bem melhor se falassem com mais clareza.

Já era possível avistar o Monte Whin, onde ficava a nascente do Rio Daprang, quando Nayimathun se dirigiu a um pico mais baixo e exposto da serra. Dumai tentou chamá-la — o sol estava prestes a raiar, era preciso se esconder —, mas os dias fatigantes haviam embotado seus sentidos.

Furtia seguiu a dragoa maior e desceu sobre uma pilha de pedras destruídas que antes devia ter sido uma torre de guarda. Pelos restos fumegantes de três balestas gigantes, e as armaduras usadas pelos cadáveres, devia ter sido um posto avançado lacustre. Poderia até se tratar de um ataque humano, não fosse o deus caído. O dragão tinha sido despedaçado como se fosse de papel, e suas escamas brilhavam como folhas de prata em meio às cinzas e à neve. Devia estar tentando proteger os soldados.

— Taugran — Furtia sibilou, em voz alta.

O rugido da voz dela acordou Kanifa. Dumai o sentiu se retesar às suas costas. Ela mesma estava toda tensa, com o estômago revirado diante da visão de um deus morto.

— É um posto avançado de fronteira — Mestre Kiprun explicou, limpando o nariz. — Construído para garantir que os Hüran do Leste respeitem o Tratado do Shim. — Ele olhou para a carcaça de um cavalo, emaranhada com o corpo carbonizado daquele que o montava. — Ao que parece, os wyrms o encontraram.

Dumai se ajoelhou ao lado do dragão e acariciou as escamas frias de seu focinho. Com o coração apertado e os cabelos se agitando ao vento, olhou para o norte. À distância, as primeiras luzes do dia brilhavam sobre as águas do Daprang. Todo o território além daquela divisa pertencia à tribo Bertak.

— Mai — chamou Kanifa.

Ele apontou com a cabeça para um soldado que não devia ter mais de vinte anos. Havia ferimentos profundos em seu rosto, e mechas inteiras de seus cabelos foram arrancadas da cabeça, deixando apenas feridas no lugar. Ainda mais estranho era que ambas as mangas de sua roupa estavam rasgadas, expondo os antebraços ao frio. Manchas vermelhas tingiam desde a ponta de seus dedos até perto dos ombros. A princípio, Dumai pensou que fosse sangue seco, mas, ao olhar mais de perto, constatou que a vermelhidão era da pele.

Aquela cor era um sinal de alerta — um vermelho vívido, como o dos cogumelos flamejantes que viviam no Monte Ipyeda, tão venenosos que bastava um simples toque para arruinar um corpo inteiro. Aquilo despertou uma sensação instintiva de perigo. Nayimathun se inclinou por cima deles e farejou com cuidado o cadáver.

Esse queimou por dentro. Ela soltou um silvo. *O fogo da terra devora a carne e corre solto pelo sangue.*

Então Dumai viu os semicírculos amarronzados sob as unhas dele.

— Os ferimentos no rosto. Foi ele mesmo que fez isso consigo — murmurou. — Minha mãe me contou que o Inominado espalhou uma doença pela terra da Lássia.

— Eu me afastaria daí, Princesa — disse Nikeya.

Nayimathun foi mais rápida. Apanhando Dumai e Kanifa pelas peles que os envolviam, segurou os dois entre os dentes, como gatinhos carregados pelo cangote, e os colocou ao lado de Furtia. Depois se voltou para o soldado morto e soprou sobre ele, envolvendo-o em uma camada de gelo.

Dumai subiu na sela junto com os demais. Enquanto as dragoas voavam para longe do posto avançado, ela virou-se para o rio, tentando se esquecer do que tinha acabado de ver. Logo estariam em Brhazat, onde encontrariam uma resposta. Era preciso continuar acreditando.

Enquanto isso, torcia para que seu pai estivesse conduzindo os preparativos em Seiiki. Não demoraria muito para o caos chegar até lá também.

****

O Daprang era o rio mais extenso do Leste, com vários volteios e curvas. Visto de cima, era como se um guerreiro tivesse passado uma espada pela terra. Nas lendas, estava sempre congelado, mas, com a chegada da primavera, sua correnteza começava a ganhar força e mover as águas escuras entre a neve profunda.

Com o frio se intensificando, as dragoas passaram a farejar menos wyrms, e agora se arriscavam a voar durante o dia, permitindo que Dumai visse as terras selvagens além do Daprang. Até onde os olhos eram capazes de alcançar, não havia incêndios nem fumaça, apesar do longo trecho de mata fechada.

— Os wyrms não devem ter vindo até aqui — Kanifa falou em meio ao barulho do vento. — É como Nayimathun disse. Eles detestam o frio.

— Então vamos torcer para o gelo demorar um pouco mais para derreter — Dumai gritou em resposta.

O frio não vai mantê-los à distância por muito tempo, Furtia avisou. *A terra torturada solta um hálito quente e queima de febre...*

Pareciam estar viajando já há anos antes que, Golümtan, a capital ao norte, aparecesse — a cidade murada que antes se chamava Hinitun, e que teve as muralhas reconstruídas depois do cerco no qual ela foi perdida. Mas o principal eram as montanhas, os picos que formavam uma das muralhas do mundo.

Aqueles eram os Senhores da Noite Escura.

Nem mesmo seus tutores sabiam quem havia escolhido aquele nome, mas Dumai começou a se perguntar se não tinham sido os deuses. Segundo todos os relatos, o nome era tão antigo quanto a cadeia de montanhas, que em todos os mapas marcava o fim do Leste. Os picos eram terríveis, a maioria bem mais altos que o Monte Ipyeda, com cumes que pareciam afiados a ponto de ser possível equilibrar neles uma moeda.

E havia Brhazat. Dumai reconheceu a montanha assim que a avistou, porque era bem maior que as que vinham à frente, se erguendo invencíveis na direção do céu azul.

Noite escura, céu escuro… *Somente o céu noturno é capaz de detê-lo.* Ela se segurou na sela. *Somente o céu noturno…*

Um chifre de guerra ressoou, alto e grave, e as duas dragoas seguiram na direção de Golümtan. Os arqueiros nas muralhas baixaram as armas. A Princesa Irebül devia ter sobrevivido à longa viagem para casa.

Mesmo após quatro anos de domínio Hüran, a cidade ainda tinha um aspecto lacustre, embora as barracas junto à muralha fossem um lembrete significativo da conquista. Furtia e Nayimathun aterrissaram perto do Grande Poleiro. A fortaleza havia sido instalada sobre um rochedo a oeste, com muralhas íngremes, altas e lisas. Bois e cavalos, águias e dragões circulavam por seus terraços, e um sol e uma lua brilhavam nas portas, que se abriam bem no meio. As montanhas imensas despontavam mais acima, proporcionando uma vista digna dos deuses.

A neve soprava das montanhas; a fumaça, das fogueiras e das forjas. Dumai desmontou. Estava bem mais frio ali do que do outro lado do

Daprang — e mais escuro também, com o céu já apagado, mesmo ao meio-dia.

Havia mais cavalos do que Dumai já tinha visto em sua vida. Furtia grunhiu para uma égua, que bufou de medo.

— Acho que vou aguardar aqui, para evitar uma guerra entre dragões e cavalos — Nikeya falou, em um tom de divertimento. — Você pode encarar a temida líder guerreira, como diplomata do seu pai.

— Eu não sou diplomata. — Dumai enfiou a mão dentro da bolsa. — Além disso, pensei que o charme fosse a sua especialidade.

Nikeya a encarou com uma expressão surpresa, antes de abrir um sorrisinho.

Kanifa desceu da sela. Quando chegaram aos degraus de escada do Grande Poleiro, foram recebidos por um grupo de guardas palacianos usando armaduras de couro bem equipadas. Seus elmos tinham grandes tufos de crina de cavalo.

— Mostre suas mãos — falou uma voz grave. — A senhora é a Princesa Dumai de Seiiki?

Um pedaço de lã tingida cobria o rosto deles do queixo até abaixo dos olhos, que pareciam mais do que cautelosos. Em um lugar tão ao norte, as pessoas poderiam ter se esquecido da existência de Seiiki; e certamente não haveria comerciantes seiikineses por ali, nem pessoas falando lacustre com um sotaque como o dela.

— Sim. Meu pai manda lembranças para a Grande Naïr — Dumai respondeu. — Que suas caçadas sejam frutíferas, e suas aves voem alto, carregadas pelo vento. — Ela fez o que lhe foi solicitado. — Soldado, por que vocês estão escondendo o rosto?

— A Grande Naïr foi alertada sobre uma doença, trazida por feras escamosas. Doenças podem se espalhar pela respiração.

— Eu já vi essas feras. Estão queimando lavouras e povoados, massacrando as pessoas sem piedade.

A lã escondia a expressão do guarda.

— A Princesa Irebül está caçando no Colar — ele falou. — Pode se juntar a ela. — O homem lhe estendeu uma peça de lã verde. — É preciso usar isto em sua presença.

— E quanto às dragoas?

— Elas também podem ir. — Ele notou a presença do alquimista. — Mestre Kiprun. A Grande Naïr ficará contente em vê-lo.

— Por que será que todos os governante ficam tão contentes em me ver este ano? — resmungou. — Quem eu posso esperar a seguir, a Rainha Imortal? — Percebendo os olhares hostis, ele soltou um suspiro. — Sim, sim. Sob as montanhas da Grande Naïr e assim por diante.

Uma carruagem puxada por camelos os conduziu a uma campina que separava a cidade dos picos, forrada de grama e poeira. Era o Colar, um trecho de terra poupado pelos deslizamentos de pedras e neve. Belas barracas adornavam sua extremidade oeste, onde serviçais tinham arrancado as entranhas de um cervo e o estavam assando sobre uma fogueira.

A Princesa Irebül estava um tanto afastada do acampamento. Usava um manto verde forrado com pele de carneiro e botas sobre a calça larga de lá, com uma aljava pendurada na cintura — uma verdadeira caçadora das planícies invernais, desde o cinto ornamentado até a águia cor de bronze empoleirada no antebraço. Ela contemplava os Senhores da Noite Escura, parecendo minúscula diante de tamanha magnitude, mesmo sendo uma mulher alta. Contava-se que seu povo tinha atravessado aquelas montanhas muito tempo antes.

— Princesa Dumai — ela falou, ao notar sua aproximação. — Pensei que tivesse mudado de ideia.

— Peço perdão pela demora, Princesa Irebül. Tivemos que nos desviar da Estrada da Neve.

— Não é preciso se explicar. — Ela tirou o capuz de couro da águia. — A espera me permitiu escapar daquela corte.

A ave levantou voo na direção das montanhas. Pelo que Dumai sabia, aquela mulher tinha dezesseis anos na época da conquista, e passara seus anos de formação na natureza selvagem.

— Você preferiria estar aqui — Dumai falou.

— Aquele palácio é uma jaula forrada de seda, e os Hüran não foram feitos para viver entre muros.

— Por que tomaram uma cidade, então?

— Por necessidade. — O vento deixava suas bochechas vermelhas. — Em breve os dias vão se tornar mais frios. Vai começar uma era do gelo, de tempestades. Um inverno pesado, profundo e letal. Já aconteceu antes. Quando foi alertada por uma sábia, minha mãe declarou que nos fixaríamos em algum lugar, para sobreviver ao congelamento.

— Suponho que os Hüran do Norte não acreditaram nisso, e que foi por isso que ficaram nas planícies.

— Foi uma escolha deles. Os Bertak vão sobreviver.

— Vocês vão enfrentar os wyrms?

A Princesa Irebül a encarou. Seus olhos compridos e escuros estavam emoldurados pela máscara de lã que usava.

— Você viu aquela criatura — ela respondeu. — Não existe arco ou espada capaz de matá-la. — A águia circundava o Colar. — Não pretendemos entrar nesse combate, ilhoa. O que você viu foi a morte de uma era e o nascimento de outra. Os sobreviventes vão ter que construir um novo mundo a partir das cinzas do antigo.

A águia desceu em direção a uma raposa e entrou em luta corporal com ela na neve. A Princesa Irebül a chamou, e sua voz ecoou pela campina.

— O que sabe sobre a mulher do pico Brhazat? — Dumai indagou. — Ela é mesmo uma astrônoma?

— Só sei o que os lacustres falam a respeito. Alguns afirmam que ela é um espírito da montanha, enviada pelos deuses para proteger a cidade.

Dizem que ela mandava sonhos para as pessoas, mas parou de fazer isso. Pelo jeito, nossa chegada a afugentou. — O sorriso dela era estreito e frio. — Seja lá o que ela for, está se transformando em um mito. Na minha opinião, já deve ter morrido muito tempo atrás.

Dumai tentou disfarçar a inquietação. Ela não podia sequer considerar a hipótese de que a pessoa por que tinha ido até lá não estivesse viva para responder a suas perguntas.

— A Grande Naïr, minha estimada mãe, o Sol Eterno do Norte, aprovou sua expedição — informou a Princesa Irebül. — Vocês têm a permissão dela para subir a montanha, em troca do conhecimento que obtiver por lá. — A águia pousou no braço da dona, com as garras ensanguentadas, e teve seu capuz recolocado. — Se sobreviverem, viajarei para o sul para informar a Consorte Jekhen.

— Rogo para que seu povo fique em segurança, aconteça o acontecer. — Dumai se virou para ir embora, mas então falou: — Você sabe o nome dela, da mulher do Brhazat?

— Tonra. — Irebül se virou contra o vento. — Quer dizer *sozinha*.

****

Eles estavam equipados com tudo o que precisariam na montanha, porém Dumai sabia que enfrentaria um frio que nunca antes sentira. Se sua mãe soubesse que ela escalara o Brhazat, ficaria lívida de raiva.

— Você está pensando em Unora.

Dumai olhou para Kanifa. Durante a jornada, a barba dele havia crescido.

— Estou com saudade — ela respondeu, enquanto amarrava os cravos às solas da bota. — Você sabe o que ela diria.

— É um risco que vale a pena correr. — Ele se agachou para verificar os nós dela. — Sinto falta de escalar com você.

— Eu também. — Ela mostrou o pedaço desfiado de corda que

levava amarrado no pulso. — Sempre levo isso comigo, mas podemos precisar de um pouco mais para esta escalada.

Ele deu uma risadinha.

— Nós temos o suficiente.

Eles olharam bem lá para o alto. Diante das encostas terríveis dos Senhores da Noite Escura, Dumai pensou que fosse sentir medo, mas o que cresceu dentro dela foi a determinação. Afinal, escalar era uma coisa que sabia fazer.

— Você sabia que Tonra era quase uma espécie de mito, Mestre Kiprun? — ela perguntou para o alquimista, encolhido em suas peles e estreitando os olhos para a montanha. — A Princesa Irebül pelo jeito acha que sim.

— Eu sabia que ela não era vista há muitos anos — Mestre Kiprun admitiu. — Mas provavelmente existe mesmo.

— E se ela for só uma história?

— O Inominável virou uma história, Princesa — Nikeya falou, com o rosto quase todo coberto pelo capuz. — Todos vamos ser só histórias algum dia, e eu pelo menos quero que acreditem que nós existimos. Você não?

Mesmo sem ter a intenção, Dumai sorriu, e se sentiu grata por estar com o rosto coberto.

— Vamos lá — anunciou. — Mestre Kiprun, sei que gostaria de ir conosco, mas…

— Não se preocupe, Princesa Peixe. Agora que estou vendo o Brhazat, lembrei que o lugar dos alquimistas é no nível do chão — Mestre Kiprun respondeu, com um tom sarcástico. — Deixo em suas mãos a tarefa de encontrar o conhecimento que possa existir no alto desse pico.

— É com isso que vou voltar de lá. — Dumai se virou para Nikeya. — Última chance. Não seria vergonha nenhuma ficar.

Nikeya sacudiu a cabeça.

— Onde estiver, eu vou também, Princesa.

— Como queira.

O céu continuava tranquilo quando eles montaram em Furtia, que decolou, seguindo Nayimathun. Dumai estreitou os olhos contra o vento. Enquanto as dragoas subiam a face oeste do Brhazat, a inclinação a empurrou contra Kanifa, que passou um braço ao seu redor.

O frio entrava como uma faca cortante entre suas camadas de roupa. Naquela altitude, na morada dos deuses, provavelmente nunca havia primavera.

O Brhazat tinha quatro lados distintos que se juntavam em uma ponta de lança. O gelo protegia suas encostas, que lançavam um pó branco no ar. Nenhuma forma de vida circulava por ali. Dumai calculou que estivessem a quase dez mil metros de altitude; uma escalada com suas próprias forças exigiria meses. No Monte Ipyeda, os visitantes paravam no vilarejo por vários dias, para que seu sangue pudesse se adaptar, mas não havia tempo para isso naquele momento.

Ela fechou os olhos e ficou atenta aos sinais do corpo. Quando chegaram ao ponto em que a montanha começava a se afinar, respirar se tornou mais difícil, e sua cabeça começou a doer — mas ela era uma pipa, e o céu era um ambiente familiar.

Só que também era humana, e logo percebeu que estava acima do teto do mundo, acima do ponto em que um mortal conseguiria sobreviver por muito tempo. Seu coração batia forte. Estavam em um local muito mais alto que o Monte Ipyeda, a maior altitude que já tinha enfrentado na vida, e a cidade era só um borrão lá embaixo.

Filhos da terra não conseguem viver assim tão no alto. Furtia começou a se mover mais lentamente. *As águas da criação se chocam contra esta escadaria.*

Ela respira essas águas, assim como nós, Nayimathun respondeu.

Dumai abriu os olhos úmidos. O vento zumbia em seus ouvidos. *Quem, grandiosa?*

A rainha da montanha...

O clima estava começando a mudar. Ela nunca teve medo de altura, mas suas coxas tremeram de repente quando o vento a atingiu com fúria, balançando a sela. Kanifa a segurou com mais força.

— Calma — ele falou.

Dumai levantou o rosto ardido. As dragoas diminuíram ainda mais o ritmo. Em algum lugar abaixo do topo de Brhazat, onde o gelo era duro e claro como mármore, ela viu uma pequena varanda, bem difícil de localizar — e uma porta para o interior da montanha, empoleirada bem no limite do Leste.

Ela tentou espantar a escuridão que se abateu sobre seus olhos. Nenhuma das dragoas conseguiria se aproximar, mas uma parede de neve e gelo levava a uma caverna.

— Kanifa — ela falou. — Nós podemos escalar isso.

— Sim — ele disse.

Furtia se aproximou o máximo que podia. Quando a dragoa começou a bufar e se sacudir, Dumai aos poucos foi entendendo que eles precisariam saltar da sela para a montanhas.

Kanifa desenrolou a corda. Ele amarrou uma das pontas em sua cintura e passou a outra para Dumai, que a prendeu ao pito da sela. Ela teve que se concentrar até suas têmporas começarem a doer, e estava demorando mais do que o de costume para atar os nós. O corpo deles não aguentaria por muito mais tempo.

Não desafie a montanha. Seus lábios rachados repetiram diversas vezes o antigo aviso. *Não desafie a montanha.*

Kanifa se soltou da sela, e Dumai fez o mesmo. Ele sacou suas confiáveis foices de gelo e inclinou o peso do corpo na direção do vento antes de dar o salto. Quando jogou sua ponta da corta para Dumai, ela se virou para Nikeya, que já estava tentando se levantar, com as mãos desajeitadas sob as luvas grossas.

— Eu estava tentando me lembrar... se já precisei pular por um motivo — ela falou, com uma risada ofegante. — Já dancei, nadei, cacei montada em um cavalo, mas faz muito tempo que não pulo.

Logo que acabou de dizer aquelas palavras foi acometida por um acesso de tosse. Sem as mãos livre para abafá-las, era possível ouvir o chiado no peito dela. Dumai segurou Nikeya e enfiou uma das mãos sob as peles e a túnica que ela vestia, pressionando a palma contra o esterno, onde o coração batia como um estandarte solto em uma ventania.

— Nikeya, você não sabe escalar — falou. — Precisa voltar lá para baixo.

— Não, eu sei, sim. — Mais um ataque violento de tosse. — Me dá... um pouco de gengibre.

— O gengibre não cura isso, sua tola. O Mestre Kiprun soube os limites dele. Reconheça os seus. — Dumai a segurou pelas bochechas. — Você prometeu.

Nikeya estava olhando para a porta. A parte branca de seu olho esquerdo já estava bem vermelha.

— Sim, eu prometi — respondeu, com a voz rouca, tossindo de novo em seguida. — Se eu aceitar ser mandada de volta, acredito que isso vai ser uma demonstração da minha sinceridade. Você vai se lembrar disso, não, Dumai?

Cada palavra parecia estar dilacerando a garganta dela. Dumai assentiu, com os olhos lacrimejando de frio. *Furtia, quando eu saltar, leve-a para o chão.* Ela amarrou Nikeya de volta na sela. *Chamarei quando conseguir o que preciso.*

Você vai estar morta quando eu voltar aqui, filha da terra.

As montanhas são o meu ambiente. Por favor, grandiosa.

— Se cuide — Nikeya murmurou quando Dumai se levantou e se virou para Kanifa. Quando apoiou a bota na beirada da sela, uma rajada de vento a desequilibrou, e de repente estava em queda.

A corda se esticou e ficou tensa. Gritos chegaram aos seus ouvidos, mas eram levados pelo vento. Suas pernas estavam balançando sobre o precipício escuro; sua visão escureceu outra vez. Com um grunhido, Furtia arremessou o corpo na direção da montanha, lançando Dumai na mesma direção.

Assim que aterrissou, Kanifa a segurou pela parte de trás do casaco.

— Nikeya, a corda — ele berrou, enfiando os cravos fundo no gelo. — Depressa, antes que nos arraste para baixo.

De alguma forma, Nikeya conseguiu. Assim que a corda se soltou, os dois caíram sobre a neve.

Quando Furtia já estava longe das vistas, Dumai se levantou e se inclinou contra o vento, com as mãos enfiadas sob as peles, e seguiu atrás de Kanifa. Cada passo era difícil e arrastado como se suas botas fossem feitas de pedra.

Filha de ilha. Com uma boa dose de esforço, ela se virou para Nayimathun. *Há uma podridão no ar. O fogo se aproxima, mas a estrela, não. A estrela que nos trouxe a este mundo; a luz de cauda longa das águas escuras da criação. Eu preciso proteger a terra que chamo de lar.*

Obrigada por nos escoltar. Dumai fez uma mesura. *Foi uma honra maior do que qualquer um de nós merecia.*

Você tem as estrelas dentro de si, ginete. Vejo você no céu algum dia.

Com essas palavras, Nayimathun das Neves Profundas se foi, deixando-os para suportar o que nenhum ser humano deveria. Dumai sabia que nunca mais voltaria a ver a deusa dos andarilhos.

Kanifa já tinha amarrado a corda de novo à cintura. Dumai sacou suas foices. Ela enfiou uma no gelo, depois os cravos das botas, e eles começaram a escalar a encosta.

Em comparação com a subida do Monte Ipyeda, aquilo era pura agonia. Seu peso parecia ter dobrado. Cada impulso que dava com o braço a fazia bufar e sentir suas forças se esvaírem. Quando passou o joelho por cima da crosta de neve no cume, pensou que fosse morrer por causa da dor ardente em suas coxas.

A porta que isolava o interior da montanha estava bloqueada por dentro. Kanifa a esmurrou com o punho, em vão. Juntando suas forças, eles usaram as foices para rachar a madeira podre, abrindo uma brecha suficiente para Dumai conseguir passar um braço e soltar as barras de ferro do outro lado. Nunca havia abusado do vinho, mas imaginou que a sensação fosse aquela, como se seu sangue tivesse se adensado.

Do lado de dentro, seus joelhos quase cederam. Kanifa a segurou antes de pegar a bolsinha de couro que adquirira na Estrada de Neve, onde levava um apetrecho nortenho de fazer fogo, que ele usou para acender o tecido banhado em óleo que amarrou em um galho, e uma pequena chama revelou o interior da caverna.

Tonra construíra um lar modesto. Com a visão borrada, Dumai distinguiu uma lareira e três almofadas desbotadas. Um gancho para panelas fora fixado no alto. Um tecido grosso cobria as paredes, e o chão estava forrado de esteiras, o que ajudava a conter o frio sobrenatural. Havia papéis empilhados sobre uma mesa. Dumai foi manquitolando até uma abertura na rocha, que levava a outra caverna.

E lá estava Tonra, deitada em meio às peles. Os cabelos pretos cobriam seu rosto. Estavam tão compridos que ela havia se enrolado neles, e mesmo assim ainda sobrava uma parte que se arrastava pelo chão.

Dumai se aproximou e se ajoelhou. Não ouviu nenhuma respiração. Removendo uma manopla, segurou a mulher pelo braço, levantou a manga vermelha de seu traje e pressionou o polegar em seu pulso.

— Está morta.

Kanifa aproximou a tocha.

— Ainda não se decompôs.

— O ar aqui é puro e frio demais. Nada apodrece nesta altitude. — Dumai levou a mão à mancha na cintura dela. — Houve um sangramento, mas duvido que tenha morrido por isso.

— É mais provável que tenha morrido de fome. — Kanifa limpou o nariz. — Ou finalmente sucumbido ao Brhazat.

Tonra estava mesmo bem magra, encurvada como uma folha seca. Dumai fez menção de afastar os cabelos de seu rosto, mas então se deteve. Um cadáver não deveria ser perturbado.

— É como Irebül falou, então. — Seu peito se comprimiu como um punho ao dizer isso. — Não é possível que viemos tão longe para nada.

— Continue procurando.

Na outra caverna, havia um pincel de escrita no chão, com as cerdas duras e emaranhadas, junto com restos de uma pedra para tinta. Eles remexeram em rolos de um papel delicado.

— Alguns textos estão em seiikinês. Em uma escrita antiga, mas… — Dumai fez uma pausa para respirar, piscando algumas vezes. — Será que ela era uma ilhoa?

> *Eu não escrevo sobre o que lembro ou o que fiz, pois isso só traria mais tormento ao meu exílio, e minha mente já sofre muito por isso. Que eu não continue me apegando a essa dor e tristeza; que eu não me deixe abater pelo que não tenho mais como mudar. Em vez disso, pretendo observar a passagem noturna das estrelas, como se fosse uma pessoa sem passado. Não me apegarei a nada além disso, e não terei nenhuma relação além dessa.*
>
> *As estrelas se apagam no final, eu me pergunto — essas velas do mundo de cima?*

A dor de cabeça só aumentava. Ela folheava os papéis, tentando encontrar algo relativo a um equilíbrio.

Despertei de novo hoje contra minha vontade. Este ar instável me torna mais letárgica, como imaginei que seria. Eu me considerava resignada a este destino, mas antes tinha o mundo para me distrair. Agora não me resta nenhum conforto.

O caminho que se abre para os outros está fechado para mim. Se me deixar cair, posso terminar em pedaços, mas ainda viva. Tenho medo de tentar. Não posso tentar. Preciso fazer o que me comprometi, pois quem melhor do que eu para isso — eu, um vestígio do passado, um vaga-lume que ainda se acende, mesmo depois de preservado em âmbar?

Dumai conseguiu se conter até aquele momento. Mas agora seu estômago se contraía de medo. O que estava lendo eram desabafos de uma mente perturbada, não as maquinações de uma pessoa genial. Mestre Kiprun estava enganado.

Kanifa lia uma anotação.

— Isto aqui parece importante — comentou, mostrando-a para ela.

Como você ainda me atormenta, se cumpri minha parte de nosso acordo — esta pedra ativada que possuo, e que me possui de volta. Não descansa, nem me deixa descansar, e ainda assim preciso protegê-la. Ela mantém o fogo sob controle, mas qual é o custo de sua existência?

Um dia saberei, quando o vínculo se quebrar. Não importa até onde eu precise ir, mas saberei…

— Precisamos encontrar a pedra que ela menciona — Dumai murmurou, e nesse momento viu outro pergaminho no chão, caído junto com o pincel. Ela o recolheu.

O cometa passará de novo em breve. Assinalará quinhentos e seis anos desde aquele dia no mar, e dará poder renovado a quem me tem como inimiga.

Desta vez virá no primeiro dia da primavera, no décimo segundo ano do quinto século, para resfriar o fogo que ascendeu. Talvez desfaça o passado. Caso contrário, que eu não acorde nunca mais.

— Kanifa, aqui está. — Dumai ficou olhando para aquele escrito. — Tonra fala de um cometa que passará no décimo segundo ano do quinto século, no ano que vem, para resfriar o fogo que ascendeu. Esta deve ser a resposta.

— Um cometa. — A expressão dele mudou. — Um cometa é o que mantém o equilíbrio.

— Meu pai deve saber melhor, mas, se for verdade, desta vez o fogo não vai durar para sempre, como Mestre Kiprun falou. É uma roda que está sempre girando. Isso significa que só precisamos sobreviver até a próxima primavera.

— Falar é fácil. — Kanifa começou a tossir. — Dumai, já ficamos aqui tempo demais.

Ela se levantou sem discutir. *Grandiosa, estamos prontos para partir*, ela chamou, mas Furtia não respondeu.

Enquanto Kanifa guardava os papéis velhos em um saco, Dumai revistou a caverna outra vez, vasculhando cada canto, tentando ignorar a rapidez com que seu coração batia. Quando voltou até Tonra percebeu, em uma segunda olhada, que o corpo dela estava encolhido em torno de algo.

Uma caixa.

O estilo parecia lacustre, de prata martelada com detalhes em ouro e lindamente entalhada. O formato lembrava o de uma fruta. Com cuidado, ela a pegou e removeu a tampa — e lá estava a pedra. Do tamanho de uma ameixa e lisa como uma pérola, era de um azul bem escuro, emitindo um brilho branco de seu núcleo. Dumai ficou olhando para aquelas profundezas, fascinada.

— Kanifa.

Ele se agachou ao seu lado.

— Devia ser isso que ela estava protegendo — ele murmurou. — O que é?

— Não sei. Será que devemos levar?

Kanifa ficou pensativo, e então assentiu com a cabeça.

— Ela não tem como continuar fazendo isso. Precisamos tentar descobrir o que é, e por que ela se exilou com essa pedra. — Ele apertou o nariz na altura dos olhos. — Furtia já está vindo?

— Eu já a chamei.

Dumai passou a mão por baixo da pedra, com hesitação. Ficou se sentindo uma violadora de túmulos, mas precisavam de todas as pistas que pudessem reunir.

Embora Dumai estivesse com uma manopla acolchoada, sentiu o frio da pedra ao toque. Ela a enrolou em um tecido de lã e guardou na bolsinha pendurada em sua cintura, apertando bem os cordões antes de dar o nó.

Um som preocupante veio do lado de fora. Ela se juntou a Kanifa na varanda e viu uma tempestade se formando sobre o Colar, onde a tarde já começava a cair. Enquanto as nuvens envolviam Golümtan, a cidade toda se tornou uma trama de fios ardentes, e Dumai viu um brilho dourado se elevar de lá.

— Wyrms — murmurou.

— Os deuses devem ter evocado uma tempestade para enfraquecê-lo. Precisamos começar a descer, Mai, e ficarmos abaixo do teto.

— Nós não vamos conseguir chegar muito longe neste estado.

— Podemos tentar.

Estremecendo, Dumai piscou algumas vezes ao sentir uma lufada gelada de vento. O sol, já mais escuro, estava se tingindo de vermelho.

— Tudo bem — ela se esforçou para dizer. — Vamos até onde conseguirmos e depois procuramos abrigo.

Com a corda amarrada entre eles, os dois se penduraram na varanda e voltaram para o gelo. Descer de um pico podia ser bem mais perigoso que subir e, embora todos os instintos de Dumai a mandassem se apressar, ela resistiu. *Não provoque a montanha*, sua mãe dizia, mas era isso o que estavam fazendo ousando chegar até a altura onde só os deuses voavam.

Furtia, por favor, me escute. Dumai enterrava os cravos no gelo. *Nós não vamos conseguir respirar esse ar por muito mais tempo.*

Kanifa perdeu o ponto de apoio e caiu, e em seguida foi Dumai, puxada pela corda. Eles ajudaram um ao outro a se recuperar, usando uma pedra saliente. Em pouco tempo, a encosta se tornou tão íngreme que precisaram se sentar para o vento não os arremessar do Brhazat. Dumai tentava não pensar em nada além de seu próximo movimento. Seus pés estavam dormentes dentro das botas.

Eles contornaram uma saliência rochosa grande e desgastada pelo tempo. Mais abaixo, a tempestade ganhava força. Um relâmpago espocou, fazendo alguma coisa reluzir outra vez, e então veio o ribombar de um trovão.

— Dumai, é um wyrm?

A tempestade os alcançou antes que ela pudesse responder, arremessando-a contra a montanha com força suficiente para fazê-la bater a cabeça. Uma chuva congelante atingiu seu rosto, com gotas afiadas como cacos de porcelana, e Kanifa a puxou para junto de si, tentando protegê-la.

Continuaram descendo a duras penas. Quando chegaram a um trecho de inclinação estonteante coberto por uma neve mais fofa, já estava escuro o bastante para não conseguirem ver onde pisavam. Kanifa sentia ânsia de vômito. Dumai estava com a respiração acelerada e rasa, soltando nuvenzinhas de vapor.

Alguém está me ouvindo?

Apenas o silêncio ressoou em sua mente, de alguma forma ainda mais alto que a tempestade.

— Kanifa — ela chamou, com uma voz mais baixa do que pretendia. — Estou sentindo gosto de ferro. Meu nariz está sangrando?

— Um pouco. — Ele tentou limpar o sangue com sua manopla grossa. — Não pode ser o m-mal da montanha. Somos nós.

Dumai soltou uma risadinha fraca, que a deixou tão sem fôlego que até doeu.

— É só um frio muito forte. — Deixando-se cair sobre a neve, ela soltou uma das foices de gelo e a prendeu no braço. — Vamos lá. Precisamos ir escorregando. Nós vamos chegar lá embaixo, Kan. Vai ficar tudo bem.

Ele assumiu a mesma posição. Dumai se sentou com as pernas estendidas e se impulsionou, usando os calcanhares e a foice para controlar a descida, e juntos eles foram deslizando pela encosta do Brhazat, na direção da cidade que ficava abaixo do teto do mundo. Ela cravou os pés e a lâmina na neve antes de chegar ao fim da inclinação, que terminava em uma saliência sólida e coberta de neve.

— Dumai. — Kanifa parou atrás dela. — Está vendo algum lugar que sirva de abrigo?

— Não. — Seu coração batia no peito como um martelo. — Está muito escuro. Não consigo nem pensar.

Kanifa engatinhou até o seu lado. Quando ele pôs a mão na beirada, Dumai escutou um estalo e, no terrível momento que se seguiu, ela viu o que, em sua cegueira, passou despercebido pelos dois. Não era uma protuberância rochosa, e sim gelo — e, quando se partiu, desabaram com ele.

A escuridão rugia ao seu redor. Seus instintos assumiram o controle, e ela tentou golpear desesperadamente com a foice de gelo. A lâmina faiscou e guinchou antes de se prender, evitando sua queda. A corda se esticou, quase a puxando para baixo, mas de alguma forma ela conseguiu se manter firme, abriu os olhos e ficou olhando para a própria mão, que segurava o cabo.

Kanifa estava bem mais abaixo, salvo pela corda.

— Kanifa — Dumai gritou. O peso dele a puxava na outra extremidade, colocando uma tremenda pressão em torno de sua cintura. — Kan, depressa, comece a se balançar!

— Não consigo.

Ela olhou para baixo, temerosa. Sua foice estava presa em uma saliência congelada. Em meio à chuva gélida, ela viu que Kanifa tinha razão — mesmo com todas as suas forças, a face rochosa estava distante demais para ele conseguir se balançar e saltar para lá.

Seu braço tremia. Todas as suas juntas e costelas começaram a estalar. Havia perdido boa parte de seu condicionamento na corte. Usando suas últimas forças, ela estendeu a mão para soltar a outra foice do cinto. Gritando de esforço, cravou a lâmina no gelo. Agora poderia puxar os dois para cima, poderia…

— Dumai — Kanifa gritou, com a voz rouca. — Dumai, me escute. Você está fraca demais para conseguir salvar nós dois.

— Não, eu não posso…

O gelo rangeu. Suas mãos escorregaram, e ela conseguiu se segurar por pouco, chorando de dor.

Kanifa se contorceu para uma outra posição. Dumai grunhiu ao sentir a corda pressionando sua cintura, e então viu a lâmina na mão dele, idêntica à que ela havia deixado no templo.

— O que está fazendo? — ela gritou.

— Mai, me escute. — Ele estava se esforçando para conseguir falar.

— Nós dois estamos morrendo. Se continuar me segurando, você não vai ter forças para se salvar.

Dumai o encarou. Quando viu a determinação no rosto dele, sentiu todo o sangue ser drenado do seu.

— Não — ela disse, com a voz rouca. — Kanifa, não faça isso.

— Não tenho escolha. — Ele estendeu a mão para segurar a corda. — Uma pipa não consegue ficar no ar se tiver um peso morto enganchado na linha.

— Você não é um peso morto — ela gritou, agoniada. — Pare com isso…

Ela desejou que a tempestade congelasse suas mãos no cabo das foices, para conseguir se segurar pelo tempo que fosse necessário.

— Se for para cair, caímos juntos. Sempre juntos. Somos nós, Kanifa — falou, aos soluços. — Somos nós!

— Você precisa sobreviver. Para ver o cometa. — Kanifa encontrou forças para abrir um último sorriso para ela, com os lábios e nariz sujos de sangue. — Seiiki não poderia ter uma rainha melhor.

Ele levou a lâmina à corda. As lágrimas borravam sua visão, mas nesse momento Dumai o viu como se fosse a primeira vez, o menino calado que escalava até o topo do pico. Foi ele que lhe ofereceu a lâmina a que ela se agarrava agora, para que pudesse tocar o céu também. Para que um dia pudesse se salvar.

Ele sempre estivera lá. Sempre ao seu lado.

E então, com um movimento do aço, ele se foi.

****

Mais tarde, ela não se lembraria de como se soltou daquela saliência no gelo. Não se lembraria de como encontrou o lugar onde se encolheu como uma criaturinha ferida e esperou pelo fim.

O congelamento não era uma morte tão cruel. Dumai se recordou de sua mãe lhe dizendo isso, na primeira vez que viu um visitante ser retirado sem vida da montanha. *É como pegar no sono, minha pipa.* Unora a puxara para junto de si. *É indolor. Depois de um tempo... começa a ficar quentinho.*

Era verdade. Parecia que ela estava sentada em cima de um aquecedor a lenha, ou deitada em sua cama no Monte Ipyeda. Ela começou a se desvencilhar das peles, fervendo por dentro. Enquanto se enterrava na neve, Dumai sentiu que podia até ouvir sua mãe.

Irmã. Não era sua mãe. Era outra pessoa. *Irmã, estou sentindo você se distanciar. Não me deixe. Fique comigo...*

— Eu não consigo — ela murmurou.

Filha da terra. As vozes se misturavam, as jovens e as antigas. Ela mantinha uma constelação de consciências dentro da sua. *A escuridão se abate sobre a montanha, e também sobre você. Encontre a luz que a tocou nas águas do ventre.*

Me deixe ajudá-la. Me diga como.

De alguma forma, Dumai chegou até a correnteza, e à figura do outro lado.

Me ajude a encontrar a luz.

O gelo já soterrava sua pele, e agora chegava a seu sangue também. O vapor que escapava de sua boca se tornou mais espesso diante de uma brancura ofuscante que emanava de sua mão, iluminando a neve ao seu redor. Dumai a manteve assim até seu braço perder as últimas forças, e então a luz se apagou, e ela não sentiu nem percebeu mais nada.

65
Oeste

No meio do território Yscalino, as Montanhas Saurga se afastavam ligeiramente, formando a Passagem do Meio, a forma mais rápida de chegar a Inys. Os picos de saibro vermelho se elevavam de seus bosques de azinheiras e castanheiros-bravos.

Para proteger tanto a Passagem do Meio como o complexo de minas chamado de Ufarassus, havia um castelo de altura monstruosa, com muralhas que pareciam fazer parte das montanhas onde se elevava. Localizada acima da mina mais profunda, a fortaleza do Bosque do Cervo parecia impenetrável, com torreões que quase alcançavam um céu carregado de fumaça.

Das ameias, os espringales lançavam pedras contra os wyrms que cercavam a mata, do tipo mais ágil, com apenas dois pés. Eram esses que os mentendônios chamavam de wyverns, e mesmo que os demais o chamassem de wyrmlings ou alados, aquele era o nome mais disseminado no Oeste.

Centenas de mineradores tinham fugido; porém muitos mais foram os que ficaram para lutar sob o comando da figura de autoridade mais próxima. Embora Tunuva não tivesse nenhuma relação com Yscalin, entrou no combate quando ela e Canthe ali chegaram. Afinal, não poderia deixar nada que tinha o toque maligno do Monte Temível sobreviver.

Por fim, os wyverns se foram, e suas criaturas acabaram derrotadas, deixando em seu rastro as árvores em chamas. Enquanto Tunuva limpava o sangue de sua lança, Canthe saiu de um túnel de mineração, coberta de cinzas.

— Tome aqui. Você merece — ela falou, oferecendo um odre. — Sinto muito por não ter ajudado em nada.

— Tudo bem. — Tunuva deu um longo gole. — Você nunca afirmou que era uma guerreira.

— É verdade. — Canthe olhou para o castelo. — O Alto Príncipe de Yscalin está descendo. Ele pediu para conversar com você.

— Eu não quero contato nenhum com um príncipe da Virtandade.

— Os portos estão fechados, Tuva. Vamos precisar de ajuda para chegar a Inys.

Tunuva tomou mais um gole de vinho.

O Alto Príncipe de Yscalin saiu de sua fortaleza montado em um cavalo de batalha. Era um homem magro na casa dos setenta anos, com os cabelos brancos cortados bem curtos na parte de trás e nas laterais da cabeça, e tinha os olhos cor de cobre que caracterizavam sua linhagem. Para alguém de sua idade, parecia um homem bem forte.

— Ouvi dizer que é uma guerreira formidável, sulina — ele falou, em um ersyrio impecável. — O que traz você a estas montanhas?

— Queríamos atravessar a Passagem do Meio.

— Para onde estão indo?

— Inys.

— Então sua viagem termina aqui. Minha irmã fechou os portos para evitar a disseminação dessa doença do sangue.

— Compreendo.

— Eu posso ajudá-la, por uma modesta compensação. Tenho a prerrogativa da realeza para navegar até Inys — ele explicou. — Estamos tentando chegar ao porto de Garazna há algum tempo, mas os wyverns acabam nos forçando a voltar para as montanhas. Juntem-se à minha escolta. Se sobrevivermos, vocês terão um lugar no meu navio.

— É uma oferta generosa, Alteza — disse Canthe. — Ficamos felizes em aceitar.

— Ótimo. Partimos ao meio-dia.

Enquanto o Príncipe Guma ia conversar com seus soldados, Tunuva se virou para a amiga.

— Eu não vou servir a um príncipe que idolatra o Impostor — falou, baixinho. — Não sou uma mercenária, Canthe.

— A Passagem do Meio é um caminho fechado, que exige o pagamento de pedágio e é controlado pelo Príncipe Guma. E, de longe, a forma mais rápida de chegar a Inys — Canthe argumentou. — Tuva, se formos com ele, podemos estar lá antes de meados do verão.

Tunuva concordou com um aceno de cabeça. Quanto mais depressa chegasse a Inys, mais rápido poderia voltar para suas irmãs.

O Alto Príncipe cumpriu o combinado. Ao meio-dia, reuniu seus atendentes, seus guardas e suas posses — que incluíam uma fila de baús enormes e adornados com entalhes — e partiu para noroeste, rumo a Garazna. Tunuva seguiu com Canthe e os demais cavaleiros, com os olhos sempre voltados para o céu.

A Passagem do Meio as levou para o outro lado das montanhas, para os rochedos e depressões chamuscados da Planície de Vetalda. As tamargueiras e os arbustos espinhosos se agarravam com todas as forças às pequenas poças nos leitos secos dos rios. Elas passaram por campos de trigos incendiados e amendoais com árvores ainda em chamas.

Tunuva quase conseguia farejar a aproximação do dia mais longo do ano. Não era um bom presságio. As criaturas do Ventre de Fogo só teriam a ganhar com o calor, enquanto os robustos cavalos puxadores de carroça dos yscalinos espumavam de suor.

— Você fala ersyrio? — ela perguntou a um velho soldado, que examinou seu traje de montaria com desconfiança. Um broche de cobre reluzia no dele, com o formato de uma ampulheta. — O que tem nesses baús?

— O raro ouro escarlate de Ufarassus. Parte do dote do príncipe para a Rainha de Inys.

— O Príncipe Guma está viajando para se casar?

— Para governar — ele respondeu. — Os dois já estão casados.

Ele apertou o passo, incomodado, sem dúvida, pela presença de uma pagã assumida. Tunuva olhou para os baús. Era inacreditável que os arranjos políticos continuassem acontecendo em uma época como aquela. As notícias corriam mais lentas com o mundo em chamas, já que os mensageiros não estavam mais circulando, a não ser cobrando preços altíssimos, e pouquíssimas embarcações recebiam permissão para sair ao mar.

Logo ficou claro por que o Príncipe Guma precisara voltar para seu castelo diversas vezes. Havia poucos esconderijos na Planície de Vetalda, e em poucos dias os wyverns conseguiram farejá-los. Os cavaleiros yscalinos municiaram suas longas flechas e dispararam, mas daquela vez as criaturas seguraram seu fogo. Tunuva viu nos olhos delas que eram capazes de perceber sua magia. Ela lançou uma flecha com haste reforçada contra a mais próxima, e todas fugiram com gritos que ecoaram por quilômetros.

Os dias se tornaram semanas. O Príncipe Guma mantinha um ritmo implacável, mas Canthe se mostrou uma boa companhia. Suportava bem o calor, e encontrava motivos para sorrir, admirando os pássaros e as florezinhas amarelas que ainda restavam na planície. Tunuva notou que gostava dela cada vez mais.

Amiga nenhuma, porém, era capaz de desviar seus pensamentos de Esbar. Tunuva temia por ela e por suas irmãs — principalmente por Siyu. Além disso, nunca tinha passado tanto tempo longe de casa sem sua ichneumon.

A comitiva passou por um vilarejo de agricultores que havia sido totalmente carbonizado. Ao pôr do sol, chegaram a Garazna, onde uma coca com velas lisas aguardava para ser carregada, e guardas armados apareceram com recipientes metálicos com fumaça para fumigar a carga.

Perto dali, centenas de yscalinos se aglomeravam em uma barreira. Tunuva não dominava totalmente o idioma local, mas o que sabia bastou para entender seus apelos.

— Meu filho — um homem dizia. — Meu filho está em Vazuva. Tenham misericórdia!

— Príncipe Guma — gritou outra pessoa. — Alteza, nos deixe sair ao mar com nossos barcos, eu imploro!

— Isso não está em meu poder — o Príncipe Guma respondeu, em um tom frio e firme. — Vão para casa. Cuidem de seus campos pelo tempo que for possível. Os yscalinos ainda precisam comer. — Ignorando a comoção, ele olhou para Tunuva. — Ao que parece, você nos trouxe sorte, guerreira. Os wyrmlings sentiram o cheiro de sangue na sua lança. Qual é o seu nome?

— Tunuva, Alteza.

— Por seu incômodo, Tunuva. — Ele lhe jogou uma bolsa pesada. — E vocês vão se juntar a nós no navio.

— Obrigada, virtuoso príncipe — disse Canthe, com um sorriso, antes que Tunuva fizesse alguma objeção. — Sua generosidade é inigualável.

Ele soltou um grunhido e seguiu cavalgando. Tunuva ofereceu a bolsa para Canthe, que a guardou.

Os guardas abriram caminho para que as duas passassem. Tunuva lavou as mãos em um barril de vinho tinto e esperou para ter suas roupas fumigadas antes de receber permissão para embarcar. Canthe encontrou um lugar para elas em um convés inferior, onde estenderam seus mantos e tentaram se refrescar.

— O que eu não daria por um banho frio. — Canthe suspirou. — Já estou sentindo falta do Minara.

Tunuva deitou a cabeça sobre o braço.

— Quanto tempo leva essa viagem?

— O tempo que for preciso. — Canthe olhou bem para ela. — Tuva, nós ainda podemos voltar.

Tunuva ficou olhando para o teto.

— Não — disse, baixinho. — Já carreguei esse peso no peito por tempo demais. No Priorado, nós aprendemos a suportar o sofrimento, como a Mãe fez... mas o meu é como uma ferida que nunca fechou, nunca cicatrizou. Eu a estou exaltando com minha busca pela verdade. A verdade é a força que sustenta o Priorado.

— Ela ficaria orgulhosa.

Com um aceno de cabeça, Tunuva fechou os olhos. Enquanto o navio adentrava no Mar de Halassa, ela tentou controlar sua inquietação e dormir.

****

O verão sempre tinha um cheiro bem distinto: o milho amadurecendo nos campos, as flores selvagens cortejando as abelhas. Mas aquele fedia a lã encharcada de suor, terra revirada e medo. Nos locais onde os trabalhadores de Arondine em outros tempos tosquiavam os rebanhos e trabalhavam na colheita, agora cavavam trincheiras. Onde os ferreiros fabricavam pregos e ferraduras, agora forjavam espadas.

À aproximação dos wyrms, os sinos ressoariam pela cidade, avisando as pessoas para se deslocarem até o antigo túnel e fugirem o quanto antes para as cavernas. Para evitar confusões, não haveria o repique de sinos no Festim do Início do Verão. Até então, tampouco houvera badaladas para assinalar a chegada dos wyrms.

Wulf visitava a cidade com a maior frequência possível, mas o sangue dela continuava descendo.

Enquanto o observava treinar com Thrit, os pensamentos de Glorian viajavam. Já fazia semanas, mas ela ainda continuava pensando na luz que vira em seu sonho, e na voz que a evocara.

— Glorian — Florell chamou, interrompendo-a. — Lady Marian enfim chegou.

De súbito, Glorian se voltou para leste, onde os soldados a galope ostentavam os estandartes na Casa de Berethnet.

— Vou encontrá-la na sala do trono — falou, andando atrás de Florell. — Você pode recebê-la e conduzi-la até lá.

O Conselho da Regência aprovara, com uma pequena maioria, que sua avó assumisse como Lady Protetora de Inys. Embora pela lei já estivesse nessa posição, Marian precisou de uma estação inteira antes mesmo de partir — primeiro por causa das chuvas de primavera, que fez transbordar os rios dos Charcos, e assim que as águas baixaram ela foi acometida pela febre dos pântanos.

Bourn chegou antes de todos, com uma expressão de cansaço.

— Mestrie, obrigada — Glorian falou. — Obrigada por salvá-la.

— Lady Marian lutou muito pela vida, Majestade. Eu só forneci um modesto suprimento de casca de árvore que ameniza a febre.

Por fim, Marian Berethnet, a terceira de seu nome, apareceu com sua pequena e desgastada equipe de atendentes, todos vestindo cinza. Ela caminhava com a ajuda de uma bengala, e Mara Glenn segurava seu braço livre.

Elas se olharam. Tinham o rosto quase idêntico: Marian era Sabran, assim como Sabran tinha sido Glorian. O que as diferenciavam eram algumas rugas, a estatura e o fios brancos dos cabelos, que quase já superavam os pretos. Glorian se sentiu diante de sua aparência futura.

— Majestade — Marian falou, com uma voz rouca. Mara a ajudou a fazer uma mesura. — Vim para me colocar a seu dispor.

— Minha avó, por favor, isso não é necessário. — Glorian a levantou pelos cotovelos. — A senhora é muito bem-vinda em Arondine. Acredito que já esteja recuperada da doença, sim?

— Ainda tenho dores e calafrios, mas Mestrie Bourn salvou minha vida. Suas mãos são tocadas pelo Santo. — Marian se esforçou para sorrir. — Me deixe dar uma olhada em você. Da última vez, você tinha três anos de idade.

Glorian retribuiu o sorriso. Uma mão pálida se aproximou de seu rosto, e Marian soltou um leve suspiro.

— Você é tão parecida com Sabran — comentou. — Tem a mesma força dela, e de seu pai também, Glorian. Isso é evidente.

— Vamos para a fortaleza. — Glorian a segurou pelo braço frágil. — Mandei preparar aposentos excelentes para a senhora, perto dos meus.

— É muita gentileza sua. Em Cuthyll o frio era horroroso. Pobre Mara, presa naquele lugar com uma velha.

— Para mim, foi um privilégio, milady — disse Mara.

Glorian lhe lançou um olhar de gratidão antes de se separarem.

— A senhora nunca mais vai ser excluída da corte. É uma antiga rainha, e uma Berethnet — disse para a avó. — Eu não me esqueci disso.

Havia um fogo aceso na alcova, e uma sopa fumegante de carne. Os inysianos continuavam lavrando os campos da maneira como podiam, mas a colheita já tinha malogrado. Era só questão de tempo para que ninguém em Inys — nem mesmo uma rainha — pudesse mais comer o que quisesse.

Glorian ajudou a avó a se instalar em uma cadeira e colocou uma manta pesada sobre seu ombro.

— Que amor de menina. Obrigada. — Marian puxou a coberta para mais junto do corpo. — Isso é mais do que tenho direito, mas prometo fazer por merecer um lugar em sua corte. Posso dizer que me tornei uma pessoa mais severa com a idade.

— Que ótimo. Nós devemos ter ferro nos ossos.

Marian deu uma risadinha.

— Eu me lembro de seu pai dizendo isso. — Ela pegou um cálice de vinho quente da mesa. — Mara me contou que Robart Eller é um pagão. Ele sempre me pareceu um homem gentil e competente, tanto que o indiquei para servir a sua mãe. Fiquei enojada ao saber do plano dele em relação a seu casamento.

— Foi uma escolha minha. Não precisa se preocupar comigo — Glorian falou. — Eu também tenho meus planos.

Marian a observou.

— Você encontrou outra pessoa para lhe proporcionar uma herdeira.

— A senhora me julga por isso?

— Não estou em posição de julgar ninguém. Precisamos fazer o que está ao nosso alcance para servir ao Santo sem destruirmos a nós mesmas. — Marian fez uma pausa. — Você já engravidou?

Pela primeira vez em meses, Glorian se sentiu prestes a desmoronar. Há muito tempo ninguém lhe servia como uma figura materna.

— Não está dando certo — murmurou. — Estamos tentando desde o inverno.

— Existem alguns dias em que as chances são maiores. Você confia em seu amante?

— Sim.

— Ótimo. — Marian aqueceu os dedos no cálice. — Não importa o tamanho de sua discrição, ele precisa estar longe quando o Príncipe Guma chegar. O risco de alguém notar a proximidade entre vocês é grande demais.

— Eu sei. Minha mãe me disse a vida toda que eu precisava ser perfeita, para compensar as rainhas que vieram antes de nós — Glorian falou. Marian baixou os olhos. — Minha avó, Sabran V era mesmo assim tão cruel?

— Sim, às vezes acho que ela fazia os outros sofrer porque também sofria. Minha mãe não era uma pessoa má, só foi consumida pela amargura. — A expressão dela ficou tensa. — Já Sabran, a minha Sabran, foi maior que todas elas. Era segura de si desde pequena. Eu fiz o que pude para protegê-la.

— A senhora criou uma grande rainha.

— Sabran se criou sozinha. Mas você, Glorian, eu posso e vou ajudar — Marian falou. — Pretende governar daqui de Arondine?

— Não por muito tempo. Vou manter minha corte na estrada, para despistar os wyrms. Fýredel parece ter transformado tudo isso em uma perseguição pessoal. Acredito que ele vá atrás de mim onde quer que eu estiver.

— O wyrm preto — murmurou Marian. — Jamais pensei que fosse viver para ver uma criatura como essa.

Glorian se sentou ao lado dela.

— Apenas um ano atrás, só o que os meus pais tinham a temer eram os mentendônios e carmêntios — comentou. — Essas preocupações parecem irrelevantes agora.

— A política é assim mesmo. — Marian sacudiu a cabeça. — Um círculo infindável. Um jogo sem ganhadores.

Era reconfortante poder falar com alguém que sabia as coisas por experiência própria. Glorian deitou a cabeça no ombro dela.

— Estou feliz com a sua presença aqui, minha avó — falou, fechando os olhos. — Vamos sobreviver a tudo isso juntas.

Marian se limitou a acariciar seus cabelos em resposta, mas Glorian sentiu uma lágrima cair junto com o beijo que ela deu em sua cabeça.

****

Embora debilitada pela doença, Marian cumpriu o prometido. Assim que se levantou da primeira noite de descanso, reuniu o Conselho da Regência para se inteirar de seus planos.

Glorian foi chamada em seguida. Quando pôs os pés no recinto, já sentiu que havia algo errado.

— É Fýredel? — perguntou a seus conselheiros.

— Não, Majestade — disse Lade Edith, ainda com uma expressão preocupada. — O Alto Príncipe de Yscalin chegou a Inys. Está viajando para Arondine neste momento.

****

A luz do sol se apagou como a de uma vela, deixando o breu da noite assumir seu lugar. Enquanto os criados acendiam as tochas no campo de treino, Thrit municiou seu arco com uma flecha. Wulf estava encostado em um poste onde treinava golpes com a espada e o observou enquanto pelejava para estender a corda.

Os guardas da cidade tinham construído um wyrm tosco de madeira. Virando-se para a esquerda, Thrit mirou em sua cabeça. Ele havia aprendido a manejar todas as armas nortenhas em Fellsgerd, mas sua habilidade com o arco decaíra bastante com os anos depois que sofreu uma fratura na clavícula, rompendo um músculo em seu ombro direito. Enquanto seu braço dominante se recuperava, Wulf começou a ensiná-lo a usar o outro.

Thrit soltou o ar com força. A musculatura de seu braço esquerdo se flexionou, e ele liberou a flecha, que acertou o wyrm bem no olho, mas sem a força necessária. Diante dos olhos dos dois, o projétil ricocheteou e caiu no chão.

— Muito bem, já chega. — Seus cabelos estavam grudados na testa suada. — É melhor eu me jogar em uma fogueira logo de uma vez, antes que um wyrm de verdade chegue.

— É o nervosismo.

Thrit ergueu a sobrancelha para ele.

— Você já ganhou bastante força nesse braço, mas quando se lembra da dor do ferimento fica com medo de que aconteça de novo. Isso afetou sua mente — Wulf falou, se aproximando de Thrit. — Prepare outra flecha. E estique a corda.

Com um suspiro, Thrit obedeceu. Wulf ficou atrás dele, bem próximo, segurando seu cotovelo direito.

— Assim. — Wulf ajustou um pouco a posição dele, e Thrit fez uma careta. — Isso dói?

Thrit refletiu por um instante.

— Na verdade, não.

— Ótimo. — Wulf levou a mesma mão à cintura dele, e depois para a musculatura abaixo do umbigo. — Enrijeça o abdome. — Thrit obedeceu, ofegando de leve. — Você é hrótio. Tem ferro nas entranhas e nos nervos, não só nos ossos. — Ele deu um passo atrás. — Tente de novo.

Dessa vez, Thrit esticou mais a corda, e um olhar de determinação surgiu em seu rosto. Quando deixou a flecha voar, o projétil zuniu pelo pátio e, dessa vez, se encravou no wyrm.

— Mestre Glenn. — Os dois se viraram e viram Helisent Beck atravessando o gramado. — Sua majestade deseja falar com você.

Ela o puxou pela manga e o conduziu de volta para o castelo, deixando Thrit seguir com o treino sozinho.

— O Príncipe Guma está em Inys — ela explicou. Em seguida, esperou até que Julain avisasse que o caminho estava livre antes de levá-lo pelas escadas à alcova real, onde Glorian o aguardava só de bata, com os cabelos soltos até a cintura.

— Helisent já contou tudo — ela concluiu, ao ver a expressão no rosto dele.

— Pois é. — Wulf fechou a porta trás de si. — Quanto tempo falta para ele chegar?

— Já está vindo para Ascalun.

— Você ainda não engravidou — Wulf disse, baixinho.

A expressão dela também era de preocupação.

— Minha avó me explicou que existem momentos entre as minhas regras em que é mais provável conceber uma criança do que em outros. Hoje seria uma boa noite para tentar. Depois disso, você precisa voltar para Hróth. — Ela fechou os olhos por um bom tempo. — Posso acabar sendo obrigada a me deitar com ele, no fim das contas. Talvez fosse o que o Santo queria o tempo todo.

— Por que ele iria querer isso? — Wulf questionou. — Por que o Santo iria querer que tudo isso estivesse acontecendo?

— Um teste de fé.

— Somente um homem cruel testaria você dessa maneira.

Wulf se juntou a ela na janela, olhando para a cidade iluminada pelas tochas. Glorian se apoiou em seu peito e, quando ele a puxou para mais perto, sentiu que ela estava tremendo.

— Vou sentir sua falta — ela disse. — Reze por mim.

— Eu vou, sim. — Ele a aninhou junto ao coração. — Vou rezar por você durante toda a viagem para o Norte.

66
Leste

O dia mais longo do verão era chamado de castigo dos deuses em Seiiki. Em anos anteriores, tinha incendiado as folhas e deixado até Antuma sem uma única gota d'água. Agora, pela primeira vez em séculos, havia uma possibilidade de chuva nesse dia.

A chuva sempre trazia esperança e, naquele momento, escorria pelos beirais dos telhados. Os deuses podiam estar fracos, mas por fim estavam tentando irrigar a ilha. Talvez isso significasse que poderiam estar fortes o bastante para defendê-la.

Dumai seguiu Epabo pelo palácio, transpirando sob as sedas cinzentas. Desde seu retorno, na primavera, tivera tempo para ficar de luto e se recuperar, mas agora o imperador voltava a convocá-la.

Suas lembranças da montanha eram vagas. Sabia que Furtia a havia levado embora do Brhazat, parando no caminho quando Nikeya viu Mestre Kiprun e a Princesa Irebül cavalgando para o sul, para que Dumai, com uma voz fraca e sussurrante, pudesse relatar o que vira. Depois disso, só se recordava de estar na cama no Palácio de Antuma.

E de Nikeya. Ela se lembrava de Nikeya — abraçando-a com força, conversando com ela e a mantendo aquecida durante toda a viagem.

Epabo a conduziu para o Pavilhão da Água. Apesar de já ser tarde, os cortesãos ainda circulavam pelas passarelas, admirando a chuva. Eles trocavam cochichos conforme ela passava. Ela era a princesa que surgira do nada, depois voara para longe — não uma vez, mas duas — e agora seu próprio rosto era uma prova disso. Enquanto ela dormia, à beira da morte, Unora tirara um pedaço de pele de sua testa, onde as queimaduras de gelo estavam mais graves, fazendo um corte no formato da lâmina de uma foice.

Dumai não fazia a menor questão de esconder a cicatriz. Era a forma como se lembraria de Kanifa, como o levaria consigo. Ele lhe dissera para ver a passagem do cometa. Ela pretendia atender a esse seu último desejo.

Seus pais a aguardavam na semipenumbra. Unora voltara para a corte não muito depois de Dumai, para ajudá-la a se curar de sua incursão ao Brhazat. Ela deu um tapinha de leve na almofada, e Dumai se ajoelhou ao seu lado.

— Filha — disse o Imperador Jorodu. — Fico contente em vê-la. Espero que sua saúde continue evoluindo.

— Já estou muito melhor. Obrigada, pai.

— Sinto muito por mantê-la confinada por tanto tempo. O Senhor dos Rios fez questão, por causa da doença incendiária.

Por ora, a doença ainda não chegara ao território seiikinês — o mar proporcionava uma defesa formidável —, mas o Leste estava em chamas, e o fogo sempre se espalhava.

— Seu luto vai permanecer para sempre com você — seu pai lhe disse —, mas é preciso ter força para poder carregá-lo. Sei disso por experiência própria Dumai.

Ela não soube o que responder, e apenas acenou. Não se sentia forte desde o momento em que Kanifa cortara a corda. Unora parecia exaurida. Ela amava Kanifa como a um filho.

E também Osipa, leal até o fim. Ela morrera durante o sono na primavera, por causa da idade avançada. Dumai mal havia engolido uma morte, e foi obrigada a sentir o gosto de mais uma na boca. A corte nunca parecera tão vazia, tão desprovida de gente amiga. Seria difícil suportar a vida por lá quando sua mãe fosse embora.

— Está na hora de retomar seus deveres como minha herdeira — disse o Imperador Jorodu. — Primeiro, gostaria que você presidisse uma cerimônia para agradecer aos deuses por esta chuva de verão. As águas estão fluindo por sua causa, e seu povo deve ser lembrado disso. As pessoas precisam ver seu vínculo com os deuses.

— Sim, pai.

— Antes disso, tenho uma notícia. — Ele apontou com o queixo para Unora. — Sua mãe e sua avó talvez tenham conseguido identificar a pedra que você trouxe do Brhazat. Se for como pensaram, você encontrou um tesouro há muito perdido.

Unora removeu um pano que estava estendido sobre a mesa, revelando a pedra azul reluzente.

— A Imperatriz Mokwo escreveu sobre uma pedra capaz de comandar as águas e os ventos. Até mesmo os deuses atendem a seu chamado — contou. — Segundo se dizia, parecia uma lua, então a Grã-Imperatriz esperava que fosse mais clara.

Dumai observou a expressão dela. Fazia um bom tempo que não via sua mãe aparentar estar tão nervosa.

— Nós sabemos que a lua fica azul de vez em quando. — O Imperador Jorodu também estava com um olhar estranho. — Mokwo afirmou que os humanos poderiam usar a pedra, mas apenas alguns poucos eleitos poderiam despertá-la. Para os demais, seria uma pedra morta. Não atende a meu toque nem a meu comando, mas eu me pergunto o que aconteceria no seu caso, Dumai.

Dumai estendeu a mão e passou um único dedo na superfície. Um leve trepidar foi a resposta.

— Sinto o poder vibrando dentro dela… mas não sei como extraí-lo — ela disse, franzindo a testa de leve, tentando articular o que sentia. — É como se eu estivesse com o anzol e a isca, e as águas fervilhassem de vida, mas eu não conseguisse pescar nada. — Ela soltou a pedra. — Por que não pedir aconselhamento a Furtia, pai?

— É melhor não — Unora falou, bem baixinho. — A última mulher a possuir esta pedra está morta. Não sabemos se foi isso que a matou. Ser humano nenhum deve comandar o poder dos deuses.

— Mas precisamos guardá-la, para não ser roubada de novo. Se os Kuposa descobrirem… — O Imperador Jorodu fez uma pausa. — Dumai, a Dama de Muitas Faces já sabe?

— Talvez, se tiver olhado na minha bolsa.

Nikeya a salvara. Ela se lembrava de um brilho branco saindo de sua mão, e de braços ao seu redor, e de apelos desesperados. Furtia havia seguido sua luz, mas fora Nikeya quem a colocara na sela.

— Eu não teria sobrevivido sem ela — Dumai falou. — Ela poderia ter me abandonado no Brhazat.

— E agora estamos em dívida com ela — o Imperador Jorodu comentou, bem sério. — Esse sempre foi o expediente deles. O Senhor dos Rios vai tentar tirar vantagem disso, para melhorar a posição dela. Precisamos agir depressa. — Unora cobriu a pedra. — Dumai, sua mãe vai proteger a relíquia no Monte Ipyeda. Enquanto isso, você precisa ser entronada.

Dumai olhou para a mãe, com um olhar silencioso de confusão. Unora parecia incapaz de encará-la.

— Pai, não há tempo para isso — ela falou. — Precisamos nos concentrar em fortalecer nossas defesas. — Ao ver a expressão deles, sentiu o coração disparar. — O que foi?

— Eu venho encarando uma oposição feroz quanto a isso no Conselho do Estado. Os conselheiros continuam desconfiados sobre sua motivação para ter soado o Sino Rainha. — O Imperador Jorodu sempre parecia cansado, mas ela viu todo o peso da idade e do sofrimento dele naquele momento. — Eles não conseguem temer o que ainda não viram, Dumai. Acho que estão com receio de provocar desordem nas províncias.

— O que eles acham que o fogo dos wyrms vai fazer?

— Sim, eu sei. É por isso que precisamos concluir depressa nossos planos. A pedra é só mais um sinal de que você está destinada a salvar nossa casa. Se você estiver certa, se um cometa puser um fim nisso, então deve ser a imperatriz quando isso acontecer. Pretendo abdicar no outono, a época habitual de novas nomeações. Como sua avó e eu planejamos, vou continuar a exercer a autoridade de longe. Dividindo nossos poderes, vamos destruir o deles.

Ele lançou um olhar de lamento para Unora, que tinha os dentes cerrados e os olhos baixos. Dumai ficou à espera do que viria.

— Também pretendo arranjar um casamento para você em breve — ele avisou. — Para garantir que vamos eclipsar os Kuposa de vez, é importante criarmos laços mais firmes com outros clãs. Não podemos deixar sua irmã como a única herdeira.

Dumai precisou de uma força de que quase não dispunha para se manter impassível.

— Sim, pai — ela respondeu. — Como queira.

****

Mais tarde, ela foi se sentar na varanda, observando a aurora tingir o horizonte de vermelho, tentando não pensar no que viria depois da passagem do cometa. Os wyrms poderiam ser derrotados, mas ainda lhe restaria a tarefa de salvar a Casa de Noziken. Pela primeira vez, entendeu o que aquilo significava.

Ela achou que pudesse passar voando por aquela nova vida. Mas, no fim, teria que estender o arco-íris.

O suor brotou em sua testa. Ela olhou para o Monte Ipyeda e se pôs a imaginar que Kanifa a olhava de volta — o fantasma dele, sempre presente, como a corda desgastada que ela mantinha no pulso. E pensou em Nikeya, que estava sempre em sua mente, encravada lá como um espinho.

E sabia que isso no fim acabaria com ela — a tensão entre o anseio que apelava às profundezas de seu ser e o dever que fazia pesar cada vez mais sobre sua pele os trajes da Imperatriz de Seiiki.

67

Oeste

Arondine significava *vale da águia*, mas os inysianos se referiam a ela como a Cidade Alta, por ter sido construída sobre um morro. Tunuva e Canthe se juntaram a uma fila em seus portões, com pedaços de tecido cobrindo a boca e o nariz. E precisaram lavar as mãos com vinagre antes de receberem permissão para entrar nela e circular pelas ruas abarrotadas.

— Quem inventou esse absurdo? — alguém resmungou atrás dela. — É um desperdício de vinagre.

— Pois é, minhas mangas estão fedendo.

Tunuva se manteve de capuz. Não estava acostumada a cidades inysianas — aos ruídos e aos cheiros, às ruas serpenteantes. No Sul, os povoados costumavam ocupar uma área mais extensa, permitindo às construções e às pessoas mais espaço para respirar.

Apenas o castelo ficava longe do aperto. Devia proporcionar uma visão ampla de todo o vale lá de cima.

— A Rainha Glorian está aqui, então. — Canthe olhou para o alto com uma expressão de interesse. — Por essa eu não esperava.

Tunuva seguiu o olhar dela. Um estandarte ondulava sobre o torreão principal, uma mancha branca contra o céu azul. Mais uma vez, o sol parecia sem forças, de contornos tão pálidos como uma costela exposta. Era um bom par para a lua, com sua superfície ferida.

— Claramente o consorte também não fazia ideia — comentou. — Ele não disse que iria para Ascalun?

— Disse, sim. — Canthe segurou sua mão. — Vamos. Não quero perder você no meio desta multidão.

A jornada desde a costa havia sido árdua. Elas pegaram uma estrada de pedra que atravessava os Alagadiços, onde a névoa se desprendia dos pântanos apinhados de junco, dando à luz do sol uma aparência leitosa. Embora não tivessem enfrentado nenhuma criatura na rota comercial, o fogo havia deixado suas marcas na terra. Campos e propriedades rurais estavam em ruínas; celeiros e silos haviam queimado. Canthe conseguiu apurar que um bando de wyverns aparecera no inverno, liderado por um enorme wyrm chamado Fýredel.

Arondine escapara desse rastro de destruição. Tunuva seguiu Canthe por suas ruas íngremes e encardidas. O castelo era uma das poucas construções de pedra; a maioria era de carvalho preto, com teto de palha. Não era à toa que um temor dominava a cidade — bastava uma lambida do fogo para colocá-la abaixo.

Tunuva ainda se sentia incomodada por estar na terra do Impostor. Do mar, parecera um lugar sem vida, mas o interior da ilha era de terra macia e verdejante, rica em flores selvagens e musgo. *Sempre pensei que seria um lugar frio e árido, para o Impostor ter decidido ir embora*, ela dissera a Canthe.

Frio, sim, mas árido, não. Galian tinha sede de glória. Uma vida modesta na ilha não seria suficiente para ele.

Arondine era uma cidade grande para os padrões inysianos, mas não o bastante para a quantidade de pessoas que tentava comportar. Milhares de pessoas fugiram para seus caminhos de pedra, preferindo as ruas fortificadas à vida nas áreas rurais. Todos usavam cinza, de luto por seus falecidos monarcas.

Além do castelo, a estrutura mais imponente era redonda e construída com tijolos cor de marfim, e telhado no formato de um domo ornamentado. Devia ser mais forte do que todas as outras juntas.

— O Santuário da Colina — Canthe explicou, ao ver o olhar no rosto dela. — É onde os inysianos louvam o Santo e a Donzela. — Tunuva cerrou os dentes. — Entendo que é difícil para você, Tuva. Mas é a história que eles conhecem.

— E acreditam de bom grado que um cavaleiro inysiano era a única pessoa capaz de salvar Yikala.

— Dizem que questionar a história ameaça o lugar da pessoa em Halgalant.

Canthe deteve o passo de repente. Uma jovem vestindo cota de malha saíra do castelo, na sela de uma montaria cinzenta.

Ela usava um adorno de prata gravada na cabeça. Sua pele era clara; os cabelos, compridos e escuros. A jovem cavalgou até o santuário e conversou com dois homens bem-vestidos na escadaria, que pareciam estar supervisionando uma escavação.

— Essa não pode ser a Rainha de Inys. — Tunuva franziu a testa. — Ela parece ser mais jovem que Siyu.

— Eu diria que é, sim. E aquela deve ser a avó dela, Marian — Canthe acrescentou quando outra mulher apareceu. — As rainhas Berethnet são sempre idênticas umas às outras. Chamam isso de o Prodígio do Santo.

— Como Guma Vetalda pode ser casado com uma menina dessa idade?

Canthe olhou para a rainha com uma expressão bem séria.

— Glorian deve precisar urgentemente de uma herdeira — ela falou. — Afinal, seu povo acredita que, se sua linhagem for interrompida, o Inominado vai voltar a ficar à solta pelo mundo.

Tunuva a encarou.

— Isso é um absurdo — murmurou. — Uma mentira.

— Psiu, Tuva. — Canthe a puxou para a porta mais próxima. — Você precisa tomar cuidado com o que diz. Sim, Galian construiu seu legado sobre uma mentira, e agora suas descendentes a mantêm viva em seus ventres, uma após a outra. Os inysianos acreditam que é o sangue dele que garante essa continuidade. Você não sabia?

— Nós sabíamos da crença de que foi Galian quem empunhou a espada. Disso, não.

Seu filho de nascimento devia ter sido ensinado a acreditar nessa mentira. Tunuva nunca entendera por que tantos países se apegavam à monarquia, mas agora estava vendo o que o Impostor fizera para reforçar essa instituição em sua terra.

Quando chegaram à casa que procuravam, Tunuva havia absorvido aquela informação, por mais amarga que lhe parecesse. Canthe tirou uma chave do cintilho.

— Você ainda tem casas espalhadas por Inys? — Tunuva perguntou, contando treze chaves.

— Ah, sim. Toda boa bruxa precisa ter seu antro — Canthe respondeu, em um tom sarcástico, gesticulando para Tunuva entrar.

Era um cômodo apertado, com apenas uma janela para deixar entrar a luz. Apesar de a construção parecer modesta por fora, os juncos espalhados pelo piso, misturados a outras ervas, ainda estavam frescos. Tunuva acendeu uma chama na lareira.

— Vou conseguir comida para nós. — Canthe tirou o manto. — E perguntar sobre Wulfert Glenn pela cidade.

— Quer que eu também vá?

— Não é necessário. Pode descansar, Tuva.

Canthe voltou para a rua de imediato. Tunuva pendurou as roupas molhadas perto do fogo e se deitou em uma das camas. Em seguida puxou um cobertor sobre o corpo e caiu em um sono profundo.

Acordou com um sobressalto quando Canthe voltou, carregando um cesto pendurado no braço.

— Paguei uma quantia considerável por dois pães — falou, se jogando na cama ao lado de Tunuva. — Felizmente, o vinho ainda continua a fluir por Inys.

Tunuva se sentou e esfregou os olhos.

— Que bom. Acho que estou precisando.

Com um sorriso, Canthe serviu uma taça para cada uma. Tunuva bebeu a dela até o fim, apreciando o calor e a suavidade da bebida. Ainda tomou mais duas taças antes de criar coragem para perguntar:

— Ouviu alguma coisa sobre ele?

Canthe deixou sua taça de lado.

— A Rainha Sabran e o Rei Bardholt morreram a caminho de um casamento em Vattengard. Ninguém sabia como aconteceu... até o único sobrevivente voltar a Ascalun. Um jovem que de alguma forma conseguiu sobreviver por dias nas águas geladas até ir parar ainda respirando na costa de Hróth. Foi ele que contou à Rainha Glorian que Fýredel tinha incendiado a frota.

— Wulfert Glenn?

— Sim, Tuva.

Ela sentiu seus dedos ficarem dormentes.

— A siden está no sangue dele.

— Foi o que pensei. Mesmo sem ter sido acesa, deve ter mantido seu corpo aquecido o suficiente para que não morresse.

— Deve ser ele mesmo. Você tem razão — Tunuva falou, engolindo em seco. — Precisamos encontrá-lo. Ele poderia ter se afogado ou congelado no mar, e eu jamais saberia. Ele precisa saber a verdade.

— Vamos encontrá-lo, Tuva. Eu já trouxe você até aqui.

Os olhos delas se encontraram, e se fixaram.

O silêncio ficou pairando no ar como poeira levantada. Canthe o penetrava com o olhar. A esperança em seus olhos era escancarada, atormentada — uma esperança diante de sua própria aniquilação. Mesmo assim, ela se inclinou para perto de Tunuva e deu um beijo suave em seus lábios e, por um terrível momento, desarmada pela doce alegria da esperança, Tunuva o retribuiu.

O vinho subira a sua cabeça e tornara tudo menos rígido. Canthe deslizou as mãos por sua cintura, colando a testa das duas uma na outra, se rendendo ao abraço. Em meio a uma névoa, Tunuva a olhou nos olhos. Só o que conseguiu ver foi uma tristeza infinita como o céu escuro, e agora aquela solidão e desolação estava dentro dela também. Elas sentiam a mesma dor; compartilhavam do mesmo sentimento de perda. Tudo o que tinham naquele lugar era uma à outra. Quando se deu conta, já estava puxando Canthe para junto de si.

Dentro daquele cômodo, o tempo pareceu descompassado. Canthe a abraçou, e a lã verde de sua túnica se juntou ao redor dos quadris. Ela não estava usando nada por baixo. Tunuva desamarrou cada laço sem pressa, desejando o conforto caloroso daquela pele e daquele toque. Um leve som de alívio escapou dos lábios de Canthe. Seus cabelos escorreram livremente, e ela libertou os ombros do vestido, que caiu até a cintura. Tunuva se deitou, e Canthe a beijou na base do pescoço.

Mesmo assim, Tunuva não conseguia se deixar levar pela cadência da intimidade. Aqueles lábios rosados eram entorpecentes. Seu fogo queimava forte, mas sua percepção estava embotada, e ela não conseguia mais senti-lo. Canthe segurou seu rosto com as mãos frias, sussurrando seu nome como um último desejo.

Nunca mais me deixe. Era a lembrança de um beijo mais caloroso, o único e verdadeiro. *Você me estabiliza, minha amada*.

Isso a tirou do transe. Ela se afastou. Canthe a soltou de imediato, e Tunuva fechou os olhos, sentindo o coração disparado.

— Eu não posso, Canthe.

O silêncio se tornou desconfortável.

— Tuva, me desculpe — Canthe falou. — Eu jamais poderia ter...

— Você é livre e desimpedida. Se alguém aqui tem culpa, sou eu — Tunuva disse, com firmeza. — Perdão, minha amiga. As últimas semanas foram um teste para minhas forças. Eu gostaria de poder oferecer o conforto que você deseja.

Canthe cobriu os seios. A expressão em seu rosto era de cansaço e cautela, e o brilho desapareceu de seus olhos.

— Em outra vida, talvez. — Ela se sentou, jogando os cabelos para um dos lados do pescoço. — Não precisa pedir perdão. A culpa é minha. Tenho um fraco por corações que já fizeram sua escolha... cujas chaves foram entregues a outra pessoa. — Ela se levantou com gestos lentos. — Esbar nunca vai ficar sabendo disso. Você tem minha palavra.

Canthe se deitou na outra cama. Tunuva observou suas costas por um tempo, antes de também se virar para o outro lado.

Esbar, meu amor, me perdoe.

Quando voltou a acordar, Canthe não estava mais lá.

****

Glorian despertou de um sono profundo com a certeza de que havia alguém em sua alcova.

Ela se sentou, tateando à procura da espada em sua cabeceira. Quando encontrou o cabo, a escuridão revelou uma figura alta, parada diante de sua janela, delineada apenas pela luz fraca que vinha da cidade.

— Não tenha medo.

Era uma voz fria e suave.

— Quem está aí? — Glorian tremia. — Irmã?

— Não, minha criança. É a sua mãe.

— Mamãe. — Um suor frio desceu pelo seu rosto. — Não. Você está morta. Está em Halgalant.

— Eu desci do grande salão para trazer uma mensagem do Santo — a voz falou. — Sei que deseja ouvir a voz dele, mas saiba que ele o ama, minha criança. Ele olha por você.

— Apesar da minha desvirtude?

— Ele perdoa suas rainhas, através da misericordiosa Donzela. — Passos lentos de aproximação. — Você não tem como derrotar esse inimigo, Glorian. Mas garanto que esta era de fogo e fumaça acabará. Uma estrela chegará na manhã do primeiro dia da primavera. Será um dia de céu noturno, quando o firmamento se abrirá e uma chuva virá lá de cima. Os wyrms cairão no sono, e tempestades apagarão as brasas.

— Quando eles vão acordar de novo?

— Não precisa se preocupar com isso.

O vulto estava mais próximo agora. Ela sentiu um arrepio na pele quando uma mão acariciou seu rosto.

— Eu sinto sua falta — Glorian murmurou, às lágrimas. — E do papai.

— Nós assumimos nossos lugares na Grande Távola. Não existe sofrimento no salão dos mortos. — As pontas dos dedos encontraram seu queixo. — Você chamou por uma irmã. Quem é essa pessoa que você vê à noite?

— Ela não tem rosto, mas eu escuto sua voz na minha cabeça. Costumava escutar bastante. Agora cada vez menos.

— Essa voz lhe oferece conselhos?

— Sim. Eu tinha dezesseis anos na primeira vez que a escutei. — Glorian mal conseguia ouvir a própria voz. — Pensei em todo tipo de possibilidades, mas… agora me pergunto se não era a senhora, minha mãe. Se não é a voz de todas as nossas ancestrais. Eu a evoquei esta noite enviando a luz que ela pediu?

— Ela não se trata de você, nem de mim. É um segredo que você precisa levar para o túmulo. Uma verdade que nunca pode ser contada.

— Não vou abrir a boca para falar dela por toda a minha vida. Sei que não posso fazer isso — Glorian murmurou. — Mas, minha mãe, por favor, não a tire de mim. Volto a me sentir mais sozinha quando ela não fala comigo.

Houve um longo silêncio.

— Então eu a encontrarei para você — disse a voz. — Basta abrir as portas dos seus sonhos para mim, filha.

Glorian não tinha ideia de como fazer isso, mas assentiu com a cabeça. A mão fantasma se moveu para a lateral de sua cabeça, acariciando seus cabelos de leve e, quando Glorian se deu conta, já havia amanhecido. Estava em um quarto vazio, enrolada nas cobertas, sentindo frio.

****

Ela fez o desjejum com Marian. Tudo tinha um gosto azedo nos últimos tempos, mas ela comeu até a última migalha de pão e queijo, sem querer desperdiçar o mínimo que fosse.

— A farinha está acabando bem depressa — sua avó murmurou. — Fui informada de que haverá pouca comida daqui para a frente.

— O que podemos fazer?

— Podemos garantir que a divisão seja igualitária. Você pode instituir uma lei restringindo o aumento de preços, mas não temos como fazer os grãos amadurecerem sem a luz do sol. — Marian suspirou. — Não sinto nenhuma satisfação de falar sobre tudo o que *não* podemos fazer, depois do que foi o meu governo, mas não vejo como Inys conseguirá sobreviver caso Fýredel retorne.

— Nós vamos sobreviver, sim. — Glorian esperou o estômago parar de se revirar. — Minha avó, o Santo já falou com a senhora?

— Não. — Marian abriu um sorrisinho um tanto sarcástico. — Eu era tímida demais para ele reparar em mim.

— Tive um sonho esta noite. Uma aparição. Minha mãe me disse que tudo isso vai acabar na primavera.

Marian baixou a faca.

— Sabran. Ela veio de Halgalant até você?

Glorian assentiu com a cabeça.

— Ela me disse que os wyrms cairiam em um sono profundo.

— Isso me dá muita esperança. Só gostaria de saber como explicar uma coisa dessas para o Conselho da Regência.

— É melhor nem tentar. Minha mãe me disse para eu não falar sobre meus sonhos. — Glorian a encarou. — A senhora pode inquirir se nós temos como aguentar até a primavera?

— Posso, sim.

Nesse momento, Florell bateu à porta do Pequeno Salão.

— Majestade, Lady Protetora, perdão. — O cenho dela estava franzido. — O Príncipe Guma já passou por Bothenley. Ele estará aqui ao anoitecer.

Glorian ficou com a boca tão seca que não conseguiu responder.

— Claro, Florell — sua avó respondeu. — Reunirei o Conselho da Regência para recepcionar Sua Alteza. — Quando Florell se retirou, Marian baixou o tom de voz: — Glorian, seu sangue desceu desde a última visita de seu amante?

— Não. Em geral viria daqui um ou dois dias. — Glorian retorceu os dedos. — Eu o mandei embora daqui.

— Ótimo. Caso seus esforços tenham sido em vão, nós encontraremos outra pessoa. — Marian se debruçou sobre a mesa, com um olhar afiado. — O Príncipe Guma não sabe que já descobrimos o complô dele com Lorde Robart. O que deseja fazer agora, Glorian?

Sobre o castelo, uma águia-rabalva piou alto.

— Minha mãe dizia que uma rainha precisa saber o momento certo de dar o bote, e quando não precisa atacar — Glorian falou. — Acredito que é melhor esperar para ver como as coisas se desenrolam com o Príncipe Guma e deixar que ele pense que não sabemos de nada. Por ora.

— Essa orientação poderia ter vindo diretamente de Sabran — Marian falou, com os olhos faiscando. — Mas você tem uma cabeça de estrategista sobre o pescoço, Glorian Óthling. Nesse sentido, é como seu pai.

Glorian se permitiu um sorriso.

Durante o resto do dia, ela se manteve ocupada, cavalgando para supervisionar o túnel e as catapultas. Visitou os ferreiros nas forjas, além dos fabricantes de arcos e flechas que trabalhavam na arena de duelos. Os combatentes tinham vindo de todas as partes da província, montando acampamento junto às muralhas quando não encontravam lugar para se instalarem. A maioria não dispunha de armas, e sim das ferramentas que usavam para trabalhar a terra. Glorian considerava que um forcado bem afiado poderia ser tão letal como uma espada.

Os soldados yscalinos seriam de grande ajuda. Tinha sido informada de que o Príncipe Guma mantinha um exército muitíssimo bem treinado, para repelir o ataque de saqueadores e bandidos. Em breve, uma parte desses homens estaria sob seu comando.

— Existe a questão dos impostos — Leodyn Eller falou enquanto inspecionavam as valas. Ela era a nova Duquesa da Generosidade, uma prima em segundo grau do pagão. — Parece improvável que a maioria das pessoas consiga pagar.

— Meu companheiro está trazendo um dote substancial — Glorian respondeu. — Ele que pague por quem não puder.

— Claro, Alteza.

Nem todas as conversas do mundo sobre impostos e armas poderiam impedir o inevitável. Ao entardecer, seu consorte atravessou o Rio Tyrnan em um cavalo de batalha. Glorian o observou do alto das muralhas do castelo.

Ela o recebeu de cota de malha. Os homens costumavam chegar à casa dos setenta anos frágeis e encurvados, mas Guma Vetalda tinha sido criado respirando o ar das montanhas e comendo os alimentos nutritivos produzidos em Yscalin. Glorian tinha um metro e oitenta e cinco de altura, mas ele era ainda mais alto, com um peito largo, cabelos grisalhos e com entradas penteados para trás, e uma barba curta e bem aparada da mesma cor. Como a maioria dos Vetalda, tinha olhos de um castanho-amarelado, que contrastava com a pele bronzeada, e sua boca era séria e severa, com uma cicatriz sob o fino lábio inferior.

Ignore todas as características que as pessoas não têm como controlar, a Rainha Sabran dissera para Glorian uma vez. *Se concentre no que fizeram consigo mesmas por iniciativa própria.*

Os trajes dele eram claramente finos, mas sem ostentação. Cada fecho do casaco de couro tinha a forma da pera dos Vetalda, e seu broche de padroado — um escudo — era feito do mesmo ouro vermelho, discretamente colocado na lapela.

— Majestade. — A voz era áspera, com um forte sotaque yscalino. — Sou Guma Vetalda, Alto Príncipe de Yscalin. — Ele deu uma olhada no castelo. — E agora príncipe deste país também.

— Fico contente que tenha nos encontrado, Alteza — disse Glorian. — Peço desculpas por nossa ausência de Ascalun. São tempos caóticos, e acredito que o mensageiro não tenha conseguido encontrá-lo.

— Isso é evidente.

Ela era capaz de sentir a inquietação dos membros do Conselho da Regência, mesmo entre os que foram a favor do casamento. Agora, diante do casal real, seu caráter terrivelmente absurdo era inegável.

— Seja bem-vindo ao Castelo de Arondine — disse Glorian. — Minha corte ficará aqui até os wyrms nos encontrarem. Nossas reservas de alimento estão minguando, mas podemos lhe oferecer o que quiser, depois de sua longa viagem.

— Nós trouxemos nossa própria comida. Como os grãos hoje têm mais valor imediato do que o ouro, metade do meu dote veio dessa forma. Tenho terras que os wyrms ainda não encontraram. Nosso povo não passará fome, Majestade.

— É muita generosidade sua. — Glorian abriu um sorriso. — Por favor, vão descansar e se refrescar. Tenho uma montanha de afazeres pela cidade. Sir Granham Dale ajudará seu séquito a se instalar devidamente.

— Onde está o Lorde Protetor? — Ele procurou entre os rostos atrás dela. — Eu esperava encontrar Lorde Robart.

— Infelizmente, Lorde Robart não está nada bem. Receamos que ele esteja com a peste incendiária — Glorian falou. — Enquanto ele permanecer confinado em seu castelo, minha avó, Lady Marian Berethnet, servirá como minha regente.

Ele era um homem escolado demais para deixar uma reação transparecer.

— Espero que a saúde de Lorde Robart se restabeleça prontamente, mas temo que ele não possa se recuperar. Ao que parece, não existe cura. — Depois de uma pausa, ele complementou: — Bem, foi uma viagem longa. Falarei com seu castelão, para saber onde dormirei esta noite. Boa noite, Majestade.

Glorian o observou enquanto se afastava. Quando ele estivesse pronto para o embate, ela o enfrentaria.

68

Leste

— Princesa.

Dumai se remexeu, sentindo uma leve dor de cabeça.

— Juri. Chegou a hora? — perguntou, com a voz rouca. — Os wyrms apareceram?

— Não, Alteza. — Juri ficou parada na porta, sem saber o que fazer. — Está tudo bem?

— Sim. — Dumai se sentou um pouco, esfregando os olhos. Não era sua intenção ter dormido. — O que foi?

— Sua Majestade, a Imperatriz Sipwo, lhe mandou uma mensagem.

Juri lhe estendeu um papel fino, que Dumai abriu com cuidado. *Aos cuidados da Princesa da Coroa, cuja irmã está ansiosa para rever*, dizia o recado. *Por favor, venha na hora da concha*.

Osipa lhe diria para inventar uma desculpa, mas Dumai não conseguia virar as costas para Suzumai. A menina só tinha oito anos, e não sabia nada sobre política nem sobre os wyrms.

— Muito bem. — Dumai afastou as cobertas. — Vocês me ajudam a me vestir?

— Sim, claro.

A chuva tinha diminuído até se tornar apenas uma névoa, mas de tempos em tempos ainda caíam pingos mais grossos. Para voar, Dumai se vestia quase da mesma forma que no Monte Ipyeda, mas agora voltara a se sentir presa àquelas túnicas pesadas.

Yapara foi ainda mais ríspida que o habitual, penteando seus cabelos como se quisesse arrancar um tufo, e agora Osipa não estava lá para impedi-la

— Você parece incomodada, Dama Yapara — Dumai comentou. — Pode desabafar, se quiser.

Yapara manteve sua expressão de indiferença.

— Esse chuvisco é lindo — falou —, mas serve como um lembrete de que os deuses não estão com a mesma força de antes. Não dá para entender por que foram incomodados.

— Eu garanto a você que os deuses sabem o motivo. — Dumai olhou para a janela. — E receio que todos logo descobrirão.

Nada mais foi dito. Até os wyrms aparecerem, ela seria alvo de chacota ou maledicência na corte, por soar o alerta por um inimigo que ninguém enxergava. Aquilo acabaria em breve, mas seria um triunfo amargo.

Enquanto atravessava o palácio, tentou não procurar por Nikeya. Em vez de apaziguar o anseio, o período de separação entre as duas só o havia intensificado. Toda vez que Dumai a via — sempre de passagem, em geral com outros Kuposa —, a lembrança permanecia dentro dela por dias, como se fosse um ferimento.

Nikeya salvara sua vida, mas de repente elas deixaram de se ver. Por ordem do imperador, talvez. Dumai deveria se sentir aliviada.

As noites lhe proporcionavam algum respiro. Ela deixava de ser assombrada por uma mulher ou pelos wyrms, e a visão que surgia era a de um vale nevado, que a lembrava dos sonhos em que voava, que eram tão frequentes no templo. Sua irmã do espelho a procurara quando estava à beira da morte — e depois também —, porém Dumai não conseguia se recordar das conversar, nem sequer se havia respondido.

Mas agora era o momento de encarar sua outra irmã. A irmã a que usurpara.

Suzumai estava em seus trajes noturnos, aos cuidados da chefe das Damas da Alcova, brincando no chão, distraída com uma história que contava para si mesma. Quando Dumai entrou, a mulher se retirou com uma leve mesura, e Suzumai ergueu os olhos.

— Dumai? — ela falou, maravilhada. Sua irmã correu até ela e a abraçou pela cintura, colando o rosto no seu corpo. — Que saudade de você. Ficou tanto tempo fora.

— Espero não precisar viajar de novo. — Dumai se ajoelhou na frente dela, enxugando uma lágrima de seu rosto. — Não precisa ficar chateada, Suzu. Agora estou aqui. Nós não nos falamos já faz um bom tempo, não é?

Suzumai fez que sim com a cabeça.

— Você vive voando com a grande Furtia. Um dos meus tios falou que é porque se preocupa mais com outras coisas do que com Seiiki — disse. — Eu não entendi. Você vai ser a imperatriz, e eu vou ajudar. Você não deve *querer* viajar tanto.

De qual tio ela estava falando, Dumai não fazia ideia. A imperatriz tinha vários irmãos.

— Seu tio não entende o motivo das minhas viagens — ela contou. — Eu estou ajudando Seiiki, não fugindo daqui, Suzu.

— Algum dragão pode me levar até o outro lado do mar? — Suzumai perguntou, limpando as lágrimas. — Assim eu não ia precisar ir nadando. Ia poder conhecer qualquer lugar, o mundo todo. Você acha que eu posso montar em um, assim como você?

— Eu espero que sim. — Dumai olhou para o chão. — Você tem tantos brinquedos bonitos.

Suzumai balançou a cabeça em concordância, com toda a sinceridade.

— Quer ver minha casa de bonecas? — perguntou, pegando Dumai pela mão para puxá-la até lá. — Foi meu tio-avô que me deu. A cada ano ele me dá uma coisa melhor. Gostou?

— O Senhor dos Rios é muito generoso. — Dumai se ajoelhou ao lado dela, e viu que era uma miniatura do Palácio de Antuma, perfeita em cada detalhe. — Também foi ele que deu as bonecas para você?

— Sim. — Suzumai as recolheu uma por uma. — Ele colocou todos nós aqui, todo mundo junto, são e salvo. Essa sou eu — ela falou, mostrando a Dumai a bonequinha menor. — Aqui está papai e mamãe, e minha ama-seca, e meus primos, e... você. Ele fez você também, Dumai. — Suzumai mostrou a boneca para ela. — Fiquei com ela comigo durante o tempo todo que você passou fora. Achei que, se cuidasse bem dela, você também ficaria bem.

— É muita consideração da sua parte, Suzu — Dumai falou, emocionada. — Você me manteve mesmo em segurança. — Ela examinou a figura de madeira, com seu sorriso fixo e plácido. O cabelo era de verdade. — Estou vendo muita gente importante e nobre na sua casa de bonecas, mas não o Senhor dos Rios. Você o perdeu?

— Nunca tive um boneco dele. Eu queria, porque ele é muito bonzinho e inteligente — Suzumai falou, em tom de lamento. — Mas ele falou que ia se sentir bobo, se dando de presente para mim. Ele é engraçado.

Dumai voltou a olhar para sua versão boneca.

— Pois é — falou. — E onde está seu tio-avô?

— Acho que viajou. Você brinca comigo? — Suzumai pediu. — Só um pouquinho?

Dumai forçou outro sorriso, apesar de sentir um enjoo por dentro.

— Posso ficar pelo tempo que você quiser — ela prometeu e, quando Suzumai se jogou em seus braços de novo, deu na criança o abraço mais forte que podia.

****

Suzumai logo se cansou das bonecas, e as duas foram para uma varanda que dava para um jardim para observar as estrelas e procurar por dragões. Sua paciência foi recompensada quando Pajati, o Branco, apareceu, lindo e silencioso, nadando pelo céu enevoado como se estivesse no mar. Suzumai ficou olhando para ele, encantada.

Eis a estrela da vida e do equilíbrio, agora a semeadora do caos gelado... fica mais próxima à noite, mas ainda não está aqui...

Dumai ficou tensa e fechou os olhos. A voz dele reverberou por todo seu corpo, com uma clareza surpreendente. Ele parecia ainda mais próximo do que Furtia. Mas Pajati era um dragão ancião ancestral, que segundo se dizia tinha vindo do céu.

Exausta pelo excesso de agitação, Suzumai pegou no sono, agarrada às bonecas que representavam as duas. Dumai a pegou no colo e olhou de novo para o céu, pensativa.

— Ela ama você.

A Imperatriz Sipwo apareceu na varanda, com os cabelos se derramando até a cintura, e foi até onde estava Dumai.

— Apesar de seu pai ter lhe dito que ela não seria imperatriz, isso não mudou nada — ela falou, com o olhar voltado para a névoa que escondia as montanhas. — Ela falou que era certo que você governasse Seiiki, porque era a irmã maior, a mais velha, uma ginete de dragões. Não ficou ressentida em nenhum momento.

— Ela é uma menina muito boa. Não deve ter sido fácil manter essa bondade dentro dela.

— É por isso que me sinto grata por você ter aparecido. Suzu é pequena demais para assumir esse assento frio. — Enquanto se inclinava para pegar a filha, a imperatriz disse, baixinho: — Eu acredito que você tocou o Sino Rainha porque tinha uma razão. Acredito que os deuses falam com você, e através de você. Meu tio está enganado ao negar isso.

— Então a senhora pode convencê-lo a me ouvir, se eu contar o que vi em minhas viagens?

— Ele está em uma de suas propriedades nas terras úmidas do norte. Quando ele voltar, vou tentar abrir seus ouvidos, mas este é o mundo dele, Dumai. E pode continuar sendo por um bom tempo ainda.

Não se o mundo acabar, Dumai pensou. *Nesse caso, não seria nem o mundo dos deuses.*

— Majestade — ela falou quando a Imperatriz Sipwo se levantou para sair. — Quando voltei de Sepul, o Senhor dos Rios mandou um pesareiro para os meus pais. Ele disse que foi a senhora que o matou.

— É verdade — ela respondeu, baixinho. — Eu tenho medo desses pássaros, mas não pedi que ele o mandasse para Jorodu ou Unora. — A imperatriz deu um beijo na cabeça de Suzumai, no local onde o peso de uma coroa se concentraria. — Não vou mais desperdiçar seu tempo, Dumai. Obrigada por ter vindo ver Suzu. Ela estava com saudade da irmã mais velha.

****

Despencou sobre ela com a brutalidade de um deslizamento de neve — a sensação de estar trancada em uma caixa, comprimida em um espaço em que jamais caberia. De repente suas roupas começaram a sufocá-la, e o ar estava carregado sem ser de chuva, mas de medo. Enquanto voltava para seus aposentos, a casa de bonecas engolia seus pensamentos. Quando chegou ao quarto de dormir, estava ofegante e suada.

— Juri, por favor, me ajude a tirar tudo isso — pediu. A dama da corte correu para assisti-la, deixando-a apenas com a túnica de baixo. — Não preciso de mais nada. Vocês podem ficar à vontade para fazer o que quiserem esta noite.

A garota levou as demais consigo quando saiu. Dumai despencou no chão. Não contava mais com Osipa para orientá-la, nem com Kanifa para fazê-la sorrir. *Eu não quero isso.* Arfando, ela levou uma das mãos espalmadas à barriga, apoiando a outra nas esteiras. *Nunca quis isso. Essa não sou eu…*

A excursão ao Brhazat tinha sido na primavera. Agora era o auge do verão, e ela não havia feito nada por Seiiki. Kanifa havia renunciado à própria vida para salvar a dela, mas ela ainda era uma boneca de madeira, esperando para ser escolhida e colocada em seu lugar. Só naquele momento ela entendeu totalmente o que a Princesa Irebül tinha dito em Golümtan. *Aquele palácio é uma jaula forrada de seda, e os Hüran não foram feitos para viver entre muros.*

Ela também não. Era feita para viver no céu. Não era ali onde ficava o arco-íris?

Foi preciso algum tempo para clarear seus pensamentos. Quando isso aconteceu, ela sentiu vergonha por derramar lágrima de amargura estando cercada de roupas finas e água fresca. Sua mãe não havia podido chorar quando vivia em uma província seca, nem mesmo quando se viu cercada pela morte.

Dumai secou o rosto com as mangas. Ela era uma tola por chorar daquele jeito. Sentindo-se exausta, despiu-se até ficar nua e entrou debaixo das cobertas, onde caiu em um sono leve e agitado.

Aí está você.

De repente, estava em sua terra dos sonhos, mas dessa vez nítida como o reino da vigília. Mais acima, a névoa havia quase se dissipado, e ela distinguiu uma rede prateada no céu, com estrelas cintilando entre seus nós, a maioria de brilho tão tênue que quase podia ser vista. E o som da correnteza também era claríssimo.

A figura do outro lado tinha se solidificado também. Estava incomumente imóvel.

Irmã. Dumai se voltou na direção dela. *Que alívio ouvir sua voz. Nunca me senti tão sozinha em toda a minha vida.*

Você não está sozinha. Faz muito tempo que não está.

Você me salvou. Ela percebeu que podia abrir os olhos e mesmo assim continuar enxergando tudo. *Você está… diferente.*

Você também. Estou sentindo seu sofrimento, sua inquietação. Você está se sentindo aprisionada. É por isso que me procurou de novo. A voz soava límpida e calma, sem nenhum sinal de cautela. *Mas sinto um grande poder emanando de você. Sinto que algo que estava perdido foi finalmente reencontrado.*

Você sabe de tudo. Dumai se virou de lado, se acomodando de novo dentro do frágil limiar de seu sonho. *Se sabe o que encontrei, então também sabe usar. Não consigo fazer com que ela atenda meu chamado, assim como você faz.*

É porque existe outra metade, que está em meu poder.

Você. Os olhos dela se moveram sob as pálpebras, na velocidade das batidas de seu coração. *Você também tem uma pedra.*

Um pedaço da estrela, que se partiu em duas metades iguais. A estrela que fará o fogo se acalmar nas profundezas da terra por um tempo.

Eu sinto essa aproximação. No alto, as estrelas brilharam. *Foi por isso que os deuses nos uniram?*

Minha irmã, só pode ser. Agora eu entendo. Precisamos juntar nossas duas metades, para evitar essa destruição. A figura caminhou na direção da correnteza. *Seus sonhos mostraram onde estou. Venha enquanto ainda temos tempo.*

Eu ainda não sei quem você é, nem onde fica esse vale.

Eu sou sua amiga. Agora que estamos mais fortes, você pode seguir o que nos une até o meu lado. Uma ponte apareceu. *Não tenha medo. Me deixe mostrar a verdade sobre nosso poder, que nos foi dado pelo céu.*

Ela atravessou o riacho, e tocou Dumai.

Aquele toque desfez a ilusão de que estava sonhando. Ela sabia, simplesmente *sabia*, que estava acordada — e mesmo assim o sonho continuava, a ponte e o quarto se uniram e a figura surgiu ao lado dela, ainda sem rosto.

O quarto estava escuro. Um peso esmagou seu peito. Seu corpo estremeceu, nu e coberto de suor. Uma mão feita de sombras alcançou seu rosto. Tinha o cheiro e o sabor de aço gelado, temperado com um doce amargor.

O frio passou do seu rosto para sua mão. Ela ficou olhando para a mão com os dedos decepados, onde uma luz parecia dançar e ganhar vida, uma estrela cintilante.

Tudo isso é real, disse a voz quando a figura a soltou. *Parta agora mesmo, e conseguirá chegar até mim.*

A visão desapareceu. Como se estivesse possuída por um fantasma d'água, Dumai se sentou na cama, gelada como se tivesse engolido neve. O suor escorria por seus cabelos, deixando-a úmida e fria como uma dragoa.

Na entrada do Pavilhão da Água, as lanças dos guardas bloquearam seu caminho.

— Preciso ver Sua Majestade imediatamente — ela avisou.

Sua apreensão deveria parecer febril em seus olhos. Quando por fim foi levada aos aposentos de seu pai, encontrou o Imperador Jorodu sentado ao lado do fogo.

— Dumai. — Ele lhe ofereceu uma almofada. — Você parece abalada, filha. Venha se sentar comigo.

Ela mal conseguia falar.

— Pai, sei que isso vai parecer impulsivo, considerando tudo o que está em jogo, mas sou obrigada a implorar que me deixe partir. Eu preciso voar outra vez. — Colocando-se de joelhos, ela o encarou. — Uma mensageira veio até mim. Foi a culminação de vários sonhos… os que eu tinha no Monte Ipyeda, e os de depois, quando vim para cá.

Ela contou tudo. Ele escutou sem interrompê-la, com um fervor cada vez maior nos olhos.

— Esses sonhos são um dom muito raro, mas são uma herança de nossa casa — ele explicou, quando ela ficou rouca de tanto falar. — Dumai, você acha que essa figura é um espírito mensageiro, enviado por Kwiriki?

— Ou alguém tocado pelo poder dos deuses, como nós — respondeu Dumai. — A própria Grã-Imperatriz achava que a pedra que nossa ancestral procurava era branca. E se ela não estiver enganada?

— Está me dizendo que acha que são duas pedras?

— Elas podem nos ajudar a enfrentar os wyrms. — Dumai tirou a manopla. — Veja por si mesmo se não é real, pai. — Ela estendeu a mão espalmada. — Uma recordação do sonho.

— Eu não precisava de nada para me convencer. — A luz dela dançava nos olhos dele. — Você acha que ela vai nos dar a outra pedra?

— No mínimo, vai me mostrar como despertar a minha.

— Mas os wyrms, Dumai… Isso é perigoso demais.

— Consegui sobreviver uma vez.

O Imperador Jorodu pareceu pensativo.

— Você tem uma visita marcada com a Grã-Imperatriz em breve — ele falou, abrindo um sorriso. — Isso serve como pretexto para deixar a corte. Posso até mandar uma charrete para Monte Ipyeda, como se estivesse transportando você. Tudo isso serviria para ganhar tempo.

— O senhor vai me deixar ir?

— Sua avó faria questão. Claramente, ela viu sua afinidade com os deuses, e até mesmo o imperador precisa atender ao chamado deles. Sua mãe pode não compreender, mas nós, sim — explicou. — Nós somos Noziken.

Dumai o seguiu com os olhos enquanto ele se levantava e atravessava o cômodo para abrir um compartimento escondido no piso.

— Confio a você a pedra azul. — Ele pegou uma pequena caixa, geralmente usada para preservar madeira-quedada. — Você também vai precisar de proteção, se pretende voar em meio ao caos que existe além de nossa ilha.

Ela ficou à espera. Ele voltou com uma espada nas mãos. O pomo vazado do cabo formava a imagem de um peixe dourado saltando por um aro, e a lâmina de um único gume era reforçada com rebites.

— Esta espada pertenceu à Rainha Nirai. Ela se chama Nascida da Noite, e em breve vai ser sua — ele informou. — Leve com você, para se defender.

Parecia uma arma pesada. Dumai começou a estender o braço para pegá-la, mas então recuou.

— Majestade, é um presente magnífico. Mas eu não tenho habilidade nem estômago para usar isso — explicou. — Eu me contento com as minhas foices de gelo. Foi Kanifa quem as fez para mim. Tenho certeza de que bastam para me manter a salvo.

O Imperador Jorodu voltou a sorrir.

— Talvez seja a decisão mais sábia — ele falou. — Você deve se sentir livre para criar seu próprio legado, Dumai, mas precisa levar a armadura desta vez, para tranquilizar sua mãe, e a mim também. Afinal, você está indo para a guerra. — Ele baixou a espada e, no lugar dela, lhe deu a caixa que guardava a pedra. — Você foi um presente para mim, filha. Traga para nós a soma de todos os seus sonhos, para podermos vencer a batalha que temos pela frente. A batalha que vai decidir se algum de nós vai viver para contar essa história.

****

Epabo trouxe a armadura do mesmo lugar onde a sela tinha sido encontrada — uma jaqueta reforçada, com grandes placas de ferro costuradas ao tecido. No Pavilhão da Chuva, Dumai prendeu os cabelos e os cobriu com um capuz com um fecho no queixo, reforçado com argolas de metal. Os pesados protetores de canelas e braços vieram a seguir, e em seguida as peles e as botas de montaria.

Furtia, está me ouvindo?

A dragoa parecia distante: *O ar se adensa. Para cá se encaminha a febre de uma terra abalada.*

Grandiosa, preciso pedir mais uma vez a sua ajuda. Ela apanhou suas foices de gelo. *Pode vir até mim?*

Tomando o cuidado de não acordar as damas da corte, ela pegou o caminho secreto para os Jardins Flutuantes e foi andando pela água até a ilha mais próxima, como antes precisou fazer para encontrar Kanifa. Era a única parte do palácio onde um dragão podia pousar sem ser visto. Pegou uma lanterna na ponte e levou consigo, adentrando na escuridão.

— Dumai?

Ela se virou, levando a mão ao cabo de uma de suas foices de gelo. Quando uma figura apareceu sob a luz, soltou um suspiro de susto.

— Nikeya — falou, soltando a arma. — O que está fazendo aqui?

— Vim fazer uma caminhada noturna. — Nikeya observou Dumai, das botas ao capuz. — Dumai, a herdeira não pode continuar viajando o tempo todo. Se partir mais uma vez, o Conselho de Estado vai questionar sua lealdade em relação a Seiiki. O Senhor dos Rios já plantou essa semente na cabeça dos nobres.

— Não posso visitar minha própria avó?

— Eu não sabia que a Grã-Imperatriz era perigosa a ponto de você precisar de uma armadura — Nikeya falou, em tom de divertimento.

— Minha armadura não é da sua conta — Dumai respondeu. As duas pararam para observar a chegada e a descida de Furtia pelo ares, com a luz de suas escamas se projetando sobre a água escura. — Eu volto logo. Não comente com ninguém sobre isso, se tem algum apreço por sua posição aqui.

— Tanto tempo na corte e ainda não sabe fazer uma ameaça. Ou dizer uma mentira. — Nikeya ergueu as sobrancelhas. — Existe um jeito de garantir o meu silêncio. Me deixe ir com você. — Dumai desviou os olhos, e Nikeya perdeu a paciência, agarrando-a pelo queixo. — Aonde quer que esteja indo, pode precisar de ajuda. Por que eu teria salvado sua vida se quisesse lhe fazer mal?

— Para ganhar a minha confiança.

— Sinceramente, acho que fiz por merecê-la. E descobri que sempre sonhei voar.

Dumai tinha pouco tempo para se decidir. Naquele momento, era mais fácil levá-la consigo do que se livrar dela.

— Vai ser uma viagem difícil — avisou. — Não estou planejando muitas paradas. E não há tempo de ir buscar suas peles.

— Não é preciso. Eu as guardei aqui mesmo, no jardim. — Nikeya a soltou. — Eu sempre soube que íamos voar juntas de novo, Princesa.

****

O Mar do Sol Dançante banhava uma longa praia cinzenta na costa nordeste de Seiiki que não tinha um nome oficial, pois as cabanas dos pescadores estavam apodrecendo, e as salinas não funcionavam fazia anos.

Quando o dia amanheceu, um barco zarpou daquela costa. O homem a bordo se afastou dos penhascos, cercado por pilhas de redes e armadilhas empilhadas ao seu redor, com as lágrimas escorrendo do rosto e os dedos vermelhos ao redor dos remos. Estava indo ao Cabo Ufeba ver um médico que conhecia.

69

Oeste

A jovem Rainha de Inys estava cavalgando em meio ao povo outra vez. Tunuva a observou dos degraus do Santuário da Colina enquanto Glorian Berethnet oferecia algum conforto para as pessoas, gesticulando aos guardas para que lhes dessem pão ou uma moeda.

Ela se dizia descendente de Cleolind, mas isso não era possível. Devia ter havido uma Rainha Cleolind de Inys — alguém que não era a Mãe, mas roubara sua identidade. E Tunuva poderia nunca saber quem era, pois a mulher estava morta fazia muito tempo.

Glorian desapareceu na multidão. Tunuva olhou mais uma vez para o Santuário da Colina, que agora servia como a entrada principal de um túnel de fuga em um eventual cerco. Galian Berethnet contemplava tudo do alto das muralhas, empunhando Ascalun. Não havia sinal de sua rainha consorte.

Canthe estava fora havia vários dias, buscando notícias de Wulfert Glenn. Felizmente, já que Tunuva precisava de um tempo para si. Nunca tinha sentido constrangimento ou vergonha, mas sabia o que era remorso, e aquilo a consumia todos os dias.

Ela voltou para o cômodo apertado, onde se serviu de vinho inysiano azedo, uma dose maior do que costumava beber. Cada dia que Canthe passava longe era mais um em que suas irmãs se viam desprovidas de sua lança.

Mãe, ela rezou, *me deixe vê-lo de novo, só mais uma vez. E que isso seja o bastante.*

À meia-noite, Canthe enfim voltou.

— Como foi sua jornada? — Tunuva perguntou.

— Árdua. Desculpe fazê-la esperar, Tuva. Muitas estradas estão fechadas, para deter a disseminação da peste. — Canthe tirou o capuz. — Consegui falar com uma criada de Langarth. Wulfert Glenn voltou para Hróth.

— Hróth?

— Ao que parece ele era um atendente do próprio Martelo do Norte. E agora está a serviço do novo rei.

— Quando foi que ele partiu?

— Não faz muito tempo. Se tivermos sorte, não deve ter ido muito além de Eldyng. Não é uma viagem longa, se conseguirmos um navio. — Ela se sentou ao lado de Tunuva, mantendo uma distância respeitosa. — Me diga, Tuva. Devemos ir?

Tunuva terminou sua bebida. Naquele lugar frio, ela descobriu que o vinho a aquecia.

— Nós já viemos até aqui — falou. — Acho que seguir para o Norte não faz tanta diferença, Canthe.

****

Glorian atravessava o Castelo de Arondine como se estivesse caminhando para a própria execução. Seus guardas a seguiam. Pela primeira vez desde sua chegada, o Príncipe Guma solicitara a presença dela na alcova real.

Uma nova onda de náusea a fez engolir em seco. Ela estava com as cartas — seladas em uma caixa-forte, escondida no Santuário de Offsay —, mas não poderia perder a coragem, nem demonstrar medo.

O Príncipe Guma estava à espera. Usava um traje de dormir forrado, do mesmo tom de vermelho e dourado de seu brasão.

— Majestade — ele falou, abaixando educadamente a cabeça. — Obrigado por atender ao meu pedido.

— Alteza.

O fogo estalou na lareira quando seus olhos se encontraram. *Essa reação de paralisia é um instinto que todas as criaturas vivas compartilham. Pense nos cervos, como ficam imóveis quando farejam uma ameaça*, seu pai a lembrara. *Não há vergonha nenhuma nisso, Glorian.*

— Seus guardas sabem yscalino? — ele perguntou naquela língua. Glorian fez que não com a cabeça. — Imagino que você, sim.

— Sim.

— Ótimo. Assim podemos conversar com privacidade. — O tom de voz dele se atenuou um pouco. — Não precisa ter medo, Rainha Glorian. Eu não tenho a expectativa de que esse casamento seja consumado, nem agora, nem nunca. É uma representação de uma nova era de confraternidade entre Yscalin e Inys, mas fique tranquila, pois será uma união casta.

Glorian apenas assentiu, sem dizer nada. *Uma rainha deve aprender a observar.* Ela manteve uma postura imóvel e impassível, como sua mãe sempre havia feito. *Como um falconídeo aguarda o momento de dar o bote.*

— Seu Conselho da Regência deve estar pressionando-a pela concepção de uma herdeira — ele falou, apanhando um cálice. O Príncipe Guma falava com um sotaque bastante carregado do norte de Yscalin. — Lamento por esse fardo. Este não é o momento de trazer uma criança ao mundo.

— É um dever sagrado, que cumpro de bom grado — Glorian

respondeu no dialeto que conhecia desde a infância, pois era usado na corte de Kárkaro. — É o que o Santo espera de mim.

— Sim, o Santo exige muito de suas descendentes. Muito mesmo. — Ele deu um gole. — Essas expectativas são o motivo para eu vir dormir aqui esta noite, para podemos dizer que o casamento foi consumado.

Ele não acreditava na Cavaleira da Confraternidade. Ela se perguntou o que a fé das árvores dizia sobre o matrimônio.

— Escolha quem quiser para engravidá-la, se é isso o que deseja — disse o Príncipe Guma. — Só peço que seja discreta, Glorian. Estou disposto a preservar sua dignidade; só o que peço é que preserve a minha.

— Eu jamais correria o risco de ter uma herdeira com a pecha de bastarda.

— Ótimo. Em troca, eu serei um pai amoroso para essa herdeira. Um pai em todos os sentidos, menos o parentesco de sangue.

Compreendo o que você está fazendo, ela sentiu vontade de dizer. *Sei que vai tentar cravar suas garras na minha filha que ainda nem nasceu.*

— O Bosque do Cervo é o seu lar — ela disse, em vez disso, caminhando na direção do fogo. — Um belo nome para um castelo. Imagino que deva haver muitas árvores por lá.

O Príncipe Guma a encarou com um interesse renovado.

— Havia muito mais quando meus ancestrais começaram a minerar na montanha — ele respondeu. — Mas sim. Foi onde sua ancestral Glorian, a Temida dos Cervos, foi cortejada pelo Rei Isalarico. Eles entalharam seus nomes em um carvalho, que permanece lá até hoje.

— Yscalin abriu mão de muita coisa por esse casamento. E está fazendo o mesmo agora, pelo nosso. — Glorian esboçou um sorriso que tentou fazer parecer o de uma pessoa cordata, fácil de ser manipulada. — Sou muito grata por isso.

Seu companheiro assentiu com a cabeça.

— Por uma coisa, peço que me perdoe. Sei que seria muito cortês da minha parte me oferecer para dormir no chão — ele falou, em um tom ácido —, mas receio que meus ossos não sejam capazes de suportar isso.

— Não se preocupe. Os meus são feitos de ferro — Glorian falou. — Até mesmo as rainhas dormem no chão nos salões de Hróth.

O Príncipe Guma lhe entregou algumas cobertas e esperou que ela se ajeitasse antes de apagar as velas, deixando apenas a lareira acesa. Mais uma vez, Glorian Hraustr Berethnet dormiu sobre peles no chão do próprio castelo, aquecida pela mesma lareira que a esquentou quando se deitava com Wulf.

E o segredo em seu ventre parecia sussurrar: *Eu estou aqui também. Estou aqui.*

70
Norte

O sol da meia-noite dourava as ondas tranquilas do Mar Cinéreo. O sangue se misturava às águas na praia, onde Wulf arrancava sua lança de um cadáver de chifres curvados e cascos de metal. Enquanto a ferida fumegava, ele observava a luz desaparecer dos olhos da criatura, uma brasa esfriando dentro das órbitas.

Um de seus próprios olhos estava fechado e inchado. Ele não fazia ideia do que o atingira. Tinha perdido as contas da quantidade de garras arranhando sua cota de malha, e de bicos que atacavam seu elmo.

Cravou a ponta do machado de guerra na areia. Ofegante por causa da fumaça, afastou os cabelos dos olhos e se voltou para Bithandun, se sentindo tão exausto que parecia estar até embriagado, com as pernas bambas. O Salão Prateado ainda não caíra, mas seu telhado estava em chamas, e não havia volume de água capaz de dar conta daquele incêndio. Os wyrms estavam atacando a Virtandade, como Fýredel prometera.

Quando os dias se tornarem longos e quentes, quando o sol deixar de se pôr no Norte, nós viremos.

Um soldado correu para apagar as roupas incendiadas no mar. Por três dias e três noites, eles suportaram um ataque incessante vindo das

Montanhas de Ferro: huscarlos, saqueadores, pessoas de todas as profissões e hierarquias. Todos os hrótios eram criados para serem guerreiros, porque sua terra era um lugar duro, cruel.

Era possível matar as criaturas do Monte Temível, mas a muito custo. Escamas duras como pedra protegiam seu corpo. Alguns mostravam vulnerabilidades — lugares onde a carne ficava à mostra, em geral no ombro, perto da asa —, mas outros eram tão incrustados que era difícil encontrar um ponto fraco para perfurar com uma lança ou espada.

Ele tirou o elmo e a máscara de tecido para respirar, suando sob a lã e a cota de malha. Einlek ordenara que todos cobrissem o máximo de pele que pudessem, e nem mesmo Wulf estava autorizado a descumprir essa determinação. *Se você aparecer por lá como um vingador seminu, os outros também vão poder*, Einlek alertara. *Trate de dar o exemplo.*

Wulf contou sobre o plano dos inysianos de esconder as pessoas debaixo da terra. Einlek não faria isso em seu reino, a não ser no caso das crianças e dos que estivessem velhos ou fragilizados demais para lutar.

Não nos escondemos no escuro em Hróth. Ninguém compõe canções sobre ficar tremendo de medo em túneis. Se morrermos, será com as armas em punho. Morreremos de uma forma que será lembrada.

Então eles lutaram pela própria sobrevivência em sua capital em chamas, mesmo mal sendo capazes de diferenciar o dia da noite. Combateram, e tombaram, e morreram às centenas.

Enquanto Wulf tentava recuperar as forças, um wyrm menor — um wyvern — apareceu na praia cuspindo fogo. Ele saltou por cima de uma cerca viva e caiu abaixado, sentindo seu corpo entrar em ação antes de a mente ser capaz de detectar a ameaça. A cerca explodiu em chamas no momento em que ele rolou para longe, e o wyrmling bateu asas e recuou na direção de Bithandun. As lanças voaram na direção da criatura, e saraivadas de flechas foram lançadas das muralhas.

Um choro ofegante chamou sua atenção. Uma mulher de cota de malha corria em direção a ele, encharcada de sangue escuro e com a respiração arfante, com três serpentes — lindwyrms — deslizando pelo chão em seu encalço.

— Thella — Wulf gritou para ela. — Para o chão.

A huscarla se jogou na areia. O machado de Wulf acertou um lindwyrm no peito, fazendo-o urrar. Wulf sacou a espada e partiu para o ataque.

O sol encoberto ainda se mantinha no céu. Não havia dia nem noite, nem alívio.

Sua bota pisou em algo denso e macio. Ele caiu por cima de uma pilha de cadáveres. Estava de novo no convés em chamas do *Convicção*, com Vell caído por lá, a carne servindo de sebo e os cabelos, de pavio, um homem derretido...

Com um pulo, Thella voltou a ficar de pé e chutou o lindwyrm, soltando um berro e o afastando de Wulf. A criatura se enrolou nos calcanhares dela e cravou os dentes em sua coxa enquanto ela caía. Empunhando a lança com um grito furioso, ela cravou a ponta da arma no corpo da fera, bem em uma brecha em sua carapaça de escamas, fazendo-a jorrar alcatrão fumegante e tombar, ainda enrolada em suas pernas. Thella soltou um ruído fraco e gorgolejante enquanto o peso da criatura a esmagava.

Wulf tentou afastar as lembranças para longe. Com os dentes cerrados, passou um braço em torno da fera, tentando arrancá-la de cima de Thella, mas os demais lindwyrms estavam furiosos. Ele recuperou a lança dela e a brandiu a esmo, quase cego por causa da poeira e do calor. Os lindwyrms se encolheram, mas em seguida deslizaram de novo até ele soltando sibilados como o de carne crua em uma panela quente.

— Wulf!

Thrit vinha correndo em sua direção com um grupo de huscarlos. Entoando um grito de guerra, eles formaram um círculo e atacaram, golpeando com machados, escudos e lanças até os dois lindwyrms estarem mortos, exalando vapores de seus ferimentos. Nesse meio-tempo, os huscarlos conseguiram arrancar o terceiro de cima de Thella, que tossia sangue.

— Guerreiros de Eldyng — uma voz familiar chamou, em um alto brado. — Todos os que restaram, venham até mim, no portão!

Um chifre de guerra ressoou.

— Eu levo Thella — Thrit falou, passando o braço dela sobre seu pescoço. — Vá até o rei.

Chamas se ergueram de um telhado. Wulf correu na direção do chifre, mais uma vez sentindo seu corpo entrar em ação antes da mente. Sob a cota de malha, o suor encharcava sua túnica.

Os caídos se aglomeravam nas ruas estreita, carbonizados e mutilados, quase inumanos na morte, assim como as pessoas do navio branco. (*Santo, tu que me mantiveste vivo, permite-me aniquilá-los.*) Ele apanhou uma lança, arremessou em um pássaro monstruoso, parou para recolher a arma e seguiu correndo.

Einlek estava posicionado perto de uma brecha na muralha, que Bardholt tinha mandado construir com pedra, embora Bithandun fosse de madeira. Ele tinha visto diversos fortes serem queimados na guerra, e sabia que valia a pena gastar um pouco mais de ouro para isso. Os huscarlos de posição mais elevada — os que já serviam a Einlek antes de ele ser coroado rei — tinham conseguido cercar as feras e encontrar um aríete para expulsá-las. Nem todas tinham asas; nem todas podiam superar a muralha com facilidade. A maioria dos sobreviventes estava a postos para bloquear a passagem com qualquer coisa que conseguissem encontrar.

Wulf seguiu na direção do aríete, usando as costas para impulsionar as rodas na direção das criaturas, até a arma ganhar velocidade para seguir por impulso próprio até o alvo. O barulho que se seguiu foi forte o bastante para estourar os tímpanos e intimidar até mesmo os corações mais fortes.

— Escudos — Einlek ordenou, e os outros se juntaram a ele quando as criaturas se agruparam para atacar pelos flancos. Os escudos de madeira se elevaram para dar a elas algo com que se ocupar. Após um grito em uníssono, Wulf ajudou a empurrar o aríete uma segunda vez, primeiro para longe da muralha, depois em sua direção.

Assim que as feras foram colocadas para fora, o aríete foi posicionado na abertura, e as pessoas foram buscar barris, e trouxeram até cadáveres, empilhando o que pudessem encontrar nas ruínas de sua capital. Wulf apanhou qualquer coisa que pudesse arremessar: armas, dois remos, uma prateleira que em algum momento devia conter carne, uma mesa com um pé quebrado. Com tantas mãos trabalhando juntas, a pilha logo ganhou altura suficiente para dificultar a passagem das criaturas. Os arqueiros lançaram flechas em chamas para incendiá-la.

— Está vindo para cá — uma voz gritou.

O wyvern estava de volta, e tinha todos eles à sua mercê, como peixes em uma rede. Wulf olhou para cima, sentindo os joelhos vacilarem ao se lembrar de Fýredel.

Um arpão atravessou a fera.

O som do grito libertou Wulf de seu transe. Ele ficou observando a criatura tombar como um navio vindo a pique e despencar sobre uma fileira de casas, vertendo sangue debaixo da asa. Uma chuva vinda de cima deveria abrandar as chamas, mas, onde aquele sangue caía, o fogo chiava e se tornava mais abundante. Nas muralhas da cidade, um homem de estatura gigantesca empunhou outro arpão, com os dentes arreganhados.

— Acabe com ele — berrou Einlek, em meio aos gritos de triunfo que faziam a rua inteira estremecer. O rei ergueu seu braço de ferro. — Pelo Santo!

— Pelo Santo! — Foi o rugido coletivo em resposta.

A esse comando, os hrótios se lançaram contra o inimigo, golpeando-o com martelos e o perfurando com varas e espadas e forcados, inebriados pela raiva e o sabor da vingança. Eles serraram e arrancaram as escamas para alcançar a carne quente por debaixo. Eram como um enxame de abelhas, uma imagem que assombrara Wulf durante toda a vida.

Mas não foi das abelhas que se lembrou enquanto subia no corpo do wyvern. Foi de uma história que ouviu sobre dentes-de-agulha, peixes carnívoros que viviam em alguns rios do Sul. Um único dente-de-agulha não era uma ameaça, mas juntos eles podiam reduzir um leão a um punhado de ossos.

****

Depois disso, a luta chegou ao fim por um tempo. Quando um wyrm tombava, parecia espalhar o pânico entre seus seguidores. Ao amanhecer, todas as feras haviam desparecido de Eldyng. Em seu encalço, deixaram centenas de mortos, além de milhares de feridos com gravidade. O wyvern foi decapitado, e sua cabeça foi carregada pelas ruas da cidade e fincada sobre o portão de Bithandun.

O rei reuniu seus huscarlos naquela noite, junto com os hrótios que demonstraram maior coragem durante o ataque, o que incluía o baleeiro cujo arpão disparou o projétil fatal.

Eles estavam sob o telhado esburacado de Bithandun, que teria desabado por completo se não fosse por um bravo grupo de carpinteiros, que subiu na estrutura para apagar as chamas usando os estandartes pesados que pendiam das paredes, em uma atitude desesperada para salvar o que Bardholt construíra. Era desconcertante não ver os símbolos heráldicos da realeza no salão, mas pelo menos uma parte do telhado continuava inteira.

As cinzas caíam como neve sobre as mesas, que haviam testemunhado inúmeros banquetes não muito tempo antes. À luz de um fogo baixo, os presentes compartilhavam histórias sobre seus feitos, brindando em nome dos que haviam ascendido a Halgalant.

A fome também se fazia presente, como uma convidada indesejável. Onde antes a comida era abundante, restava apenas o mínimo, mesmo para o rei e sua guarda.

— Vocês todos lutaram como o próprio Santo esta noite — Einlek falou depois que eles rasparam todos os pratos. — E ninguém mais do que Góthur Matawyrm, que derrubou a fera com seu arpão.

Pela primeira vez, os convidados ergueram as vozes em celebração. Góthur recebeu vários tapinhas nas costas.

— No passado, as pessoas ansiavam por uma morte gloriosa em batalha — gritou Einlek. — Hoje só podemos esperar uma boa morte pelo Santo e por nosso maior padroeiro, o Cavaleiro da Coragem, que sorriu para nós esta noite. Pode parecer uma pequena vitória em meio ao caos, mas se lembrem do que fizemos hoje. Nós derrubamos um wyrm.

Os gritos se elevaram. Wulf sorriu para Thrit, que retribuiu o gesto com um sorriso cansado.

— Eu poderia substituir este trono pela cabeça daquela criatura maldita — Einlek falou, provocando gargalhadas gerais. — Ele me mataria por dizer isso, mas acho que meu tio concordaria que um wyvern é um troféu bem melhor que uma baleia.

— Sim, mas não mais que Fýredel! — alguém respondeu.

Elevou-se o som dos cálices se chocando contra as mesas.

— Sim, a cabeça dele daria um trono intimidador mesmo. — Einlek ergueu sua taça. — Vamos beber àquele crânio cornudo antes que eu me sente sobre ele. Vou entalhar o nome do meu tio em seus ossos. — O barulho que se seguiu seria suficiente para balançar o telhado, caso tivesse sobrado mais coisa da estrutura. — Agora uma canção, para exaltar aqueles que esta noite estão jantando em Halgalant.

Mais aplausos se seguiram. Wulf cedeu seu último pedaço de carne cheia de nervos e cartilagem ao cachorro debaixo da mesa, coçando suas orelhas. Quando levantou os olhos, Einlek o encarava com uma sobrancelha levantada.

Ele estava sentado sozinho naquele crânio gelado. Como sempre, sua mãe estava ausente. Ólrun Hraustr lutara na guerra, mas desde então se tornara reclusa, torturada por uma estranha crença de que era feita de gelo.

— Ouvi dizer que você matou muitos deles — Einlek falou quando Wulf chegou mais perto. — Eu o manteria do meu lado, mas tenho outra tarefa para você, que não poderia ser executada por mais ninguém, Wulf. Preciso mandá-lo para longe outra vez.

— Estou começando a achar que não gosta de mim, Majestade.

— Infelizmente para você, só mando as pessoas de que gosto para enfrentar o perigo. É apenas nelas que costumo confiar. — Ele apertou os dedos no cabo do machado de guerra, que estava apoiado ao trono. — Você já foi à Planície do Norte?

— Não.

— Temos um posto avançado por lá, nos Chifres de Boi. Serve como ponto de parada para quem segue na direção leste, um lugar seguro para fazer comércio com os Hüran que não são hostis, e uma última defesa contra aqueles que tentariam invadir nosso território. Os yscalinos nos cederam dois espringales para defender o local — Einlek contou. — Entre os que estão nesse posto avançado, Járthfall, existem muitos guerreiros de valor, e precisamos de todos os nossos combatentes de volta às cidades.

— E o senhor quer que eu vá buscá-los.

— É preciso atravessar o Marco Tumular, mas a peste não parece incendiar seu sangue. E também já sabemos que você é capaz de sobreviver ao frio mais intenso. Sem dúvida deve haver wyrms também por lá.

— Eu dou conta.

— Grande homem.

Aquela tarefa era um alívio. Uma viagem longa seria uma provação, mas assim ele poderia escapar do fogo e da fumaça malcheirosa, nem que fosse só por um tempo.

— Vou abastecer você com o máximo possível de comida para a viagem — falou Einlek, dirigindo o olhar para os demais. — E em troca lhe ofereceria uma nomeação como cavaleiro, mas ao que parece minha prima já prometeu isso para quando a guerra acabar.

— O senhor teve notícias da Rainha Glorian, então?

— Sim, alguns dias atrás. Ela me pediu para agradecê-lo — Einlek contou. — Pelo que sua lealdade proporcionou a ela.

Wulf ficou imóvel, compreendendo as implicações daquelas palavras.

— Ela pretende ser coroada em breve, agora que se livrou de Eller, o pagão. — Einlek abriu um sorriso frio, com os lábios próximos do cálice. — Minha prima é uma Hraustr. Se aquele yscalino barba-branca acha que vai ter algum poder sobre ela, em breve vai sentir o gosto de nossas lâminas, a minha e a dela.

— Sim, senhor. — Wulf limpou a garganta. — Quando devo partir?

— Pode ser na primeira hora do dia. Quero aqueles combatentes aqui o quanto antes. O baleeiro teve sorte hoje, mas, se houvesse mais do que um wyvern, poderíamos não ter conseguido salvar Eldyng. Nosso inimigo também não era tão grande quanto Fýredel e seus irmãos horrorosos.

— Irmãos?

Einlek deu um gole em seu hidromel.

— Heryon Vattenvarg me escreveu — ele falou. — Existem pelo

menos dois grandes wyrms: um que parece de ferro, outro cinzento. Os sulinos chamam o primeiro de Dedalugun; o outro, os mentendônios chamam de Orsul. Também existe pelo menos mais um, que alterna entre o Norte e o Leste, a quem os hrótios deram um nome: Valeysa. Imagino que eles estejam se deslocando em alguma direção agora mesmo. — Ele segurou com mais força o machado. — Me encontre nos estábulos. Por ora, Wulf, trate de beber e se divertir. Este dia ainda vai ser tema de uma canção.

Wulf assentiu. Quando se virou, escondeu um sorriso. Jamais esperou que um dia fosse ser pai, muito menos de uma filha que não poderia assumir, mas esse pensamento lhe infundiu sentimentos calorosos.

Quando as curandeiras chegaram, os huscarlos embriagados se deitaram para dormir, cansados até os ossos. Uma mulher inconsciente foi trazida, com as entranhas caindo para fora da barriga. Um homem teve o maxilar deslocado, e outro sofreu um arranhão tão profundo que berrava enquanto a curandeira passava mel em sua pele dilacerada. Thella tossia sobre um pedaço de pano.

Thrit estava em um canto, com um dos braços sob a cabeça e bandagens limpas em torno do peito, com dois dedos fraturados.

— Como está seu ombro? — Wulf perguntou quando se sentou ao lado dele.

— Bem. — Os pensamentos de Thrit pareciam longe enquanto olhava para o teto. — Chamar isso de guerra é como um cordeiro se referir ao abatedouro como um campo de batalha. A morte chega antes mesmo que ele sinta o cheiro do sangue. A Rainha Glorian é que está certa: precisamos encontrar esconderijos.

— Você sabe que essa não é a conduta dos hrótios.

— Se isso continuar, não vai sobrar hrótio nenhum para manter essa conduta.

Wulf concordou, mas em silêncio. Convencer Einlek a se esconder era uma tarefa tão impossível como fazer o sol da meia-noite se pôr sobre o mar.

Eles dormiram a céu aberto. Wulf acordou sob uma luminosidade quase idêntica, enquanto Thrit ainda estava adormecido. Os galos não cantavam no verão, mas ele havia treinado seu corpo a reconhecer quando já era manhã.

Do lado de fora, a abóbada celeste estava tingida de um amarelo estranho, e o sol parecia pálido. Em meio ao silêncio da manhã, as pessoas não estavam mais celebrando, e sim carregando os cadáveres para as carroças, que em outros tempos eram usadas para transportar peixes e tecidos. Einlek o encontrou nos estábulos, onde seu cavalariço preparava um imponente cavalo de batalha inysiano, branco com a crina preta.

— São tantos mortos — Wulf comentou. — Os corpos vão ser cremados, Majestade?

— Amarraremos pedras e os jogaremos no mar. Seus ossos vão perdurar, mas assim a peste não se espalha. — Einlek deu um tapinha no cavalo. — Wulf, este é Prúth, um dos meus corcéis favoritos. Esteve em Járthfall antes, e essa cor de pelagem vai ajudar você a passar despercebido. Aqui está aqui o máximo de comida que é possível carregar. Quando voltar, o cavalo é seu.

— Meu rei. — Wulf assumiu as rédeas. — É muita generosidade sua.

— Só trate de voltar vivo. Se cruzar com os Hüran, tome cuidado. Algumas tribos são bastante amigáveis; outras vão atacar sem hesitação. — Einlek pôs a mão em seu ombro. — Traga meus combatentes de volta.

— E onde em Halgalant você vai estar?

Wulf se virou e viu Thrit parado na porta, com os braços cruzados.

— Perdoe a minha intemperança, Majestade, mas nem fodendo — Thrit falou, bem sério. — Só restaram quatro em nossa falangeta. Para onde Wulf for, eu vou também.

— Thrit, você não pode fazer isso — Wulf falou. — Vou atravessar o Marco Tumular, rumo à Planície…

— Não me interessa se você vai atravessar o Ventre de Fogo — Thrit interrompeu, com os olhos faiscando.

— Ele pode ir também — Einlek declarou, antes que Wulf pudesse responder. — Thrit, você fez um juramento a sua falangeta, e eu respeito isso… mas, se pegar esse fogo no sangue, não quero que volte. Não podemos permitir que isso se espalhe ainda mais.

— Garanto que não vai ser através de mim que a doença vai entrar em Hróth.

— Ótimo. — Einlek fez um aceno para o cavalariço e fez uma última carícia em Prúth. — Talvez seja uma tarefa enviada pelo Santo, para reunir todos vocês.

— Como assim, Majestade?

— Karlsten e Sauma estão nesse posto avançado — Einlek contou. — Eu os mandei até lá para fortalecer as fileiras. — Wulf e Thrit trocaram olhares surpresos. — Que o Santo os acompanhe. Quando voltarem vão me encontrar aqui, ainda lutando.

Ele se virou, balançando o manto. Wulf montou em Prúth, enquanto a Thrit foi concedida outra montaria, cinzenta como a névoa.

— Não acredito que você ia embora de fininho sem mim, Wulfert Glenn — falou, irritado. — Por acaso não sabe que nosso lugar é um com o outro.

— Sempre que eu me esqueço, você aparece para me lembrar.

Eles saíram da cidade, cavalgando lado a lado. Caso tivessem olhado para trás, veriam uma pequena embarcação inysiana, pelejando contra o Mar Cinéreo para chegar à costa enfumaçada.

71
Norte

A primeira visão que ela teve de Hróth foi de uma cidade incendiada, um wyrm sem cabeça caído sobre os telhados cujas escamas haviam sido arrancadas de sua carne e agora eram passadas de mão em mão como pão quente pelas ruas. No alto de um morro ficava o salão de banquetes dos Hraustr, onde o Martelo do Norte reinara a partir de seu trono de osso entalhado.

Canthe sabia falar hrótio, é claro. E tinha um dom para descobrir segredos — sua fala mansa incentivava as pessoas a soltarem a língua. Depois de dois dias em Eldyng, descobriu que Wulfert Glenn tinha saído em uma incursão rumo a terras ermas com outro huscarlo. Ela gastou mais de seu ouro em peles de urso, corcéis hrótios robustos e botas com dentes para andar no gelo.

Em pouco tempo estavam se deslocando de novo, galopando com uma velocidade que Tunuva nunca tinha alcançado antes no lombo de um cavalo.

Elas pegaram a antiga estrada que os hrótios usavam para transportar âmbar, percorrendo florestas de pinheiros e atravessando rios escuros, com correntezas brutais. As cachoeiras eram poderosas e reluzentes, caindo como cascatas de cacos de vidro de penhascos tão altos que a água mal chegava a tocar o chão.

Mesmo com a passagem dos dias, o sol nunca se punha. Tunuva sempre pensara que as neves eternas fossem uma lenda, e até havia campos gramados aqui e ali — mas, mesmo no auge do verão, Hróth era uma terra dura e fria.

Siyu queria viver ali. Tunuva se perguntou se ela conseguiria ser feliz. *Não pense nela*. Tunuva esporeou a montaria. *Pense apenas nele. Você precisa encontrá-lo primeiro, para então poder encontrá-la de novo.*

Canthe seguia um pouco à frente, parecendo conhecer o caminho, como sempre. Como o tempo, chegaram à terra fronteiriça conhecida como Marco Tumular, e foi lá que viram as primeiras aves circulando os céus.

Havia um corpo caído de lado na neve, morto havia talvez três ou quatro dias. Mais adiante, encontraram mais dois, segurando machados.

— O Marco Tumular foi onde tudo começou — Canthe explicou. — Em um vilarejo do extremo norte chamado Ófandauth. — Os flocos de neve coroavam sua cabeça. — Precisamos seguir viagem. Só existe morte aqui.

Ela estava certa. Daquele ponto em diante, os corpos se tornaram parte inerente da paisagem. Centenas de milhares, todos vitimados pela peste — Tunuva perdeu a conta logo na primeira noite. Havia carroças lotadas de cadáveres abandonadas na beira da estrada.

Quando seus odres ficaram vazios, elas pararam para reabastecer em um lago congelado. Tunuva se ajoelhou na neve e abriu um buraco no gelo com o punho, vendo a água escura brotar por ele. Tinha acabado de mergulhar o gargalo de seu odre quando viu outro cadáver.

O homem tinha mergulhado de cabeça nas águas rasas. Da cintura para baixo, restavam só carne podre e ossos, que não serviam nem para os corvos — mas o lago preservara o resto do corpo, permitindo que ela visse o rosto congelado em um grito e a mão vermelha.

Quando uma serra elevada cobriu o horizonte, Tunuva já não conseguia pensar em nada que não fosse o tropel incessante dos cavalos. Elas galoparam para noroeste até um ponto onde as montanhas se abriam.

— O Desfiladeiro de Vathuld — Canthe falou. — É aqui que Hróth termina e começam as terras ermas. — Ela olhou para Tunuva. — Nossa última chance de dar meia-volta, minha amiga.

Tunuva segurou firme nas rédeas. Era uma guerreira nascida do fogo, e tudo o que havia diante de si era neve.

— Para leste, então — ela disse.

72

Oeste

Mais uma vez, o sol tinha escurecido no céu do amanhecer. Diante da janela de sua alcova, Glorian o observava, envolvida em sua manta. O Monte Temível devia estar fumegando.

Talvez tenha sido essa visão que fez suas entranhas se revirarem de novo. Enquanto ela se debruçava sobre o bacio, Helisent se aproximou e segurou seus cabelos. Quando Glorian terminou de pôr tudo para fora, Helisent colocou uma mão sobre a dela, apoiada sobre seu ventre e o tecido verde que o cobria.

Quando seu sangue não desceu pela segunda vez, ele teve certeza. Sua avó a aconselhara a esperar pelo menos até o terceiro mês para dar a notícia ao Conselho da Regência. Ela já estaria mais adiantada do que eles imaginavam.

Superficialmente, seu corpo permanecia inalterado. A novidade estava por dentro. Ela estava exausta. Seus dentes doíam até as raízes. Só o que conseguia imaginar era o mundo que sua sucessora herdaria — morto, calcinado e cinzento.

Sentia também uma outra tristeza, por si mesma. Seu pai lutara tanto para lhe conceder uma infância, e lá estava ela, aos dezessete anos, com uma nova Berethnet na barriga.

Papai, você tentou.

Helisent a levou para a única banheira disponível no castelo, onde Julain e Adela estavam à sua espera.

— Ele é gentil com você, Glorian? — Adela perguntou enquanto as duas enxaguavam seus cabelos. — O Príncipe Guma. Ele é tão velho e austero.

— Quieta, Adela. — Helisent estava com a toalha. — Glorian não teve escolha. As coisas são o que são.

— Por que você não está incomodada com isso, Helly? — Adela questionou. — E para você, Jules? Isso não parece um problema?

— Adeliza. — Glorian segurou sua mão. — Somos irmãs de leite. Precisamos confiar uma na outra sempre, então acredite em mim quando digo que está tudo bem — ela falou, em um tom gentil. — Está tudo sob controle.

Adela franziu a testa, confusa, com lágrimas em seus olhos castanhos afetuosos. Glorian apertou sua mão.

No solário, ela mal tocou na comida, se esforçando para não passar mal de novo, enquanto esperava os cabelos secarem. Pareciam mais pesados sobre suas costas. Houve uma batida na porta, e Helisent abriu, deixando Marian entrar.

— Glorian — sua avó falou, com um suspiro. — Perdão, minha criança. Ao que parece, estou condenada a ser a portadora de más notícias. — Glorian ficou de pé. — Ainda não apurei como, mas Robart Eller fugiu do Castelo de Glowan. Um guarda florestal encontrou seu corpo no bosque Haith, pendurado em um galho de teixo, sem uma gota de sangue no corpo. Ao que parece, ele cortou o próprio pescoço.

— Que o Santo nos salve — murmurou Julain. — Que tipo de loucura pode ter acometido a mente dele?

Glorian sentiu uma incompreensível pontada de tristeza. Ele podia parecer um bom homem, mas estivera tramando pelas suas costas o tempo todo.

— Vamos dizer ao Príncipe Guma que foi a peste — ela falou. — Os Eller podem fazer o que bem entenderem com o corpo. Acredito que ele não vá entrar em Halgalant, portanto não precisamos rezar por sua alma nessa jornada. Não sei para onde vão os pagãos depois da morte.

****

Inys parecia um lugar tomado pela imobilidade. Pelo silêncio. Um rainhado com a respiração presa e os olhos voltados o tempo todo para o céu. Com a passagem dos dias, o calor envolveu tudo com seu aperto suarento. A inquietação se espalhou pela cidade; um tumulto na praça do mercado, outro na fila do pão. Um padeiro foi acusado de usar osso triturado no lugar de farinha.

Glorian não conseguia dormir, então ficava andando de um lado para o outro. Estava sempre passando mal, e sentia uma queimação no peito. Quando acordava, nunca conseguia se recordar dos sonhos, mas às vezes suava frio. Robart Eller a assombrava. A família dele decidira cremar o corpo, para reforçar a mentira de que tinha morrido por conta da peste.

Seu ancestral não era um herói. Aquelas palavras atormentavam sua mente. *Você não precisa conceber o fruto de sua vinha eterna. Isso é uma mentira, criada para perpetuar o legado dele, nada mais*. Aquelas palavras continuavam reverberando dentro dela.

Ela passou mal de novo, e fios de cabelos ficaram grudados em suas lágrimas e sua boca. Assim que soubessem da gravidez, os membros do Conselho da Regência a isolariam do mundo. Quando conseguiu ficar de pé, pegou o espelho que sua mãe lhe dera, e o pânico a dominou com tamanha força que quase a fez vomitar de novo. Seu rosto era a verdade. Seu rosto era sua coroa.

Seu jantar tinha esfriado. Ela pegou a faca em uma das mãos e uma mecha de cabelos com a outra — seus cabelos pretos, um dos aspectos do Prodígio do Santo. Os cabelos de uma rainha Berethnet.

Durante toda a vida, tinham chegado até sua cintura. Ela passou a faca nas mechas, e viu os fios caírem no chão. O mundo não acabou por conta disso. Tudo permaneceu silencioso. A empolgação assumiu o lugar do medo. Ela cortou e cortou, cerrando aquela escuridão pesada com a lâmina e, quanto mais o comprimento encurtava, mais leve ficava sua respiração. Era algo pequeno, mas que ela ainda podia controlar. Seu ventre não era seu — mas os cabelos ainda podiam ser, sem sombra de dúvida.

Quando o primeiro sino tocou, ela estava sentada no chão, cercada de tufos pretos, com os cabelos desalinhados ao redor do rosto. Florell entrou em sua alcova.

— Glorian… — Ela olhou para o chão, para a faca. — Querida, por que fez isso?

— Para lembrar a mim mesma que ainda sou minha. — Glorian a encarou. — Avise o Conselho da Regência que chegou a hora.

****

Estava tudo preparado fazia semanas. Na semipenumbra, Helisent e Adela a ajudaram com a armadura. Nas ruas, soldados carregando tochas se espalharam para guiar as pessoas ao Santuário da Colina. Muitos choraram e protestaram e tentaram resistir, atemorizados demais para bater em retirada com tranquilidade. Outros aguardaram com resignação por sua vez de descer para o túnel de mineração.

Glorian viu o santuário devorar uma tocha atrás da outra, e então dezenas de uma vez. Ela afivelou o cinto e embainhou sua espada. Finalmente, Lady Gladwin tinha chegado.

— Majestade, peço que venha comigo imediatamente — ela falou. — Os wyrms em breve estarão aqui.

O Conselho da Regência e alguns outros nobres participavam de uma reunião carregada de tensão no pátio, onde Sir Granham Dale estava a postos para levar todos ao túnel. O Príncipe Guma também estava lá, de armadura, cota de malha e um diadema de ouro ao redor da cabeça. Glorian usava o seu também, porque Marian enfim a convencera da importância disso.

— Está tudo bem, Majestade? — ele perguntou, com seu tom frio de costume, falando alto para ser ouvido em meio aos sinos.

— Sim, Alteza. Obrigada.

— Fiquei sabendo o que aconteceu com Lorde Robart — ele falou, caminhando ao seu lado. — Talvez o afortunado seja ele. Está descansando em paz esta noite, enquanto nós somos obrigados a encarar o fogo do Monte Temível.

— Esse fogo invadiu o sangue dele. Eu não o invejo nem um pouco.

O castelão os conduziu para o Santuário da Colina. Na câmara subterrânea, ele mostrou o caminho para uma escadaria íngreme, que levava à base do morro. De lá, caminharam na escuridão total até o túnel de fuga, onde o ar era espesso como lã crua. Uma alvenaria ressecada cobria as paredes desgastadas que os inyscanos haviam escavado fundo na terra.

Sir Granham ia à frente com uma tocha. Durante todo o trajeto, Glorian pensou que o túnel antiquíssimo ia desmoronar e os soterrar, mas as paredes aguentaram firme. Os mineradores tinham trabalhado com afinco para reforçá-lo.

Era um trajeto de mais de três quilômetros até a Montanha de Stathalstan. Quando chegaram, Marian estava exaurida pelo esforço, e nem mesmo o Príncipe Guma conseguia esconder sua fadiga. Alguns de seus guardas yscalinos diminuíram o passo para acompanhá-lo de perto. Segurando sua avó pelo braço, Glorian entrou na primeira caverna de teto alto, observando as formações de calcário que se estendiam como longas facas lá de cima.

O cheiro era de sebo e de animais de rebanho. Ela já estava começando a suar sob a cota de malha e o perponte. Os guardas da cidade e os soldados yscalinos conduziam as pessoas para as cavernas mais profundas, mas algumas haviam se aglomerado para esperar por seus entes queridos, sozinhas ou em pequenos grupos. Glorian as observava sob o capuz. Em algum lugar na escuridão, galinhas cacarejavam e vacas expressavam seu descontentamento, enquanto as conversas formavam uma espécie de zumbido. Mestrie Bourn se ajoelhou ao lado de uma criança desacompanhada, que tinha ralado o joelho e chorava, desolada.

— Essa foi uma escolha melhor do que tentar lutar — Helisent falou, baixinho, para Glorian. — Você sabe disso, não?

— Meu coração é hrótio — Glorian respondeu —, mas acredito que meu pensamento seja mais inysiano.

— O Santo é misericordioso.

— Só espero que meu primo ceda e mande seu povo para um lugar seguro. Não existem cavernas em Eldyng, mas…

— Rainha Glorian, bem-vinda a Stathalstan. — Lade Edith apareceu das sombras e fez uma mesura. — Preparamos uma caverna para a senhora e suas damas.

— Obrigada, milade. Está tudo saindo conforme o planejado?

— Por enquanto, sim, graças ao Santo — disse Lade Edith, olhando para o túnel. — Agora que estão todos aqui, vou mandar selar as câmaras subterrâneas. Não queremos nenhuma criatura nos farejando.

— Ninguém ficou para trás?

— Ninguém. Os guardas foram meticulosos.

— Ótimo.

Glorian ouviu um suspiro de susto. As pessoas mais próximas tinham se dado conta de quem estava lá. Ela as observou, assim como era observada: procurando por algum sinal de raiva ou ódio nos olhos assombrados que refletiam a luz das velas, como o do homem que tentou matá-la.

Mas ninguém se moveu; ninguém abriu a boca. Estavam esperando que ela se manifestasse.

— Não tenham medo. O Cavaleiro da Coragem está com vocês — falou. — Estamos o mais seguro possível aqui. Juntos, acredito que vamos sobreviver ao que vem pela frente, assim como meu ancestral sobreviveu, contrariando todas as probabilidades, nas areias vermelhas da Lássia. Confiem no Santo, que olha por nós na escuridão.

Sua voz soava bem mais alta na caverna. Assim como as vozes das pessoas, que ecoaram:

— Que olha por nós na escuridão.

Glorian acenou com a cabeça para todos. Só então seguiu Lade Edith para longe dos sussurros, subindo os degraus rangentes que os mineradores deviam ter erguido. As cavernas ficavam mais frias a cada passo.

Lade Edith encarregara seus criados pessoais de escoltar os nobres. Quando Glorian conheceu sua câmara improvisada, seu alívio foi imenso. Sua caverna era silenciosa e não tão fria, iluminada por velas finas de cera que queimavam sem soltar cheiro de sebo — um alívio para suas entranhas reviradas.

— Sir Bramel vai ficar logo aqui fora — Lade Edith avisou. — Agora, se me dá licença, preciso ver como estão as pessoas.

— Obrigada, milade. Você foi muito além de seus deveres como Duquese da Cortesia.

Quando Lade Edith se foi, Glorian desabou na cama. Sua avó estava na caverna ao lado, com Mara Glenn como atendente.

— Adela, você pode conseguir para mim um leite quente com mel? — Glorian pediu.

— Claro que sim.

Julain ficou observando enquanto ela ia embora.

— Você vai ter que contar — disse para Glorian. — Quando a barriga começar a aparecer.

— Adela não sabe nada sobre carregar uma criança. Não vai perceber a gravidez até que esteja bem avançada. — Glorian desamarrou os calçados. — Tudo isso já está sendo demais para ela.

Quando suas damas tiraram sua cota de malha, Marian entrou e se sentou ao seu lado na cama.

— Como está o mal-estar? — perguntou, sentindo a temperatura da testa e do rosto de Glorian e prendendo seus cabelos curtos atrás da orelha. — Ah, sim, isso é mais prático para a guerra. Você está parecendo a ancestral de quem recebeu o nome.

Glorian abriu um sorriso.

— O mal-estar continua o mesmo. Meus dentes doem — falou. — Pelo Santo, meu corpo inteiro dói.

— É difícil, mas vai passar. Eu me lembro de quando estava grávida de Sabran. Mais ou menos a partir do quarto mês, comecei a me sentir mais forte.

— Wulf sabe? — perguntou Julain.

— Eu mandei uma mensagem, um tanto cifrada. — Glorian olhou para a abertura da caverna. — Fýredel vai levantar voo esta noite. Sinto isso em minhas costelas.

— Ele não vai encontrar nada em Arondine. — Helisent se sentou no outro lado de Glorian. — Graças a você e aos mineiros.

— Mas ele não vai desistir. — As velas bruxuleavam. — A morte está vindo para Inys.

Marian acariciou seus cabelos.

— Você precisa manter a maior calma possível, Glorian. Pela criança.

Adela voltou correndo com o leite fresco e uma panela com um caldo. Glorian bebeu e deixou sua avó ajeitá-la na cama como se ainda fosse uma criança. Ela não poderia fazer fogo para aquecer a caverna, então suas damas se deitaram na cama para se aquecerem — todas as três, abraçadas ao seu redor. Um dos gatos as encontrou também, e se juntou aos membros empilhados. Adela aninhou a bola de pelos junto ao peito e dormiu.

Pela primeira vez em vários dias, Glorian se sentiu segura. *Elas vão abraçar você também*, ela disse para sua barriga. *Você nunca vai estar sozinha, mesmo que o mundo pareça um lugar desolado.*

Seu corpo estava exausto, mas sua mente se recusava a se aquietar. Glorian não ousou procurar sua irmã do espelho — as damas sentiriam o toque frio de sua pele. Por fim, ela se levantou, tomando cuidado para não as acordar, e foi até onde Sir Bramel Stathworth estava de guarda. Ele piscou algumas vezes diante da visão inesperada.

— Sir Bramel — ela falou, — você me levaria até o ponto de vigia?

Com uma tocha na mão, ele foi andando pelos túneis que pareciam cada vez mais estreitos. Sir Bramel a ajudou a vencer as subidas mais íngremes, conduzindo-a até o local onde as cavernas se elevavam para a montanha em si.

Eles saíram por uma abertura na rocha, onde encontraram Lady Gladwin sozinha em um esconderijo na encosta, exposta às intempéries, mantendo aceso um pequeno braseiro. Aquela parecia a única luz no mundo.

— Quem está aí? — ela falou, em um tom firme.

— Sou só eu, Lady Gladwin. — Glorian se aproximou da luz. — Com o perdão da intromissão.

— Rainha Glorian. — Lady Gladwin se recuperou do susto. — A senhora deveria ficar no subterrâneo.

— Eu preciso ver.

Glorian se posicionou ao lado do braseiro e olhou para Arondine. Os sinos tinham parados de tocar — os sineiros foram os últimos a fugir — e todas as tochas estavam apagadas, para escondê-los melhor dos wyrms. A noite estava tão escura que parecia haver uma venda em seus olhos.

Elas esperaram. Uma brisa sacudia seus cabelos, e Glorian puxou a manta para mais perto de si, estremecendo.

De alguma forma, ela sentiu a presença dos wyrms antes que eles viessem. Seus sentidos ficaram em alerta. Quando o som das asas deles enfim pôde ser ouvido, Lady Gladwin foi até o braseiro e jogou cinzas sobre o fogo, fazendo-as mergulhar na escuridão absoluta. Glorian fechou os olhos, ouvindo apenas aquele farfalhar. Devia ter sido a mesma coisa que seus pais escutaram antes de encontrar seu fim.

Fýredel poderia não ver a cidade. Ela abriu os olhos, mas continuou sem enxergar nada, apenas sentindo o próprio sangue pulsar.

O fogo rasgou a noite.

Glorian ficou sentada em silêncio, como que pregada à rocha. Viu Arondine ser engolida por uma fornalha vermelha, alta o bastante para chamuscar Halgalant. À luz do fogo, ela só conseguia distinguir as asas. Cada grito primevo que ouvia provocava um calafrio em sua espinha. Enquanto as construções envergavam e a palha dos telhados se incendiava, ela rezou para ninguém lá embaixo conseguir escutar o que estava acontecendo, para que as cavernas fossem profundas o bastante para isolar o som.

Ela continuou observando até a alvorada surgir como uma ferida, fazendo sua luz sangrar para o céu.

Quando a fumaça se dissipou, Fýredel estava empoleirado no Santuário da Colina. Olhava na direção da montanha, e Glorian era capaz de jurar que aqueles olhos encontraram os seus. A garganta feroz dele se abriu, como os portões do próprio Ventre de Fogo.

— Então aqui está você, wyrm — Glorian disse, baixinho.

73
Norte

Houve um tempo em que um trecho de terra árida unia o norte do Leste ao leste do Norte. Os mais corajosos foram capazes de atravessá-lo a pé. De acordo com *O épico dos mares*, o Abismo o tinha engolido, separando os dois continentes.

Esse trecho era conhecido como o Corredor Fraturado, e Dumai estava certa de que era isso o que estava vendo. Aquelas eram as águas mais rasas do norte do Abismo, onde o gelo emergia como dentes quebrados sob as ondas.

Mais acima, os dragões voavam — estranhos e imensos guardiões dos céus, com olhos azuis e vazios. Alguns olhavam para baixo quando Furtia passava, enquanto outros pareciam ignorar sua presença, silenciosos e distantes, à espera de algo. Não havia nenhuma forma de vida. Ali, era como se a guerra não existisse.

No entanto, Dumai sentira o cheiro da fumaça quando sobrevoaram o Rainhado de Sepul. Ouvira os gritos dos wyrms enquanto Furtia passava pelo Império dos Doze Lagos. A cada anoitecer, centenas de incêndios se revelaram. Agora ela sabia por que o sol estava escuro, emitindo uma luz sem brilho.

Ela queria se manter próxima da costa, mas era um instinto que estava seguindo, não uma rota ou um mapa. A figura em seu sonho estava certa. Era o vínculo entre elas que a guiava, mesmo estando acordada. Furtia parecia sentir também, quando Dumai punha a mão nua em suas escamas.

O mar escuro não deve ser atravessado, Furtia lhe dissera. *O caos dorme em suas profundezas.*

É só um pequeno trecho. Não precisamos passar pelas águas profundas, só pelos vestígios do que antes era terra. Dumai manteve uma das mãos pressionando as escamas dela. *Eu não tenho escolha, grandiosa. Algo está me chamando.*

A pedra estava guardada em seu peito. Mesmo dentro da caixa e sob as várias camadas de roupa que vestia, ela conseguia sentir a superfície gelada da pedra. *Aquilo que parece algo sempre vai fazer seu apelo*, Furtia respondeu, *mas o que não parece também.* Ela se inclinou um pouco para o lado. *Sua voz vai ser a mais alta, a voz do desconhecido.*

Dumai não entendeu o que ela quis dizer, mas já sabia que não adiantaria perguntar. Os deuses tinham seus segredos, e às vezes nem mesmo os Noziken eram capazes de entender.

Nikeya dormia, encostada nela, com os braços em torno de sua cintura. Apesar da distância percorrida, as duas mal se falaram. Furtia voava tão depressa que o vento rugia mais alto que suas vozes e, nas raras noites em que ela parou para nadar e descansar, elas estavam tão roucas e fustigadas que pegavam no sono imediatamente.

Voar não era mais um desconforto. Dumai se sentia parte da sela, como se tivesse sido feita para ela sob medida. Mesmo quando se mantinha alerta à presença dos wyrms, saboreava o frio cortante, as rajadas de vento, o céu aberto. Aquele era o seu lugar — não a corte.

Ainda sofria por Kanifa. Às vezes olhava para trás esperando vê-lo ali.

No final do Corredor Fraturado, as águas se chocavam contra um promontório íngreme e coberto de neve. Tudo o que havia adiante era brancura. Pelos cálculos de Dumai, ela não estava mais no Leste. A chuva caía fina como leite derramado sobre a terra e a rocha erodida. As árvores se elevavam ao céu como dedos descarnados, em meio a trechos de grama amarronzada e juncais interrompendo a paisagem de tempos em tempos.

Com a outra pedra, elas seriam capazes de deter ambos os wyrms e suas investidas até que o cometa chegasse. Mesmo se não fosse possível, ela saberia o que causava seus sonhos, e isso bastaria.

Eu sinto você. Como se para dirimir qualquer dúvida, a voz reapareceu. *Está quase aqui.*

Sim. Dumai abriu um sorriso tão largo que suas bochechas doeram. *Estou ansiosa para abraçá-la depois de tanto tempo, minha irmã.*

****

O sol nunca se punha naquelas terras — era uma peculiaridade dos verões nortenhos. Mas seus raios estavam sem cor. No terceiro dia de luminosidade reduzida, um rio apareceu, fraturando a terra, escuro como nanquim. Furtia aterrissou, esperou que suas ginetes descessem, e entrou na água para refrescar as escamas, fechando os olhos de contentamento. Dumai ficou apenas com as roupas de baixo e entrou nas águas rasas para se lavar.

— Você está doente da cabeça. — Nikeya se ajoelhou para encher seu cantil. — Vai se arriscar de novo a morrer congelada?

— A fonte gelada do Monte Ipyeda me deixou resistente. O frio aguça os sentidos.

— E entorpece o juízo, ao que parece. — Nikeya ficou olhando para ela. — Não me deixaram ver você quando estava doente. Não pude dizer o quanto sinto muito por Kanifa. Tentei procurar por ele.

— Você não tinha como salvá-lo.

— Ele era um homem bom e gentil, apesar de não gostar de mim. Sou obrigada a confessar que invejava a amizade de vocês.

— Você tem amizades de sobra. Eu vejo como interage com as pessoas na corte, onde tudo parece ser tão divertido.

— São pessoas da minha família. — Nikeya fechou o cantil. — Na corte, a família nem sempre é fonte de conforto.

Estava mais linda do que nunca por conta do frio, com o rosto corado e os olhos banhados pelo sol.

Ela ainda é prateada. Dumai mergulhou na água, esperando que o frio cortante afastasse aqueles pensamentos. *Sempre vai ser do clã prateado.*

Elas acenderam uma fogueira para se aquecerem e comeram um pouco de comida seca e preservada com sal. Quando Furtia estava descansada, elas voltaram para a sela, onde o balanço do voo logo fez Dumai pegar no sono. Ela procurou sua irmã do espelho de novo, mas não obteve nenhuma resposta além daquele chamado, que as levava rumo a oeste.

Furtia, o que foi?

O grito de um deus era uma coisa terrível. Quando Furtia virou a cabeça, Dumai viu uma enorme haste de madeira em sua coroa. Ela olhou para baixo, horrorizada, mas não viu nada além da neve.

Fui atingida...

Elas estavam sob ataque. Dumai se desprendeu da sela, ignorando o protesto de Nikeya, e avançou sobre a cascata de crinas à sua frente. Precisava tirar aquela lança, ou Furtia seria incapaz de voar.

O vento sacudia seus cabelos e entorpecia seus ouvidos quando ela chegou a um chifre, e as manoplas a ajudaram a manter uma pegada firme. Ela passou uma perna por cima do chifre, ofegante pelo esforço de se segurar, mas Furtia estava perdendo altitude a cada segundo, mergulhando diretamente para o chão. De súbito, Dumai foi transportada para o dia em que caiu da dragoa. Continuou agarrada a ela com os dois braços, incapaz de pensar ou respirar, nem de ver nada que não fosse um borrão nauseante em preto e branco.

— Dumai!

Mal conseguindo se aguentar, ela virou o pescoço. Nikeya havia deixado a sela e, de alguma forma, tinha conseguido percorrer metade do caminho até Dumai.

— Segure a minha mão — ela gritou, com o braço estendido. — Vamos, Dumai!

— Nikeya, volte para...

— Pare de falar e segure a minha mão!

Dumai se soltou e se arrastou na direção de Nikeya. Momentos antes da colisão, Furtia arremeteu para o alto, espirrando neve e raspando a barriga na rocha mais abaixo. Nikeya perdeu o equilíbrio, mas Dumai a segurou bem no momento, e elas caíram juntas naquela brancura imensa.

O choque com o chão fez Dumai perder o fôlego. Ela acabou mordendo a própria língua e se cortando. O frio invadiu suas roupas. Depois de se certificar de que conseguia se mover, ela se sentou e constatou que haviam caído sobre a neve macia.

Furtia?

Apenas o vento respondeu, rugindo baixo e varrendo a paisagem árida da Planície do Norte. Ela cuspiu o sangue da boca e procurou por Nikeya, que estava caída sobre a neve grossa mais adiante, com os cabelos sobre o rosto. Dumai foi engatinhando até ela e a virou, segurando sua cabeça entre as mãos com todo o cuidado.

— Nikeya. — Ela começou a apalpá-la em busca de fraturas. Nikeya estava imóvel, sem respirar. — Nikeya, não me abandone, por favor... — Dumai tentava enfiar a mão sob a gola da túnica dela para tentar sentir sua pulsação. — Está me escutando?

Do nada, Nikeya tossiu uma nuvem de vapor, e Dumai ficou paralisada.

— Sim. Estou escutando suas súplicas para que eu não a abandone, Princesa — falou, mexendo os cílios. — Devo estar sonhando. — Dumai se limitou a encará-la. — Finalmente, você admitiu que gosta de mim. Se eu soubesse que bastava me jogar de uma dragoa, já teria feito isso há muito tempo.

— Não tem a menor graça — Dumai retrucou, furiosa. — Você saiu da sela só para fazer essa brincadeirinha?

Nikeya suspirou.

— Sei que isso ameaça sua convicção inabalável de que todo Kuposa é uma cobra traiçoeira, mas eu saí da sela para trazer *você* de volta — ela respondeu. — Para salvar a sua vida, de novo.

Dumai respirou fundo, e o alívio falou mais alto que a irritação. A neve continuava por mais ou menos uma légua, com alguns trechos de grama amarelada, antes de chegar a uma encosta íngreme.

— Essas montanhas… Furtia deve ter ido procurar abrigo lá. Os dragões se curam em lugares altos, quando não conseguem encontrar água — explicou. — Você viu de onde veio aquela lança?

— Sim. De uma torre de vigia — Nikeya falou. — Havia fogo lá. — Ela apontou com o queixo para uma distante coluna de fumaça mais a leste. — Deve ser um sinal para alertar os outros sobre nós. Precisamos sair daqui.

— Por que alguém faria mal a Furtia?

— Porque está chovendo morte do céu, Dumai. Os nortenhos já se esqueceram há muito da existência dos nossos dragões, se é que já ouviram ao menos falar da sua existência. Eles ficaram adormecidos por muito tempo.

— Acham que é um wyrm. — Dumai olhou na direção da fumaça. — Precisamos nos explicar.

— Não sei você, mas eu não falo a língua dos nortenhos e duvido que eles entendam a nossa. — Nikeya se levantou com dificuldade, com a mão nas costelas. — Não sei em qual parte da Planície do Norte caímos, mas não faria diferença. Se for do lado dos hrótio, vão nos matar por sermos infiéis. Se for no território dos Hüran, vão nos matar por virmos de uma ilha desconhecida sem pedir permissão para atravessar seu território. Não sei o que é pior.

— Vamos encontrar Furtia, mas primeiro precisamos procurar abrigo — disse Dumai.

— Se é o que diz. — Nikeya estendeu a mão outra vez. — Já está começando a detestar montanhas?

Dumai segurou a mão dela.

— Seria como detestar uma parte do meu próprio coração. — Quando viu a careta no rosto de Nikeya, ela perguntou: — Está ferida?

— Acho que machuquei as costelas. — Ela soprou uma nuvem de vapor. — Mas estou bem. Vamos procurar abrigo?

Chegar à encosta foi difícil. A neve era funda, o que tornava cada passo um sacrifício, e Nikeya logo ficou pálida de frio.

— Dumai — disse. — Está vendo aquilo? — Ela apontou da melhor maneira que podia com as luvas pesadas. — Aquela fratura na montanha. É pequena, mas pode ser uma caverna, não?

Ficava em um lugar baixo o bastante para as duas conseguirem escalar.

— Você tem um olhar afiado.

— É o treinamento em arco e flecha.

Estavam se aproximando da caverna quando Dumai sentiu uma mudança no vento. Em algum ponto mais atrás delas, um chifre foi tocado, e quando se virou ela viu um bando de criaturas aladas voando bem em sua direção.

Ela agarrou Nikeya pelo braço e a puxou para cima da rocha

inclinada. Ao se dar conta do perigo, Nikeya foi subindo aos tropeços atrás dela, e assim que se enfiaram na abertura o fogo vermelho explodiu em seu encalço. Enquanto corriam pela escuridão, um wyrm rugiu atrás delas antes de voltar a levantar voo.

Elas ficaram em silêncio por um instante, recuperando o fôlego.

— Eles estão por toda parte — Nikeya falou, com a voz fraca. — Dumai, já devem estar inclusive em Seiiki a esta altura. Nós não poderíamos ter ido embora naquele momento.

— Mas também não temos como voltar. — Dumai olhou para a entrada da caverna. — Aquele chifre. Eram os Hüran?

— Se forem, vamos torcer para não terem visto que entramos aqui. — Nikeya levou a mão às costelas. — Se você souber como fazer aquela luz de novo, agora seria um bom momento.

Dumai já havia fechado os olhos à sua procura. Em busca da mesma parte de si mesma que conseguira acessar no Brhazat, ela evocou o brilho branco de volta à mão, projetando sombras nas paredes.

— Eu vi lá na montanha. Foi assim que encontrei você — Nikeya contou, com a luz dançando em seus olhos. — Como você faz isso?

Dumai sacudiu a cabeça. Não saberia como explicar, da mesma forma como não sabia dizer com exatidão como as diferentes artes de seu corpo se moviam, ou como um pensamento se formava. Simplesmente acontecia.

Elas foram penetrando as profundezas da montanha, se esgueirando por pequenas aberturas na rocha, descendo cada vez mais. Quando chegaram a uma gruta seca, Dumai se encostou na parede e desabou, tão cansada que suas pernas tremiam. Nikeya se sentou ao seu lado.

— Todos os nossos cobertores estão na sela — falou, batendo o queixo. — Sei que vai achar que é mais um dos meus truques de cortesã, Princesa, mas… acho que posso morrer congelada se não me abraçar agora.

Com gestos exaustos, Dumai abriu as peles que usava. Nikeya se recostou nela, apoiando a cabeça em seu esterno, e Dumai fechou as vestes em torno dela, assustada com os tremores violentos que a sacudiam.

— Essa armadura é um travesseiro bem desconfortável. — Nikeya comentou. — Você pretende enfrentar os wyrms em batalha?

— Eu não sei lutar.

— Então somos duas. — Nikeya fechou os olhos, como se estivesse tentando ouvir seu coração. Dumai só queria que seus próprios batimentos desacelerassem. — Sempre detestei o frio. O torpor é a morte para uma poeta.

— Não entendi por que fez tanta questão de vir comigo de novo. — Dumai apoiou o queixo sobre a cabeça dela. — Você não foi feita para esta vida, Nikeya.

— Talvez a pergunta deveria ser por que ainda sigo você. — Ela se aninhou ainda mais, fungando. — Por que você veio para o Norte?

— Para encontrar alguém. Acho que é melhor para nós duas se você não souber nada além disso.

Nikeya de repente se afastou, tirando as peles de cima de si.

— O que preciso fazer para ganhar sua confiança? — As palavras dela saíram trêmulas, por causa do frio e da frustração. — Eu salvei você. Mantive você viva no caminho para casa. Atravessei meio mundo ao seu lado, e ainda não cortei seu pescoço. Você não quer me perder, disse isso claramente, eu ouvi, mas não confia em mim. O que mais posso fazer?

— Já chega disso. Faz dois anos que nos conhecemos, e você em nenhum momento deixou de ser a Dama de Muitas Faces. — Dumai estava exausta demais para conseguir levantar a voz. — Posso ser ingênua, mas não sou cega.

— Disso eu sei.

— Então pare de bancar a inocente. Você pode até dizer que não cortou meu pescoço, mas não é assim que a sua família faz as coisas. Sua família age exatamente dessa maneira: mantendo os Noziken sempre em débito — ela respondeu. — Por acaso não viu a casa de bonecas que seu pai deu para Suzu? — Nikeya desviou o olhar. — Não há um boneco dele. É ele quem está brincando com todos os demais.

— Se você viu isso, então me viu lá também. — Ela envolveu os joelhos com os braços, e seu olhar se tornou duro e distante. — Meu lugar na vida dele é mais complicado do que você imagina, Dumai.

— Então me explique.

Ela ficou em silêncio por um bom tempo.

— Vou fazer isso, mas não agora — respondeu. — Nós estamos muito cansadas.

— Então venha cá.

Nikeya cedeu sem resistir. Se aninhou junto a ela de novo, e Dumai passou ambos os braços ao redor de seus ombros.

— Só estou fazendo isso para manter você aquecida — falou.

— Ah, sim, claro — murmurou Nikeya. — Ainda que for só isso que puder ter de você, aceito mesmo assim.

74
Norte

O Norte brilhava como um diamante triturado sob o sol da meia-noite. Wulf não tinha ideia de quanto tempo fazia que ele e Thrit estavam cavalgando. Dormiam quando estavam cansados, nos poucos abrigos que conseguiam encontrar nas terras ermas: aberturas atrás de cachoeiras, saliências em cujas beiradas o gelo derretido escorreria. Não havia verão capaz de acabar com as neves eternas — nem mesmo aquele verão de fogo —, mas era possível amolecê-las.

Járthfall ficava em um ponto remoto da Planície do Norte. Mesmo assim, todos os huscarlos tinham aprendido a viver dos recursos locais. Havia uvas-ursinas escondidas sob a neve, ovos sarapintados em ninhos baixos, animais e aves para caçar.

Por um tempo, tudo o que havia diante deles eram formações rochosas íngremes que brotavam da neve. Eles respiraram ar puro pela primeira vez em várias semanas. Os cavalos precisavam avançar por terrenos cada vez mais altos, e os cascos afundavam na neve. Enquanto isso, Thrit tentava manter o moral alto, cantando quando não havia caças por perto para assustar.

Foi só na segunda semana de jornada que viram um wyvern pela primeira vez — voando na direção sul, com ares desinteressados. Aquele devia ser um terreno de caça dos mais pobres quando havia grandes banquetes de carne em outros locais. Mesmo assim, passaram a tomar mais cuidado depois disso. Certa noite, acordaram quando uma criatura passou mais abaixo de onde estavam, um enorme alce escamado com olhos em brasas.

No dia seguinte, viram um dos grandes wyrms, a criatura que Einlek chamara de Valeysa. Com um corpo todo de um amarelo-amarronzado, a fera voava com destino certo, assim como o wyvern, rumo a Eldyng.

Em seguida passaram por uma antiquíssima floresta de pinheiros, que pareciam altos o bastante para tocar as nuvens, com a neve pendurada nos galhos. Um tapete de folhas escuras farfalhava sob os cascos das montarias.

Quando Wulf e Thrit emergiram das árvores, viram um lago, e as montanhas bloqueavam a vista para o leste — uma delas com dois picos cobertos de neve. Eram os Chifres de Boi. Do outro lado da massa de água esverdeada, uma coluna de gelo encurvado se projetava de um paredão de rocha, servindo de apoio para cascatas cinzentas. Grandes placas de gelo flutuavam no lago. Em suas margens havia os vestígios de um acampamento, com uma fogueira e cavalete para esticar peles.

— É pequeno demais para ser o acampamento principal — comentou Wulf. — Deve servir como local de banho e coisas assim, mas estamos no lugar certo.

— Pois é. Estramos em Járthfall. — Thrit olhou para o gelo pendurado na rocha. — Não estou gostando da aparência daquilo ali.

— O posto avançado não deve ficar lá em cima.

— Mas aposto que vamos precisar atravessar isso para chegar lá. Um elmo de gelo é uma excelente defesa contra visitantes indesejados. — Thrit se virou na sela, esquadrinhando o vale, e em seguida apontou para uma trilha desgastada que desaparecia montanhas adentro. — Esse deve ser o nosso caminho de acesso. Parece uma subida árdua.

— Fique esperando aqui se precisa de um descanso — Wulf falou. Thrit esfregou os olhos. — Posso subir sozinho.

— Acho que fui bem claro, Wulfert. Você não vai a lugar nenhum sozinho. — Thrit deu um tapinha em seu cavalo. — Para o posto avançado, então. Vamos aquecer os ossos e pensar em uma forma de fazer Karl passar vergonha.

****

Sua luz afastava a escuridão. Dumai observava aquele brilho, que expunha em detalhes as veias de sua mão.

E revelava também as pinturas na caverna. Podiam ser recentes ou muito antigas, mas ela desconfiava da segunda opção. Observou as figuras toscas, as runas — coisas que certamente não tinha a menor esperança de ser capaz de entender.

A maior das imagens era um círculo com linhas saindo de seu contorno, cercado de estrelas. Atravessava o teto inteiro antes que se curvasse na parede oposta àquela onde Dumai estava. Podia ser um artista de muito tempo atrás tentando capturar uma estrela cadente. Ela fizera desejos a várias dessas quando criança, deitada no telhado do templo com Kanifa.

Ou poderia ser o grande cometa que Tonra acreditava que estava a caminho.

Mais abaixo, centenas de impressões de mãos se sobrepunham umas às outras, marcadas na parede com diversos tons de tinta. Os vermelhos a deixaram um tanto incomodada. Todos pareciam tentar alcançar a estrela, ou querer expulsá-la.

Essa é a lanterna de Kwiriki?

Nikeya dormia ao seu lado. Elas precisavam encontrar Furtia, mas as duas estavam machucadas e exaustas, e Dumai sabia que não poderia nem pensar em desafiar outra montanha. Brhazat havia sido um bom lembrete da importância dessa lição. Que Nikeya dormisse em paz por mais um tempo.

Ela não recebera notícia do mundo intermediário, mas sentia que estavam no lugar certo, ou perto dele. O silêncio estava começando a incomodá-la.

Quando Nikeya se mexeu, olhou ao redor e piscou algumas vezes, como se tivesse se esquecido de onde estava. Ao ver Dumai, sua expressão se suavizou, em um sorriso sem reservas. Um instante depois, franziu a testa.

— Meus dedos.

Dumai tirou as luvas para ela. Quando viu o que tinha acontecido, sentiu um aperto no peito.

— Estão congelando. — Ela soprou ar quente na ponta dos dedos dela, que estavam rosados e um pouco inchados. — Precisa mover as mãos o tempo todo enquanto seguimos viagem.

— Eu vou perder os dedos?

— Não se conseguir protegê-los do frio.

— O que aconteceu com os seus?

Dumai os dobrou sob a manopla. Nikeya levou a mão ao cordão em volta de seu punho, pedindo permissão com o olhar. Dumai assentiu, e ela o desamarrou para tirar a luva da armadura, para ver o que restava dos dedos dela.

— Eu tinha dez anos de idade — Dumai contou, deixando que Nikeya os tocasse. — A nevasca veio do nada, enquanto tínhamos visitantes escalando o pico. O céu tinha ficado aberto durante a manhã toda, mas o clima nas montanhas segue padrões imprevisíveis. Quando trouxeram o primeiro homem de volta para baixo, com uma das mãos congeladas, eu saí correndo para procurar minha mãe. Na minha pressa, esqueci as luvas. — Ela quase estremeceu ao se lembrar. — Foi como…

cair dentro de uma pérola. Em questão de minutos, eu me perdi na neve. Minha mãe me encontrou bem a tempo. Eu sobrevivi, mas a ponta dos dedos, não. Foram serradas com uma lâmina.

— Deve ter sido assustador, para uma criança. Eu nunca sofri nada desse jeito.

— Isso me ensinou a nunca baixar a guarda, mesmo quando sei exatamente o que estou fazendo. E a ser ainda mais cautelosa quando não tenho ideia. — Dumai a encarou. — O Senhor dos Rios mandou você me seduzir?

Nikeya continuou segurando sua mão.

— Claro que sim — ela falou, bem baixinho. — Mas disso você sempre soube.

— Como posso confiar em você, então?

— Na verdade, já confia. Você não foi feita para esse tipo de artifício e intriga, Dumai. Sempre gostei disso em você. Você confia nas pessoas, porque se esforça para ver o que elas têm de bom. Até em mim, apesar de não querer. — Nikeya contornou o queixo de Dumai com o dedo. — Sei que fui um teste para sua paciência, mas eu precisava entender quem você era, para garantir que Seiiki teria uma governante que protegeria o povo. Acho que você poderia ser essa governante… nascida de uma mãe que vem das províncias secas, criada em uma montanha para louvar os deuses.

— Meu pai também ama os deuses, e o povo. É o seu que o impede de conhecê-lo.

— Dumai. — Nikeya segurou seu queixo. — Eu sei que sou uma Kuposa. Sei que você me vê como um instrumento dele, um pássaro que só canta o que ele mandar, mas eu já disse. Tenho minha própria cabeça. — A voz dela ficou embargada. — Não tenho como negar que sou como meu pai. Mas também gosto da minha mãe, e ela me ensinou a amar os deuses. Então estou do seu lado… e lhe darei conforto. Se me permitir.

Quando Dumai se inclinou para trás para olhar melhor para a Dama de Muitas Faces, se deparou com os olhos dela brilhando como pedra polida, e com um convite silencioso em seus lábios. Aquela era sua verdadeira face, vulnerável e exposta.

Os dedos dela ainda estavam gelados. Dumai quase fechou os olhos quando Nikeya os passou de leve em seu rosto, em seus lábios... mas não queria parar de olhar para ela. Sob aquela luz, era como se estivesse banhada em luar.

— Não estou fazendo isso para ver você murchar naquele trono — ela falou, em um sussurro. — Veja só minha prima. Sipwo é uma sombra do que era, faminta de amor. Você vai se sentir sufocada sem amor, Dumai. — Nikeya estava perto demais. — Estamos sozinhas aqui. Ninguém vai saber.

Seiiki estava bem distante. Dumai a tocou no pulso — e lá estava ela por inteiro, sua astúcia e seu sorriso e sua risada, sua determinação destemida, seu calor no frio férreo do Norte.

E também sua lealdade, que podia ser uma armadilha, mas também verdadeira, em um lugar como aquele.

Foram dois longos anos, fora seus trinta de vida. Aquilo a fez baixar a guarda. Derrubou suas defesas. Ela abriu mão do que restava de sua resistência, que voou para longe, mais leve depois de liberada. Nikeya se inclinou em sua direção, segurando seu rosto como se fosse extremamente delicado, com a ponta dos dedos leves como um sopro. Dumai ofegou em resposta, e então Nikeya a beijou, com a leveza da primeira chuva da primavera, levando consigo o restante do mundo.

Durante toda sua existência, Dumai reprimira a parte de si mesma que ansiava por um toque como aquele. Não havia muita margem para delicadezas na montanha, onde a sobrevivência e os rituais eram o que mais importava.

Mas, naquele momento, aquilo importava. E, além daquele beijo, nada mais. Seiiki não existia, nem as intrigas da corte e o apelo dos céus — não havia nada capaz de separá-las.

Nikeya se afastou e sussurrou seu nome. Dumai respirou seu hálito, sentindo um formigar no meio das pernas. Quando seus lábios se encontraram de novo, um calor preencheu sua garganta como se fosse um longo gole de luz do sol.

Filha, você perdeu o juízo?

Não, ela pensou. *Não, eu o encontrei.*

Uma memória surgiu em sua mente, da primeira vez que vira uma mulher nua — uma jovem viúva de Ginura, que estava se aquecendo na fonte termal depois de ter subido a montanha. Os cabelos no meio das costas, compridos e longos, e os quadris, curvados com uma concha do mar.

A mulher a pegara olhando e sorrira, e Dumai correra para terminar seus afazeres, com o rosto queimando. Mais tarde, a mulher a viu no corredor e a beijou no rosto, afastando-se com uma risadinha. Ela não conseguiu pensar em mais nada por um mês.

Dumai não entendia seus sentimentos. Não àquela altura. Guardara para si aquela manhã e aquele doce beijo, para se deliciar com ele apenas em segredo, às escuras — mas, a partir de então, seus sentidos passaram a entrar em alerta na presença de mulheres. Era um tipo de sobressalto diferente do provocado pela ponta de uma lâmina, mais parecido com uma música ressoando em todo seu vigor, ou um frio inesperado, que a deixava sem fôlego e fazia sua pele ganhar vida. Algumas mulheres a deixavam com a sensação de que tudo no mundo era novo e luminoso.

Kuposa pa Nikeya deixava seu mundo tão luminoso que até doía.

Agora essa dor sumira. Nikeya passou ambos os braços em torno de seu corpo, e Dumai a puxou para perto de si como sempre desejara, e aquilo pareceu a coisa certa a fazer, como sempre parecera.

Você está perto.

Dumai interrompeu o beijo, sentindo um aperto no peito.

— Dumai. — Nikeya passou a mão em seu rosto. — O que foi?

— A mensageira. — Dumai já estava de pé, esquadrinhando o interior da montanha, aos risos. — Ela está aqui.

Espere por mim, irmã. A voz ressoava em sua mente, abafando as palavras de Nikeya. *Vá para o lugar que lhe mostrei. Encontrarei você lá.* Era o motivo por que tinha ido até lá. O pequeno brilho em sua mão iluminou o caminho.

Ela saiu por outra abertura na rocha, em outro flanco da montanha, onde os dois picos ladeavam um pequeno e profundo vale. O sol tingia o céu de bronze.

Nikeya saiu também, piscando contra a luz forte. Dumai foi subindo montanha acima, passando por uma neve intocada.

— Devo dizer que isso é inédito para mim, Princesa. Nunca ninguém que beijei saiu correndo imediatamente — Nikeya comentou, seguindo em seu encalço. — Em geral leva algumas horas.

— Por favor, Nikeya, silêncio.

— Ficarei silenciosa como uma lagoa quando você me contar o que está acontecendo. Não estou vendo mapa nenhum em sua mão.

— Eu consigo escutá-la. Assim como escuto Furtia.

— Quem?

— A mulher do meu sonho.

— Espere. — Nikeya já estava sem fôlego. — Está me dizendo que estamos aqui porque você teve um sonho?

No alto da elevação, Dumai deteve o passo. Diante dela estava mais um campo nevado e, na outra extremidade, a montanha que tinha visto, com picos gêmeos. Aquilo a fez rir de novo, de puro alívio. A visão era real. Sua irmã devia estar ali. Ela deu um passo à frente, mas recuou de imediato.

Algo parecia errado. Ela analisou o entorno, a longa trajetória descendente da neve de outro ponto das montanhas. A oeste, uma interrupção abrupta, como se tivesse sido cortada com uma faca. Dumai se ajoelhou para remover a camada mais superficial, e encontrou um gelo mais denso abaixo, com a superfície amarrotada e enrugada como roupas estendidas para secar, e também azulada. Mais abaixo, ela ouvia o som da água correndo.

— É uma geleira. Um visitante do templo me falou sobre isso uma vez — ela disse. — O gelo se move devagar demais para percebermos, mas está sempre em movimento. Sempre derretendo. — Ela endireitou a postura. — Pode ser muito perigoso.

— Então não vamos atravessar por aqui. — Nikeya a segurou pelo cotovelo. — Dumai, responda à minha pergunta. Você realmente veio para o Norte... por causa de um sonho?

Uma coluna preta se elevava mais abaixo da geleira. Sem responder, Dumai seguiu naquela direção, passando sua outra foice para Nikeya.

— Caso você escorregue — ela falou, continuando a avançar rumo à fumaça.

Perto de onde o gelo terminava, despontava uma saliência de rocha desgastada, comprida e plana o bastante para permitir que várias construções de madeira fossem erguidas em sua superfície, algo diferente de qualquer coisa que ela já tivesse visto no Leste. Devia ser onde sua irmã a aguardava.

Elas foram pisando com cuidado sobre o gelo espesso. Em um determinado ponto, Nikeya se afastou demais, e sua bota atingiu um ponto fraco. Dumai a segurou, e Nikeya se agarrou a sua manga, soltando nuvens de vapor pela boca. Depois disso, elas procuraram se manter sempre sobre o chão sólido.

Quando viu massas escuras sobre a neve, Dumai deteve o passo, por instinto. Respirando fundo, ela se arriscou a desviar o caminho pela geleira, caminhando lentamente até a mais próxima.

Uma jovem jazia sem vida no chão, com os olhos castanhos abertos. Suas mãos estavam vermelhas, e o sangue havia escorrido sobre a neve, por causa do corte que cortara seu pescoço de uma ponta à outra.

Nikeya a alcançou.

— A doença. — Ela deu um passo para trás, cobrindo a boca com a manga. — Não deveríamos estar aqui.

Dumai contou os corpos. Os mais de vinte que pôde ver estavam quase nus, apesar do frio mortal, e longos cortes eram perceptíveis em seus membros, como os daquele jovem soldado perto do Drapang.

Quando Dumai se deu conta de que devia haver pelo menos um sobrevivente — a pessoa que acendera o fogo e que cortara o pescoço dos demais —, um grito de raiva ecoou do posto avançado, e um homem com uma espada veio correndo na direção delas.

75
Norte

Eles se embrenharam na longa passagem entre as montanhas, onde o brasão dos Hraustr aparecia bordado em estandartes azuis. Wulf conseguia sentir o cheiro da neve naquele vento, uma habilidade comum à maioria dos nortenhos — o primeiro sinal da chegada do outono. Ele parou para esperar por Thrit, que lutava para acompanhá-lo.

O desfiladeiro se abria bem no meio do elmo de gelo, que parecia ter cerca de um quilômetro e meio de largura, em um vale profundo ladeado por ambas as faces dos Chifres de Boi. A neve cobria suas falhas, como manteiga espalhada com uma faca. Isso tornava a travessia bem mais perigosa do que se o chão estivesse exposto. Wulf empunhava seu machado de guerra, observando o caminho em busca de sombras e elevações que poderiam esconder uma fratura no elmo. Pelo menos a camada mais superficial de neve era fina.

Mais ou menos na metade do caminho de gelo, uma ilha rochosa despontava, onde as construções hrótias se erguiam, com os mesmos estandartes pendurados. Wulf testou o gelo sob seus pés antes de dar o primeiro passo, com Thrit ao seu lado.

— Eu tinha pesadelos em que caía numa fenda — Thrit explicou.

Suas botas com cravos raspavam a neve. — Vell sempre disse que os buracos não têm fundo.

— É só não falar nisso.

— Tudo bem. Só vou pensar a respeito.

O vento assobiava pelo vale congelado, agitando seus mantos. Wulf se permitiu imaginar uma lareira aconchegante, e pensar em uma ou outra canção para animar o espírito. Deteve o passo quando viu uma movimentação, esperando encontrar um batedor. Havia dois vultos no gelo, e pareciam estar lutando.

— Ora, mas o que é aquilo? — Thrit perguntou, com o nariz vermelho de frio.

Wulf sacudiu a cabeça e continuou avançando. Quando se aproximaram do posto avançado, diminuiu o passo mais uma vez.

Ele reconheceu uma das pessoas no gelo.

Karlsten estava com o rosto quase tão branco quanto o ambiente que o cercava. Emaciado e imundo, usando peles ensebadas, brandia sua espada contra uma mulher miudinha de cabelos escuros, que conseguia se manter por muito pouco fora do alcance de seus golpes.

— Saia daqui! — Karlsten rugia para ela, tendo suas palavras quase levadas pelo vento. Ela se defendia com algum tipo de lâmina, mas o impacto com a espada quase a arrancava de sua mão. — Sua bruxa amante de wyrms.

— Karl! — Wulf gritou com a mão em concha ao redor da boca. — Karlsten!

Ele estava distante demais. Wulf se pôs a correr. Viu uma fenda na neve que era sinal de perigo, e que saltou sem diminuir o ritmo da corrida.

Agora que estava mais perto, conseguia ver uma terceira pessoa, caída de lado. Os cabelos pretos e lisos escorriam pelos ombros dela, molhados por causa da neve. Estava gritando em uma língua que Wulf nunca ouvira.

Enquanto se aproximava, os olhos dela se cravaram nos seus. Eram escuros e estavam arregalados, com flocos de neve acumulados nos cílios. Ela não era da cavalaria dos Hüran, que não usavam armaduras como aquela; na verdade, Wulf nunca tinha visto roupas assim, a não ser as peles. Ela devia ser do Leste.

Wulf ergueu de leve o machado. Como estava de armadura, provavelmente a mulher tinha vindo invadir Járthfall. Empunhava uma foice com um cabo reforçado, com o rosto contorcido de dor. O sangue manchava a neve onde ela estava, e sua mão livre pressionava a cintura.

O ferimento a manteria caída. Wulf passou correndo por ela.

— Karl — ele gritou de novo. — Karl, somo nós!

Karlsten derrubou sua lâmina, ofegante. A outra mulher aproveitou a chance para correr na direção de sua companheira saqueadora. A arma que usava era uma foice idêntica, mas aquela estava sem armadura.

— Está todo mundo morto — Karlsten falou, com uma risada áspera. Sob o sangue e o suor, seu rosto estava banhado de lágrimas e os olhos, vermelhos. Sua pele estava vermelha quase até os cotovelos, mas não era o vermelho da peste. — Eu tive que matar Sauma, a nossa Sauma. Ela não parava de gritar. Ninguém parava. — Ele golpeou a lateral da própria cabeça. — Agora não existe mais um lugar para mim em Halgalant.

— Karl, venha cá. Vamos para casa. — Thrit levantou a mão, com cautela. — Essas mulheres não representam ameaça.

— Eu não vou a lugar nenhum. — Karlsten cuspiu no gelo. — Não é surpresa nenhuma você ter aparecido, Wulfert Glenn. Por acaso evocou essa dupla de bruxas também?

Wulf arriscou uma olhada para as mulheres, que se afastavam.

— Acho que elas não vieram lutar — ele disse para Karlsten. — Estão aqui para procurar comida, talvez. São tempos brutais. — Ele endireitou a postura. — Não posso permitir que você mate inocentes, Karl.

— Inocentes. — Karl soltou uma risada amarga. — Essas duas chegaram aqui em cima de um wyrm. Eu vi.

— Ninguém consegue montar um wyrm.

— O Santo não conseguiu enterrar o mundo antigo como deveria. Seus vícios devem ser destruídos. — Não havia nenhuma misericórdia no rosto dele. — É assim que vou recuperar meu assento. Já deveria ter feito isso há muitos anos.

— Eu não quero ter que enfrentar você, Karl — Wulf falou. — Mas vou se precisar.

— Ótimo.

Karlsten empunhou sua espada ensanguentada. Wulf se manteve firme, erguendo sua arma.

Quase nesse exato momento, uma sombra se abateu sobre o gelo perto dali.

Wulf parou para olhar, sentindo seus dedos ficarem dormentes no cabo do machado. Um enorme lindwyrm preto aparecera na entrada do vale, quase tão grande quanto Fýredel. Em movimentos simultâneos, ele e Thrit sacaram os arcos.

O gelo rachou e envergou sob o peso da criatura. Seus olhos eram azuis como o centro da mais quente das chamas, e dentes que pareciam pingentes de gelo brilhavam em sua bocarra. Wulf piscou algumas vezes para afastar alguns fragmentos repentinos de memórias.

— Pelos ossos do Santo — Thrit falou, com uma voz mais fraca do que gostaria. — Wulf… acho que pode ser um dragão.

E então, com um rugido de pura raiva, Karlsten saiu correndo na direção da criatura.

****

Dumai correu atrás do guerreiro nortenho, pelejando contra a dor no local onde ele a atingira com a espada. Ela atravessou as elevações e saliências da geleira, usando a foice para ultrapassar os obstáculos maiores.

Mais adiante, o nortenho saltou uma rachadura profunda, enquanto Dumai foi obrigada a contorná-la em razão do ferimento profundo em sua coxa. *Furtia, vá embora daqui*, ela tentou dizer, mas sua perna ardia como ferro quente, impedindo sua mente de se concentrar. Ela tropeçou e caiu com força sobre os joelhos.

Furtia observava o humano furioso correndo em sua direção, escancarando os dentes. Ele brandiu a espada enorme, atravessando suas escamas e sua carne e fazendo jorrar faíscas brancas e sangue prateado. A dragoa gritou, se esquivando dele com uma contorção da cauda. Dumai ouviu sua boca emitir um grito de raiva.

Ele ia matar uma deusa. Aquela visão fez seus olhos se encherem de lágrimas. Furtia avançou sobre ele mostrando os dentes, e as garras de seus pés atravessaram o gelo, fazendo-a perder o equilíbrio.

Dumai chegou ao nortenho no momento em que ele voltou a brandir a lâmina, e o golpeou com a foice a esmo, acertando-o no meio das costas. Quando a puxou de volta, viu a ponta manchada de sangue.

Sua mão tremia. Ela nunca *atacara* ninguém, nem sentira vontade de fazer isso. O nortenho se virou para ela, com o ódio estampado em cada músculo do rosto, e desferiu um golpe atordoante em sua barriga. Antes mesmo que ela sentisse a dor, ele lhe deu uma cabeçada e a empurrou para longe, na direção de uma elevação na neve. Ela ouviu Furtia rugir antes do impacto no gelo sólido.

Filha da terra. Furtia tentava desesperadamente se levantar. Seus espinhos raspavam o gelo. *Não consigo voar*.

Venha até mim, grandiosa...

— Dumai... — Nikeya a alcançou e a virou de lado. — Está ferida?

Dumai só conseguiu tossir em resposta, sentindo uma dor excruciante no abdome. Os outros hrótios as ultrapassaram.

— Não o deixe fazer isso — Nikeya gritou para eles em Lacustre. — É assim que um nortenho trata uma deusa?

O nortenho mais pálido estava encurralando Furtia na geleira, acossando-a com sua espada odiosa. Os outros dois iam atrás, brandindo machados. Dumai não conseguia se levantar.

— Ajude Furtia — falou, ofegante, para Nikeya, que, com uma expressão determinada, pegou as duas foices e correu na direção da dragoa. Dumai sentiu uma estranha pontada de reconhecimento quando olhou para o posto avançado à distância, onde duas outras figuras apareceram no rio congelado.

Uma vinha ligeiramente à frente da outra, se aproximando a uma velocidade tremenda. Quem quer que fosse aquela mulher, era mais veloz que qualquer um que Dumai já tivesse visto. Mechas de cabelos grisalhos emolduravam seu rosto moreno, salpicado de neve, e ela estava vestida como os hrótios, mas empunhava uma lança articulada em uma das mãos.

Furtia atingiu seu agressor com a ponta estreita da cauda, jogando-o para longe. Ele voou para trás, bateu a cabeça e ficou imóvel, enquanto a dragoa tentava libertar a perna do gelo. Dumai foi se arrastando em sua direção, deixando um rastro de sangue no gelo.

Furtia...

Mas Furtia não estava olhando para ela. Tinha a atenção voltada para a mulher com a lança.

Alguma coisa mudou na postura da dragoa. Dumai a observava, sentindo os pelos dos braços se arrepiarem e um gosto de metal na boca. Furtia se virou para todos com um rugido ensurdecedor e, quando pisou no gelo de novo, esmagou com força o nortenho assassino.

Dumai abafou outro grito com o punho. Nunca tinha ouvido falar de um dragão matar um humano, com ou sem intenção. Um dos homens hrótios deu um grito, mas Furtia o ignorou, com os olhos cravados na recém-chegada, agitando a língua.

A mulher alta e forte parou e assumiu uma postura defensiva. Observava Furtia como se ela fosse um lobo ou um urso, com um olhar cauteloso. Furtia rugiu, com os olhos brilhando como relâmpagos, uma tempestade no nível do chão. Passando direto por Dumai, ela avançou sobre a mulher, forçando-a a recuar. Dumai foi se arrastando atrás dela.

Furtia, precisamos sair daqui, agora!

ELA DETÉM O FOGO QUE ASCENDEU.

As palavras explodiram como uma trovoada em seu crânio. A brancura embaçava sua visão. Ela ergueu os olhos bem a tempo de ver Furtia se debruçando sobre a mulher, que estendeu a mão, com a palma virada para a dragoa. Um fogo explodiu de dentro dela, uma chama vermelha e sem fumaça, que atravessou sua luva e derreteu parte da neve, revelando o gelo mais espesso abaixo.

Dumai arquejou e ficou imóvel. Já tinha visto muitas coisas bizarras em apenas um ano, mas sua mente não conseguia processar aquilo. Aquela mulher fizera o fogo surgir do nada, assim como um dragão era capaz de evocar a chuva. Furtia soltou um grito furioso e soprou um vendaval sobre a inimiga, que deslizou para trás, cravando as botas no gelo, ainda soltando fogo.

Pela primeira vez desde que Furtia emergira do lago, Dumai a via como ela era — inumana e indomável, um corpo celestial antigo.

Alguém a agarrou pelas costelas. Por um instante, pensou que fosse Nikeya, mas ela ainda estava no meio do gelo. Aquele era um rosto desconhecido, escondido sob um capuz, emoldurado por cabelos dourados.

E então ela soube. Ao olhar para ela e tocá-la, Dumai soube.

— Irmã — sussurrou. — É você.

A força que a atraía não existia mais. Elas estavam juntas. Dumai soltou uma risada de alívio, mas a mulher apenas a apertou com mais força.

— A pedra — ela falou em seiikinês, com uma voz profunda e fria. — Você a trouxe?

— Sim, mas... — Dumai parecia mais dura, gelada. — Você é a voz dos meus sonhos?

Não havia nenhum sinal de reconhecimento ou amor naqueles olhos, nem um pouco da ternura dos sonhos.

Sou uma delas, um sussurro ressoou em sua mente.

Dumai ficou rígida, e a alegria se congelou dentro dela.

— Não. — Ela tentou se soltar, mas a mulher a segurava com um aperto férreo. — Essa pedra é minha. Onde está a sua? — perguntou, com a voz rouca. — Quem é você?

Ela não conseguia pensar com clareza diante daquela mulher gélida, cujo olhar era implacável e terrível. Uma lâmina reluziu e começou a cortar Dumai, seu casaco. As duas brigaram pela caixa, se debatendo como dois peixes fora d'água, e Dumai esperneava para tentar se livrar dela.

— Eu não quero machucar você. — Uma mão se fechou em sua garganta. — Me dê isso agora. Ela não é sua...

Então o peso foi retirado subitamente de seu corpo. Furtia prendeu a mulher entre os dentes e a arremessou para o gelo, na direção da que soltava fogo, que estava caída de joelhos.

O antigo ferimento no flanco de Furtia sangrava. O sangue vermelho — o fogo dos wyrms — derretera ainda mais escamas suas. Enquanto Dumai tremia incontrolavelmente de frio, Nikeya a envolveu com o braço e a puxou na direção de Furtia.

— Furtia, vá embora — Dumai murmurou, estendendo o braço para tocar a dragoa. — Agora mesmo. Saia daqui!

Ela se agarrou às crinas de Furtia quando a dragoa se virou, rachando o gelo. O som das águas se movendo se tornou mais alto.

Eu vou encontrá-la, irmã. Dumai arriscou uma olhada para trás e viu a mulher pálida, que a encarava. *Não pense que pode escondê-la para sempre. Só uma de nós vai sobreviver a tudo isso.*

Nikeya a arrastou para cima da cela. Enquanto Furtia cravava suas garras na geleira enfraquecida, a estrutura estalava e rachava em seu encalço, e o vale todo se abriu em dois.

****

Tunuva se forçou a fechar as mãos, apagando o fogo de wyrm que só conseguia controlar a duras penas. Nunca havia ficado tão quente, tão vermelho, do que quando ela o lançou contra aquela fera sem asas. Seu fogo contra-atacara de uma forma que nunca tinha feito contra outros wyrms, vazando de dentro dela como a seiva de uma árvore.

Embora lembrasse uma serpente com chifres, a criatura não se parecia em nada com Dedalugun. Também não era um amálgama de outros animais; era grande demais para isso. Não tinha feito menção de cuspir fogo, e não cheirava nem um pouco a siden — tinha o odor do mar, e a maneira como afetara seus sentidos a fez pensar em Canthe.

A geleira estava rachada, com uma fenda que se estendia do posto avançado hrótio até quase a entrada do vale, larga demais para ser ultrapassada com um salto. Canthe tinha sido jogada longe e estava caída no gelo, com os cabelos espalhados ao redor do corpo.

— Canthe — Tunuva falou, estendendo a mão para ela. — Está tudo bem?

— Estou bem. — Canthe parecia diferente, com um olhar duro e o rosto pálido imóvel. — Tunuva…

Tunuva seguiu o olhar dela. Com suas últimas forças, correu para o local na fenda onde antes estavam os três nortenhos. O amigo deles tinha ficado do outro lado.

Ele havia caído na rachadura da geleira. Se segurando no paredão de gelo com as mãos enluvadas e as botas com cravos, o rapaz tentava erguer o próprio peso, mas estava longe demais da beirada para conseguir. Tunuva arrancou o manto, jogou uma das pontas para ele e o puxou para cima, extenuando seus músculos.

Assim que o trouxe de volta à segurança, ele desmoronou sobre ela, todo trêmulo, abrindo lentamente os olhos castanhos. Tunuva os observou fixamente, e ele a encarou de volta.

Eram os olhos que ela vira no espelho por meio século. E o rosto que via em um sonho com abelhas.

Um nome escapou de seus lábios antes que ela pudesse se conter.

— Armul.

76
Oeste

Arondine queimara por vários dias. Seu altivo castelo estava reduzido a uma pilha de escombros, uma triste sombra do que fora um dia.

O Santuário da Colina também sofrera ataques, mas Fýredel deixara parte da estrutura de pé. As pessoas estavam reunidas em meio às cinzas do lado de fora, e abriram passagem para Glorian Berethnet, que cavalgava pela cidade.

Sua égua relinchou. O manto que caía por suas costas era do vermelho da rosa inyscana. Em meio à chuva de cinzas, era como um lembrete desafiador do Inominado — não de sua vinda, mas de sua derrota. Inys ainda poderia cair para seus lacaios, mas não haveria asas vermelhas cruzando o céu. Só havia o vermelho do sangue da realeza, que o mantinha aprisionado.

A égua usava uma barda de aço que cobria seu rosto. As chaves de prata da Casa de Hraustr adornavam o pesado caparazão preto da montaria, e Glorian levava a espada de seu pai na cintura. Ela subiu cavalgando os degraus na frente do santuário e apeou. Parte da parede havia desmoronado, permitindo ver o interior, onde restava um antigo trono, chamuscado, mas ainda inteiro.

Enquanto caminhava em sua direção, Glorian diminuiu o passo, se sentindo gelada por dentro. *Só uma de nós vai sobreviver a tudo isso.*

Não era possível que ela estivesse sonhando. A voz parecia tão distante que estava quase inaudível — mas Glorian a escutou, e durante a vigília. O Arquissantário acenava para ela, que continuou andando na mesma direção, deixando os ecos morrerem dentro de sua mente.

De alguma forma, conseguiu chegar até o trono. Diante do povo, Glorian assumiu seu lugar de direito, e o Arquissantário pôs uma coroa em sua cabeça: com espinhos que eram como dentes de ouro, uma coroa de guerra.

— Glorian, a terceira de seu nome, filha da Casa de Berethnet, Princesa de Hróth, descendente legítima do Santo — o Arquissantário gritou para todos ouvirem. — Eu a coroo como Rainha de Inys, a vigésima a ocupar o trono, chefe da Virtandade: Glorian, a Defensora.

Glorian se agarrou aos braços do trono, e as pessoas se ajoelharam diante dela.

Voltando para a escuridão do dia, ela montou de novo em sua égua. As pessoas levantavam a cabeça para a observar — exauridas e tristes, mas ainda vivas.

— Eu me coloco diante de vocês — Glorian falou —, entre vocês, como uma mulher de Inys. Minha mãe tinha o sangue da realeza, mas meu pai era um filho bastardo, nascido em meio à pobreza em Bringard, sem nada que fosse seu. Quando houve o chamado para a guerra, ele atendeu, pela liberdade, pela justiça. E me ensinou a fazer o mesmo.

Um vento varreu as ruínas, espalhando o cheiro de fumaça.

— Meu bom povo de Inys — Glorian gritou —, esta não é uma guerra como a que meu pai venceu no Norte. Não temos como levantar nossos escudos contra a doença que está invadindo nossas terras, nem empunhar nossas espadas de ferro contra um inimigo cuja carapaça é feita do mesmo elemento. Somos todos guerreiros do Santo, mas ele não deseja nos ver morrendo em vão, tentando aniquilar um exército que não podemos derrotar. Somos todos corajosos, mas nós, inysianos, também sabemos o que é a temperança. Sem cautela, sem medo, a coragem se torna só uma forma de loucura. Guerreiros que querem sair vencedores precisam saber quando poupar suas forças.

Era como se pudesse ver seu pai sorrindo para ela, com o rosto iluminado pela luz que refletia na água.

— Meus amigos, isto é um teste. — Glorian elevou o tom de voz: — Um novo mundo ainda *vai* se erguer deste fogo, mas, por ora, precisamos esperar. Esperar que o Santo limpe nossos pecados e reconheça a virtude em nossa alma. Por ora. Mas, quando chegar o momento em que precisaremos lutar, quando o aço for nossa única chance de sobrevivência, hei de pedir que se juntem a mim no campo de batalha e, em troca, minha promessa a vocês é lhes dar uma nova Princesa de Inys, fruto da vinha inesgotável, para defendê-los do Inominado. Eu a carrego comigo neste exato momento. Ela está crescendo em meu ventre: Sabran, a sétima de seu nome!

Dessa vez, houve um rugido de triunfo. Atrás de si, Glorian conseguia sentir o olhar do Príncipe Guma sobre ela.

— Vocês virão quando eu chamar? — gritou, erguendo a espada. — Lutarão por Inys, pelo Santo, por mim?

— Defensora — alguém gritou, e todos o acompanharam, na cadência dos guardas, que golpeavam os escudos. — De-fen-so-ra!

De-fen-so-ra.

De-fen-so-ra.

De-fen-so-ra.

77
Norte

Ele sentia o peito em chamas. Tinha engolido toda a água do mar, e de repente despertou — em Halgalant, no salão do Santo. Certamente dessa vez era isso o que ele teria. Que esse fosse seu fim.

Quando sonhava com a corte celestial, sempre esperava que fosse um lugar aconchegante. Em vez disso, sentia um frio de gelar os ossos, embora houvesse um fogo crepitando não muito longe. Ele abriu os olhos e se viu em uma cama precária, com o peito coberto de bandagens. Sob os curativos, sua pele queimava.

As imagens formaram um espelho cheio de rachaduras: um guerreiro devorado pelo ódio, atacando o wyrm, e a ele. A espada abrindo um corte em seu peito. Uma carapaça de escamas esmagando Karlsten de Vargoy.

Ele sentiu sua testa ser acariciada. Era a mão de uma mulher, sentada em um banquinho ao seu lado.

Calculou que ela devia ter uns cinquenta anos, mas talvez fosse um pouco mais nova ou mais velha. Os cachos pretos estreitos desciam quase até os ombros largos, com toques de grisalho. A pele era de um marrom-escuro, e as sardas se espalhavam pelo colo e pelo nariz. Havia também uma pinta solitária no arco de seus lábios, exatamente o ponto em que um arqueiro empunharia. Ela usava uma camisa de linho com colarinho, presa dentro da calça.

— Quem é você? — Wulf perguntou, com a voz rouca. O olhar dela era caloroso. — Você fala hrótio, ou inysiano?

— Nenhum dos dois.

A resposta veio de uma mulher pálida, também alta, com os cabelos loiros presos em uma longa trança. Usava um vestido de lã cinza com pregas até a altura das coxas, deixando entrever os culotes de couro de bezerro e as botas forradas de pele.

— Ela é da Lássia — a mulher explicou, entrando no recinto — e aprendeu só o básico do inysiano. — Ela se sentou na beirada da cama. — Você deve ser Wulfert Glenn.

Aquela falava inysiano. Tinha um daqueles raros rostos que não demonstravam a idade, mas ele duvidava que ela tivesse passado muito dos quarenta.

— Sim. — Wulf umedeceu os lábios. — Como sabe meu nome?

— Eu sei de muitas coisas.

— Deve saber onde está Thrit, então.

— Seu amigo está de vigia lá fora. Estamos no posto avançado de Járthfall — ela falou. — Paramos para que você pudesse descansar um pouco. Uma das feridas em seu peito é profunda.

— Karl. — Outra lembrança surgiu. — Aquelas mulheres. Elas... montaram em um wyrm.

— Calma, Wulfert. Está tudo bem. — Ela colocou a mão em seu ombro para tranquilizá-lo, como se estivesse ouvindo o estrondo de seu coração. — Elas se foram. E a fera também.

O toque dela despertava um sentimento estranho. Embora tivesse certeza de que nunca a vira antes, havia algo que lhe era familiar nela. A outra mulher não tirava os olhos dele nem por um instante.

— Imagino que vocês sejam saqueadoras — Wulf comentou, esquadrinhando o cômodo com os olhos em busca de suas próprias armas. — Estavam atrás de comida?

— Não, mas os suprimentos daqui virão a calhar enquanto prosseguimos viagem. Meu nome é Canthe — disse a loira. — E esta é Tunuva Melim. Ela é sua mãe, Wulfert.

Wulf olhou para Tunuva, que o encarou de volta. Os cílios grossos dela estavam banhados de lágrimas.

— Armul — ela disse, bem baixinho.

Pelo tom de voz, ele reconheceu o quanto aquilo importava para ela. Devia ser o nome que recebeu ao nascer.

— Não pode ser — ele falou. — Eu fui encontrado em Inys.

Havia uma semelhança inegável. Os zigomas pronunciados, o formato do queixo e o maxilar forte, e também os olhos eram um tanto parecidos.

— Sim — disse Canthe. — Tunuva passou anos achando que você estivesse morto. — Ela entrelaçou as mãos no colo. — Sou inysiana como você, mas também sou uma viajante. Muito tempo atrás, vi você em Langarth com sua família adotiva, os Glenn. Anos mais tarde, conheci Tunuva, e então liguei as pontas soltas. Nós partimos para procurá-lo imediatamente.

— Para *me* procurar. Enquanto o mundo inteiro está em chamas.

— Tuva andou no meio do fogo e da peste só para isso, Wulfert.

Wulf olhou mais uma vez para Tunuva. A tristeza e a esperança estavam estampadas no rosto dela, transparecendo na escuridão dos olhos, escancaradas de tal forma que olhar para ela era quase doloroso.

Seus pensamentos eram como um fio solto em um manto, desatando e desfiando a trama. Ele buscou equilíbrio esquadrinhando o rosto dela: os furos vazios no nariz e nos lóbulos da orelha, uma leve marca de nascença perto da têmpora, os lugares onde as rugas começavam a aparecer.

Embora parecesse triste e cansada naquele momento, havia pequenas linhas de expressão nos cantos dos lábios também.

Wulf estava olhando para sua mãe. Ele tinha uma mãe. Depois de tantos anos, ela tinha ido procurá-lo, como ele sempre sonhara.

— Wulfert, tudo vai ser explicado em seu devido tempo — Canthe falou.

Ela usava um anel de ouro com o nó do amor no indicador. *Ouro*, ele pensou, distraído. *Como a realeza*.

Quando voltou a encarar Tunuva, cerrou os maxilares.

— Por enquanto, só quero uma explicação — ele conseguiu dizer. — Pergunte para ela como fui acabar sozinho na mata, com ninguém além de uma loba para me proteger. Pergunte por que tive que passar a vida pensando que poderia ser amaldiçoado.

Apesar de não falar inysiano, Tunuva notou a amargura naquele tom de voz. A agonia dela voltou a ficar estampada no rosto. Canthe traduziu a pergunta, e ela respondeu em um tom suave.

Ele gostaria de ser capaz de entendê-la. Toda vez que imaginava reencontrar-se com sua família original, pensava em inysianos pobres demais para dar conta de mais uma boca para alimentar. Em nenhum momento pensou que pudesse ter vindo de outro lugar. E nunca imaginara uma mulher assim, forte e vigorosa.

— Wulf, eu sinto muito, mas Tunuva não faz ideia de como você foi parar em Inys — Canthe respondeu. — Nós achamos que você foi sequestrado. Ela pode contar tudo o que sabe, mas é uma ferida profunda demais para ser reaberta. — Wulf assentiu com um movimento rígido. — Enquanto isso, posso perguntar o que você está fazendo tão a leste do país?

— Thrit e eu recebemos ordem de levar os hrótios do posto avançado de volta. — Ele começou a se levantar. — Sauma e Karl, e todos os outros. Precisamos enterrá-los.

Ele tentou não pensar no estado em que estaria Karlsten, nem em

Sauma, com as mãos manchadas de vermelho. Ficou se perguntando se a peste também atravessava a pele, deixando até os esqueletos com os dedos vermelhos. Agora só restavam dois em sua falangeta. *Eydag, e Vell, e Regny, mortos*, Karlsten sussurrou em seu ouvido, como se sua voz viesse de Halgalant, *e o que todos têm em comum é terem se misturado com esse porra desse Wulfert Glenn*.

— Já colocamos seus amigos para descansar, em uma caverna não muito longe daqui — Canthe informou.

— Vocês encostaram neles?

— Não sem cobrir as mãos… mas a peste não atinge as bruxas. Nem você, imagino.

— Está admitindo que vocês são bruxas?

— Essa é a única palavra que você conhece para o que nós somos, mas existem outras, Wulfert. E podemos ensiná-las para você.

Wulf estreitou os olhos.

— Tunuva gostaria de levá-lo para o Sul, para mostrar o lugar de onde você veio — Canthe falou, em um tom gentil. — Ela pode contar tudo sobre sua família e seu propósito… sobre a linhagem que o salvou da morte pelo frio do Mar Cinéreo. A parte sua que você sempre temeu.

— Como você sabe essas coisas sobre mim?

— Eu sou inysiana. Claro que conheço histórias sobre bruxaria.

— Eu não posso ir com vocês. Jurei lealdade à Casa de Hraustr — Wulf falou, em um tom seco. — Einlek, o Rei, precisa de todas as nossas lâminas.

— Tunuva é uma grande guerreira. Pode ensiná-los a combater os wyrms, e a matá-los. Você pode voltar a Hróth ainda mais forte. — Canthe arqueou as sobrancelhas. — Por acaso não quer saber quem você é?

Wulf respirou fundo. Mais cedo ou mais tarde, Einlek ficaria sabendo sobre o ocorrido no posto avançado, e imaginaria que ele estava entre os mortos.

Caso fosse com elas, por fim entenderia por que sobrevivera e os outros, não. Encontraria as respostas que buscara a vida toda. Era uma perspectiva sedutora e assustadora na mesma medida.

Pela primeira vez, Tunuva se expressou em inysiano.

— Por favor, venha — disse, baixinho. — Eu conto para você.

Ele tinha, sim, uma lembrança dela. Não como uma imagem em sua cabeça, mas uma sensação — a mesma que o acometera enquanto corria pelo bosque Haith. Um amor que o cercava. Uma voz baixa e tranquilizadora, e um riso sob a luz do sol. Tudo isso era ela.

O sal fazia arder o canto de sua boca. Ao perceber isso, Tunuva acariciou seu rosto com o polegar.

— Armul — repetiu, com um sussurro.

Einlek precisava dele. E Thrit também. Mas, quando Tunuva o chamou por aquele nome pela segunda vez, ele se deu por vencido. Viajaria de volta com ela, para enfim ouvir a história que lhe fora tomada por vinte anos. O segredo que o assombrara por toda a vida.

Wulf devia isso a si mesmo. E a Tunuva, caso tivesse sido mesmo roubado dos braços dela. E à criança no ventre de Glorian, que poderia herdar a maldição — ou a bênção — que corria dentro dele.

Então o que disse foi:

— Para onde vocês querem me levar?

— Para a Lássia — disse Canthe. — Para ver a verdade.

****

Dois dias depois de deixarem o posto avançado, Furtia Tempestuosa desabou. Dumai desceu da sela e foi afundando na neve até a cabeça dela. A sua também doía, pela privação do sono; seu rosto estava inchado de um dos lados. Pelo menos o ferimento na cintura tinha parado de sangrar.

Furtia estendeu a língua sobre a neve. O sangue manchava as garras com que havia pisoteado o nortenho em um acesso de raiva, e havia escamas pretas deformadas, derretidas e entortadas pela chama vermelha. Ela não dissera uma palavra desde a fuga do vale.

Dumai se ajoelhou e estendeu a mão para tocar em sua garra, com a cabeça baixa em sinal de respeito. Era preciso abrir sua mente para os deuses de novo, mas agora ela estava com medo, pois não sabia que tipo de veneno poderia contaminar seus sonhos. Ela teria que manter as águas de sua mente congeladas, para impedir que as vozes entrassem.

— Grandiosa — falou, com uma voz lenta e clara —, por favor, me deixe tentar remover a lança. — Um sopro salgado espanou seus cabelos para longe do rosto. — Furtia, você precisa se curar.

Uma névoa emanava da dragoa. A dor devia tê-la derrotado, pois ela enfim deitava sua enorme cabeça no chão. Dumai pegou a lança e puxou com todas as forças. Furtia sibilou conforme sua coroa se retesava inteira, e o sangue escorria por seu focinho.

Dumai soltou um suspiro. Nikeya apareceu para segurar a haste também, e juntas elas conseguiram puxá-la. Quando o restante da lança foi removido, as duas caíram na neve, uma sobre a outra.

— Isso só poderia ser pior se um wyrm aparecesse e devorasse todas nós — Nikeya falou, soltando névoa pela boca. Furtia se sacudiu, rosnando para a lança. — Você tem alguma espécie de plano?

Furtia voltou a deitar a cabeça e fechou os olhos. Dumai se recostou nela, sentindo o estômago doer.

— Precisamos encontrar uma montanha ou um lago. O mar seria o ideal — falou, com seu hálito congelando ao sair da boca —, mas acho que não estamos nem perto.

— A geleira derretida viraria um lago, não?

— Não podemos voltar para lá. Não com alguém que pode conjurar fogo de wyrm por perto.

— Éramos em seis no gelo, sem contar Furtia. — Nikeya estendeu a mão para acariciá-la. — Quem era sua mensageira?

Dumai engoliu em seco, sentindo a garganta se fechar.

— A que me atacou. A mulher de rosto pálido — confessou a duras penas. — Devia ser ela, porque me conhecia, mas… não era a como a pessoa nos meus sonhos. Ela me atraiu para cá. Sempre pensei que fosse um presente dos deuses, mas as palavras dela eram uma isca em um anzol, ditas para me iludir.

— Nossos deuses têm os espíritos das borboletas para servi-los. Mestre Kiprun falou que todas as coisas possuem um equivalente inverso. Talvez os wyrms tenham espíritos também, que mandam nos enganar e nos tirar do caminho. — Nikeya se ajoelhou diante de Dumai, retirando um embrulho de dentro de seu casaco. — Era isso o que ela queria, não?

Dumai observou enquanto ela desfazia o embrulho, revelando a pedra. Furtia se inquietou em seu sono.

— O que você sabe sobre isso?

A expressão no rosto de Nikeya era uma que Dumai nunca tinha visto, e que não conseguiu decifrar.

— Já ouvi falar de uma pedra capaz de elevar o nível do mar — ela falou, girando-a na mão. — Você a pegou de Tonra?

— Por que está me perguntando isso?

— Porque isso não era seu por direito. Uma coisa que com certeza uma cantante-aos-deuses deveria saber — Nikeya disse, franzindo a testa. — Você roubaria ossos do túmulo de um dragão, ou pertences de um barco funerário?

— Você está fazendo suposições demais. — Dumai tomou a pedra de volta da mão dela. Furtia se remexeu outra vez. — Foi Kanifa que me disse para pegar. Ele confiava em mim para protegê-la, ao contrário de você. — Ela ergueu o queixo. — Não tenho nenhuma obrigação de me explicar ou me justificar para você… veja só quem fala em pegar o que não era seu por direito. Um beijo não faz de você minha consorte.

Nikeya fez uma careta.

— Não — retrucou. — Claro que não. Afinal, sou uma Kuposa maligna, e você uma Noziken perfeita. — Ela se levantou. — Precisamos encontrar o caminho de volta para o rio, Alteza.

Enquanto ela voltava para a sela, Dumai escondeu a cabeça entre os joelhos, corroída pelo remorso. Não era sua intenção ser cruel com Nikeya. Adormecida, Furtia se mexeu de leve. Mesmo com uma deusa ao seu lado, ela nunca se sentira tão sozinha e abandonada.

Pelo menos havia a pedra em sua luva. Era tudo o que conseguira em sua jornada.

— Grandiosa — Dumai falou, tocando Furtia, que abriu um dos olhos enormes. — Sabe o que é isso?

Ela ergueu a pedra. Furtia a farejou, e a luz se refletiu sob suas escamas.

A estrela deixou isso. Deveria ter sido engolida pelas águas. As palavras quebraram o gelo que Dumai tentara usar como uma barreira em sua mente, provocando uma súbita dor de cabeça. *Contém um poder enorme e terrível.*

Eu não sei usar.

Ela extrai seu poder de um lugar distante. Extrai e se agarra, e nunca dorme. Furtia deu mais uma farejada. *Não tem muito mais a dar, mas está cantando para mim. Eu sou da estrela, e isso também — assim como você.* Ela tocou a pedra com a pontinha da cauda, e a brancura em seu interior brilhou como uma pequena lua. Dumai sentiu o cheiro da neblina quando a pedra se tornou ainda mais fria em sua mão. *Com isso, nós ficaremos mais fortes, filha da terra. É o que nos guiará de volta para as águas salgadas; nos guiará para casa.*

78
Norte

— Ainda não estou gostando nada disso, Wulf — Thrit falou.

Eles estavam em uma praia de cascalho perto de Eldyng, e Thrit carregava sua bagagem no ombro.

— Nós já conversamos a respeito — Wulf respondeu, baixinho.

Os dois tinham discutido a respeito, na verdade, enquanto navegavam pela costa em um barco abandonado, com um remo empunhado por sua mãe e o outro, por Canthe, a mulher inysiana. Foi ela quem ofereceu algumas explicações para Thrit, que não as recebeu nada bem (*Essa coisa toda tem cheiro de seita, para ser bem sincero, e acho que Wulf não deveria chegar nem perto disso*). Ela explicara que Thrit não poderia ir junto, o que causou ainda mais atrito.

— Entendo por que você sente que precisa fazer isso. De verdade. — Thrit soltou o ar pelo nariz. — Mas nós dois somos os únicos restantes.

— É por isso mesmo que você precisa ficar bem longe de mim.

— Essa conversa de novo não. — Ele o segurou pela nuca. — Escuta só. Karlsten morreu porque viu um perigo nas diferenças. Viu perigo naquelas mulheres; e no dragão delas. Algumas pessoas *precisam* dizer que as outras não prestam, para se sentirem puras e virtuosas em comparação, ou para lidar com o desprezo que secretamente sentem por si mesmas. Karlsten cedeu a esse impulso. E, no fim, isso acabou com ele.

— Ele também sabia ser bom. Eu me lembro bem.

— Pode acreditar que ele nasceu podre, ou que alguma coisa o corrompeu. Seja como for, ele era um estúpido. Mas poderia ser diferente, se o mundo fosse outro. E nós podemos começar não recriminando uns aos outros por nossas crenças, ou pela falta dela — Thrit falou, com um sorriso tímido e amargurado. — Mas talvez seja cedo demais para isso. Talvez seja preciso o fim do mundo chegar.

— Pois é. — Wulf fez uma pausa. — Você acha mesmo que era um dragão?

— Como eu falei, faz séculos que ninguém vê um.

— Aquilo atacou Tunuva.

— Eu sei. — Thrit ficou sério. — Não foi bem isso que meus avós me contaram.

As ondas impediam que o silêncio se instalasse por completo. Wulf pensou no caminho que teria pela frente, longo e desconhecido.

— É melhor eu ficar longe daqui — ele falou. — Você vai ficar em Eldyng?

— Acho que vou para Inys, se Einlek permitir. Alguém precisa garantir que o pagão yscalino mantenha as garras bem longe da Rainha Glorian.

— Eu encontro você lá, quando puder. Se cuide, Thrit.

— Wulf…

Thrit o segurou pelo braço, hesitante. Era um aperto firme, que foi ficando um pouco mais suave.

— Sim? — Wulf respondeu, mas a essa altura Thrit já estava segurando-o pelo queixo e beijando-o.

Foi um toque suave nos lábios, que durou o tempo de uma respiração.

Wulf mal teve tempo de sentir sua maciez e seu calor. Antes que pudesse fechar os olhos, ou entender o que tinha acabado de acontecer, Thrit já recuara um passo, parecendo bem mais inseguro.

— Desculpe — ele falou, com uma risadinha nervosa. — Tentei dar umas pistas, e várias vezes, mas… — Ele limpou a garganta. — Se não fizesse isso agora e você acabasse morrendo, eu jamais iria me perdoar.

Wulf sabia que precisava falar… talvez mais do que nunca na vida, mas só o que conseguia fazer era olhá-lo. Quando recuperou a voz, Thrit já tinha se afastado pela praia, praguejando consigo mesmo.

— Thrit — ele gritou, sentindo a garganta seca como um pergaminho. Thrit deteve o passo imediatamente. — Eu vou voltar. E você… não morra.

Wulf imaginou um futuro feliz e inesperado pela frente, ainda que muito distante. Em seguida, se virou e saiu caminhando na direção de seu passado.

79
Oeste

A passagem do Desfiladeiro de Harmur permanecia fechada, mas sem nenhum soldado para defendê-la àquela altura. Eles contornaram pela água os portões trancados, guiando os cavalos pela borda do Golfo de Edin.

Quando chegaram ao lado ersyrio, Tunuva se ajoelhou na areia e segurou alguns grãos entre os dedos, sentindo o cheiro do deserto. Estava de volta ao Sul. A cada dia, mais próxima de casa.

Ela observou Wulf absorver a paisagem. Ele jamais devia ter imaginado um lugar como aquele, com a areia se estendendo por todo o horizonte. Mesmo depois de semanas viajando com ele, Tunuva não conseguia parar de espiá-lo, em busca de uma nova expressão em seu rosto, algo que pudesse ter deixado passar.

Em certos sentidos, ele era Meren: sobrancelhas grossas e severas, nariz largo e ossudo. Era doloroso voltar a ver aqueles traços no filho deles. Mas Wulf também era como ela. Eles tinham as mesmas orelhas estreitas, as mesmas maçãs do rosto, e o formato do queixo e do maxilar era idêntico. Os olhos lembravam os de Tunuva, mas também os de sua mãe de nascimento, Liru.

Não era mais o menino sorridente que ela amamentava, embalava e ninava. Não, aqueles olhos refletiam provações terríveis. Ele era mais calado do que o esperado, mas a própria Tunuva também tendia a ser mais reservada. Meren, sim, era mais expressivo, com riso solto e gestos largos.

Seu filho deveria ter aprendido a falar selinyiano. Em vez disso, Wulf aprendera a linguagem áspera dos hrótios e o sotaque carregado do norte de Inys. A cada vez que ele dormia, Canthe ensinava a Tunuva um pouco mais do inysiano, mas algumas poucas frases não a tornavam fluente.

Não havia uma mãe na casa em que ele crescera. Tunuva ficou até envergonhada do alívio que sentiu ao descobrir isso. Seria muito mais doloroso saber que seu lugar havia sido preenchido por alguém.

— O que é isso? — Wulf perguntou, levando a mão ao machado na cintura. — Canthe, aquilo é uma… leoa?

Tunuva se virou para onde ele estava olhando. A uma certa distância, um vulto pálido levantava areia com as patas.

— Não. É muito melhor — Canthe respondeu, animada. — É Ninuru.

Quando chegou até Tunuva, a ichneumon a derrubou no chão e lambeu seu rosto até fazê-lo arder. Tunuva deu um abraço em sua amiga.

— Nin — falou, aos risos. — Como você sabia?

— Você me alimentou. — Ninuru a lambeu mais uma vez. — E foi embora.

— Eu sei. — Tunuva pressionou o rosto contra aquela pelagem branca e lisa. — Me desculpe, querida. Não vou embora de novo. Você nos leva para casa?

Ninuru olhou para Wulf, que só observava, assombrado.

— Ele tem seu cheiro — ela disse para Tunuva.

80
Leste

Desde que os deuses tinham despertado, sobre eles pairava uma névoa pesada de sono. A pedra azul acabou com isso. Com Dumai pressionando-a contra suas escamas, Furtia farejou um lago profundo de águas escuras em um vale que abrigava os vestígios de um acampamento dos Hüran do Norte e abriu um buraco no gelo.

Assim que submergiu na água, o ferimento em sua coroa começou a cicatrizar. Entre seus longos períodos de sono, a dragoa pegava peixes prateados para elas comerem.

Dumai falava somente o necessário com Nikeya. Pelo menos daquela vez, Nikeya retribuiu o favor. Desaparecia por horas na floresta à beira do lago, caçando os cervos e as aves que restavam. Quando voltava, limpava e assava a carne em silêncio, sem o menor sinal de brilho nos olhos.

Toda vez que se deitavam para dormir, Dumai pensava em se arriscar a pedir perdão. Mas o orgulho teimoso sempre a fazia engolir as palavras.

Era melhor assim. Ela confiara na voz em seu sonho e fora traída. Aquilo era um lembrete bem convincente para também não confiar em Nikeya. Por mais doce que fosse seu beijo, ela ainda era do clã prateado.

Não importava que tivesse salvado sua vida.

Só o que importava agora era Seiiki. Aquela viagem tinha sido um erro terrível.

No sétimo dia, Furtia já estava saudável o bastante para voar, e elas deixaram o Norte para trás. A dragoa cruzou mais uma vez pelo Corredor Fraturado, depois seguiu pela costa do Império dos Doze Lagos, conhecedora do caminho de volta para casa. Dumai pegava no sono a todo tempo. Seus ferimentos estavam cicatrizando, mas ainda a exauriam.

Irmã?

Dumai pairava no limiar entre o sono e a vigília. Sua exaustão enfraquecera o gelo escuro em sua mente, deixando uma voz externa fluir de novo.

Você ainda ousa me chamar de irmã?

Eu… não entendo. Ela sentiu seu peito apertado. *Você não entra em contato há tanto tempo. Fiquei me sentindo sozinha sem sua voz.*

Não pense que vai conseguir me enganar de novo com a sua. Pela primeira vez, ela deu as costas para a correnteza. *Você não terá mais nada de mim.* Antes que a vigarista pudesse responder, ela se obrigou a acordar completamente, sentindo as lágrimas geladas no rosto. Um dia, talvez pudesse se lembrar daquela traição sem chorar.

A Grã-Imperatriz saberia como quebrar o vínculo que a ligava à sonhadora.

Ela faria isso em breve.

****

Uma névoa densa e escura pairava sobre o Mar do Sol Dançante. Quando deu forma a uma linha costeira, Dumai olhou naquela direção. Ela sentiu e farejou a fumaça antes mesmo de vê-la — pairando sobre a ilha, abafando o pôr do sol.

Seiiki estava em chamas. O fogo queimava com tamanha fúria que as chamas criavam seu próprio vento e nuvens.

Dumai viu um bando de cervos correr de um paredão ruidoso de luz. Viu um lobo solitário, com a pelagem incendiada. Cinzas quentes a fizeram tossir até sentir o gosto das próprias entranhas. Ela se curvou de lado na sela e viu dois dragões em uma campina, arrebentados e abraçados na morte.

Não.

Nikeya também acordou, com uma tosse seca. Ao ver a conflagração, soltou um ruído fraco contra a manga da roupa.

Agora chega o fogo de baixo, a terra inflada. Furtia se manifestou pela primeira vez em vários dias. Enquanto passava pela fumaça preta, sacudiu a crina. *A estrela ainda não chorou, filha da terra.*

Eu sei, grandiosa. Dumai engoliu em seco, sentindo as lágrimas voltarem a cair. *Eu sei.*

Os wyrms não deviam estar em Seiiki há muito tempo. Entrando pela costa, Furtia sobrevoou campos e arvoredos intactos. Lá embaixo, as pessoas fugiam na direção da capital. Dumai entendeu o motivo quando Furtia se aproximou de Antuma. Vários dragões haviam formado um círculo protetor ao redor do Monte Ipyeda e a Bacia de Rayonti, entre eles Tukupa, a Prateada.

Furtia passou por eles a caminho do palácio e pousou no pátio principal. Dumai saltou para o chão.

As passarelas foram atravessadas às pressas. Havia alguns cortesãos do lado de fora, com panos molhados sobre a boca, mas Dumai não lhes deu atenção. Só deteve o passo quando chegou ao Palácio Interior, o que deu a Nikeya o tempo necessário para alcançá-la. Os guardas usavam túnicas cinza sob as armaduras e máscaras de ferro e couro sobre a boca e o nariz.

— Para trás. — Um deles levou a mão à espada. — O Palácio Interior está trancado.

— Onde está meu pai?

— Princesa Dumai — disse outro, com choque nos olhos acima da máscara. — A senhora está… viva.

— E por que não estaria?

— A senhora precisa ir ver o Senhor dos Rios imediatamente. Ele está na Sala do Trono. — Foi a resposta abafada.

Dumai seguiu naquela direção, mas não sem antes ouvir alguém murmurar:

— Pelo Grande Kwiriki, e agora, o que vai ser feito?

Nikeya vinha em seu encalço.

— Dumai — ela falou —, o cinza é a cor do luto na corte. — Dumai cerrou os dentes. — Sua Majestade…

— Não ouse dizer isso.

Os nobres lotavam a Sala do Trono, e o contorno dos corpos era realçado pelos leves reflexos vindos da água. Dumai foi abrindo caminho entre as fileiras. Quando perceberam de quem se tratava, os cochichos se transformaram em um vozerio, e todos abriram caminho, para que ela pudesse ver o Trono do Arco-Íris.

E sua irmã, sentada nele.

Suzumai usava camadas de cinza, que iam do tom mais escuro ao mais claro. O manto que a envolvia era quase preto, uma coroa de prata se equilibrava em sua cabeça e seus cabelos estavam penteados soltos até a cintura, enfeitados com pérolas dançantes. Ao ver Dumai, ela ficou olhando para as peles molhadas que usava, e os cabelos desalinhados, e os ferimentos no rosto.

— Suzu — Dumai falou, tão atordoada quanto ela.

— Princesa Dumai — disse uma voz familiar, antes que sua irmã pudesse responder. — Será possível?

Dumai ficou tensa. Ela não o tinha visto ao lado do trono, como uma sombra ao lado de sua irmã.

— Mas é mesmo. E você, Nikeya — o Senhor dos Rios falou, com uma expressão de alívio no rosto. — Pensei que nunca fosse vê-las de novo. — Ele usava uma pequena coroa de conchas. — Graças ao Grande Kwiriki.

— Nós duas estamos muito bem, obrigada, pai. — Nikeya se colocou ao lado de Dumai, assumindo sua versão cortesã como quem trocava de roupa. — Mas de fato estamos diante de uma cena perturbadora. Onde está o Imperador Jorodu?

A pergunta ecoou pelo salão, silenciando todos os murmúrios.

— A tragédia se abateu sobre nossa corte. Um bando de provincianos assassinos se infiltrou no palácio — respondeu o Senhor dos Rios, quebrando o silêncio absoluto. — Eles exigiam reparação por um surto de doença na costa, uma doença que faz as mãos ficarem vermelhas e o sangue ferver. Acreditam que a moléstia chegou junto com um navio lacustre, que veio trazer uma balesta para a Princesa Dumai.

— A Consorte Jekhen me ofereceu a arma em troca de minha assistência — explicou Dumai. — Para combatermos os wyrms.

— Infelizmente, os provincianos são pessoas de mentalidade tosca e rústica, incapazes de pensar além de seus próprios quintais. Viram pessoas chegando do continente e colocaram nelas a culpa por seu sofrimento. A situação degenerou em um tumulto generalizado, e os soldados lacustres que trouxeram a arma foram mortos.

— O quê? — murmurou Dumai.

Sem que ninguém visse, Nikeya segurou seu pulso com força suficiente para machucar.

— Quando os guardas os mataram, os invasores já tinham chegado ao Palácio Interior e infectado Sua Majestade. Ele lutou muito... mas era o Filho do Arco-Íris — o Senhor dos Rios continuou, em tom de lamento. — Seu corpo não foi capaz de suportar tanta dor, e uma febre tão forte.

Com o olhar se alternando entre o Senhor dos Rios e sua irmã, Dumai sentiu no estômago a ameaça de uma armadilha.

— Imagino que isso tudo deva ser mesmo um tremendo choque, Princesa — suspirou o Senhor dos Rios. — Eu lhe ofereço meus sinceros pêsames.

— O que foi feito com o corpo dele?

— Não tivemos escolha senão cremá-lo — respondeu um de seus vários primos. — Ainda não sabemos como essa doença se espalha. Foi o que nos restou fazer.

Nunca na história um governante de Seiiki tinha sido cremado. Ele deveria ter sido colocado em uma barca e lançado ao rio, em um leito de pérolas, e chegar ao mar acompanhado de uma cantoria ininterrupta.

— Como não foi possível localizá-la em lugar nenhum, pensamos que tivesse sido capturada e morta — o Senhor dos Rios continuou, contorcendo as mãos para demonstrar apreensão. — O Conselho de Estado tomou a difícil decisão de entronar sua irmã, a herdeira aparente, como Imperatriz Suzumai.

Ele era capaz de fazer qualquer coisa soar razoável, até mesmo uma usurpação. Seu maior dom era ser ardiloso.

— Eu sou uma ginete de dragões… uma mulher feita, a primogênita — Dumai conseguiu dizer. Nikeya a apertou com mais força. — Suzumai é uma criança de nove anos.

— Seu pai tinha essa mesma idade, e foi um esplêndido governante, assim como outros jovens filhos do arco-íris antes dele. Todos nós estamos aqui para auxiliar e orientar a Princesa Suzumai. Esperava que pudesse se juntar a nós também. — A voz dele deixou transparecer um leve tom de reprovação. — Princesa, como uma cantante-aos-deuses, acharia mesmo certo anular os ritos sagrados de uma entronização?

Murmúrios de discórdia se espalharam pelo salão. Suzumai lançou um olhar apreensivo para seus novos súditos.

— Eu sinto muito, Dumai — ela falou. — Não queria tomar o seu trono. Pensei que você estivesse morta.

— Como todos aqui podem ver, estou viva — Dumai falou, com frieza. Era preciso manter a compostura. — Como meu pai informou ao Conselho de Estado, eu estava em uma visita particular a minha avó.

Anos de trabalho e planejamento. Todo o esforço que o que restava de sua família conduzira em segredo fora desfeito em poucos dias. Com a morte do Imperador Jorodu, não haveria corte secreta.

Ela havia sido ingênua e tola por decidir viajar em um momento como aquele. Nikeya estava certa quando a alertou.

— E agora que está de volta — disse o Senhor dos Rios —, eu gostaria de tratar de alguns assuntos da maior importância, Princesa.

— Pois façamos isso, então. Aqui mesmo, milorde — respondeu Dumai. — Em público.

— Como queira. Em primeiro lugar, sou obrigado a questionar sua crença de que sua idade a torna mais preparada para governar. Suzumai passou a vida na corte, enquanto a sua foi passada em uma montanha. Seu conhecimento sobre Seiiki é limitado. Afinal, já esteve em Mozom Alph, mas não em Ginura.

— Pai — Nikeya falou, quase aos risos —, certamente o senhor sabe que foi Furtia Tempestuosa quem convocou a Princesa Dumai para suas jornadas. O que ela faria, ignoraria os deuses?

— Nunca, minha filha, mas isso não muda o fato de que a herdeira de Seiiki abandonou o país em uma época de necessidade. Não podemos viver com medo em razão disso. A segunda questão é o delicado assunto de como essa doença vermelha chegou a Seiiki — o Senhor dos Rios continuou, depois de demonstrar uma hesitação ensaiada. — Princesa, antes de suas jornadas mundo afora, estávamos seguros. Poderia, por favor, nos mostrar suas mãos? — Dumai obedeceu sem questionamento. — Ah. Seus dedos. Não é nessa parte do corpo que a doença começa?

Dumai franziu a testa ao ouvir o vozerio se elevar novamente.

— Cavalheiro Kuposa, eu não tenho esses dedos desde os dez anos de idade.

— Isso levantará questionamentos entre a população, Princesa Dumai — o Senhor dos Rios argumentou, com outro suspiro, como se toda aquela situação lhe fosse exasperante. — Esses wyrms instilaram o medo em nossa mente. Considero que a melhor alternativa seja que volte a partir, para sua própria proteção… rumo a Muysima.

Dumai o encarou.

— Esse é o lugar para onde vão os exilados.

— Isso não é verdade, Princesa. É um lugar onde ficará a salvo por um tempo, onde poderá encontrar alguma paz de espírito.

— Não — gritou Suzumai. — Por favor, tio-avô, não mande Dumai embora.

— Ora, Majestade…

— Por favor. — Ela começou a chorar de repente. — Ela é minha irmã, a minha única irmã. Quero que ela more aqui.

O Senhor dos Rios se ajoelhou ao lado do trono.

— Majestade, eu estou aqui para servi-la — disse. — Acho que podemos encontrar uma forma de permitir que a Princesa Dumai fique. Sei que isso lhe traria um grande conforto. — Suzumai balançou a cabeça, fazendo sua coroa tremer. — Mas sua irmã mais velha está em grave perigo. Ela precisa parar de voar para longe da corte. Precisa respeitar minha posição como regente e obedecer, ou haverá desentendimentos, e ela deve sempre mostrar deferência à imperatriz. Isso ficou claro, Majestade?

— Sim — Suzumai respondeu, com a voz trêmula. — Por favor, Dumai. Diga que vai ficar.

Por nove anos, aquela criança tinha sido criada para ser dócil e dependente, uma admiradora incondicional do tio-avô.

Mais uma Noziken nas mãos do clã prateado.

Dumai olhou para todos ao redor, para os cortesãos que a cercavam.

Seu pai a convocara porque não devia lealdade a ninguém. E naquele momento ela se deu conta de que, da mesma forma, não havia ninguém que fosse leal a ela.

Estou sozinha. Ela se sentia distanciada de si mesma. *Estou sozinha, prestes a cair na rede.*

Não, sozinha não. Lá fora, havia uma dragoa à sua espera. E a pedra estava guardada entre seus seios. E, quando ouviu as palavras em sua mente, não pertenciam a uma deusa, nem a uma mulher em um sonho. Era sua própria voz.

O que você está fazendo?

Quando esse questionamento surgiu, ela sentiu um peso sair de suas costas.

Ela não precisava travar aquela batalha. Não precisava ficar ali e tentar superar o Senhor dos Rios em seu próprio jogo. Não precisa se tornar como ele — e havia chegado perto disso, em certas ocasiões. Aquela corte a tornava impulsiva, desconfiada e implacável; chegava quase a torná-la cruel.

Ela se lembrou da cantante-aos-deuses do Monte Ipyeda, que não queria nada além da vida que já levava. Não precisava de um trono para servir Kwiriki, nem para ajudar o povo de Seiiki. Afinal, já conhecia Kwiriki antes de pôr os olhos naquele trono pela primeira vez.

Você é uma pipa, um arco-íris, uma ginete. A clareza dessa percepção a fez sorrir. *Onde é seu lugar, se não no céu*?

Antes de sequer pensar no que estava fazendo, ela caminhou até o trono e se ajoelhou, segurando a mão de Suzumai.

— Majestade, eu a amo e a respeito, como sua irmã mais velha — falou. — Não reivindico para mim o Trono do Arco-Íris. Você também tem todo o direito de ocupá-lo. — Ela tocou o rosto da menina. — Preciso me ausentar de novo, por um breve tempo, mas sempre vou voltar.

Suzumai engoliu em seco, com os olhos marejados.

— Você prometeu não ir embora de novo.

— Eu sei. — Dumai segurou a mão dela com mais força. — E sinto muito. Você garante minha segurança aqui?

— Sim — Suzumai murmurou.

Dumai olhou para o Senhor dos Rios, em cujo rosto estava estampada a curiosidade, tentando prever qual seria seu próximo passo.

— Não é minha intenção confrontá-lo quando existe um inimigo ameaçando nossa ilha. Não quero criar uma divisão interna — Dumai falou, se levantando para encará-lo. — Minha mãe é uma... provinciana, de acordo com suas palavras. Ela trabalhou nos campos de cevada de Afa. O pai dela foi o governador da província, muito tempo atrás.

Por fim, a compreensão surgiu no rosto dele. Ela se perguntou se em algum momento ele soube quem era Unora, ou se sua mãe sumira de sua mente assim que perdeu sua condição de nobre.

— Como cantante-aos-deuses, como ginete de dragões e como princesa, é minha obrigação servir a essas pessoas — Dumai disse a ele. — São elas as que mais estão sofrendo nestes tempos de fogo. Eu tenho como defendê-las. E é isso o que preciso fazer.

Ao seu lado, Nikeya soltou um suspiro de alívio. O Senhor dos Rios se limitava a olhar para Dumai, sem dizer nada. Ela notou que ele estava se preparando para distorcer suas palavras, seus olhos deixavam transparecer o mecanismo de sua mente em movimento.

— Eu vou para o exílio, mas não em Muysima. — Dumai se voltou para os nobres. — O Imperador Jorodu desejava que o poder tivesse assento em dois lugares. A Grã-Imperatriz é capaz de atestar isso, assim como minha mãe, a Donzela Oficiante. — Centenas de olhos a encaravam. — Eu honrarei esse desejo dele. Sairei desta corte para estabelecer a minha, nas províncias. Para proteger nossa ilha, para dar esperança ao povo, até a passagem do cometa que colocará um fim em tudo isso.

Antes que o Senhor dos Rios pudesse lhe roubar a palavra final, ela saiu da sala em meio a gritos de indignação, tomando o caminho que os nobres lhe abriram, ignorando suas vozes o máximo possível.

Nikeya veio atrás dela.

— Dumai — Nikeya chamou. Ela continuou andando. — Sério mesmo que eu significo tão pouco para você que vai me dar as costas por completo?

Dumai diminuiu o passo e a encarou.

— Me diga a verdade — falou. — Você sabia que ele pretendia entronar Suzumai na minha ausência?

A raiva se tornou aparente no rosto de Nikeya.

— Você *ainda* acha que estou a mando dele?

— Por favor, Nikeya.

— Eu não sabia — Nikeya falou, enrubescendo. — Não sei nem se foi ele que orquestrou o ataque ao seu pai. Nós duas sabemos que isso não é do feitio dele. O que quer que tenha acontecido, você propiciou a situação perfeita com sua ausência. Você perdeu. — Ela se aproximou de Dumai e a segurou pelo rosto. — Sei o quanto você sofreu em tão pouco tempo, mas desafiá-lo desse jeito, diante de todos os seus aliados... você não entende?

— Talvez não — Dumai respondeu. — E pode ser que nunca vou ser capaz, Nikeya. Eu não fui feita para esta vida.

— Me escute bem. Se for embora agora, Suzu vai passar o resto da vida na casa de bonecas. Você ainda pode fingir submissão — disse Nikeya. — Ainda pode encontrar maneiras de fazer valer sua vontade.

— Meu pai tentou fazer isso durante muito tempo. E pensou que estivesse vencendo até a hora da morte — Dumai respondeu, exausta. — O Senhor dos Rios pretende me mandar para o exílio. É melhor que eu mesma me exile, em meus próprios termos, pelo bem de Seiiki. — Ela se virou para a montanha, para a cidade de madeira ao seu pé, para a floresta em suas encostas. — Eu não perdi o jogo. Simplesmente me retirei da partida.

— Você é uma Noziken. Não pode se dar ao luxo de se retirar.

— Você acredita nisso porque disputou esse jogo a vida inteira, porque não conhece nenhum outro mundo além desse... mas eu vi você fora daqui, Nikeya. Existem coisas maiores. Venha comigo.

Nikeya já tinha usado mais faces do que Dumai era capaz de contar, porém nunca todas ao mesmo tempo. Suas feições eram como uma máscara, mas toda bordada, feita das mais variadas emoções: surpresa, ternura, tristeza. Eram tons e sentimentos demais para serem isolados e identificados.

— Seu convite significa muito para mim — ela murmurou —, mas nós duas sabemos que não fui feita para voar ao seu lado. Meu poder vem dele. — O sorriso em seu rosto era discreto e dolorido. — A Consorte Jekhen tinha razão; você também. Eu sou bela e sou do clã prateado, e nada mais. Sou uma flor cultivada para a corte.

Em outros tempos, Dumai teria concordado. Em vez disso, porém, segurou a mão de Nikeya e beijou de leve.

— Me desculpe pelo que falei lá no Norte — disse, baixinho. — Por favor, olhe por Suzu.

Ela voltou com passos largos para o pátio, onde Furtia Tempestuosa a esperava, e montou na sela. Nikeya ficou só observando, sozinha e pálida, se segurando como se estivesse prestes a desmoronar.

Furtia, nos leve para o Monte Ipyeda.

Dumai se segurou no chifre. Furtia levantou voo, e elas enfim deixaram o palácio, se dirigindo para a montanha que era sua casa.

Ela não olhou para trás.

81

Sul

Com Ninuru, a viagem para a Lássia foi rápida. Wulf foi montado atrás de Tunuva, com os braços em torno da cintura dela, enquanto a ichneumon se mantinha o mais próximo possível dos Espigões, para que pudessem ter cobertura quando um wyrm passasse. Havia menos deles no Ersyr àquela altura — deviam ter seguido para outros lugares. Em seu rastro, deixaram cadáveres apodrecendo ao sol, povoados em ruínas e andarilhos nus, com os braços tomados de vermelho.

Wulf derrubou cada um deles com suas flechas, fazendo cessar seus gritos. Tinha uma boa pontaria.

Quando chegaram à Bacia Lássia, Ninuru parou, e Tunuva apeou para coletar água de uma folha cor-de-rosa e larga. Quando voltou, encontrou Wulf olhando para as árvores.

— Você lembra — ela disse, se esforçando para falar inysiano.

Wulf assentiu.

— Sim. Um pouco, acho. — Ele inspirou fundo pelo nariz. — Tem um cheiro tão verde.

No breve sorriso que ele abriu, ela teve um vislumbre de seu menino, cambaleando enquanto dava os primeiros passos.

Ninuru foi abrindo caminho em meio às árvores. Quando se aproximaram da velha figueira, Tunuva começou a se sentir apreensiva. A perspectiva de encarar Esbar provocou um aperto em seu peito. Suas irmãs poderiam nem sequer estar lá. Era mais provável que tivessem sido chamadas a uma cidade distante, para defender seus sobreviventes.

Wulf seguiu Tunuva através das raízes da figueira. Ela iluminou o túnel com sua chama, e viu que aquilo o fascinava e o inquietava ao mesmo tempo. Ele ficava mais parecido com Meren quando estava curioso.

— Seu pai de nascimento — Tunuva falou devagar, em inysiano. — Lembra-se dele?

— Não. — Wulf olhou para ela. — Quem era?

— Meren.

— Meren — ele repetiu, com uma pronúncia cuidadosa. — Sinto muito que ele esteja morto.

Tunuva baixou os olhos, assentindo com a cabeça, desejando que pudessem trocar mais do que aquelas simples palavras.

Do outro lado do túnel, ela tirou a bagagem de sela de Ninuru e arrancou as botas de pele de carneiro que cozinharam seus pés durante léguas.

— Tuva? — Ela se virou ao ouvir seu nome ser sussurrado, e Siyu se jogou em seus braços. — Ah, Tuva — ela disse, com a voz embargada. — Você voltou para casa.

— Siyu. — Tunuva a segurou pela nuca, sentindo um calor invadir seu coração. Siyu retribuiu o gesto. — Está tudo bem, raio de sol. Estou em casa. Senti sua falta.

— Eu também senti a sua.

Tunuva segurou o rosto dela entre as mãos, chocada com a mudança que encontrava. Os meses de batalha deixaram as bochechas dela côncavas e os olhos fundos, fazendo-a parecer mais velha que seus dezenove anos, e as cicatrizes cobriam seus braços, onde se viam músculos bem mais definidos. O comprimento dos cabelos havia sido encurtado da cintura para os ombros, o que reforçava sua semelhança com Esbar.

— Esbar contou que você foi embora — ela disse, baixinho, com um vestígio de mágoa na voz. — Por quê, Tuva? Nós precisávamos de você.

Tunuva acariciou o rosto dela com movimentos circulares.

— Tive meus motivos. Vou deixar que você os julgue por si mesma. — Hesitante, ela lançou um olhar para Wulf. — Siyu, este é… o meu filho de nascimento, Armul. Wulf, como é chamado em Inys.

Siyu o encarou, incrédula. Wulf a observou com um interesse cauteloso.

— Seu filho de nascimento — Siyu repetiu. — Isso é verdade mesmo?

— Eu acredito que sim.

— Estou muito feliz por você, Tuva. Agora você tem seu filho de volta. — Siyu abriu um sorriso melancólico. — Não precisa mais ver seu nome caindo em desgraça por causa de uma tola como eu.

— Ah, não, Siyu… não, não. — Tunuva a abraçou de novo. — Ter você carregando meu nome é a minha maior alegria na vida. E você continua sendo tão minha como sempre foi. Eu só precisava saber.

Siyu assentiu, com a cabeça apoiada em seu ombro. Tunuva de repente se lembrou do dia em que Esbar contou toda a verdade para sua filha de nascimento, e Siyu veio correndo, subindo em seu colo para abraçá-la.

Tunuva, eu amo você. Tenho muito orgulho de ter seu nome.

— Eu faria o mesmo por Lukiri — Siyu disse. Quando viu Canthe, se aproximou para beijá-la no rosto. — Canthe, você também está bem. Fico muito feliz que estejam de volta.

— Olá, doce Siyu. — Canthe sorriu. — É bom estar de volta. Lukiri está bem?

— Sim, está crescendo forte e saudável.

— Siyu, Esbar está aqui? — Tunuva indagou.

Siyu se virou para ela com uma expressão cautelosa.

— Sim — falou. — Estávamos em Isriq, mas Esbar ordenou que voltássemos, para repor nossa magia e nossos suprimentos. As que estavam esperando aqui foram assumir nosso lugar. Devo procurar um lugar para... Wulf dormir? — ela acrescentou, dizendo aquele nome inysiano com um tom cheio de interesse. — Vocês devem ter feito uma viagem difícil.

— Se você puder. Obrigada, raio de sol.

Siyu o pegou pelo braço. Wulf se deixou levar, ainda absorvendo o ambiente ao seu redor.

Havia uma lamparina acesa em seu solário. Tunuva se sentiu tocada ao ver o cômodo iluminado e aquecido. Embora tivesse abandonado o Priorado, seu aposento fora mantido em ordem. Ela abriu o baú e vestiu uma túnica limpa, resistindo à vontade de se deitar e dormir.

— Tunuva.

Esbar estava parada à porta, vestida com sedas cor de damasco ajustadas com um cinto.

Os cabelos ondulados escorriam para além dos ombros, e estavam penteados para trás, mostrando os brincos de âmbar. Assim como Siyu, exibia novas cicatrizes, e uma musculatura mais robusta. O corpo estava mais forte do que nunca, mas o rosto... o rosto revelava o fardo da liderança. Pequenos vincos marcavam seus olhos, frios e duros como pedra. Tunuva fechou o baú e se levantou.

Esbar a encarou com os dentes cerrados. Em mais de trinta anos de convívio, Tunuva nunca tinha ficado sem saber o que dizer para a mulher que amava. Elas já haviam falado muita coisa, mas mesmo assim não era suficiente.

— Você o encontrou? — Esbar perguntou por fim, sem se mover da soleira da porta. — Seu filho de nascimento.

— Sim. Ele estava no Norte. — Tunuva fez como ela e se manteve onde estava. — Esbar, antes de mais nada, você precisa saber que existem pelo menos algumas pessoas no Leste ajudando os wyrms, e eles têm seus próprios wyrms. Fomos atacadas por um deles nas montanhas, e era montado por duas mulheres. Claramente tinham estabelecido uma aliança... havia até uma sela.

— E tinham magia?

— Não sei ao certo. O wyrm me atacou assim que me viu. Era diferente de qualquer outro que eu já tenha visto — explicou Tunuva. — Acho que tinha a mesma magia de Canthe. Minha chama vermelha ganhou vida para repelir o ataque.

Esbar assentiu com a cabeça.

— Vamos pensar nas implicações disso mais tarde — falou. — Por ora, já temos muita coisa a considerar. — Ela cruzou os braços. — Você acredita mesmo que essa pessoa que encontrou é Armul.

— Sua família inysiana lhe deu o nome de Wulfert Glenn, mas sei que é o menino que dei à luz. Eu me vi em seu rosto. Vi Meren.

— Canthe tinha razão, então. — Esbar entrou, se aproximando da luz. — Você ficou fora por muito tempo. Fiquei com medo de que tivesse morrido. — Ela se sentou na cadeira ao lado do fogo. — E depois de que tivesse decidido não voltar mais.

— Você sabe que eu não faria isso.

— Foi o que pensei.

Tunuva puxou outra cadeira, mantendo a pequena mesa entre elas.

— Siyu me contou que vocês estavam no Ersyr.

— Sim. Fiz o que pude por Daraniya, mas essas criaturas são muitas, e foram feitas para nos destruir. Acho que isso só vai acabar quando não restar mais ninguém entre nós — Esbar disso, baixinho. — Eu venho me apegando à fé da mesma forma que uma chama a um pavio já preto e curvado.

— A Mãe vai nos ajudar a superar isso, Esbar.

— O Priorado, talvez. Mas e quanto a você e eu?

Tunuva nunca pensou que poderia voltar a sentir frio de verdade na vida, pelo menos até Esbar uq-Nāra fazer aquele questionamento.

— Essa decisão cabe a você. — Ela sentiu um aperto na garganta. — Para mim, nada mudou.

Esbar afundou na cadeira.

— Durante todos esses anos, vi você de luto — ela falou. — E, quando surgiu uma esperança, eu não soube alimentá-la. Só fiquei com medo de que fosse uma falsa esperança, Tuva.

— Você julgou que estava fazendo a coisa certa. O desespero me deixou suscetível à tolice.

— Todo mundo fica suscetível à tolice quando o assunto é o amor. — Esbar soltou o ar com força. — Armul... ou melhor, Wulfert é bem-vindo aqui. Sou obrigada a confessar que estou curiosa para vê-lo. E contente por ter você por mais um tempo.

De repente, os olhos dela ficaram marejados. Esbar não chorava fazia muito tempo. Tunuva estendeu o braço e segurou a mão dela, entrelaçando seus dedos.

— Agora basta? — Esbar perguntou, com uma voz embargada. — Sua vida agora é o bastante para você, Tuva?

— Sempre foi. Eu só queria saber a verdade.

Esbar apertou sua mão.

— Eu não conseguiria viver mais nem um só dia sem você ao meu lado — ela falou, baixinho. — Fique comigo. Me perdoe, e farei o mesmo com você. Vamos fazer aquilo que nascemos para fazer.

Tunuva se inclinou na direção dela e aproximou a testa das duas. Elas ficaram um bom tempo assim: só respirando, se fazendo presentes.

82
Leste

O nascer do sol foi frio e austero no Monte Ipyeda. A cada dia, havia mais fumaça encobrindo o céu.

— Então você praticamente declarou guerra aos Kuposa — a Grã-Imperatriz comentou. — Pois bem, minha neta, acho que essa era uma das formas possíveis de lidar com eles. Imagino que o Senhor dos Rios, o regente, irá retaliar.

Ela estava com Unora e Dumai em seus aposentos, assim como na noite em que Dumai descobriu quem era. Dois anos depois, quase haviam retornado à estaca zero.

— Ele já tem o que quer. Uma criança obediente no trono, e a regência. Não existe motivo nenhum para querer me atacar — Dumai respondeu. — O Senhor dos Rios pode estar preocupado em manter seu poder, mas até ele deve estar vendo que a esta altura os wyrms e a doença são questões mais importantes. Eu vi a destruição que eles já causaram no restante do Leste. E até no Norte.

— Talvez. Ou talvez agora considere você a única ameaça real ao predomínio que ele exerce. Afinal, nunca foi desafiado por um Noziken assim tão abertamente, nem teve que conviver com uma corte rival. — A

Grã-Imperatriz desviou o olhar para a janela. — Unora, o que me diz de tudo isso?

— Eu não sou uma filha do arco-íris, Manai.

— Mas deu à luz uma delas, e ela precisa de você. Dumai não tem nenhum conhecimento sobre as províncias. Você tem — argumentou a Grã-Imperatriz. — Você sabe como sobreviver a tempos de escassez. Isso será útil.

— Tenho sua bênção, então? — Dumai perguntou.

— Meu filho queria uma corte secreta. Uma corte rival é... menos sutil, talvez, mas não são tempos de sutilezas, e nós somos as monarcas legítimas por direito. Não precisamos recorrer a sorrisinhos e manipulações. — A Grã-Imperatriz olhou para Unora. — Se prepare para deixar a montanha. Ajude sua filha.

Unora assentiu e saiu, com uma expressão de determinação no rosto. Dumai sabia que sua mãe estava furiosa por ela ter ido em segredo para o Norte, mas também sabia que já tinha sido perdoada.

Sua avó aproximou uma vela da madeira-quedada.

— Osipa costumava queimar isto. Já eu vivo me esquecendo — ela falou, com um sorrisinho. — Ela se tornou minha dama da corte quando eu tinha seis anos e ainda era uma princesa ignorada. Sem ela, estou tendo que reaprender a viver. Imagino que você tenha esses momentos também, quando se depara com as brechas que Kanifa deixou na sua vida.

Dumai assentiu. Estar no templo sem ele era tão doloroso que chegava a ser quase insuportável.

A Grã-Imperatriz voltou para seu banquinho.

— Me conte sobre seus sonhos, aqueles de que falou antes.

Houve um tempo em que os sonhos eram tudo o que a perturbava. Dumai desejou poder voltar a essa época.

— Por quase dois anos, sonhei com uma voz, e uma figura, perto de um riacho — contou. — Tinha várias hipóteses a respeito dela: que era um reflexo de mim, uma irmã ou uma amiga. Nós conversávamos, e eu confiei nela. E ela me ajudou. Mas então me traiu.

À medida que Dumai relatava tudo à avó, a Grã-Imperatriz pareceu cada vez mais incomodada com a história.

— Um sonho compartilhado — ela falou, quando Dumai terminou de contar. — Sim, criança, já ouvi falar nisso. Uma ligação entre dois espíritos, como a poeira entre as estrelas. A Rainha Nirai escreveu a respeito. É algo raro e sagrado… mas até mesmo o que é sagrado pode ser profanado. Não sei quem é essa mulher, mas claramente não somos as únicas pessoas no mundo tocadas pelos deuses. — Ela sacudiu a cabeça. — Às vezes me pergunto se Kwiriki ao menos sabe quem está sentado em seu trono. Só o que ele queria era que Seiiki fosse forte, independentemente de quem o governasse. Talvez seja uma questão menos importante do que nós acreditávamos.

Dumai olhou bem para ela.

— A senhora está perdendo a esperança de que vamos sobreviver a isso?

— Só estou questionando o preço a pagar pela sobrevivência. Se a Casa de Noziken conseguir se recuperar, você precisaria de um herdeiro, Dumai. Sinto que seu caminho não é a maternidade. Será que eu, sua avó, devo forçá-la a ir contra sua própria natureza, só para preservar um nome?

— Mas nós temos o vínculo com os deuses. Se a Casa de Noziken cair…

— Nem mesmo a Donzela da Neve tinha um dom especial. Os deuses simplesmente escolheriam de novo. — A Grã-Imperatriz suspirou. — Esperemos a passagem deste cometa. Depois veremos o que Seiiki decide. Eu ficarei aqui, para rezar por você, enquanto sua mãe a ajuda a estabelecer sua corte.

— A senhora pode não estar segura, estando assim tão próxima da cidade.

— Uma velha como eu não representa ameaça para o Senhor dos Rios. Além disso — ela falou, com um toque de satisfação —, os deuses estão perto da montanha. Não acho que eles vão deixar algo de ruim acontecer comigo. — A Grã-Imperatriz segurou o queixo de Dumai. — Agora voe, minha brava neta. Vá para onde sua vocação está.

PARTE IV
A Estrela de Longas Madeixas

512 EC

alguém se lembrará de nós
é o que digo
mesmo que seja em outra época

— Safo

83

Sul

Um fogo aceso por magia crepitava na lareira. Wulf o observava, desejando dormir um pouco mais.

Aquele seria o dia em que contaria para Tunuva. Durante semanas, ficou em dúvida entre ficar e ir embora, dividido entre duas vidas.

Ele ainda era motivo de curiosidade por lá. Um forasteiro criado para cultuar o inimigo. Um nobre em um lugar com tão poucos títulos. Um homem que era melhor em empunhar lâminas do que em fazer pão. No Priorado, a guerra era o domínio das mulheres, que viviam para honrar e seguir o exemplo de sua fundadora, enquanto os homens cuidavam do trabalho doméstico.

Mas ele também era um irmão ungido, por mais estranho que isso pudesse parecer. A seiva da árvore fora espargida em sua cabeça uma hora depois de ter nascido. No fim das contas, ele encontrara, sim, uma sensação de pertencimento.

Mas ainda assim precisava voltar para sua família em Inys. Depois do que aconteceu no *Convicção*, eles não suportariam perdê-lo de novo.

Sentiria falta de Siyu, sem dúvida. Foi ela quem lhe deu as boas-vindas ao Priorado e o acolheu sob sua asa em todos os aspectos. Das muitas mulheres que agora ele chamava de *irmã*, ela era a que considerava mais próxima de ser alguém da família — ainda mais depois de saber por que ela recebera o nome de Tunuva.

E também sentiria falta de Esbar, apesar de ela ter demorado o outono inteiro para se aproximar dele. Mas, depois de tudo o que ele aprendeu sobre o Priorado — a verdade sobre o que acontecera ali, e quem era o Santo —, achava que, no lugar dela, ele mesmo teria suas desconfianças em relação a forasteiros vindos de Inys.

O alojamento dos homes circundava um cômodo redondo destinado a descanso e estudo. As paredes eram grossas o bastante para abafar os sons do berçário. Wulf caminhava pelo corredor, onde os vasos grandes e transbordantes de flores eram cuidados pelos meninos. Ele nunca havia sequer regado uma planta, mas Sulzi, que era três anos mais velho, tinha lhe ensinado algumas coisas sobre como cuidar delas.

Wulf ficou contente. Depois de tanto fogo, saber como cuidar e nutrir seria muito útil.

Tunuva lhe contara o que acontecera com seu pai de nascimento. E agora ele entendia por que ouvia as abelhas em seu sono. Agora sempre saberia.

Ainda não havia amanhecido. Tunuva ainda estaria na câmara mortuária, então ele desceu para a fonte termal. Um banho quente sempre o fortalecia. Talvez por se comunicar com a magia dormente em suas veias.

Ele ainda estava absorvendo tudo aquilo: a laranjeira, e Galian e Cleolind. O Priorado em si era a prova; caso contrário, Wulf jamais acreditaria.

Aquilo deveria ser motivo para mágoa. Aquele lugar confirmou seus medos de que era filho de uma bruxa — mas a aceitação foi tranquila, e a amargura só o impediria de manter o coração aberto. Ele se recusava a ser como Karlsten.

Pelo menos, tinha completado as peças que faltavam na trama. Sabia quantos anos tinha. Sabia que nascera no inverno. Sabia por que ainda estava vivo. Desde que nasceu, a magia se mantivera dormente em seu corpo, sem oferecer nenhum perigo, como óleo ou cera morna. Não era maldição nenhuma. Só o que fizera fora mantê-lo a salvo, tanto da peste como da morte por congelamento nas águas geladas.

E Tunuva não era uma bruxa. Era uma guerreira, uma mulher honrada. Era um orgulho ser filho dela.

Ele a encontrou no arsenal, polindo uma de suas lâminas. Em geral eram os homens que faziam esse trabalho, mas a atividade de cuidar de suas armas parecia trazer paz de espírito para ela.

Tunuva notou sua presença e sorriu.

— Bom dia — falou. — Como você está?

— Bem — ele respondeu, em selinyiano. — Só um tanto dolorido.

Nos meses que passara por lá, tinha se esforçado para aprender o idioma. Ao contrário do hrótio, o selinyiano não tinha raízes em comum com o inysiano, mas, com a ajuda de Canthe, ele conseguira se virar.

— Foi uma longa viagem — Tunuva respondeu, falando devagar para que ele a entendesse melhor. — Você luta muito bem.

— Obrigado.

Durante o outono e o inverno, ele ajudara as irmãs a defender o Sul dos dois wyrms que rondavam por lá: Dedalugun e Fýredel. Era o único homem entre elas, mas Esbar se recusava a desperdiçar um guerreiro bem treinado (*Já que vai ficar aqui, garoto, então trate de ser útil*). O principal local a ser protegido era o Vale de Wareda.

Só tinha visto Fýredel uma vez. Isso o fez suar frio, assim como quando via o navio branco em seus sonhos.

— Posso ajudar em alguma coisa? — ele perguntou para Tunuva.

— Sim.

Wulf se sentou ao lado dela, que apontou com o queixo para a espada, e ele começou a raspar o sangue seco das gravações na lâmina.

— Eu preciso ir embora.

Sua voz saiu baixa e áspera. Tunuva ficou paralisada por um instante, franzindo os lábios.

— Eu sei — ela disse, dessa vez em inysiano. — Eu sei… que você diria isso.

Ele pôs a mão sobre o punho dela.

— Sinto muito — falou, baixinho. — Por tudo, Tunuva. Sinto muito por ter sido roubado de você. Sinto muito por Meren. Sinto muito que nunca vamos descobrir como isso aconteceu, e por termos perdido tanto tempo. — Ele engoliu em seco. — Sinto muito por não poder ficar com você.

Tunuva se obrigou a sorrir.

— Você é um guerreiro forte, isso está em seus ossos. Os homens não são guerreiros por aqui. — Ela segurou sua mão. — Você tem uma vida em Inys, em Hróth. Sua família. Thrit.

— Eu tenho uma família aqui também.

O sorriso dela enfim chegou até os olhos.

— Venha. — Ela pôs uma mão em suas costas. — Vamos encontrar Canthe, e falar com Esbar.

Canthe estava lendo no quarto, vestindo sedas douradas sem mangas. Ao contrário das outras mulheres, não tinha manto, e Wulf nunca a vira lutar. Ela rondava o local como um fantasma.

Mesmo assim, ele sentia um poder emanando dela. Não o calor reconfortante que vinha de Tunuva. Não, o que quer que houvesse em Canthe era estranho, ainda que lhe parecesse vagamente familiar.

— Olá, Tuva. Wulf. — Ela fechou o livro. — Imin me contou que vocês estavam de volta. Devem estar cansados da viagem.

— Eu vou partir de novo em breve — Wulf avisou. — Preciso conversar com a Prioresa. Você me ajuda?

— Claro. — Canthe se levantou. — Acredito que não seja um assunto particular.

— Estou indo embora.

— Mas já?

— Por enquanto, meu lugar é na Virtandade.

— Eu entendo. O Priorado não é um lugar fácil para forasteiros. — Ela abriu um sorriso ácido. — Como aprendi sentindo na própria pele.

Esbar estava em sua varanda, observando o nascer do sol. Na Bacia Lássia, era quase possível acreditar que o mundo não tinha acabado. Vários wyverns chegaram a sobrevoar o vale, mas as mulheres os derrubaram.

Ela se virou. Seu olhar se voltou primeiro para Tunuva, como sempre. Era reconfortante saber que ali elas tinham uma à outra. Esbar era dura na queda, mas qualquer um era capaz de ver que morreria por Tunuva, e por todos que tivessem nascido no Priorado.

— Prioresa. — Wulf abaixou a cabeça. — Vim anunciar minha despedida. Preciso voltar para a Virtandade.

Canthe traduziu o que ele disse para o lássio. Esbar escutou tudo com os braços cruzados.

— Nós sabíamos que seu tempo aqui chegaria ao fim. Você está livre para ir quando quiser, como um irmão do Priorado — Canthe traduziu, e fez uma pausa quando Esbar voltou a falar. — Mas precisa manter o juramento que fez quando lhe mostramos a árvore. Jamais deve emitir uma palavra sobre este lugar, nem revelar sua verdade para ninguém.

— Os inysianos precisam saber — Wulf respondeu, olhando para Esbar, que estreitou os olhos. — Assim como todos na Virtandade. As pessoas precisam saber quem foi Galian Berethnet. E quem realmente brandiu a espada.

Quando Canthe fez a tradução, Esbar sacudiu a cabeça, e dessa vez Wulf entendeu a resposta.

— Algum dia — ela falou, em selinyiano. — Mas não agora.

Wulf abaixou levemente a cabeça.

— Diga a ela que juro pela minha honra — ele pediu a Canthe, se apoiando sobre um dos joelhos em seguida. — Prioresa, antes de ir, eu gostaria de solicitar um último favor.

Nesse momento, Esbar deu um passo à frente.

— Levante-se — falou, em um inysiano de sotaque carregado. — Aqui não fazemos mesuras nem ajoelhamos. — Esbar o segurou pelos cotovelos, e Wulf se levantou, surpreso. Ela devia ter aprendido aquelas palavras com Tunuva. — O que quer pedir?

Ele respirou fundo.

— Primeiro, queria que você soubesse de uma coisa. Sobre a Rainha de Inys — ele informou. — Ela está grávida. — Wulf olhou bem nos olhos de Tunuva. — A criança é minha filha.

Tunuva ficou olhando para ele. Ao lado dela, Canthe parecia uma estátua, com todas as feições imóveis.

Wulf não pretendia confessar, mas algo nele lhe dizia que era preciso. Sua filha, a futura Rainha de Inys, poderia ter a magia no sangue, ainda que sem o fruto para despertá-la.

— Ela é uma amiga sua, essa rainha — disse Tunuva.

— Sim. Eu entendo suas restrições a ela, mas Glorian não conhece a verdadeira história, Tunuva — disse Wulf. — Eu gostaria de voltar, para garantir a segurança dela, que a esta altura deve estar perto de dar à luz.

Esbar apertou o nariz na altura dos olhos, que fechou com força.

— Sinto muito, Prioresa, se eu compliquei as coisas — Wulf falou.

— Com certeza é só o choque da descoberta — Canthe disse, em um tom gentil. — Diga uma coisa, Wulf. Como vai voltar a Inys?

— Vou ter que me arriscar pelo mar. Meu pedido tem relação com isso — Wulf falou. — Queria saber se poderia ir com um ichneumon até a costa. Eles são mais rápidos do que qualquer cavalo que já vi.

Esbar pareceu pensativa, e então assentiu.

— Um dos ichneumons sem vínculos com irmãs pode levar você até a costa yscalina — Canthe traduziu. — De lá, deve seguir sozinho.

— Obrigado, Prioresa. Canthe.

Com uma mesura que fez Esbar soltar um suspiro, ele se retirou. A caminho da saída, estendeu a mão com cautela para a ichneumon preta dela, que a farejou antes de lambê-la.

Enquanto voltava para o alojamento dos homens, Wulf parou em um corredor largo e sem janelas, como se estivesse vendo o Priorado pela primeira vez. Aquele era seu local de nascimento. E deveria ter sido seu lar. Observando cada detalhe — as lajotas do piso, os pilares ornamentados —, sentiu uma tristeza repentina pela vida que poderia ter levado, pelo menino que recebera o nome de Armul.

Ele apoiou a mão espalmada na parede, para guardar na memória sua força e seu frescor. Enquanto pressionava a testa à pedra antiga, desejou levar consigo seu antigo lar na alma, para que permanecesse para sempre dentro dele. Wulf carregaria aquele lugar em meio ao fogo e às ruínas, enquanto atravessava o que havia sobrado do mundo.

— Wulf.

Siyu aparecera ao seu lado, com Lukiri no colo.

— Siyu — Wulf falou, limpando a garganta. — Como você está?

— Queria passar o dia de hoje com Lukiri. Tenho medo de que ela se esqueça de mim, da próxima vez que eu precisar me ausentar.

— Ninguém se esquece totalmente da própria mãe. — Wulf fez uma pausa. — Você é bem jovem para ter uma filha, Siyu.

— Não foi uma coisa planejada.

— E você se arrepende?

— Foi uma imprudência — ela respondeu, baixinho. — E o pai de nascimento dela pagou o preço. Mas Lukiri é uma bênção. — Lukiri riu ao ouvir seu nome. — Por que você foi falar com Esbar?

— Vou voltar a Inys, para lutar junto com a minha família.

— Sua família está aqui. — Siyu franziu a testa. — Tuva vai ficar chateada.

— Eu gostaria de ficar, mas a guerra ainda não acabou. Existem pessoas em Inys que precisam de mim.

Siyu suspirou e estendeu os braços para que ele segurasse Lukiri. Ele a pegou no colo, confuso.

— Venha comigo — Siyu falou. — Há uma coisa que precisa ver, antes de voltar para o Impostor. — Wulf virou Lukiri para si com todo o cuidado, e ela o encarou com aqueles olhos castanhos enormes, piscando algumas vezes.

Ele jamais poderia segurar a própria filha daquela maneira.

Siyu o levou até o esplêndido Salão de Guerra, onde Tunuva lhe mostrara sua magia e lhe ensinara novas maneiras de lutar. Era um orgulho para ele que sua mãe fosse a maior guerreira que enfrentara em um combate. Siyu percorreu os pilares em uma das extremidades, todos encimados por esculturas.

— Aqui estão os nomes de todas as mulheres do Priorado. As linhagens das irmãs — Siyu explicou. — Elas remontam às damas de honra da mãe. — Ela apontou para uma bela e caprichada inscrição. — Tuva está aqui.

Wulf observou aqueles séculos de nomes. Um pequeno número deles havia sido arrancado dos pilares.

— São tantas — comentou. — Onde estão os homens?

— Não aqui. Venha.

Eles tornaram a descer. Os homens tinham escolhido uma parede dentro de seu próprio alojamento como memorial.

— As linhagens dos irmãos — Siyu falou, colocando a mão na parede. — Aqui está Meren, seu pai de nascimento. — Ela sacou uma bolsinha do cinto e entregou para ele. — Seu nome também deveria estar aqui.

Wulf abriu a bolsinha, onde encontrou um martelinho e um cinzel. Com determinação, escolheu um local próximo a seu pai de nascimento e escreveu seu nome de nascença em selinyiano, da maneira como Tunuva lhe ensinara.

****

Siyu tinha ido passar um fim de tarde com Lukiri no vale. A menina dava passos trôpegos com suas perninhas fortes, indiferente ao cenário de devastação fora da Bacia Lássia. Wulf estava sentado ali perto, sorrindo. Lukiri gritava de alegria ao se jogar sobre Siyu, às gargalhadas.

Tunuva os observava de um depósito, sentindo o coração apertado de amor. Ainda não conseguia acreditar que Lukiri tinha quase dois anos, ou que seu filho de nascimento tinha vinte. Ela os olhava sem parar, tentando preservar aquele dia perfeito em âmbar e usá-lo como um pingente junto ao peito.

Em pouco tempo, seria uma memória longínqua. Wulf estava indo embora. Esbar decretara uma retirada para o Priorado apenas para reunir mais suprimentos, renovar a siden e afiar as lâminas antes de saírem para proteger os sobreviventes — quem quer que tivesse sobrado. Aquilo era um sonho contido em um pesadelo.

— Nossos filhos.

Tunuva olhou para trás. Esbar a tinha encontrado.

— Fiquei me perguntando onde você poderia estar. — Esbar olhou ao redor. — Acho que não venho aqui desde…

Tunuva assentiu ao se lembrar. Os beijos ávidos sobre a palha, antes de Saghul descobrir. Toda noite, elas encontravam um lugar novo para fazer amor. Esbar foi se juntar a ela na janela.

— Não quero que ele vá embora — Tunuva falou, bem baixinho. — Mas aqui ele não ficaria em paz.

— Ele passou tempo demais no mundo. — Esbar se sentou no

parapeito. — Lá está minha neta, Tuva. A sua está no ventre da Rainha de Inys… a linhagem do Impostor, para sempre misturada à do Priorado.

Tunuva ainda não tinha parado para pensar naquilo. Sua neta ainda não nascida já estava fadada a ser rainha, condenada a frutificar a qualquer custo, e só o que saberia sobre a Mãe seriam mentiras.

— Não existe mais uma árvore de siden em Inys. A menina nunca vai conhecer a verdade; e duvido que suas descendentes algum dia conheçam — Tunuva comentou. — Mas o que isso significa para o Priorado?

Esbar continuou observando o vale. Mesmo em imobilidade absoluta, ela era elegante e graciosa. Tunuva se sentou ao seu lado e segurou sua mão. Temeu que Esbar fosse se afastar, mas ela permitiu que Tunuva a tocasse, apesar de não fazer nenhuma menção de apertar sua mão com mais força, como normalmente faria.

— Por enquanto, acho melhor manter isso só entre nós duas… e Canthe — Esbar acrescentou com frieza. — Muitas de nossas irmãs não iriam gostar de saber que uma rainha inysiana tem sangue de maga. Poderiam querê-la morta, por temer que usasse seus poderes em benefício do Impostor.

— Eu concordo. — Tunuva olhou para ela. — Para onde vamos a seguir?

— Para onde o dever nos chamar. Vamos ficar aqui pelo tempo suficiente para nossas irmãs comerem do fruto e se recuperarem da febre. E depois partimos para proteger o mundo. Para proporcionar toda a esperança que pudermos.

Tunuva assentiu com a cabeça.

— Estou com você.

— Ainda bem.

Esbar juntou ainda mais as mãos das duas — um gesto pequeno, mas precioso — antes de se retirar em silêncio. Tunuva continuou a observar, ciente de que aquela era a última noite em que teria tudo o que queria no mundo em um só lugar.

84
Leste

Pela primeira vez desde que se retiraram do mundo, os deuses estavam fazendo chover sobre a cidade portuária de Ginura. Enquanto as pessoas corriam para debaixo d'água, encharcando as roupas e os cabelos, vapores emanavam das criaturas com fogo no sangue, e a água fervia em suas carapaças.

Com uma guinada poderosa, Furtia Tempestuosa sobrevoou o velho castelo. Seu rugido retumbou como um trovão por um céu devastado.

Dumai se segurou com força. Quando se inclinou para a esquerda, Furtia se moveu junto. Outros dragões voavam logo atrás: Burmina, a Esplêndida; Pajati, o Branco; e outros cujo nome ela ainda não sabia. Suas vozes fervilhavam em sua cabeça, com a de Pajati sempre mais alta que a dos demais.

A estrela se aproxima… o céu ressoa com sua chegada…

… a estrela, ela tem um fragmento da estrela, que nos chama…

O caos reina… o caos sobre o caos…

Feras aladas cercavam o atracadouro. Taugran, o Dourado, chegara a Seiiki pouco depois do meio do inverno e, a partir de seu covil em Muysima, comandava a devastação da ilha.

Lá embaixo, gritos e berros ecoavam em uma cidade outrora pacífica, mas que naquele momento queimava como uma forja. Seu povo lutava contra uma horda de criaturas profanadas. Quando os wyrms descobriram Seiiki, se apossaram dos animais locais a seu bel-prazer, dando-lhes cascos e dentes de ferro, fazendo chamas se acenderem em seus olhos. Os ginuranos lançavam redes sobre eles, os surravam com ferramentas de trabalho e os atingiam com suas flechas. Alguns poderiam estar enfrentando bichos vindos de seus próprios rebanhos.

Ela precisava garantir a segurança de todos. Seria ainda melhor se pudesse preservar os silos e os armazéns.

Guerreiros montados atacavam as criaturas, e suas espadas reluziam sob o sol escurecido. O Clã Mithara os convocara em seu nome. O chefe do clã jurou lealdade a Dumai, assim como os das famílias Eraposi e Tajorin, indignados com seu exílio. Por ora, os demais continuavam agarrados à bainha das túnicas do Clã Kuposa, com apenas alguns nobres de menor monta mudando de lado.

Isso não fazia muita diferença para Dumai. Apenas quando o cometa passasse — se passasse — ela pensaria no destino do Trono do Arco-Íris. Por ora, o Senhor dos Rios que ficasse com ele.

As faíscas voavam ao vento. Em todo lugar em que os wyrms pousavam, o fogo explodia como pólvora negra, destruindo casas e templos. Dumai protegeu o rosto quando um silo foi pelos ares. Furtia despejou mais chuva de seus flancos, e as escamas dela ficaram geladas. Encolhida contra ela, Dumai tremia, batendo o queixo.

Ela sentia a pedra fria contra o peito. Estava voando descalça e sem sela. Se a pedra tocasse sua pele, e sua pele tocasse Furtia, a dragoa conseguia evocar todo seu poder com facilidade.

Um rugido ressoou atrás dela. Sob a aba do elmo, ela viu um wyrm se arremessando contra Burmina, a Esplêndida. A dragoa verde revidou com uma trovoada, e o wyrm se rendeu.

O mundo estremecia sem parar. Luzes brancas e azuis, vermelhas e laranjas atravessavam suas pálpebras. *Precisamos começar a conduzir as pessoas para a floresta, e deixar que outros lutem*, Dumai falou para Furtia. *Esta cidade é vulnerável demais.* Os dragões rugiram em aprovação.

Ginura era construída sobre os penhascos à beira de uma baía. Milhares de sobreviventes tinham fugido para a praia, buscando abrigo sob o arco natural que se estendia do penhasco até as águas rasas. Alguns haviam se abrigado em uma caverna, enquanto outros nadavam em desespero rumo ao Dente do Dragão. Só o que havia para comer por lá era o musgo que encimava as rochas, mas oferecia mais segurança que a cidade.

Um grupo armado de lanças se reunira entre as ondas, cercando algo que poderia ser um wyrm, mas cuja cabeça tinha aspecto de ave e os membros anteriores tinham assumido a forma de pinças metálicas. Furtia voou naquela direção. Um relâmpago espocou em sua boca, fazendo todos os pelos do corpo de Dumai se arrepiarem.

Furtia aterrissou com força suficiente para fazer a praia estremecer. Ela cravou os dentes em torno do corpo do monstro. Com uma sacudida de cabeça, o arremessou no mar, onde ele começou a se debater entre vapores e respingos até afundar e sumir das vistas. Ao longo da praia, as pessoas soltavam gritos de triunfo.

Dumai limpou o rosto com a manga da roupa. Com as vistas embaçadas, tentou contar os corpos, parando quando o pânico a deixou ofegante.

Ela tirou o elmo e puxou os cabelos molhados para trás. Embora usasse a armadura que seu pai lhe dera, os meses de guerra não a transformaram em uma combatente. Ela não portava nenhuma arma. Só o que podia fazer era voar — mas talvez isso bastasse. Precisava bastar.

Os sobreviventes se reuniram em torno de Furtia, estendendo a mão na direção de suas escamas. A dragoa bufou, demonstrando seu descontentamento. Dumai a acalmou com uma carícia. Não muito tempo antes, a punição por tocar um dragão era a morte. Em tempos como aqueles, porém, ela não tinha como condenar pessoas apavoradas por buscar conforto em uma deusa. Acalmando os nervos, ela subiu até um local onde todos pudessem vê-la.

— Povo de Ginura — falou, alto a ponto de fazer sua garganta arder. — Sou Noziken pa Dumai, filha da Donzela Oficiante e do falecido Imperador Jorodu. — No céu, um wyrm soltou um grito horrendo, espalhando o pânico pela multidão. A criatura os sobrevoou sem vê-los. — Vocês não podem continuar resistindo por muito tempo ao inimigo. Muitas pessoas já tombaram aqui.

— Não temos para onde ir — protestou uma jovem. Ela estava agachada ao lado de um homem moribundo. — Essa doença vermelha está devastando todas as cidades. O Senhor dos Rios deixou Seiiki queimar.

— Existe um lugar onde podem buscar refúgio. — Dumai falava em meio a uma onda de concordância. — Dirijam-se para a Floresta de Mayupora. Os deuses vão defendê-los até chegarem à sombra das árvores, onde a Dama Mithara vai recebê-los. Se ainda tiverem suprimentos, podem levá-los consigo, mas não arrisquem a vida por causa de seus pertences. Ajudem os que estão fragilizados e feridos.

— Rainha Dumai — um dos soldados gritou, erguendo a espada. — Guardiã de Seiiki!

Ela havia ouvido aquelas palavras pela primeira vez em uma província a leste de Basai, onde Furtia lançara chuva sobre os incêndios, e os moradores dos vilarejos dançaram sob a água. Agora a praia inteira gritava seu nome, milhares de vozes se erguendo em uníssono. Furtia rugiu de satisfação, mas só o que Dumai conseguia ver era o fantasma de Kanifa, circulando entre as pessoas, sorrindo.

Seiiki não poderia ter uma rainha melhor.

****

A Floresta de Mayupora ocupava a maior parte do norte da ilha. O Monte Tego protegia sua porção leste, e a extremidade oeste fazia divisa com a serra chamada Mandíbula do Urso. Enquanto Furtia sobrevoava aquele mar de árvores ancestrais, Dumai desejou que tivesse deixado a corte mais cedo, para conhecer melhor Seiiki.

Não muito tempo antes, campos de relvas ondulantes formavam uma bainha dourada em torno da floresta. Isso não existia mais, haviam sido reduzidos a cinzas.

Muita coisa queimara em pouquíssimo tempo.

Uma neve suja caía, misturada com a fuligem. Durante meses, os wyrms e suas crias vinham matando sem piedade, enquanto a doença vermelha devastava a costa, a partir de um riacho contaminado perto do Monte Izaripwi. O sol permanecia com um brilho fraco, a colheita malograra e o inverno fora longo e difícil. Tudo isso era coisa demais para uma única ilha suportar.

Dumai se esforçara ao máximo para deter os ataques. Quando a pedra azul estava por perto, os deuses ficavam mais fortes, eram capazes de evocar as águas e as trovoadas — mas ela não conseguia estar em todos os lugares ao mesmo tempo. Vários dragões já haviam tombado, e outros tantos voltaram a seus esconderijos.

Seiiki estava cedendo. No fim do inverno, não restaria muita coisa que sua irmã pudesse governar.

Por ora, a Floresta de Mayupora escapara da devastação. De início, Dumai considerou absurdo se arriscar a enviar os sobreviventes para o meio da mata, pois bastaria um jato de fogo para dar cabo de todos, mas os wyrms evitavam queimar áreas verdes. Em vez disso, pareciam determinados a destruir todos os assentamentos que tinham a infelicidade de atrair sua atenção. Idunka e Podoro, ambas cidades grandes e prósperas, colapsaram em questão de dias.

Agora os wyrms estavam espalhados por toda parte, atacando cidades e vilarejos rurais, e as pessoas praticamente não tinham para onde fugir, já que Seiiki era cercada pelos mares. Alguns pegaram em armas para se defenderem, mas era difícil penetrar as carapaças das criaturas. Pelo que Dumai sabia, o Senhor dos Rios — o regente — não fizera nenhuma tentativa de ajudar.

Esperar pelo cometa era a melhor alternativa. A mata fechada ofereceria proteção.

Furtia deu um rasante sobre um arvoredo de árvores da estação. Ela enrolou a ponta da cauda ao redor de Dumai e a colocou com cuidado no chão antes de partir de volta para Ginura.

Vou continuar guardando os filhos da terra.

Obrigada, grandiosa.

Dumai se virou para o norte e se afastou do arvoredo. Diversas folhas brancas tinham caído, abrindo espaço para os pequenos brotos cor-de-rosa. Em poucas semanas o inferno chegaria ao fim, e depois disso viria o primeiro dia da primavera. Ela começou seu trajeto a pé pelas profundezas da floresta, pela trilha usada por caçadores e coletores, seguindo as sutis marcas que indicavam o caminho para sua corte.

Tsugas, castanheiras e pinheiros eram altos o suficiente para ocultar outras formas de vida. Um musgo verde e grosso abafava todo e qualquer som, a não ser os ocasionais e familiares chamados dos pesareiros, que Dumai mal escutava. Seus ouvidos fervilhavam com o clamor da batalha, e sua cabeça doía com tantas vozes em sua cabeça. Suas botas pareciam cheias de ferro. Seu nariz escorria, e seu corpo tremia.

Sua mãe a esperava perto de uma faia antiquíssima. Os meses na floresta a haviam mudado. Ainda estava de cinza, com camadas de roupas quentes e práticas, e mantinha os cabelos afastados do rosto com um lenço.

— Dumai. — Ela soltou um longo suspiro. — Está ferida?

— Não.

— E os ginuranos?

— Estão a caminho do acampamento noroeste. A Dama Mithara vai mostrar o caminho para eles — Dumai respondeu, com a voz rouca por causa da fumaça. Unora a envolveu em uma manta e pôs um cantil morno em suas mãos. — Mãe, estou vendo tantos doentes. Tantas mortes.

Unora levou a mão ao rosto dela, limpando um pouco das cinzas.

— Eu sei — disse. — Eu sei, minha pipa.

Dumai a seguiu até o acampamento que funcionava como sua corte. Se espalhava a partir da boca de uma caverna, o antigo refúgio de Tukupa, a Prateada. Uma curandeira verificou a mão delas à procura de alguma vermelhidão.

Alguns seiikineses se arriscaram a ficar em casa, passando alcatrão nas janelas para esconder a luz do fogo das lareiras, enquanto outros fugiram para as minas ou escavaram seus próprios abrigos subterrâneos. Dumai optara por uma forma diferente de proteger as pessoas sob sua responsabilidade, direcionando-as para lugares onde os deuses dormiram em terra firme. Eram lugares geralmente bem protegidos, contavam com uma fonte de água fresca e um sino de orações, que podia ser usado para se comunicar com os demais acampamentos.

Mas não seria possível se esconder na natureza para sempre. Os wyrms ainda não tinham atacado a floresta, mas suas criaturas terrestres poderiam farejar o rastro dos sobreviventes, que poderiam definhar de fome. Ou a doença vermelha poderia atravessar suas defesas e os obrigar a abandonar seu esconderijo. Muitos silos foram incendiados, e diversos animais de rebanhos morreram ou foram transformados em monstros. No verão, só o que restaria seriam cinzas, a não ser que a Lanterna de Kwiriki acabasse com o caos.

Os dragões pareciam achar que a estrela viria em breve. Dumai torcia para que estivessem certos.

Havia pequenas fogueiras para preparação de alimentos espalhadas pelo acampamento. Unora a conduziu em meio às barracas até uma caverna de calcário, bastante profunda, com teto dentado pela água que se infiltrava. Centenas de pessoas estavam escondidas onde Tukupa dormira, com os rostos cansados iluminados por lamparinas. Dumai parou para ver como estavam três pessoas sem família que resgatara do caminho do sal.

Em uma caverna para doentes e feridos, o fora da lei chamado Rituyka estava à espera, bebendo de um cantil. Um de seus três irmãos estava deitado ao seu lado em uma esteira, dormindo para curar as queimaduras.

— Rainha Dumai. — Rituyka fez um aceno com a cabeça. — Trouxemos milhete e cevada. Um pouco de vinho também, para nos animar e aquecer.

Dumai assentiu. Até conhecer aquele homem espigado e malicioso, nem sequer imaginava o nível do descontrole do palácio em relação às províncias. Mesmo antes da chegada dos wyrms, Rituyka vivia como um bandido, roubando armazéns e mansões. Como Unora, crescera na Província de Afa.

— Fico contente em ouvir isso — Dumai respondeu. — De onde?

— Purinadu.

— Essa propriedade pertence ao Clã Kuposa. — Unora usava seu sotaque provinciano quando conversava com ele, verificando seu estoque de ervas naturais para unguentos e tisanas. — Você precisa tomar cuidado, Rituyka. Seu trabalho é importante, mas não queremos atrair a atenção deles para a floresta.

Ele abriu um sorriso torto.

— Eles têm preocupações mais urgentes. Pelo menos uma vez na vida, estão na mesma situação que o restante de nós.

— Não subestime o regente. Seu palácio está seguro enquanto for protegido pelos deuses, e este tumulto é o pretexto perfeito para se livrar de Dumai. Ele vai aproveitar todas as oportunidades que tiver.

— Não vamos deixar que nada aconteça com a nossa rainha.

Dumai abafou uma tosse seca com a manopla.

— Alguém viu você?

— Não. Havia indícios de um ataque. O Senhor dos Rios convocou todas as suas forças para Antuma. — Rituyka ergueu a sobrancelha. — E tem mais uma coisa, Rainha Dumai. O mecanismo de cerco que os lacustres lhe deram, a balesta... nós a encontramos dentro da propriedade.

— O Senhor dos Rios me disse que a arma tinha sido destruída.

— Está despedaçada, com certeza. Parece que ainda dá para consertar, mas só um carpinteiro saberia.

— Ele a escondeu para uso próprio — disse Unora, com a voz aguda de raiva.

— Está tão decidido a me enfraquecer que guarda só para si um ótimo mecanismo de defesa — Dumai disse, baixinho. Com essa arma, quantas mais vidas poderíamos ter salvado?

— Agora você tem uma boa amostra de até onde vai a ambição dele.

Dumai tentou abafar a tempestade em sua mente. Ficava mais difícil a cada dia manter a calma, pensar claramente.

— Ainda podemos usar isso em nosso favor — falou. — Rituyka, quero que informe a Dama Mithara e o Cavalheiro Tajorin a respeito. Acredito que os dois têm um bom número de ferreiros e carpinteiros em seus acampamentos. Se conseguirem remontar a balesta, podemos inclusive construir outras, para defender os povoados que restam. Madeira nós temos de sobra.

Rituyka ficou de pé.

— Agora mesmo, Majestade.

— Eu vou com você. Precisamos de mais musgo. — Unora apanhou suas bolsas antes de ir atrás dele. — Dumai, trate de descansar.

****

Em sua barraca, montada na entrada da caverna, Dumai tirou a pedra do pescoço. Depois de meses a examinando, ela ainda não sabia usar seu poder, mas Furtia, sim. Isso era tudo o que importava.

A exaustão a fez querer se deitar para dormir imediatamente. Ela removeu a armadura e tirou as roupas molhadas que usava por baixo, avaliando seus ferimentos. A cada voo e batalha, apareciam mais. Uma queimadura marcava sua coxa, coberta de bolhas que vertiam líquido. Pequenos cortes se espalhavam por seu rosto, nos locais onde escombros a atingiram. E havia também a tosse que comprimia seu peito. Apesar de usar um pano molhado sobre o rosto, a fumaça ainda conseguia atravessá-lo.

Ela não tinha um espelho, mas sabia que devia parecer um fantasma. Uma mulher desenhada com um pincel quase sem tinta, que precisou ser diluída para completar sua figura, deixando-a com contornos pálidos. Seus cabelos estavam sujos de cinzas, que os faziam parecer estarem grisalhos, como se ela tivesse envelhecido um século desde que deixara a corte.

Ainda assim, se sentia muito mais viva do que quando vivia no Palácio de Antuma.

A neve continuava caindo. Ela se lavou no riacho gelado ali perto e então voltou para a barraca a fim de se aquecer e desembaraçar os cabelos, uma tarefa sempre dolorosa depois de voar.

Ao anoitecer, ela foi se sentar do lado de fora, entre seu povo. Um homem lhe deu uma quantidade generosa de milhete, além de brotos de samambaia e cogumelos, murmurando agradecimentos pela coragem dela. Outro lhe entregou sua tigela, insistindo que ela precisava se manter forte.

O vinho roubado foi passado de mão em mão. Uma mulher que perdera o braço estava assando castanhas na fogueira. Enquanto mascava os brotos de samambaia, Dumai ouvia as conversas sussurradas entre amigos e desconhecidos, compartilhando suas lembranças e perdas. Ouvia também as fogueiras crepitando, a tosse impiedosa que a maioria dos sobreviventes trouxe consigo, o rangido das árvores. O inverno fora brutal, mas ela se sentiu calma pela primeira vez em vários dias, enrolada em sua manta, cercada de vida.

Uma garota de doze anos olhava para a fogueira mais próxima, envolvida em peles. Dumai foi se sentar ao lado dela.

— Iyo, você comeu? — perguntou. A menina fez que não com a cabeça. — Está frio. Você precisa ficar forte e aquecida.

— Minha irmã era forte. — Os olhos dela pareciam vazios. — Eu, não.

— Ela está segura agora, com o grande Kwiriki. Nada pode atingi-la. — Dumai fez um gesto de cabeça para o homem ao lado da fogueira, que lhe trouxe outra tigela. — Eu também sinto falta da minha irmã.

Iyo olhou para ela.

— Por que sua irmã não está do nosso lado?

Dumai abriu um sorriso tenso.

— Isso é uma longa história.

— Eu posso contar outra — uma mulher mais velha disse para Iyo. — Para nos trazer esperança nesta noite fria.

Um silêncio se instalou quando as pessoas se viraram para ouvir. Iyo se recostou em Dumai, que a abraçou.

— Como estamos com a Rainha Dumai entre nós — a mulher falou —, vou contar uma história sobre outra grande rainha. Uma rainha que queria um mundo mais verde para seu povo, e que amava a todos igualmente, fossem nascidos em uma província seca ou em um porto. — Ela fez uma pausa, e o silêncio se tornou absoluto. — Vou falar para vocês sobre a Rainha da Amoreira.

Algumas pessoas olharam para Dumai, com expressões difíceis de decifrar. Dumai ficou com a sensação de que estava prestes a conhecer um segredo.

— Muito tempo atrás, em épocas passadas, havia uma garota que vivia em Ampiki, que fica bem na extremidade da ilha, um vilarejo quase tão antigo quanto a própria ilha de Seiiki — a contadora de histórias começou. Algumas crianças se aproximaram dela. — Nas histórias, ela não tem nome, assim como muitas mulheres nas histórias de outrora.

— Dumai.

Uma mão tocou seu ombro. Com uma última olhada para a contadora de histórias, Dumai entregou Iyo ao jovem casal que tomava conta dela antes de seguir sua mãe de volta para a barraca.

— Aquela história parecia familiar — comentou.

— É muito popular nas províncias secas. Uma pobre órfã que se tornou uma rainha dos excluídos. — Unora acendeu as lamparinas. — A Dama Mithara está a salvo. Rituyka vai levá-la para ver a balesta, mas eles vão precisar de bastante madeira. Você me ajuda na coleta de manhã?

— Eu não posso ficar.

— Pode, sim. — Unora se ajoelhou ao seu lado, com um olhar severo. — Escute aqui. Você ficou fora por vários dias, no meio de toda aquela fumaça e fuligem. Por ora, já fez tudo o que podia.

— Eu estou com a pedra. Sem ela…

— Você não pode passar o tempo todo com os deuses. Eles sabem que você é de carne e osso.

— Eu os despertei. Quando um deles morre, é por minha causa. — A voz dela ficou embargada. — A pedra dá mais força para eles.

— Pare com isso. — Unora segurou seu rosto. — Sei que não tenho como impedir você de ir. Mas, se continuar se recusando a se recuperar e descansar, você vai estar exausta demais para voar com Furtia. Vai tomar decisões equivocadas. Nunca se esqueça do que aprendeu na montanha. Lembre-se de seus limites, e trate de respeitá-los.

Dumai sentiu que ela estava certa. Suas pernas tremiam, seus olhos ardiam e sua garganta estava dolorida.

— Eu vou ficar — ela anunciou. — Para recuperar minhas forças.

— Há muita coisa que você pode fazer aqui para nos ajudar. — Unora se sentou ao lado dela. — O cometa virá em breve. Já pensou no que mais quer fazer quando isto acabar?

— Não. Tudo isso serviu para provar que o Senhor dos Rios não deveria ser regente — Dumai murmurou —, mas como posso pedir para o nosso povo entrar em outra guerra por mim, depois de tanta violência?

— As pessoas podem estar dispostas a tentar, para o benefício de todos, para ter uma líder mais bondosa ocupando o trono. Ainda acredito que os deuses vão ajudá-la a desbancá-lo. — Sua mãe acariciou seus cabelos. — Você tem tempo para decidir, Dumai. Por enquanto, descanse e se recupere. Vamos encarar um dia de cada vez.

Dumai assentiu. Ela estava tão cansada que mal conseguia manter os olhos abertos. Assim que sua mãe saiu, entrou debaixo das cobertas e dormiu, caindo em um sono pesado demais para ouvir a voz em seu sonho.

****

Ela despertou na escuridão com um leve toque.

— Dumai — Unora falou, em um tom de voz baixo e estranho. — Mais uma sobrevivente acabou de chegar.

Dumai esfregou aos olhos.

— É alguém de Ginura?

— É melhor você ir ver com seus próprios olhos.

Elas caminharam por entre as barracas e uma única fogueira, de volta até a velha faia. Além dos limites do acampamento, um cavalo estava caído, à beira da morte. Um dos caçadores carregava nos braços a pessoa que o montara.

A jovem estava coberta de sujeira, vestida com roupas de agricultora que devia estar usando havia semanas. Os cabelos curtos estavam cobertos de cinzas. Quando seus olhos se abriram, Dumai ficou sem nenhuma reação que não fosse apenas encará-la.

— Dumai — Nikeya murmurou. — Encontrei você.

85
Oeste

Houve um tempo em que a Garganta de Stilharrow se recobria de uma névoa suave ao amanhecer, quando a luz que vinha do leste levantava um véu de suas águas. Agora havia só a fumaça dos muitos incêndios que se espalhavam entre os cadáveres. O vento varria as árvores desfolhadas, trazendo uma neve suja, cheirando a morte e fuligem.

Sob uma saliência rochosa, Glorian observava enquanto seus cavaleiros e soldados combatiam criaturas saídas de pesadelos.

Um manto rasgado de gelo cobria o vale íngreme e estreito. Um cavalo escorregou em uma falha no terreno e começou a se debater de medo, bufando vapor, até um lobo escamoso o atacar e rasgar sua garganta, manchando ainda mais a superfície congelada de sangue. O cavaleiro caiu na água, com o grito abafado pelo elmo fechado. Uma chuva de flechas caiu sobre o lobo, lançadas do castelo.

Glorian se remexeu na sela, sentindo uma dor se instalar em sua lombar. Por cima do perponte vermelho, uma cota de malha sem mangas a protegia do pescoço às coxas, cobrindo a enorme protuberância da barriga. Ela estava bem acima de onde a batalha se desenrolava, sob uma formação rochosa coberta de neve que a escondia das vistas.

Ali perto, uma queda-d'água permanecia congelada, como a cera escorrendo de uma imensa vela. Ela notou que as estacas de gelo já começavam a gotejar.

Inys não sobreviveria por muito tempo depois que o gelo derretesse. O inverno trouxera um respiro — Fýredel desaparecera, provavelmente estando em algum lugar mais quente no Sul, mas suas dezenas de criaturas horrendas ficaram para dar continuidade ao massacre, dizimando milhares de seus súditos todos os dias.

Carmentum tinha sido varrida do mapa. A notícia de sua queda enfim chegara a Inys. Em um dia, era uma república próspera; no outro, deixou de existir, espalhando sua população aos quatro ventos.

— Majestade.

Lorde Damud se aproximou em um cavalo de batalha, com flocos de neve sobre seus cachos curtos. Atrás dele, as últimas criaturas urravam enquanto os soldados as aniquilavam com suas lanças.

— Nós os derrotamos? — Glorian perguntou. Seu hálito se condensava em uma névoa ao sair de sua boca. — Por ora?

— Por ora.

O vale estava apinhado de cadáveres. O maior de todos era o do wyvern que liderou o ataque, cinzento desde o focinho até a ponta da cauda. Uma pedra lançada de uma catapulta o fez despencar do céu.

— E nem sinal de Fýredel — Glorian comentou.

— Com certeza ele vai nos encontrar, caso esse aí seja um dos dele.

Ela assentiu. A essa altura já havia ficado claro que tudo o que os wyverns viam, os grandes wyrms ficavam sabendo.

Segundo o Conselho da Regência, havia três deles, e cada um recebera seu nome em uma região diferente. Orsul estava devastando o

Norte, Dedalugun estava no Sul e Fýredel fora visto pela última vez na região oeste de Yscalin — mas os relatos eram de que cinco deles tinham emergido do Monte Temível. Glorian supunha que os outros dois só podiam estar no Leste.

Eles chegariam sem nenhum aviso. Os responsáveis por acender o fogo de alerta tinham abandonado o posto fazia tempo para se refugiarem nas cavernas.

— Precisamos decidir para onde iremos a seguir — disse Lorde Damud. — Vou convocar o conselho, e a Lady Protetora.

— Muito bem.

Glorian olhou para o castelo, onde seu consorte supervisionava o manejo das catapultas, e então de novo para o gelo. Um homem rastejava na direção de seus companheiros de batalha, com o que restava de seu corpo vertendo sangue. Um deles pôs uma flecha no arco e atirou em sua cabeça sem hesitação.

O arqueiro olhou para Glorian. Ela assentiu, absolvendo-o de seu pecado, e deu meia-volta com sua montaria.

****

Em sua alcova no castelo de Stilharrow, Glorian se postou diante da lareira. Suas damas retiraram a cota de malha de seus ombros e desafivelaram o perponte.

A luz do fogo projetava sua sombra na parede. Ela ficou abalada ao ver como sua barriga estava grande.

Helisent lhe trouxe uma túnica limpa.

— Glorian, como você está? — ela quis saber.

Glorian sentiu vontade de chorar de alívio. Fazia dias que ninguém perguntava como ela estava, olhando em seus olhos, não para sua barriga.

— Cansada. — Ela segurou o peso do ventre com as duas mãos. — Ela é bem pesada.

— Vai nascer em breve.

E eu posso morrer.

Era um pensamento vago e entorpecedor. Várias de suas ancestrais tinham morrido ao dar à luz, e ela sabia o que matara pelo menos uma dessas rainhas. A tirana havia sido retirada de dentro da mãe a cortes de faca.

Helisent a conduziu até um banquinho. Julain despejou algumas preciosas gotas de óleo de lavanda em seus cabelos, suplantando o cheiro de fumaça. Glorian sentiu que cochilaria. Aqueles cuidados gentis a faziam lembrar de tempos mais simples.

Seus sonhos andavam silenciosos e vazios ultimamente. A voz em sua cabeça a tinha repelido, e agora ela não conseguia sequer encontrar a correnteza. Uma escuridão terrível se estabelecera entre elas.

Dois anos haviam se passado desde que a voz se manifestara pela primeira vez, e ela não conseguia desemaranhar aquela trama de sonhos, nem entender se eram mundanos ou divinos. Agora, ao que tudo indicava, tinham cessado.

Era doloroso para ela, não ter nem esse pequeno conforto.

— Glorian. — Julain acariciou seu rosto. — Glorian, você está exausta. Vou avisar Lady Marian.

— Não — disse Glorian.

— Você mal dormiu ontem à noite.

— Vou ter todo o tempo do mundo quando isto tudo acabar. — E, para si mesma, acrescentou, baixinho: — Na primavera.

O Conselho da Regência estava reunido ao redor de uma mesa redonda. As janelas tinham sido trancadas por causa do frio, e o fogo crepitava na lareira, mas os conselheiros continuavam com as mesmas roupas que tinham usado do lado de fora. Olhavam para Glorian com olhos de águia, como se o peso de sua barriga fosse derrubá-la a qualquer momento.

— Posso ajudar, Majestade? — Lady Brangain perguntou, ficando de pé.

— Não precisa. — Glorian se sentou. — Eu saí para cavalgar hoje. Uma cadeira tem bem menos chances de me derrubar.

Ela viu mais de um par de maxilares cerrados, mas Lade Edith abriu um sorriso. Ninguém gostava que ela cavalgasse, mas sua avó permitira, desde que ela se mantivesse longe das vistas e os cavalariços estivessem sempre por perto para acalmar a montaria.

Marian chegou logo em seguida com Bourn. Depois de mais um desentendimento sobre como lidar com a peste, Glorian decidira separar a dupla medicinal, mandando a Doutora Forthard para o norte e mantendo Mestrie Bourn na corte. Bourn ajudou Marian a se sentar antes de sair da sala.

— Você está bem? — Glorian perguntou para a avó.

— Sim. Só estou velha e dolorida. — Marian deu um tapinha em sua mão antes de se dirigir ao Conselho de Regência: — Como um wyvern nos viu em Stilharrow, podemos presumir que Fýredel vai descobrir nosso paradeiro. Chegou a hora de escolher outra fortaleza. O que me dizem?

— A propriedade de meus ancestrais vai nos proporcionar proteção — Lade Edith ofereceu. — O Castelo de Strathurn fica bem ao norte, em um vale parecido com este, fácil de defender. Devemos continuar indo atrás do frio enquanto pudermos.

— A Rainha Glorian não está em condição de cavalgar até as Quedas — retrucou Lorde Randroth.

— E o mar é perigoso demais — ponderou Lorde Damud, em um tom mais calmo. — É melhor nos mantermos nas províncias do sul, mas sua sugestão de um lugar frio é sensata, Edith. Devemos pensar em nos abrigar em uma caverna desta vez?

— Sim. Selverpit, talvez — Lade Edith sugeriu. — Mas dizem que a entrada é tão bem escondida que algumas pessoas já caíram nela.

— Então os wyrms também não vão conseguir encontrar.

— Hum.

Lady Gladwin estudou o mapa. Usava os cabelos grisalhos bem presos à cabeça.

— O Conde Viúvo de Goldenbirch no momento está no Rochedo Oco, com boa parte da população dos Prados. Na última contagem, era o maior grupo de sobreviventes que tínhamos — informou. — Uma visita da rainha com certeza elevaria o moral, depois de tanta escuridão e incerteza.

— Quantas pessoas estão lá? — Glorian indagou.

— Quinze mil almas, ou algo próximo disso. Pode haver mais agora.

Marian pareceu hesitante.

— Acha mesmo que é seguro, Gladwin?

— Nenhuma criatura conseguiu farejá-los, pelo que sei. Lorde Ordan tem sido cauteloso.

Glorian estendeu a mão sobre o mapa e encontrou o local, no Pântano de Cenning.

— Quinze mil — comentou. — Eu gostaria de reconfortá-los.

— De jeito nenhum. — Lorde Randroth limpou o nariz vermelho. — Offsay fica perto, e é um lugar seguro.

— E bem longe do meu povo.

— É um estágio muito avançado para viajar para tão longe, Majestade — Lady Brangain falou. — A senhora pode dar à luz a qualquer momento.

— Sim, a herdeira que vocês fizeram tanta questão que eu concebesse aos dezessete anos — Glorian falou, baixinho. — Precisei suportar o toque de um velho para isso. — A vergonha que sentiam fez com que quase todos desviassem o olhar. — Nenhum lugar deste rainhado é seguro no momento. Eu não vou fugir para a costa. Se o Rochedo Oco protegeu essas almas, então também servirá para mim. E para minha filha, que pode inclusive nascer lá. — Ela encarou cada um ao redor da mesa. — É para onde vou.

Um silêncio carregado de tensão se instalou. E então Marian decretou:

— Vamos para o Rochedo Oco.

86
Leste

Nikeya dormia, como vinha fazendo havia dois dias. Unora limpara suas feridas, passando um unguento de resina nas queimaduras, enquanto Dumai removeu com um pente a cinza de seus cabelos e lavou a fuligem de seu rosto.

Na noite em que chegou, estava gelada e confusa, com os lábios rachados de sede. Agora estava dormindo no calor da barraca, com a tosse interrompendo sua respiração. Dumai verificou seus dedos e sentiu a temperatura de sua testa, mas ela não estava com febre, nem gelada, nem com as manchas da doença vermelha.

Jamais imaginou que fosse pôr os olhos naquela mulher de novo. Nikeya fazia parte de uma vida a que Dumai renunciara.

Quando a noite se aproximava, Dumai saiu da barraca em direção a uma luz vermelha e cheia de sombras. Era cruel os entardeceres serem tão belos em uma época de tanta morte, com o sol brilhando como um carvão em brasa no céu.

— Rainha Dumai.

Ela se virou.

— Dama Mithara — falou, se juntando à mulher que a chamara

perto do poste onde as montarias eram amarradas. — Não esperava vê-la tão cedo.

Dama Mithara usava um casaco de couro grosso revestido com ferro sobre o traje de caça, com o peitoral adornado com o cisne de seu clã. Ela era sua tia-avó por parte de pai: uma mulher altiva e gentil que vivia na região havia décadas, desde que os Kuposa minaram sua influência na corte. Como chefe dos Mithara, foi ela quem fez o juramento de lealdade a Dumai.

— Fico contente em vê-la com os pés no chão pelo menos por um tempo, sobrinha. É bom que você fique no meio do povo — ela comentou. — Mas fiquei sabendo que uma certa Kuposa encontrou seu acampamento. Unora me contou, em caráter confidencial. — O olhar dela era penetrante, desconfiado. — O que pretende fazer com a Dama Nikeya?

— Ainda preciso descobrir por que ela está aqui.

— Provavelmente para servir como espiã para o regente. Ela vem sendo manipulada assim por ele desde a morte da mãe.

— Antes disso não?

A Dama Mithara sacudiu a cabeça de leve.

— Eu conheci Tirfosi. Era uma mulher honrada.

— Nikeya salvou minha vida — Dumai falou. — Teve várias oportunidades de me fazer mal, e não se aproveitou de nenhuma. — Uma brisa mais forte agitou as peles que ela vestia. — Já resolveu a questão da balesta?

— Mandei trazer as partes desmontadas para o meu acampamento. Quando entendermos como juntar tudo, vamos poder construir outras. As pessoas vão saber que quem conseguiu a arma foi você, não o Senhor dos Rios.

— Desde que estejam protegidas, não importa de onde pensem que veio a arma.

— Mas deveria importar. Você pode ser entronada formalmente depois deste caos, e meu clã pretende fazer isso acontecer.

— Seiiki não tem como encarar uma guerra civil depois disso, minha cara dama. Vamos esperar para ver o que os deuses decidem.

Ela se aproximou da fogueira com comida mais próxima e abriu a tampa de um ensopado de carne de cervo. A Dama Mithara amarrou a montaria no poste antes de entrar em uma barraca, enquanto Dumai voltava para a sua com uma tigela.

Lá dentro, Nikeya estava acordada.

Elas se encararam por um bom tempo. Nikeya engoliu em seco. Havia manchas escuras e profundas sob os olhos dela.

— Pensei que fosse morrer antes de chegar até você — falou.

Dumai aos poucos foi percebendo que a tigela estava queimando a palma de sua mão. Ela a passou para a outra.

— E poderia mesmo — Dumai respondeu, se ajoelhando ao lado de Nikeya. — Tome aqui. Você precisa comer.

— Obrigada. Tentei caçar no caminho, mas muitos animais fugiram para as florestas, ou então foram… recriados.

— E imagino que uma nobre não saiba forragear.

— Eu me arrisquei uma vez, no desespero. Passei mal o dia todo — Nikeya falou, com um sorrisinho. — Mais tarde, um agricultor me contou que era um cogumelo da luz dos deuses. — Esse tipo de fungo brilhava pelas florestas no início do inverno, crescendo em troncos de faias mortas. — Ele me mostrou algumas espécies de capim comestíveis. E na manhã seguinte, tentou ficar com meu arco como pagamento por esse serviço.

— Nossa comida é bem simples, mas é melhor que capim. — Dumai baixou a tigela. — O cavalo morreu. Sinto muito.

— Melhor do que passar o resto dos dias sofrendo.

Dumai a ajudou a se sentar. Nikeya fixou os olhos nos dela. Essa única troca de olhares trouxe de volta todos os desejos que ela tentara esquecer.

— Este acampamento não é fácil de encontrar. — Dumai desviou os olhos. — Como chegou aqui?

— Eu estava morrendo de cansaço. Precisava de água, então fui para a cidade. Estava quase em Ginura quando vi Furtia… por fim, depois de meses seguindo cada rumor sobre suas aparições — ela contou. — Cavalguei até a floresta com os ginuranos e por acaso encontrei um velho amigo da corte, que hoje serve na guarda da Dama Mithara. Ele explicou quais marcadores eu precisava seguir para encontrá-la.

— Você deveria ter parado para descansar primeiro.

— Fiquei com medo de ser reconhecida. — Nikeya apanhou a tigela e a apoiou no joelho. — Seu acampamento a manteve viva, mas não chega nem perto de ser uma corte. Como conseguiu sobreviver ao inverno?

— A floresta é uma boa provedora. — Dumai a observava como se ela fosse desaparecer a qualquer momento. — Quando você partiu?

— No fim do outono. Não foi fácil encontrar você.

— A Dama Mithara e o Cavalheiro Tajorin vão gostar de saber disso.

— Nem mesmo meu pai conseguiu esconder a fúria que a defecção deles provocou. — O rosto dela foi tomado por uma expressão de frieza. — Ele não usou a posição de regente para fazer nada, mesmo com a ilha em chamas. Fiquei por lá o quanto consegui, para ajudar Suzumai, mas, quando descobri a verdade, não suportei continuar nem por mais um dia ao lado dele.

— Que verdade?

— O ataque ao palácio. Foi tramado por ele.

Dumai demorou um tempo para absorver a afirmação, como se fosse uma tintura penetrando em um tecido.

— Minha avó está em perigo?

— O templo está sendo protegido por Tukupa, a Prateada. Por ora, a Grã-Imperatriz está segura. — Nikeya a encarou com certa apreensão. — Eu não sabia, Dumai. Ele não devia confiar em mim. Nunca pensei que ele chegaria ao ponto de atentar contra a vida de um imperador.

Ela tossiu de novo, tanto que seus olhos lacrimejaram. Dumai lhe passou um lenço e um cantil com água.

— Acredito em você — disse. — Ele mandou destruir a balesta também.

— Eu sei. Ele sempre foi cruel — Nikeya falou —, mas usava métodos mais sutis que o assassinato. — Os dedos dela apertaram o cantil com força. — Quase perdi você por causa dele. Meu pai me usou por treze anos para realizar suas ambições, às custas da minha liberdade de escolha. Eu sou a filha dele, não uma boneca, e já servi aos interesses dele por tempo demais.

Ela deu um longo gole.

— Você encontrou a balesta, então — ela comentou, quando a tosse diminuiu. — Em Purinadu.

— Sim.

— Procure na minha sela. Você vai encontrar os desenhos que os lacustres trouxeram junto com a arma. Roubei do escritório dele. Os papéis devem ajudar vocês a remontarem tudo, e a construírem mais.

— Deve ter sido bem arriscado. Obrigada — Dumai disse, baixinho. — Isso vai nos ajudar a proteger os sobreviventes.

— Espero que sirva como prova para sua mãe e seus aliados de que não sou uma espiã.

— Minha mãe sabe que você salvou a minha vida. Já os outros podem não a ver com bons olhos.

— Tenho certeza de que consigo ganhar a confiança deles.

Dumai sorriu, contra a própria vontade.

— Esse é um dos seus dons.

Nikeya ficou olhando para ela por um bom tempo. O brilho da lamparina a óleo se refletia em seus olhos.

— Suzu — Dumai falou. — Ela está a salvo?

— Meu pai a isolou de tudo. Ela não sabe quase nada sobre o conflito que está acontecendo fora do palácio, e confia em seu regente para governar em seu lugar. Não foi fácil deixá-la, mas ela ainda pode contar com a Imperatriz Viúva.

— Você pretende se juntar a minha corte, então — Dumai falou, encarando-a. — Dormir no meio do mato entre os pobres e os fora da lei, liderados por uma rainha sem trono. Tem certeza disso, Nikeya?

— Nada impede que uma flor cultivada para a corte também possa sobreviver na floresta.

— É melhor não dizer seu nome para ninguém. A Dama Mithara sabe, mas seu clã não é nem um pouco benquisto por aqui.

— Prefiro acreditar que não sou tola a esse ponto. — Nikeya apontou para os próprios cabelos, que agora mal passavam do queixo. — Veja só meu disfarce. Não estou parecendo uma provinciana?

Antes que se desse conta do que estava fazendo, Dumai estendeu a mão para prender uma mecha atrás da orelha dela, e a manteve em seu queixo por mais alguns instantes.

— Trate de tornar essa face bem convincente — disse, bem baixinho. — Para poder ficar ao meu lado.

Nikeya assentiu, com uma expressão mais reservada desta vez.

— Existe uma outra razão para eu ter vindo. Tenho uma proposta que pode nos ajudar a defender Seiiki — falou. — E eu preciso manter a promessa que fiz lá no Norte. Preciso contar a verdade, pelo menos o que sei… sobre nossas famílias, e o motivo por que são tão ligadas uma à outra.

Bastou um único olhar para Dumai perceber que o que estava prestes a ouvir abalaria as bases do mundo que ela conhecia.

— Aqui não — ela respondeu. — Conheço um lugar mais seguro para termos essa conversa.

****

Rituyka acreditava que a floresta era assombrada por aqueles cujos restos mortais não chegaram ao mar. Como muita gente da região, ele se recusava a sair do acampamento depois do anoitecer. Dumai não tinha esse medo, mas a noite de fato tornava mais inquietante a imobilidade da mata, onde o silêncio era tão profundo e vazio que nem mesmo o vento conseguia quebrá-lo. Ela caminhou entre os enormes pinheiros, levando uma lanterna diante do corpo.

Talvez seu pai vagasse por ali, esperando que ela reparasse a injustiça de seu assassinato.

Kanifa não estaria entre aqueles fantasmas. Ele perdera a vida bem longe de sua ilha. Ela rezava para que seu amigo não estivesse amargurado com o destino de ter seu espírito preso a uma montanha — mas às vezes, quando sua coragem fraquejava, desejava que ele fosse capaz de voltar para encontrá-la.

A neve caía dos galhos das árvores, onde se acumulava com a densidade de um telhado, escondendo boa parte do céu. Nikeya carregava a outra lanterna, vestida com roupas emprestadas e botas forradas com pele que eram grandes demais para seus pés.

— Não sei se estou gostando de não ter a menor ideia do que você está tramando. Não foi à toa que precisei ir embora do palácio — ela comentou, em um tom ácido, esticando a perna para passar por cima de um tronco caído. — Devo estar perdendo o meu faro para intrigas.

Sua voz rompeu o silêncio sufocante, encorajando Dumai a falar também.

— Seu lugar antes era a corte. E o meu, a montanha. — Ela procurou pelo marcador seguinte, um galho retorcido em um arco. — Uma floresta é um território novo para nós duas.

— Se nos perdermos, esse território vai ser o último lugar que conhecemos.

— Comigo você nunca se perdeu. — Dumai estendeu a mão, ajudando-a a pular uma árvore caída. — Vou ensinar você a forragear em breve. Em troca, pode me ajudar no tiro com arco.

— Pelo menos alguma habilidade útil eu tenho.

Elas escalaram um penhasco escarpado que abria uma rara clareira entre a copa das árvores. Uma fonte termal brotava logo no início da subida, coberta por um galho cheio de neve, e Dumai pôs sua lanterna na pedra ali ao lado.

— Aqui ninguém vai nos ouvir.

— Nem nos ver. — Nikeya olhou para as árvores. — Não precisávamos ter vindo assim tão longe.

— Me disseram que essas águas são regeneradoras. Você ainda está fraca. — Dumai se sentou ao lado da fonte. — E já me falou que odeia o frio.

— Quanta consideração da sua parte. — Nikeya abriu um sorriso. — Vai se juntar a mim desta vez?

Dumai abriu um leve sorriso.

— Eu gosto do frio.

— Você está aprendendo direitinho. — Nikeya puxou as peles para junto do corpo, com a malícia estampada nos olhos. — Talvez hoje eu esteja um pouco tímida.

— Eu posso virar de costas.

— Não.

O silêncio voltou a predominar. Sem nenhum ruído por perto, Dumai estava ciente até demais das batidas de seu coração, fortes e lentas.

Nikeya afrouxou o nó da faixa na cintura. Uma a uma, suas camadas de roupa foram ao chão, até que ficasse nua sob a luz fraca das duas lanternas. Dumai manteve o olhar fixo só no rosto dela.

— Pode me olhar — Nikeya falou, baixinho. — Quero que você me veja.

— Eu estou olhando para você.

Um sorriso discreto surgiu outra vez nos lábios dela.

— Eu adoro que você nunca menciona minha beleza. Fui ensinada a me valer dela de forma implacável — revelou. — É a primeira coisa que as pessoas veem. E é disso que se lembram. — Nikeya olhou para baixo, cruzando os braços. — A beleza não exige nenhum talento.

— Ressaltá-la para seu próprio benefício exige, sim — Dumai falou. — Mas não foi com isso que você me ganhou.

— Foi com o quê?

— Com todo o resto, no fim das contas. — Dumai a encarou. — Não precisa me revelar seus segredos, Nikeya. O conflito entre as nossas famílias, as regências… isso deixou de ter a importância que tinha. Demorei um bom tempo para confiar em você, mas agora confio. Sei que você quer ficar ao meu lado.

— Nosso mundo navega em um mar de segredos, como eu lhe disse uma vez. Quero que você conheça todos os meus.

Nikeya foi andando pela água e afundou o corpo. Quando voltou à tona, foi com um suspiro de alívio, afastando os cabelos curtos do rosto. Dumai notou os vários cortes e arranhões, e um hematoma já sarando no ombro. Ela precisara lutar para chegar até ali.

Quando terminou de lavar a sujeira e a fuligem do corpo, Nikeya apoiou os cotovelos na beirada da fonte.

— O meu clã possui uma lenda. É sobre nossas origens — ela contou. — Um segredo revelado para alguns herdeiros. Antes de salvarmos sua dinastia, uma de nossas ancestrais servia à Rainha da Amoreira. Conhece essa história?

— Só por alto — Dumai respondeu. A menção fez seus braços se arrepiarem. — As pessoas falam a respeito lá no acampamento.

— A rainha era uma mulher pobre que descobriu uma ilha no Mar Sem Fim. Uma amoreira crescia lá, e concedeu a ela um dom notável. Ela conseguia fazer fogo sem faísca e gravetos — Nikeya falou. — A princípio, ficou vivendo sozinha nessa ilha verdejante, Komoridu. Com o tempo, outros foram aparecendo, pois ela abrigava os necessitados e aqueles que ficavam à deriva no mar. Mas, quando sua árvore finalmente morreu, ela também perdeu a vontade de viver. A essa altura, diziam que já estava neste mundo havia séculos. Ela mandou seus leais súditos embora. Mesmo com seu rainhado em declínio, ela queria o melhor para o seu povo, que em sua maioria vinha de Seiiki. Então pediu para minha ancestral se infiltrar na nobreza, para manter o equilíbrio entre as duas forças.

Dumai se lembrou do pergaminho que viu na câmara da vida.

— Sim — Nikeya falou, lendo o olhar em seu rosto. — O que ouvimos de Mestre Kiprun se encaixa perfeitamente em tudo isso. Antes que a árvore morresse, minha ancestral recebeu permissão para comer de seu fruto, e tomar aquele fogo para si.

— E o que vocês fariam para manter o equilíbrio?

— Você é inteligente, Dumai. Pense bem. O poder da estrela está com sua família, assim como o do fogo está com a minha. Nosso sino deveria ser dourado, na verdade, como uma chama ou a luz do sol, e o peixe de vocês deveria ser prateado.

Dois anos antes, Dumai não teria acreditado em nada disso. Agora fazia certo sentido.

— Sua linhagem já teve poderes formidáveis. A Imperatriz Mokwo era capaz de evocar tempestades e provocar sonhos em seus inimigos, e até mexer nas águas da mente, drenando sua força de vontade. Os Kuposa teriam a função de servir como contraponto a esse poder extramundano — Nikeya explicou. — Nós perdemos nosso fogo, mas um resíduo dele ainda corre em nosso sangue, como se fosse um óleo. Só não temos a árvore para reacendê-lo.

— Seu pai não se limita a buscar um mero equilíbrio, não é?

— Não. Como seus ancestrais mais recentes, ele tentou controlar e dominar os Noziken, aproveitando que os deuses estavam dormindo. Em vez de ser um conselheiro de seus familiares, preferia roubar o poder deles.

— Vocês são diferentes um do outro.

— Eu gosto de pensar que sim. — Nikeya abaixou os olhos. — Mas não era. Minha mãe tentou me criar como uma pessoa bondosa e devota, mas, quando ela morreu, meu pai me transformou em uma de suas agentes, a agulha prateada que usaria para bordar seu mundo. Não demorei a aprender a provocar intrigas. Sempre me esforcei para impressioná-lo, então fui espionar sua avó, já que ele queria estar a par de tudo o que os Noziken estavam fazendo. Quando vi seu rosto no templo, corri para avisá-lo, mas seu pai chegou primeiro. Foi um dos meus poucos fracassos. E então você foi para a corte, e tinha Furtia ao seu lado. Meu pai alegava que você traria o caos, e que eu deveria dominá-la, para o benefício de tudo o que considerávamos importante. Sua magia está desperta; a nossa, não. Isso ameaçava o senso de segurança dele. Durante um ano, me senti dividida.

— Era por isso que você fazia questão de voar comigo — Dumai falou. — Queria saber quem eu era.

Nikeya assentiu.

— Nunca esperei que fosse gostar tanto de você — ela confessou. — Já manipulei muitos corações, mas com você foi tudo muito real. Pela primeira vez em muitos anos, alimentei um desejo só meu. Um desejo que cresceu fora da sombra dele. — Nikeya ergueu os olhos para Dumai. — Eu queria explicar tudo isso antes, mas achava que você não iria acreditar. Eu não tenho fogo, nenhuma prova concreta.

— Então como sabe que é verdade?

— Eu não sei se é verdade. São histórias antigas, contadas ao redor das fogueiras, e todos os clãs têm histórias grandiosas que explicam suas origens. Mas o meu pai acredita. — Nikeya fez uma pausa. — E eu sou imune à doença vermelha.

— O quê?

— Ajudei uma mulher moribunda no caminho para cá. Segurei a mão dela antes de perceber que estava vermelha. Com a minha não aconteceu nada. — Nikeya mostrou suas mãos. — Os wyrms cospem fogo. E, ao que parece, não me deixam doente.

O silêncio se aprofundou de novo, quebrado apenas pelo farfalhar da água e por um rouxinol. Dumai passou um polegar pela palma da mão, no lugar onde a luz branca havia surgido. Seus sonhos vívidos, as vozes dos deuses — eram apenas os primeiros passos em um longo caminho de compreensão de tudo o que ela era capaz de fazer.

O que Dumai ainda não conseguia entender era como essas habilidades se manifestavam nela, mas não em seu pai, nem em sua avó.

— Você me disse que tinha uma proposta — lembrou.

— Estou com medo de dizer.

— Por quê?

— Porque o simples fato de dizer essas palavras pode abalar sua confiança em mim, e eu não suportaria isso, Dumai.

— Não. Pode ficar à vontade para falar o que quiser.

Nikeya parecia ponderar o preço de sua sinceridade. Dumai a observou quando ela engoliu em seco e sua respiração se acelerou.

— Antes, entre aqui comigo — ela pediu. — Quero estar abraçada a você quando falar.

Dumai desviou os olhos. Já se banhara na frente de outras pessoas muitas vezes, inclusive de Nikeya, mas daquela vez era diferente. Tirando as luvas, ela soltou o fecho de seu casaco de caça.

A água quente espantou o frio de sua pele. Nikeya a puxou para mais perto. Ela beijou seus dedos, se demorando um pouco mais nos semiamputados, e Dumai estremeceu com aquela sensação de intimidade. Depois de tantas dificuldades e desconfianças, não havia mais nada para separá-las.

— Calor e água — Nikeya falou. — Um pouco de cada uma de nós. — Ela olhou para Dumai. — No Norte, você fez questão de me lembrar de que eu não era sua consorte. E se fosse?

Dumai se absteve de abraçá-la. Mesmo o menor movimento poderia fraturar aquele sonho.

— Meu pai veria isso como uma vitória — Nikeya argumentou. — Acharia que venceu, que eu consegui moldar você de acordo com os nossos padrões. Mas, em segredo, nós duas teríamos uma parceria de verdade. Juntas, podemos desfazer o poder dele. Você conta com o amor de três clãs, pelo menos, e eu com os Nadama, por causa da minha mãe. Nós podemos criar um equilíbrio na corte, Dumai.

Ela abaixou as mãos, segurando Dumai pelos quadris.

— Se eu virasse imperatriz — Dumai sussurrou —, precisaria gerar um herdeiro.

Uma imagem indesejada surgiu em sua mente, do corpo de um estranho contra o seu, dominado, pesado, sendo distendido e preenchido sem seu controle, nutrindo uma semente que crescia na escuridão. Ela sabia que trazer uma criança ao mundo deixaria uma cicatriz profunda em sua mente, ainda que seu corpo se recuperasse. Forçaria tanto seus limites que a arrebentaria, fazendo-a afundar. Havia anos que ela sabia que não faria aquilo por escolha própria.

— Dumai.

Nikeya pressionou a testa contra a dela. Seu rosto, e sua voz, afastou aquela imagem de sua mente.

— Existe outra saída — disse. — Suzumai é sua irmã, minha prima.

Nós podemos fortalecê-la, torná-la mais corajosa, reerguer o que restou de sua família… e você e eu poderíamos governar como a Rainha Amoreira gostaria que fosse: tendo o povo como nosso guia. Só precisamos confiar uma na outra.

Só então Dumai a tocou: de leve, a ponta dos dedos roçando o maxilar. Nikeya a observava com uma esperança dolorosa e contida.

— É uma boa ideia. Poderia funcionar — Dumai respondeu, e se deu conta de que era verdade. O alívio causado por isso foi suficiente para fazer um sorriso reaparecer em seus lábios. — Precisamos esperar pelo cometa, mas… vou pensar a respeito.

Nikeya a segurou pelo rosto.

— Eu também vou pensar — ela falou, de modo quase inaudível. — Vou pensar em ser sua. — O nariz das duas se tocaram. — Vou pensar em ter você em meus braços todas as noites.

Dumai mal conseguia pensar. Seu coração batia forte dentro do peito. Quando Nikeya a beijou, todo o resto se perdeu na escuridão, até mesmo a rocha sob seus corpos.

Ela estava voando.

Nikeya as moveu para o centro da fonte. Dumai a segurou nos braços, sentindo um pulsar incansável entre as pernas, um impulso de trazer Nikeya mais para perto. (*Não*, lembrou a si mesma, inebriada de desejo. *Não, sou eu que estou indo morder o anzol.*) Nikeya a segurou pelos cabelos, e a força daquele toque serviu como uma confirmação.

A fonte borbulhava ao redor de suas cinturas, chegando até seus ombros. Dumai desejava tocá-la assim como a água, cobrindo-a por inteiro. Nikeya suspirou em seu pescoço. Mesmo sem ser expresso em palavras, o desejo era perceptível na voz dela, e Dumai a imaginou na cama — a cama delas, uma governante e sua consorte. Uma cama também era um porto seguro. Esse pensamento afastou de sua mente a outra imagem, e a fez beijá-la com mais intensidade. Elas perderam o equilíbrio, e Nikeya riu, com a boca colada à dela. Fazia muito tempo que Dumai não ouvia uma risada como aquela, doce e despreocupada.

De alguma forma, chegaram de volta à beirada, e Dumai a deitou sobre as vestes delas. Nikeya lhe dava um olhar de amor tão evidente que Dumai se perguntou como nunca tinha reparado naquilo antes.

— Eu sonhei que você ainda era uma cantante-aos-deuses, e eu era seu altar — Nikeya murmurou.

Eu tive esse mesmo sonho, Dumai sentiu vontade de dizer, mas sua garganta estava seca de desejo. Em vez disso, se comunicou através do toque. Acariciou um seio como se fosse sagrado, uma pérola de rio na concha de sua mão. Nikeya a puxou mais para perto, com uma mão em seu ombro e a outra na cintura.

O tempo perdeu seus contornos, seu significado. Dumai nunca fizera aquilo, a não ser em sonhos deliciosos e secretos, mas Nikeya era a lua prateada que lhe apontava o caminho. Os movimentos do corpo dela, os sons baixos e suave que emitia, seus membros — Dumai não precisava de nada além disso para se orientar. Ela viu o prazer invadi-la, dominá-la, e foi uma visão ainda mais impressionante que a do amanhecer no Monte Ipyeda. Dumai a beijou de novo e, apesar de nunca ter tomado um banho de mar, soube como seria o gosto das ondas em sua boca.

Dumai afastou uma mecha de cabelos da testa dela. Nikeya sorriu, com os olhos recuperando o brilho de sempre. Ela passou uma perna por cima de Dumai, virando-a de barriga para cima, e montou em seus quadris, deslizando lentamente a mão, em um toque sedutoramente promissor. Com a outra mão, entrelaçou os dedos das duas.

— Você confia em mim?

A voz dela soou suave como uma prece vespertina.

— Sim — Dumai falou. — Agora eu confio em você.

Nikeya ergueu a mão com seus dedos entrelaçados até o rosto

de Dumai. Aqueles poderiam ser os últimos dias do mundo — não havia tempo a perder. Nikeya capturou seus lábios de novo, e tudo desapareceu.

Ela mergulhou no mar implacável de Nikeya, e só desejou que todo aquele mundo em chamas afundasse junto.

87
Sul

A noite ainda não tinha caído, mas o Priorado estava silencioso, a não ser pelo som de passos. Wulf caminhava ao lado de Tunuva e Siyu até o túnel que o levaria de volta para o lado de fora, para o estertor da morte da civilização.

— Eu não quero que vá com um ichneumon que não tem uma irmã — Tunuva lhe disse. — Eles podem ser teimosos. — Lukiri dava passinhos incertos ao lado dela, agarrada a seus dedos. — Ninuru vai manter você em segurança. Ela está à sua espera lá fora.

— Ninuru é sua, Tunuva.

— Ela vai voltar em breve.

Assim que chegaram ao túnel, ele captou o leve cheiro de fumaça que vinha de mais além. Siyu o abraçou bem forte.

— Armul — falou, com uma voz fraca. — Se cuide, irmão.

— Você também. — Ele a beijou na testa. — Valorize muito sua família, Siyu. Em todos os dias da sua vida.

— Pode deixar. — Siyu levou a mão ao queixo dele. — E você, nada de cultuar o Impostor. Mesmo mantendo o nosso segredo, saiba que a verdade está aqui. — Ela pôs a mão sobre o coração dele. — Não seja um tolo inysiano.

Wulf assentiu com um gesto solene e, em seguida, se ajoelhou diante de Lukiri.

— Adeus, Lukiri — falou. A menina olhou para Tunuva, com a testa franzida. — Eu preciso ir.

A ruga na testa dela se aprofundou.

— Adeus — ela repetiu. — Lukili. — Ela estendeu a mãozinha para o rosto dele. — Té logo.

— Espero que sim, pequenina.

Lukiri assentiu com a cabeça, mas com o lábio trêmulo. Siyu a pegou no colo e a levou, deixando-o sozinho com Tunuva, que levava no ombro uma bainha larga de couro.

— Fiz isso para você — ela falou. — Sei que prefere a espada, mas uma lança é a melhor arma contra wyrms.

Wulf abriu o invólucro, revelando uma belíssima lança kumengana, como a dela, com articulações que permitiam dobrá-la. Seu nome selinyiano estava entalhado no cabo, pequeno o bastante para ser discreto.

— Obrigado — ele murmurou. — É uma bela arma, Tunuva. Vou cuidar bem dela.

— Seja feliz. Mesmo depois de tudo isso, espero que ainda consiga.

— Eu acho que sim. Agora que sei quem eu sou.

Um silêncio doloroso se instalou. Olhando para ela, Wulf sentiu que poderia nunca encontrar a força necessária para ir embora.

— Eu sinto muito — Tunuva falou, com a voz ficando embargada. — Eu procurei por você. E por tanto tempo…

— Não foi culpa sua.

Ele gostaria de dominar melhor o selinyiano. Ao ver o queixo dela tremer, rezou para conseguir se fazer entender com o que disse a seguir.

— Eu invejava Mara e Roland, por terem conhecido a mãe, mesmo que só por pouco tempo — contou. — Ficava chorando até dormir, tentando me lembrar de você. E conseguia. Eu me lembrava da sua voz. Dos seus braços, e do seu amor, no meu coração. Nunca imaginei que minha mãe fosse uma grande guerreira, e que me amava tanto que atravessaria o mundo inteiro para voltar a me ver. — Ele tentou sorrir. — Você é mais do que eu poderia sonhar.

Tunuva ficou imóvel, com os olhos cheios de lágrimas.

— Vou sentir sua falta — ela murmurou. — Você é sempre bem-vindo aqui. Pode voltar quando quiser.

— Eu adoraria.

— Então vou vê-lo de novo. — Tunuva o abraçou. — Adeus. Meu querido e corajoso filho.

Wulf a abraçou com a maior força que podia, tentando gravar aquele momento na memória — o cheiro de flores, o corpo caloroso e robusto, a respiração dela.

Ele jamais voltaria a sonhar com abelhas. O som da voz dela, e a sensação de seus braços, silenciaram isso para sempre.

— Eu honrarei a Mãe — ele falou. — E você. Enquanto viver.

— Você já faz isso.

Tunuva o apertou, toda trêmula. Quando eles por fim se soltaram, Wulf lhe deu um último beijo na testa. Ela soltou um suspiro e o viu avançar para a escuridão.

Só quando sumiu das vistas dela ele permitiu que as lágrimas descessem pelo seu rosto.

****

Ela chorou até ficar sem voz, até suas articulações doerem, seus olhos queimarem e sua cabeça latejar. Encolhida sob a laranjeira, chorou suas alegrias e tristezas noite adentro.

Você é mais do que eu poderia sonhar.

Sob as estrelas, os frutos brilhavam como candelabros, como se fosse para confortá-la. *Você está sempre aqui.* Ela pressionou o rosto contra o tronco. *Tem raízes profundas demais aqui para ir embora.*

Ela sofreu por Armul, sozinha no vale. Pelos anos de lembranças perdidas. Pelo menino que ele poderia ter sido, pelas mentiras que foi levado a acreditar, e pelo tanto que sofreu fora do Priorado. As lágrimas molhavam o rosto dela. Tunuva se esforçava para respirar, com a mão posicionada entre o ventre e o coração.

Ele tinha orgulho de ser filho dela. Estava orgulhoso.

Mas tinha ido embora. Voltado para a floresta, para as garras do mundo. Ela sempre carregaria consigo a dor da perda, embora seu peso tivesse diminuído. Tunuva poderia moldá-la como argila e trabalhá-la em uma forma que pudesse, um dia, conter dentro de si.

Mas também sentia alívio. Ele acreditara em sua história, não a tratara como uma bruxa. E conhecera a Mãe. Havia sido criado para ser um guerreiro, um homem bondoso e gentil por natureza, como Meren.

E ela o amava agora do mesmo jeito que na primeira vez que o teve nos braços.

88
Leste

Dumai estava deitada em um ninho de cobertas. Em seus braços, Nikeya descansava, sob o brilho fraco de uma vela.

Do lado de fora da barraca, tudo estava escuro. Elas saíram para a floresta ao amanhecer, como faziam desde que Nikeya chegara, e ajudaram Unora e as demais a cortar madeira para as balestas. Mais tarde, Nikeya treinara tiro com arco junto de Dumai antes de caçar um cervo para o jantar. Para esconder sua origem, tinha escolhido o nome Tonra, como o da mulher do Brhazat.

— Você acha que isso pertence aos deuses?

Dumai olhou para Nikeya. Ela estava observando a pedra escura, aproximando-a da luz.

— Furtia disse que era um vestígio da estrela — Dumai falou. — Que tinha um grande e terrível poder.

— É um tanto inquietante para mim.

Nikeya segurou sua tosse. Dumai acariciou seus cabelos, respirando fundo.

— Eu pensei na sua proposta — disse.

— Finalmente. Estava quase começando a ficar com vergonha.

O que é uma experiência rara para mim. — Nikeya se sentou. — E qual foi o resultado de reflexão, ó sábia da floresta?

— Me desculpe por ter demorado tanto. Eu nunca estive com ninguém, dessa maneira que você e eu...

— Dumai, eu sei. Estou só brincando. Você não me conhece, por acaso?

— Felizmente. — Dumai acariciou as costas delas, os últimos hematomas que ainda apareciam em sua pele. — Eu nasci em um templo. Conheço a estrutura e as entranhas de todos os rituais de Seiiki, dos mais antigos até os novos. — Ela encarou aquele olhar reluzente e curioso. — Nós juramos nosso amor junto à água, sob o céu escuro. Se ainda quiser se casar comigo, saiba que já está, Nikeya.

Elas entrelaçaram os dedos.

— Então estamos.

Dumai sorriu de volta, limpando uma lágrima que ameaçava escorrer pelo rosto. Nikeya se deitou ao seu lado de novo.

— A tradição na corte, claro, é que as pessoas sempre são descobertas na cama, na manhã seguinte a um casamento secreto — falou, com um brilho malicioso nos olhos. — Mais cedo ou mais tarde, o mundo fica sabendo.

— Precisamos manter segredo por enquanto.

— Rainha Dumai, você tem vergonha de sua consorte prateada?

— Eu simplesmente quero aproveitar estes momentos, sem ninguém falando nada sobre nós. Além disso — Dumai continuou, estendendo o braço para prender uma mecha de cabelo atrás da orelha de Nikeya —, uma mulher muito astuta uma vez me disse que nosso mundo navega em um mar de segredos.

Nikeya deu risada.

— Você está bem melhor com as palavras do que costumava ser. Vou aceitar o crédito por isso.

— E deveria mesmo.

Dumai a beijou, sentindo o cheiro de madeira queimada que vinha das fogueiras.

— Furtia se foi já faz um tempo — Nikeya comentou, quando seus lábios se separaram de novo. — Quando você vai voar de novo?

— Quando for chamada.

— Mas você vai voltar. — Nikeya ficou bem séria. — Prometa para mim, Dumai.

Dumai olhou bem no fundo daqueles olhos apreensivos e falou:

— Prometo que sempre vou tentar.

Mais tarde, estava quase dormindo quando sentiu um a pele suar frio. *Sinto que você está em paz*. A voz que ela mantivera distante por tanto tempo. Parecia ter voltado a ser como sempre tinha sido. *Isso aquece meu coração, irmã*.

Dumai quase conseguia vê-la, a figura em meio à névoa. *Isso não vai durar*, ela respondeu, antes de poder pensar no que estava fazendo. Ela se deixou afundar naquele mar escuro do sono, abraçada com a mulher que amava. *Não existe paz que possa durar em meio a essa grande desolação.*

89
Sul

O tempo passava, e o mundo continuava queimando. Tunuva enfrentava feras no Deserto Escarlate. Atirava em wyrms e serpentes aladas que cruzavam os céus. Ela e Denag foram juntas rumo a leste, para entregar um precioso frasco de remédio contra a peste para a Rainha Daraniya. Soshen e Siyāti estavam certas.

Por fim, Esbar ordenou que as irmãs e os irmãos voltassem para seu lar, pois o Priorado havia sido convocado.

Gashan estava em Jotenya, a poderosa fortaleza fronteiriça, quando duas muralhas foram derrubadas pelos lacaios de Dedalugun. Agora ela e os demais sobreviventes se deslocavam para Nzene. Sua intenção era montar uma linha de defesa para a capital, e Esbar decidiu que as irmãs iriam ajudá-la.

Na noite anterior à partida, o silêncio se instalou no Priorado. Tunuva estava acordada, olhando pela janela. Era raro conseguir ver as estrelas em meio à névoa de fumaça, mas naquele momento elas se revelaram.

Em algum lugar sob aquele mesmo céu, Wulf estava voltando para sua família inysiana. A lança era a única proteção que Tunuva poderia lhe proporcionar, e mesmo assim poderia não ser suficiente.

Ela não esperava que ele fosse sorrir diante da perspectiva de voltar. Mas agora a semente dessa possibilidade estava plantada e enraizada, começando a brotar. Os dois nunca seriam capazes de recuperar o tempo perdido, mas vê-lo de novo quando estivesse mais velho e aposentasse suas armas — isso seria uma bênção.

— Tuva.

Canthe aparecera sem fazer nenhum ruído. Estava no fim do corredor, toda de azul.

— Você está bem?

— Sim. — Tunuva tentou se recompor. — Perdão, Canthe. Eu estava só… pensando em Wulf.

— Você não precisa esconder isso de mim. Não consigo nem imaginar como me sentiria se visse minha filha de novo. — Canthe se juntou a Tunuva na janela, apoiando uma mão fria em seu braço. — Está contente por tê-lo reencontrado?

— Mais do que consigo explicar. Nunca tive a chance de agradecer por você ter nos reunido — Tunuva disse. — Se tiver alguma coisa que eu possa fazer para retribuir sua bondade, irmã, é só pedir.

— Ouvi dizer que está indo para Nzene amanhã.

— Sim. Acho que você deveria vir conosco… Siyu me disse que você está se saindo bem com o arco e flecha, e pode ser uma boa forma de se provar para Esbar. Com certeza ela vai recompensar sua paciência.

Canthe olhou para a própria mão, girando o anel do dedo indicador.

— Se eu tiver que ir à luta, então tenho uma coisa para pedir, apesar de saber que você pode ser obrigada a recusar — ela falou.

— É só pedir.

— Quero ver a tumba da Mãe. — Canthe baixou os olhos. — Depois de tanto tempo em Inys, sob o jugo do impostor… eu gostaria de rezar para os ossos dela. É uma coisa que me atormenta, Tuva, saber que passei tanto tempo submetida a uma mentira.

Era o lugar mais sagrado do Priorado, e Canthe não era sequer uma postulante. Tunuva sabia que Esbar jamais permitiria.

A recusa estava quase em seus lábios quando ela a engoliu. Canthe havia feito muita coisa para ajudá-la a encontrar Armul. Em troca disso, uma visita privativa à tumba era um pedido bem modesto.

Era fácil ceder, no calor do momento. Mas se esquecer daquilo, nem tanto. Tunuva já carregava consigo o segredo daquele beijo imprudente em Inys; não poderia esconder mais uma coisa de Esbar.

— Sinto muito, Canthe — ela disse, baixinho. — Nem mesmo as iniciadas podem entrar naquela câmara.

— Eu entendo. — Canthe fechou os olhos. — Mas ninguém precisa saber, Tuva. Somos apenas nós.

Quando ela se virou para Tunuva, duas pequenas estrelas haviam se acendido no céu que formava suas pupilas. Os olhares dela se cruzaram. Tunuva se sentiu mole, com um gosto de aço na boca. Uma exaustão a dominou, e a escuridão do corredor pareceu se intensificar quando Canthe a pegou pela mão.

— Obrigada, minha amiga — ela falou. — Sei que você vai me ajudar a ver a Mãe.

Os dedos dela eram frios como a morte. Tunuva franziu a testa ao olhá-los, tentando se lembrar do que havia acabado de dizer.

Quando se deu conta, estava percorrendo os corredores desertos e descendo as escadas para a câmara mortuária. Quando chegou à porta, levou a mão à chave no pescoço, como fazia todas as manhãs.

— Espere — murmurou. — Nós não deveríamos estar aqui. — A voz dela soava arrastada. — Como foi que chegamos aqui?

— Tuva.

Ela teve um sobressalto. Agora era Esbar que segurava sua mão, com um olhar de preocupação no rosto.

— Esbar? — Tunuva tentou piscar algumas vezes, para espantar a escuridão de seus olhos. — Pensei que fosse Canthe. Eu estou sonhando?

— Você está tão cansada, meu amor. — Esbar tocou em seu ombro, virando-a de volta para a porta. — Foi um longo dia, mas precisamos ver a Mãe, antes de partirmos para Nzene.

— Sim.

Do lado de dentro, a escuridão era esmagadora. Tunuva evocou uma chama e foi andando como uma sonâmbula pela câmara, acendendo as lamparinas, como sempre fazia. Quando se virou, era Canthe quem estava diante do esquife, com as duas mãos sobre a tampa. Seus cabelos brilhavam como ouro na semipenumbra.

— Me ajude a abrir.

Tunuva mal conseguia manter os olhos abertos.

— Canthe, o que está acontecendo? — perguntou

Canthe se virou para ela. Tunuva olhou para aqueles olhos, atraída por uma espécie de ausência primordial.

— Por favor, Tunuva, me ajude a abrir o esquife — Canthe falou. — Eu não vou fazer nada de errado.

Nada de errado, Tunuva pensou, assentindo.

Ela concluiu que aquilo devia ser um sonho. Suas pernas pesavam como se ela caminhasse em meio a uma água escura, e sua pele alternava entre fria e quente, com o coração disparado. Nada dentro da câmara parecia totalmente real.

O esquife passara séculos sem ser tocado. Por mais forte que Tunuva fosse, precisou se esforçar para mover a tampa. Canthe se juntou a ela, ofegante e usando todas as forças, e pouco a pouco a tampa foi se arrastando para o lado, revelando-a: Cleolind Onjenyu, Princesa da Lássia.

Não um esqueleto, mas uma mulher, por inteiro.

A Mãe, intacta.

Seu corpo estava preservado. Não havia sinal de decomposição nem de envelhecimento. A pele de um tom bem escuro e lisa como a de uma jovem. Os cabelos cortados bem rente à cabeça. Os cílios roçando as bochechas; os lábios levemente entreabertos. Colocada sob seu braço havia uma imagem de Washtu, que puxava os cabelos do sol para trazer o fogo ao mundo. Os dedos das mãos dela estavam entrelaçados e adornados com anéis.

Ela não conseguia se mover. Nem respirar.

— Cleolind.

Uma mão branca segurou a lateral do esquife. Tunuva lançou um olhar enevoado para Canthe, que mantinha uma expressão impassível.

— Aí está você — Canthe falou, em um tom quase carinhoso. — Sempre foi tão bonita. Ele teria gostado de ver você assim. A Donzela, esperando por um cavaleiro. — Ela se aproximou quase o suficiente para beijar aqueles lábios sem vida. — Você sonha com ele, em seu abismo?

— Você a conheceu — Tunuva murmurou. Agora teve certeza de que estava sonhando. — Você conheceu a Mãe.

Canthe só tinha olhos para o corpo.

— Eu tinha certeza de que estaria com você, Cleolind. Cheguei tão perto de pegar a outra, a que Neporo escondeu. — Ela fechou os olhos e respirou fundo. — Mas a sua está *aqui*, ao meu alcance. Eu ouvi seu murmúrio estelar. Onde foi que Siyāti a escondeu?

Ela se afastou do esquife, deixando Tunuva contemplando a Mãe com um ar de reverência. Depois de décadas imaginando sua aparência, lá estava ela, como se estivesse preservada em âmbar.

Que sonho estranho.

Canthe se ajoelhou ao pé do esquife.

— Aqui — ela falou, com um tom de animação na voz. — Acho que sei onde sua chave misteriosa se encaixa, Tunuva. Saghul encarregou você de proteger mais do que um cadáver.

Tunuva viu a que ela estava se referindo. As fissuras na plataforma, o buraco de fechadura no centro, que uma cobertura de ouro escondia.

Ela enfiou a chave na fechadura. Depois de girá-la até o fim, ela a puxou, e, com um som de atrito, um baú que estava embutido na plataforma apareceu. Dentro dele havia uma pedra branca, com um brilho em seu interior. Uma estrela contida dentro de um vidro esfumado.

— Tuva?

Canthe ficou tensa. Esbar entrou na câmara, com uma chama na mão. Ela observou a cena — o esquife aberto, Tunuva e Canthe — e seu rosto deixou transparecer uma frieza que Tunuva nunca tinha visto.

— Canthe. — A voz dela tremia com a raiva contida. — Como ousa pôr os pés nesta câmara?

Tunuva viu quando o fogo na mão dela ficou vermelho. Imediatamente, recuperou a lucidez, e a sombra se levantou de seus olhos, deixando-a perturbada e aturdida. Não tinha sido um sonho. Ela olhou de novo para a pedra clara. Uma tentação a dominou, idêntica à que a atraía a Canthe e, antes que pudesse duvidar de si mesma, ela a apanhou.

Uma luz branca brilhou na ponta de seus dedos. Ela se afastou do esquife e caiu com tudo no chão.

— Tuva — exclamou Esbar.

— Não. — Canthe estava olhando para ela. — Tunuva o que você fez?

Tudo ficou escuro. A pedra aderiu a seus dedos. Sua siden se desfez no frio de sua superfície, que se espalhou por seu sangue, paralisando seus membros à medida que a tomava.

— Tuva, sua tola — Canthe falou, encarando-a. — Você condenou a si mesma…

Antes que ela pudesse se aproximar, Esbar a imprensou contra uma parede. Tunuva vomitou. Ela sentia que tinha atravessado o gelo e caído em uma água que a atingia como milhares de pontas de espadas. Sua mão estava fechada em torno da pedra, sua pele parecia congelada e, por mais que tentasse, ela não conseguia largá-la.

— Eu sabia que você tinha vindo para cá com segundas intenções, Canthe... se esse for mesmo seu nome — Esbar falou, em um tom hostil. — Já chega de mentiras. O que está fazendo aqui no Priorado?

— Você não vai querer lutar contra mim, Esbar — Canthe falou, com os olhos se enchendo de lágrimas quando Esbar a apertou com ainda mais força à parede. — Eu só preciso da joia minguante. Eu senti a presença dela, quando o Monte Temível se abriu.

— O que a pedra está fazendo com Tuva?

— Isso não é...

— É por isso que você vivia a rondando. Porque ela era a guardiã da tumba. Você nunca teve o menor interesse nela — Esbar falou, com o ódio estampado no rosto. — Só queria ganhar sua confiança.

— Ah, você não sabe nem metade da história, Prioresa — Canthe falou, com uma crueldade repentina, mas sem perder a suavidade no modo de falar. — Ela contou que eu senti o sabor de seus lábios?

Tunuva tentou se levantar. Estava fraca a ponto de desmaiar, respirando com dificuldade, mas ainda conseguiu ouvir Esbar:

— Já chega de sua conversinha. O que é essa coisa, e por que você a quer?

— Nenhuma de vocês sequer sabia que ela estava aqui. Basta entregá-la para mim, e irei embora em paz, da mesma forma como cheguei.

— Jamais. Posso não fazer ideia do que seja, mas isso pertence à Mãe. Você acha que eu daria alguma coisa dela para outra impostora vinda de Inys?

— Me permita fazer isso sem recorrer à violência — Canthe falou, com um tom de tensão na voz. — Não posso ir embora do Priorado sem ela. É mais perigosa do que você seria capaz de imaginar.

Tunuva conseguiu soltar um grunhido quando sentiu sua garganta ficar livre. Esbar olhou para ela, com o rosto iluminado pela própria chama e os olhos profundos como poços, cheios de medo.

Canthe se aproveitou dessa distração para torcer seu pulso. Esbar soltou um ruído de dor, um choro misturado com um grito, e foi ao chão. Ela nunca havia emitido um som como aquele.

— Esbar — Tunuva falou, com a voz rouca.

— Ilusões, Tuva. Esbar está vendo muitas coisas. Todos os pesadelos que já teve, e muitos mais — Canthe falou. — Visões de você se entregando a mim; de Siyu e sua bebê sendo devoradas por wyrms; de sua mãe de nascimento em uma pira funerária; de sua ichneumon presa em uma armadilha, ganindo para ela. Tudo o que Esbar mais teme, eu posso fazê-la sentir.

Uma magia sombria se espalhava pela câmara mortuária. Um poder que fedia a ferro, sobre outra camada pungente e azeda.

— Você provocou em mim aqueles sonhos — Tunuva falou, se sentindo dominada por um amargo remorso. — Foi você.

— Foi por necessidade. Sua siden viva lhe proporciona alguma resistência a essa magia, mas durante o sono… era mais fácil moldá-la. Eu precisava que você confiasse em mim, Tuva.

— Para que eu deixasse você entrar aqui. — Tunuva se levantou. — Você disse que sua sterren tinha se degenerado.

— Isso é só uma sombra do poder que já tive.

— Deixe-a em paz. — Tunuva ergueu a pedra, a joia minguante. — Pode levar isso, Canthe. Pode levar o que quiser.

Esbar se contorcia em agonia, olhando para o teto. Canthe passou por cima dela. Quando se aproximou de Tunuva, a pedra brilhou.

— Eu não entendo — Tunuva falou, tentando ganhar tempo. De alguma forma, precisava proteger a pedra e também Esbar. — Quem é você?

— Ah, eu já tive muitos nomes: Hertha, Jórth, a Mãe do Espinheiro. Fui a Bruxa de Inysca. A Dama do Bosque.

E então Tunuva se deu conta, ao olhar para aquela mulher que considerou uma amiga. Todas as peças de seu coração estilhaçado se juntaram — não perfeitamente, mas como dentes quebrados, com lascas afiadas.

Existe uma floresta por lá, selvagem e escura e linda, que atravessa a ilha inteira de costa a costa. Um lugar temido sem motivo algum. Por fim, depois de vinte anos, ela entendeu tudo. *As pessoas o chamam de bosque Haith, uma antiga palavra para se referir a algo profano, e segundo a lenda era habitado por uma bruxa...*

— Você.

Canthe parou bem diante dela.

— Foi você. — Sua garganta ardeu ao dizer aquilo, como uma maldição. — Foi você que levou meu menino.

Tunuva pensou que ela fosse negar. Até que ela disse, em um sussurro:

— Sim.

Tunuva a encarou. Seu corpo estava exangue. Uma risada espectral escapou de sua garganta, borbulhando de suas estranhas como um veneno, um leve transbordamento da agonia que manteve presa lá dentro por anos.

Ela deixara aquela mulher confortá-la. Tinha sido sua companheira de risos e viagens — e a beijara, como a grande tola que era. Abrira seu coração, porque as duas haviam sobrevivido à mesma perda.

O mel e o sangue, as abelhas, a vala, a vontade de morrer — por fim Tunuva entendia a causa daquilo tudo. Sabia nos braços de quem Wulf fora levado para a terra do Impostor.

— Me diga por quê. — Isso foi tudo o que conseguiu dizer, o único pensamento que lhe passou pela cabeça. — Por quê? Por quê?

— Tuva...

— Você deveria ter arrancado meu coração. Isso teria doído menos,

Canthe. — Vinhas de fogo se enrodilhavam em seus dedos. — O que fiz para merecer isso?

— Nada — Canthe falou, com a voz embargada. — Por favor. Me entregue a joia minguante. Vamos acabar logo com isso.

Tunuva sacudiu a cabeça e pressionou a pedra contra a garganta, onde sua vontade de lutar só crescia. Quando aquele poder entorpeceu sua mente, ela apertou bem os olhos e se agarrou a sua chama, tentando resistir com todas as forças.

Canthe deu um berro. Tunuva ergueu os olhos e viu uma flecha encravada no ombro da mulher. Na entrada da câmara, Hidat empunhava seu arco, municiado com mais uma flecha e com a corda esticada. Essa acertou Canthe na coxa. Quando ela foi ao chão, Tunuva correu até Esbar.

— Ez — murmurou, segurando o rosto dela. — Esbar...

Esbar se encolheu ao sentir seu toque.

— Calma, meu amor. Sou eu.

Esbar piscou para derramar as lágrimas dos olhos. Tunuva a ajudou a se levantar, enquanto Hidat lançava uma chama dourada para dentro da câmara, acendendo todas as lamparinas de uma vez. Canthe protegia o rosto com um braço. O fogo queimara a manga de sua roupa, mas sua pele permanecia intocada.

— Saia daqui. Nós estamos em maioria. — Esbar limpou o suor de cima do lábio. — Desapareça daqui, bruxa.

— Bruxa — Canthe repetiu, com uma risada quase desesperada. — Sim, Esbar uq-Nāra. No fim, eu sempre fui a bruxa malvada, o tempo todo.

A joia brilhava no chão. Canthe fez menção de pegá-la, e o tempo se estreitou, como se estivesse no gargalo de uma ampulheta. Tunuva evocou sua siden, acessando sua reserva proibida. Uma onda avassaladora de calor dominou todo seu corpo. Ela o concentrou na palma da mão e soltou um jato abrasador de fogo de wyrm, tingindo a câmara de vermelho.

Hidat deu um passo atrás. A ampulheta explodiu. Canthe se chocou contra o esquife e se desfez como papel, com a ponta dos cabelos carbonizada e a pele em carne viva por causa do calor. Antes que ela pudesse se recuperar, Esbar correu até o esquife, segurou a tampa, e a empurrou com um grito de esforço.

Tunuva fechou as mãos inflamadas. Canthe emitiu um som espectral que manchou seus lábios de sangue. A tampa havia fraturado suas costelas, quase a partindo ao meio. Com os olhos marejados de dor, ela ergueu uma mão trêmula do chão, na direção de Tunuva, antes que seu braço voltasse a cair, sem forças.

O silêncio voltou a se instalar na câmara mortuária. Hidat foi a primeira a quebrá-lo.

— Ela morreu?

Esbar se ajoelhou ao lado de Canthe e segurou seu pulso.

— Não estou sentindo nenhuma pulsação — falou, com a voz rouca. — Mas vamos trancafiá-la mesmo assim. Não dá para confiar em nada quando o assunto é essa aí.

— Eu fui tão cega — murmurou Tunuva.

Esbar ergueu os olhos para ela.

— Esses pesadelos que me atormentaram durante meses. Foi tudo coisa dela — Tunuva revelou. — Hidat, deve ter sido Canthe que fez você ver Saghul, como um artifício para eliminar Anyso.

Hidat parecia abalada.

— Por quê?

— Para criar uma rusga entre mim e Esbar — Tunuva respondeu. — Ela sabia que Siyu iria fugir. Sabia que eu iria atrás dela, e que Esbar não poderia ir, por ser a Prioresa. — Esbar a encarou. — Tudo isso para me isolar, para ganhar um lugar no meu coração, para um dia ganhar acesso a esta câmara. — Ela tirou a chave da fechadura. — Porque sou a guardiã da tumba.

— Como você fez esse fogo de wyrm, Tuva?

— Eu posso explicar. — Esbar apanhou a pedra. — Isso traz uma sensação ruim. É como… Canthe. Mas estava sob a proteção da Mãe. — Ela olhou para o outro corpo. — Como ela pode estar assim?

Hidat olhou para o mesmo lugar. Ao ver a Mãe, se apoiou sobre um dos joelhos e se segurou ao esquife. Esbar foi até Tunuva e lhe entregou a pedra, que brilhava.

— Precisamos sepultar de novo o corpo dela — Esbar falou. — Me ajude, Tuva.

90

Oeste

No norte do país, o inverno ainda predominava. Glorian olhava sempre à frente, como fazia todos os dias depois de saírem de Stilharrow, estremecendo ao sentir o vento atravessar as lãs pesadas e sua cota de malha. Enfim estavam chegando aos Prados, uma paisagem outrora dominada pelo dourado do trigo e por pomares. Agora sua montaria andava entre restos carbonizados.

Colunas de fumaça se erguiam à distância. O céu estava apagado, e o sol parecia uma bola de gordura derretida no céu. Ela até poderia achar que estava nevando, mas a essa altura já conhecia a diferença entre neve e cinzas.

Só sentia o cheiro de morte e mais morte. Inys estava de cinza, de luto por seus mortos.

— Glorian.

Helisent lhe passou um odre. Glorian abaixou o pano que usava no rosto para beber, molhando a secura da garganta. Florell ia de garupa atrás dela, para impedir que caísse, e Bourn se mantinha por perto, cavalgando ao lado de Marian. O Conselho da Regência insistira para que ela não viesse, preferindo que se retirasse para Offsay — para manter pelo menos uma Berethnet a salvo —, mas ela se recusara a deixar Glorian.

Fazia semanas que a comitiva real viajava para o norte, em um ritmo cauteloso. Evitando campos abertos, preferiam vias que atravessavam depressões, estradas mais estreitas e caminhos percorridos pelos rebanhos, trilhas que serpenteavam como barbante em meio às árvores. Quando dormiam, ficavam abrigados sob pontes, em cavernas ou estruturas em ruínas.

Por dias a fio, não encontraram vivalma, nem ouviram ninguém. Não havia velas nem fogueiras acesas à noite. Quando avistavam fogo, fugiam, reconhecendo o cheiro dos wyrms.

Lady Gladwin os guiara até um arvoredo de carvalhos, onde encontraram uma lagoa de águas límpidas.

— Vamos parar aqui — ela gritou. — Encham seus odres e deem de beber aos cavalos. Essa pode ser nossa última oportunidade para isso.

Glorian permitiu que Florell a ajudasse a desmontar. Sua barriga a tornava desajeitada. Enquanto a comitiva descansava, ela se aventurou entre as árvores em busca de um local isolado. Sabran pesava tanto que ela se sentia como se fosse explodir.

Suas damas montaram guarda enquanto ela abria a calça — uma tarefa nada fácil para quem não via nada do que estava abaixo da barriga — e tirava o pano que passara a usar entre as pernas. Ela ficou tensa quando viu a parte acolchoada e mais grossa marcada por um fio de sangue.

Glorian deu uma espiada por cima do ombro. Não fazia ideia do motivo pelo sangue, mas se Bourn visse poderia querer impedi-la de continuar cavalgando. Ela enterrou o pano, como se nada tivesse acontecido.

****

Eles seguiram em frente, por entre o primeiro relvado que encontravam em dias, que estava alto e espesso pela ausência de rebanhos e de foices para mantê-lo rente ao chão. Lady Gladwin os conduziu a um antigo campo sepulcral, até a tumba de uma princesa inyscana, um local escondido e não muito diferente de uma colina qualquer. Com a ideia de dormir lá, eles passaram pela entrada e lá dentro se depararam com duas famílias, dividindo alguns coelhos magros. Ao verem Glorian, abriram espaço na câmara mortuária, e a comitiva real repousou em meio a pessoas estranhas. Pela primeira vez em semanas, Glorian se sentiu quase segura, abrigada sob a elevação de terra.

No fim da tarde, partiram outra vez, levando consigo as duas famílias.

Ainda havia grandes porções de terras em chamas. Mesmo agora, depois de meses de ataques intensos dos wyverns, Glorian não conseguia se conformar com o que estava vendo. Aquela devastação toda não parecia real.

O sol desapareceu no horizonte. Sob a luz dos lampiões de sela, seguiram Lady Gladwin até um arvoredo de pinheiros, avançando a um meio-galope. Glorian sentiu uma pontada repentina. Só o que ela queria era que Sabran continuasse dentro dela, apartada daquele mundo semimorto, segura no aconchego de seu ventre.

— Lady Gladwin — falou, suprimindo uma tosse. — Como vamos chegar ao Rochedo Oco?

— Sob a proteção da escuridão. — Um pano sobre a boca abafava a voz melodiosa dela. — Não queremos atrair nenhuma criatura para lá. — Ao ver que Glorian esfregava a barriga, acrescentou: — Nós podemos descansar de novo, Majestade.

— Não. — Glorian respirou fundo. — Vamos manter o ritmo, milady.

Ao amanhecer do dia seguinte, eles atravessaram o Rio Went, que já começara a descongelar. De lá, as montarias seguiram a trote entre sebes que não eram podadas havia tempo e, por fim, chegaram a uma saliência rochosa que proporcionava uma vista do Pântano de Cenning. O terreno alagadiço se estendia na direção de uma pedra que se elevava isolada a uma curta distância, em meio à vegetação e à neve, parecida com a crista de um galo.

O Rochedo Oco.

De todas as direções, as pessoas corriam para lá.

O Príncipe Guma avançou com sua montaria, erguendo as sobrancelhas.

— O que esses tolos pensam que estão fazendo?

— Pelo Santo. Vão atrair atenção demais desse jeito. — Lady Marian se virou para os conselheiros com uma expressão de choque. — Gladwin…

Um som terrível fez os cavalos bufarem. Glorian ficou paralisada.

— Wyverns — Sir Bramel rugiu, no momento em que um par de asas despontou no céu.

— Em frente — Lady Gladwin gritou para a comitiva. — Não existe outro esconderijo. Para o Rochedo Oco!

Todos obedeceram, e os guardas cerraram fileira de ambos os lados de Glorian. Florell passou um braço ao redor de sua cintura, segurando-a com força, mas o medo a deixou quase sem fôlego. Aquela decisão poderia ser fatal para todos.

Os wyverns cuspiam fogo entre os sobreviventes. Glorian cerrou os dentes. Enquanto as montarias cavalgavam pela neve, a comitiva disparou na frente de milhares de pessoas correndo em desespero na direção da formação rochosa. Ela olhou por cima do ombro, sufocando um grito quando viu três outros wyverns.

— Não olhe — Florell gritou por cima do vento. — Glorian, não olhe. Estamos quase lá!

Glorian se forçou a olhar apenas adiante quando o tropel chegou à sombra da rocha. A abertura era baixa, quase invisível do céu. Assim que chegaram ao abrigo da protuberância, ela foi retirada às pressas da sela. Sabran chutava furiosamente dentro dela.

Várias mãos enluvadas a puxaram para as profundezas do Rochedo Oco. Lady Gladwin ia à frente, passando pelos que se desfaleciam no chão, recuperavam o fôlego ou choravam de alívio. Até mesmo a Rainha de Inys poderia passar despercebida em meio àquela confusão.

Lorde Ordan Beck, o Conde Viúvo de Goldenbirch, estava abrigado em uma caverna bem aquecida, em que ressoavam vozes preocupadas. Quando os guardas deixaram sua filha passar, ele ergueu a cabeça, com o medo estampado nos olhos.

— Helisent?

— Papai. — Ela se aproximou dele. — Você está bem.

— Você precisa ir embora. Aqui não é... — Ao ver Glorian e Marian, e depois todo o Conselho da Regência, ele murmurou: — Não.

— Pelos ossos sagrados do Santo. — Lorde Edrick Glenn se voltou para os recém-chegados. — Lady Protetora, o que está fazendo aqui?

— Em nome de Halgalant, antes de ser interrogada, eu preciso perguntar o que está acontecendo aqui — Marian falou, abraçada a Glorian. — Lorde Ordan, fui informada de que este era um lugar seguro. Agora que trouxe minha neta para cá, encontro centenas de pessoas em campo aberto, e wyverns voando por toda parte.

— Madenley sofreu um ataque. Os sobreviventes saíram em uma fuga desesperada — Lorde Ordan explicou. — O Rochedo Oco é a caverna mais próxima, mas, em meio à pressa e ao terror, eles não tomaram os cuidados necessários e atraíram um bando inteiro para o Pântano de Cenning. — Os olhos dele estavam injetados. — Algumas pessoas conseguiram sair a tempo, mas para o restante de nós já é tarde demais. Sair daqui significaria marchar para a morte.

— Estamos encurralados.

— Sim. Eles certamente já localizaram a entrada a esta altura e, caso ainda não a tenham visto, vão conseguir farejar os rastros.

— Por favor, me diga que não vieram com todo o Conselho da Regência — Lorde Edrick falou, com o rosto pálido.

— Vieram todos, menos Lorde Randroth, que foi para Offsay — Marian respondeu.

Lorde Ordan soltou uma risadinha fraca.

— Ah, que o Santo nos livre de ficarmos apenas com aquele tolo orgulhoso e pomposo.

— Então todos os membros da Casa de Berethnet estão aqui — Roland Glenn falou, erguendo a sobrancelha. — Perdão pela grosseria, Lady Protetora, mas vocês escolheram um lugar de merda para virem se abrigar.

— Roland — repreendeu Lorde Edrick.

— Não. Nós vamos sobreviver — Glorian afirmou. Todos se voltaram para ela. — A entrada é um gargalo. É pequena e baixa, de difícil alcance para os wyverns. Eles vão ter que mandar suas feras para nos tirar daqui, e aquelas criaturas têm suas fraquezas. Somos capazes de defender o Rochedo Oco.

— Nós mal temos armas aqui, Majestade — Lorde Ordan argumentou.

— Quando Verthing Sanguinário marchou sobre Vakróss, ele precisava atravessar o rio com seus homens. Só havia uma ponte, que meu pai conseguiu defender. Só ele matou setenta guerreiros, o que deu a seus aliados tempo para se preparar. Estou certa de que temos mais de um combatente aqui. É possível, sim.

— Com todo o respeito, ele enfrentou seres humanos, não wyrms.

Glorian levou a mão à barriga.

— Eu provavelmente vou dar à luz aqui — ela informou. — Quero que minha filha ainda tenha um rainhado para governar. Quero que ela sinta o sabor de maçãs recém-colhidas. Quero que veja a primavera verdejante de Inys; que conheça o aroma das flores selvagens, o gosto do pão, o som de risos. Não quero que sua vida termine ao final do primeiro suspiro, com a voz estrangulada pela fumaça.

Vários olhares foram trocados, expressando dúvidas e esperanças que prescindiam de palavras.

— O Santo está conosco — Glorian falou para eles. — Vamos erguer um último clamor contra essas criaturas antes do fim. Vamos dar ao mundo um motivo para se lembrar de nós.

Um longo silêncio se seguiu a sua fala.

— O Rei Bardholt foi um grande guerreiro — arrematou o Príncipe Guma. — Como líderes, devemos seguir seu exemplo.

Glorian pensou na carta escrita por ele, mas manteve uma expressão impassível. *Bardholt era um traidor libertino antes de adotar a Espada da Falsidade.*

— Eu concordo — disse Lady Gladwin. — Precisamos mandar nossos melhores combatentes ao pântano, para desfalcar as fileiras deles antes do amanhecer. Com a luz do dia a seu favor, os wyverns vão tornar tudo mais difícil.

A confiança de Lorde Ordan pareceu aumentar.

— Alguns dos que conseguiram fugir prometeram que trariam ajuda — contou. — A Pedreira dos Pobres ainda pode responder ao chamado, sendo o refúgio mais próximo. Caso contrário, temos flechas, a guarda de Madenley e Arondine, além de pessoas ainda capazes de empunhar uma lâmina ou uma ferramenta afiada. Podemos montar uma defesa na estrada e resistir por algum tempo. Talvez o suficiente para dissuadi-los.

— Essas criaturas não desistem nunca — retrucou Lorde Damud. — O que quer que aconteça a seguir, vai terminar em mortes.

— Com o perdão da interrupção — interveio Mestrie Bourn —, a rainha precisa descansar. Foi uma longa e difícil viagem de Stilharrow para cá.

Glorian queria retrucar, mas de fato precisava dormir, caso contrário seria um fardo para o Conselho da Regência, em vez de um esteio.

— Sim. Venha comigo, Majestade — Roland falou, apanhando um lampião da mesa.

Glorian foi atrás dele com Julain e Adela, enquanto sua avó ficava para discutir a situação com os nobres.

— Mestre Glenn — disse Glorian, segurando o braço que ele lhe ofereceu —, teve notícias de seu irmão?

— Ainda está em Hróth, lutando com o Rei Einlek. Foi o que seu companheiro de falangeta me disse.

— Thrit ou Karlsten?

— Thrit. Ele chegou algumas semanas atrás.

Isso a deixou incomodada. Certamente Thrit não abandonaria o restante de sua falangeta, nem seu rei.

Roland evitou as cavernas maiores, que estavam cheias de recém-chegados de Madenley, provocando uma agitação entre os milhares de nortenhos que vinham morando ali pacificamente à luz de vela havia meses. Ele conduziu Glorian por um depósito de suprimentos e um hospital, onde santários e curandeiros cuidavam dos doentes. Água escorria por uma parede, envolvendo todos em uma névoa úmida. Não havia sinal da peste, a não ser o cheiro de vinagre.

Uma pequena caverna havia sido transformada em uma alcova. Contava apenas com um modesto estrado, mas, depois de semanas em uma sela, era como uma cama de plumas, ou até melhor. Glorian se sentou, desejando poder dormir imediatamente, mas estava imunda.

— Vou deixá-la descansar, Rainha Glorian — disse Roland —, mas vamos mantê-la sempre informada sobre a situação.

— Obrigada, Mestre Glenn.

Ele fechou uma cortina na entrada ao sair, proporcionando ao menos uma sensação de privacidade.

— O que fazemos agora? — perguntou Adela, contorcendo as mãos. — Glorian, nós vamos morrer?

— Não comece com essa conversa de morte de novo, Adela. — Julain olhou feio para ela. — Vá procurar água limpa para encher uma bacia, por favor. Glorian não pode dormir assim.

Glorian continuou sentada no estrado, exausta demais para responder. Julain tentava remover as cinzas de seus cabelos.

Do lado de fora, os wyverns deviam estar reunindo forças.

Bourn apareceu logo em seguida para vê-la.

— Majestade, se não for muito incômodo, eu gostaria de me certificar de seu bem-estar antes de dormir. Foi uma viagem duríssima.

— Claro — Glorian respondeu. — Julain, Adela, vocês podem ir procurar algo para comer. Mas tomem cuidado, por favor. Deve estar tudo bem tumultuado.

Quando elas se retiraram, Glorian levantou as saias e fez um gesto para Bourn, que se ajoelhou à sua frente e pôs as mãos frias e lisas em sua barriga.

— A senhora notou alguma dor, sangramento ou alguma outra mudança durante a viagem?

— Só algo como… aquilo que expelimos na tosse quando estamos com abafadura.

— O tampão do ventre. — Bourn assumiu uma expressão bem séria. — O momento se aproxima, Rainha Glorian.

— Então minha filha vai nascer aqui.

— Receio que sim.

Bourn pressionou o pulso dela com os dedos.

— Nós temos como defender a entrada. Assim como meu pai fez — Glorian falou. Bourn assentiu de leve. — Está tudo bem com a criança?

— É o que parece.

Glorian olhou para a barriga, engolindo em seco.

— Mestrie Bourn — sussurrou. — Sei que o parto pode ser complicado. Se minha filha e eu estivermos em perigo, você sabe que precisa dar prioridade a ela, não a mim. Eu não tenho como conceber outra criança.

— Foi o que me falaram. — Uma expressão de tristeza surgiu no rosto de Bourn. — Não sei se deveria dizer isso, Rainha Glorian.

— Por favor, fique à vontade.

— Eu lamento pela senhora, que as coisas precisem ser assim. E lamento por Carmentum. Eles encontraram outra forma de fazer as coisas. Ordens de sucessão que exigem a concepção de uma criança… eu considero isso difícil de engolir — Bourn confessou, cerrando os dentes. — Sei que é isso o que mantém o Inominado sob controle. Só gostaria que o Santo não tivesse feito ser esse o preço por sua proteção.

Seu pai teria punido esse tipo de declaração. Era blasfêmia, uma demonstração de falta de fé. Glorian tentou demonstrar alguma indignação, mas não sentia nenhum resquício.

— Obrigada, Kell. Por sua sinceridade. — Ela segurou a mão de Mestrie Bourn. — Você vai me ajudar?

Sua voz estremeceu de leve. Bourn apertou sua mão.

— Vou, sim.

Quando Bourn se retirou, Glorian se virou de lado e não conseguiu mais se manter acordada. À distância, ouviu as notícias chegarem às outras cavernas, seguidas de choros de medo. Pouco antes de mergulhar na escuridão, procurou sua irmã e, nesse momento, se sentiu quase em paz.

****

Quando acordou, demorou algum tempo para se lembrar de onde estava. Logo em seguida, desejou se esquecer de novo.

— … tiver a bebê aqui, o que vamos fazer?

— O Rochedo Oco vai nos manter em segurança — Helisent falou, baixinho. — Glorian tem razão. Com essa entrada tão pequena, pode ser possível.

— Não depois que os wyverns descobrirem onde fica — Julain respondeu. — Nossos combatentes estão famintos, fracos e quase desarmados. Metade deles nem sequer tem treinamento como soldado. E os outros estão esgotados pela batalha em Madenley. Você sabe disso tão bem quanto eu. — O medo era evidente em sua voz. — Nós deveríamos ter ido para Selverpit.

— Agora é tarde demais, Jules. Não adianta chorar sobre o leite derramado.

— Será que existe uma chance de escaparmos com ela enquanto ainda está escuro?

— Não acho seguro tentar. E se ela entrar em trabalho de parto?

Julain soltou um gemido baixo e estrangulado.

— De qualquer forma, a morte é certa. A não ser que os combatentes consigam manter nossas defesas.

Glorian sentiu uma cólica terrível. Fechando os olhos, ela aguardou, desejando que passasse logo. *Não agora*. Apertou os olhos com ainda mais força. *Ainda não, Sabran. Não é seguro.*

Como se a criança a tivesse escutado, seu ventre se acalmou. Ela se apoiou sobre um braço.

— O que está acontecendo?

Helisent e Julain tiveram um sobressalto.

— Lorde Ordan montou a linha de defesa — Julain falou, com o rosto ainda sujo de cinzas e a trança bagunçada pelo vento. — Não pense nisso agora, Glorian.

— Eu preciso. — Glorian se sentou, com a barriga pesando sobre o colo. — Que horas são?

— Agora já é noite fechada. Os wyverns não vão conseguir mais ver muita coisa por hoje — Helisent informou. — Mas as criaturas farejaram o rastro da fuga de Madenley até aqui. Devem chegar ainda antes de amanhecer.

— Quantas são?

Helisent engoliu em seco.

— Eu não sei.

— Pode me contar, Helisent.

— Centenas de criaturas participaram do ataque a Madenley. — Julain tinha a voz embargada. — Algumas testemunhas dizem que foram muitas mais, de acordo com Roland Glenn.

— Quantos combatentes temos?

— Meu pai estima uma força de mil homens, mais ou menos… isso se a Pedreira dos Pobres não responder ao pedido de socorro — Helisent contou. — Ele vai posicionar a maior parte diante da entrada, e o restante aqui dentro, para aniquilar as feras que conseguirem atravessar a linha de vanguarda.

Mil combatentes inysianos contra as crias do Monte Temível. Quando os wyrms tivessem a luz do dia a seu favor, suas forças precisariam recuar para dentro do Rochedo Oco, caso contrário seriam todos queimados vivos.

— Que o Santo esteja conosco — murmurou Glorian.

— Majestade. — Roland bateu na parede da caverna. Ao que parecia, o papel de exercer os cuidados com a realeza fora atribuído a ele. — Prometi a Kell Bourn que lhe daria de comer antes de sair para defender a entrada.

— Você pretende lutar, Roland?

— Sim, eu tenho alguma habilidade com a espada. Não tanto quanto meu irmão, infelizmente, porque nesse caso teria mais chance de sobreviver.

Ele a levou para a câmara vizinha. Glorian se movia a passos lentos e ofegantes, escutando os alaridos em meio à escuridão.

Havia uma mesa com um banquete que ela consideraria inviável em tempos de fome: carnes curadas, queijo, salmão fresco e um guisado quente de coelho com cogumelos e alho. Até pão ela encontrou sobre a mesa. Era mais comida do que vira desde Offsay, um santuário no litoral, onde havia abundância de peixes e vieiras.

— Imagino que os outros não estejam comendo tão bem — ela comentou.

Roland sacudiu a cabeça.

— A cada três dias, se tanto. Um grupo sai de tempos em tempos para abastecer nossos depósitos com castanhas, doninhas e lebres, comidas assim. As coisas estão piores mais ao norte, onde as nevascas são mais fortes. Ouvi dizer que o povo de Calthorn estava comendo carne humana quando a cidade caiu. — Ao ver a expressão no rosto dela, ele complementou: — Provavelmente é só um boato.

— As pessoas estão me culpando por isso?

— Elas sabem que você está providenciando nossa proteção. — Ele olhou para sua barriga. — A maioria das pessoas culpam umas às outras, acusando seus pecados. Ainda bem que Wulf está longe daqui, ou já teria levado a culpa a esta altura.

— Pois é — Glorian falou. Sabran deu um leve chute dentro de sua barriga. — Quantas grávidas estão nestas cavernas?

— Vinte, eu acho, segundo a última contagem.

— Alguma está na fase final, assim como eu?

— Vi algumas que pareciam prestes a explodir a qualquer momento. Perdão, Majestade — ele acrescentou, passando a mão nos cabelos. — Eu me esqueci das boas maneiras, depois de meses neste buraco.

— Eu gostaria de partilhar essa refeição com elas. Pode chamá-las aqui?

Roland a encarou com uma expressão curiosa.

— Nós não temos muita comida, e não podemos sair agora para providenciar mais.

— Pode trazê-las.

Ele demorou um pouco para encontrar as nove mulheres na escuridão das cavernas, em meio às dezesseis mil pessoas que agora superlotavam o Rochedo Oco. Uma delas estava tão barriguda que mal conseguia andar — talvez estivesse esperando gêmeos. Eram todas mais velhas que Glorian, uma delas inclusive com cabelos grisalhos.

— Majestade — elas disseram, em uníssono.

— Boa noite. — Glorian se forçou a sorrir. — Vocês estão todas esperando bebês, assim como eu. Meus conselheiros acreditam que eu preciso manter meu corpo bem nutrido. O mesmo vale para vocês. — Ela apontou para o banco do outro lado da mesa. — Por favor, comam comigo.

As mulheres ficaram em silêncio. Ela conseguia ver a fome em seus olhos opacos e seus rostos emaciados.

— Rainha Glorian, é muita generosidade sua, nos convidar para sua mesa — a mais velha falou, erguendo o queixo. — Mas, da minha parte, não vou tirar uma migalha que seja da comida destinada à herdeira.

A mulher com a barriga mais inchada lambeu os lábios e olhou para as demais.

— Nós também não, Majestade — falou, depois de uma breve hesitação, com a voz embargada de desespero.

Uma a uma, elas fizeram suas mesuras e deram as costas ao banquete, deixando Glorian sozinha. Ela sentiu uma pontada na barriga. Com as vistas embaçadas, dirigiu o olhar para o teto da caverna.

Era isso que você queria? Enquanto chorava pela primeira vez em semanas, ela dirigia suas palavras a Halgalant. *Era assim que queria que fosse seu reino?*

****

Ela dormiu com um dos braços sobre a barriga, encolhida ao seu redor. Uma mão em seu ombro a despertou.

— Glorian, a luta começou — Julain informou.

Ela demorou alguns instantes para registar aquelas palavras. Zonza de sono, Glorian se sentou.

— Eu quero me reunir com o Conselho da Regência. — Ela respirou fundo e segurou a barriga. — Só me deixe…

Quando se levantou, ela sentiu: um pequeno rompimento no interior de seu corpo, e então uma emissão incontrolável no meio das pernas. A água se acumulou aos seus pés. Ela ficou olhando para baixo, e então para Julain.

Bourn avisara que isso aconteceria. Assim que Sabran estivesse pronta, poderia acontecer.

— Ah. — Adela ficou pálida. — Ah, não…

— Vá chamar Mestrie Bourn agora mesmo. Avise a Lady Protetora — Helisent falou. — Depressa, Adela!

Adela saiu correndo. Helisent conduziu Glorian de volta para a cama, e Julain segurou seus ombros.

— Ao que parece minha batalha vai precisar ser aqui — Glorian falou, com os dentes cerrados. — Então que seja.

91
Leste

Dumai acordou no meio da noite, com a lamparina a óleo queimando baixinho e Nikeya ainda dormindo. Ainda em seus braços, sã e salva.

Havia muita coisa a descobrir. E devia remontar a séculos, quem sabe mais, essa intriga envolvendo a Rainha da Amoreira.

Quanto ao equilíbrio, aquilo era ainda mais antigo. Ela precisaria mergulhar fundo para entender todas as implicações e, mesmo assim, poderia passar a vida inteira sem descobrir tudo.

Porém, o que sentia por aquela mulher, que atravessara o fogo para voltar a abraçá-la — aquele era um bom ponto de partida. Dumai a puxou para mais perto, beijando-a bem de leve no ombro.

Enquanto pegava de novo no sono, sentiu seu corpo gelar. Ela fez um esforço para se manter naquele reino de estrelas e água corrente.

Eu sinto seu medo, sua dor. É diferente de tudo que já vi antes. Ela fechou os olhos. *Estou vendo você, irmã. Foi você mesma que encontrei na neve?*

Eu abri as portas do meu sonho para outra pessoa. A figura estava bem apagada, quase invisível. *Irmã, fique comigo. Preciso da sua força.*

— Dumai.

Unora estava na entrada da barraca, com uma expressão de choque no rosto. Quando Dumai se sentou, tomando o cuidado de não acordar Nikeya, suas feições se atenuaram, em uma demonstração de entendimento silencioso.

— Você já sabia — Dumai comentou.

— Eu sempre soube. — Unora tinha uma vela na mão. — Me desculpe, minha pipa, mas chegou uma pessoa ao acampamento.

— Quem?

— Epabo. Ele encontrou você de novo. — Ela parecia aflita. — E acha que sua irmã pode estar em perigo.

92

Sul

Ninuru corria na direção da cidade, levantando poeira sob as patas. Tunuva se agarrava a sua pelagem com uma das mãos e à sela com a outra, conforme as duas seguiam Jeda. Siyu se segurava em sua cintura. Outros ichneumons vinham logo atrás, cada um levando uma guerreira, em um tropel que passava junto ao Lago Jodigo.

A oeste, os wyverns voavam em bando. Uma nuvem preta à distância demarcava o local onde ficava a pira em que se transformara Jotenya. Não havia nem sinal de Dedalugun.

Mais adiante, Esbar seguia diretamente para as Espadas dos Deuses.

Durante semanas, Kediko se recusara a fortificar Nzene. Só quando o embaixador da Lássia em Carmentum chegou à corte, meses depois do primeiro aviso de Tunuva sobre a ameaça, ele enfim se convenceu de que precisava agir. Muralhas foram construídas, bloqueando as passagens estreitas entre as montanhas. Diante de cada uma, havia um fosso cheio de estacas afiadas e material inflamável; mais atrás, fileiras de torres para abrigar arqueiros.

Pelo visto, Kediko sabia ser bastante engenhoso quando queria.

Milhares de sobreviventes, abalados e feridos, esperavam para entrar pela única muralha com um portão, junto ao Monte Dinduru, a maior e mais sagrada elevação das Espadas dos Deuses. Em qualquer outra época, teriam ficado perplexos diante de tantos ichneumons. Dessa vez, apenas abriram caminho sem reclamar.

— Informem seus nomes, e o que vieram fazer em Nzene — uma oficial gritou do alto de uma torre.

— Esbar uq-Ispad — ela gritou em resposta. — Trouxe guerreiras para o Alto Governante, a pedido dele.

Gashan devia ter informado seu nome para a oficial. Com um aceno de cabeça, ela fez um sinal para os guardas no nível do chão, que abriram caminho para os ichneumons. Tunuva entrou com Ninuru.

Nzene se preparava para a guerra. Um calor forte emanava das forjas. Guerreiros montados empunhavam lanças e escudos, adornados com a romã que simbolizava a Casa de Onjenyu. Algumas pessoas fugiam para as cavernas nas montanhas, ou montavam barricadas em suas casas, a maioria de pedras e telhas. Os moradores estavam bem mais preparados para lutar pela cidade, usando todas as armas que tivessem à mão: foices, martelos, forcados. Alguns haviam astutamente coberto a pele de argila, para se proteger do fogo.

Esbar as conduziu até o palácio. Gashan Janudin as esperava com os braços cruzados, ao lado de sua ichneumon mascarada. Barsega viera na frente para reencontrar sua irmãzinha.

— Prioresa — disse Gashan.

— Tesoureira Real. — Esbar parou diante dela, assumindo uma postura semelhante. — Você mandou nos chamar.

— O Alto Governante da Lássia mandou.

Esbar apontou com a cabeça para a ichneumon dela.

— Barsega já conseguiu encontrá-la, pelo que estou vendo.

— Ela sempre foi mais veloz que a sua Jeda.

— Mas bem inferior em termos de rosnados ameaçadores — Esbar falou, acariciando Jeda de leve. Jeda rosnou.

Gashan encarou sua antiga rival, e seus lábios se curvaram em um sorriso. Ela usava um manto branco de iniciada sobre a armadura.

— Esbar, sei que nós nunca fomos exatamente amigas — ela disse —, mas peço que fique ao meu lado agora, para defender o Domínio da Lássia, como a Mãe fez em seu tempo.

— Para isso, estou disposta a esquecer o passado — Esbar respondeu, segurando o braço de Gashan, que retribuiu o gesto. — Diga o que está acontecendo, irmã.

Gashan a chamou com um gesto. Deixando as irmãs e os ichneumons no Pátio Interno, Esbar e Tunuva a acompanharam.

— Dedalugun vai chegar em breve — ela informou. — Eu fiz o que pude, mas Jotenya estava exposta demais, estando na região da fronteira... quando a muralha caiu, a batalha estava perdida. As Espadas dos Deuses proporcionam mais proteção. — Elas contornaram uma parede. — Muita gente se arriscou pela estrada do cobre, tentando chegar aos Espigões a tempo, mas ouvi dizer que existem wyrms por lá também.

— Existem mesmo — Tunuva confirmou.

— Os que sobraram estão todos presos aqui, pelas ruas... umas duzentas mil pessoas.

— O Alto Governante falou muito bem de seu exército da última vez que conversamos. Quantos soldados há?

— Quatro mil e quinhentos. Os demais estão lutando por toda a Lássia.

— Isso significa que não sabem se estão vivos ou mortos. Provavelmente já morreram — Esbar acrescentou, contorcendo os lábios. — Você é capaz de me garantir que o Alto Governante aprova nossa presença?

— Sua Majestade se lembrou da importância do vínculo ancestral entre sua linhagem e o Priorado.

— Só foi preciso o fim do mundo para isso — Esbar resmungou, baixinho. — Nos leve até ele, se puder, Gashan. Quero ouvir essa revelação de sua própria boca.

— Eu mesma tenho uma revelação para vocês primeiro. — Gashan as encarou. — E que pode pôr um fim a tudo isso.

— O que é?

— Eu vasculhei a biblioteca em busca de alguma informação que pudesse nos ajudar. Encontrei uma tabuleta antiga nos arquivos reais. Acredito que venha do outro lado do Eria, trazida por Suttu, a Sonhadora. — Ela mostrou o artefato para as duas. — Demorei um bom tempo para interpretar a inscrição... algumas partes estão apagadas, como podem ver. Mas fala de um cometa, que já passou por este mundo antes.

A tabuleta era redonda, feita de argila. Esbar sacudiu a cabeça.

— Como um cometa pode ajudar em alguma coisa?

— Está previsto para chegar em breve... a qualquer momento, inclusive. Considerando o contexto, o momento de sua passagem certamente tem relevância.

— Esse tipo de coisa sempre foi a sua especialidade.

— Espere um pouco — murmurou Tunuva. A pedra estava ficando mais fria. — Ez, Canthe falou sobre um cometa. Disse que era a fonte da outra força, a sterren. A magia que enfraqueceu meu fogo em Carmentum. E se fizer o mesmo com as feras do Monte Temível?

Gashan ergueu uma sobrancelha.

— Quem é Canthe?

— Não se preocupe com isso — Esbar falou, assentindo para Tunuva. — Gashan, você comunicou isso para Kediko?

— Não. — Gashan guardou a tabuleta. — Ele acredita demais na relevância dos corpos celestiais. Fiquei com receio de que poderia não tomar as medidas necessárias para proteger Nzene se achasse que a resposta viria do céu.

— Então você reconhece os defeitos dele.

— Agora não é o momento para isso, Esbar — Gashan se limitou a dizer, seguindo em frente. — Que história é essa de outra força?

— Agora não é o momento para isso, Gashan. Se o cometa vier, que seja. Caso contrário, vamos precisar lutar pela nossa sobrevivência.

Kediko Onjenyu estava vestido para a batalha, mas confortavelmente sentado diante de um cálice e uma tigela de frutas. Ao ver a expressão de Esbar, abriu seu sorriso habitual, mas Tunuva notou o efeito que dois anos de caos tiveram sobre ele. Sua coroa de guerra não era capaz de esconder os cabelos brancos.

— Nos deixem a sós — ele disse a suas serventes, que se retiraram. — Esbar. Ouvi dizer que agora é a Prioresa. Parabéns pela promoção.

— Parabéns pela sobrevivência, Alto Governante. Para nós, foi uma honra passar os últimos dois anos mantendo os wyrms longe do seu belo palácio — Esbar falou, com um sorriso tenso. Kediko abriu ainda mais o dele. — Por requisição sua, trouxe minhas filhas a Nzene, para lutar pela Casa de Onjenyu. Mas, antes de empunharmos nossas lâminas, gostaria de assegurar que o senhor não entende nossa intervenção como uma invasão. Soube que nossa presença lhe causou apreensão em tempos recentes.

— Se foi essa a impressão que transmiti para Tunuva, eu peço desculpas. Vocês são bem-vindas aqui. Afinal, somos todos humanos, nascidos de flores, unidos sob a sombra do Monte Temível. — Kediko tamborilou no trono. — Entendo isso como uma oportunidade para o Priorado provar sua capacidade.

— Acredito que já provamos nossa capacidade, em várias de suas cidades — Esbar respondeu, com um sorriso que estava se tornando perigoso. — Nós expulsamos Dedalugun de Jrhanyam.

— Expulsá-lo é uma coisa. Matá-lo comprovaria de uma vez por todas que minhas dúvidas não tinham fundamento. Se não são capazes de matar um wyrm, que vantagem tem o Priorado em relação a um exército convencional?

— O senhor vai se juntar a nós? — Esbar questionou, ainda com o mesmo sorriso. — Ouvi dizer que foi um combatente em sua juventude.

— Eu faria isso de bom grado — Kediko respondeu. — Mas detestaria interferir com o seu dever para com a Mãe. Afinal, vocês esperaram a vida inteira para me proteger de algo assim. — Ele se recostou no trono. — Desejo a vocês uma boa sorte, Esbar.

Antes que Esbar o matasse, Gashan a levou para fora.

— Eu juro pela Mãe — Esbar resmungou —, vou dar uma lição nesse tolo sorridente nem que tenha que matar Dedalugun com as próprias mãos, arrancando cada escama com os dentes. Deveria deixá-lo queimar.

— É isso o que ele quer, Esbar. — Gashan a conduziu escada acima. — Quer desafiá-la a matar Dedalugun.

— Eu detestaria decepcioná-lo.

No terraço, elas observaram Nzene do alto — e o céu, que ostentava o sol apagado e manchado. Tunuva estendeu a mão para Esbar, que se virou para ela, em uma troca de olhares que remetia a uma vida inteira de palavras.

Dedalugun cairia. Caso contrário, elas morreriam juntas, sob o sol da Lássia, fazendo aquilo que nasceram para fazer.

93
Oeste

No Pântano de Cenning, os soldados lutavam sob o fogo cerrado dos wyrms. Nas profundezas do Rochedo Oco, milhares de sobreviventes ouviam o duelo, cientes de que, quando o rumor da batalha cessasse, quem perderia a vida a seguir seriam eles.

Fechada em seu aposento, a Rainha de Inys estava em trabalho de parto — seu corpo vinha se abrindo pouco a pouco havia horas. Sua avó rezava ao seu lado. Bourn aguardava na outra ponta do estrado, enquanto suas damas circulavam ao redor. E ninguém mais. O nascimento de uma Berethnet era sagrado, só poderia ser testemunhado por poucos olhos.

As velas derretiam até se tornarem tocos. Do outro lado das paredes espessas do Rochedo Oco, metade dos nobres estava na charneca, junto com soldados e cavaleiros, resistindo aos ataques das criaturas. Em um ponto tão profundo da caverna, Glorian não conseguia escutar nada.

— A batalha — falou, ofegante. — Me digam o que está acontecendo.

— Não pense nisso — Florell lhe disse. — Você deve se concentrar só no que está acontecendo aqui, Glorian.

— Eu quero… — Ela foi acometida por mais um acesso de dor. Quando ele passou, respirou fundo. — Quantos deles vieram?

— Querida, por favor.

— Eu tenho quase dezoito anos — Glorian insistiu. — Helisent, pergunte para o seu pai.

Na contração seguinte, tudo desapareceu de sua mente. Depois de uma eternidade, Bourn fez um aceno de cabeça para Marian.

— Majestade, a abertura já é suficiente — Mestrie Bourn informou. — Quando se sentir pronta, pode começar a fazer força. — Glorian se apoiou sobre os cotovelos. — Como não dispomos de um banquinho de parto, peço que se ajoelhe para esta parte do processo.

— Está querendo que ela tenha a criança de joelhos? — Florell questionou, perplexa. — Esta é a Rainha de Inys.

— A dor dela está concentrada nas costas, milady — Bourn falou, com certa irritação. — Ficar deitada não vai ajudar. Uma posição elevada é muito mais…

— Não, Mestrie Bourn — Marian interrompeu. — Isso não seria apropriado para uma rainha. Eu dei à luz uma criança saudável estando deitada. A Donzela também.

A Donzela morreu, Glorian tentou gritar, mas a dor lhe roubou as palavras. Seu corpo se movia por vontade própria.

Ela fechou os olhos, tentando em vão se desvencilhar de sua carne tensionada. Imaginou as luzes do céu, os tons tranquilizantes de azul e de verde. Sua mãe depois do atentado, sendo gentil pela primeira vez em anos. Seu pai sentado ao seu lado, com o reflexo do sol nas águas da floresta real.

Essa é a parte mais difícil. Saber que seu corpo é a encarnação de um reino, ele dissera. *Que a vigilância do reino depende dos seus olhos; a força, do seu estômago; a guarda, do seu coração; e o futuro, da sua carne.*

Um tumulto repentino a despertou de suas lembranças.

— O que foi? — ela perguntou. Julain enxugou sua testa. — Quem está aí?

— O Príncipe Guma — Julain respondeu, engolindo em seco.

— Mande-o embora — Marian falou, com o rosto contorcido de raiva. — Sir Bramel, mantenha-o fora daqui.

Glorian viu o rosto dele, o brilho naqueles olhos castanhos, antes que seus guardas o retirassem. Ela segurou a barriga entre os braços.

Não vou deixar que ele chegue perto de você.

Houve uma queimação intensa no meio de suas pernas, mais intensa do que antes. Ela agarrou as mãos de suas damas com força capaz de quebrá-las, com um grito escapando da garganta. Pensou em rezar, em sonhar, mas não conseguia fazer nada. Em meio à névoa da contração seguinte, pensou em Numun de Carmentum — que àquela altura já havia sido reduzido a cinzas, junto com sua república. Não fazia sentido invejá-la.

Mas Numun nunca precisara ter suas entranhas rasgadas.

Maldito seja. Ela ouviu um urro baixo, que vinha de sua própria boca. *Maldito seja você, Galian Berethnet. Por que não precisou sofrer, mas todas as suas descendentes, sim?*

Quando a contração terminou, seu corpo amoleceu, e ela sentiu as pálpebras pesadas.

— Glorian, não desista — incentivou Julain.

Por que tem que ser assim?

Glorian afundou a cabeça no travesseiro. Estava cansada, exausta. Imaginou Fýredel diante dela, esperando para devorar viva sua filha.

****

O Ventre de Fogo lançara suas criaturas sobre Inys. Wulfert Glenn foi capaz de ver isso à distância, com os olhos lacrimejando por causa do vento e da fumaça. Levara semanas para chegar, mas enfim estava lá, no Pântano de Cenning.

Sua montaria galopava na direção do Rochedo Oco, onde Riksard dissera que seu pai estava escondido. Os wyverns e suas feras encontraram o local primeiro. O sangue e a imundície transformaram o chão em um lamaçal gosmento, e o fogo rugia por toda a charneca, tingindo a noite de vermelho. As chamas iluminavam a face irregular da rocha.

Ele cavalgou aonde a luta estava mais renhida, envergando sua cota de malha.

— Permaneçam em formação — uma voz gritou à sua direita.

Wulf deteve o cavalo. Ele conhecia aquela voz. No momento em que pensou ter visto Roland, o fogo se espalhou pela relva, com chamas do tamanho dos gigantes do folclore nortenho. Ele protegeu o rosto.

Gritos de dor e de medo se elevavam. Três wyverns iluminavam a charneca com seu fogo, tornando mais fácil localizar as presas. Para onde Wulf se virasse, só via o caos: cavalos empinando e relinchando, cadáveres e mais cadáveres, pesadelos ambulantes.

— Wulf!

Ele tossiu até quase pôr os bofes para fora, e sua boca se encheu de cinzas. Retirando o tecido molhado da frente do rosto, sacou a lança de Tunuva e a desdobrou do jeito que ela lhe ensinara. Assim que as articulações se abriram e se firmaram no lugar, ele olhou ao redor, à procura da fonte daquela voz, e viu seu irmão, imundo e ensanguentado, combatendo as feras de cima da sela.

— Rollo! — ele gritou em meio ao ruído, e nesse momento algo o acertou, derrubando-o na lama espessa.

O impacto da pancada o deixou sem fôlego. Quando se virou de lado, viu uma criatura monstruosa, parecida com um boi, que cravou os chifres em seu cavalo e então veio em sua direção, faiscando pelas ventas. Wulf se desvencilhou da lama e da gosma no momento em que sentiu aqueles dentes se cravarem em seu ombro. Com um grito de agonia, pegou sua lança, segurou a fera pela porção que ainda tinha de animal e enfiou a ponta da arma no céu de sua boca.

— Wulf!

Coberto de lama, Wulf recuperou a lança e foi se arrastando pela sujeira, tentando voltar a ficar de pé. Seu ombro queimava.

— Thrit... — O calor da batalha engoliu suas palavras. — Thrit!

Ele foi passando por entre os soldados, se esquivando de um lindwyrm. Um wyvern deu um rasante. Wulf rolou no chão e, quando se deu conta, tinha dado um encontrão em Thrit.

— Caralho, Wulf, de onde foi que você veio? — ele gritou através do pano molhado no rosto. — Quanto tempo ficou lá?

— Da Lássia. Não fiquei muito. — Wulf o soltou para pegar o escudo de um cavaleiro morto e posicioná-lo no braço. Os dois ficaram de costas um para o outro. — Imagino que estejamos defendendo o Rochedo Oco.

— Ao que parece. — Thrit limpou o suor da testa. — A Rainha Glorian está lá. Segundo disseram, em trabalho de parto.

Wulf olhou na direção da formação rochosa.

— O que ela está fazendo ali?

— Foi uma infeliz coincidência.

— Eu deveria ir lá para dentro, para ajudar a protegê-la...

— Ah, sim, claro, entre lá e mostre para o Príncipe Guma a cara do homem que o fez de corno — Thrit esbravejou. — Não seja ridículo, Wulf. A batalha dela é lá dentro. — Ele posicionou duas flechas no arco. — A sua é aqui fora.

Wulf assentiu, erguendo a lança.

94
Leste

Na primeira vez que Dumai vira Epabo — o misterioso aliado de seu pai —, ele estava cuspindo sangue na neve do Monte Ipyeda. Agora estava ainda mais fraco, cuspindo fuligem em um lenço.

Seu braço esquerdo havia sido mastigado até o cotovelo. Os curandeiros do acampamento mais ao sul fizeram tudo que podiam, limpando o que restara e cauterizando a lesão, mas Epabo caminhara por um bom tempo com aquele ferimento. Ainda que não tivesse sangrado tanto, o membro já estava apodrecido.

Ele foi carregado pela floresta em um couro esticado. Agora estava deitado em uma pequena barraca, moribundo. Dumai o acordou de um sono leve e agitado.

— Está me ouvindo, Epabo?

Epabo conseguiu assentir de leve.

— Princesa Dumai. — A mão remanescente estava coberta por uma luva de tecido grosso. — Só peço que não chegue mais perto. A doença vermelha pode estar em mim.

— O que aconteceu?

— Uma criatura no caminho, durante a noite. Só a vi quando seus dentes de ferro estavam cravados em mim.

Dumai olhou para sua mãe, que sabia o quanto um corpo humano era capaz de suportar. De forma discreta, Unora balançou a cabeça negativamente.

— Essas feras estão à solta por todas as províncias. Seiiki está em chamas — Dumai falou. — Por que se arriscar a sair da Bacia de Rayonti?

— Eu precisava vê-la. Para falar sobre o que o Senhor dos Rios fez.

Ela se ajoelhou no local onde estava, sentindo o estômago se revirar de inquietação.

— Quando você foi ao templo, mudou o rumo da minha vida — ela disse. — Me diga. A maré está virando de novo?

— Receio que sim. Ao que parece, sua história acabará da mesma forma que começou.

— Você me encontrou seguindo a Dama Nikeya?

— Eu sempre a vigiei de perto, mas, quando ela deixou o palácio, não vi necessidade de segui-la. Não desta vez. — Ele fez uma careta de dor. — Não sei quanto tempo tenho para explicar. A senhora precisa convocar Furtia Tempestuosa.

— Suzu está precisando de ajuda?

— Sim.

Dumai assentiu, fechando os olhos. A pedra estava em seu pescoço, fortalecendo o vínculo.

Grandiosa, preciso de sua ajuda. Pode vir em meu socorro?

O fogo está forte, filha da terra.

Acho que está ascendendo o bastante para ameaçar a posição de minha irmã na corte. Dumai se concentrou. *Se estiver perto de mim, por favor, venha.*

Estou a caminho.

Epabo lambeu os lábios rachados. O suor brilhava em suas clavículas e escorria por seu rosto. Unora saiu da barraca e voltou com um copo de água fresca, que deixou ao alcance dele.

— O Senhor dos Rios sempre negligenciou as províncias — Epabo explicou —, mas sua incapacidade de defender o povo deixou a nobreza confusa e incomodada, inclusive os outros membros do Clã Kuposa. Até mesmo as cidades ficaram entregues ao fogo. Só a senhora nos protegeu, Rainha Dumai. Depois que a Dama Nikeya se foi, decidi não a seguir. Em vez disso fiquei no palácio para proteger a Imperatriz Suzumai. Uma noite, o Senhor dos Rios saiu a cavalo, deixando a corte em polvorosa. Imaginei que ele estivesse à procura da filha fugitiva. Quando voltou, ele estava… diferente, mais calado. Ele se recusou a receber o Conselho de Estado e se isolou no Pavilhão da Água. Sem tomar nenhuma atitude para impedir que nossa ilha queimasse. Quando por fim reapareceu, o Senhor dos Rios anunciou que encontrou uma forma de acabar com nosso sofrimento. Falou que encontrou um precedente em uma antiga história do Oeste… a história do Inominado.

Dumai olhou para a mãe.

— Eu deixei o pergaminho lá, com seu pai — Unora sussurrou. — Devia estar no Pavilhão da Água.

Epabo assentiu.

— Na história — ele continuou —, um enorme wyrm vermelho apareceu na cidade de Yikala, em uma terra chamada Lássia. Seu governante, Selinu, encontrou uma forma de apaziguar a criatura. Primeiro, sacrificou os rebanhos a suas garras; depois, o povo, fazendo um sorteio diário para decidir quem morreria. Um dia, a sorteada foi sua própria filha, uma princesa.

— Nossos rebanhos já foram dizimados — Dumai falou, com a voz embargada. — Epabo, onde está o Senhor dos Rios?

— Taugran fez de Muysima seu covil. A cidade mais próxima é Uramyesi, que ainda abriga milhares de sobreviventes. O Senhor dos

Rios declarou que iria para lá, para fazer um trato com a fera e salvar o que resta de Seiiki. E avisou que levaria também a Imperatriz Suzumai.

Dumai engoliu em seco.

— Assim que fiquei sabendo, procurei o Cavalheiro Tajorin, através de seus amigos na corte. Eles estão assessorando aqueles que estão vindo para o seu lado. Mandei uma mensagem para sua avó, para alertar sobre o perigo — ele contou —, e então segui a trilha de rumores por Seiiki, rumo norte até a Floresta de Mayupora.

— Qual é seu temor?

Unora abraçou o próprio corpo. O tecido que usava sobre o rosto escondia sua expressão, mas seus olhos eram suficientes para denunciar seu medo.

— Por que ele levaria a jovem imperatriz a Muysima, sabendo que Taugran está lá? — Epabo questionou. — Acredito que sua intenção é se livrar dela, sob o pretexto de salvar Seiiki. Ele vai oferecê-la à fera, assim como o Alto Governante da Lássia fez com a própria filha.

— Suzumai está sob a guarda dele. Por que fazer mal a ela?

— Para consolidar uma Casa de Kuposa.

A voz que se ouviu em seguida fez todos se virarem. Nikeya estava na entrada da barraca, com um casaco de caça sobre os ombros.

— Desculpe interromper — disse. — Olá, Epabo. Vejo que já teve dias melhores.

— Assim como a senhora, Dama de Muitas Faces. — Epabo conseguiu abrir um sorriso. — Fico contente em ver que estamos ambos do mesmo lado.

Nikeya assentiu com a cabeça.

— Todos sabemos o quanto meu pai mudou — ela falou. — Sua sede de poder só aumentou em meio ao caos. Esse fogo o fez acreditar que o Clã Kuposa deve aproveitar sua chance de tomar o trono, enquanto os deuses estão fracos. Sou capaz de imaginar que ele execute um nobre sacrifício dos Noziken.

— Epabo, obrigada por tudo — Dumai falou. — Vou levar os deuses para acabarem com essa loucura.

Ela saiu da barraca para a noite congelante, a fim de buscar as coisas de que precisaria.

— Dumai. — Unora a alcançou, com Nikeya logo atrás. — Você não deveria ir. Pode ser uma armadilha, uma forma de atraí-la para campo aberto…

— Eu não posso deixar Suzu à mercê dele — Dumai respondeu, com firmeza. — Furtia e eu vamos tirá-la de lá.

— Taugran é muito mais poderoso que Furtia — protestou Nikeya. — Você sabe disso, Dumai.

— Não por muito tempo. Estou pressentindo a chegada da estrela.

Era verdade. Sua percepção estava afinadíssima, como uma corda esticada no braço de um alaúde, vibrando na frequência de algo que parecia se aproximar mais a cada hora.

— Nikeya — Unora falou, baixinho, colocando a mão em seu ombro. — Pode nos dar licença um minuto e ficar de olho em Epabo?

— Claro.

Nikeya lançou um olhar preocupado para Dumai e voltou para a barraca. Unora pôs a mão no rosto da filha.

— Não vá para Muysima.

— Eu preciso…

— Eu fiz um pedido, Dumai. Quando tinha vinte anos. — A voz dela ficou tensa. — Pedi a concessão de um desejo a Pajati, o Branco.

Dumai se limitou a encará-la.

— Pedi por uma forma de chegar até a corte, para poder salvar meu pai. Sipwo teve um sonho comigo nessa noite. — A voz de Unora era pouco mais que um sussurro. — Pajati é um dragão ancião, nascido das próprias estrelas, e não do mar. Sua luz ainda estava dentro de mim quando você foi concebida.

— Como você sabe?

— Ele me disse que duraria uma volta do sol. — Ela levou uma das mãos à parte inferior da barriga. — Acho que isso despertou os antigos dons de sua linhagem, nas águas do meu ventre.

— Você poderia ser executada. Era proibido.

— Uma lâmina teria sido melhor que morrer de sede, ou definhando por causa de uma doença. Eu não tinha nada a perder, mas agora tenho. — Unora segurou seu rosto. — Muysima é onde meu pai faleceu. Existe uma maldição naquela ilha. Por favor, minha pipa… fique aqui, onde é seguro.

Unora não era mais a mulher durona que sobrevivera a uma montanha hostil. Bastava uma menção àquela ilha e ela se transformava na garota condenada de uma província seca, sozinha no mundo.

Dumai arregaçou a manga da roupa.

— Você precisa ficar aqui. As pessoas deste acampamento precisam de uma líder em quem confiem. — Ela levou a mão ao fio esfarrapado em seu pulso e o removeu. — Kanifa me deu isso, antes de eu ir para a corte. É da nossa corda. Guarde para mim, como se fosse a ponta de um barbante. Fique com isso para saber que ainda sou sua pipa.

Unora segurou o pedaço de corda entre as mãos.

— Eu jamais poderia me arrepender desse desejo — ela disse por fim. — Se não tivesse procurado o grande Pajati, meus ossos estariam em meio às areias de Afa, e eu nunca teria tido você. — Dumai pressionou sua testa à da mãe. — Vou deixar que você siga seu caminho, como sua avó me ensinou. E vou segurar esta linha até você voltar para mim.

— Assim que eu puder — Dumai murmurou. — Não importa quanto tempo demore, eu vou voltar.

****

Dumai se preparava dentro da barraca. Ela trançou um arco-íris em seus cabelos escuros, com fios de linha de todas as cores que usava quando seu pai o levara a Antuma. Depois de pôr a armadura, apanhou suas foices de gelo e as prendeu na cintura.

— Quando partimos?

Ela se virou. Nikeya já estava vestida para subir à sela, enfiada em peles grossas, de sobrancelhas erguidas.

— Você precisa ficar aqui — Dumai lhe disse. — Minha mãe vai precisar de ajuda.

— Você também.

— Nikeya, se acontecer alguma coisa comigo, você vai ser a única capaz de se opor ao Senhor dos Rios, ou de derrotá-lo. Você conhece as verdadeiras motivações dele. Então precisa continuar sendo a Dama de Muitas Faces.

— Ela está morta, Dumai. — Nikeya a encarou com firmeza. — Eu falei para ele que amava você. Escolhi o meu lado.

Dumai sacudiu a cabeça, dividida entre a frustração e a ternura.

— Você pode fingir que estava mentindo — ela falou, mesmo depois de ver que Nikeya vinha em sua direção. — Diga que estava tentando descobrir onde eu estava para ele, ou tentando me seduzir de uma vez por todas… qualquer coisa. Você precisa conseguir voltar a frequentar os círculos dele. Preciso que você mantenha essa porta aberta.

— Ainda sou a única filha dele, seu legado dentro de nosso clã. Poderia convencê-lo a parar com tudo isso sem violência. — Antes que Dumai pudesse argumentar, Nikeya complementou: — Muysima é um lugar que fervilha de fontes termais. Enquanto os deuses dormiam, a ilha se tornou inquieta. Os primeiros Kuposa usavam seu calor e suas águas para a metalurgia. Em tempos mais recentes, meu pai mandava todos os exilados para lá, para trabalhar na mineração.

— Por quê?

— Para encontrar formas de reavivar nosso fogo.

— Você disse que esse dom veio de uma amoreira.

— Deve haver alguma outra forma de recuperá-lo, em algum lugar deste mundo. A mulher que vimos no Norte, na geleira… ela conseguia fazer fogo com as mãos — Nikeya lembrou. — Mas meu pai se perdeu em meio a essa busca. Eu posso ajudá-lo a recuperar a razão.

Se ainda havia alguma resistência em Dumai, desapareceu quando Nikeya a abraçou pelo pescoço, com a determinação estampada nos olhos.

— Nosso plano depende de Suzu. Ela é o nosso futuro. Eu quero ajudar — falou. — Sei que uma parte de você ainda vive na montanha, onde o risco era sempre todo seu, mas estamos casadas agora, Dumai. Mesmo sendo um segredo só entre nós, precisamos enfrentar todas as nossas batalhas juntas. E vamos começar salvando a menina que vai ser nossa herdeira.

Estou quase chegando, Furtia avisou, fazendo Dumai estremecer. *A estrela iluminará o céu em breve, e o céu noturno extinguirá o fogo.*

— Uma parceria de verdade. — Nikeya a beijou bem de leve. — Lembra?

Dumai segurou a mão pousada sobre seu peito, derrotada.

— Furtia chegou. — Ela respirou fundo. — Está pronta para voar?

— Sim.

— Então venha comigo.

95
Oeste

Glorian estava deitada em seu estrado, respirando lenta e profundamente. Era possível ouvir os ecos e as vozes das outras cavernas, e os murmúrios logo do outro lado da cortina. Ao ouvir um grito de tristeza, ela soube que um corpo fora resgatado do Pântano de Cenning. Julain segurou sua mão e rezou por sua salvação.

Ainda não havia sinal da criança.

Depois de algumas horas de seu trabalho de parto, centenas de combatentes chegaram da Pedreira dos Pobres, em resposta ao chamado de Lorde Ordan. Essa fora a última notícia que ela recebeu. Ninguém queria lhe dizer mais nada sobre a batalha.

— Helly, que horas são? — Glorian murmurou.

Helisent lhe deu um beijo na testa.

— Vou tentar descobrir.

Ela saiu, passando por Mestrie Bourn e Marian, que estava abatida. Julain e Adela haviam sido mandadas buscar água fervida e panos limpos. Glorian quase pegou no sono de novo, ainda sentindo o cheiro terroso do nascimento não concluído.

Bourn explicara que seu trabalho de parto fora interrompido. Ela precisava se sentir calma e segura, mas sabia que não havia segurança ali, e que seu corpo se travara diante dessa verdade implacável, se recusando a liberar Sabran. Como ela poderia trazer uma criança a um mundo em chamas?

Sinto muito. Suas pernas tremeram de leve. *Não tenho como ajudar você…*

Quando Helisent voltou, ela disse:

— Está quase amanhecendo, Glorian. Feliz aniversário.

Glorian abriu os olhos. À meia-noite daquela madrugada, fizera dezoito anos, e sua minoridade chegara ao fim.

Agora ela era de fato a Rainha de Inys.

— Você se lembra de seu aniversário de catorze anos? — Helisent murmurou. — Passamos o dia todo ao sol, correndo entre as flores selvagens. — Glorian sorriu. — Nadamos no lago e comemos ali mesmo na margem… bolos de mel e pães de gengibre, e maçãs tão frescas que dava para cortá-las como neve.

— Eu me lembro. — Uma lágrima escorreu sobre os cabelos dela. — Eu gostaria de volta a essa época, Helly.

— Nós vamos, Glorian. Eu prometo.

— Lady Protetora, eles estão superando nossas forças — Sir Bramel gritou de uma caverna mais adiante. — Muita gente morreu na charneca. Até mesmo com as espadas da Pedreira dos Pobres…

— Vá lutar com eles agora mesmo, Sir Bramel. Leve todos os guardas — Marian ordenou. — Faça o que for preciso.

Eles estavam se aproximando, e Glorian estava indefesa, presa em uma escuridão sufocante, assim como sua filha. Inys teria mais uma espada se ela estivesse livre para lutar.

— Rainha Glorian — disse Bourne, se colocando ao seu lado. — Majestade, preciso que faça força mais uma vez. A princesa pode estar demorando para chegar, mas está quase aqui.

Julain entrou correndo no recinto, com o avental sujo de sangue, e pôs no chão um jarro de água fervida.

— Eles estão logo aí na entrada — uma voz gritou. — Oh, Santo, nos salve…

— Sir Bramel vai expulsá-los — Marian gritou para o guarda. — Vá ajudá-lo agora mesmo. Sua rainha está dando à luz.

Glorian segurou a barriga com as duas mãos. *Agora eu entendo*, ela falou. *Agora entendo, papai. Todos os que geram vida são guerreiros.*

Ela sentiu uma fúria repentina e desesperada. Seu coração batia acelerado não apenas de medo, mas também por causa de uma frustração avassaladora. Se fizesse aquilo, seu tributo a Inys estaria pago. Seu corpo enfim seria seu, de um jeito que nunca tinha sido. Ela se moveu do estrado para o chão, para a vida.

— Glorian, o que está fazendo? — Florell perguntou quando ela ficou de joelhos, com as mãos apoiadas no chão.

— Sou a Rainha de Inys — Glorian grunhiu. — Até mesmo eu preciso me ajoelhar diante do Santo. — Ela estendeu a mão para trás, ofegante. — Me segure, Helisent. Florell, me ajude.

Uma guerreira é dona do próprio corpo, ela dissera a seu pai certa vez. *E o meu pertence a Inys.* Ela precisava se apossar de seu próprio corpo naquele momento — por Sabran, e por Inys.

Helisent e Florell se posicionaram cada uma de um lado. Ela apoiou os braços ao redor dos ombros das duas, que a seguraram pela cintura, mantendo-a equilibrada, enquanto Bourn se agachou à sua frente, com um manto a postos. Glorian respirou bem fundo, então usou todas as suas forças. A criança desceu.

O único dever que ela jamais poderia se recusar a cumprir. Aquele havia sido seu único propósito desde o berço — gerar vida, embora ela própria estivesse viva. Doar mais do que apenas si mesma, porque apenas ela não bastava. Glorian viu essa verdade cruel naquele momento. O ciclo violento e ininterrupto da monarquia.

Um dia, vai se sentar diante da sua filha e dizer que ela precisa se casar em nome do reino, sua mãe lhe dizia em sua memória, *e vai se lembrar desta conversa.*

Um grito rasgou sua garganta, quente como fogo de wyrm, como o lugar onde a cabeça de Sabran despontou. Ela acessou as últimas energias de que dispunha e as empenhou naquela tarefa feita às cegas, e então a criança saiu, e seu papel estava feito. Só o que Glorian viu diante dos olhos foi um borrão roxo antes que Bourn embrulhasse a criança e ela mesma se curvasse, arfando. Helisent e Florell a abraçaram e beijaram, tremendo tanto que a própria Glorian estremeceu também.

Por fim, veio o choro.

— Ela chegou — Marian gritou, com a voz rouca de alívio. — A Princesa Sabran chegou!

Outras vozes repetiram a notícia. Glorian desabou sobre Helisent. Suas coxas e suas panturrilhas estavam cobertas de vermelho.

Pronto, Numun, pensou. *Aqui está o sangue sagrado do Santo, que você nunca precisou verter.* As lágrimas se misturaram ao suor de seu rosto. *Você estava certa, mas está morta.*

Bourn voltou para junto dela, depois de lavar as mãos.

— Minha bebê — Glorian murmurou. — Ela está bem?

— Ela é perfeita, Majestade.

— Eles vão sentir o cheiro do sangue. — Suas pálpebras mal conseguiam se manter abertas. — Eu quero segurá-la.

Foi necessário um longo tempo para prepará-la. Cada segundo de espera doeu. Quando Glorian pensou que não fosse aguentar mais, a criança foi colocada em seus braços. Sabran estava enrugada por causa do parto, com mechas de cabelos pretos molhados.

Agora eu estou livre, e ela está presa.

Marian foi se sentar junto a Glorian, beijando-a na testa antes de contemplar a criança.

— Ah, aí está ela. — Ela fez o sinal da espada na testa da criança. — Abençoada seja você, Sabran.

Sabran era silenciosa e frágil. Um narizinho pequeno, lábios minúsculos. Dedos miudinhos, com unhas pequeninas.

Mais um sacrifício perfeito a ser adicionado a seu legado.

— Lady Marian. — Sir Bramel voltara, coberto de sangue. — Milady, os Duques Espirituais querem ter com a senhora.

Marian assentiu e beijou Glorian outra vez, no alto da cabeça.

— Menina corajosa — ela falou, com a voz embargada. — Agora descanse, Glorian. Vamos mantê-la em segurança pelo tempo que for possível.

Quando ela se foi, Glorian olhou para a filha. As demais pessoas presentes mantinham uma distância respeitosa.

— Sabran — ela falou, baixinho, para que ninguém ouvisse. — Você é Sabran Berethnet, sétima de seu nome. Sua avó foi a sexta. Era uma grande rainha, que curou um rainhado, como você vai precisar fazer. — Ela deu um beijo misturado com lágrimas na testa da criança. — E, enquanto isso, vou amar você o tempo todo. Eu te amo. Você é perfeita e completa exatamente desse jeitinho, e ser quem é agora já basta, e sempre vai bastar. Mesmo que Inys nunca lhe diga isso, ser quem você é já basta para mim.

Sabran olhou para o rosto dela. Embora tivesse sido limpa, seus olhos ainda estavam grudentos. Glorian usou a ponta dos dedos para limpá-los delicadamente, e viu que eram verdes como a primavera.

Bourn cortou o cordão escorregadio que as unia. Em outras circunstâncias, uma ama de leite seria chamada, mas em vez disso Glorian amamentou a própria filha. Quando a placenta foi expelida, ela mal percebeu, maravilhada como estava com a recém-nascida, a vida que criara junto com Wulf. Naquela semipenumbra, era como se ninguém mais existisse no mundo.

Foi Julain quem a tirou daquela ilusão. Ela foi se sentar com Glorian.

— O sol nasceu. — Não havia nenhuma esperança na voz dela. — Os wyverns conseguem ver toda a charneca agora. Acho que não vai demorar muito para que todos os nossos soldados acabem tombando.

— Até os que vieram da Pedreira dos Pobres?

— Não é o bastante, Glorian. Eles estão exaustos. — As lágrimas escorriam pelo rosto dela. — Estou me sentindo do mesmo jeito que me senti quando você caiu do cavalo. Você está em perigo de novo, e não tenho como salvá-la. Nem Sabran.

— A culpa é minha. Não deveria ter insistido em vir para cá.

— Você fez isso por Inys.

Adela trouxe velas novas. Glorian caiu em um sono de cansaço, com Sabran colada a seu coração. Teve um sonho estranho e terrível, em que uma narceja molhava as asas no mar. A ave sobrevoava uma ilha em chamas, com uma necessidade pulsando em seu peito, que era sua e ao mesmo tempo não era: *salvá-la*, *salvá-la*.

Quando despertou, ela soube para onde precisava ir.

Sabran choramingava em seu peito. Glorian a abraçou com força, sentindo seu cheiro doce e leitoso.

— Você e eu temos uma coisa a fazer — Glorian disse para a filha. Em seguida, se virou para Florell. — Prepare uma montaria.

— Uma montaria. — Florell sacudiu a cabeça. — Glorian, você acabou de dar à luz… o que pretende com isso?

— Eu sou a Rainha de Inys, e não preciso mais de regente — Glorian lembrou. — Com a autoridade que me foi concedida pelo Santo, eu a encarrego de me trazer uma montaria e um manto.

— Rainha Glorian. — Bourn parecia sem palavras, mas conseguiu dizer: — Sua filha precisa da mãe.

— Não tenha medo. — Suas pernas tremiam, mas ela ficou de pé. — Sabran vem comigo.

****

O Pântano de Cenning brilhava à medida que era tocado pelo sol. Wulf continuou lutando, com Thrit a seu lado, em meio a cadáveres e armas perdidas.

No meio da noite, um exército de centenas de homens chegara da Pedreira dos Pobres. Isso os fortaleceu por um tempo, mas a maioria viera a pé de seu esconderijo, por isso estavam exaustos antes mesmo de entrarem na luta. Horas depois, não havia mais nenhum sinal de alívio.

Por três vezes as forças dos wyverns conseguiram entrar no Rochedo Oco. E em todas foram forçados a recuar. Quando os novos combatentes chegaram, o Duque da Coragem liderou uma investida vinda lá de dentro, derrubando feras e as fazendo recuar até o muro que atravessava a porção leste da charneca. A Duquesa da Temperança veio em seguida, com Lorde Edrick ao seu lado, e mais tarde Sir Bramel e a Guarda Real.

Tudo isso aconteceu quando ainda podiam contar com a escuridão para esconder seus movimentos. Agora o sol estava deixando escancaradas suas posições.

Wulf já desistira de tentar contar a quantidade de criaturas. Toda vez que suas fileiras eram desfalcadas, voltavam a ser reforçadas uma vez mais. Os wyverns deviam estar convocando feras espalhadas por todo o rainhado. A cada vez que faziam seus sobrevoos, de alguma forma encontravam mais chão para queimar.

Ele tentou entrar no fluxo da luta, usando as habilidades que aprendera tanto em Hróth como na Lássia. A lança kumengana era a arma perfeita para enfrentar as criaturas — seu longo alcance o mantinha afastado do raio de ação delas, e a ponta era capaz de perfurar os pontos fracos das carapaças. Tunuva havia feito uma arma poderosa.

Mas ele não era uma lança. Seu corpo estremecia de cansaço; sua visão se obscurecia. Seus movimentos ficavam mais lentos, e já fazia horas. Matar uma única criatura exigia uma boa dose de suor e sangue.

Ninguém era feito para lutar por tanto tempo. As tropas inysianas eram de carne e osso, e estavam enfrentando puro ferro.

O Rochedo Oco estava perdido desde o início.

— Municiar — Lady Gladwin comandou. Do abrigo de uma saliência rochosa, seus arqueiros apontavam para o céu. — Preparar! — Wulf cravou sua lança em um lindwyrm e o obrigou a recuar. — Disparar!

Dezenas de flechas voaram na direção de um wyvern. Perfurado pela madeira e pelo aço, ele caiu de cabeça na charneca com um grito ensurdecedor. Seus semelhantes voavam mais acima, cuspindo fogo sobre os lanceiros que cavalgavam para liquidá-lo.

Wulf lutara ao lado do irmão a noite toda, tentando protegê-lo. Roland recebera apenas o parco treinamento da maioria dos nobres inysianos — algumas aulas dadas por um cavaleiro local, duelos amistosos de esgrima com os amigos. Tinha feito seu melhor, mas a exaustão o forçara a voltar para o Rochedo Oco. A maioria dos soldados havia se retirado da charneca ao menos uma vez, e então voltado para a luta, mas, sem comida disponível, não conseguiam recobrar por completo as forças.

Thrit ficara lá fora, determinado a ajudar as forças inysianas a manter suas linhas de defesa. Agora por fim desmoronara.

— Levante-se — Wulf falou, ofegante, agarrando-o pela cota de malha. Thrit sacudiu a cabeça. — Levante-se, homem, vamos.

— Me deixe.

— Vamos levar você lá para dentro…

— Estou liquidado, Wulf. Não consigo.

Wulf estava fraco demais para carregá-lo até a entrada. A batalha havia deixado todos exauridos até o limite. Em vez disso, ele arrastou Thrit para debaixo de uma pedra isolada em campo aberto, onde vários homens tombaram, e uma mulher sangrava em razão de um ferimento grave no flanco.

— Eu gostaria de ter tido a força para contar a você antes — Thrit falou, ofegante. — Acho que pensei que você fosse perceber.

Wulf limpou o suor de cima da boca.

— Acho que percebi — ele respondeu, com a voz rouca. — Eu só não... — Sua garganta queimava. — Fiquei com medo, Thrit.

Thrit engoliu em seco. Wulf o segurou pelos cabelos e o beijou na boca. Thrit o envolveu com ambos os braços e apoiou a cabeça na pedra, com cada respiração pesada parecendo um soluço.

— Rainha Glorian! — uma voz gritou. — A rainha!

Wulf olhou na direção apontada. Por cima do choque entre lâminas e dentes, e dos guinchos e rugidos inumanos do inimigo, ele ouviu os gritos quando Glorian Berethnet saiu cavalgando das cavernas, com os chifres de guerra ressoando em seu encalço e um manto vermelho envolvendo o corpo.

O que ela está fazendo?

— Guerreiros de Inys. — Glorian sacou sua espada. — Escutem o que tenho a dizer.

De alguma forma, ela conseguiu se fazer ouvir. Wulf saiu do abrigo onde estava, de olhos cravados em sua amiga de infância.

— Vocês enfrentaram uma noite de fogo e terror. Ninguém demonstrou tamanha coragem desde que o Santo derrotou o Inominado — Glorian declarou. Estava branca como um lençol, com os cabelos empapados de suor em torno do rosto. — Esta é a primeira manhã da primavera. O Santo me disse em um sonho que um sinal sagrado chegará no dia de hoje. Eu prometo a vocês que isso acontecerá em breve!

Dentes de ferro, olhos flamejantes. Wulf sentiu a presença da fera antes mesmo de sentir o calor de seu hálito. Ele se virou no meio da lama e cravou a faca em sua barriga, espalhando sangue e entranhas sobre a relva.

— Há dezesseis mil pessoas dentro do Rochedo Oco. Vocês são tudo o que resta para protegê-las da morte. E conseguiram manter essas vis criaturas à distância enquanto eu dava à luz — Glorian gritou. — Vejam... esta é Sabran, Princesa de Inys e Yscalin, que os protege do Inominado!

Foi então que Wulf viu. Aninhada no braço dela havia uma trouxinha enrolada.

Glorian afastou o manto, e um clamor se elevou entre seu povo, ouvido mesmo entre os sons do aço se chocando e os guinchos agudos. Por baixo dele, ela ainda usava uma bata manchada de sangue.

— Aqui está a herdeira que lhes prometi, a corrente que prende o Inominado. Aqui está nossa primeira vitória — rugiu Glorian. — O Santo me deu uma filha!

A herdeira ainda estava toda enrugada do parto. Milhares de rostos feridos a olharam, enquanto as criaturas uivavam.

— Durante toda a noite, eu sangrei por este rainhado. Vejam aqui, o suor do meu esforço, o sangue do meu parto — Glorian gritou para eles. — Agora encarrego vocês de protegerem a criança que eu trouxe ao mundo, da mesma forma que ela os protege! Mantenham o controle sobre aquela entrada. Garantam a sobrevivência da minha família e a de vocês!

Sabran, Sabran, Sabran.

— Lutem pelo nosso rainhado, guerreiros de Inys!

De-fen-so-ra, De-fen-so-ra, De-fen-so-ra.

O choque ou a vergonha que ela provocou em cada um foi mais que suficiente. Os gritos se espalharam pela charneca. Thrit se juntou ao clamor; Wulf também. Ele sentiu uma transformação no ar: ressurreição, raiva, resolução. Poderia ser o fim do mundo, mas, se a herdeira perdesse a vida, tudo o que existia morreria junto.

Ele viu soldados exaustos até os ossos se erguerem. Lanças foram brandidas; espadas, recuperadas da lama; machados, erguidos para decepar asas e chifres e escamas. Os chifres de guerra ressoaram. As flechas assobiaram alto como uma canção.

— Vá até ela. — Thrit segurou Wulf pelo ombro. — Wulf, vá escoltá-la de volta para dentro.

— Não morra neste pântano. Prometa para mim, Thrit.

— Está prometido. — Thrit lhe deu um empurrão. — Vá logo, Wulf.

Wulf saiu correndo. O mundo se transformou em um borrão. Na metade do caminho, ele apanhou as rédeas de um cavalo sem dono e montou na sela.

— Glorian!

Ela escutou. Em meio ao campo de batalha coberto de sangue e fumaça, seus olhares se encontraram.

Foi nesse momento que Glorian, a Defensora, fez algo que até seu pai consideraria um pouco imprudente. Wulf viu a determinação surgir no rosto dela, que então esporeou a montaria.

A égua de Glorian veio a galope em sua direção, atravessando uma linha de fogo com um relincho. O pânico se instalou no encalço dela, e Lady Gladwin gritou novas ordens para seus arqueiros. Wulf cavalgou o mais depressa que podia, com o coração quase pulando para fora do peito, com a mente concentrada apenas em chegar até ela.

Quando os dois se aproximaram, Glorian entregou a menina em seus braços.

— O que está fazendo? — Wulf perguntou por cima dos sons da batalha. — Glorian…

— Fique com ela, e a leve para longe daqui — Glorian o interrompeu, ofegante. — Vá para o sul do rio. Siga pela trilha dos rebanhos até encontrar uma colina que parece uma tigela emborcada, a tumba da princesa inyscana. Leve-a até lá, Wulf, para o túmulo. E espere até que tudo volte a ficar seguro.

— Glorian. — Wulf olhou para a filha deles, que estava aos berros. — Eu não posso.

— O Rochedo Oco está perdido. Fýredel virá atrás de mim. Garanta a segurança dela, Wulf. Alguém vai buscar vocês mais tarde. — Ela deu um beijo na criança, e Sabran berrou ainda mais alto. — Ela é o elo da corrente agora.

Segurando a criança com uma das mãos, Wulf estendeu a outra para segurar Glorian pelo braço.

— Venha conosco — pediu. Ela fez que não com a cabeça. — Glorian, você vai morrer aqui. Não vai restar nenhum sobrevivente no Pântano de Cenning.

— Que assim seja. Eu cumpri meu dever. E posso perder a vida no campo de batalha de bom grado, como meu pai teria feito. Estou livre para fazer o que quiser. E escolho morrer com bravura. — Ela levou a mão ao rosto dele e sorriu, olhando bem em seus olhos. — Siga vivendo, Wulfert Glenn, meu querido amigo. Nós nos vemos em Halgalant.

Ela esporeou a montaria e partiu para a guerra.

96

Leste

Muysima ficava perto de Uramyesi, a cidade fundada onde, segundo se dizia, a Donzela da Neve cantou seus lamentos. Àquela hora da noite, a ilha dos exilados era difícil de localizar. Não havia faróis acesos naquela costa abandonada.

Furtia voava entre sete outros dragões, e pequenas estrelas brilhavam nos locais onde suas escamas se tocavam. Dumai observou as ruas de Uramyesi, onde viu luzes entre os telhados — as piras acesas para os que morreram da doença, cada qual produzindo mais um fantasma insone. Seu avô devia ter sido levado para aquela cidade, trazido ao seu fim por um barco.

Uramyesi terminava em um precipício abrupto, onde as águas escuras do Abismo se chocavam contra um paredão de penhascos de altura monstruosa. O mais alto se inclinava sobre a água, como uma ponta de flecha apontando para a ilha, uma ameaça a qualquer exilado que sonhasse em voltar para casa.

Os últimos raios do pôr do sol avermelhavam o horizonte. Uma fileira de chamas altas, vermelhas como o céu, iluminava a extremidade desse penhasco. Dumai estreitou os olhos, sentindo a pedra azul esfriar encostada em seu peito.

Furtia, essas chamas. É por ali.

A fera das profundezas da terra está próxima, Furtia lhe disse. *A que vimos antes.*

Eu sei, grandiosa. Dumai pôs a mão em suas escamas. *Não vamos deixar que faça mal a minha irmã. Ela nasceu com a estrela também.*

Furtia concordou com um rugido relutante. Nikeya se segurava a Dumai com os dois braços, forte o suficiente para machucar, quando a dragoa começou a descer sobre os penhascos. Dumai olhou para cima, vendo um céu escuro e límpido.

Um dos Quatro Portões de Seiiki ficava em sua extremidade — o Portão Ocidental, o mais recente. Milhares de pessoas estavam reunidas diante da passagem. Ao verem Furtia e os demais dragões, as pessoas abriram passagem, gritando de alívio. Furtia aterrissou entre elas com um estrondo. Ela se abaixou, e Dumai desceu da sela com Nikeya. Quando os demais dragões cercaram Furtia, a presença deles fortaleceu a determinação de Dumai, aplacando seu medo.

O fogo ascendeu bem alto, mas seu tempo está quase no fim. Foi Pajati, o Branco, quem falou, o que lhe dera sua luz. *Dê um passo à frente, você que detém a estrela. Você se fortalecerá conosco...*

O caos agora se inclina a nosso favor...

Flocos escuros revoavam ao redor deles, uma cinza fina que caía como neve. Dumai tocou a pedra. Um distanciamento inexplicável a dominou, como se sua mente estivesse flutuando sobre seu corpo.

— Tome aqui — ela falou, entregando-a para Nikeya. — Se eu precisar enfrentar Taugran e cair, a pedra vai se perder para sempre no mar.

— Você precisa da pedra, para derrotar Taugran.

— Não. — Dumai respirou fundo o ar noturno. — O cometa está bem próximo, Nikeya. Você não está sentindo?

Nikeya parecia apreensiva. Com relutância, passou o cordão sobre a cabeça e escondeu a pedra sob a gola da túnica. Em seguida segurou Dumai pelo queixo, olhando-a bem nos olhos.

— Não vá cair — ela falou. — Esperei por você a minha vida toda, Noziken pa Dumai.

Dumai a puxou mais para perto, se permitindo ser envolvida por ela, por seu calor e seu peso. Durante esse longo momento, todos os seus sentidos voltaram ao chão e se concentraram nela. Sentiu o cheiro do fogo e dos pinheiros da floresta. Sentiu Nikeya estremecendo junto a ela, com as mãos enluvadas pressionando a parte inferior de suas costas.

Elas se viraram juntas e caminharam na direção do Portão Ocidental.

A estrutura formava uma moldura perfeita ao redor do crepúsculo. Montado com madeira trazida pelo mar, era alto como um pinheiro preto. Depois que Kwiriki lhe fez um trono, a Donzela da Neve erguera o primeiro desses portões, para mostrar aos demais dragões que seu retorno era bem-vindo. Foram necessários anos para reconquistar sua confiança, e ela enfrentara diversas provações para convencê-los, mas foram os portões que finalmente funcionaram.

Voltem, aquelas passagens murmuravam. *Voltem para nossa ilha, senhores das águas. Estabeleçam um lar aqui conosco.*

Não havia nenhuma tigela de oferendas pendurada naquele. Em vez disso, havia um formato diferente.

Os soluços se elevavam da multidão. Dumai não conseguia distinguir feições individuais com tão pouca luminosidade. A maioria das pessoas estava com o rosto coberto com panos molhados, para se proteger da fuligem e da doença. Quando chegou ao Portão Ocidental, ela franziu a testa ao contemplar o lago escuro que havia logo abaixo, iluminado pelas chamas do fogo dos wyrms.

A estrela se aproxima… porém tarde demais para eles…

O sangue foi derramado; a luz, extinta... a luz de Kwiriki, o primeiro, que iluminou as águas de suas mentes, que os uniu a nós...

— Nikeya — chamou uma voz. Dumai se virou e se deparou com Sipwo, contida por homens armados. — É você?

— Sipwo. — Nikeya tentou se aproximar da prima, mas outros guardas apontaram lanças para ela. — Eu gostaria muito de saber o que vocês pensam que estão fazendo — ela falou, sem se intimidar diante das armas. — Esta é a Imperatriz Viúva de Seiiki. Quem os mandou prendê-la?

— Os protetores sob jura do tio dela — um deles falou. — Saia da frente, Dama Nikeya.

— Ah, os rapazes ingênuos que protegem as propriedades dele — comentou Nikeya. — Parem de brincar de guerreiros, seus tolos. Duvido que já tenham usado essas lanças na vida, a não ser para espantar agricultores desesperados.

— Dumai, eu imploro. — O rosto de Sipwo estava quase tão cinzento quanto seus trajes. — Você precisa detê-lo. Dumai, peça para Furtia detê-lo...

Flechas foram posicionadas nos arcos e apontadas para Dumai. Ela se virou para o Portão Ocidental, tentando entender o que estava acontecendo, bem no momento em que ele apareceu — o homem que agora era o imperador em todos os sentidos menos no título, a não ser que ela o detivesse.

Kuposa pa Fotaja, o Senhor dos Rios, sempre fora insolente. Mas não a ponto de cruzar o portal dos deuses.

— Princesa Dumai. — A voz dele soou mais grave, mais rouca. — Estou contente que tenha se juntado a nós esta noite.

Vestido com uma túnica escarlate de forro preto, não se parecia em nada com um cortesão. Seus olhos grandes não eram mais castanhos, e sim cinzentos até os cantos. As partes brancas tinham sido consumidas.

Ele foi deformado pelo fogo. Furtia deixou bem claro sua aversão. *Taugran o manipula a seu bel-prazer, como o ferro na forja...*

Dumai não fazia ideia do que aquilo significava, mas um gemido a distraiu. Ela olhou para cima e viu uma criança que conhecia bem, suspensa pelos braços no altar. Suzumai olhava para baixo, aterrorizada, e Dumai a viu.

— Suzu... — Ela sentiu a voz presa na garganta. Caminhou até onde estava o Senhor dos Rios e sacou uma das foices, segurando o cabo com a mão trêmula. — Trate de soltá-la, Fotaja, agora mesmo.

— A Imperatriz de Seiiki precisa morrer neste dia, Princesa.

Aquelas palavras ressoaram dentro dela, altas como sinos.

— Você conhece a lenda do Inominado, que rompeu o manto da terra, que dorme sob o mar frio e negro. — A língua dele saboreava cada palavra. — Ele voou primeiro para a terra da Lássia, onde o sol era abrasador, e o fogo que ascendeu aquecia o chão.

— O que isso tem a ver com Seiiki?

— Ele murmurou para mim. Taugran, o Dourado — disse o Senhor dos Rios. — Eu o procurei em Muysima.

— Que mentiras o wyrm lhe contou?

— A Casa de Noziken deve ser o sacrifício. Você tem a estrela no sangue, e o apoio dos dragões — veio a resposta, em tom suave. — Eles também devem desaparecer em meio ao caos. — Furtia escancarou os dentes em toda sua extensão. — Os Noziken e eles são uma coisa só. Agora só restam três: sua avó, sua irmã e você.

A Imperatriz Viúva tremia, com os olhos cravados em sua última filha sobrevivente. Dumai olhou de novo para a escuridão do chão sob suas botas e viu do que se tratava.

— Não — murmurou.

— Sim. Eu trouxe todos os seus familiares restantes para cá — o Senhor dos Rios falou —, para serem devorados.

A raiva a engasgou, com uma intensidade que ela nunca imaginou que fosse capaz de sentir.

— Seu imbecil. — Ela começou a caminhar na direção dele, mas Nikeya a segurou. — Se deixou enlouquecer por uma história!

— Palavras bem fortes — ele respondeu, deixando transparecer um pouco de seus antigos modos — para uma Noziken.

O sol desaparecera. A maior parte da multidão permanecia em silêncio, dominada por um medo que ia além do que as palavras eram capazes de expressar. Sipwo lutava para se desvencilhar de seus captores outra vez.

— Pare com isso, pai — Nikeya falou, se esforçando para demonstrar sua face mais tranquila. — A Imperatriz Suzumai é sua sobrinha-neta. Uma Kuposa, além de uma Noziken. Vai alimentar o wyrm com sua própria família também?

— Ah, minha herdeira, minha doce filha. — Os olhos dele escureceram de novo, com as partes brancas voltando à coloração normal. Dumai sentiu que isso não duraria muito tempo. — Você me abandonou mesmo? Você, que tem o precioso fogo em seu sangue, que pode queimar com tanta intensidade quanto eu?

— Suzu também. — Nikeya se manteve imóvel. — Pai, existe outro caminho, eu sei que existe. Vi uma mulher no Norte. — Dumai logo entendeu o raciocínio dela. — Ela também tinha o fogo. Conseguia acender sua própria chama, como a Rainha da Amoreira. Me deixe procurá-la para você.

O Senhor dos Rios sacudiu negativamente a cabeça.

— Você escolheu seu lado. Quando a Lanterna de Kwiriki vier, seu poder vai iluminar essa Noziken que você tanto ama. Ela vai ofuscar sua luz desbotada. Vai querer apagá-la, assim como o mar faz com a chama. Até as águas da sua mente vão ficar à mercê dela. — Os olhos dele se fixaram nos da filha antes de se tornarem cinzentos novamente.

— Taugran está vendo você, Princesa Dumai. Ele a vê através dos meus olhos.

Furtia. Dumai a chamou, sentindo a fúria da dragoa ganhar corpo. *Furtia, consegue pegar minha irmã?*

Taugran está vindo, filha da terra…

— Fique comigo — Dumai falou, em seu desespero para distrair o Senhor dos Rios. — Fique comigo no lugar de Suzu. Eu não carrego a chama em mim.

— Não — Nikeya falou, exaltada.

— É tarde demais — disse o Senhor dos Rios, com o rosto flácido como uma fruta podre. — Mas não se preocupe. Você vai morrer esta noite, e eu vou trazer sua avó da montanha. Ela é o fim do arco-íris.

— Não se eu puder impedir. — Dumai evocou a luz branca, fazendo-a se acumular em suas mãos. — Me mostre sua luz, milorde, e eu mostrarei a minha.

— Você vai perder. — Quando as chamas escarlates brotaram nas palmas dele, a multidão gritou, e Nikeya ficou paralisada, olhando para o pai. — A roda vai se virar para o seu lado, Princesa. O caos vai fazer você brilhar mais forte. — Ele caminhou em sua direção, se aproximando de seu brilho branco. — Mas eu ainda tenho algum tempo.

Irmã, preciso da sua ajuda, Dumai pensou, mas estava desperta demais para conseguir sonhar.

De repente, os deuses começaram a rugir. O Senhor dos Rios ergueu as mãos, cheias de fogo, e então surgiu uma massa de escamas douradas, esburacadas e chamuscadas, vinda de além dos penhascos. Os gritos emergiram da multidão. Metade fugiu para a cidade ou tomou a descida até a praia, enquanto o terror mantinha o restante paralisado, como se qualquer movimento pudesse atrair o olhar da criatura.

Taugran, o Dourado, abriu a boca, preta como o caos sem fim, com dentes que mais pareciam montanhas despontando das mandíbulas.

Eles se entrechocaram. Com uma sacudida daquela cabeça gigantesca, Suzumai desapareceu.

Houve um momento — uma hora, um ano — em que ninguém foi capaz sequer de respirar. Então a Imperatriz viúva soltou um uivo estrangulado, o som de uma mente abandonada pela razão. Ela se livrou dos guardas e se arremessou sobre o sangue, encharcando as mangas da túnica e os cabelos.

Dumai só conseguia observar, voltando a sentir a mente à deriva. Ela olhou para o lugar onde antes estava sua irmã. E viu o sangue fresco no chão. Viu Sipwo, enlouquecida pela dor. Viu Taugran. Uma brancura ofuscou seus sentidos. Ela estava na montanha, escalando rumo ao topo. Estava perdida na noite, com uma tempestade rugindo ao seu redor.

Ela correu diretamente na direção do wyrm.

O tempo se tornou lento como uma pedra afundando na água. Dumai não pensou em sua mãe, nem em Nikeya, nem mesmo em Suzumai, pois algo completamente diferente a consumia. Ela passou empurrando o Senhor dos Rios. Ele era insignificante. Agora o boneco de madeira era ele.

Uma flecha se encravou profundamente em seu flanco.

— Dumai — gritou Nikeya.

Mas Dumai não sentiu dor nenhuma. Estava gelada demais para isso. Rios de uma luz extraterrena brilhavam através de sua pele. Ela era uma estrela revestida de carne, caída na terra para aplacar o fogo, e a morte não significava nada se ela fizesse o que era preciso. Atravessou correndo o sangue do arco-íris (*vermelho, apenas vermelho*), diretamente para a beira do penhasco, arremessando seu corpo atrás de Taugran — e então estava sozinha no ar, com as águas escuras lá embaixo, rugindo à sua espera.

Você é uma pipa. Ela viu os dentes lisos das ondas, e as rochas que abririam sua cabeça como uma concha. *Suba para o céu.*

Antes que caísse no mar, Furtia apareceu abaixo dela. Elas voaram com a mesma fúria noite adentro, atrás da fera das profundezas da terra, com os deuses da ilha logo atrás.

97
Oeste

O sangue escorria por suas pernas, mas Glorian seguia lutando. Desde seu primeiro suspiro, ela estivera presa e vinculada a outra coisa — mas não havia quem pudesse contê-la agora, nem lei nenhuma, mundana ou divina. Não agora que seu dever sagrado estava cumprido. Não agora que ela estava liberta. Agora tinha dezoito anos, e era a Rainha de Inys.

Ao dar à luz, ela finalmente nasceu.

De-fen-so-ra, De-fen-so-ra, De-fen-so-ra.

Uma fúria que ao mesmo tempo era e não era parte dela pulsava em suas entranhas. Ela empunhava um escudo e golpeava com a espada, atacando as feras no Pântano de Cenning ainda usando a bata ensanguentada do parto. Ela foi abrindo caminho e seguiu lutando, descalça na lama e em meio aos despojos da batalha — filha de sangue e ferro, nascida para ser uma rainha guerreira. Quando uma cocatriz monstruosa correu em sua direção, ela deixou que toda a raiva que já sentira na vida se acumulasse e decepou sua cabeça.

Era uma batalha mortal, mas ela se sentia mais viva do que nunca.

De-fen-so-ra, De-fen-so-ra, De-fen-so-ra.

Por fim, um braço musculoso a agarrou pela cintura e a colocou em cima de uma sela.

— Me solte. — Sua voz estava rouca de raiva. — Me deixe lutar...

— A senhora é Glorian, a Defensora — uma voz abafada respondeu. — Não pode morrer agora. Inys ainda precisa da senhora.

Glorian tentou se desvencilhar, mas seu corpo se recusou a continuar sendo forte. Só o que ela podia fazer era segurar firme sua espada enquanto era levada por um cavaleiro de elmo para longe da batalha, para o interior do Rochedo Oco.

Do lado de dentro, as cavernas escuras a envolveram, e ela foi colocada em uma cama limpa, com o sangue pingando. Bourn estava a postos, mas sua bebê não estava mais lá. Wulf levaria Sabran dali, para acorrentar o Inominado outra vez.

E assim seria, a cada geração.

Glorian fechou os olhos, com a testa em chamas. Talvez não fosse uma cama, mas seu esquife. Inys enfim a preenchera e a esvaziara. Estava tudo acabado. Ela cumprira seu propósito. Poderia morrer agora, se quisesse.

Ela caiu no sono de novo e, em seu sonho, estava voando. *Irmã, corte suas amarras e levante voo.* A correnteza estava agitada, e a figura do outro lado aparecia e desaparecia. *Eu gostaria. Gostaria de ter feito isso. Gostaria de poder voar para o seu lado.*

Se sua irmã respondeu, foi baixo demais para que conseguisse ouvir — mas outra voz invadiu sua cabeça, silenciando todas as demais. Glorian abriu os olhos quando aquele som chegou ao Rochedo Oco. A voz que a atormentara por dois longos anos.

A voz que dera início a tudo aquilo.

— Defensora — sibilou, e ela sabia que era Fýredel.

****

Wulf cavalgava como se o Inominado estivesse em seu encalço. Seu cavalo galopava para longe do Rio Went, que já descongelava, e o ruído dos cascos era forte e acelerado como os batimentos de seu coração. Ele segurava a rédea com uma das mãos e sua filha com a outra.

Três wyverns se aproximavam rapidamente.

Eles voavam baixo sobre a relva congelada. Wulf olhou por cima do ombro e praguejou. Precisava se desvencilhar deles antes de chegar ao túmulo, caso contrário o veriam entrar.

Ele conhecia a tumba da princesa inyscana. Quando criança, sua família fazia muitas viagens aos Prados, e Lorde Edrick mostrara o túmulo aos filhos. *Devemos conhecer os segredos de nosso passado*, ele explicara, *para entender o futuro.*

A trilha usada pelos pastores de rebanhos estava coberta de mato alto, e passava sob carvalhos e bétulas. Assim que a montaria saiu do meio das árvores, os wyverns ainda estavam logo acima deles, e, quando o túmulo apareceu em suas vistas, ele soube que tinha falhado na missão de salvar sua filha — e não só ela, mas Inys como um todo.

Sabran morreria em seus braços.

Um vapor escapou de seus lábios. A parte interior de seu punho de repente começou a doer. Alguma força estava se acumulando em sua mão — uma ponta afiada, como uma lasca de gelo, amortecendo a ponta de seus dedos. O instinto o levou a erguer esse braço, e um raio branco bifurcado foi disparado de sua palma, acertando um wyvern bem na junção da asa com o corpo. Em seus braços, Sabran estava tão gelada quanto ele. Era possível sentir mesmo através de seus cueiros.

Os wyverns gritaram e recuaram. Olhando para trás, Wulf notou — um cometa, voando bem alto no céu de Inys. Não uma estrela cadente, mas um membro da realeza dos céus, com um longo véu dourado em seu rastro. Tinha se materializado como se viesse do nada.

Abalado, ele seguiu cavalgando. Em algumas histórias antigas, os cometas eram maus presságios, porém nada poderia ser pior do que o sofrimento que já viviam.

Quando os wyverns estavam preparados para a segunda investida, só restava o cavalo, fazendo o trajeto de volta pelo caminho dos rebanhos. Enquanto as feras voavam acima da montaria, Wulf se arrastava para dentro do túmulo, ainda levando a herdeira de Inys aninhada nos braços, sem saber o quê, em nome de Halgalant, acabara de lhe acontecer.

****

Glorian se vestiu sozinha dessa vez, para variar. Com seu perponte forrado e uma calça escura, além das botas. Qualquer outro tipo de proteção só retardaria sua morte. Era melhor queimar depressa e espetacularmente.

Fýredel lhe fizera uma proposta, como ela sabia que aconteceria. Se a Defensora se rendesse, ele levaria suas forças para longe do Rochedo Oco, permitindo que quem estava lá dentro fugisse. As pessoas poderiam encontrar outro lugar para se esconder. Ele ficaria com a Rainha de Inys como seu troféu e iria embora. Não haveria mais derramamento de sangue no Pântano de Cenning.

Glorian sempre soubera que um wyrm era capaz de barganhar. Selinu, o Detentor do Juramento, fizera um acordo com o Inominado. Ela afivelou o cinto e embainhou a espada.

— Eu não quero que vejam — Glorian falou para suas damas. — Fiquem aqui dentro.

— Glorian. — Adela não conseguia parar de chorar. — Você não pode fazer isso.

— Eu preciso. Já dei continuidade à linhagem do Santo — ela respondeu, baixinho. — Esse era meu dever sagrado como uma Berethnet. O outro, como rainha, é proteger meu país.

— Para nós, você não é só isso. Você é importante… por ser quem é, não por nos dar uma herdeira — Julain disse, com a voz embargada. — Você não entende?

Glorian cerrou os dentes.

— Vocês foram todas tão boas comigo — falou, em um sussurro. — As irmãs que uma Berethnet não pode ter. Vou guardar para vocês um lugar de honra na Grande Távola.

Helisent a abraçou primeiro, com um soluço abafado. Todas fizeram o mesmo gesto, e Glorian retribuiu os abraços com a mesma força, antes que uma pálida Florell aparecesse para conduzi-las para fora pela última vez.

— Glorian, me deixe ir em seu lugar — Marian falou, com a voz rouca. — Fýredel pode nem perceber a diferença.

— Vai, sim. — Glorian deu um beijo no rosto dela. — Fiquei muito feliz por termos nos reencontrado, minha avó. Por favor, cuide de Sabran.

Marian beijou suas mãos, muda de tristeza. Glorian empunhou seu escudo e se virou para cumprir sua sina.

Enquanto atravessava as cavernas do Rochedo Oco, os sobreviventes abriam caminho, alguns chorando abertamente, outros em silêncio e com feições carregadas. Glorian olhou só para a frente, tentando esconder o medo.

A charneca estava envolta em um silêncio mortal. Uma tumba para os mortos insepultos. Cinzas e fuligem cobriam os cadáveres. Seus cavaleiros e soldados restantes estavam de mãos vazias, com as armas no chão. Todos tinham consciência de que a luta estava perdida quando Fýredel chegou.

Glorian quase se esquecera do horror representado pela criatura nos meses em que ele passou em paradeiro desconhecido. Mas lá estava a cria do próprio Monte Temível, esperando por ela no Pântano de Cenning, para queimá-la da mesma forma que fizera com seus pais. Suas criaturas se mantinham à distância, com a cabeça abaixada em sinal de submissão.

— Você travou uma guerra e tanto contra Inys, Fýredel. Contra o mundo inteiro, ao que parece — ela falou, estremecendo, apesar de não querer. Rogou para que ninguém tivesse reparado. — Que a violência termine. Aqui estou.

— Você veio sozinha, com esse pedaço de aço inútil — Fýredel retrucou. — Não existe metal na terra capaz de suportar o mais puro fogo. — O olhar do wyrm se voltou para o inchaço em sua barriga. — E está com uma criança no ventre. Ela não vai sobreviver.

Glorian manteve uma expressão impassível, como sua instrutora de boas maneiras a treinara a fazer. Ela ainda conseguia sentir o sangue escorrer.

— Se minha casa terminar aqui, que seja. Me mate, se quiser. Mate nós duas — disse. — Só deixe meu povo em paz.

— Você não vai morrer, Defensora. — Fýredel abaixou a cabeça para cravar os olhos nela, como dois ferros em brasa que marcavam sua alma. — A chama das profundezas da terra que nos forjou vive dentro de você, junto com seu frio horrendo. O fogo dará um jeito nisso. Você assumirá uma nova forma.

Glorian conseguia ver seu próprio reflexo naqueles dentes de ferro. Não existia proteção divina alguma. Nenhum sinal de Halgalant. Fýredel se expressava através de mensagens cifradas, mas que mesmo assim eram promessas de sofrimentos.

Mãe, pai, me deem coragem.

De repente, Fýredel olhou para cima. As criaturas bateram os pés e gritaram. Assustada demais para mover um dedo que fosse, Glorian seguiu o olhar dele — e viu o cometa no céu, alto e comprido, com sua cauda se bipartindo.

Mas garanto que esta era de fogo e fumaça acabará. Uma estrela chegará na manhã do primeiro dia da primavera.

Glorian retornou sua atenção para o wyrm. Fýredel respirou fundo e gritou para os céus. Ela largou o escudo para tapar os ouvidos, mas seus olhos continuavam cravados no cometa.

Ela viu a segunda cauda se desfazer. Estava se esfarelando em incontáveis lanças de luz das estrelas, reluzentes o bastante para serem vistas de manhã, cada qual estabelecendo seu percurso rumo a um mundo em chamas.

Será um dia de céu noturno, quando o firmamento se abrirá e uma chuva virá lá de cima.

Então era isso.

Devia ter chegado a hora.

Uma risada alta e enlouquecida escapou de seus lábios. Fýredel voltou seu olhar para Glorian, como se de repente se lembrasse de sua presença. Ele se empertigou para matar, escancarando uma bocarra imensa como a abertura do Monte Temível — e então sua chama morreu, voltando para o fundo de sua garganta, e seu hálito soltou apenas vento.

Os wyrms cairão no sono, e tempestades apagarão as brasas.

— Sua aberração fria com sangue ardente. Portadora da estrela. — Os olhos dele ainda estavam em chamas. — Das profundezas vem a condenação. — Ele sacudiu a língua bifurcada. — Nós voltaremos. Esteja certa disso, Defensora. Quando o fogo ascender outra vez, quando nosso mestre despertar no Abismo, quando outra estiver com sua coroa, nós voltaremos. Continue respirando sua ruína e suas cinzas. E vivendo com medo.

Por toda Inys, as criaturas do Monte Temível uivaram, e seus chamados se elevaram para preencher uma alvorada azul como um gelo ancestral. Fýredel abriu suas asas, que eram como arautos da morte. E voltou aos céus.

Em seguida, desapareceu.

98
Sul

A fumaça encobria o sol sobre Nzene. Embora fosse uma cidade de pedra, os wyrms encontraram muito o que queimar. Os telhados de palha dos arrabaldes, os armazéns, os jardins e as tecelagens, os bosques sagrados, as palmeiras que ladeavam as ruas mais largas — tudo queimava com um fogo furioso.

Gashan estava certa. Dedalugun era grande demais para passar com facilidade entre as Espadas dos Deuses, como os wyverns menores faziam. Tinha asas grandes o bastante para escurecer a cidade com sua sombra. De tempos em tempos, revoava na frente do sol.

Tunuva defendeu o perímetro do templo. Enquanto cravava a espada em uma serpente gigante, sentiu o cheiro dos cedros queimados na Casa de Edina, e viu dois fruticultistas levando um cesto cheio de sementes raras. De vez em quando, tinha um vislumbre de um manto familiar em meio ao ar vermelho impregnado de fumaça, de pó de tijolo, de areia. O chão tremeu quando uma fera voadora cinzenta derrubou uma estátua de Gedani.

Esbar não estava em nenhum lugar por perto. Por um tempo, elas protegeram uma área isolada, acomodações dos oficiantes onde vários nobres se abrigaram. Elas trabalharam juntas, aniquilando qualquer coisa que se aproximasse, até um wyvern enorme cair entre elas, com um arpão encravado na barriga.

Os wyrms menores tinham destruído as muralhas da cidade, permitindo a entrada de uma horda de criaturas, que agora espalhava a destruição por toda Nzene. Tunuva abriu caminho para a fortificação mais próxima do Monte Dinduru. Apesar do portão, que permanecia fechado, aquela ainda era uma vulnerabilidade. Ela sentiu o tremor de uma força intensa — era uma de suas irmãs, que recobria uma rua ou praça com a proteção de uma égide.

Kediko poderia explicar tudo aquilo mais tarde, caso alguém fizesse questão de saber. Tunuva duvidava sinceramente disso.

Uma árvore em chamas caiu em seu caminho. As cinzas invadiram sua garganta, e brasas acesas passaram diante de seus olhos. Ela embainhou a espada ensanguentada e desdobrou a lança, que usou para perfurar uma criatura e tirá-la de cima de um soldado, cuja barriga estava aberta de ponta a ponta.

À sua direita, viu Gashan brandindo sua lança, como se nunca na vida a tivesse deixado de lado.

A Mãe vivera em Yikala, mas devia ter passado por Nzene. Amava todos os lássios como a seus filhos, e Tunuva pretendia defendê-los, pela mulher que jazia em seu esquife.

Sua túnica estava suja com sangue de ferimentos já fechados. Tunuva enxugou a testa, respirando fundo, alerta a qualquer sinal de cabelos dourados ou um rosto frio e pálido. Elas haviam enterrado Canthe, mas mesmo assim.

Mesmo assim.

Os chifres de guerra ressoaram. Tunuva se encolheu junto ao muro enquanto o tropel da Guarda Real passava a cavalo em direção às ruas, empunhando espadas e lâminas em formato de lua crescente.

Os arqueiros disparavam em serpentes aladas que voavam sobre a cidade, e cada projétil assumia um tom apagado de dourado sob a luz do sol.

No alto do promontório, com grunhidos e rangidos, fileiras de catapultas arremessavam blocos enormes de arenito para o alto. Três wyverns atacaram a que estava posicionada mais no topo, reduzindo seu longo braço a pedaços e incendiando o que restou.

— Ali — rugiu um homem.

Tunuva olhou para cima quando os detritos começaram a cair sobre as ruas. Dedalugun pousara sobre o Monte Dinduru.

— Apresente-se, Kediko Onjenyu. — Sua voz retumbou pela cidade, com a ressonância de um terremoto. — Venha mostrar sua cara, sangue da conquistadora.

Gashan supervisionava a operação dos espringales, que foram direcionados para o enorme wyrm e lançaram chuvas de projéteis em sua direção. As catapultas foram disparadas em seguida, continuando o ataque. As pedras se chocaram contra a face da montanha abaixo da criatura, cada qual com um estrondo trovejante, fazendo milhares de pedras se soltarem e gritos de terror se elevarem mais abaixo. Dedalugun abriu as asas.

Era um inimigo terrível de se contemplar. Não tão grande quanto Fýredel, mas cada escama e músculo de seu corpo trazia a marca do caos e de um mundo destroçado. Uma fumaça preta saía de sua boca e de suas narinas.

— Tuva!

Ela se virou. Esbar abria caminho em meio à multidão, banhada em sangue.

— Você viu? — ela gritou. — Mulsub ainda está no peito dele. Viu como reflete a luz?

Tunuva ergueu a cabeça e estreitou os olhos contra o sol. Quando

Dedalugun se inclinou em seu poleiro, ela viu o pequeno brilho da lança, cravada nele como um espinho.

— Qual é o seu plano?

— Podemos usá-la para arrancar uma escama. — Esbar sacou uma lâmina e a cravou em uma fera que um dia fora uma cabra. — Foi assim que a Mãe derrotou o Inominado. Ela abriu uma brecha em sua carapaça com Ascalun, para poder penetrar a carne. Se conseguirmos atrair Dedalugun para o chão…

— As máquinas de guerra não conseguem alcançá-lo. Como nós conseguiríamos?

Jeda arrancou a cabeça de um leão alado. Não muito longe dali, Ninuru estava tão empapada de sangue que sua pelagem se tornara vermelha.

— A pedra — Esbar falou por cima do alarido geral. — É como Canthe, evoca a magia dela… a mesma magia que expulsou Dedalugun em Carmentum. Você acha que consegue usá-la contra ele?

Tunuva apalpou a joia.

— Pode ser que ela responda melhor à água — respondeu. — Se conseguirmos atrair o wyrm para o Lago Jodigo…

— Vale a pena tentar.

Elas correram na mesma direção para onde tinham ido os guerreiros, com as ichneumons em seu encalço.

A muralha de tijolos era a mais espessa construída para proteger Nzene. Do outro lado, as criaturas gritavam por sangue e tentavam abrir caminho até o portão usando garras e pancadas. Centenas de pessoas jogavam seu peso contra a estrutura, segurando com o ombro a madeira lascada. Os guardas estavam em formação, prontos para matar qualquer coisa que conseguisse atravessar. Tunuva passou por eles e subiu a escada até o alto, onde os arqueiros lançavam flechas flamejantes. Outros soldados arremessavam pedras e lanças, ou despejavam areia quente de vasos enormes. A ponte sobre o fosso fora derrubada, mas os monstros continuavam vindo mesmo assim.

Um manto vermelho chamou sua atenção. Yeleni Janudin estava morta, com seu sangue vital tornando o tecido ainda mais escuro.

Atrás dos arqueiros, Siyu executava seus movimentos com elegância, como uma coreografia mortal. Seu inimigo tinha o rosto e as patas de um gato-bravo, mas o corpo de um wyrm. Se contorcendo para escapar das garras, ela ergueu a lança para evitar uma mordida e, quando a criatura cravou os dentes na haste, sacou uma faca ersyria com a lâmina curva, feita para atravessar armaduras, e cortou sua garganta, fazendo verter sangue. A fera caiu diante dela, estrebuchando.

Dedalugun soltou um rugido horrendo. Da muralha, a fera era apenas som, empoleirada em um ponto alto demais para ser avistada. Tunuva percebeu que o wyrm se posicionara bem diante do sol, para que nenhum arqueiro conseguisse fazer pontaria com uma visão clara.

Siyu se afastou do cadáver. Tunuva chegou no momento em que ela caiu dos joelhos ao lado da irmã.

— Siyu, nós vamos enterrá-la no vale. Eu prometo — ela falou, segurando-a pelo ombro. — Continue defendendo a muralha. Esbar e eu precisamos atravessar aquela horda.

— Não. — Siyu a segurou pelo pulso. — Tuva, não saia daqui…

— Nós vamos até o lago, para matar Dedalugun.

— Como?

— Acho que sei um jeito.

As duas olharam para cima quando o wyrm trombeteou seu poder novamente, fazendo a cidade inteira estremecer à sua sombra.

— Me deixem ir. — Siyu limpou o rosto com o punho. — Dedalugun matou Lalhar. Eu preciso vingá-la.

Não havia tempo para discutir, então Tunuva apenas assentiu. Ela viu Esbar saltar da muralha e pulou em seguida para o meio das monstruosidades. Juntas, elas correram em direção ao fosso e se arremessaram para o outro lado. Siyu aterrissou ao lado de Tunuva, ainda empunhando a faca ensanguentada.

Elas abriram caminho a golpes de lâmina pela horda numerosa, com seu mundo reduzido a meros vislumbres: dentes ensanguentados, o brilho de uma garra, os lombos e as cabeças de inúmeras criaturas, bicos cruéis rasgando seus mantos. Mais de uma vez, Tunuva viu membros humanos esmagados sob escamas e ferro, assim como em Jrhanyam, e rostos gemiam em sua direção. Sua mente bloqueou tudo aquilo.

Mais adiante, Esbar brandia duas espadas idênticas, usando seu fogo para abrir passagem. Onde quer que acertasse, Tunuva desferia o golpe seguinte, e Siyu se encarregava do que restasse. Um wyvern que voava acima delas cuspiu fogo do outro lado da muralha. Um segundo fez a mesma coisa, deixando os tijolos tão ressecados que racharam e fizeram chover lascas sobre elas.

O terceiro wyvern voava baixo. Com um berro, arremessou o corpo contra a muralha, arrebentando-a, e acertando com a cabeça o que restou do portão. Os chifres de guerra soaram o alarme enquanto as criaturas atravessavam as ruínas e se espalhavam por Nzene.

Tunuva segurou Siyu pela mão. Elas saltavam as barreiras que os lássios construíram para dificultar o avanço das criaturas. Sem parar por um único instante, Tunuva montou em Ninuru, puxando Siyu consigo, e seguiu atrás de Esbar, que já estava sobre Jeda.

O Lago Jodigo permanecia intacto. Durante o verão, parecia raso e límpido como vidro, um espelho sobre a terra esturricada pelo sol. Mas agora as chuvas do inverno haviam encorpado suas águas, que estavam profundas e escuras. Quanto mais Ninuru se aproximava da margem, mais Tunuva sentia a pedra zumbir cada vez mais, gelando seu corpo.

Agora estavam distantes da cidade, mas não o suficiente para deixar de ouvir os gritos, tanto de humanos e de animais como o do wyrm.

Dedalugun estava sentado sobre a montanha como se fosse seu trono, como um gigante de histórias ancestrais. Suas escamas pareciam feitas do mesmo material da rocha.

Esbar pulou de Jeda e olhou para o wyrm. Tunuva a observou erguer as duas mãos. A ponta dos dedos dela ficou dourada.

E então o fogo dela emergiu.

Em mais de cinquenta anos, Tunuva nunca tinha visto uma irmã do Priorado soltar seu fogo terreno com tamanha força. As chamas se ergueram na direção do sol como dois pilares de uma luz feroz, que então se juntaram em apenas um, rugindo como o vento. As mãos dela se abriram, e os tendões que se ligavam ao pescoço se flexionaram.

Tunuva assistia a tudo admirada. Era como se Esbar estivesse canalizando o Ventre de Fogo através do corpo — como se ela tivesse se tornado a personificação do Monte Temível. Washtu reencarnada.

Saghul fizera uma ótima escolha.

Siyu evocou sua chama natural e a acrescentou à tempestade de fogo. Era reluzente o bastante para ser vista da cidade, mesmo em plena luz do dia. O cheiro de siden impregnava o ar.

Enfim, Dedalugun se virou, ao ver o ponto de luz no deserto, um fogo que não era expelido por nenhum wyrm.

— Se você nos vê — Esbar sibilou —, nós também vemos você.

Dedalugun decolou do Monte Dinduru, fazendo cair neve e rochas da montanha, e veio voando na direção do lago. Tunuva pegou a pedra branca por debaixo da túnica. Estava gelada agora, e com um brilho intenso, como uma lua cheia em sua mão.

— Tuva, depressa — Esbar gritou, com os cabelos revoando ao redor do rosto.

Tunuva ergueu a pedra na direção do Lago Jodigo. Um fio invisível se esticou entre a joia e a água, como se ela estivesse segurando uma linha de pesca. Tunuva desejou que as águas se levantassem de seu leito.

Ondas começaram a se espalhar sobre a superfície. Não o suficiente, mas até mesmo aquela pequena agitação havia drenado boa parte de suas forças. Dedalugun vinha na direção delas, já baixo o bastante para que a parte inferior de seu corpo quase roçasse o chão. Tunuva cerrou os dentes e tentou de novo.

Esbar e Siyu extinguiram suas chamas. Ofegante, Esbar municiou o arco com uma flecha, voltando a ser humana depois de se tornar uma divindade do fogo. A não ser pelo suor sobre a pele, não parecia nem um pouco afetada pelo que fizera.

Sua flecha acertou Dedalugun bem no olho. As garras dele abriram trincheiras na terra. Aterrissando com força suficiente para abrir uma fratura no chão, o wyrm despejou seu fogo vermelho sobre Esbar e Siyu, que se protegeram com égides.

Tunuva segurou firme a joia minguante. A água se moveu, se levantou, saiu de seu controle. Ela quase caiu, estremecendo. Rugindo, Dedalugun se virou para ela.

Quando ela pensou que a água jamais fosse se mover, algo atraiu seu olhar para cima. Manchas prateadas caíam do céu, despejadas de um rastro largo de luz — uma estrela barbada com uma cauda bipartida, mais longa e mais brilhante do que outra que ela já tivesse visto.

Em sua mão, a pedra assumiu um brilho branco ofuscante, ficando tão fria que ela quase a derrubou por causa da dor que sentiu na mão. Um frio como aquele poderia prejudicar seu fogo. Dedalugun olhou para o alto também, mas então seu olhar flamejante se voltou novamente para ela. Tunuva tentou evocar uma égide, mas notou que sua magia estava congelada. Em toda sua vida, ela nunca deixara de responder a seu chamado. O medo a sufocou. Sua mão doía e tremia em torno da joia, que de repente pareceu pesada como uma rocha.

Antes que ela pudesse ao menos pensar em sacar uma arma, Siyu apareceu, colocando as mãos na lança cravada no peito do wyrm. Ela continuou segurando enquanto Dedalugun se empinava sobre as patas, levantando-a do chão. Siyu apoiou as botas nas escamas e puxou, e quando caiu trouxe a arma consigo.

Ela aterrissou em uma posição agachada, pronta para a luta. Dedalugun emitiu um som como o da terra se movendo. Ao soltar a lança, Siyu havia aberto uma brecha em sua carapaça. Então o wyrm a jogou longe, e ela caiu inerte sobre a areia.

— Siyu — Esbar berrou.

Seu grito atravessou Tunuva, que o ecoou, sentindo a agonia pressionando seu peito. Siyu não se movia.

Dedalugun se virou para Tunuva, vertendo pelo olho um sangue que fervilhava quando atingia o chão. Tunuva recuou. Ao seu redor, o mundo possuía um cheiro diferente, metálico. Ela sentia sua magia se encolher em suas veias, afetada pelo cometa, mas a pedra brilhava tanto que quase a cegava. Dessa vez, a necessidade de exercer aquela força era avassaladora.

O Lago Jodigo estremecia em antecipação a seu toque. Ela olhou para Siyu, e então para o cometa.

O cheiro de ferro. O cheiro de sangue.

Ela se lembrou da força que fez, para baixo, enquanto Armul emergia dela, com os tijolos sob seus pés, seu corpo todo se esforçando. Enquanto isso, Esbar ficara ao seu lado, sem soltá-la em nenhum momento.

Tunuva se lembrou daquela sensação por inteiro, permitindo que a preenchesse e despertasse cada músculo de seu corpo, e isso a fez se concentrar totalmente em si mesma. Ela puxou como se estivesse retirando um peixe do Minara. Como se estivesse trazendo sua criança de volta para o ventre, onde jamais se perderia.

Ela puxou e, com um movimento poderoso, Tunuva Melim ergueu o lago.

Imediatamente, suas juntas começaram a ceder, e ela sentiu uma vontade irresistível de dormir. Em vez disso, imaginou que a água era o fogo que não poderia mais tocar, reunindo-a toda sob seu comando.

No início, foi como empunhar uma arma pesada demais para seus braços.

E então, à medida que as estrelas caíam, se tornou fácil como respirar.

O lago era salgado demais para permitir a existência de alguma forma de vida. Ela o arremessou sobre Dedalugun, e todo o peso da água se espatifou sobre as asas do wyrm. Tunuva lançou um jato em direção à bocarra do wyrm e então goela abaixo, na direção de suas entranhas podres, desejando que a água se tornasse gelo. Dedalugun tentou bater as asas, mas em seguida foi ao chão, com vapor escapando por entre as escamas, emitido pela fornalha de sua própria barriga, com seus rugidos e guinchos sendo afogados pela água borbulhante.

Esbar correu até Siyu. Ela apanhou a lança encantada e avançou sobre Dedalugun, levantando água do chão inundado com as botas. Tunuva continuou jogando o lago para cima do wyrm até a escama frouxa se soltar de vez, arrancada pela torrente — e Esbar cravou a arma na carne que havia abaixo, bem no coração da criatura.

Dedalugun deu um berro. Com o resquício de sua força de vontade, Tunuva ergueu o que restava do lago para longe de Esbar e Siyu e deixou que voltasse ao lugar. A água espirrou para todos os lados, agitada. Quando olhou para o wyrm, viu que ele estava imóvel e fumegando.

Quando Tunuva chegou até ela, Esbar tinha uma Siyu encharcada nos braços. Ela estendeu a mão para Tunuva, e as duas choraram juntas sob a estrela barbada — abraçadas uma à outra e também à filha que tanto amavam.

99
Leste

Ela já não se lembrava mais de um tempo anterior à tempestade. Tinha se espalhado por todo o céu escuro sobre Uramyesi, a partir da boca dos dragões. No chão, lá embaixo, a matança continuava.

No céu, era guerra.

O estalo e o retumbar dos trovões preenchiam a noite. Taugran reunira seus wyrmlings, que sitiavam a cidade, rodeando-a como gaivotas. Os raios espocavam em meio às nuvens tempestuosas que se ergueram na direção do bando. Mais abaixo, o Abismo se lançava contra o penhasco de Uramyesi.

Por toda parte, Seiiki rugia.

Dumai via o mundo se acender e então escurecer de novo, várias e várias vezes. A lua estivera ali em algum momento, muito tempo antes, mas agora desaparecera, engolida pela tempestade. Mesmo com a pedra azul lá embaixo, o poder dos deuses só aumentava, liberado pelo próprio ar.

A chuva encharcou Dumai até os ossos, deixando-a gelada como Furtia, a pele e as escamas se tornaram uma coisa só, e a fúria da dragoa comprimia seu peito de um jeito que ela nem sabia dizer qual raiva viera primeiro. Só o que sabia era que precisava destruir aquela criatura que voava à sua frente, que cuspia fogo de sua boca horrenda, fazendo os dragões berrarem furiosos.

O fogo. O pensamento atravessava as duas, Dumai e Furtia. *O fogo das profundezas da terra, que ascendeu.*

Dumai enfiou as mãos nuas nas crinas da dragoa. Já dançara com sinos prateados e peixes dourados, traçara um arco-íris através de uma casa de bonecas, sem nunca entender por que isso era importante. O fogo ascendera.

Um fogo que precisa ser apagado.

Sim, elas sibilaram em uníssono. *Sim*.

Taugran passou voando, com suas escamas douradas refletindo os incêndios que causara lá embaixo. Furtia tentou morder sua cauda. Mais uma vez, Taugran se esquivou. Para uma criatura tão imensa, ele se movia com a fluidez da água. Quando Dumai soltou um rosnado de frustração, a dragoa fez o mesmo, e junto com suas vozes retumbou um trovão.

Os relâmpagos desceram bifurcados do céu para a terra, iluminando uma frota de barcos. Furtia se contorceu no ar, no encalço de Taugran. Dumai se agarrou à crina dela, com os dentes cerrados.

Lá embaixo, mais dragões haviam aparecido. Sopravam ventos tempestuosos na direção dos wyrms, mantendo-os longe das pessoas, que fugiam para o continente, para longe da batalha. Um arpão lançado por uma balestra passou assobiando por Furtia e acertou um wyrmling no peito. Dumai mal notou. Só tinha olhos para Taugran. Desejou poder ouvir a voz dele em sua mente, assim como a dos deuses. Queria conhecer a voz do caos.

Queria ouvir o caos gritar.

A perseguição continuou. O wyrm deixava tudo lá embaixo em polvorosa, queimando o que encontrava pela frente. Furtia voava logo atrás, atingida pelo vento quente daquelas asas imensas. Outros dragões vinham com ela, cercando Taugran com relâmpagos.

Durante todo esse tempo, Dumai foi ficando cada vez mais gelada. Em um canto obscuro de sua mente, sabia que já sangrara por tempo demais. A flecha estava alojada entre suas costelas, rasgando o interior desprotegido de seu corpo.

O Senhor dos Rios a matara. Preparara uma armadilha, sabendo que alguém lhe diria que Suzumai estava em perigo. Os guardas dele estavam lá para garantir que a morte dela, fosse pelas flechas ou pelo fogo do wyrm.

Os Noziken e os Kuposa. Tanto tempo perdido com uma rivalidade que não significava nada. Ela deveria estar tentando curar aquela terra maltratada. Deveria ter vasculhado cada texto escrito no Leste até entender por que aquilo acontecera, para impedir que ocorresse de novo…

Dumai afastou aquele pensamento. Suas recordações humanas conflitavam com os instintos dos dragões. Ela se agarrou à lembrança de Suzumai, de sua mãe e avó, de Nikeya e de todos os Noziken mortos. A Grã-Imperatriz não teria mais filhos, mesmo que o Senhor dos Rios a deixasse viver.

O arco-íris enfim se extinguira.

A escuridão se tornou mais espessa. Sua respiração ficou mais curta. Mesmo assim, continuou se agarrando firme, com os ventos sacudindo seus cabelos. Imaginou que o frio não fosse a morte, e sim o grande Kwiriki, cantando para ela.

Taugran cuspiu seu fogo pela praia, incendiando cada uma das embarcações. E Dumai pensou que aquilo nunca fosse acabar: o sofrimento, o medo.

Kwiriki entronara uma jovem e a encarregara de proteger a ilha. Dumai honraria esse acordo, firmado muito tempo antes no olho da tempestade. Ela salvaria Seiiki, à custa da Casa de Noziken. Manteria essa promessa enquanto fosse capaz de respirar.

Furtia emergiu de suas próprias nuvens para a noite aberta. Por um lindo momento, tudo ficou silencioso. Não havia chuva, nem trovões, nem fogo. Dumai espiou por cima do ombro, à procura de Taugran. A chuva se acumulava em seus cílios. A tempestade deixara sua pele dormente.

Está aqui, filha da terra. A estrela chegou. Furtia ergueu a cabeça. *Nosso tempo é agora.* Dumai levantou a cabeça e viu a luz na escuridão — um brilho de pura prata, límpido e perfeito.

A estrela que nos trouxe a este mundo, Nayimathun dissera. *A luz de cauda longa das águas escuras da criação.*

Lá estava. Agulhas brancas faiscavam em seu encalço, caindo sobre a terra como chuva.

A Lanterna de Kwiriki.

Abaixo dela, Furtia reluzia como nunca. Todas as suas escamas estavam límpidas como água, para que sua luz pudesse brilhar. Ela era um espelho da estrela, e sua coroa era a própria lua. Dumai soltou um riso jubiloso e se deixou embeber naquela magia.

Nós ficamos mais fortes do que nunca quando a estrela cai das águas escuras. Mais fortes do que o fogo que ascendeu. Furtia ia explicando em sua mente. *Por um tempo, será como muito tempo atrás, quando a água ainda dominava a chama, como sempre deveria ser.*

Dumai se agarrou a ela. Furtia tinha o cheiro do mar, e da chuva, e de algo mais.

O fogo morrerá sob a estrela. Voltará para as profundezas da terra, mas, se Taugran dormir, despertará novamente, quando o fogo se renovar. Furtia nadava pelo ar gelado. *Você não estará aqui, mas outros, sim.* Dumai respirava uma névoa. *Taugran não deve dormir. Toda nossa luz pode apagá-lo. E seu calor pode nos ressecar, por outro lado.*

Taugran manobrava por sobre os telhados, com as asas brilhando, e seus wyrmlings cuspiam fogo para baixo. Nikeya poderia estar em qualquer lugar por lá. Dumai desejou que ela fugisse, que desaparecesse dali com a pedra.

Filha da terra, está vendo?

O sangue vertia do local onde a flecha a perfurou. A escuridão voltou a se intensificar, porém não havia mais dor. Ela tivera uma boa vida por trinta anos.

Sim, Dumai respondeu. *Sim, grandiosa. Estou aqui com você.*

Ela se lembrou:

Sete dragões, deuses da água, cercando a fera das profundezas da terra. Os dragões que ela despertara, voando na direção do caos. Houve um tempo em que temera tê-los despertado sem motivo, mas devia ser para aquilo. Juntos, e com o cometa, eles poderiam destruir Taugran.

Para garantir a sobrevivência do povo de Seiiki.

Para garantir que Taugran nunca mais voltasse, ainda que outros como ele reaparecessem.

Furtia chegou ao monstro primeiro. Os dragões se enrolaram em torno das escamas douradas chamuscadas, fervilhando ao seu toque, e sua luz interior emergiu em uma brancura intensa. O cometa estava em todos eles, banhando-os à medida que as estrelas caíam.

Banhando-os com o céu noturno.

Dumai viu suas palmas brilharem. A luz sempre estivera dentro dela. Era assim que falava com os deuses. Que sobrevivera a Brhazat. Enfim, conhecia a verdade, aninhada entre suas mãos — o segredo que sua mãe guardara a vida toda.

Naquela noite, muito tempo antes, Unora de Afa engolira uma estrela, para que sua filha pudesse dar origem a uma. Pajati dera a Unora um presente, e agora Dumai o devolveria aos deuses.

Mamãe, eu a perdoo. Eu a perdoo por tudo. Amo você como a chuva ama a terra. Como a montanha ama o céu. Vou amar você quando a estrela voltar, e quando as águas escuras engolirem o mundo.

Taugran, o Dourado, soltou um grito na escuridão. Enrolados em seu corpo monstruoso, os deuses ressecaram como papel sobre brasas. Mas mantiveram o aperto mesmo assim. Aprisionaram Taugran. Com os olhos ofuscados por tanto brilho, Dumai só ouviu quando eles o apertaram ainda mais, cada vez mais, até apagarem a fornalha do wyrm.

Taugran, o Dourado, estava morto antes mesmo de começar a cair.

Chamas vermelhas se espalharam pela ilha. A luz se tornou escuridão, permeada pela tempestade de estrelas. Furtia se afastou de Taugran, e Dumai foi descendo com ela para a escuridão infinita do mar.

****

Ela afundou, como uma mulher feita de pedra. Seus ossos deviam ter se quebrado quando ela atingiu a água, mas sentia apenas uma dor vaga, sem forma. Talvez fosse um sonho. Talvez já estivesse morta, e aquela fosse sua descida pacífica para as profundezas, para o Palácio das Muitas Pérolas.

Sua mente estava em paz. Ela se deixou dormir, notando que o som de seu próprio coração se tornava mais e mais lento.

Ela pensou em Nikeya e desejou.

Desejou que pudessem ter mais tempo.

Luzes penetraram o mar. Esfriaram o fogo em seus ossos, em seu flanco, e ela não sentiu absolutamente nada.

****

Acordou sozinha na areia cinzenta e gelada, com cheiro de sangue e dragão nas narinas. O Abismo a mandara de volta para a praia. Entorpecida, ela se deitou de lado, com os cabelos espalhados sob o rosto.

Ao seu lado, Furtia Tempestuosa estava silenciosa e imóvel, caída na areia como uma pipa sem vento, com as escamas tão chamuscadas que caíam como folhas secas quando uma brisa soprava.

Foram necessários sete dragões para dar um fim definitivo a Taugran. Os outros deviam estar por perto. Aquela praia seria seu lugar de descanso definitivo, e dela também.

Dumai estendeu a mão para tocar a deusa que a escolhera. Mais escamas se desfizeram entre seus dedos.

Eu sinto muito.

A alvorada despontava no horizonte. A luz revelou que os wyrms não estavam mais lá. Dumai não via mais suas asas, nem seus gritos sobre Seiiki.

Pelo contrário, só havia um silêncio terrível, distante do rugido do mar.

A Lanterna de Kwiriki ainda estava no céu, deixando seu rastro de pó estelar. Ela poderia morrer tranquila, diante de uma visão como aquela — com o céu avivado por faíscas prateadas e o cometa, o sinal de proteção e amor dos deuses.

Por um tempo, Dumai dormiu, ou desmaiou. Quando se mexeu de novo, estava bem mais gelada, com a mão grudenta sob o rosto. Ela se tornara um fantasma d'água. Suas costelas doíam quando a água a atingia. Não conseguia mais se mover, então sabia que seria em breve.

A princípio, pensou que aquele dragão claro fosse uma miragem, ou um sonho — o espírito do grande Kwiriki, vindo lhe mostrar o caminho. Aterrissou suavemente ao lado de Furtia, e então se voltou para Dumai.

Você caiu como a estrela. Pajati, o Branco, a cutucou com o focinho. *Mas ainda assim ouvi seu desejo, e aqui estou.*

— Concessor de desejos. — Sua voz estava quase inaudível. — Agora eu sei… que eu fui um desejo.

Ela me chamou em meu sono, e você foi formada em águas banhadas de estrelas. Pajati fungou para ela. *Ainda há tempo para você, embora esteja diminuindo. Enquanto a estrela estiver no céu, a luz pode curar sua carne, seus ossos. Você tem quantidade suficiente dos rastros dela... mas precisa usar tudo o que possui, tudo o que dei à mulher moribunda. Não posso lhe oferecer mais, filha da terra. Não agora, que é chegado nosso tempo.*

A respiração dela se tornou mais lenta. Seu coração era como uma mariposa esmagada, que mal conseguia bater as asas.

Sonhe bem, pois só pode escolher uma vez.

Caso voltasse a Antuma, haveria uma guerra civil. Seiiki não sobreviveria ao derramamento de sangue.

O mar avançava ao seu redor, espalhando seus cabelos. Ela visualizou o Monte Ipyeda, a pintura na parede de sua mãe — o Palácio das Muitas Pérolas, e todas aquelas pessoas felizes lá dentro. E então pensou em Nikeya.

Nikeya.

Quando fechou os olhos, viu o riacho secreto mais uma vez, e a figura esvanecendo à distância, ainda sem rosto.

Eu gostaria de ter descoberto quem você é. Ela enviou aquelas palavras em meio às cinzas do mundo. *Adeus, minha irmã, meu espelho. Minha amiga.*

Era melhor que ela desaparecesse. Pelo menos, havia uma forma de fazer isso. Ela buscou a luz dentro de si, e a escuridão a aceitou, como uma oferenda.

100

Oeste

Nas profundezas do túmulo, tudo era silêncio. Lá dentro, Wulf estava à espera com Sabran, que cochilava sobre suas pernas. Ela dormia com as perninhas encolhidas, como devia fazer dentro do ventre.

Era primavera, mas, dentro da falsa colina, o inverno persistia. Ele removera o próprio manto para cobrir Sabran. Durante horas, não pensara em nada além dela. Nem na luz que veio de sua mão, nem no cometa. Só na criança que ele jamais esperava ver.

A luz do dia entrou no túmulo por um respiro. Através desse brilho fraco, Wulf absorveu a visão de sua filha recém-nascida, para se lembrar de cada fungada, de cada traço daquele rostinho. Passou o polegar por cima das bochechas dela, dos fios de cabelo, das orelhas. E o melhor de tudo eram os cílios pretos delicadíssimos, como cerdas do mais fino pincel.

Sabran dormia como uma ursinha, com os lábios entreabertos, e a barriguinha subindo e descendo.

— Pois é — Wulf murmurou, fazendo uma leve carícia nela. — Deve ter sido bem cansativo. Nascer em pleno fim do mundo.

Era a primeira vez que ele falava, e sua voz a fez se mexer em meio ao sono. Ela empurrou a barriga dele com os pezinhos.

— Olá — ele disse.

Sabran emitiu um som bem baixinho. Ele a olhou nos olhos, verdes como folhas de junco.

— De onde você veio? — ele perguntou. — Com quem vocês todas se parecem, hã?

Ela enrugou a testa.

— Você vai ficar bem, sabe. Eu também não fui criado pelo meu pai de nascimento. Ele morreu há muito tempo. E acabei me saindo razoavelmente bem. — Wulf subiu o manto, deixando-o bem rente ao queixo dela. — Pois bem, não sei se o Príncipe de Yscalin vai amar você, mas não se preocupe, pequenina. Vai haver quem ame.

Glorian devia tê-la amamentado entre o parto e o reavivamento moral das tropas. A barriguinha dela estava quente e inchada. Ele a puxou para mais perto, para poder ouvir sua respiração.

— Acho que preciso contar um pouco mais sobre mim. Enquanto ainda temos tempo — murmurou. — Eu nasci em um vale verdejante do Sul, filho de uma bondosa guerreira e de um homem que tinha a confiança dos pássaros, que o levaram para sua ruína, que só as abelhas testemunharam. Eu fui roubado e levado pela areia e pelo mar, para as profundezas de um bosque escuro, onde uma loba me tirou de uma bruxa e me levou até um homem que me amou como se fosse seu próprio filho. Fugi do meu passado para as neves eternas, onde as luzes ondulam no céu. Estive em um navio branco que foi incendiado, mas não queimei até a morte porque carregava um segredo no sangue. Nós temos algo especial dentro de nós, você e eu — Wulf lhe disse. — Sabran Melim Berethnet, você é descendente de um homem que construiu um reino sobre uma mentira. Ele contou ao mundo que derrotou um monstro, mas na verdade quem fez isso foi uma grande princesa. O nome dela era Cleolind. Ela construiu uma casa para manter viva essa verdade. Não pela glória, Sabran, mas porque a verdade é importante. Você vai ser a primeira rainha Berethnet a ter essa verdade dentro de si. É só uma brasa. Menos que isso, até. Mais como uma vela, acho, uma luz que você nunca vai ver, nem sentir. Pode não ser você quem vai contar essa verdade, mas ela vai estar viva dentro do seu corpo, durante toda sua vida, e ela vai mantê-la aquecida. — Ele pôs o dedo sobre o esterno da bebê. — Bem aqui.

Ela o encarou. Wulf sorriu, e uma lágrima escorreu por seu rosto.

— Você é um segredo, assim como minha mãe. Assim como nossas irmãs. Assim como eu. — Ele beijou sua cabecinha macia. — E eu te amo.

Sabran bocejou e guinchou como uma ratinha, alheia a tudo aquilo. Wulf sentiu seu corpo se sacudir com a força de seu choro. Ele a pressionou contra o peito e desejou que, em algum recanto escondido dentro dela, Sabran se lembrasse de como seu amor a envolveu por inteiro. E do som de sua voz, naquele estranho ventre representado pelo túmulo.

E ele rezou, não para o Santo, mas para a Mãe. Rezou para que abelha nenhuma assombrasse os sonhos dela — que em vez disso Sabran murmurasse seus segredos para elas, lhes contasse sobre suas lembranças dele. Rezou para que os dias dela fossem repletos de risos e canções.

Ele continuou naquela posição até ouvir o batucar dos cascos se aproximando do túmulo, em meio a gritos de vitória.

****

O Pântano de Cenning foi tomado de aplausos. Por toda Inys, as pessoas saíam de seus esconderijos, para sair ao sol sem medo do fogo.

Apenas a Rainha de Inys ainda chorava. Ela se enfiou em sua caverna, sozinha pela primeira vez em anos. Um cordão prateado se desfez dentro dela, e com isso a voz em seu sonho desapareceu.

Epílogo

Tunuva

A Bacia Lássia começou a despertar. Por um longo tempo, os pássaros ficaram silenciosos, pressentindo a mudança no mundo.

Agora os acha-méis voltavam a trinar. Tunuva Melim seguiu um deles.

Fazia muitos anos que não visitava a clareira. Na época, os homens decidiram que Meren seria enterrado lá, em um lugar que adorava, para onde os acha-méis o guiaram naquele fatídico dia. Tunuva não conseguira ir ver o corpo — uma vez já fora o suficiente —, mas Esbar lhe contara que os pássaros haviam aparecido para lamentar sua morte, entoando um doce canto fúnebre sobre a sepultura.

Além da Bacia Lássia, tudo era silêncio. Não havia mais wyrms uivando noite adentro. Nem gritos.

Quando chegou ao local, as lembranças a atingiram com a força de um martelo de guerra. O cheiro de sangue se sobrepondo ao da doçura. O gosto de medo em sua boca. Os gritos que dera. Lá estava a árvore onde as abelhas zumbiam, aberta com um machado, com o mel ainda escorrendo da casca. *O mel nunca apodrece*, Meren lhe dissera. *Você poderia comê-lo mesmo depois de guardá-lo por mil anos.*

Os homens haviam plantado sopros-de-sol por lá. Meren adorava aquelas flores, que se abriam a cada verão, alegres como um sorriso.

Tunuva se ajoelhou e pôs a mão espalmada no local onde o rosto dele pousara.

— Meren tentou protegê-lo.

A imobilidade em seu corpo foi como um instinto primitivo. Ela sentiu a magia antinatural, com ainda mais força do que antes.

— Foi uma morte rápida, se isso lhe serve de conforto — Canthe falou. — Wulf estava olhando para as abelhas... Meren queria ensiná-lo a não as temer. Ele não viu o cadáver.

Tunuva permaneceu onde estava. Por algum motivo, não estava surpresa por Canthe ter sobrevivido.

— Você nunca me disse o motivo — ela falou. — Para ter matado Meren. Para ter roubado meu filho de mim.

— O mundo está em frangalhos, Tunuva. Você pôde ver isso agora. Todas vocês — Canthe respondeu. — Muito tempo atrás, o equilíbrio entre as duas magias foi desfeito, o equilíbrio que mantinha o mundo em harmonia. Todo esse sofrimento e essas mortes foram uma consequência desastrosa disso.

Ela entrou na clareira. Tunuva ainda não conseguia olhar, mas seu corpo se atentava a cada passo.

— Eu tentei ensinar um homem a amar minha árvore tanto quanto eu a amava. Tentei de verdade, mas ele lhe deu as costas. E deu as costas para mim também — Canthe contou. — Desprovida da minha filha, eu queria uma criança com sangue de maga, que pudesse educar desde o berço. Um herdeiro para me ajudar a curar a terra. Um guardião do bosque, caso alguma coisa acontecesse comigo. Eu vim para o Priorado.

— Como você sabia de nossa existência?

— Eu já era viva na época da fundação. Quando vi Wulf, tive certeza. Afinal de contas, uma irmã não pode se apegar demais à própria carne — falou. — Pensei que um menino não faria falta.

— Mas fez. Todos os dias. A cada momento — Tunuva disse, baixinho. — Agora você sabe disso.

— Sei, sim.

Tunuva permaneceu onde estava, no chão. Sua respiração estava presa no peito, como uma criaturinha dentro de um ovo prestes a rachar.

— Me diga uma coisa — ela falou. — Depois de todo o trabalho que teve para raptar Wulf, por que deixar que o barão inysiano o levasse?

— Meus inimigos me encontraram. Eu sabia que eles iriam matá-lo, e estava fraca demais na época para mantê-lo em segurança. Eu o entreguei para alguém que poderia fazer isso, mas sempre desejei voltar para buscá-lo um dia.

— E por que não fez isso?

— Porque ele estava feliz.

— Ele também seria feliz comigo, assim como era antes de tudo isso. — Por fim, Tunuva se levantou, devagar, e encarou a mulher que um dia chamara de amiga. — Por que está aqui?

Canthe usava apenas um vestido em padrão de rede de pesca, amarrado no ombro. Seus cabelos escorriam até a cintura.

— Você sabe por quê — ela respondeu.

— Você nunca mais vai pôr os pés no Priorado.

— A Estrela de Longas Madeixas concede muitas bênçãos para quem conhece seus segredos. Agora que minha sterren está renovada, eu posso assumir a forma que quiser. Vocês nunca vão saber se eu estiver aqui.

— Você se transformou em Saghul, para enganar Hidat. Mudou de forma e assumiu a dela.

— Não. Isso exigiria mais energia do que eu tinha. Só fiz um encantamento. Quando Hidat pôs os olhos em mim, viu e ouviu Saghul Yedanya. Uma ilusão, não uma transformação… mas, sim, fui eu. Eu sabia que isso faria Siyu fugir. E sabia o que isso iria causar entre você e Esbar.

— Então você não só levou meu filho de nascimento como quase me separou das duas pessoas que eu mais amo neste mundo.

— Eu não espero seu perdão, Tunuva. Já sei que seria pedir demais.

Tudo estava imóvel demais, e o ar parecia espesso como mel.

— Você veio para cá por causa do fruto ou da joia? — Tunuva perguntou, e cada palavra só aumentava sua dor.

— A joia. — Canthe voltou seu olhar a sudoeste. — Eu sei que está aqui.

— A chave não está mais. Eu a mandei para bem longe.

— Tunuva, eu já vivi por um bom tempo, mas a minha paciência tem limites no que diz respeito àquela abominação.

— O que é aquilo, para despertar tanto medo em você?

— Você não deve carregar o fardo desse conhecimento. O dever de corrigir isso é meu, não importa o quanto tenha que me rebaixar para isso. — Canthe deu mais um passo silencioso, com os pés descalços na terra. — Me diga onde está a chave. Ou posso obrigar você a me contar.

— Não pode, porque eu não sei onde está. E não tenho medo de você, Canthe.

— Por quê?

— Você poderia ter roubado a chave enquanto eu dormia. Poderia ter me matado para pegá-la — Tunuva respondeu. — Mas preferiu tentar conquistar minha confiança.

— Eu precisava conquistar sua confiança. Minha sterren estava fraca demais para manter o controle sobre sua mente sem isso.

— Esse não é o único motivo. Você ficou aqui por dois anos, porque queria fazer parte desta família. E foi cautelosa. E fez questão de me fazer reencontrar Wulf, apesar de todos os perigos. — Tunuva olhou bem nos olhos dela. — Você disse que perdeu uma criança.

— Isso é verdade.

— Por que me ajudou a encontrar a minha?

Um acha-mel cantou na clareira.

— Acho que você fez isso porque me ama — Tunuva falou.

Canthe baixou os olhos.

— Quando descobri que a guardiã da tumba era a mãe da criança que eu tinha levado, fiquei sem saber se conseguiria suportar a ideia de fazer você sofrer de novo. Afinal, eu também sou mãe, embora minha filha já esteja morta há muito tempo — disse. — E a situação só piorou quando você me tratou com bondade e gentileza. Tenho mais arrependimentos do que você é capaz de imaginar, Tunuva Melim, mas o maior foi ter levado justamente o seu filho. Foi isso o que me custou um lugar na sua família. Eu lhe ofereceria a minha vida por isso, mas você não seria capaz de me matar. Imagino que nada seja.

— Saber que você está sozinha no mundo já basta.

Canthe fechou os olhos. Tunuva a viu tirar da manga um frasco de vidro, mais ou menos do tamanho de um polegar.

— Tome uma gota quando se sentir fraca — ela falou, estendendo-o para Tunuva. — Isso vai impedir sua magia de se esvair depressa demais.

— Por que eu aceitaria isso de você?

— Aquela pedra vai estar sempre sedenta, Tuva. Você não vai conseguir manter uma chama acesa por muito tempo. Esse esforço pode até matá-la — Canthe explicou. — Por favor. Sua família ainda precisa de você firme e forte por um bom tempo.

Depois de um silêncio carregado de tensão, Tunuva pegou o frasco, tomando o cuidado de não deixar que seus dedos se tocassem.

— Se você realmente me ama — ela falou, com um nó na garganta —, não volte para cá, sob disfarce nenhum, até ter certeza de que eu já morri. Isso vai me machucar demais, saber que você está por perto. Vou me lembrar da sua traição toda vez que sentir o gosto do mel ou ouvir o zumbido das abelhas. Vou me lembrar disso toda vez que olhar para as flores que estão nessa sepultura.

Canthe a encarou. Embora seus olhos se parecessem poços sem fundo, havia uma sombra de desespero neles.

Então toda a emoção desapareceu, como a poeira soprada de cima de um papel.

— Eu vou continuar sozinha no mundo, como você deseja — ela falou, em um tom baixo. — Vou me envolver em mentiras, para ninguém me oferecer piedade nem ajuda. Vou viver como a Bruxa de Inysca. Com o aspecto monstruoso que você vê em mim agora. Vou me castigar por ter perdido você.

Tunuva a encarou com os dentes cerrados, e os olhos cheios de lágrimas.

— Um dia, vou encontrar a chave. Vou pegar a joia minguante e mantê-la em meu poder até sua canção silenciar — Canthe falou, com a suavidade de um sonho. — Então eu vou saber. Vou ter como saber que você está morta.

Ela se camuflou de novo à floresta, pelo mesmo caminho de onde viera. Um corvo bateu asas para longe da Bacia Lássia.

****

No mesmo momento em que Dedalugun foi morto, o fogo nos olhos de suas feras se apagou. Enquanto a estrela barbada vertia seus rastros de luz, elas se retiraram da cidade, deixando o povo chorando por seus mortos.

Por todo o Sul, todas as criaturas com o toque do Monte Temível começaram a se enfraquecer. Primeiro, os wyrms perderam a capacidade de cuspir fogo. Em pouco tempo, suas asas se tornaram incapazes de sustentá-los no ar. Em três dias, todos fugiram rastejando, para dormir ou morrer. Deixaram em seu rastro um mundo devastado, mas desapareceram. O cometa ficou no céu por uma semana — Esbar e Tunuva acompanharam sua trajetória — antes de desaparecer na infinidade do céu.

Kediko era um homem astuto, apesar de ter alimentado dúvidas a respeito do Priorado por tantos anos. Ele usou o cometa para explicar o lago que se ergueu no ar e a força invisível que desviava as chamas, afirmando que se tratava de uma bênção espetacular das divindades da noite, para convencer Abaso a apagar o fogo dos wyrms. Tunuva não fazia ideia se os sobreviventes acreditaram em sua história.

Ela voltou ao Priorado com Ninuru. Imsurin estava trabalhando na cozinha, fazendo pão. Hidat instruía as garotas no Salão de Guerra. Pela primeira vez, Lukiri estava com elas — por mais novinha que fosse, poderia pelo menos observar e exercitar sua curiosidade.

Depois que voltaram de Nzene, elas descobriram que Canthe não estava mais lá. Havia sangue no chão sob a pedra, mas nenhum sinal dela. Ninguém a tinha visto partir.

Ninguém jamais a veria de novo enquanto Tunuva fosse viva.

Não havia mais fumaça no ar, ofuscando o sol. Pela primeira vez em meses, seus raios tinham força o bastante para fazê-la suar. A fome ainda duraria um bom tempo, mas em breve as lavouras voltariam a ter calor e luz suficiente para crescer.

Ela encontrou Esbar perto da laranjeira, aproveitando o sol. Tunuva se deitou ao seu lado, e Esbar segurou sua mão, entrelaçando os dedos aos dela.

— Eu vi Canthe.

— Nós sabíamos que no fim ela mostraria as caras. — Esbar abriu os olhos. — Ela veio por causa da pedra. — Tunuva fez que sim com a cabeça. — Mas nunca vai conseguir pegá-la. Por que ela quer tanto aquilo?

— Não sei, mas acho que é por medo.

Suas ichneumons nadavam no Minara. Barsega tinha dado cria. Seus filhotes guinchavam e corriam ao redor dela, treinando uma dança de guerra. Quando Siyu voltasse — e ela voltaria —, ganharia outro filhote, para criar da mesma forma como havia criado Lalhar. Centenas de pássaros cantavam na floresta. Tunuva diminuiu sua respiração para absorver melhor os sons de seu lar.

Acima delas, as laranjas brilhavam, ainda que menos do que antes. O cometa parecia ter baixado a temperatura de todo o fogo do mundo, tanto na superfície como abaixo da terra. Da última vez que Tunuva comera o fruto, havia bem menos magia. Agora cada chama que evocava devorava quase todo seu pavio.

Mas ela reparou que Esbar era capaz de manter uma chama por bem mais tempo. Assim como todas as outras.

Para você, só a morte vai quebrar a conexão. Ela sentiu o frasco frio na lateral do corpo. *Isso vai consumir sua magia.*

Um bom tempo depois, Esbar se virou de lado e olhou Tunuva bem nos olhos. Quando o sol bateu em seus cabelos, Tunuva se lembrou de todo o poder e esplendor que ela mostrara em Nzene, expelindo fogo suficiente para queimar o céu. Mas agora ela era pura leveza, com aquele olhar carinhoso.

— Tuva, eu pensei por muito tempo se deveria fazer essa pergunta, mas nós duas nunca tivemos segredos — ela disse, segurando sua mão. — Canthe estava falando a verdade lá na tumba?

Tunuva deixou sua memória se voltar para a noite que havia trancafiado no fundo de sua mente.

— Ela me beijou. E eu retribuí — Tunuva murmurou. — Eu olhei nos olhos dela, e vi uma coisa pior que a morte. Ela sentiu tanta coisa, e por tanto tempo, que os sentimentos se fundiram em uma coisa só, assim como até os corantes das mais vivas cores acabam virando uma massa cinza quando são todos misturados. E, quando ela me abraçou, isso passou para mim também, o cinza sem vida daquela solidão. Se eu a beijasse pelo resto da vida, jamais conseguiria me livrar desse emaranhado que existe dentro dela. Nunca me senti mais sozinha na vida do que naquele momento, depois de ver tamanha solidão.

Esbar ficou em silêncio, só escutando.

— Eu não queria que existisse nenhuma animosidade entre você e Canthe, e foi por isso que escondi tudo, mas para mim sempre só existiu você — Tunuva falou, se virando para Esbar. — Você consegue me perdoar?

— Eu já perdoei antes mesmo de você pedir. — Esbar passou a mão em seu rosto. — Você é como o sol para pessoas como Canthe. É da sua natureza ser calorosa com todos que encontra, e o sol não precisa pedir perdão por brilhar.

Tunuva deu um beijo na mão dela, se desvencilhando do fardo que carregara por todos aqueles meses.

— Agora nós sabemos a verdade. Canthe nunca mais vai conseguir nos enganar — Esbar falou, determinada. — Deixei um aviso para nossas irmãs nos arquivos, alertando para não admitir pessoas estranhas.

— E quanto a Inys? — Tunuva perguntou. — Vai deixar um registro sobre isso nos arquivos também?

— Sim. — O olhar dela se tornou distante. — Vou deixar uma tabuleta afirmando que a Rainha de Inys sempre deve estar sob a proteção de uma maga; vou explicar que essa é uma ordem dada por mim como Prioresa da Laranjeira, mas deixando que nossas futuras irmãs interpretem as razões da maneira que considerarem mais apropriada.

— Obrigada — disse Tunuva.

— Estou fazendo isso para proteger uma parte sua que vai continuar viva — explicou Esbar —, mas também porque uma posição em Inys sempre vai ser valiosa para nós. Assim podemos ter acesso à terra do Impostor.

— Eu concordo. Que nossas irmãs saibam o que ele fez com a Mãe, para que sempre possam preservar a verdade.

As Donzelas Vermelhas não precisavam de chamas para lutar. Cada irmã era como uma lâmina viva. Elas passariam a caçar wyrms, nos mesmos lugares onde eles forçaram os humanos a se esconderem por quase um ano. Os perseguiriam até as cavernas mais profundas, nos poleiros mais altos e nas terras mais distantes, para garantir que jamais despertariam de novo.

Um filhote de ichneumon veio farejando até elas. Esbar deu um cutucão em Tunuva com seu ombro.

— Agora vá ver a mãe. Ela deve estar sentindo falta de sua voz. — Com o mesmo sorriso dos velhos tempos, Esbar segurou Tunuva pelo queixo e a puxou para um beijo. — E depois vá para minha cama, meu amor, para me aquecer até o dia raiar.

****

O sangue tinha sido limpo do piso, e o esquife estava selado com uma nova tampa. Sobre ele, fora colocada uma estátua, que dominava a câmara mortuária. Kediko a enviara de presente para o Priorado — uma imagem de Cleolind de pé, feita com base em um entalhe existente em seu palácio.

A semelhança era bastante razoável, Tunuva era obrigada a reconhecer. Mesmo assim, o Alto Governante ainda precisaria trabalhar por vários anos — talvez pelo resto da vida — para merecer algum tratamento caloroso por parte de Esbar.

Tunuva evocou uma pequena chama, que usou para acender todas as cento e vinte lamparinas da câmara. Não havia velas suficientes na Lássia para acender para todas as vítimas da matança que ainda nem sequer haviam sido identificadas.

Ela se ajoelhou diante da tumba de Cleolind e cantou, como já havia feito tantas vezes. Cantou por amor e louvor. Cantou pela tristeza, pelo medo e pela perda. Cantou como se a Mãe fosse capaz de ouvir cada palavra — e talvez pudesse, em seu leito de pedra. Talvez sorrisse em seu sono eterno.

Quando não aguentava mais cantar, Tunuva Melim se levantou e deu um beijo no esquife.

— Mãe, nós somos suas filhas — disse, baixinho. — Nós nos lembramos. E continuamos aqui.

Wulf

Um galo cantou do lado de fora das janelas de Langarth. Ao contrário de muitas outras construções inysianas, a sede da propriedade fora poupada da devastação. A peste em momento algum chegou a atravessar suas paredes; chama nenhuma atingiu seus telhados.

Langarth ainda se manteria de pé durante séculos, à sombra do bosque Haith.

Wulf estava deitado em seu antigo quarto, com as janelas abertas para deixar entrar o sol. Ele escutou o cantar dos pássaros, que vinha dos antigos carvalhos acompanhado de um grande farfalhar de folhas.

De acordo com os guardas florestais, a maior parte do bosque Haith fora deixada intacta, como se os wyrms não ousassem tentar jogar luz sobre suas profundezas. Assim como a casa, as árvores sobreviveram para testemunhar o início de uma nova era em Inys.

Thrit dormia ao lado de Wulf, com um dos braços sobre sua cintura e a cabeça apoiada em seu peito. Wulf ergueu a mão para acariciar seus cabelos curtos.

Mesmo depois do que aconteceu no Pântano de Cenning, ele levara um bom tempo para se decidir. Depois de tudo o que perderam e suportaram, Wulf ficou com medo de arriscar sua amizade com Thrit, o último de sua falangeta.

Três anos antes, prometera que iria selar seu coração, e foi isso o que fizera. Desfazer os pontos daquela firme sutura tinha sido uma tarefa complicada, mas Thrit foi paciente. Durante toda a primavera até o verão, não mencionou o assunto uma única vez.

Depois que os Duques Espirituais encontraram Wulf no túmulo e levaram sua filha, ele e Thrit foram direto para Calebourn, a fim de esperar o primeiro navio que os levasse a Hróth. Einlek Puro-ferro sobrevivera a mais uma guerra, e os recebera de braços abertos, para servir pelo tempo que desejassem.

Einlek fizera escolhas brutais. Astuto como era, conseguira encontrar vantagens onde pouquíssimos outros foram capazes — por exemplo, descobrira que os wyverns e seus lacaios pareciam não ver os contaminados pela peste. Reunindo um grande grupo de pessoas no estágio final, antes que o sangue se inflamasse, ele lhes ofereceu a chance de uma gloriosa ascensão a Halgalant. Elas foram diretamente na direção de uma revoada de wyverns menores, armadas com todas as ferramentas e armas disponíveis, e os aniquilaram se valendo do fator surpresa. Muitos outros portadores da peste preferiram saltar do Hólrhorn, e esses corpos foram deixados apodrecendo na praia.

Wulf fez o possível para não pensar naquele lugar. Nos esqueletos na areia preta de Márevarr.

Durante semanas, ele e Thrit cavalgaram com Einlek, para ajudar a recolher e queimar os mortos e começar a reconstrução das casas. Durante esse tempo, Wulf foi mais carpinteiro do que huscarlo. Enquanto isso, Einlek forjava a política que ajudaria Hróth a sobreviver até a colheita seguinte.

No fundo de seu ser, Wulf sabia que Sabran faria parte desse plano. Mas não disse nada. Um único protesto, e a condição de bastarda dela poderia ser exposta. Só o que ele poderia fazer era acreditar que Glorian protegeria sua filha.

Thrit sempre dormia como uma pedra. Aquele dia não foi exceção. Tomando cuidado para não o acordar, Wulf se levantou e se vestiu.

Na época do Festim do Alto Verão, ele tomara sua decisão. Queria ser amado, e oferecer seu amor em troca.

Durante dias, pensou na melhor maneira de ressuscitar o assunto. Thrit era dado a gestos românticos. No fim, Wulf resolveu levá-lo a Averóth, um penhasco que proporcionava uma vista belíssima do estuário de Fellsgerd, onde eles haviam se conhecido. Em um dia de céu aberto, era um lugar lindo.

Obviamente, o céu despencou enquanto eles escalavam, tornando o chão escorregadio. Obviamente, Wulf levou vários tombos, fazendo Thrit chorar de rir. Era a primeira vez que algum deles gargalhava de verdade desde o Pântano de Cenning. Foi só quando chegaram ao topo — cobertos de lama, e ainda rindo — que Wulf enfim o beijou. Pode não ter sido nada elegante, mas Thrit ficou felicíssimo, e isso fez valer a dor que Wulf sentia no cóccix.

Depois de afivelar o cinto, saiu do quarto, desceu a escada e foi até o jardim. O sol quase voltara a ser o que era antes, embora ainda fossem necessários alguns anos para que as colheitas se recuperassem ao nível de antes. Os corpos ainda estavam sendo contados, mas Inys perdera no mínimo metade de sua população, e muitos outros ainda foram vítimas da peste. Encontrar mão de obra para semear os campos não seria fácil.

Wulf lavou o rosto com a água do barril antes de ir até o roseiral. Riksard voltara para Mentendon, e o leal jardineiro da família morrera no Pântano de Cenning, deixando as flores sem cuidados. Apanhando uma tesoura, Wulf começou a cortar as que já estavam mortas.

Seus familiares tinham todos ido para a capital, e fariam uma parada no Palacete de Caddow. No dia seguinte, ele e Thrit os seguiriam rumo a Ascalun.

— Você aprendeu mesmo algumas lições conosco.

Aquela voz era familiar. Wulf se virou e viu uma jovem com cabelos cacheados emoldurando o rosto. Ele demorou alguns momentos para reconhecer Siyu uq-Nāra, a última pessoa que esperava ver em Langarth.

— Siyu — ele murmurou.

Siyu deu risada e correu para os seus braços. Wulf a abraçou forte, sacudindo a cabeça, perplexo.

— Não imaginei que fosse ver você tão cedo — ele falou. — Muito menos em Inys.

— Estou tentando me afeiçoar a este lugar, mas essas roupas são tão feias, e ainda por cima pinicam. — Siyu soltou um suspiro, se encolhendo em seu manto. — O vento é sempre tão forte e frio por aqui?

— Você ainda não viu nada — Wulf falou. — Na verdade, está fazendo um dia bonito de outono, pelos padrões inysianos. — Ela olhou para o céu, desanimada. — Faz quanto tempo que você está aqui?

— Algumas semanas. Vim aprender melhor o inysiano. Sabia que você ia voltar para ver sua família, então o esperei.

— Por que você precisa aprender melhor o inysiano?

— A Prioresa me mandou. Eu vou explicar. — Siyu apontou para as árvores. — Vamos sair das vistas. Sua cavaleira furiosa pode não querer ver você no jardim com uma garota desconhecida.

Ele contorceu os lábios.

— Quem é a cavaleira furiosa?

— A que pensa que todo mundo precisa ser casado, ou fica furiosa.

— Ah, a Cavaleira da Confraternidade. Você vai perceber que todos eles são meio irritadiços. — Ele deixou a tesoura de lado. — Vamos lá, então. Vamos dar um passeio. Thrit está aqui, mas ainda não acordou.

Siyu foi buscar a montaria. Puxando-a pelas rédeas, foi andando ao lado de Wulf pela borda do Bosque Haith.

— Você está ferida — ele percebeu, ao notar a rigidez em sua postura. — Foi durante a batalha?

— Sim, em Nzene. É aqui… o bosque onde você foi deixado? — ela perguntou. — É um lugar lindo.

— Pois é. — Wulf deu uma olhada para lá. — Como está Tunuva?

— Muito bem. O Priorado está tentando encontrar os wyrms que foram dormir. Essa é a nossa tarefa mais importante agora. Caçá-los e garantir que não vão mais voltar — Siyu falou. — Tuva mandou lembranças, e disse que te ama. — Ela o pegou pelo braço. — As nossas mães mataram Dedalugun, sabia?

— Ah, é?

Siyu assentiu.

— Ninguém sabe, mas foram Esbar e Tuva. — Wulf abriu um sorriso. — Foi Dedalugun que me feriu. Não posso lutar enquanto me recupero. Esbar me mandou para cá, para ser de alguma serventia, agora que sou uma iniciada. — Ela parou ao lado de um carvalho retorcido. — Mas preciso da sua ajuda.

— Farei o meu melhor.

— Esbar tem dois favores para pedir. O primeiro é que você encontre um lugar para esconder isto. — Ela tirou algo da sela e removeu o pano que cobria o objeto, uma caixa de ferro de formato bem incomum. — Foi uma das irmãs que forjou. Só pode ser destrancada por alguém que tem magia, e contém uma chave que não pode mais ficar no Priorado.

— Por quê?

— Canthe a quer, e precisamos mantê-la longe dela, Wulf. — Ele franziu a testa, e Siyu acrescentou, baixinho: — Foi Canthe que levou você de Meren. Ela era a bruxa do bosque.

Wulf ficou olhando para ela, incrédulo.

— Canthe — repetiu, pensando na luz branca que ele tinha emitido, a que o cometa parecera despertar. Nunca mais tinha voltado a acontecer. — Sabe por que ela fez isso?

— Não, e Tuva tem medo de que ela volte. Ela tem uma magia que nós não conhecemos. — Siyu o segurou pelo cotovelo. — A caixa tem que ser colocada em um lugar seguro. Você precisa passar a localização para mim, e eu contarei para Esbar. Se algum dia precisarmos, alguma de nossas irmãs no futuro pode levá-la de volta para a Lássia.

— E se Canthe vier atrás de mim?

— É melhor nem descobrir. Você precisa ir embora de Inys.

Ele havia dado boas risadas com Canthe, que foi sua tradutora, e também quem promoveu seu reencontro com Tunuva. E, durante todo o tempo, ela era a culpada.

— Existe algum lugar onde ela não possa me achar? — Wulf perguntou.

— Talvez não — admitiu Siyu. — Mas o Priorado vai ajudar você. Uma família representa segurança.

Wulf pensou na questão da caixa por um tempo, sentindo seu peso nas mãos.

— O Santuário da Donzela Sagrada — murmurou. — A falsa tumba da Mãe. É um lugar que tem um significado, e podemos colocar isto lá. Qual era o outro favor que Esbar pediu?

— É uma espécie de presente para você. Agora que as rainhas Berethnet têm o sangue das Melim, a Prioresa decidiu que devem contar com a proteção do Priorado, assim como ocorre com os monarcas sulinos. Como somos amigos, você pode pedir à Rainha Glorian para me admitir na corte?

Wulf se deu conta da magnitude do que ela estava dizendo.

— Você ficaria na terra do Impostor só para proteger a minha filha?

— Eu sempre quis conhecer o mundo. E vai nos ajudar, saber o que o Oeste está fazendo, e o que dizem da Mãe — Siyu falou, com os olhos cheios de determinação. — Esbar fez isso por Tuva, para proteger a neta dela, mas eu também estou fazendo isso por você, Wulf. Vou tentar ajudar Sabran.

— Obrigado. Sei que isso deve ter abalado o Priorado. — Wulf a segurou pelo cotovelo. — Vou partir para Ascalun em breve, para ser nomeado cavaleiro. Vamos ver se surge a oportunidade. Venha comigo.

— Eu vou, e no caminho você precisa me contar tudo o que preciso saber sobre a Rainha Glorian.

****

Meses depois da passagem do cometa, Ascalun ainda era um esqueleto do que havia sido. Havia escombros empilhados ao redor do castelo. Casas desmoronaram depois de terem sido incendiadas, ou foram demolidas para interromper o alastramento do fogo. O Santuário da Donzela Sagrada perdera metade do telhado. Todas as construções tinham sinais visíveis de danos. Seriam necessárias décadas para desfazer a destruição.

Ainda assim, a riqueza que vinha de Ufarassus estava ajudando, pelo que Wulf ouvira dizer na estrada. Ele não fazia ideia de como Glorian estava conduzindo seu matrimônio, mas devia ter algum trunfo contra o Príncipe Guma.

O Castelo de Ascalun estava abarrotado. A Rainha de Inys convocara muita gente, de toda a Virtandade, para receber títulos. No vasto salão branco que era a sala do trono, uma multidão se reunira para ver as primeiras nomeações. Wulf lavou as mãos em uma bacia de vinagre antes de entrar, o que lhe valeu um aceno de cabeça de Kell Bourn, que ainda usava um tecido grosso sobre a boca e o nariz.

Seus pais estavam lá, assim como Mara e Roland. Retribuindo seus sorrisos, Wulf aguardava sua vez ao lado de Thrit, com Siyu logo atrás.

— Góthur de Eldyng — a cerimonialista chamou, e o matador de wyrms atravessou o salão com o peito estufado.

Glorian estava diante de seu trono de mármore. Era a primeira vez que Wulf a via desde o Pântano de Cenning. Naquele momento, ela estava usando sua bata ensanguentada, como uma guerreira destemida.

Agora estava de seda vermelha com as mangas e o decote adornados com bordados intricados. Os cabelos ainda caíam curtos sob a coroa de ouro, e uma cicatriz curva na testa era outra das lembranças do campo de batalha.

Glorian III, a salvadora de Inys.

Glorian, a Defensora, que se sacrificou diante de Fýredel, mas a chama dele se apagou bem diante dela. Havia quem dissesse que foi sua disposição para morrer que trouxera o cometa da corte celestial — a luz de Ascalun, enviada pelo Santo para derrotar mais uma vez os servos do mal.

Wulf arriscou uma olhada para as pessoas mais próximas do trono. Quando viu Lady Florell, seu coração disparou.

Nos braços dela estava uma bebê, envolvida em um manto rubro. Uma menina com tufos de cabelos pretos, e bochechas mais redondas do que nunca. Florell dava tapinhas em suas costas enquanto ela olhava ao redor do salão com seus grandes olhos verdes, quieta e curiosa. Ele fez de tudo para esconder seu sorriso.

Sabran.

Cada nomeação era um longo processo, que incluía leituras feitas pelo Arquissantário. Wulf ficou observando sua filha até uma voz chamá-lo:

— Wulfert Glenn de Langarth, huscarlo de Einlek, o Rei.

Wulf se aproximou, em meio a murmúrios de interesse, e se ajoelhou diante de Glorian. Algumas pessoas deviam saber de sua cavalgada para longe do Pântano de Cenning, com a princesa recém-nascida nos braços. Glorian manteve uma expressão impassível no rosto durante as leituras, mas seus olhos sorriam. Wulf também arriscou um leve sorriso.

Havia muitas coisas que gostaria de dizer a ela. Queria perguntar se ela estava feliz, depois de cumprir o dever que mais temia. Queria poder dizer a ela que não precisava ter feito aquilo, pois sua casa fora construída sobre uma mentira. E talvez fizesse isso, de alguma forma, algum dia.

Eles não teriam a oportunidade de se encontrarem com privacidade em um bom tempo. Para a segurança de Sabran, era melhor que fingissem ser estranhos.

O Arquissantário fechou o livro de orações, e Glorian falou:

— Wulfert Glenn. — Ela ainda tinha dezoito anos, mas falava com uma autoridade tremenda, como se houvesse envelhecido uma década desde a última vez que os dois se viram. — Você foi nomeado cavaleiro por seus feitos na Era da Amargura. Salvou a Princesa Sabran do Cerco do Rochedo Oco. Com isso, protegeu Inys do Inominado.

Wulf abaixou a cabeça. Glorian pegou sua espada hrótia e posicionou o dorso sobre o ombro dele.

— Em nome do Santo, eu o nomeio Sir Wulfert Glenn, cavaleiro da Virtandade.

A espada tocou seu outro ombro. Aquilo significaria tudo para ele dois anos antes, quando ainda ansiava por aceitação. Agora que a alcançara, o título lhe parecia um peso.

Era tudo uma grande mentira.

— Obrigado, Majestade. — Isso foi tudo o que conseguiu falar.

O Arquissantário lhe presenteou com esporas douradas e um cintilho revestido de tecido verde com plaquetas inscritas com as representações das Virtudes da Cavalaria. Wulf passou o polegar sobre o trigo da generosidade, a virtude que compartilhava com Lorde Robart Eller.

— Por sua coragem no resgate da Princesa Sabran — Glorian anunciou —, eu lhe concedo qualquer graça que estiver ao meu alcance, Sir Wulfert. Me diga, o que deseja?

Wulf ficou de pé, segurando os paramentos de sua nova posição.

— Majestade, gostaria de lhe pedir que aceitasse uma dama em sua casa — ele falou, em um tom cauteloso.

Siyu deu um passo à frente, sorrindo. Eles haviam escolhido para ela um lindo vestido marfim, um par de brincos e um belo colar em

Langarth — Mara compreenderia —, e uma costureira de Wulstow ajustara o traje a seu corpo. Wulf era obrigado a admitir que ela parecia mesmo uma dama da nobreza.

— Esta é Siyu uq-Ispad, uma prima distante da Rainha Daraniya do Ersyr — Wulf falou. — Lady Siyu no passado seguia a Fé de Dwyn, mas, durante a Era da Amargura, viu a luz de Ascalun.

— Majestade — Siyu falou —, seria uma honra para mim me colocar a serviço da senhora e de sua filha, a Princesa Sabran, para que eu possa seguir as Seis Virtudes.

Inventar uma origem nobre para Siyu, como uma forma de proteção, seria uma mentira fácil de manter. Glorian jamais confirmaria o fato com a rainha Ersyria. E, no caso improvável de que isso acontecesse, Apaya uq-Nāra daria um jeito na situação.

Glorian lançou mais um olhar para Wulf, que ergueu as sobrancelhas.

— Se tem certeza de que é só isso que deseja, Sir Wulfert, então seu desejo está concedido — ela anunciou. — Lady Siyu, se puder comparecer à Torre da Rainha esta noite, minha Dama Primeira da Alcova providenciará tudo.

— Obrigado, Majestade — Wulf respondeu, se levantando junto com Siyu, que imitou seu gesto. — Sua generosidade é sem par.

— Adeus, então, Sir Wulfert Glenn. — Nesse momento Glorian sorriu, de forma bem discreta. — Que haja fogo em sua lareira.

— E alegria em seu salão. — Wulf a olhou nos olhos pela última vez. — Adeus, Rainha Glorian.

****

O fogo consumira boa parte do Santuário da Donzela Sagrada. Porções do piso se espatifaram sob o telhado desabado. Quando o sol estava de pé, um batalhão de pedreiros e vidraceiros tornava a entrada impossível, mas quando a noite caía tudo ficava em silêncio.

Siyu não demorou a abrir a fechadura. Agora vestia calça e camisa, além de um manto com capuz, como Wulf. Lá dentro, caminharam entre escombros e poeira, que tinham sido varridos e empilhados.

— Por que não tem nenhuma estátua dela? — Siyu perguntou. — Eu vi isso em outros lugares, o Impostor nunca é mostrado junto com sua rainha.

— O Santo destruiu pessoalmente todas as imagens da Donzela, segundo dizem. Segundo a história inysiana, ela morreu dando à luz a Princesa Sabran. Ele ficou tão tomado de tristeza que nunca mais quis ver uma imagem dela.

— Então ele a apagou para proteger os próprios sentimentos?

— Seu próprio legado.

Siyu contraiu os lábios, olhando para o que restava de um pedestal.

— Cleolind Onjenyu está em seu sono eterno na Lássia — ela falou. — De quem são os ossos nessa tumba?

— Acho que nunca vamos saber.

O caixão era um bloco de mármore sem adornos, e aparentemente sem nenhum tipo de tampa ou abertura. Toda a poeira havia sido removida do baldaquim que o cobria.

— Segundo dizem, ela está em uma catacumba debaixo disso — Wulf contou para Siyu. — Você vai ficar bem, procurando um lugar para guardar a caixa?

— Sim. — Siyu agarrou a caixa de ferro junto ao peito. — Pode ir, Armul. Encontrarei o caminho de volta para o Castelo de Ascalun.

— Se precisar de ajuda em Inys, pode contar com a minha família. Ninguém vai fazer perguntas. Basta ir para Langarth — Wulf murmurou. — Nós nos vemos de novo algum dia, eu espero. No Priorado.

— Você vai voltar para nós?

— Não sei quando — ele respondeu. — Thrit quer viajar, depois que o mundo parar de fumegar, talvez para o Leste, se conseguirmos chegar lá. Não sei se o Priorado o deixaria entrar. Mas, se o aceitarem, eu gostaria muito de ir para lá, Siyu. Gostaria de voltar para casa.

— Espero encontrar você lá. — Siyu livrou um braço para abraçá-lo mais uma vez. — Adeus, irmão. Tenha uma boa vida.

— Que a Mãe sempre a proteja, irmã.

Wulf a beijou na testa antes de se virar para as portas da falsa tumba, um monumento a uma antiga mentira. Enquanto caminhava naquela direção, soltou o cintilho pesado da cintura e deixou que caísse na poeira.

Thrit o esperava lá fora, assim como o restante do mundo.

Glorian

Foi necessária a maior parte de um ano para criar coragem para sair ao mar. Até então, se separar de Sabran era uma perspectiva terrível demais para ser levada em conta. Ela sonhara que era levada pelas ondas, deixando sua menina sozinha. Esses eram seus únicos sonhos agora — pesadelos que vinculavam o passado ao presente.

Tinha acabado de despertar de um, sentando-se na cama, rígida como um prego. Fýredel cravara os dentes em sua barriga e arrancara a bebê lá de dentro, engolindo Sabran de uma vez, e Inys junto com ela.

Glorian ficou olhando para a janela, se lembrando de quem era. Ela se enfiou de novo no meio das peles, voltando ao limiar do sono.

Irmã.

A única resposta foi o gemido do vento nas montanhas, que carregava a neve. Ela sabia que a voz em seu sonho desaparecera, assim como Fýredel.

O fogo estalava na lareira. Despertando de vez, ela afastou as peles.

Quando Einlek lhe escrevera com o convite para visitar Hróth, ela pensou em recusar. Inys precisava de sua rainha mais do que nunca, após a Era da Amargura. Ela não queria se afastar de Sabran, apesar de agora contar com amas de leite, e de a bebê já conseguir sustentar a cabeça sozinha.

Depois do Festim do Final do Verão, suas damas a encorajaram a ir.

Helisent percebera primeiro: ela estava com cada vez mais dificuldades para se levantar, como se seus ossos não fossem revestidos de ferro, mas de pedra. Siyu a alertara de que algumas mães sofrem acessos agudos de tristeza depois da gravidez, mas Glorian se recusava a dar ouvidos. Ela não tinha tempo nem condições para isso.

Mas sua mãe demonstrava uma certa névoa escura, mesmo anos depois de dar à luz. O Rei Bardholt se referia a isso como *unmód*, quando a mente dela parecia se distanciar e afundar. Por fim, o Conselho das Virtudes decidira que faria bem para Glorian visitar seu primo, para se recuperar de tudo o que acontecera.

Ela chegara a Eldyng quando as luzes do céu começavam sua dança. Einlek a levara para Isborg e Askdral, e então para as torres desoladas de Vattengard, para enfim conhecer o Rei do Mar. Glorian se sentiu boiando como um peixe morto durante aquele dia. Einlek estava lá para apoiá-la, mas quando bateu os olhos em Magnaust Vatten, acompanhado da reservada Princesa Idrega, ela se perdeu em pensamentos, e se lembrava de bem pouco depois disso.

Agora se levantou para ir até a janela. Seu aposento tinha uma vista de tirar o fôlego — as árvores cobertas de neve de uma floresta profunda. Quando as visitas oficiais à realeza terminaram, Einlek a levara para seu chalé de caça nas Montanhas Nithyan, onde tudo era tranquilo e silencioso e ela poderia descansar.

Do lado de fora, a luz do dia ainda estava fraca, e a lua permanecia visível na alvorada.

Quando pisou na neve, sua respiração se condensou ao sair de sua boca. Hróth era sempre gelada no fim do outono, mas uma temperatura como aquela era incomum mesmo para uma região montanhosa. A passagem do cometa de alguma forma amainara o Ventre de Fogo, mas, em seu rastro, o resfriamento continuava.

Glorian sempre suportara bem o frio, e caminhava apenas com sua bata e suas botas forradas de pele. Quando viu a mulher sentada sob o freixo, com alguns cabelos grisalhos, deteve o passo.

— Tia Ólrun — ela falou, depois de um instante. — Está tudo bem?

— Você consegue sentir, sobrinha — Ólrun Hraustr falou, com os olhos fechados. — O grande resfriamento, o Vildavintra.

Glorian se aproximou mais alguns passos, cautelosa. Sua tia sempre fora uma mulher perturbada.

— Vildavintra?

Significava *inverno selvagem*.

— Nós vamos sobreviver. — Ólrun tinha os mesmos olhos e nariz de seu falecido irmão. — Nós duas somos tocadas pela noite, como Bardholt nunca foi. Einlek vai ver isso, no Vildavintra.

Sem saber o que dizer, Glorian continuou caminhando pela neve. Sua tia sobrevivera a duas guerras. Mais do qualquer um, precisava de paz.

A sauna ficava a uma curta distância, escondida entre os abetos. Depois de pendurar suas roupas, Glorian se fechou lá dentro e jogou água sobre os carvões em brasa, ouvindo seu sibilar. Transpirou por um bom tempo sentada no banco, sentindo o cheiro de pinho.

Só havia uma forma de banir o sentimento que recaiu sobre ela em Inys. E aquela era a última chance que teria.

Perto da sauna, havia uma cachoeira congelada, e uma abertura fora cortada na piscina de gelo. Antes de dar à luz, Glorian jamais teria permissão para mergulhar, por medo de que o frio prejudicasse seu ventre.

Agora ela estava diante da água escura, com a barriga ainda inchada, com o gelo sob os pés. Respirou fundo e deslizou para a escuridão, mais rápido do que da vez anterior. Ao longo de três semanas, aprendera a aguentar firme. Primeiro vinha a dor, um fogo amargo, e então o alívio total. Como as cobertas pesadas depois do sono, as sombras foram arrancadas de sua mente, deixando-a nua, ardente e nova. Ela mergulhou e voltou à tona, com o corpo inteiro aceso pelo frio.

Uma luz verde cruzou o céu, e depois outra. Jogando a cabeça para trás na água, Glorian fechou os olhos e deu risada — pois estava desperta, e sua alma estava viva, e seu corpo agora era seu, completamente seu.

****

Einlek estava fazendo o desjejum em sua varanda privativa. A oferta de comida permanecia parca, mas na natureza havia animais de caça e peixes para pescar nos rios. Glorian se juntou a ele, com os cabelos escorrendo.

— Como estava a água hoje? — Einlek perguntou. — Mais revigorante que seus amenos lagos inysianos?

Glorian assentiu.

— Eu me senti bem pela primeira vez em meses aqui, Einlek. Obrigada.

— Você precisava parar um pouco para se recuperar. Nós dois, aliás, depois de tanta tragédia. — Ele lhe passou uma pele de urso, que ela enrolou em torno dos ombros. — Foi bom recebê-la aqui, Glorian. Só lamento ter que mandar você de volta tão cedo.

— Inys precisa de mim. Sabran também.

Ele cerrou os dentes à menção do nome dela. Glorian pôs a mão no braço de ferro dele.

— O Príncipe Guma nunca pôs a mão em mim, Einlek. E nunca vai pôr — ela garantiu. — Sabran não é dele.

Ele estreitou os olhos cinzentos.

— E de quem é, então?

— Eu não vou dizer, para a segurança dele. E dela. — Glorian desviou os olhos. — Sei que envergonhei o Santo.

Einlek soltou um risinho de deboche.

— Você deu a Inys uma herdeira, e poupou todos nós do Inominado. Eu não chamaria isso de envergonhar o Santo. — A mão mais calorosa dele cobriu seus dedos. — Fico feliz que tenha me contado isso. Esses últimos anos foram uma provação de Halgalant. Nós fizemos o que precisávamos fazer.

Ele lhe serviu uma taça de vinho quente, que ela bebeu, sentindo a bebida aquecê-la até a barriga.

— Tia Ólrun falou sobre uma coisa — ela comentou, depois de uma longa pausa. — O Vildavintra.

— É só uma tolice dos tempos do paganismo. Uma época em que os espíritos escapam do gelo e acabam com o mundo. — Ele mastigou sua carne de caça. — Não dê atenção a ela. Os dias de guerra ainda reverberam em sua mente.

— Está mesmo mais frio do que de costume, Einlek.

— Hróth estava em chamas, assim como todos os outros lugares. Qualquer coisa pareceria gelada em comparação com aquilo. — Einlek a encarou. — Antes de ir embora, eu gostaria de lhe pedir uma coisa, Glorian.

— Sim?

Por um tempo, seu primo permaneceu voltado para o nascer do sol na montanha, com uma expressão difícil de decifrar.

— A Casa de Hraustr ainda é jovem — ele falou. — No momento, só somos em três na família, sem contar você. Minha rainha quer muitos filhos, mas, enquanto isso, eu não tenho nenhum irmão.

Einlek se casara menos de um mês depois da queda dos wyrms. Sobreviver a uma segunda guerra devia tê-lo feito pensar sobre sua mortalidade. Em vez de uma consorte estrangeira, ele escolheu a implacável Caudilha de Vakróss, que era quase tão rica e admirada quanto Skiri Passolargo.

— É uma família pequena demais para governar depois de uma tragédia como a Era da Amargura — ele comentou. — Se Hróth quiser permanecer em paz, e na Virtandade, o que sabemos que é preciso, eu tenho que fortalecer minha posição.

— E eu vou fazer o que for possível para ajudar.

— Vattenvarg — ele falou. — Ele tem um laço matrimonial com Yscalin, por meio da Princesa Idrega, mas ainda quer a posição que quase conseguiu em Inys. Ele gostaria que Sabran fosse prometida a seu filho mais novo. — Glorian o encarou. — Haynrick tem cinco anos. Não seria uma situação como a sua, uma corrida para a maternidade. Eles só teriam que se casar quando a Princesa Sabran estiver pronta.

— Einlek, nós precisamos mesmo apaziguar os Vatten de novo?

— Isso não mudou. Meu casamento pode ter agradado aos caudilhos, mas, se quisermos manter Mentendon conosco, precisamos tranquilizar o Rei do Mar. E eu gostaria de plantar essa semente.

Mentendon precisava permanecer na Virtandade, caso contrário o legado de seus pais seria desfeito. Glorian não poderia permitir isso.

Mesmo assim, pensou em sua bebê, e sua mão tremeu ao segurar a taça.

— Sabran não tem nem um ano de idade — ela respondeu. — Não é fácil para mim pensar nisso, Einlek.

— Eu entendo, ainda mais depois de tudo o que aconteceu. Não há nada inscrito em pedra ainda. — Einlek deu um tapinha em sua mão. — Me avise quando quiser ir embora. Vou levá-la pessoalmente até seu navio.

****

Fýredel transformara os ossos de seus pais em troféus. Glorian sabia disso, mas sempre imaginou sua mãe e seu pai vagando sobre o Mar Cinéreo, presos em sua névoa constante.

Viu uma montanha de gelo aparecer pela primeira vez desde que era criança. Suas mãos tremeram de novo, e ela se segurou na balaustrada.

Ela era Glorian, a Defensora. Era exatamente o que seus pais sempre precisaram e queriam que fosse, e tinha que permanecer assim — por Sabran, por Inys. Hróth lixara a ferrugem de seu ferro, levantando a sombra pesada que pairava sobre seu corpo no processo. Nada disso voltaria.

Não podia voltar.

O *Constância* atracou em Werstuth. Houve um tempo em que Glorian adorava viajar de navio. Agora precisava esperar um tempo no porto, para que suas pernas parassem de tremer, antes de subir na sela.

Ela cavalgou com seus guardas pela neve, de volta ao Castelo de Drouthwick. Era uma das poucas fortalezas deixadas intactas durante a Era da Amargura. Mais de uma vez, ela precisou pedir para que a companhia parasse, pois seu corpo exigia descanso ou atenção. Às vezes se esquecia de que ela já havia pagado o preço, e tentava lembrá-la do Rochedo Oco.

Ela sabia que isso passaria. Claro que passaria.

Seu navio chegara um dia antes do esperado. Uma vez no castelo, ela correu escada acima para ver Sabran.

— Glorian.

Ela se virou. O Príncipe Guma estava parado à porta, imaculadamente vestido, como sempre.

— Vossa Alteza — Glorian respondeu, com o distanciamento costumeiro. — Pensei que estivesse em Glowan.

— Não. Já faz duas semanas que cheguei — ele informou. — Sua avó e as damas acabaram de colocar a Princesa Sabran para deitar. Seria melhor deixá-la dormir. Que tal se juntar a mim para o jantar?

Ela concordou com um aceno relutante. Sabran era uma criança inquieta, difícil de pôr para dormir desde o dia em que nascera.

Na Câmara da Solidão, o jantar foi servido.

— Acredito que tenha desfrutado de sua viagem para o Norte — seu companheiro comentou.

— Sim, obrigada.

O Príncipe Guma mal tocou em sua refeição. Ele juntou as mãos sobre a mesa. Seus anéis brilhavam.

— Eu soube que certas cartas foram descobertas no Castelo de Parr.

Glorian parou de comer.

— Sim — respondeu.

Ao que parecia, aquele seria o momento de confrontá-lo.

— Qualquer tolo veria que Yscalin cedeu muito mais do que Inys em nosso casamento — Glorian falou, mantendo um tom de voz baixo como o dele. — De início, pensei que tivesse concordado com a união porque sou a chefe da Virtandade. Um lugar ao meu lado lhe dá o poder e a posição que sempre desejou, por não ter conseguido subir ao trono por causa de sua irmã gêmea, mas, quando Lorde Robart Eller foi preso por realizar ritos pagãos, suas cartas foram encontradas no escritório dele. Fiquei sabendo que vocês conspiravam para me aproximar de sua fé do espinheiro.

— Não só espinheiros — respondeu o Príncipe Guma. — Em Yscalin, aqueles entre nós que ainda se lembram costumam cultuar o teixo. — Ele pegou sua taça. — Quando descobriu essas cartas?

— No Festim do Início da Primavera.

— Antes da minha chegada. — Como ela não disse nada, ele continuou: — Você poderia ter desfeito a união quando ficou sabendo sobre minhas crenças, já que não estava consumada. E ainda pode. O Santo proíbe divórcios e segundos casamentos, mas certamente seus santários abririam uma exceção nesse caso. Como o consorte real pode não acreditar na grande mentira da realeza?

Traição e blasfêmia, sem o menor pudor.

— Você estava mais do que ciente da situação precária de Inys — Glorian respondeu. — Eu preciso de Ufarassus.

— Assim como precisava de uma herdeira. Seria difícil encontrar um novo consorte naquele momento. Era melhor se casar comigo e engravidar do filho dos barões. — Ele observou bem sua expressão. — Sim, eu sei quem foi… Wulfert Glenn. Sua cavalgada no Rochedo Oco não foi nada discreta, Glorian.

— Eu não tinha escolha.

— Não. — Ele pousou a faca na mesa. — Você sabe do complô que tramei, mas ainda estamos casados porque precisa do meu ouro. Admiro sua tentativa de me manter sob controle. Sem dúvida seu pai ficaria orgulhoso. — Ele entrelaçou os dedos. — Você mandou executar Lorde Robart Eller?

— Ele tirou a própria vida.

O Príncipe Guma fechou os olhos, e a tristeza franziu sua testa e abaixou os cantos de sua boca estreita.

— Ele era mesmo o mais devoto — comentou. — O plano foi ideia dele, o de convertê-la para nossa fé. Ele acreditava que você estava destinada a nos ajudar, por ter nascido na primavera, filha de um pagão. Esperava que você fosse a Dama de Verde, que faria Inysca voltar ao caminho certo.

— Uma esperança vã, pois eu acredito no Santo. Você não viu o sinal enviado de Halgalant?

— Você pode acreditar que veio de Halgalant, ou pode o encarar como um ato da sempre invencível natureza. Talvez tenham sido nossos antigos rituais que trouxeram o cometa, não suas preces.

Glorian conseguiu encará-lo, apesar de estar com o coração na garganta.

— Você sabe que eu fui para Ascalun, antes de Arondine — ele comentou.

— Sim.

— Foi porque mandei meus atendentes para Arondine primeiro. Pensei que seu povo poderia protestar contra o nosso casamento, sabe, e queria garantir minha segurança. Senti que estava arriscando minha vida, além da minha reputação. — Ele ergueu as sobrancelhas brancas. — Imagine minha surpresa quando constatei o quanto seu povo realmente acredita na mentira das Berethnet. Só o que as pessoas queriam era uma herdeira. Você não era nada mais que um ventre para elas; e o mesmo vai acontecer com a sua filha.

Glorian cerrou os dentes para impedir que seu queixo tremesse.

— Seu primo, Einlek. A dinastia dele é jovem e frágil — comentou o Príncipe Guma. — Quanto tempo vai levar para ele barganhar por Sabran?

— Eu sei que Halgalant é real — murmurou Glorian. — Já me encontrei com os mortos que estão lá.

— Eles não podem proteger sua filha. Se continuar nesse caminho, vai condená-la a uma vida de tristeza e servidão. Eu não a trocaria como se fosse um animal de montaria. Prefiro que ela se torne uma verdadeira Rainha de Inysca.

— Inysca não existe mais.

— Você acreditava que não tinha escolha a não ser engravidar. E vai tirar a escolha dela também? — A voz dele se tornara cortante e fria como uma faca, se encravando mais fundo em sua pele a cada palavra. — Ou ela vai poder ouvir tanto as minhas crenças como as suas, e decidir qual prefere?

— Para uma Berethnet, só existe um caminho.

O Príncipe Guma a observou. Com as sombras preenchendo as rugas de seu rosto, seus olhos eram como dois cabochões de âmbar, petrificados em uma casca de árvore.

— Tenho pena de você — ele falou. — Foi uma atitude inacreditavelmente cruel de Galian, a de construir seu legado sobre o ventre de suas descendentes. — Ele retomou a refeição. — Me permita lhe mostrar os costumes dos bosques, e você poderá preservar mais do que seu trono, Glorian. Caso contrário, voltarei para Yscalin. Mas, mesmo depois que eu estiver embaixo da terra, outros vão se erguer e assumir o manto. Depois dessa Era da Amargura, nosso contingente só vai crescer, junto com as desconfianças sobre seu Santo.

— Tire o véu dessa sua ameaça, para eu poder encará-la abertamente.

— Os saqueadores sabem que eu não faço ameaças. — Ele a encarou. — Nós, os crentes, temos raízes profundas. Raízes que podem inclusive envolver seus entes queridos. Se me mantiver longe de Sabran, não vou fazer nada para detê-las.

Glorian sentia o cheiro da ameaça, mas dessa vez não ficou paralisada.

— Me diga uma coisa — ela falou —, você sabe como meu falecido pai executou Verthing Sanguinário?

De início, a pergunta ficou sem resposta, e o único som no recinto era o do crepitar do fogo.

— Ele manteve seu inimigo vivo por um bom tempo, acorrentado. Pensou durante dias na melhor maneira de matar Verthing, o assassino de seu irmão e de tantas outras pessoas — Glorian contou. — Então o Santo apareceu para ele em um sonho, embora ele ainda não conhecesse seu nome, e lhe disse como tudo deveria ser feito.

O Príncipe Guma não demonstrou o mínimo sinal de medo, mas até mesmo o sangue de Glorian gelou ao ouvir esse rumor pela primeira vez, murmurado por duas servas que pensavam que ela estava dormindo.

— Sim — ele falou. — Eu soube do que Bardholt fez.

— Eu sou Marian, a Menor, mas também sou o Martelo do Norte, e a Rainha Felina. Eles vivem em mim também. Não sou a criatura maleável que você pretendia moldar. Não mais — Glorian afirmou.

— Ameace minha família de novo e vai se lembrar disso, quando tomar uma atitude.

O Príncipe Guma ergueu seu cálice em um brinde irônico.

— Realmente espero que você tenha desfrutado de sua visita a Hróth. Pena que sua filha não terá a mesma liberdade — ele comentou. — Minha fé a aceita como ela é. A sua exige que ela seja arada e semeada.

Glorian começou a transpirar ao ouvir essas palavras. O cheiro terroso da caverna dominou seus sentidos — o odor do ferro e do parto, o fedor do wyrm. Usando seu silêncio como escudo, ela se levantou da mesa e se retirou.

Não se lembrava de ter começado a correr, mas isso deve ter acontecido, pois de repente estava no berçário, onde Siyu observava o berço.

— Majestade, pensei que só fosse voltar amanhã — ela falou, surpresa, mas a essa altura Glorian já estava com Sabran no colo. — Rainha Glorian…

— Não.

Isso foi tudo o que ela conseguiu dizer, a única coisa em que conseguiu pensar.

Ela passou pelos guardas espantados e desceu as escadas correndo, atravessando os corredores iluminados por tochas. Com a respiração ofegante, destrancou a porta e correu noite adentro, direto para a floresta real. Os pinheiros eram altos e intimidadores, mas pareciam chamá-la.

Suas botas enroscaram na bainha do vestido, e ela levou um tombo feio, que a fez gritar. Sabran acordou aos berros.

Glorian tentou se levantar. Quando ergueu a cabeça, Inys ainda estava por toda parte, cercando-as.

Sabran chorava como se estivesse com o coração dilacerado. Estava enrolada com tiras de linho, que prendiam seus bracinhos ao peito. Desesperada, Glorian tentou soltá-los, mas isso só fez Sabran berrar mais alto, e ela parou, se dando conta de que não fazia a menor ideia de como fazer aquilo, de como desatá-la.

— Eu sinto muito. — Ela teve que se forçar a dizer aquelas palavras trêmulas. — Sinto muito, Sabran. Precisamos proteger as pessoas. Não podemos deixar isso acontecer de novo, não é, todas essas mortes?

Sabran a encarava com olhos acusadores, ainda chorando.

Não podemos fraquejar. Não podemos falhar. Glorian engoliu um soluço sem lágrimas. *Um dia, vai se sentar diante da sua filha e dizer que ela precisa se casar em nome do reino, e vai se lembrar desta conversa.*

Por fim, alguém se ajoelhou na neve ao lado delas. Glorian se encolheu diante da expectativa de ser tocada.

— Rainha Glorian — disse Siyu —, eu também tenho uma filha pequena. O nome dela é Lukiri, e eu faria qualquer coisa no mundo para protegê-la. — Ela falava com um tom de voz bem suave. — Nem sempre conseguimos. O mundo nem sempre é gentil conosco. Mas nós tentamos, com todas as nossas forças, todas nós. Todas as mulheres podem ser irmãs. Nós seremos as suas.

Glorian a encarou, com as lágrimas escorrendo pelo rosto.

— Por que está sendo assim tão gentil comigo?

Siyu se limitou a sorrir. Tocou bem de leve o rosto de Sabran e, imediatamente, a criança parou de chorar.

— Vou dizer que a senhora correu porque pensou ter visto um incêndio. — Ela estendeu a mão. — Venha, Majestade. Vamos para dentro, onde está quentinho. A Princesa Sabran não gosta de passar frio.

Glorian olhou para sua bebê, e uma lágrima caiu sobre a testa dela. Em seguida estendeu o braço e segurou a mão que outra mulher lhe oferecia.

Nikeya

O Monte Ipyeda tinha vista para as ruínas de Antuma. Pela primeira vez em três anos, Kuposa pa Nikeya subiu seus degraus, com os olhos lacrimejando de frio. Ela havia esperado até a primavera, a época mais segura do ano, mas a neve não dava sinal de que pararia tão cedo.

Tinha sido tentador ir antes, mas ela não queria desafiar a montanha. Dumai a alertara sobre isso, enquanto elas dormiam juntas nas profundezas da Floresta de Mayupora. Nikeya ainda sabia apenas o básico sobre montanhas, e quase não tinha tolerância à altitude. Sua subida fora longa e cautelosa, mais ou menos como a dança da política — um passo, uma pausa, outro passo.

Sempre devagar, filha, seu pai lhe ensinara, em uma de suas lições menos árduas. *Uma chama que queima depressa demais tem uma vida curta e sem propósito.*

Nikeya parou para levar as mãos às costelas. Cada respiração ameaçava estilhaçá-las. Pouco a pouco, ela foi insistindo, recorrendo a suas últimas reservas de energia — levantando uma bota, depois a outra, com cada passo se tornando mais difícil que o anterior. Na primeira vez que fizera aquilo, levara serviçais e um guia. Dessa vez, recusou qualquer tipo de ajuda. Os habitantes do vilarejo a avisaram que era preciso chegar ao templo no máximo ao anoitecer, ou morreria congelada.

O sol tinha acabado de se pôr quando ela chegou. Nikeya se colocou de joelhos perante o Alto Templo de Kwiriki, o lugar onde conhecera a mulher por quem se apaixonou.

Por quanto tempo havia esperado por Dumai desde então, observando o céu à procura do sinal de uma dragoa?

Nikeya mal conseguia se lembrar. Aqueles primeiros dias transcorreram como fumaça sobre um enevoado, era difícil distinguir um do outro. Ainda estava de cinza, como todos, em luto pelos milhares de mortos. Seiiki fora descoberta depois do continente, mas, em uma ilha, não havia para onde fugir.

Unora foi recebê-la na entrada.

— Nikeya. — O rosto dela estava mais magro, cansado. — Você está viva.

— Donzela Oficiante. — Nikeya puxou as peles para junto do corpo. — Posso entrar?

O silêncio predominava no templo, assim como na cidade mais abaixo. Unora a conduziu para o Salão Interior, onde a Grã-Imperatriz de Seiiki estava sentada ao lado de uma lareira com fogo baixo. Nikeya nunca a tinha visto, apesar de suas muitas tentativas. Era uma mulher miúda e pálida sob as dobras do manto cinza.

— Majestade. — Nikeya fez uma mesura, apesar dos protestos de seu corpo dolorido. — É uma honra conhecê-la pessoalmente.

— Eu não tenho nada de majestática agora — a Grã-Imperatriz respondeu, em um tom seco. — Sou só o toco apodrecido de uma árvore. — Os cabelos dela eram todos brancos. — Estava imaginando o momento em que você retornaria, Dama Nikeya. Seu pai a mandou para aniquilar de vez os Noziken?

— Kuposa pa Fotaja está morto.

Unora estava parada em um canto, só observando.

— Meu pai foi a Muysima, a ilha dos exilados, onde Taugran, o

Dourado, transmitiu a ele uma estranha forma da doença vermelha. O wyrm enxergava através dos olhos dele. — Nikeya teve que forçar as palavras a saírem de seus lábios trêmulos. — Depois que Taugran tombou, meu pai começou a definhar, e morreu logo em seguida.

— Você estava com ele?

— Sim.

Ela poderia tê-lo matado quando começou a uivar. Uma lâmina traria um fim menos doloroso, mas ele a ensinara a apreciar a poesia existente em todas as coisas. E fora ele quem quisera incendiar o próprio sangue.

— Já se passou um ano desde então — a Grã-Imperatriz afirmou. — Onde você estava?

— Procurando por Dumai, assim como muita gente.

— E conseguiu encontrar minha neta?

Nikeya cerrou os dentes.

— Não — disse. — Só a grande Furtia.

Aquela primeira longa caminhada pela costa ainda aparecia em seus sonhos. Uma névoa envolvera a ilha no dia seguinte à aparição do cometa, que ela penetrou sozinha, carregando uma lanterna.

Encontrara sete dragões na Baía de Muysima, com as escamas enrugadas como folhas secas. As ondas batiam em suas carapaças. Furtia Tempestuosa fora a última. Quando aquele corpo gigantesco emergira das brumas, ela correra até lá. Ainda era capaz de ouvir seus próprios gritos de desespero, chamando o nome dela — tudo em vão, sem resposta.

— Me disseram que minha outra neta foi devorada — a Grã-Imperatriz comentou —, junto com o restante da Casa de Noziken. — Ela olhou bem para Nikeya. — Dumai enfrentou Taugran.

— Sim.

— Me diga como foi.

— Sente-se junto ao fogo primeiro, Nikeya — Unora disse, baixinho. — Você precisa se aquecer.

Nikeya se ajoelhou sobre uma das almofadas. A exaustão estava começando a pesar, fazendo suas coxas tremerem. Unora preparou um chá de gengibre enquanto ela contava tudo.

Aqueles acontecimentos estavam trancafiados em um compartimento de sua mente. Era possível ver marcas de dedos na tampa, das noites em que acordara sozinha, e dos dias que passou tentando não olhar para trás.

— Furtia e os demais cercaram Taugran — ela falou, depois de contar o restante. Sua boca se movia de forma alheia a seus pensamentos, para que ela pudesse dizer as palavras, sem de fato senti-las. — Um clarão surgiu. Era toda a luz deles, um brilho ofuscante, como o de mil relâmpagos. E então só o que restou no céu foi o cometa.

A estrela permanecera por vários dias. Nikeya mal olhou para cima enquanto percorria a costa, com suas esperanças diminuindo a cada dia. Aquela visão havia sido uma coisa difícil demais de suportar.

Aquele último brilho de luz ficaria estampado em suas pálpebras para todo o sempre. A luz que consumira Dumai, e o silêncio absoluto que se seguira, a escuridão que se tornou muito mais profunda depois de seu faiscar.

— O cometa encerrou tudo. — Unora voltou a encher seu copo. — Dumai sabia que ele estava a caminho.

— Sim. — Nikeya engoliu o chá com um nó na garganta. — Um dos soldados do meu pai disparou uma flecha contra ela. Mesmo se tiver sobrevivido à queda, ela estaria fraca demais para nadar.

— E mesmo assim você a procurou — comentou a Grã-Imperatriz.

— Ela pode ter decidido me deixar para trás, mas eu não estava disposta a desistir de nosso sonho.

Nikeya abaixou a cabeça logo depois de dizer isso. Havia guardado aquela amargura dentro de si por tempo demais.

— Dumai poderia não estar no controle absoluto de si mesma — disse a Grã-Imperatriz. — Estou certa de que nunca foi sua intenção nos abandonar, mas, quando o cometa apareceu, ela não teve escolha. O grande Pajati concedeu um desejo a Unora, uma gota de sua luz, que despertou nosso antigo poder na criança que ela concebeu, uma filha do arco-íris. Dumai foi chamada para ficar junto dos deuses.

— Eles salvaram todo mundo naquela praia. E na cidade — Nikeya contou. — Inclusive a mim.

Enquanto falava, ela sentiu um gosto salgado. Seu pai sempre lhe dissera para não o incomodar com lágrimas; para usá-las apenas pela causa. Seu pai estava morto, porém, e ela sobrevivera, e agora poderia chorar todas as suas perdas.

— A Dama Osipa me escreveu antes de morrer — revelou a Grã-Imperatriz, enquanto via Nikeya limpar as lágrimas. — Ela me contou sobre suas investidas nada discretas sobre minha neta. Para você, devia ser só um jogo divertido.

— Não vou negar que foi assim que começou. Meu pai me pediu para ganhar alguma influência sobre ela.

— Pelo menos você é capaz de admitir.

Nikeya enfiou a mão dentro do casaco e pegou uma caixa usada para preservar a madeira-quedada.

— Dumai confiou esta relíquia a mim. — Ela a entregou à Grã-Imperatriz. — Como não consegui encontrá-la, isto lhe pertence, Majestade. A senhora é a última sobrevivente da Casa de Noziken.

A Grã-Imperatriz abriu a caixa. O brilho da pedra estava mais forte do que nunca, transmudando as feições dela.

— Pensei que isto tivesse se perdido no mar — ela murmurou. — Você veio até aqui para devolvê-la?

— Sim.

— E o que pretende fazer a seguir, Dama Nikeya?

— Não sei. Meu futuro sempre esteve na mão dos outros. Agora esses outros se foram… meu pai, Suzu, Dumai. — A voz dela se tornou um sussurro. — O que restou agora da resplandescência da corte?

— Dumai me contou que vocês realizaram uma cerimônia de casamento na água — Unora comentou.

Nikeya olhou para as duas e assentiu.

Aquela lembrança a aqueceu como uma camada adicional de pele sobre o corpo. Mesmo agora, ela era capaz de sorrir ao se lembrar de como aquilo tinha parecido tão certo, a sensação de seus lábios se unindo. Conseguia até ver Dumai sorrindo para ela, erguendo a pequena pinta que tinha na bochecha.

— Então você, Dama Nikeya, é a Imperatriz Viúva, ou Rainha Viúva, como queira, de Seiiki.

Aquelas palavras pousaram sobre ela com a suavidade da tinta no papel, de forma indelével. Nikeya voltou o olhar para a Grã-Imperatriz.

— Não — falou, com a voz embargada. — Majestade, eu sei qual impressão isso deve lhe transmitir, mas nunca foi essa minha intenção. Só o que queria era Dumai, e que ela se afirmasse como rainha depois que tudo isso passasse.

— Ouvi dizer que estão chamando *tudo isso* de Grande Desolação… a perda de um mundo impermanente que nós amávamos, um mundo que evaporou como orvalho. Fomos muito afortunados de poder vivê-lo. — A Grã-Imperatriz a encarou com firmeza. — Você é eloquente, Dama Nikeya. Vejo muito de seu pai em você, nesses olhos faiscantes. Uma parte de mim ainda questiona se seu luto não é parte de uma longa e elaborada encenação, com o intuito de lhe valer o direito ao Trono do Arco-Íris.

Nikeya fechou os olhos. Mesmo depois de morto, seu pai ainda a tinha em seu poder, presa em sua casa de bonecas.

— Eu já disse, Grã-Imperatriz — ela falou, com toda a dignidade que era capaz de expressar. — Não é isso o que quero.

— Mas alguém precisa assumir o trono. — Foi a resposta que ouviu, em um tom ponderado. — Alguém precisa tomar a iniciativa de governar Seiiki.

Enquanto o silêncio se instalava no recinto cada vez mais escuro, a Grã-Imperatriz fechou a caixa.

— Dumai nos contou sobre sua conversa com Mestre Kiprun — ela falou. — Se ele estiver certo, então o que nós vivemos foi uma Era de Fogo. Nós governamos durante esse período, nós que temos a luz das estrelas dos deuses no sangue. Mas, mesmo se ainda houvesse algum Noziken restante, eu preferiria uma mudança.

Nikeya não ousou abrir a boca.

— Mais cedo ou mais tarde, Dumai precisaria conceber um herdeiro. E todas nós sabemos que ela não toleraria isso. Acabaria se destruindo, só para projetar o arco-íris um pouco além. Mesmo se o plano de vocês desse certo, ela só transmitiria essa expectativa para Suzumai. Unora e eu queríamos filhos, mas e se nenhuma de minhas netas tivesse um?

Dumai também temia essa hipótese. Nikeya a abraçara ao ouvir isso, como se fosse capaz de diminuir este medo ao compartilhá-lo com ela. *Vamos encontrar outra maneira.*

— A história pode até registrar o fim de minha linhagem como uma tragédia — argumentou a Grã-Imperatriz —, mas uma casa que oprime suas próprias filhas sob suas fundações… nem sequer é uma casa. É melhor que queime junto com o restante. Um mundo diferente deve se erguer das cinzas. E quem melhor que você para construí-lo, uma herdeira da chama secreta?

Nikeya franziu a testa.

— Sim — a Grã-Imperatriz falou, com um sorriso tenso. — Eu conheço a história em que seu pai acreditava. Se precisamos manter o equilíbrio defendido pela Rainha da Amoreira, acredito que seja a vez de vocês governarem. Em uma época da luz das estrelas, o fogo precisa ascender.

— Eu — murmurou Nikeya. — Depois de tudo isso, a senhora concederia o poder logo a mim?

— Eu não disse que seria fácil. Mas eu já tive o suficiente. — Uma leve sombra se abateu sobre seus olhos. — Ainda preferiria que você não fosse entronada, por medo de que tenha manipulado Dumai. Mas Epabo, o misterioso servente de meu filho, veio me ver antes de partir para a Floresta de Mayupora. Antes que você fosse embora, Epabo a estava vigiando. Ele me contou que o Senhor dos Rios fez uma visita à filha certa noite, para incumbi-la de uma tarefa. Ela deveria ajudá-lo a destruir a Princesa Dumai, para reverter a grande onda de apoio que vinha obtendo nas províncias. Seria preciso espalhar mentiras sobre a princesa, plantar as sementes de um escândalo, convencer ou coagir outros a falar mal dela... provocar o incêndio que fosse preciso para destruir sua reputação.

Nikeya tentou manter sua mente distante daquele cômodo enquanto ouvia sua própria história.

— A princípio, a Dama Nikeya tentou resistir discretamente. Propôs que, em vez de tentar difamar a herdeira imperial, seu pai simplesmente fortalecesse sua própria reputação, saindo ele mesmo em auxílio às províncias — continuou a Grã-Imperatriz. — O Senhor dos Rios a acusou de gostar da princesa exilada. E lhe disse que isso a tornaria inútil para ele, assim como sua falecida mãe. Obviamente, depois de desferir essa pancada, ele tentou assoprar a ferida. Epabo já o vira fazer isso com a filha antes, uma crueldade seguida de um gesto de bondade. Afinal, a Dama Nikeya era sua herdeira, sua única filha. Seu legado. Ele precisava dela, mais do que de qualquer outra pessoa... mas, no dia seguinte, ela se foi, e o sino na Casa do Campanário foi retirado.

Uma aversão profunda a dominara naquela noite. Ela quase acreditara que era assim que deveria ser — que a chama do ódio poderia despertar a magia latente em seu sangue, e que ela a usaria para destruí-lo, assim como ele a mandara fazer com Dumai.

— Eu não sou uma criatura entalhada em pedra, incapaz de sentir amor. — Nikeya mal conseguia falar. — Meu pai tentou me transformar nisso, mas fracassou. Por causa da minha mãe. Por causa de Dumai.

— Então governe por ela, da maneira como vocês planejaram. Eu acredito que você a amava, e que esse amor era correspondido — a Grã-Imperatriz afirmou. — Que a Casa de Noziken desapareça no horizonte, assim como o cometa. E que agora seja o seu tempo.

Nikeya não conseguiu fazer nada além de a observar.

— O que estou lhe dando não é um presente, e sim um fardo pesado — a Grã-Imperatriz complementou, em um tom mais gentil. — Seiiki está em um estado de total devastação. A maior parte de nosso povo morreu. A doença vermelha ainda existirá por um bom tempo, apesar de os deuses terem recuperado suas forças e as chuvas terem voltado a nossas terras. Será preciso uma líder que transmita confiança para iluminar o caminho a partir de agora. Mas alguém como você é capaz de fazer isso, eu acho. Uma mulher com um dom e um gosto pela intriga, mas também com um coração bonito como uma canção. Uma mulher que tem apoio de um clã que certamente não abrirá mão de seu poder.

— Mas os Tajorin e os Mithara…

— … são leais a mim. Esta é a melhor forma de obter paz. — A Grã-Imperatriz ergueu uma sobrancelha. — Dumai me disse que você uma vez falou que era uma flor cultivada para a corte. Não vejo isso como um insulto, e sim como um endosso. A existência de uma flor em um mundo de cinzas é uma prova de que a vida continua.

Nikeya não conseguiu mais segurar as lágrimas, mesmo sem emitir nenhum ruído.

O silêncio caiu como a noite. Por fim, ela abaixou a testa até o chão diante da última Noziken.

— Se a senhora me considera digna, então é meu dever obedecer — ela falou. — Não vou governar como rainha nem imperatriz, nem mesmo como uma Kuposa. Não vou me sentar no Trono do Arco-Íris. Ele era da sua casa, não da minha. Vou governar como Nadama pa Nikeya, Rainha Viúva e Líder Guerreira de Seiiki.

Depois de alguma hesitação, Unora falou:

— Nikeya, certamente a guerra é a última coisa que as pessoas vão querer.

— Não uma guerra contra nós mesmos, mas contra os wyrms. Se eles voltarem, quero que estejamos preparados. Seiiki precisa ser forte, para que nunca mais haja outra Grande Desolação.

As duas mulheres trocaram um longo olhar, que decidiria o futuro de toda uma ilha.

— Eu vou descer a montanha e interceder junto a Tukupa, a Prateada — a Grã-Imperatriz concluiu. — Se ela aceitá-la como minha sucessora, então assim será, Líder Guerreira de Seiiki. Unora e eu continuaremos aqui, para lhe dar apoio enquanto estabelece seu governo. Onde está o Conselho de Estado?

— Em Ginura — Nikeya informou. — Furtia e Dumai salvaram o castelo da cidade. Os nobres estão à espera de um pronunciamento seu.

— E é isso o que terão — a Grã-Imperatriz falou. — Mas antes vamos ver o Trono do Arco-Íris.

****

O trono nas ruínas do Palácio de Antuma, o lugar que Nikeya chamou de lar por uma década. Ela viu os cantantes-aos-deuses desmontá-lo usando uma lâmina forjada nas antigas fundições de Muysima. Ao rachar, fazia o mesmíssimo som do gelo. Boa parte dos pedaços seriam preservados em altares ao redor de Seiiki, mas dois deles seriam enviadas para a Rainha Arkoro e a Consorte Jekhen, caso tivessem sobrevivido.

Tukupa, a Prateada, acompanhava o desmonte. Ela era descendente de Kwiriki, e agora estava mais forte do que nunca, com os olhos mais brilhantes e intensos depois da passagem do cometa. Todos os demais tinham despertado.

Ao lado dela estava a Grã-Imperatriz, que descera da montanha pela primeira vez em décadas.

— Você vai ter que aprender a sinalizar, se quiser interceder junto aos deuses por seu povo — ela disse a Nikeya, apoiando-se pesadamente em Unora. — Dumai era capaz de conversar mentalmente com eles, mas essa é uma arte desconhecida para a maioria de nós. Eu lhe ensinarei outra forma.

Nikeya assentiu.

— Há outra coisa que eu gostaria que a senhora perguntasse à grande Tukupa — ela falou para a Grã-Imperatriz. — Pensei durante um bom tempo em qual seria a melhor maneira de homenagear Dumai. Ela amava o povo. Vi isso todos os dias na Floresta de Mayupora. — Unora engoliu em seco. — Enquanto a procurava, vi muitas crianças órfãs, deixadas sozinhas no mundo por causa da Grande Desolação.

— O que deseja pedir, Dama Nikeya?

— O vínculo com os deuses não deve ser restrito a apenas uma família, nem a minha, nem a sua, nem a qualquer outra. Eu gostaria de treinar alguns desses órfãos como ginetes de dragões, para ajudar a defender Seiiki.

Unora sorriu.

— Acho que Dumai teria gostado muito dessa ideia.

A Grã-Imperatriz se virou para a dragoa, que devolveu o olhar, soltando névoa pelas narinas.

— Você precisa ser paciente, Dama Nikeya — a Grã-Imperatriz respondeu, com os cantos da boca se curvando de leve. — Minha neta ainda pode ser capaz de guiá-la pessoalmente. Os mortos sussurram através das ondas no litoral. Às vezes, podem até decidir voltar para nós, que fomos deixados na praia.

****

Graças às ações do Clã Kuposa, a Casa de Noziken vivia a uma longa distância da costa. Nikeya não queria repetir esse erro. Ginura era o último lugar visitado por Dumai, além de ser a cidade onde tombara.

Quando receberam pessoalmente a ordem da Grã-Imperatriz, os poucos sobreviventes do Conselho de Estado — a maioria estava no palácio durante o incêndio — a confirmaram como Líder Guerreira de Seiiki. Nikeya sabia que precisaria trabalhar muito para conquistar a confiança da Dama Mithara e do Cavalheiro Tajorin.

Esse é um dos seus dons, uma lembrança vaga de Dumai a lembrou.

Os Nadama migravam em massa para sua corte no Castelo de Ginura. Nikeya queria promover grandes transformações em Seiiki com o passar dos anos — mas teria que ir devagar, sempre devagar. Ela governaria por um tempo como se fosse a rainha, e então veria que outros caminhos se abririam a partir disso.

Os Kuposa restantes não ficaram nada contentes com sua escolha de nome. Mas, sem o pai dela para liderá-los, já não tinham tanta força. A maioria queria se distanciar do homem que traíra Seiiki. Ela conseguia manipulá-los como queria, agora que estavam fora da teia de intrigas do antigo Senhor dos Rios. Em pouco tempo ela teceria a sua própria teia.

Os wyrms e suas criaturas caíram em sono profundo, como em outro momento ocorrera com os deuses. Todos precisariam ser caçados, para garantir que jamais voltariam. A doença vermelha não precisaria ser expulsa da ilha, e sim mantida à distância. Quanto ao desequilíbrio que causara tudo, ela também pretendia corrigi-lo, e em breve.

Nikeya estava determinada a isso.

Ela era a Rainha Viúva e Primeira Líder Guerreira. Como brasão, escolheu o peixe dourado sob um arco-íris, além de duas espadas para defendê-los, como se o sino tivesse sido derretido e reforjado dessa forma — prata, para se contrapor ao ouro. Ela jamais permitiria que a Casa de Noziken fosse esquecida.

E muito menos a Rainha Dumai.

Seu trono era voltado para a imensidão do mar. Durante o dia, ela era a líder de caráter férreo, risonha e poderosa. À noite, vagava sozinha pelo castelo, ouvindo as ondas, sonhando com o rumo diferente que as coisas poderiam ter tomado. Pelo resto da vida, sentiria dentro de si um vazio.

Vejo você no Palácio das Muitas Pérolas, ela pensava. *Espere por mim, Mai. Eu não vou demorar*.

****

Meses depois de iniciada a Era da Luz das Estrelas, a Primeira Líder Guerreira de Seiiki analisava seu mais recente édito. Do lado de fora, a neve caía espessa, como as cinzas um dia foram. Com os olhos secos por ler no escuro, ela desviou a atenção do trabalho.

Havia uma figura no canto de seu gabinete, usando a túnica e o véu da Donzela Oficiante.

— Unora — Nikeya falou, surpresa.

— Não. — A visitante inclinou a cabeça. — Por favor, perdoe a aparição sem aviso. Sei que a senhora tem um dever de grande importância a cumprir esta noite.

— De fato, e é por isso que instruí a meus supostos guardas que não deixassem ninguém entrar em meu gabinete privativo. Mesmo assim, aqui está você. — Nikeya bateu a ponta do cabo do pincel na mesa, intrigada demais para se deixar incomodar pela interrupção. — Mas tenho tempo para repreendê-los mais tarde. Quem é você?

— Unora de Afa se aposentou de sua função como Donzela Oficiante, para se dedicar aos cuidados à Grã-Imperatriz. Eu sou sua sucessora.

— Estamos bem longe de Antuma. Por que se afastou tanto da montanha, cantante-aos-deuses?

— Para lhe desejar um governo longo e próspero. — Essa foi a resposta, em um tom suave. — E para lhe dar um presente para expressar minha estima.

A visitante se aproximou. Sua mão direita permaneceu escondida sob a manga da túnica enquanto ela colocava algo sobre a mesa.

Um pente, adornado por uma borboleta de ouro.

— Estarei no Monte Ipyeda — ela falou —, caso algum dia precise de aconselhamento. Ou de conforto.

Nikeya ergueu a cabeça lentamente até encontrar o par de olhos escuros por trás daquele véu. Ela estava arrepiada até a medula desde a primeira vez que ouvira aquela voz.

— Obrigada — disse, abrindo um sorriso. — Estou ansiosa para revê-la em breve, Donzela Oficiante.

Ela era capaz de jurar que a cantante-aos-deuses sorriu de volta.

— Não demore muito, Rainha Viúva.

No silêncio que se seguiu, ela desapareceu.

Nikeya ficou olhando para o lugar onde ela estava, com a repentina e terrível sensação de que havia acabado de falar com um fantasma d'água. Se não fosse o pente, nada daquilo lhe pareceria real. Ela estava quase se levantando para segui-la e perguntar seu nome quando seu Ministro-Chefe apareceu na porta.

— Líder Guerreira, está na hora — anunciou.

Ela se recompôs.

— Então que assim seja — ela respondeu, vestindo a armadura. — Não há o que temer. Eu estou pronta.

A verdade teria que esperar, pois Tukupa trouxera os ovos para Ginura — ovos que ficaram submersos durante séculos, aguardando pelo momento mais propício enquanto o fogo ascendia. Diante de seus deuses, a Líder Guerreira de Seiiki pôs a mão sob o menor deles, ao ouvir sinais de movimentos.

— Venha agora. — Seu sussurro embaçou a superfície do ovo. — Venha agora, e vamos iluminar o mundo.

Sob seus dedos, o ovo rachou.

—

A seguir, confira um capítulo extra desta obra de Samantha Shannon, publicado em algumas edições estrangeiras de *Um dia de céu noturno*, e traduzido para o português nesta edição.

—

Decisão

A Bacia Lássia era fechada e espessa como uma nuvem. Era raro que suas árvores dessem espaço a uma campina, mas era possível encontrar alguns trechos de grama molhada, se a irmã se deslocasse o suficiente pela floresta.

Perto de uma dessas clareiras, a sudoeste do Priorado, um graveto se partiu sob seus pés. O estalo fez um cervo de galhadas tortas ficar tenso. Sacudindo as orelhas, o animal correu para o meio das árvores — bem no momento em que uma flecha roçou em seu pescoço, provocando um bramido de indignação.

Esbar uq-Nāra abaixou o arco e praguejou. Jeda apareceu para se juntar a ela e seguiu seu olhar até onde animal estivera pastando.

— Você errou.

— Pois é. Obrigada, Jeda. — Esbar cerrou os dentes. — As aves vão ter que servir.

— Hadug não vai ficar nem um pouco satisfeito.

— É melhor parar por aqui, ou vamos acabar perdendo o que já temos.

Jeda não disse mais nada. Esbar foi buscar a flecha, com o peito apertado de frustração.

Depois de caminhar por uma hora, só o que tinha para mostrar era um par de patos, um faisão magro e um mau humor terrível. Isso já era vergonhoso o bastante depois de quinze anos de treinamento com o arco — mas, para completar, agora ela era uma iniciada, e seus sentidos estavam mais aguçados depois de ter provado do fruto. Era capaz de ouvir e ver melhor do que quando era uma postulante. Seu corpo reagia a cada ruído próximo, a cada movimento.

Todos esses dons vinham da laranjeira, e mesmo assim ela ainda era capaz de estragar tudo. Era só mais uma prova de como andava desequilibrada nos últimos tempos.

Jeda a conduziu de volta até uma pequena lagoa por que tinham passado, alimentada por uma cascata que era pouco mais que um fio d'água. Esbar lavou o rosto e a nuca, esperando que a água fria a acalmasse.

Não era só aos homens que ela vinha desagradando com suas caças mirradas. A Prioresa a repreenderia pessoalmente. Sua incapacidade de levar comida suficiente para casa — uma tarefa simples para uma mulher de vinte anos — prejudicaria sua chance de ser escolhida.

Durante anos, Gashan Janudin tinha sido o único obstáculo no caminho desse sonho. Agora ela também se atrapalhava, com todos os seus pensamentos voltados para Tunuva.

Tunuva Melim, que passava os dias estudando nos arquivos ou refinando sua habilidade letal com a lança — algo que ela mantivera em segredo por um bom tempo, preferindo inclusive ser subestimada.

E de fato foi subestimada por todas, até desarmar Gashan em um combate.

Ela demonstrara elegância na vitória, agradecendo a Gashan pela luta e devolvendo-lhe a espada perdida. Esbar dera risada ao ver como Gashan ficou chocada, embora ela mesma estivesse bem surpresa. Quando seus olhares se cruzaram, ela percebeu que poderia ter uma nova oponente a caminho.

Esbar passara o restante dos duelos em um estado de fascínio, lançando longos olhares de canto para Tunuva. Ela era uma mulher alta e imponente, mas parecia se sentir pouco à vontade com a admiração das irmãs, voltando sua atenção apenas para as combatentes.

Elas tinham quase a mesma idade. Suas mães de nascimento engravidaram juntas. Deviam ter sido próximas na infância, mas àquela altura sua relação se limitava a pequenos acenos de cabeça quando se cruzavam e ocasionais trocas de cortesias. Esbar vivia tão preocupada com Gashan — a única rival que considerava à sua altura — que havia fechado os olhos para as demais.

Por outro lado, Tunuva também fazia de tudo para esconder seus talentos. Embora fosse querida por todas, parecia preferir ficar sozinha, ou na companhia de sua ichneumon, Ninuru. Talvez nutrisse ambições de ser munguna, e era por isso que se isolava, evitando os círculos que havia em torno de Gashan e Esbar.

Ou talvez fosse só uma irmã mais sábia que a maioria. *Vocês não são rainhas em guerra*, Denag alertara certa vez, depois de mais uma briga entre Esbar e Gashan. *Se criarem suas próprias cortes, vão dividir a família*. Tunuva poderia preferir não se envolver em disputas políticas.

Assim que o treinamento acabou, Esbar convencera Meren a lhe entregar um jarro de um bom vinho e duas taças, determinada a conquistar a amizade de Tunuva, a romper aquele distanciamento. Ela a encontrara enquanto se alongava, e insistira para que bebessem juntas.

Ao amanhecer, quando se recolhera ao quarto, Esbar estava rouca de tanto falar. No fim, Tunuva Melim não era orgulhosa nem tímida, como algumas irmãs supunham. A conversa das duas fluíra como o vinho, adoçada por risos, ao longo de toda a noite. Como se sempre tivessem sido grandes amigas.

Depois disso, Esbar imaginara que sua curiosidade estivesse saciada. Tunuva não tinha o menor interesse em se tornar Prioresa. Mesmo assim, continuara a procurá-la, querendo passar cada vez mais tempo com ela.

Esbar olhou de novo para a lagoa. Seu reflexo era o de alguém mais cansada do que deveria para a idade, com a testa franzida e os lábios curvados para baixo. Quando Jeda a cutucou com o focinho, ela montou e amarrou suas caças para voltar para casa.

Por mais que Jeda estivesse correndo pela floresta em altíssima velocidade, os pensamentos de Esbar continuavam voltados para Tunuva. Para aquele sorriso caloroso e os olhos castanhos profundos. As sardas no nariz. Esbar já tivera vontade de beijá-la antes, mas havia se contido, com medo de estragar uma delicada amizade que começava a desabrochar.

O Deserto Escarlate mudara tudo.

Esbar se lembrava daquele dia nos mínimos detalhes. Ver tudo aquilo mexera com ela: a vastidão do deserto, o azul sem nuvens sobre sua cabeça, o cume distante do Monte Enunsa — e mesmo assim nada era tão fascinante quanto Tunuva, erguendo as mãos de um jeito que parecia abarcar todo o céu.

Em um momento, estavam dançando na areia, encantadas com o esplendor do mundo; no seguinte, seus olhos se encontraram, e então seus lábios. O desejo a atingira como uma lança no peito — agudo e quente como uma secura na garganta, uma fome que a consumia sob as costelas.

Em vinte anos, Esbar nunca se sentira tão viva quanto no momento em que Tunuva a agarrou pelos ombros, a segurou firme e retribuiu o beijo, como se tivesse esperado a vida toda por aquele abraço. Esbar continuava idolatrando a Mãe, mas aquele beijo a deixara de joelhos.

Não foi o primeiro que experimentou. Ela passara algum tempo com duas outras mulheres, mas nunca o suficiente para distraí-la de sua vocação. Vazraka a varrera de sua vida como se fosse poeira. Yusul no fim a perdoara.

Mas Tunuva não era Vazraka nem Yusul. Esbar passara a conhecê-la bem ao longo dos meses seguintes àquela longa conversa noite adentro. Antes do Deserto Escarlate, Tunuva nunca estivera com ninguém; ela mesma confessara a Esbar. Seu coração estava aberto e desprotegido.

Esbar sabia disso, e mesmo assim a beijara.

Até tentara negar o efeito que aquela manhã tivera nela. Quase conseguira se convencer de que era loucura — uma febre, consequência de terem provado do fruto. Claro que iriam uma para os braços da outra, estando em um lugar tão glorioso, com o fogo da árvore ainda fervendo em seu sangue. Um beijo para celebrar a vida.

Mas então começara a sonhar com aquilo, depois de voltarem para o Priorado. E, uma noite, acordara pensando em Tunuva.

Ela não havia sonhado nenhuma vez com Yusul ou Vazraka. Nunca dormira pensando no som de suas risadas, nem desejara encontrá-las deitadas ao seu lado quando acordava. Nunca se imaginara dormindo com elas toda noite pelo resto da vida.

Jeda parou ao pé da figueira ancestral. Enquanto Esbar pendurava sua carga leve sobre o ombro, ela se deu conta de que sua ichneumon a encarava fixamente.

— Que foi? — perguntou, curta e grossa.

— Você está pensando nela de novo.

— Em quem?

Jeda balançou a cauda, revelando sua irritação. Esbar seguiu em frente.

— Você está diferente desde o deserto. Distraída — Jeda enfim falou, seguindo-a de perto. — E burra. — Esbar abriu a boca para responder. — Eu não estou errada.

— Você está inquestionavelmente errada.

— Ichneumons são inteligentes.

— Ichneumons não deviam demonstrar tamanha sinceridade com suas irmãzinhas, ou podem acabar sem alguém que escovem seus pelos quando precisarem.

— Se não for falar com ela, você não vai conseguir ser Prioresa. Vai estar ocupada demais pensando em mulheres altas com lanças.

— Por que fui escolher para você o nome de uma rainha conhecida por sua misericórdia? — Esbar murmurou. — Você nunca fez nenhum comentário sobre o meu desejo de liderar a família. Por que isso agora?

— Você me alimentou.

A ichneumon se virou à sua frente, forçando-a deter o passo. Esbar cruzou os braços.

— Jeda — ela falou. — Tunuva tem um coração muito sensível.

— Sim.

— Ela sofreria muito se as coisas derem errado entre nós.

— É só não deixar dar errado. — Jeda a encarou. — Sua burra.

— Pelo amor da Mãe — Esbar resmungou. — Onde está aquela filhote boazinha que eu alimentei com minhas próprias mãos?

— Você quer usar o manto vermelho. Não existe nenhuma garantia disso. Mas mesmo assim você tenta.

— Ah, fique quieta. — Esbar passou por ela. — Vá tomar banho no rio. Sua felina ridícula.

— As irmãzinhas são cruéis com os ichneumons.

Esbar revirou os olhos e seguiu entrando no Priorado.

Na cozinha, alguns homens de vinte e poucos anos estavam preparando a última refeição do dia. Entre eles, Imsurin ria sozinho, cortando galhinhos de hortelã com sua diligência costumeira. Ela jogou seu lamentável saco de caças diante dele.

— Aqui.

Imsurin soltou um suspiro.

— Boa noite, irmã.

— Ah, é mesmo? — Esbar afastou do rosto os cabelos molhados. — Não percebi.

Ele se dignou a olhá-la. Era apenas alguns anos mais velho que ela, mas se resignara à severidade de um homem idoso, o que o tornava um alvo fácil para provocações motivadas pelo estado de espírito de Esbar. Sem pressa, ele limpou a hortelã da faca antes de apanhar o faisão mirrado e os dois patos.

— Bela caçada — ele falou, sarcástico. — As presas fugiram dessa sua cara azeda?

— Vá caçar você mesmo, se quiser.

— Esbar.

Ela soltou um suspiro.

— Eu não consegui me concentrar — ela falou, abaixando a cabeça. — Me perdoe, Imin. Entendo se você precisar contar para Hadug.

Imsurin a observou, batucando com os dedos na bancada.

— Só desta vez — disse —, não vou contar para ele.

Esbar ergueu as sobrancelhas.

— Eu fracassei em trazer o que deveria. Por que me poupar de uma reprimenda?

— Porque desconfio que suas habilidades de caça vão melhorar se for conversar com Tunuva, não com a Prioresa. — Imsurin voltou a sua pequena pilha de folhas. — Boa noite, Esbar.

Ela o encarou antes de deixar a cozinha. Sentia-se tão quente que pensou que sua chama fosse explodir.

Esse era o problema. Até mesmo Imsurin — alguém indiferente a fofocas — percebera a mudança que havia no ar. E até mesmo sua ichneumon. Jeda nunca comentara sobre seus flertes, a não ser na noite que Esbar se esqueceu de escová-la, o que levou sua ichneumon a jogar Vazraka no rio ("Foi você que me alimentou, não ela"). Ainda que não sentisse nenhum orgulho disso, Esbar era obrigada a admitir que merecera passar essa vergonha.

Mas como justamente Tunuva Melim, entre tantas outras, fora capaz de fazer tanto estrago, a ponto de que Jeda agora a *incentivava* — isso ela não conseguia compreender. Ela pensou que estivesse sendo discreta, para poupar Tunuva da curiosidade das demais irmãs. Agora que sabia que não era bem assim, ficou abalada.

No corredor perto da cozinha, havia um vaso cheio de flores perfumadas. Esbar parou ao lado dele, apertou entre as sobrancelhas e soltou um grunhido de frustração. Ela precisava recobrar a compostura.

— Esbar?

Era uma voz suave e familiar. Tunuva Melim aparecera no corredor, segurando um copo.

Estava usando sedas cor de creme entrecruzadas na cintura, expondo o decote e os braços. Seus cachos estavam presos sob um diadema de flores. Esbar só conseguia encará-la, incapaz de emitir uma palavra que fosse, enquanto ela se aproximava, colocando o copo em uma reentrância na parede.

— Esbar — falou, em seu tom gentil. — Está tudo bem?

— Está, sim. — Esbar recuperou a capacidade de falar. — É só uma dor de cabeça.

— Denag tem unguento de limão. Isso ajuda. — Tunuva deu outro passo à frente. — Eu poderia…

— Não precisa — Esbar respondeu, com mais ênfase do que pretendia. Tunuva deteve o passo com uma leve careta, e Esbar amaldiçoou sua língua afiada. — Desculpe, Tuva. Minha caçada de hoje foi muito ruim. Acho que até algumas das crianças poderiam pegar mais presas do que eu.

— A floresta é capaz de surpreender todas nós. — Tunuva manteve uma distância cautelosa. — O que está incomodando você, Ez?

— Nada de importante.

Tunuva baixou os olhos por um instante. Por fim, fez um leve aceno de cabeça, engolindo em seco.

— Vou deixar você em paz, então — disse. — Espero que esteja se sentindo mais forte amanhã.

Esbar queria muito estender a mão para ela. Cada fibra de seu ser lhe dizia para tomar alguma atitude.

— Obrigada — ela falou.

Foi uma despedida rígida e formal, e Esbar era capaz de jurar que viu o fogo interior de Tunuva minguar. Com o remorso entalado na garganta, ela permitiu que Tunuva se afastasse, desejando saber como explicar o que sentia.

****

Tunuva observava o pôr do sol. Todas as iniciadas tinham acesso a uma varanda compartilhada, de onde podiam admirar o Vale de Sangue.

Sentada em silêncio, ela misturava mel a sua bebida. Meren deixara um pote em seu quarto para adoçar seu dia, como sempre fazia. Ela o agradeceria pela manhã.

Fazia uma semana que encontrara Esbar sozinha no corredor, e a lembrança ainda a feria. Ela escondera a mágoa da melhor maneira que pôde, mas de alguma forma aquilo continuava a machucá-la.

Tinha sido muito ingênua, por pensar que Esbar poderia querer mais do que alguns beijos trocados na areia. Yusul uq-Bardant ficara arrasada por semanas depois que Esbar pôs um fim ao envolvimento entre elas. Claramente, ela não tinha a menor intenção de assumir um compromisso com uma mulher — e, se por acaso acontecesse, não seria com Tunuva. Esbar era ousada e determinada, e vinha de uma linhagem marcada por grandes feitos.

Tunuva não tinha nada disso a seu favor.

Então, era assim que tudo acabava. Já passava da hora de pôr uma pedra sobre aquilo e deixar tudo no passado. Mas toda noite pensava em Esbar. Na gentileza inesperada. Na risada dela enquanto as duas estavam deitadas juntas na areia. Tunuva sonhava com esse tipo de intimidade. Já havia admirado outras mulheres antes, mas nunca daquele jeito, e jamais tinha criado coragem para tomar uma atitude.

E então Esbar a beijara, transformando todo aquele desejo em uma possibilidade.

Ainda a intrigava o fato de ter sido Esbar que começara tudo. De ter sido ela que agira primeiro.

Tunuva fechou os olhos. Seus sentimentos estavam muito enraizados, e representavam um peso tremendo sobre seu coração. Todas aquelas noites juntas, conversando madrugada adentro, plantaram nela uma semente, e agora era impossível extirpar os sentimentos que haviam desabrochado. Ela apoiou a testa nos joelhos, desejando poder pedir conselhos a sua mãe de nascimento. Liru sempre vinha vê-la quando voltava do Ersyr.

Ela havia sido assassinada por um yscalino, um homem determinado a converter os pagãos ersyrios. Ao se lembrar da visão de seu corpo sem vida, Tunuva levou a mão ao peito.

Sua tristeza abrira uma brecha para a escuridão. Mas, antes que pudesse continuar se lamentando, Ninuru apareceu e se sentou ao seu lado.

— Nin. — Tunuva detestou ouvir o tom sombrio de sua voz. — Está precisando de alguma coisa?

— Não. — Ninuru a encarou. — Ela é burra.

— Quem?

— Esbar.

— Nin, isso não é jeito de falar de uma irmã.

— Ela parou de vir ver você. — Ninuru abaixou as orelhas. — Que burra.

Tunuva sacudiu a cabeça.

— Está tudo bem — ela murmurou, acariciando sua ichneumon. — Esbar não fez nenhuma promessa. Eu que fui tola, por alimentar esperanças.

— Não.

Ninuru apoiou o focinho em seu colo. Tunuva coçou suas orelhas e se curvou para beijá-la.

— Eu tenho você e a Mãe — falou. — Isso já basta para mim.

— Você sorri quando está com ela.

Tunuva desviou o olhar.

— Eu gosto dela. Claro que sim — admitiu, com a voz embargada. — Mas Esbar quer muito ser a Prioresa. Eu jamais atrapalharia seu sonho.

Ninuru bufou. Tunuva a puxou mais para perto, acariciando seu flanco.

— Vem — falou. — Vamos descansar um pouco.

— Sim.

Elas caminharam pelo corredor quase às escuras. Tunuva ia à frente com sua chama acesa sobre a palma da mão. Ela observara as irmãs mais velhas desde criança, mas evocar o fogo por si mesma, e mantê-lo — aquilo era uma coisa bem diferente.

— Tunuva.

Ela deteve o passo. Gashan estava junto à fonte que ficava diante do alojamento das iniciadas, enchendo um copo d'água. Barsega, sua ichneumon com uma mancha que formava uma máscara de pelos em seu rosto, mordiscou Ninuru em um gesto amigável.

— Gashan — Tunuva falou. — Como foi seu dia, irmã?

— Frutífero. E o seu?

— Nem tanto.

Gashan a encarou.

— Me diga uma coisa — ela pediu. — Por que a lança?

— Descobri que posso dançar com ela. Não é a mesma coisa com uma espada.

— E uma lança também mantém o oponente à distância. Uma boa arma, para enfrentar um wyrm. Sua vitória me lembrou de manter minha guarda sempre alta, e me inspirou a progredir — comentou Gashan. — Obrigada, irmã. — Barsega retornou para o lado dela. — A linhagem Melim é discreta… a mais discreta do Priorado. Tem poucas guerreiras memoráveis. E nenhum grande feito, antes de Liru sacrificar a própria vida.

— Narha era leal à Mãe.

— Elas todas eram. Você não tem ambições maiores que a lealdade?

— O Priorado é uma família. Não quero estar acima das minhas irmãs, e sim ao lado delas.

— Sorte a minha. Você seria uma rival valorosa, Tunuva. — Gashan inclinou a cabeça, e seus olhos refletiram a chama. — Me diga uma coisa, quem você preferiria que fosse munguna, eu ou Esbar?

— Eu confio na decisão da Prioresa. Da minha parte, acho que as duas seriam capazes de nos liderar muito bem.

— Pensei que você fosse mais próxima de Esbar.

— Eu também.

Gashan ergueu a sobrancelha.

— Dançar com uma lança é uma coisa. Com uma mulher é diferente — comentou. — Você precisa criar coragem para encurtar a distância, Tunuva. Irmã nenhuma conseguiu deixar sua marca sem se arriscar.

Ela desapareceu nas sombras, e Tunuva foi deixada com sua pequena chama, para decidir o que fazer.

****

Apaya uq-Nāra passava a maior parte do tempo fora do Priorado. Depois que Liru Melim morrera para defender a Casa de Taumāgam, Apaya assumira a função de principal guarda-costas da realeza, mas Esbar sabia que ela voltaria para passar o restante do verão, de modo a renovar sua siden e reportar suas atividades.

Ela encontrou sua mãe de nascimento nos arquivos. Apaya estava lendo, com os cabelos escuros presos em uma trança que caía sobre o ombro.

— Apaya — Esbar cumprimentou.

— Esbar. Há quanto tempo. — Apaya deixou a tabuleta de lado e apontou para a mesa. — Sente-se aqui comigo. — Esbar obedeceu. — Você parece cansada. A Prioresa me contou sobre sua jornada no Deserto Escarlate. O que achou do mundo de fora?

— Fiquei contente por poder tê-lo visto.

— Você demorou mais do que o esperado.

— Escalar a montanha ao meio-dia não foi nada fácil.

— Entendi. E o que achou de Tunuva Melim? — Apaya especulou. — Nunca ouvi falar sobre algum feito dela, mas Liru era uma grande mulher, e uma guerreira corajosa.

— Tunuva também é. Nunca vi alguém empunhar a lança kumengana tão bem quanto ela.

Apaya estreitou os olhos.

— Ela também quer ser munguna?

Esbar ficou em silêncio, olhando para a lamparina a óleo mais próxima. Tunuva voltara a seus pensamentos — vindo para seus braços, com suas mãos firmes e sua risada ofegante.

— Esbar — Apaya chamou, tirando-a de seu devaneio. — Você me ouviu?

— Sim, irmã. — Esbar limpou a garganta. — Só Gashan está disputando o posto abertamente agora.

— Ótimo. Seu trabalho com a lança precisa de refinamento. — Apaya apontou com a cabeça para uma carta. — Preciso mandar isso para o Ersyr. O que você quer saber de mim?

— Se você já teve alguém.

— Imagino que não esteja falando de seu pai de nascimento.

Apaya falou com uma voz carregada de tensão, como sempre acontecia quando o assunto era Sigan.

Ela o escolhera todas as vezes que tentara conceber. Juntos eles passaram por dois abortos espontâneos, mas continuaram tentando. Esbar já se perguntara se sua mãe de nascimento não havia escondido a dimensão de seus sentimentos. Talvez nunca tivesse assumido nem para si mesma.

Sigan tinha morrido de febre tremulante, uma doença trazida de fora por uma das irmãs. Nem sempre era fatal, mas os homens quase nunca saíam para o mundo, o que os deixava mais vulneráveis. Apaya nunca mais fora a mesma depois da morte dele.

— Não — Esbar respondeu. — Não estou falando de Sigan.

— Não teria como durar. Eu sempre soube que assumiria um posto no Ersyr, antes mesmo de Liru. — Apaya fez uma pausa. — Isso quer dizer que alguém atraiu seu interesse, Esbar?

— Ainda não sei ao certo.

— Sabe, sim, caso contrário não teria perguntado.

Esbar bufou. Apaya não deixava escapar nada.

— Tudo bem. Sim — ela respondeu por fim, esfregando a testa. — Apaya, nunca senti isso por ninguém.

— E aquelas duas garotas, Vazraka e Yusul? — Apaya questionou. Esbar lançou um olhar de irritação para ela. — Ah, sim. Denag me mantém a par de tudo o que floresce no nosso jardim.

— Pela Mãe — Esbar resmungou. — Denag contou para a Prioresa?

— É bem provável.

— Ela vai usar isso contra mim?

— Isso é muito pessoal. Algumas Prioresas preferem uma munguna sem nenhum outro compromisso; outras são menos rígidas. No caso de Saghul Yedanya, eu ainda não sei.

Esbar franziu os lábios. Era verdade que o Priorado era um lugar cheio de peculiaridades, mas Esbar tinha estima e admiração por Saghul, e sabia que a Prioresa no mínimo admirava sua audácia.

— Eu quero o manto vermelho. Quero o lugar que foi de Siyāti — ela falou. — Mas também quero ficar com ela. — Admitir foi mais fácil do que pensava. — É possível que a Prioresa tenha uma parceira amorosa?

— A Mãe nunca proibiu.

— Isso não é resposta, Apaya.

— Eu nutri você por nove meses, Esbar. Agora você é uma mulher. Não posso lhe dizer como crescer.

Esbar assentiu, com os dentes tão cerrados que seu maxilar até doeu.

— Você precisa falar com a Mãe. É ela que pode dar a você a percepção de que precisa. — Apaya pôs a mão sobre a mesa. — Eu só pergunto uma coisa. Essa mulher sabe da sua ambição?

— Sim, claro. Todo mundo sabe.

— Você acredita que ela a apoiaria, sem se ressentir do peso do manto?

— Sim, acredito.

— Então ela pode se mostrar uma boa companhia para o caminho que você pretende seguir — disse Apaya. — Além disso, uma Prioresa precisa ter muitas cordas em sua lira. — Ela se levantou. — Eu escolhi seu nome com muito cuidado. Você passou dias sem ser ungida, enquanto eu pensava nisso. Só quando rezei foi que me veio… um nome que significa *decisão*. Você precisa tomar a sua, Esbar. Não sei o que Saghul vai achar de suas escolhas, mas de uma coisa ela sabe muito bem, assim como a Mãe também sabia. Uma líder indecisa não serve para liderar nada.

****

Em uma pequena clareira perto do Priorado, Meren cantava em tons melosos enquanto coletava mel de uma colmeia. Tunuva o observava do galho baixo de uma árvore.

Meren ia para a floresta quase todos os dias. Ela se juntara a ele ao amanhecer, para se afastar do Priorado, onde corria o risco de ver Esbar. Ela precisava de um tempo para lamentar a esperança perdida.

Ninuru tentava acertar com a pata uma abelha que voava em círculos preguiçosos, zumbindo as asas.

— Ninuru — disse Meren —, por favor, tome cuidado com as minhas amiguinhas.

— Ichneumons não gostam de abelhas.

— Ah, eu também não gostava, quando era criança. Mas uma abelha é como uma ichneumon. — Ele passou um pouco de mel no focinho dela. — Se não for provocada, não faz nada.

Ninuru lambeu o mel, e depois o rosto dele. Meren bagunçou o pelo dela, sorrindo.

Tunuva sorriu também. Quando eram pequenos, eles sempre escapuliam para a floresta juntos, e Meren lhe ensinava o nome das plantas. Mais de uma década depois, ele ainda tinha novas descobertas para compartilhar com ela.

Naquela manhã, tinha colhido para ela um botão que chamou de flor-do-dia, miudinho e azul como um pedaço de céu. Tunuva tirou a flor dos cabelos e a girou entre os dedos.

— Obrigada, Meren — falou. — Pelo mel.

— Você anda diferente nos últimos dias. — Meren a observou. — Quer conversar um pouco?

— Não quero incomodar você.

— Já estou incomodado, por ver você assim. — Ele usou um pano molhado para limpar o mel das mãos compridas e magras, como o restante de seu corpo. — É por causa de Esbar?

— Como você sabe?

Meren deu risada.

— Tuva, nós vivemos em um mundinho minúsculo. Todo mundo sabe de tudo. — Ele pendurou o pano. — Não precisa ter medo. Foi só uma fofoca que circulou entre os homens, mas ninguém tinha certeza de nada. Ouvi dizer que você e ela andavam grudadas por aí.

— Não depois da nossa jornada.

— Por quê?

Meren se aproximou da árvore e apoiou os braços no tronco. Seus olhos eram de um castanho-acinzentado claro, que engolia a luz do sol, e procuravam pelos dela sob os cílios grossos.

— Não teria como durar — Tunuva disse, baixinho. — Não por muito tempo, pelo menos. — Ela apoiou a cabeça na árvore. — Esbar está destinada a ser Prioresa, e nada vai ser capaz de impedi-la. Eu admiro essa determinação. Isso de saber exatamente o que se quer.

— E o que você quer?

— Ser uma guerreira para a Mãe. Conceber uma criança para ela algum dia, se eu puder. — Tunuva encolheu os joelhos para junto do peito. — Nós temos muita sorte. Nosso lar é um santuário perfeito, intocado pelo mundo. Não seria egoísmo meu querer algo além disso?

— Só alguém muito tolo chamaria você de egoísta. — Meren deu um tapinha na bota dela. — Você sabe que eu tenho o maior respeito por Esbar. Se ela não sente esse mesmo desejo que você, então que seja. Mas assim vai perder uma luz na vida dela, e a perda maior não seria sua.

— Meren, ela é como um sol, e eu sou lua.

— Não. Uma lua não tem como brilhar sozinha. Você, sim, Tunuva. — Meren estendeu a mão. — É melhor irmos para casa. Você vai ter que lidar com isso mais cedo ou mais tarde. Vai ficar tudo bem.

Tunuva remexeu os dedos, abrindo um sorriso cansado.

— Queria ter metade do seu otimismo.

— E eu queria ter metade da sua força. — Ele retribuiu o sorriso. — Vamos lá.

Ninuru os levou de volta para o Priorado, onde Meren foi dar lições a algumas crianças na beira do rio. Tunuva quase se sentiu tentada a ir junto, mas, se Meren foi capaz de ver sua tristeza, outras pessoas também seriam. Era melhor passar a noite sozinha.

Ela dançaria com sua lança e rezaria para Mãe, como fazia todos os dias desde os cinco anos de idade. Isso lhe daria a paz que ela não conseguia encontrar sozinha.

— Tunuva.

Aquela voz lhe provocou arrepios. Esbar aparecera de outro corredor, um tanto desalinhada, como se estivesse correndo. Tunuva ergueu o queixo.

— Esbar — falou.

— Eu estava procurando você. — Esbar se aproximou. — Podemos conversar?

Tunuva quase disse não, para seu próprio bem. Ela queria se esconder em seus aposentos e ficar encolhidinha até aquela dor desaparecer. Mas Esbar a encarava com tamanha intensidade, com as sobrancelhas franzidas sobre os olhos, que só o que ela conseguiu fazer foi concordar.

Elas desceram os degraus para o vale, ambas em silêncio. Esbar a conduziu até a sombra da laranjeira, e Tunuva foi andando ao seu lado, sentindo suas esperanças sumirem das vistas.

Esbar devia querer anunciar, em termos inequívocos, que não havia mais nada entre elas. Tunuva se virou para ela. Sua expressão alternava entre a preocupação e a determinação.

— Tuva — ela começou —, sei que ando distante com você. Me desculpe. Foi uma covardia da minha parte.

— Você não me deve nenhuma explicação, Esbar.

— Por favor, me deixe falar. — Esbar respirou fundo. — Você sabe há quanto tempo eu quero ser Prioresa. Quando criança, prometi a mim mesma que seguiria esse sonho a qualquer custo... mas às vezes esse custo é pago por outras pessoas. Yusul estava se apaixonando por mim. Percebi tarde demais, e a magoei quando terminei tudo. A última coisa que eu queria era fazer o mesmo com você.

— Esbar, eu realmente entendo. Não precisa falar nada.

— Preciso, sim.

— Não. — Tunuva mal conseguia falar. — Eu já sabia. — Sentia um peso quente em seus olhos. Ela precisava sair dali. — Sabia que seria uma coisa passageira, mas mesmo assim dei meu coração a você — ela disse, com a voz embargada. — Por favor, Esbar. Não me obrigue a ficar aqui ouvindo você dizer que vai se afastar de mim.

Esbar não tirava os olhos dela, mas sua boca e seu maxilar se endureceram. Pela primeira vez na vida, ela parecia insegura. Usava os braços quase como uma barreira, cruzados sobre o peito.

Ninuru e Jeda trocaram um olhar silencioso. Juntas, empurraram Tunuva e Esbar, forçando-as a se aproximarem. Tunuva foi pega tão desprevenida que tropeçou. Sentiu que Esbar a segurou pelo cotovelo para equilibrá-la, e percebeu que tinha tentado se agarrar nela, com os dedos roçando a manga de sua blusa.

— Jeda — protestou Esbar.

Tunuva lançou para Ninuru um olhar de reprovação. Mesmo naquele momento, não conseguia parar de pensar no toque de Esbar em sua pele.

Os olhos das duas se encontraram de novo, e Esbar pareceu criar coragem. Ela segurou as mãos de Tunuva com firmeza.

— Não — falou, em um tom grave. — É por isso que estou aqui, Tunuva. Eu não quero me afastar de você.

Tunuva não ousou acreditar nos próprios ouvidos. Seu coração era como um tambor ressoando em uma ampla câmara, e cada batida era amplificada pela outra. Suas mãos estariam tremendo se Esbar não as estivesse segurando.

— Como vamos fazer isso, Esbar? — Tunuva murmurou. — Quanto tempo duraria?

— Eu sei que as coisas podem ficar difíceis. Nosso dever é importante demais para ser posto em risco — Esbar disse, baixinho. — Eu estava com medo de que, se permitisse que meus sentimentos por você crescessem demais, isso embotaria meu juízo, me deixaria fraca. Ficava pensando em você e não conseguia caçar. Mas então entendi tudo. Era o medo de perder você que estava nublando a minha mente. — Ela segurou o rosto de Tunuva. — Quando estou com você, sinto a mesma força de quando estou lutando. De quando estou rezando.

Ela estava quente como a luz do sol. Tunuva sentiu o cheiro de rosas da pele de Esbar, nos cabelos pretos dela.

— Eu rezei ontem à noite. Em busca de orientação — Esbar lhe falou. — E sonhei com você de novo. — Ela passou o polegar por seu queixo. — Quem sou eu para contestar a Mãe?

Esbar tinha tomado a atitude antes. Mas dessa vez esperou por Tunuva, que sentiu a expectativa na postura dela, e procurou pelas palavras certas, acariciando seu braço descoberto.

— Durando uma semana ou um mês ou um ano, será um tempo para ser apreciado por nós — ela falou. — A brevidade de uma flor por acaso a torna menos perfumada?

Esbar sorriu.

— Não — ela falou, se inclinando mais para perto. — Nem menos bonita.

Tunuva levou a mão à nuca de Esbar. Enquanto se inclinava só um pouco para a frente, abriu um sorriso ao beijar a mulher que amava, selando sua decisão. Esbar a envolveu pela cintura e, quando elas enfim se afastaram para recuperar o fôlego, estavam rindo de alegria, assim como no deserto.

Algumas árvores perdiam seus frutos ao final de uma estação. Mas Tunuva e Esbar sabiam melhor que ninguém que algumas árvores continuavam dando frutos pelo tempo que permanecessem vivas.

Personagens da trama

PROTAGONISTAS

Dumai de Ipyeda: Cantante-aos-deuses do Alto Templo de Kwiriki, em Seiiki. Nascida e criada no Monte Ipyeda, é filha de Unora de Afa, a Donzela Oficiante.

Esbar du Apaya uq-Nāra: Munguna, ou herdeira presumida, do Priorado da Laranjeira, indicada para suceder a Prioresa em exercício, Saghul Yedanya. Esbar é a mãe de nascimento de Siyu uq-Nāra, tem um vínculo com a ichneumon Jeda e mantém uma relação com Tunuva Melim há trinta anos.

Glorian Hraustr Berethnet (Glorian Óthling *ou* Lady Glorian): A única filha de Sabran VI de Inys e Bardholt I de Hróth, o que a torna princesa de ambos os reinos. É a herdeira do Rainhado de Inys, prima em primeiro grau de Einlek Óthling e sobrinha de Ólrun Hraustr.

Kuposa pa Nikeya (a Dama de Muitas Faces): Cortesã e nobre seiikinesa. Nikeya é a única filha e herdeira de Kuposa pa Fotaja, o Senhor dos Rios de Seiiki. Sua mãe era a poeta Nadama pa Tirfosi.

Sabran Berethnet VI (Sabran, a Ambiciosa): A décima nona Rainha de Inys e chefe da casa de Berethnet, filha de Marian III de Inys e do falecido Lorde Alfrick Withy. Sabran é a companheira do Rei Bardholt I de Hróth e mãe de Glorian.

Tunuva Melim: Uma iniciada do Priorado da Laranjeira, sociedade secreta fundada por Cleolind Onjenyu. Tunuva é a guardiã da tumba, responsável pela preservação dos restos mortais de Cleolind e pela organização dos ritos funerários do Priorado. Ela tem um vínculo com a ichneumon Ninuru e mantém uma relação afetiva com Esbar uq-Nāra há trinta anos.

Unora de Afa: Donzela Oficiante do Alto Templo de Kwiriki. É filha de Saguresi de Afa, que serviu durante um breve período como Senhor dos Rios de Seiiki, antes de ser mandado para o exílio em Muysima.

Wulfert "Wulf" Glenn (o Filho do Bosque): Filho adotivo de Lorde Edrick Glenn e Lorde Mansell Shore, os Barões Glenn de Langarth. Seus irmãos adotivos são Roland e Mara. Wulf é um órfão, que, segundo se acredita, foi abandonado no bosque Haith ainda muito criança. É um huscarlo de Bardholt I de Hróth, em uma falangeta liderada por Regny de Askrdal.

LESTE

Em Seiiki, a partícula "pa" entre o sobrenome e o nome próprio — que, segundo se acredita, tem origem no seiikinês antigo — indica que a pessoa é membro de um clã da nobreza. Esse costume caiu em desuso por volta de 620 CE. A maioria dos Hüran do Leste atende apenas pelo prenome, mas pode usar um matronímico para deixar claro relações de parentesco — por exemplo, Moldügenxi Irebül significa — Irebül [filha] de Moldügen".

Arkoro II (Rainha Arkoro): Rainha de Sepul, chefe da Casa de Kozol, e neta da última Rainha do Outono, que unificou a Península de Sepul depois da Era dos Quatro Rainhados. Segundo se acredita, Arkoro é descendente de Harkanar, uma mulher criada a partir do osso de uma dragoa.

Cavalheiro Tajorin: Chefe do Clã Tajorin. Nutre uma antipatia pelos Kuposa.

Consorte Jekhen: Imperatriz Consorte dos Doze Lagos através do matrimônio com a Imperatriz Magnânima. Jekhen nasceu em meio à pobreza em Kanxang e, mais tarde, conseguiu um posto como camareira no Palácio do Lago Negro. Sua habilidade como contadora de histórias atraiu a atenção da Princesa Tursin, que se apaixonou por ela.

Dama Mithara: Chefe do Clã Mithara. Foi expulsa da corte pelo Clã Kuposa e desde então decidiu ficar em sua residência, nas florestas do norte de Seiiki.

Epabo: Atendente de Jorodu IV de Seiiki. Epabo muitas vezes atua como seu espião.

Eraposi pa Imwo (Dama Imwo): Uma dama da corte de Seiiki.

Jorodu IV (Noziken pa Jorodu *ou* Imperador Jorodu): Imperador de Seiiki e filho de Manai III. É casado com Kuposa pa Sipwo e pai dos três filhos dela, dos quais apenas uma — a Princesa Suzumai — ainda está viva. Assumiu o trono aos nove anos, depois que sua mãe adoeceu, e passou boa parte de sua menoridade sob o controle de um regente, Kuposa pa Fotaja.

Juri: Uma dama da corte de Seiiki.

Kanifa de Ipyeda: Cantante-aos-deuses do Alto Templo de Kwiriki, em Seiiki, cujo principal dever é cuidar da manutenção do Sino Rainha. Ele vivia em uma província seca antes de seus pais o confiarem aos cuidados da Grã-Imperatriz.

Kiprun de Brakwa (Mestre Kiprun): Alquimista da corte da Imperatriz Magnânima dos Doze Lagos. Kiprun fez uma longa incursão às Montanhas Nhangto, tentando concluir uma antiga receita de pó explosivo.

Kuposa pa Fotaja (Cavalheiro Kuposa): Senhor dos Rios de Seiiki e chefe do poderoso Clã Kuposa, que comanda a política seiikinesa e a corte local desde a derrota do Rei dos Campos. Foi o regente de Jorodu IV e é tio por parte de mãe da Imperatriz Sipwo, o que o torna tio-avô da Princesa Suzumai. Tem uma única filha, Nikeya.

Kuposa pa Sipwo: Imperatriz consorte de Seiiki através do matrimônio com Jorodu IV. É sobrinha de Kuposa pa Fotaja e mãe de Suzumai.

Kuposa pa Yapara (Dama Yapara): Membro do Clã Kuposa e dama da corte seiikinesa.

Manai III (Noziken pa Manai *ou* a Grã-Imperatriz): Antiga Imperatriz de Seiiki, atual Suprema Oficiante do Alto Templo de Kwiriki, localizado no Monte Ipyeda. Depois de uma doença misteriosa, foi forçada a abdicar do trono antes que seu filho e único herdeiro, Jorodu, tivesse idade suficiente para governar. Foi casada com um membro do Clã Mithara.

Mithara pa Taporo (Dama Taporo): Membro do Clã Mithara e prima de segundo grau de Dumai.

Moldügen, a Provedora (Sol Eterno do Norte ou a Grande Naïr): Líder eleita da tribo Bertak, e por extensão dos colonos Hüran do Leste. Moldügen liderou a conquista da cidade lacustre de Hinitun, por acreditar que seu povo nômade precisaria de uma fortaleza para sobreviver a um inverno severo e iminente.

Moldügenxi Irebül (Princesa Irebül): Princesa Guerreira da tribo Bertak e filha de sua líder, Moldügen, a Provedora. De acordo com o Tratado do Shim, a Princesa Irebül foi mandada para viver com a Imperatriz Magnânima em troca do herdeiro lacustre, Dethwan Lakseng, como uma forma de garantir uma paz duradoura.

Noziken pa Suzumai (Princesa Suzumai): Única filha sobrevivente de Jorodu IV de Seiiki com sua imperatriz consorte, Kuposa pa Sipwo. No início de *Um dia de céu noturno*, a Princesa Suzumai é a herdeira presumida de Seiiki.

Padar de Kawontay: Rei consorte de Sepul através do matrimônio com a Rainha Arkoro.

Rituyka de Afa: Um ladrão e chefe de bando.

Tajorin pa Osipa (Dama Osipa): Membro do Clã Tajorin. Osipa foi, e permanece sendo, uma dama da corte leal à Grã-Imperatriz de Seiiki — a única pessoa de sua comitiva que a acompanhou quando foi viver no Monte Ipyeda.

Tonra: Uma mulher que mora perto do cume do Monte Brhazat, no Império dos Doze Lagos. Segundo se acredita, ela certa vez enviou sonhos para o povo de Hinitun.

Tursin II (a Imperatriz Magnânima): Imperatriz do Império dos Doze Lagos e chefe da Casa de Lakseng. Sua cônjuge, Jekhen de Kanxang, muitas vezes atua em seu nome. Desde a derrota lacustre na Batalha de Hinitun, a Imperatriz Magnânima deixou de controlar os territórios ao norte do Rio Daprang. Como nessas terras estão localizados três dos Grandes lagos, os Hüran do Leste muitas vezes se referem a ela como Imperatriz dos Nove Lagos.

PESSOAS FALECIDAS E FIGURAS HISTÓRICAS DO LESTE

Donzela da Neve: Lendária fundadora da Casa de Noziken, cujo verdadeiro nome se perdeu ao longo da história. Depois da rejeição aos dragões pelos primeiros seiikineses, a Donzela da Neve teria caminhado pelos penhascos até Uramyesi, cantando um lamento para o mar. Encontrou um pássaro ferido e cuidou dele até que se recuperasse, e a ave se transformou em um dragão, Kwiriki, que cortou um de seus chifres e lhe deu de presente como agradecimento. Em razão de sua iridescência, o chifre entalhado ficou conhecido como Trono do Arco-Íris e a Donzela da Neve se tornou a primeira Rainha de Seiiki.

Harkanar: A primeira Rainha de Sepul, criada a partir do osso perdido de uma dragoa. Depois de procurar a dragoa por muitos anos, Harkanar enfim conseguiu chamar sua atenção, e juntas as duas fundaram o Rainhado de Sepul.

Kuposa pa Sasofima: A fundadora do Clã Kuposa, que traiu o Rei dos Campos. Sua família usou as forjas de Muysima para criar os sinos de orações espalhados por toda Seiiki.

Mokwo I (Noziken pa Mokwo *ou* Imperatriz Mokwo): Segundo se acredita, a primeira governante seiikinesa a se intitular *imperatriz*, e seria dotada de poderes formidáveis.

Nirai III (Noziken pa Nirai): Uma antiga Rainha de Seiiki. Era uma talentosa ginete de dragões, cuja montaria de preferência era Tukupa, a Prateada.

Porta-luz: Mais tarde Quem Carrega a Luz, epíteto dado ao primeiro ser humano a montar um dragão na história lacustre, de quem a Casa de Lakseng afirma descender. Como há sérias divergências a respeito de sua identidade, e boatos de que se tratava de uma pessoa metamorfa, sua aparência é representada de diferentes formas ao longo do tempo. Foi também responsável pela fundação da cidade de Pagamin.

Rainha da Amoreira: Uma seiikinesa que, segundo se acredita, governou uma ilha chamada Komoridu, no Mar Eterno.

Saguresi de Afa: Antigo Governador de Afa e pai de Unora, criado como agricultor. Depois de ser aprovado nos exames necessários para se tornar um acadêmico, foi agraciado com o posto de governador por Manai III de Seiiki. Graças a seu trabalho diligente de legar a água a Afa, foi elevado à prestigiosa posição de Senhor dos Rios pelo jovem Jorodu IV. O Clã Kuposa levantou objeções, e tramou para que Saguresi fosse exilado para Muysima, sob a acusação de ter despertado um dragão.

NORTE

A maioria dos hrótios não usa sobrenomes. Como a tribo Bertak do Leste, os Hüran do Norte em geral se restringem aos prenomes e matronímicos.

Bardholt I (Bardholt Hraustr, Bardholt, o Ousado *ou* o Martelo do Norte): O primeiro Rei de Hróth. Bardholt nasceu em uma família de Bringard, sendo o segundo filho de um artesão de ossos. Depois de derrotar Verthing Sanguinário na Guerra dos Doze Escudos, Bardholt uniu seu país sob uma única coroa, fundou a Casa de Hraustr, converteu seu povo às Virtudes da Cavalaria e se casou com a Princesa Sabran de Inys, que mais tarde foi coroada como Sabran VI. Como o Clã Vatten se submeteu a sua autoridade, ele é também o Rei de Mentendon. Bardholt é pai de Glorian Hraustr Berethnet, meio-irmão mais novo de Ólrun Hraustr e tio por parte de mãe de Einlek Óthling.

Einlek Órlunsbarn Hraustr (Einlek Óthling *ou* Einlek Puro-ferro): Sobrinho de Bardholt I. Como sua prima Glorian estava comprometida com o trono de Inys, Einlek foi nomeado óthling (herdeiro) de Hróth. Ganhou o apelido de Puro-ferro após decepar a própria mão para escapar do cativeiro durante a guerra, substituindo-a por um braço de ferro quando perdeu a maior parte do membro em decorrência de uma infecção. Sua mãe é Ólrun Hraustr, a meia-irmã mais velha de Bardholt.

Eydag de Geldruth: Uma huscarla de Bardholt I. É a mais velha dos sete membros de sua falangeta.

Heryon Vattenvarg (o Rei do Mar): Um saqueador e caudilho hrótio que liderou a conquista de Mentendon depois da Inundação Invernal. Ele se submeteu à autoridade de Bardholt I e agora governa suas terras como Intendente de Mentendon. É pai de Magnaust, Brenna e Haynrick.

Issýn: Uma antiga vidente das neves de Hróth que ajudou a convencer seu povo a adotar as Virtudes da Cavalaria e se tornou santária após a conversão. Agora vive no remoto vilarejo de Ófandauth e serve como conselheira a Bardholt I.

Karlsten de Vargoy: Um huscarlo de Bardholt I, que ficou órfão durante a Guerra dos Doze Escudos.

Ólrun Hraustr (Ólrun, a Leal ao Gelo): Uma artesã e fabricante de runas hrótia que lutou ao lado do irmão, Bardholt, durante a Guerra dos Doze Escudos. Em anos recentes, quase nunca é vista em público. É mãe de Einlek Óthling e tia por parte de pai de Glorian Hraustr Berethnet.

Regny de Askrdal: Caudilha de Askrdal e sobrinha de Skiri Passolargo, cujo assassinato deu início à Guerra dos Doze Escudos. Até atingir a maioridade, Regny está a serviço de Bardholt I de Hróth como huscarla, chefiando sua própria falangeta, composta de Eydag, Karlsten, Sauma, Thrit, Vell e Wulf.

Sauma de Vakróss: Uma huscarla de Bardholt I. É filha da Caudilha de Vakróss.
Thrit de Isborg: Um huscarlo de Bardholt I.
Vell de Mágruth: Um huscarlo de Bardholt I.

PESSOAS FALECIDAS E FIGURAS HISTÓRICAS DO NORTE

Skiri Passolargo (Skiri, a Compassiva): Antiga Caudilha de Askrdal, conhecida por sua solidariedade e tolerância. Protegeu Bardholt de Bringard e sua família da perseguição daqueles que acreditavam que eram amaldiçoados pelos espíritos do gelo. Depois de ser assassinado por Verthing de Geldruth, Hefna de Fellsgerd — sua melhor amiga — declarou guerra a Verthing, dando início à Guerra dos Doze Escudos. A única herdeira sobrevivente de Skiri é sua sobrinha Regny.
Verthing de Geldruth (Verthing Sanguinário): Um falecido caudilho de Hróth que queria tomar a rica província de Askrdal. Quando sua proposta de casamento a Skiri Passolargo foi recusada, ele a matou, fazendo eclodir a Guerra dos Doze Escudos. Bardholt de Bringard no fim o derrotou em um combate mano a mano. Mais tarde, ele foi executado.

SUL

A partícula ersyria "uq" é usada por todo o Sul para indicar o local de nascimento. "Du" é um antigo matronímico de origem selinyiana. Algumas mulheres do Priorado — em especial as descendentes de Siyāti, a segunda Prioresa — usam ambas as partículas. Por exemplo, Esbar du Apaya uq-Nāra significa "Esbar da Laranjeira, filha de Apaya".

Alanu: um irmão ungido do Priorado da Laranjeira.

Anyso de Carmentum: Um padeiro da República de Carmentum. Filho de Pabel e Meryet, tem duas irmãs, Hazen e Dalla.

Apaya du Eadaz uq-Nāra: Uma iniciada do Priorado da Laranjeira, que ocupa há muito tempo um posto na corte ersyria, protegendo a Rainha Daraniya. Ela é a mãe de nascimento de Esbar e avó materna de Siyu.

Arpa Nerafriss: Conselheira de Numun, a atual Decretadora de Carmentum.

Canthe de Nurtha: Uma recém-chegada ao Priorado da Laranjeira, vinda do Oeste.

Daraniya IV (Rainha das Rainhas): Rainha do Ersyr e chefe da Casa de Taumāgan, cuja residência principal é o Forte Real de Jrhanyam. Apaya uq-Nāra é sua guarda-costas há décadas.

Denag uq-Bardant: Uma iniciada do Priorado da Laranjeira. Tem o dom da cura, e é a responsável por supervisionar os partos no Priorado há muitos anos.

Ebanth Lievelyn (a Rosa Brava de Brygstad): Nobre mentendônia e antiga meretriz. Depois que os Vatten forçaram uma conversão em massa às Virtudes da Cavalaria e baniram sua profissão, Ebanth ajudou a organizar uma revolta malsucedida antes de fugir para a segurança de Carmentum. Mais tarde, se tornaria a consorte de uma de suas clientes — uma ambiciosa política que se tornou Numun, a Decretadora de Carmentum.

Gashan Janudin: Uma iniciada do Priorado da Laranjeira que assumiu um posto na corte lássia de Nzene para defender Kediko Onjenyu, mas aceitou um cargo de tesoureira em seu Conselho Real, o que irritou a Prioresa. Ela tem um vínculo com a ichneumon Barsega.

Hidat Janudin: Uma iniciada do Priorado da Laranjeira, com um vínculo com o ichneumon Dartun. É uma amiga próxima de Esbar e Tunuva.

Imsurin: Um irmão ungido do Priorado da Laranjeira. É o líder extraoficial dos homens, e pai de nascimento de Siyu uq-Nāra.

Izi Tamuten: Uma iniciada do Priorado da Laranjeira, que ensina as irmãs a como cuidar de seus ichneumons.

Jenyedi Onjenyu (Princesa Jenyedi): Filha de Kediko VIII e única herdeira do Domínio da Lássia.
Kediko VIII: Alto Governante do Domínio da Lássia e chefe da Casa de Onjenyu. Ao contrário da maioria de seus antecessores, mantém uma relação carregada de tensão com o Priorado. Sua herdeira é sua filha, a Princesa Jenyedi.
Lukiri du Siyu uq-Nāra: Filha de nascimento de Siyu uq-Nāra e Anyso de Carmentum.
Mezdat uq-Rumelabar (Mezdat Taumāgan): Filha mais velha de Daraniya VI, antiga Princesa do Ersyr, a favorita para ascender ao trono. Durante uma visita à República Serena de Carmentum, Mezdat se desiludiu com a monarquia a renunciou a seus títulos. Depois de seu retorno, ela se casou com uma política que mais tarde se tornou Numun, a Decretadora de Carmentum.
Numun de Carmentum: A Decretadora de Carmentum, eleita como líder da república. É casada com Mezdat uq-Rumelabar e Ebanth Lievelyn.
Saghul Yedanya: Prioresa da Laranjeira. Sua munguna — ou herdeira presumida — é Esbar uq-Nāra.
Siyu du Tunuva uq-Nāra: Uma postulante do Priorado da Laranjeira. Filha de nascimento de Esbar uq-Nāra com seu amigo Imsurin, apesar de ter recebido o nome de Tunuva Melin. Siyu tem um vínculo com a ichneumon Lalhar.
Sulzi: Um irmão ungido do Priorado.
Yeleni Janudin: Postulante do Priorado da Laranjeira e parceira de caçadas de Siyu uq-Nāra. Tem um vínculo com a ichneumon Farna.

PESSOAS FALECIDAS E FIGURAS HISTÓRICAS DO SUL

Cleolind Onjenyu (Princesa Cleolind, a Mãe *ou* a Donzela): Princesa do Domínio da Lássia e filha de Selinu, o Detentor do Juramento. No ano 2

AEC, Cleolind foi sorteada para ser sacrificada ao Inominado, mas resistiu e o derrotou com a ajuda de uma laranjeira e da espada encantada Ascalun. Ela renunciou a seus direitos sobre o trono da Lássia e criou o Priorado da Laranjeira para garantir que o Sul estivesse preparado para o retorno do wyrm. De acordo com a religião das Virtudes da Cavalaria, Cleolind se casou com Sir Galian Berethnet depois que ele derrotou o Inominado para salvá-la, se tornando a rainha consorte de Inys, e morreu durante o parto. Essa história é desacreditada pelos membros do Priorado, segundo os quais Cleolind morreu depois de deixar seus domínios para tratar de assuntos nunca esclarecidos.

Gedali: Alta divindade das passagens no Pomar das Divindades, a figura de maior destaque no panteão da Lássia. Sua presença costuma ser evocada durante os partos. Gestou Gedani, criadora da humanidade.

Imhul: Divindade lássia do vento.

Jeda, a Misericordiosa (Rainha Jeda): Uma rainha do antigo Estado Taano, na Lássia, que acolheu Suttu, a Sonhadora, e seu povo depois de sua longa jornada pelo Eria. Esbar uq-Nāra batizou sua ichneumon em homenagem à Rainha Jeda.

Liru Melin: Mãe de nascimento de Tunuva Melim, que morreu enquanto defendia a Casa de Taumāgan de um ataque-surpresa.

Meren: Um irmão ungido do Priorado da Laranjeira e amigo próximo de Tunuva Melin, pai de nascimento do filho dela. Foi morto no que se acredita ter sido o ataque de um gato-bravo.

Rainha Borboleta: Uma figura de caráter mítico. Era uma amada rainha consorte do Ersyr que morreu jovem, o que mergulhou o rei em um luto infinito.

Raucāta: Vidente do antigo Ersyr, que profetizou a queda de Gulthaga.

Rei Melancólico: Figura de caráter mítico, que se acredita ter sido um rei dos primórdios da Casa de Taumāgan. Ele vagou pelo deserto, seguindo uma miragem de sua mulher, a Rainha Borboleta, e morreu de sede. Os ersyrios usam sua história como um alerta sobre os perigos da cegueira do amor.

Selinu Onjenyu (Selinu, o Detentor do Juramento): Alto Governante da Lássia quando o Inominado atacou a cidade de Yikala. Depois de mandar todos os animais de rebanho disponíveis para aplacar o wyrm, organizou um sistema de sorteio de sacrifícios humanos, incluindo os próprios filhos. Quando a Princesa Cleolind, sua filha, foi a selecionada para morrer, ele honrou sua promessa e assim ganhou seu epíteto.

Siyāti du Verda uq-Nāra: Uma dama de honra ersyria de Cleolind Onjenyu, nascida em uma família de perfumistas do Vale de Wareda. Se tornou a segunda Prioresa depois que Cleolind deixou o Priorado. É uma ancestral direta de Apaya, Esbar e Siyu.

Soshen de Nzene: Uma das nove damas de honra de Cleolind Onjenyu, e pioneira no estudo da alquimia e da química. Criou o lambique, instrumento que ela e Siyāti uq-Nāra usaram para destilar um remédio para a Maldição de Yikala, a peste trazida pelo Inominado.

Suttu, a Sonhadora: A lendária fundadora da Casa de Onjenyu, que liderou os Seletos Afortunados pelo Eria — o grande deserto de sal, ainda considerado impossível de atravessar — depois de deixaram uma civilização distante chamada Selinun. A Rainha Jeda, do Estado Taano, a acolheu na Lássia. Suttu carregava uma lança de nome Mulsub, que, segundo ela, havia sido banhada na luz das estrelas.

Malag de Idade: Uma divindade lássia especialista em pregar peças.

Washtu: A alta divindade lássia do fogo, que se acredita que tenha puxado os cabelos do sol para trazer calor e luz para o mundo. É ao mesmo tempo inimiga e amante de Abaso, a alta divindade da água. O Priorado da Laranjeira atribui uma importância especial a Washtu.

OESTE

Adeliza "Adela" afa Dáura: Uma dama de companhia de Glorian Berethnet. Filha de Liuma afa Dáura.

Annes Haster: Uma mulher dos Prados, casada com Sir Landon Croft.

Bramel Stathworth (Sir Bramel): Um cavaleiro de Inys e membro da guarda de Glorian Berethnet.

Brangain Crest (Lady Brangain): Duquesa da Justiça, chefe da nobre família Crest e descendente da Cavaleira da Justiça. É a mãe de Julain Crest.

Damud Stillwater (Lorde Damud): Duque da Coragem, chefe da nobre família Stillwater e descendente do Cavaleiro da Coragem.

Doutora Forthard: Médica Real da Casa de Berethnet.

Edith Combe (Lade Edith): Duquese da Cortesia e descendente da Cavaleira da Confraternidade.

Edrick Glenn (Lorde Edrick *ou* Barão Glenn): Barão Glenn de Langarth e pai adotivo de Roland, Mara e Wulf. É casado com Lorde Mansell. É o responsável pelo bosque Haith a norte do Wickerwath, que mantém em nome da Condessa de Deorn, que vive a uma certa distância da floresta e se reporta a Lorde Robart Eller, a principal autoridade dos Lagos.

Erda Lindley (Dama Erda): Uma cavaleira de Inys e membro da guarda de Glorian Berethnet.

Florell Glade (Lady Florell): Dama Primeira do Salão Principal de Sabran VI de Inys.

Gladwin Fynch (Lady Gladwin): Duquesa da Temperança, descendente do Cavaleiro da Temperança.

Guma Vetalda (o Eremita do Bosque do Cervo): Alto Príncipe de Yscalin e Duque de Kóvuga, irmão gêmeo de Rozaria III de Yscalin, tendo nascido poucos minutos depois dela. Tio do Donmato Alarico e tio-avô da Princesa Idrega e do Príncipe Therico. Ele governa a fortaleza do Bosque do Cervo e é o homem mais rico de Yscalin, graças ao complexo de minas conhecido coletivamente como Ufarassus.

Helisent Beck (Lady Helisent): Uma dama de companhia de Glorian Berethnet. É filha de Lorde Ordan Beck, o Conde Viúvo de Goldenbirch.

Idrega Vetalda: Princesa de Yscalin e única filha do Donmato Alarico e sua companheira, Thederica Yelarigas. Irmã de Therico, sobrinha-neta do Príncipe Guma e neta de Rozaria III.

Julain Crest (Lady Julain): Principal dama de companhia de Glorian Berethnet e filha de Lady Brangain Crest, a Duquesa da Justiça.

Kell Bourn (Mestrie Bourn): Quiropraxista que presta assistência à Doutora Forthard.

Liuma afa Dáura: Uma dama de companhia e antiga tutora de Sabran VI de Inys, que lhe ensinou a falar yscalino. Liuma agora é a Mestra dos Trajes. Vem da pequena nobreza yscalina, filha de um cavaleiro, e é a mãe de Adeliza afa Dáura.

Magnaust Vatten (Lorde Magnaust): Filho primogênito de Heryon Vattenvarg, o Rei do Mar, o que o torna herdeiro da Intendência de Mentendon. Irmão de Brenna e Haynrick.

Mansell Shore (Lorde Mansell): Barão Glenn de Langarth, através do matrimônio com Lorde Edrick Glenn, e pai adotivo de Roland, Mara e Wulf. É o irmão mais novo da Baronesa Shore do Palacete de Caddow.

Mara Glenn: Sobrinha e filha adotiva de Lorde Edrick Glenn, nascida de sua irmã, Rosa. Mara é a filha do meio, irmã de Roland e Wulf.

Marian III (Marian, a Menor): Antiga Rainha de Inys, a terceira e última monarca do Século do Descontentamento. Filha de Jillian III e mãe de Sabran VI. Depois de sua abdicação, se recolheu para o litoral com seu companheiro, Lorde Alfrick Withy, e hoje vive no Castelo de Befrith, nos Lagos.

Mariken: Uma criada de Florell Glade.

Ordan Beck (Lorde Ordan): Conde Viúvo de Goldenbirch, responsável pelo bosque Haith ao sul do Wickerwath. Pai de Helisent, que é sua herdeira presumida. Ele se reporta a Lady Gladwin Fynch, principal autoridade dos Prados.

Randroth Withy (Lorde Randroth): Duque da Confraternidade, chefe da nobre família Withy e descendente da Cavaleira da Confraternidade.

Riksard de Sadyrr: Um cavalariço de Langarth.

Robart Eller (Lorde Robart): Duque da Generosidade, chefe da nobre família Eller e descendente do Cavaleiro da Generosidade. É o Lorde Chanceler de Inys — chefe cerimonial do Conselho das Virtudes — e maior autoridade na província dos Lagos, além de um amigo que conta com a confiança de Sabran VI de Inys.
Roland Glenn: Sobrinho e filho adotivo de Lorde Edrick Glenn. É irmão de Mara e Wulf, além de herdeiro presumido do Baronato de Glenn.
Rozaria III: Rainha de Yscalin e chefe da Casa de Vetalda, soberana de um dos três países membros da Virtandade. Irmã gêmea mais velha de Guma Vetalda.
Therico "Theo" Vetalda: Príncipe de Yscalin e filho mais novo do Donmato Alarico e sua companheira, Thederica Yelarigas. Irmão de Idrega, sobrinho-neto do Príncipe Guma e neto de Rozaria III.

PESSOAS FALECIDAS E FIGURAS HISTÓRICAS DO OESTE

Alfrick Withy: Companheiro de Marian III e avô materno da Princesa Glorian.
Carnelian, a Pacificadora: Antiga Rainha de Inys.
Galian Berethnet (Galian, o Impostor *ou* o Santo): O primeiro Rei de Inys. Galian nasceu no vilarejo de Goldenbirch, em Inysca, e se tornou escudeiro de Edrig de Arondine. Segundo a religião das Virtudes da Cavaleira, na qual Galian baseava seu código de conduta, ele teria derrotado o Inominado na Lássia, se casado com a Princesa Cleolind, da Casa de Onjenyu, e com ela fundado a Casa de Berethnet. Cultuado na Virtandade, mas vilipendiado em muitas partes do Sul, segundo seus seguidores Galian reina em Halgalant, a corte celestial, onde espera pelos justos na Grande Távola.
Glorian Berethnet II (Glorian, a Temida dos Cervos): Antiga Rainha de Inys, cujo casamento por amor com Isalarico, o Benevolente, fez com que Yscalin se convertesse às Seis Virtudes da Cavalaria.

Isalarico Vetalda IV (Isalarico, o Benevolente *ou* Isalarico, o Traidor): Um antigo Rei de Yscalin que abandonou os antigos deuses de seu país para se casar com a impetuosa Glorian II de Inys.
Jillian Berethnet III: A décima sétima Rainha de Inys e segunda monarca do Século do Descontentamento; filha de Sabran V e mãe de Marian III. Foi morta logo depois de ser coroada.
Sabran I: Filha de Sir Galian Berethnet com sua rainha consorte.
Sabran V (a Rainha Felina): A décima sexta Rainha de Inys, e a única tirana da Casa de Berethnet, conhecida por sua crueldade e ganância. Seu governo deu início ao Século do Descontentamento. Teve uma filha, Jillian, com seu consorte yscalino, que morreu em circunstâncias suspeitas.

PERSONAGENS NÃO HUMANOS

Barsega: Ichneumon que tem um vínculo com Gashan Janudin.
Burmina, a Esplêndida: Dragoa do mar seiikinesa.
Dartun: Ichneumon que tem um vínculo com Hidat Janudin.
Dedalugun: Um dos cinco grandes wyrms — mais tarde conhecidos como Altaneiros do Oeste — que emergiram do Monte Temível em 509 CE.
Dragoa Imperial: Líder de todos os dragões lacustres, eleita por meios arcanos, que em determinado período designava os herdeiros do trono do Império dos Doze Lagos. Como a maioria dos dragões, está adormecida há séculos.
Farna: Ichneumon que tem um vínculo com Yeleni Janudin.
Furtia Tempestuosa: Dragoa do mar seiikinesa que se recolheu para dormir em um lago nas Colinas de Nirai, para que pudesse servir como conselheira para a família imperial.
Fýredel: Um dos cinco grandes wyrms que emergiram do Monte Temível em 509 EC, considerado o dominante entre eles. Fýredel foi visto pela primeira vez no Rainhado de Inys.

Inominado: Wyrm vermelho gigantesco, que se acredita ter sido a primeira criatura a emergir do Monte Temível. Seu confronto com Cleolind Onjenyu e Galian Berethnet na Lássia do século 2 AEC se tornou o fundamento de religiões e lendas de todo o mundo. Também chamado de "Inominável".

Jeda: Ichneumon que tem um vínculo com Esbar uq-Nāra e recebeu seu nome em homenagem a Jeda, a Misericordiosa.

Kwiriki: Segundo a crença dos seiikineses, o primeiro dragão a aceitar que um ser humano o montasse, e cultuado como uma deidade. Entalhou o Trono do Arco-Íris a partir de seu chifre e o deu à Donzela da Neve, que o ajudou a restabelecer sua saúde depois de um ferimento, o que a tornou a primeira Rainha de Seiiki. Acredita-se que Kwiriki se foi para o mundo celestial, e que envia borboletas como suas mensageiras.

Lalhar: Ichneumon que tem um vínculo com Siyu uq-Nāra.

Nayimathun das Neves Profundas: Dragoa lacustre associada ao Lago das Neves Profundas, cultuada como uma deusa dos andarilhos.

Ninuru: Ichneumon branca que tem um vínculo com Tunuva Melim.

Orsul: Um dos cinco grandes wyrms — mais tarde chamados de Altaneiros do Oeste — que emergiram do Monte Temível em 509 EC.

Pajati, o Branco (Pajati, o Concessor de Desejos): Dragão ancião seiikinês e guardião da Província de Afa. Antes do Longo Sono, Pajati era conhecido por ocasionalmente conceder desejos à população de Afa.

Taugran, o Dourado: Um dos cinco grandes wyrms — mais tarde conhecidos como Altaneiros do Oeste — que emergiram do Monte Temível em 509 EC.

Tukupa, a Prateada: Dragoa do mar seiikinesa, que se acredita ser cria de Kwiriki.

Valeysa: Outra dos cinco grandes wyrms — mais tarde conhecidos como Altaneiros do Oeste — que emergiram do Monte Temível em 509 EC.

Glossário

Abafadura: Nome inysiano para a inflamação das amídalas; também é usado de forma mais genérica para se referir a qualquer doença que cause dor de garganta.

Aclamação: Introdução formal de membros da nobreza inysiana à sociedade, em cerimônia realizada em algum momento entre seu décimo quinto e décimo sexto aniversários.

Agnome: Alcunha ou epíteto.

Anos do Poente: Termo que os seiikineses mais tarde criaram para se referirem ao período anterior à Grande Desolação. O ano de 509 EC, especificamente, é chamado de Ano do Crepúsculo.

Cantante-aos-deuses: Atribuição existente em certos templos nas montanhas de Seiiki. Entre outras atribuições, os cantantes-aos-deuses realizam rituais e preces destinados a acordar os dragões do Grande Sono.

Congestão invernal: Nome inysiano para uma doença similar à gripe.

Cúter: Um tipo de veleiro ersyrio ornamentado. A maioria é usada para navegação de cabotagem, mas também pode fazer viagem marítimas.

Dente-de-agulha: Um peixe carnívoro sulista. São carniceiros por natureza, mas podem atacar em grandes números caso sintam o sangue na água ou notem a presença de uma presa em dificuldades.

Desatino solar: Um distúrbio de humor comum durante os meses do sol da meia-noite, quando a noite nunca cai no Norte. O principal sintoma é a insônia, e às vezes pode provocar reações intempestivas, irritabilidade e comportamento errático.

Dróterning: Palavra que em hrótio significa *pequena rainha*.

Edin: Continente de extensão desconhecida. Suas regiões mais ao norte são divididas em Ersyr, Lássia, Mentendon, República Serena de Carmentum e Yscalin.

Elmo de gelo: Nome hrótio para as geleiras.

Erva-cessadora: Sonífero mortal. Apesar de sua toxicidade, é usada com frequência como anestésico cirúrgico em Inys.

Estado Taano: Um dos Cinco Estados da Lássia antes de sua união em um único domínio. O taano é o dialeto mais disseminado do idioma lássio, seguido de perto pelo libir.

Falangeta: Uma unidade organizacional de huscarlos (atendentes armados) a serviço do Rei de Hróth. Cada falangeta tem sete membros, para remeter ao Santo e ao Séquito Sagrado. Bardholt I tem doze falangetas, em sua maior parte liderada por parentes de seus aliados nos tempos da guerra.

Fé de Dwyn: Antiga religião originada no continente de Edin, segundo a qual existe um estado de perfeito equilíbrio entre todas as coisas. É a religião predominante no Ersyr.

Guerreiro do sal: Um saqueador hrótio.

Ichneumon: Mamífero quadrúpede nativo do continente de Edin, outrora considerado sagrado em algumas partes do Sul, em especial pelo povo Taano da Lássia. Ao longo da história, foram caçados por suas peles e seus ossos resistentes. Os ichneumons selvagens agora vivem em sua maior parte em regiões montanhosas para evitar contato com os humanos, mas alguns formaram uma aliança de longa data com o Priorado. Cada postulante cria um vínculo com um ichneumon ao lhe dar sua primeira porção de carne, o que cria no filhote um vínculo com a postulante que dura a vida toda.

Lerath: Uma árvore nativa da Planície do Norte. Tem galhos grossos e folhas pretas, e sua seiva pode ser bebida.

Madeira-quedada: Madeira que foi parar no fundo do mar. Quando isso ocorre nas águas do Leste, onde os dragões costumavam nadar, existe a chance de essa madeira queimar exalando um cheiro límpido e doce. Os vilarejos costeiros muitas vezes sobrevivem de vender madeira-quedada aos templos.

Maga: Alguém que comeu do fruto de uma árvore de siden e absorveu sua magia terrena. As magas podem evocar ou deter o fogo, além de exibir outras habilidades, como visão e audição acima da média, resistência ao frio ou uma aptidão extraordinária para a metalurgia.

Mal da ovelha: Uma doença provocada por carrapatos, comum na província das Quedas, em Inys.

Manto de pérola: Madrepérola.

Morte emplumada: A morte por velhice, em uma cama de plumas, temida pela maioria dos hrótios.

Munguna: Em uma tradução aproximada, *irmã favorecida* no dialeto yiakalês do idioma lássio antigo. Esse título é concedido à mulher que a Prioresa em exercício deseja como sua sucessora.

Opa: Veste larga e sem mangas, feita de seda ou linho, com fecho na nuca.

Opalanda: Veste usada pelos santários de Inys, em geral de tecido verde e branco. Os aprendizes de santário usam marrom.

Óthling: Herdeiro ou herdeira preferencial do trono de Hróth. Em tempos mais antigos, era o termo usado para designar quem herdaria a posição de caudilho.

Palanquim: Uma liteira fechada.

Pele a pele: Termo hrótios para um combate desarmado.

Pesareiro: Um pássaro preto seiikinês com um chamado parecido com um choramingo de bebê. Segundo a lenda, uma Imperatriz de Seiiki foi levada à loucura por seus apelos. Alguns dizem que os pesareiros são possuídos pelos espíritos de bebês natimortos, enquanto outros acham que seu canto pode provocar abortos espontâneos. Essas superstições levaram a iniciativas periódicas de caçar e extinguir a espécie ao longo da história seiikinesa.

Pomar das Divindades: O conceito de além-vida na religião politeísta dominante na região da Lássia; também funciona como um termo coletivo para seu panteão de deuses.

Povo do espelho: Forma de se referir coletivamente aos professadores, seguidores e estudiosos da Fé de Dwyn.

Sax: Uma faca de caça hrótia.

Siden: Também conhecida como magia terrena. Um poder que vem do núcleo do mundo, o Ventre de Fogo, e pode ser absorvido por quem come o fruto de uma árvore de siden.

Sterren: Também conhecida como magia sideral, trata-se de um poder misterioso trazido pela Estrela de Longas Madeixas.

Ventre de Fogo: O incandescente núcleo do mundo, e berço da *siden*. Acredita-se que o Inominado tenha sido gerado no Ventre de Fogo.

Linha do tempo

HISTÓRIA ANTIGA

Travessia de Suttu: Na lendária civilização da Antiga Selinun, uma jovem chamada Suttu declara que sonhou com uma forma de sobreviver ao Eria. Guiada por uma lança encantada de nome Mulsub, ela parte em sua jornada, levando consigo cerca de mil seguidores, os Seletos Afortunados. Eles milagrosamente sobrevivem ao terreno inóspito e árido, coberto de sal. Quando chegam ao sul da Lássia, são recebidos pela Rainha Jeda, do Estado Taano, que mais tarde os acolhe.

União da Lássia: Os Cinco Estados da Lássia são reunidos sob uma única dinastia, a casa de Onjenyu. A primeira pessoa a receber o título de Alto Governante é descendente de Suttu, a Sonhadora, e membro de uma família nobre do Estado de Libir.

A Chegada dos Hüran: Um grupo de desgarrados chega ao Império dos Doze Lagos afirmando vir de uma terra chamada Brhazat, do outro lado dos Senhores da Noite Escura. Eles se denominam o povo Hüran, e se tornam nômades no Norte; a montanha mais alta da cordilheira é nomeada em nome de seu lar perdido.

ANTES DA ERA COMUM (AEC)

2 AEC: Primeira Grande Erupção do Monte Temível. O Inominado — um wyrm vermelho — emerge do Ventre de Fogo e se instala na cidade lássia de Yikala, trazendo consigo uma terrível peste. Selinu, o Detentor do Juramento, que governa Yikala, organiza um sorteio de vidas a serem sacrificadas para saciar a fera.

Ao tomar conhecimento do sofrimento dos yikaleses, um cavaleiro inyscano, Galian Berethnet, viaja para a cidade e promete matar o Inominado. Em troca, deseja a conversão da Lássia a sua nova fé, as Virtudes da Cavalaria, e a mão de Cleolind Onjenyu em casamento.

A Princesa Cleolind derrota o Inominado com Ascalun, a lâmina encantada de Galian. Ela rejeita o pedido de casamento, renuncia a seu direito ao trono da Lássia e funda o Priorado da Laranjeira.

Nos meses seguintes à erupção, a lua muitas vezes fica azul.

1 AEC: Selinu, o Detentor do Juramento, oferece terras a um grupo de yikaleses em luto. Eles descobrem as ruínas de um povoado chamado Karana, que mais tarde se torna a República Serena de Carmentum.

A ERA COMUM (EC)

1 EC: Depois de ficar azul durante dois anos, a lua retorna a sua cor original. O Império dos Doze Lagos, o Ersyr, o Reino de Inys e Yscalin tomam uma medida de grande relevância e zeram seus calendários. Essa forma de marcar a passagem do tempo acaba se espalhando por todo o mundo.

Em Inys, Galian Berethnet funda uma nova cidade, Ascalun, e uma dinastia real, a Casa de Berethnet. Ele é coroado Rei de Inys e se casa com uma mulher que se apresenta como Cleolind Onjenyu.

4 EC: A verdadeira Cleolind Onjenyu deixa o Priorado sem maiores explicações. Sua amada amiga Siyāti tenta em vão encontrá-la.

Galian Berethnet morre, deixando sua filha pequena como Rainha de Inys.

6 EC: Uma perturbação significativa é observada no Abismo.

12 EC: Um cometa passa pelo mundo.

13 EC: O povo Hüran registra um "inverno de caos" na Planície do Norte.

248 EC: Depois de um período de grande demonstração de poder, os dragões do Leste se retiram para o Longo Sono, uma hibernação da qual só despertarão mais de duzentos anos depois.

279 EC: A Cota de Malha da Virtandade se forma, quando Isalarico IV de Yscalin se casa com Glorian II de Inys.

301 EC: Uma revolta contra a Casa de Noziken tem início nas províncias de Seiiki, liderada pelo Rei dos Campos. Uma metalurgista chamada Sasofima o mata e é recompensada com um título e um nome para seu clã, Kuposa.

333 EC: A cidade lacustre de Hitanin recebe uma viajante que usa o codinome Tonra. Ela escala o Brhazat e nunca mais é vista, mas algumas pessoas na cidade começam a ser acometidas por sonhos estranhos.

370 EC: Nasce Sabran V de Inys. Sua mãe, Marian, morre logo depois do parto, o que a torna rainha em seu terceiro dia de vida.

416 EC: Nasce a Princesa Jillian — futura Jillian III de Inys —, filha de Sabran V e seu companheiro yscalino, Príncipe Alarico.

434 EC: Nasce a Princesa Marian — a futura Marian III de Inys —, filha de Jillian III e seu companheiro.

A República Serena de Carmentum é oficialmente fundada.

459 EC: Nasce Tunuva Melim, filha de Liru Melim.

462 EC: Nasce Unora de Afa, filha de Kiywo e Saguresi.

465 EC: Nasce a Princesa Sabran — futura Sabran VI de Inys —, filha da Princesa Marian e seu companheiro, Lorde Alfrick Withy.

480 EC: Verthing de Geldruth faz uma proposta de casamento a Skiri Passolargo de Askrdal. Quando ela recusa sua proposta, ele a mata e tenta assumir o comando de seu clã. Sua amiga mais próxima, Hefna de Fellsgerd, declara guerra a Verthing, que se torna conhecido como Verthing Sanguinário.

Um conflito sangrento se espalha por Hróth, a Guerra dos Doze Escudos.

A catastrófica Inundação Invernal atinge a costa norte de Mentendon, matando milhares de pessoas e destruindo sua capital, Thisunath.

481 EC: Com seus compatriotas hrótios ocupados com a guerra, o saqueador Heryon Vattenvarg se aproveita da Inundação Invernal, que destruiu as defesas costeiras de Mentendon. Seu objetivo é se instalar no país e o tomar para si e seu clã.

Pegos de surpresa e sem aliados que saíssem em sua defesa, os mentendônios são forçados a desistir da luta e a se submeterem a Vattenvarg. Ele funda uma nova capital, Brygstad.

482 EC: Em Hróth, a guerra continua. Verthing Sanguinário reconhece a ameaça representada por Bardholt de Bringard — um jovem comandante arregimentado por Hefna de Fellsgerd — e decide forçá-lo a se render, capturando seu irmão adotivo, Hýrri, e seu sobrinho de sete anos de idade, Einlek Ólrunsbarn. Einlek decepa a própria mão para escapar, e Hýrri é assassinado.

Unora de Afa chega à corte de Antuma e engravida do Imperador de Seiiki.

483 EC: No Monte Ipyeda, Unora de Afa dá à luz sua filha, Dumai.

A Guerra dos Doze Escudos termina com a derrota e a execução de Verthing Sanguinário. Bardholt Hraustr, o Ousado, é declarado o primeiro Rei de Hróth. Sabran Berethnet lhe propõe matrimônio, e ele se converte à fé das Virtudes da Cavalaria para se casar com ela.

Em troca do casamento de sua filha Brenna com Einlek Óthling — herdeiro de Hróth —, Heryon Vattenvarg jura lealdade a Bardholt I e é nomeado Intendente de Mentendon. Ele também se converte às Virtudes da Cavalaria, unindo Mentendon à Virtandade. Os mentendônios e os hrótios são submetidos a um processo de conversão forçada.

492 EC: Tunuva Melim dá à luz um filho, Armul, cujo pai é seu amigo Meren.

Aos nove meses de idade, Armul desaparece e Meren é morto. O incidente é atribuído ao ataque de um gato-bravo.

493 EC: Nasce Siyu uq-Nāra, filha de Esbar uq-Nāra e seu amigo Imsurin.

494 EC: No Festim de Início da Primavera, nasce Glorian Hraustr Berethnet, filha de Sabran VI de Inys e Bardholt I de Hróth.

509 EC: Os acontecimentos de *Um dia de céu noturno* têm início no final do outono. Glorian tem 15 anos, Dumai tem 27 e Tunuva tem 50. Wulf não sabe ao certo sua idade.

Agradecimentos

Comecei *Um dia de céu noturno* no início de 2019 e o terminei no começo do segundo semestre de 2022. Foi escrito em meio a perdas, uma pandemia e uma longa batalha contra a endometriose — e eu jamais o teria concluído sem o meu Priorado pessoal.

Obrigada a meu agente, David Godwin, que continua a ser o melhor defensor que eu poderia ter para mim e meu trabalho, e para as equipes da DGA e da Peters Fraser & Dunlop, que incluem, entre outros: Amandine Riche, Heather Godwin, Jonathan Sissons, Lisette Verhagen, Lucy Barry, Philippa Sitters, Rosie Gurtovoy e Sebastian Godwin.

Agradeço a minha maravilhosa editora, Genevieve Herr, por encarar mais um calhamaço comigo; a Sarah-Jane Forder e Sarah Bance, por acertarem os detalhes deste livro gigantesco em tempo recorde; a minha extraordinária assessora de imprensa, Philippa Cotton; e a David Mann, Emily Faccini e Ivan Belikov, que transformaram *Um dia de céu noturno* em mais uma obra de arte.

Minha estreia, *Temporada dos ossos*, saiu em 2013. Estou felicíssima por *Um dia de céu noturno* sair em 2023, para coincidir com meu aniversário de dez anos como autora publicada. Agradeço a todos da equipe internacional da editora, que inclui, entre outros: Alexis Kirschbaum, Allegra Le Fanu, Amrita Paul, Ben Chisnall, Beth Maher, Callie Garnett, Donna Gauthier, Elisabeth Denison, Emilie Chambeyron, Grace

McNamee, Joe Roche, Ian Hudson, Kathleen Farrar, Laura Meyer, Laura Phillips, Lauren Dooley, Lauren Molyneux, Lauren Moseley, Lauren Ollerhead, Lauren Whybrow, Lucie Moody, Marie Coolman, Marigold Atkey, Meenakshi Singh, Nancy Miller, Nigel Newton, Paul Baggaley, Phoebe Dyer, Rachel Wilkie, Sara Helen Binney, Suzanne Keller, Trâm-Anh Doan, Valentina Rice e Valerie Esposito.

Um agradecimento especial a Alexandra Pringle, a Prioresa da Bloomsbury, que comprou os direitos da minha obra de estreia em 2012 e, com isso, tornou realidade todos os meus sonhos. Alexandra, obrigada por acreditar em mim desde o início, e por estar sempre disponível para me incentivar, me tranquilizar e me inspirar. É um privilégio ser uma de suas autoras, e sempre vou ter orgulho do fato de uma editora com o seu brilhantismo ter visto potencial em *Temporada dos ossos*. Espero que meus futuros livros também sejam do tipo que você escolheria.

Agradeço também a minhas equipes de edição e tradução ao redor do mundo, em especial Benjamin Kuntzer, Sam Souibgui e o restante da magnífica equipe da De Saxus.

Em virtude dos tempos de lançamento diferentes, não pude expressar minha gratidão à narradora da versão do *audiobook* em inglês de *O Priorado da Laranjeira* nos agradecimentos do livro, então aqui vai meu muito obrigada a Liyah Summers por levar a história a tanta gente que de outra forma não teria como conhecê-la.

Obrigada às pessoas que levantaram meu moral, me ajudaram e me apoiaram ao longo dos três anos de trabalho neste livro, entre elas: Alwyn Hamilton, Claire Donnelly, El Lam, Harriet Hammond, Helen Corcoran, Holly Bourne, Ilana Fernandes-Lassman, John Moore, Kat Dunn, Katherine Webber, Kevin Tsang, Kiran Millwood Hargrave, Krystal Sutherland, Laure Eve, Leiana Leatutufu, Lisa Lueddecke, Lizzie 'Hux' Huxley-Jones, London Shah, Melinda Salisbury, Molly Chang,

Nina Douglas, Peta Freestone, Richard Smith, Saara El-Arifi, Tasha Suri, Vickie Morrish e Victoria Aveyard.

Este livro é dedicado a Amanda Jones, minha mãe e amiga, pelo amor incondicional e a força que me carregaram ao longo de muitas páginas de *Um dia de céu noturno*. Mãe, pai, Alfie: obrigada por sempre estarem presentes, em meio a prazos complicados e preocupações e dúvidas a respeito da minha própria capacidade. Eu amo muito vocês.

Por fim, um agradecimento sincero à comunidade internacional do livro, em especial bibliotecários, livreiros, resenhistas, blogueiros, escritores e todos os membros dessa incrível força da natureza que é o BookTok. Desde a publicação de *O Priorado da Laranjeira*, seu apoio assumiu uma dimensão que eu jamais poderia ter imaginado. Espero que tenham gostado do retorno a esse mundo, e que amem os personagens novos da mesma forma que eu amei contar a história deles.

SUA OPINIÃO É MUITO IMPORTANTE

Mande um e-mail para **opiniao@vreditoras.com.br**
com o título deste livro no campo **"Assunto"**.

1ª edição, jun. 2023

FONTE Garamond 11,25/16,3pt
PAPEL Ivory 58g/m²
IMPRESSÃO Plenaprint
LOTE PLE270423